S.C. STEPHENS

Untamed

Anna & Griffin

GOLDMANN
Lesen erleben

Buch

Griffin Hancock, notorischer Bad Boy und Bassist der Band D-Bags, hat eigentlich alles, was man sich wünschen kann. Ein großes Haus, ein schnelles Auto und eine wunderschöne Frau. Doch trotz des Glücks mit Anna und seiner geliebten Tochter Gibson wächst seine Unzufriedenheit – denn Griffin hat es satt, in Kellan Kyles Schatten zu stehen. Schließlich hat er es verdient, selbst als Nr. 1 im Rampenlicht zu erstrahlen! Als sich ihm eine einzigartige Chance bietet, nimmt er kurzerhand seine kleine Familie und kehrt Seattle und der Band den Rücken, um in L.A. neu anzufangen. Doch dass Ruhm nicht alles ist und er ihn das kosten könnte, was er am meisten liebt, merkt Griffin erst, als es beinahe zu spät ist …

Weitere Informationen zu S.C. Stephens
sowie zu lieferbaren Titeln der Autorin
finden Sie am Ende des Buches.

S.C. Stephens

UNTAMED

Anna & Griffin

Roman

Übersetzt
von Babette Schröder

GOLDMANN

Die amerikanische Originalausgabe erschien 2015
unter dem Titel »Untamed« bei Forever,
an imprint of Grand Central Publishing, New York

1. Auflage
Deutsche Erstveröffentlichung September 2016

Neumarkter Str. 28, 81673 München
Umschlaggestaltung: UNO Werbeagentur, München
Umschlagmotiv: Getty Images/Peter Beavis
Redaktion: Antje Steinhäuser
MR · Herstellung: Str.
Satz: IBV Satz- und Datentechnik GmbH, Berlin
Druck und Bindung: CPI books GmbH, Leck
Printed in Germany
ISBN: 978-3-442-48380-8
www.goldmann-verlag.de

Dieses Buch ist für all die Griffin-Fans, die unablässig nach mehr, mehr, mehr gerufen haben! Seitdem er in Thoughtless zum ersten Mal aufgetaucht ist, habt ihr mit ihm und über ihn gelacht und ihn wachsen sehen. Wenn ihr euch nicht schon in ihn verliebt habt, hoffe ich, dass ihr es nach dem Lesen von Untamed bis über beide Ohren seid. Ich bin es jedenfalls.

1. Kapitel

Gegen einen geilen Typen ist kein Kraut gewachsen

Ich war kein Angeber, aber ich hatte ein gutes Leben. Quatsch. Ich *war* ein Angeber und prahlte so oft und so laut ich konnte, denn ich hatte das tollste Leben in der Geschichte der tollen Leben. Nicht viele Leute konnten derart aufschneiden wie ich. Nicht viele gehörten schließlich zur erfolgreichsten Band der Welt. Nur ich. Ach ja, und meine Bandkollegen. Na, egal.

Und in dreizehn Tagen, achtzehn Stunden und zweiunddreißig Minuten würde ich wieder auf Tour sein. Die Sommer-Tour zum zweiten Album der D-Bags, das auf Platz eins der Charts stand, rückte schnell näher, und ich konnte es kaum erwarten loszulegen. Ich hatte lange genug im Hintergrund gewartet und ein Instrument gespielt, das man mir zugewiesen hatte. Auf dieser Tour würde alles anders werden. Jetzt war ich an der Reihe, die Leadgitarre zu spielen, jetzt würde ich im Scheinwerferlicht stehen. Ich würde diese verdammte Bühne rocken, und niemand würde mich aufhalten.

Als ich vor ein paar Jahren zu den D-Bags kam, ging ich logischerweise davon aus, dass man mich anstelle meines Cousins zum Leadgitarristen machen würde, sobald man meine Genialität bemerkt hätte. Das hatte ich den Jungs auch gesagt, als wir die Band offiziell gegründet hatten. Und obwohl Matt mir zugestimmt hatte und meinte: »Wenn du das sagst, Griffin«, hatte mir die Band bislang die Chance verweigert, ein Star zu werden. Sie hatten mich zum Bass abgeschoben und mich dort versauern lassen. Ich gehörte nach vorn, ins Zentrum – Leadgitarrist stand quasi auf meiner Stirn geschrieben. Das wussten alle, doch wann immer ich vorschlug, dass Matt und ich die Instrumente tauschen sollten, taten sie meine Bitte mit lächerlichen Bemerkungen ab wie »Matt hat mehr Talent«. Na ja. Mein linkes Ei hatte mehr Talent als Matt; er wäre gern so toll wie ich. Die Jungs hatten alle Sorge, dass sie an den Rand gedrängt wurden, wenn ich erst die Chance bekäme zu glänzen. Na ja, egal. Ich hatte nicht vor, noch lange in ihrem Schatten zu stehen. Niemand stellte einen Kerl wie mich in die Ecke. Niemand.

Zum Glück sehe ich verboten gut aus, habe einen megascharfen Körper, weiß mehr über Sex als ein erstklassiger Aufreißer und habe mehr Talent im kleinen Finger als die meisten im gesamten Körper. Irgendwie war ich auch noch ein Glückspilz, die Dinge fügten sich meist für mich. Ich glaube, ich hatte ein gutes Karma oder so einen Mist, denn selbst unglückliche Situationen endeten schließlich fucktastisch. Nehmen wir zum Beispiel meine Kindheit. Als meine Mutter feststellte, dass sie mit mir schwanger war, lebten wir in Wichita. Ja, genau. Fast wäre ich in Kansas geboren worden. In Kansas! Doch mein Dad verlor seine Arbeit, wir zogen zu seinem Bruder, und so entdeckte ich in der Stadt der Scheinwerfer das Licht der Welt – in Los Angeles. Kaum aus der Gebärmutter geschlüpft war ich bereits zu Großem bestimmt.

Bereits in jungen Jahren reizte es mich, Rockstar zu werden – an Halloween ging ich sechsmal hintereinander als Gene Simmons. Ich glaube, mich überzeugte die Vorstellung, dass Millionen von Leuten meinen Namen riefen, bei meinem Anblick weinten und mich vergötterten. Der Gedanke, auf einen Sockel gehoben zu werden, schien mir berauschend. Wer will das nicht? Und außerdem, welcher Beruf, abgesehen von Pornodarsteller und Callboy, garantierte einem so viel Sex? Ich kenne keinen.

Doch ich glaube, der eigentliche Grund für meine Berufswahl war Matt. Die ersten acht Jahre unseres Lebens wohnten wir in einem Haus, anschließend in derselben Straße, und dann zogen wir zusammen von zu Hause aus. Obwohl wir uns regelmäßig auf die Nerven gingen, waren wir fast immer zusammen. Über niemanden machte ich mich so gern lustig wie über Matt. Und seit ich denken kann, war Matt von Musik besessen. Geradezu gefährlich besessen. An der Grenze zu Das-muss-behandelt-werden-Besessen.

Als Kinder sagten wir alberne Sätze wie »Musik ist Leben« und »Alles andere ist nur Hintergrundrauschen«. Ich glaube, wegen dieses Mists blieb Matt Jungfrau, bis er neunzehn war. Neunzehneinhalb. Seine ganze Jugend widmete er der Musik, doch er begriff nicht, dass sie nur Mittel zum Zweck war. Von jeher war die Musik nur zu einer einzigen Sache bestimmt – Frauen flachzulegen. *Sex* war Leben … buchstäblich … und alles *andere* war nur Hintergrundrauschen. Ich glaube, nach dem ersten Mal dämmerte Matt das allmählich. Jedenfalls hat er langsam von den »Musik regiert die Welt«-Sprüchen Abstand genommen.

Anders als ich hatte Matt allerdings nie wirklich vorgehabt, Rockstar zu werden. Er hielt es für einen Wunschtraum, doch ich wusste, dass unser Erfolg unausweichlich war. Wir mussten nur den richtigen Moment abwarten, bis das Schicksal uns fand. Und das tat es.

Nach der Highschool hielt ich mir verschiedene Optionen offen. Es trieb meine Eltern zum Wahnsinn, dass ich nichts Anständiges anfing, nachdem ich mit Ach und Krach den Abschluss geschafft hatte. Ein paar Jahre ließ ich mich treiben wie ein dekadenter Loser. Das hatte zumindest meine Schwester gesagt, aber ich wusste, was ich tat. Timing war alles, und ich durfte es nicht riskieren, in einem schwachsinnigen Job festzuhängen, wenn das Schicksal an meine Tür klopfte. Faul war ich nicht, ich stand die ganze Zeit in den Startlöchern. Ich musste frei sein, eins mit dem Wind, wenn dieser wechselte, oder so ein poetischer Mist. Ich musste bereit sein. Und wie gut, dass ich es war. Denn hätte ich damals in Verpflichtungen gesteckt, hätten Matt und ich nie mit Kellan und Evan eine Band gründen können.

Wir lernten sie in einem Stripclub kennen. Es kam nicht oft vor, dass ich meinen Cousin zu einem erotischen Streifzug überreden konnte, aber nach ein paar Shots in einer Bar hätte ich Matt zu allem bequatschen können. So ein Leichtgewicht. Matt fühlte sich, wie immer, unwohl in der Nähe von überwiegend nackten Frauen. Weil ich mich um seine persönliche Entwicklung sorgte und weil es lustig war, ihn erröten zu sehen, tat ich, was ich konnte, um ihm mit den Mädels zu helfen. Zwanzig Minuten später flogen wir aus dem Club. Das war allerdings nicht meine Schuld. Ich meine, woher sollte ich wissen, dass man keinen Pogo-Stick auf die Bühne stellen durfte? Meine bescheidene Meinung war, dass ich zur Verbesserung der Vorstellung beigetragen hatte.

Evan und Kellan waren an jenem Abend im Club gewesen und folgten uns auf den Parkplatz, wo sie nach uns Ausschau hielten, nachdem man uns rüde hinausbefördert hatte. Wie üblich jammerte Matt, als sie zu uns kamen – so etwas in der Art von, was für ein Idiot ich doch sei. Ich weiß es nicht mehr, ich hörte nicht richtig zu. Doch nachdem wir uns vorgestellt hatten, drehte sich die Unterhaltung um Musik, und schließlich war Matt im siebten Himmel. Mit ein paar Jungs über Musikrichtungen zu diskutieren machte ihn glücklicher, als ein paar Silikonbrüste vor seinem Gesicht auf- und abwippen zu sehen. Ich hatte es ja schon lange vermutet, doch in dem Moment wusste ich ganz sicher, dass Matt völlig übergeschnappt war und auch nie mehr normal werden würde.

Wir sagten Kellan und Evan zu und – bum – schon waren die D-Bags geboren. Und wie von mir vorhergesagt stellte sich heraus, dass die Musik ein todsicherer Weg zum Sex war. Und, oh mein Gott … was es alles für Sex gab! Backstage-Sex. Sex auf dem Parkplatz. An der Mauer. Im Bad. Sex mit Peitschen und Ketten. Rollenspiel-Sex. One-Night-Stands. Dreier. Orgien. Göttlich.

Eine unendlich bunte Mischung sinnlicher Lust. Alles, was ich sagen musste, war: »Ich spiele in einer Band«, und sofort wurde jede Frau, mit der ich sprach, neugierig. Es war so leicht, es war fast *zu* leicht. Nein, nicht wirklich. Es war toll, und ich genoss jede Sekunde.

Das Einzige, was meinem großartigen Leben einen leichten Dämpfer versetzte, war meine niedrige Position in der Band. Die Jungs wussten gar nicht, was sie an mir hatten. Und obwohl ich ihnen immer wieder sagte, dass ich eine Chance an der Leadgitarre verdient hätte, hielten sie mich stets aufs Neue zurück. Das war das Einzige, was mich an meinem Bandleben störte. Ach, und dass mir der blöde Kellan ständig die Frauen wegschnappte! Auch wenn ich sie mir bereits ausgeguckt hatte! Bevor er gänzlich »domestiziert« wurde, hatte mich das total genervt. Und was das Ganze immer noch schlimmer machte, dieser verdammte Dieb erzählte nicht mal von seinen Sexgeschichten. *Wenn du mir schon die Show stiehlst, du Mistkerl, sei doch wenigstens so nett und erzähl mir alle Einzelheiten!*

Aber nein, Kellan war dann immer total seltsam und verschlossen. Fast verlegen. Das ergab damals für mich überhaupt keinen Sinn. Noch immer nicht – ich hängte meine Erlebnisse an die große Glocke! Allerdings war ich auch verdammt gut im

Bett. So gut, dass ich am liebsten selbst mit mir geschlafen hätte. Wahrscheinlich war Kellan ein Loser. Er bekam die Mädels nur, weil er den Bonus des Leadsängers hatte. Wahrscheinlich weinten die Mädchen hinterher, weil es so schrecklich war. Ja, das ergab Sinn. Armer Mistkerl. Vielleicht sollte ich nicht so streng mit ihm sein? Nee! Als Frontmann der Band war es seine Pflicht, gut im Bett zu sein. Wenn er das nicht packte, nahm ich ihm das gern ab. Ich konnte singen *und* die Hüften schwingen. Das war für mich so leicht, wie nach dem Muttertag eine unbefriedigte Ehefrau zu vögeln. Ja … das war kein Problem für mich. Vergesst den Leadgitarristen. Ich konnte in *allem* der Ansager sein.

Ich stellte mir vor, wie ich in der Mitte der Bühne stand, die Fans johlten, sprangen auf und ab und zeigten mir ihre Titten, während sie meinen Namen schrien. Kellan verschwand im Hintergrund, wurde kleiner und kleiner, bis ihn die Dunkelheit im hinteren Teil der Bühne ganz verschluckte. Ich erkannte nur noch die schattenhaften Umrisse seiner Finger, die an den Basssaiten zupften. Er verdarb den Song, aber ich war großzügig … weil ich einfach super war. Später würde ich allerdings mit ihm reden und ihm vielleicht eine kleine Extraprobe aufbrummen. Ha!

Im Scheinwerferlicht war es heiß, aber ich liebte es. Wie die zärtlichen Finger einer Frau strich die Hitze über meine nackte Haut. Wäre ich nur vollkommen nackt, dann könnte ich das warme Kribbeln überall spüren. Die Menge würde ausrasten. Sie versuchten bereits, zu mir nach oben zu klettern. Die Security hatte alle Hände voll zu tun, sie zurückzuhalten. In den Gesichtern der Fans sah ich, wenn sie es auf die Bühne schafften, würden sie mich in Stücke reißen. Ich würde aus Liebe, Lust und Leidenschaft um mein Leben gebracht … keine schlechte Art zu sterben.

Immer wieder riefen sie meinen Namen. »Griffin! Griffin! Griffin!« Ich hob die Hand, um sie zu beruhigen.

»Griffin … hast du eine Frage?«

Das Bild ausrastender Fans löste sich in Luft auf, und smaragdgrüne Augen erschienen in meinem Blickfeld. Anna. Meine wundervolle, sinnliche Göttin von einer Ehefrau. »Nein … ich habe nicht zugehört. Was hast du gesagt?« Sie verzog etwas missbilligend die vollen Lippen unter den durchdringenden Augen, aber ich wusste, dass sie nicht wirklich sauer war. Ich war oft mit den Gedanken woanders, daran war sie gewöhnt.

Ich war noch immer etwas überrascht, dass ich den entscheidenden Sprung gewagt, mich vom Rudel getrennt und mich entschieden hatte, nur noch eine Sorte Müsli zu essen. Für immer. Doch wenn das fragliche Müsli aus mit Schokolade überzogenen, von Karamell umhüllten und mit Schokoladensplittern bestreuten Schokoladenflocken bestand, war das kein großes Opfer.

Anna und ich hatten uns vor ein paar Jahren kennengelernt, als die D-Bags noch nicht berühmt waren. Sie fand mich den Hammer, obwohl der Pool, in dem ich damals schwamm, noch nicht sehr tief war. Dafür liebte ich sie noch mehr. Ich liebte sie auch damals schon, aber das hielt mich nicht davon ab, andere Frauen zu vögeln, nachdem wir zusammen im Bett gewesen waren. Auch nicht, nachdem wir wiederholt zusammen im Bett gewesen waren. Sie im Übrigen auch nicht. Anna und ich hatten eine Wann-immer-es-dir-passt-passt-es-auch-mir-Beziehung, und so genoss ich noch eine ganze Weile die um Aufmerksamkeit heischenden Groupies. Doch dann irgendwie – und ich weiß noch immer nicht ganz, wie – hatte sich alles verändert. Nachdem ich mit Anna zusammen war, konnte mich keine andere Frau mehr befriedigen. Wir zwei bildeten eine explosive Mischung. Nein, es war atemberaubend. Nein … lebensverändernd. Ich glaube, darum konnte es keine andere Frau mit ihr aufnehmen. Anna verstand mich einfach, und sie befriedigte mich wie keine andere.

Mit anderen Frauen … na ja, das war, als würde ich aus dem Meer trinken. Klar, das Verlangen wurde vorübergehend gestillt, aber hinterher fühlte ich mich schlechter. Durstiger. Ich wollte einfach immer nur Anna, keine andere konnte sie ersetzen. Zuzugeben, dass es mich erwischt hatte, war das Schwerste, was ich je getan habe, aber es zu leugnen brachte mich nicht weiter. Anna genügte mir. Nein, sie war die *Richtige* für mich. Also heiratete ich sie, bevor es jemand anders tun konnte.

Anna seufzte und öffnete auf derart erotische Weise die Lippen, dass mich nun ein anderes Bild ablenkte. *Gott, es wäre fantastisch, jetzt ihre Lippen auf mir zu spüren. Konnte sie das, was sie sagen wollte, nicht nackt sagen?* Ich wüsste nicht, warum nicht. Halb nackt war sie ohnehin schon. Ich saß auf einem großen Sitzpuff in unserem begehbaren Kleiderschrank, während sie überlegte, was sie am heutigen Tag tragen wollte. Bislang hatte sie nur einen schwarzen BH und einen dazu passenden schwarzen Slip herausgeholt, und obwohl es sich um dehnbare, stützende Schwangerschaftswäsche handelte, sah sie heiß darin aus. Ich wollte sie mit meinen Zähnen ausziehen.

»Die Tour … Ich habe beschlossen, dich zu begleiten. Mit Gibson. Und dem Neuen. Wir kommen alle drei mit.« Sie legte die Hände seitlich auf ihren Bauch und strich darüber. Es war unser zweites Kind. Die Ärzte behaupteten, es wäre wieder ein Mädchen, aber da uns diese Idioten bis zum Tag *ihrer* Geburt gesagt hatten, Gibson würde ein Junge, verließen wir uns diesmal nicht darauf. Wir würden ja sehen, was es war, wenn Anna ihn/sie hinausbeförderte.

Ich zuckte die Schultern. »Okay, klingt super.« Für mich machte das keinen Unterschied. Vielmehr machte es mein Leben etwas leichter, wenn sie mitkam. Dann musste ich nicht so oft masturbieren. Obwohl ich das jetzt vielleicht gleich tun musste, wenn sie sich noch einmal so nach vorn beugte. *Gott, meine Frau ist ein Meisterstück.*

Anna wandte sich erneut zur Garderobenstange um, auf der sich unzählige Kleider befanden. Ich schwöre, sie besaß mehr Klamotten, als in den meisten Kaufhäusern angeboten wurden. Dies hier war nicht unser einziger Kleiderschrank. Es gab noch einen neben dem großen Badezimmer und einen in dem leer stehenden Gästezimmer, das sie benutzte. Es war lächerlich. Aber sie sah in allem, was sie besaß, so verdammt gut aus, dass ich mich nie beschwerte. Doch egal wie gut sie angezogen aussah, noch attraktiver war sie nackt.

Sie hatte bereits Schuhe herausgesucht und hielt sie in der Hand, während sie die Auswahl an Kleidern durchging. Es waren schwarze Schuhe mit hohen Absätzen, in denen ihre Beine eine Meile lang wirkten. Allein von der Vorstellung, wie sie mit ihnen aussah, wurde ich hart. Warum zum Teufel war sie noch nicht hineingeschlüpft? Sie reizte mich …

Sie wandte mir den Kopf zu, wobei sich ihre langen braunen Locken verführerisch um ihre Schultern schmiegten und sagte: »Kiera und Ryder kommen auch mit, so hat Gibson jemanden zum Spielen … wobei Ryder mit seinen neun Monaten ja noch nicht wirklich spielt. Trotzdem, so ist außer uns zumindest noch jemand da, mit dem sie sich beschäftigen kann, weißt du?«

Ich nickte, damit sie glaubte, ich würde zuhören, aber eigentlich tat ich das nicht. Sie hatte Kellans Kind und seine supersteife Frau erwähnt, mehr hatte ich nicht verstanden. Ich war zu sehr damit beschäftigt, mir weiter vorzustellen, wie Anna mit diesen Schuhen aussehen würde. Langsam fing meine Hose an zu reiben, und ich veränderte meine Haltung, während sie weitersprach.

»Es gibt zwei Busse für die Band, plus Kellans und Kieras Privatbus. Matt teilt sich einen Bus mit Avoiding Redemption, aber ich glaube, Evan fährt mit Holeshot und dieser neuen Band … Staring at the Wall. Kiera meinte, wenn wir wollten, könnten wir bei ihnen mitfahren.« Sie drehte sich mit schiefem Grinsen zu mir um. »Na ja, eigentlich hat sie gesagt, dass Gibson und ich bei ihr und Kellan mitfahren könnten … und wenn es sein *muss*, könntest du auch ein oder zwei Strecken mit uns fahren. Solange es sich um kurze Strecken handelt.«

Jetzt wurde ich hellhörig, löste den Blick von ihrem fantastischen Hintern und blickte in ihr amüsiertes Gesicht. »Vergiss es. Ich fahre die ganze Zeit mit dir in einem Bus. Wehe, irgendwer sollte es wagen, uns zu trennen.« Sie hob fragend eine Braue, und ich schüttelte automatisch den Kopf. »Du hast mich schon richtig verstanden. *Ich* nehme dich … mit.« Ich wackelte mit den Brauen, um sie auf die Anspielung hinzuweisen, falls ihr diese entgangen sein sollte. Was sie jedoch nicht war. Meine Frau war mindestens so verdorben wie ich.

Anna zuckte die Schultern und konzentrierte sich wieder auf ihre Klamotten. Während sie ein sonnengelbes Kleid herausholte, sagte sie: »Kiera wird sich zwar ärgern … aber ich nehme dich auch lieber … mit. Sie wird sich wohl damit abfinden müssen.«

Sie drehte sich um und hielt das Kleid vor ihren Körper, als würde sie für mich Modell stehen. Ich legte den Kopf schief, als würde ich überlegen, ob es mir gefiel. Was nicht stimmte. Alles, was sie trug, war wunderbar, darum war es mir ganz egal, was sie anzog. Ich hatte allerdings einen anderen, deutlich interessanteren Grund, so zu tun, als würde ich mir ein Urteil bilden, einen, der sich für mich richtig lohnen könnte. Bevor sie mich überhaupt nach meiner Meinung zu dem Kleid fragte, bemerkte ich: »Ich bin mir nicht ganz sicher. Ich muss zuerst die Schuhe sehen.«

Sie stellte die Schuhe ab und wollte in das Kleid schlüpfen, doch ich hielt sie zurück. »Nein, nein … nur die Schuhe.« Ganz bewusst sprach ich mit tiefer, heiserer Stimme. Anna hob den Blick zu mir, und in ihren Augen flackerte Lust auf. Mit einer Sinnlichkeit, die sich nur mit meiner eigenen messen konnte, legte sie das Kleid fort und schlüpfte in ihre hochhackigen Schuhe. Als sie fertig war, stellte sie sich vor mich hin wie ein Model für Bademode, und mein Schwanz erwachte ganz zum Leben.

Verdammt, war sie scharf. Auch im achtmillionsten Monat schwanger war sie das erotischste Ding überhaupt. Sie sollte sich die Wäsche herunterreißen und sich rittlings auf mich setzen. Die Schuhe konnte sie anbehalten. *Oh ja.*

»Ich möchte, dass du dich ausziehst und mich reitest«, erklärte ich ihr unumwunden. »Aber lass die Schuhe an«, fügte ich hinzu. Eins der besten Dinge an der Beziehung mit Anna war, dass ich um nichts herumreden musste. Wenn ich wollte, dass sie mir einen blies, musste ich sie nur darum bitten. Vielleicht kam sie meiner Bitte nicht nach, weil sie gerade nicht in der Stimmung war, aber sie regte sich nicht darüber auf, dass ich sie überhaupt diesen Mist fragte. Sogar in der Kassenschlange bei Walmart blieb sie cool.

Mit einem faszinierenden Lächeln auf den Lippen schlenderte sie auf mich zu. Dabei spielte sie mit einer ihrer dunklen Locken, und das Pochen in meiner Hose wurde so heftig, dass ich mir kurz in den Schritt fassen musste, um mich etwas zu beruhigen.

»Wir sind spät dran, Süßer«, murmelte sie, während sie vor mich trat.

»Egal«, erwiderte ich und lehnte mich auf dem Puff zurück. *Ja, mach. Ich will dich.*

Sie beugte sich vor, stützte sich mit den Händen auf meinen

Schenkeln ab und bot mir einen sensationellen Blick auf ihr Dekolleté. Ich wette, der Anblick ihrer Rückseite war jetzt ebenso spektakulär. *Mist*, warum zum Teufel hatten wir hier drinnen eigentlich keine Spiegel? Das musste ich sofort ändern.

»Matt reißt dir den Kopf ab, wenn du wieder zu spät zur Probe kommst«, sagte sie. Dann strich sie sich mit der Zunge über die Unterlippe und biss hinein. Die zarte Haut glänzte im Licht und rief nach mir. Ich musste diese Lippen auf mir spüren. Überall.

»Es ist mir egal, was Matt mit meinem Kopf anstellt. Du andererseits …« Ich schob meine Hüften etwas vor, nur für den Fall, dass ihr diese Anspielung entgangen war. Erneut war das nicht der Fall. Mein Mädchen war deutlich schlauer als ich.

Mit einem Lächeln, bei dem selbst Angelina Jolie vor Neid erblasst wäre, senkte Anna ihren Kopf. Mit großen Augen beobachtete ich, wie sich ihre Lippen meinem Reißverschluss näherten. Zärtlich küsste sie mein Glied, das sich unter meiner Jeans wölbte. Sie hätte mich ebenso gut mit einem Elektroschocker berühren können. Sie trieb ein köstliches Knistern durch meinen Körper, und ich spürte, wie sich am Kopf meiner Rute etwas Feuchtigkeit bildete. Ich war so bereit für sie. Wenn sie nicht mehr tat, als mich nur zu küssen, würde ich sie womöglich anflehen. Nein, nicht womöglich, auf jeden Fall. Ich war Mann genug.

»Bitte, Baby. Ich möchte deinen wundervollen Mund spüren, streichele mich mit ihm, reiz mich. Dann möchte ich deinen wunderbaren Körper auf mir fühlen, damit ich in dich hineingleiten kann. Ich will fühlen, wie sich deine nasse Muschi um mich zusammenzieht, während wir uns langsam bewegen …« Ich hielt meine Hand über meinen Schoß und machte eine Bewegung, als würde ich ihre Hüften halten und sie führen, sie immer schneller bewegen … »Oh ja, genau so, Baby.«

Ich imitierte die Bewegung derart gut, dass ich spürte, wie meine Lust wuchs. Verdammt, konnte ich etwa kommen, ohne sie zu berühren? Vielleicht, aber das wäre nicht annähernd so befriedigend.

Als Annas Hände zu meinem Reißverschluss glitten, stieß sie ein heiseres Lachen aus. »Du sagst echt scharfe Sachen, Griffin«, bemerkte sie mit tiefer Stimme. Als sie mit den Fingern das Metall zurückschob, das mein Tier bändigte, hielt ich die Hüften still. Dieses verdammte Monster würde noch die Stadt zerstören, wenn sie es nicht bald zähmte.

Sobald ich befreit war, lehnte ich mich zurück und legte den Kopf auf das Polster. Seit einiger Zeit ließ ich meine Haare wachsen, sie waren jetzt kinnlang, und ich hatte sie zu einem tiefen Pferdeschwanz zusammengebunden. Darauf zu liegen fühlte sich ziemlich unbequem an, darum riss ich den Gummi heraus, während Anna sich an meiner Unterhose zu schaffen machte und mich erlöste. Als ihre Finger die pulsierende, empfindliche Haut berührten, sog ich lautstark die Luft ein. »Gott, ja …«

Ich schloss die Augen, sodass mich die überall im Zimmer herumliegenden Kleidungsstücke nicht ablenkten. Sofort nahm ich mit den anderen Sinnen intensiver wahr. Ich spürte die kühle Luft an meiner Rute, Annas Fingernägel, die leicht über meinen Bauch strichen, und hörte die Mischung aus leisem Stöhnen und Annas verführerischem Schnurren. »Bist du bereit, Baby?«, flüsterte sie.

»Ja«, stöhnte ich und streckte die Hand nach ihren Haaren aus. *Jetzt …*

Als sie mit der Zunge mein Glied berührte, durchfuhr mich ein elektrischer Schlag, und ich stöhnte auf. »Gott, das fühlt sich so gut an …« Sie strich langsam den Schaft hinauf, dann spielte sie mit dem Piercing an der Spitze. Ich stöhnte erneut. All meine

Sinne waren alarmiert. Die kleinste Berührung fühlte sich wie ein Blitzschlag an. »Mehr … bitte …«

Und dann vernahmen meine Sinne etwas Schreckliches. Etwas völlig Unpassendes.

Im Zimmer nebenan, auf Annas Nachttisch, stand ein Babyfon. Es war die ganze Zeit an, aber ich hatte nicht darauf geachtet, Anna auch nicht. Aber jetzt war es unmöglich, es zu ignorieren. Ein hoher metallisch klingender Schrei erklang. »Maaaammmmmmmaaaaaa! Will raus!«

Der Klang von Gibsons Stimme versetzte Anna augenblicklich in den Muttermodus. Ich blickte sie genau in dem Moment an, als sie mich ebenfalls ansah, und ich wusste, der stürmische Schwanz zwischen uns war vergessen. »Gibby ist aufgewacht. Ich muss sie holen.«

Ich setzte mich auf und fasste ihre Hand, als sie sich aufrichtete. Ich führte ihre Finger an mein protestierendes Glied und flehte: »Fünf Minuten werden ihr nicht schaden.«

Anna kicherte, machte sich jedoch von mir frei. »Tut mir leid, Süßer. Ich lasse sie nicht gern dort oben. Außerdem wird sie die ganze Zeit schreien, und du weißt, das bringt dich raus.«

Ich schürzte die Lippen und wollte widersprechen, wusste jedoch, dass es sinnlos war. Manchmal genügte es, wenn ich Gibson durch das Babyfon gurren hörte, und es war mir unmöglich zu kommen. Ich musste das verdammte Ding ausschalten, doch das mochte Anna überhaupt nicht. Und sie hatte recht. Gibson besaß eine kräftige Lunge, und wenn wir sie nicht aus ihrem Schlafzimmergefängnis befreiten, wurde sie einfach immer lauter und lauter. Das Babyfon auszuschalten machte dann kaum noch einen Unterschied.

Ich ließ mich zurück auf das Polster sinken, und mein vernachlässigter Liebesstab erschlaffte. Was für eine Verschwendung. »Gut.« Meine eigene Tochter torpedierte meinen Schwanz. Zum Teufel noch mal.

Anna schlüpfte in das zitronengelbe Kleid; es schmiegte sich um ihren Körper, und meine Rute erwog kurz, sich wieder aufzurichten. Doch als Gibson erneut schrie, sank sie auf den Boden der Tatsachen zurück. Als Anna angezogen war, gab sie mir einen flüchtigen Kuss auf die Wange. »Du solltest dich anziehen. Wir müssen los.«

Etwas verwirrt und zugleich zustimmend hob ich die Hand. Meinetwegen. Dann ging es ab jetzt bergab. Doch Anna betrachtete mich einen Moment, beugte sich hinunter und legte ihre Lippen an mein Ohr. »Sobald Gibson heute Abend im Bett ist, kommen wir wieder her, und ich bringe zu Ende, was ich angefangen habe.« Sie strich mit der Zunge über meine Ohrmuschel, und ein breites Grinsen erschien auf meinen Lippen. Heute war der beste Tag überhaupt.

Nachdem Anna weg war, rieb ich meinen geknickten Jungen. »Tut mir leid, Champion. Ich muss dich auf später vertrösten.«

Als ich an mir hinunterblickte, hätte ich schwören können, dass mein Schwanz antwortete. *Aber du hast mir versprochen, dass ich spielen darf!* Nachdenklich verstaute ich alles wieder in meiner Hose. »Ich bin nicht so dumm, Versprechungen zu machen. Niemandem. Oder *nichts*«, korrigierte ich, denn schließlich sprach ich mit meinem Schritt. Das hatte ich von klein auf gelernt. Wenn man nichts zusagte, konnte einem hinterher auch niemand einen Strick daraus drehen. Es lag in der Natur des Menschen, dass er sich auf ein Versprechen berief; darum gab ich nie eins.

Selbst mein Ehegelübde war frei von den dazugehörigen Versprechen. Anna und ich hatten uns in einem Rathaus irgendwo im Osten das Ja-Wort gegeben. Ich weiß nicht mehr, wo. Bei der Zeremonie waren nur der Richter und wir zugegen gewesen, und wir hatten es so einfach wie möglich gehalten. Im Grunde hatte es sich ungefähr so angehört: *Anna, willst du diesen Mistkerl zu deinem Ehemann nehmen? Ja, ich will. Griffin, willst du diese Bombe von einer Frau zu deiner Ehefrau nehmen? Klar, warum nicht?* Und das war alles, was wir uns versprochen hatten. Mehr war nicht nötig.

Als Anna zurück ins Zimmer kam, war ich wieder ich selbst – nur der kleine Halbstarke in meiner Hose drängte sich noch ein bisschen gegen meine Jeans. Doch auch das verging, als ich das kleine Wunder auf den Armen meiner Frau sah. »Daddy!« Gibson streckte die Hände in meine Richtung und beugte sich so weit vor, dass Anna Schwierigkeiten hatte, sie zu halten. Gibson verzog angestrengt das Gesicht, während sie gegen ihre Mom ankämpfte. Dann wandte sie sich mit einem Schmollen, das so hinreißend nur bei einem kleinen Kind aussah, an Anna und murrte: »Will Papa.« Es war ein Befehl, keine Bitte. Gibson war erst ungefähr eineinhalb Jahre alt, aber sie wusste bereits, was sie wollte, und sie erwartete, dass sie ihren Willen bekam. Sie war mir derart ähnlich, dass es schon beinahe unheimlich war.

Anna verdrehte die Augen, kam jedoch näher, sodass Gibson mich erreichte. Als ihre kleinen Hände meine Haut berührten, wandelten sie sich plötzlich zu rasiermesserscharfen Krallen. Wie ein Adler, der einen Fisch aus einem See greift, umklammerte Gibson mit überraschender, geradezu erschreckender Kraft meinen Unterarm. »Au, Mist! Entspann dich, Gibs. Ich bin ja da.«

Stöhnend setzte ich sie neben mich und untersuchte, was von meinem Arm übrig war. Irgendwie erwartete ich, dass Hautfetzen von meinen Knochen hingen. Stattdessen sah ich lediglich leuchtend rote Striemen, wo sie mich gekratzt hatte. Anna verzog das Gesicht. »Ich muss ihr wohl die Nägel schneiden. Tut mir leid.«

Ich zuckte die Schultern. »Ein Tag, an dem mich kein tolles Mädchen gekratzt hat, ist kein gelungener Tag. Ich trage meine Kriegswunden mit Stolz.« Mit Blick auf das Muster, das sie auf meinem Arm hinterlassen hatte, fügte ich hinzu: »Ich könnte mir das tätowieren lassen. Wäre das nicht cool? Dauerhafte Kratzspuren?«

Anna lächelte, dann schüttelte sie den Kopf. »Nein, wenn du dir Kratzspuren tätowieren lassen willst, mache *ich* dir ein paar richtig gute. Dann erinnerst du dich jedes Mal, wenn du sie ansiehst, daran, wie du sie bekommen hast.«

»Verdammt … ja, das ist ein besserer Plan. Du hast immer die besten Ideen.«

Gibson packte meine Nase und zog meine Aufmerksamkeit in ihre Richtung. Das Mädchen war extrem eifersüchtig. Wenn ich sie ansah, war es, als würde ich eine Miniaturausgabe meiner selbst sehen, nur eben als Mädchen. Sie besaß die gleichen hellblauen Augen, blonde Haare, obwohl ihre einen reinen Platinton hatten, während meine schmutzig blond waren. So, wie es sein sollte. Sie schenkte mir ein Lächeln und zeigte mir ihre strahlend weißen Zähne, dann verkündete sie: »Fuck.«

Anna verschränkte die Arme, wirkte jedoch eher amüsiert als verärgert. »Ich glaube, ab jetzt müssen wir auf unsere Ausdrucksweise achten.«

Ich blickte an Gibson vorbei zu Anna. »Auf unsere Ausdrucksweise? Genauso gut könntest du mich auffordern, auf einem Bein zu hüpfen und dabei rückwärts das Alphabet aufzusagen. Ich kann mich nicht rund um die Uhr kontrollieren. Allein die Vorstellung strengt mich schon an.«

Anna zeigte mit den Händen auf Gibson. »Na ja, sie fängt an, dich nachzuahmen, und wenn wir jetzt nicht aufpassen, sagt sie bald Schwanzlutscher zu den Leuten.«

Ich musste lachen. »Das … wäre toll.«

Anna legte ihre Hände auf die Hüften; allmählich wich ihre Belustigung einer leichten Gereiztheit. »Nein, das wäre es nicht.« Sie lächelte. »Na ja, irgendwie schon, aber als Eltern müssen wir diese Dinge unterbinden.« Sie seufzte. »Jedenfalls sollten wir es versuchen.«

Mit skeptischem Blick sah ich wieder zu Gibson. »Ich glaube, ich könnte mir Mühe geben.« Obwohl ich mir sicher war, dass sie nicht die geringste Ahnung hatte, worüber wir sprachen, lehnte Gibson den Kopf an meine Schulter, schlang die Arme um meinen Hals und tätschelte mir den Rücken, als wollte sie mir Mut machen. Ja, wenn es gut für Gibson war, würde ich meine Ausdrucksweise kontrollieren. Es gab nicht viel, was ich nicht für dieses kleine Mädchen tun würde.

Zu dritt gingen wir in Richtung Schlafzimmer. Anna nahm ihre Tasche vom Bett; die Decken waren zerwühlt und hingen herunter, doch keiner von uns gab sich die Mühe, es in Ordnung zu bringen. Wozu, wenn wir es ohnehin wieder durcheinanderbrachten? Das war meine Philosophie, und Anna schien einer Meinung mit mir zu sein. Wir dachten meist dasselbe, was ich ziemlich irre fand.

Als Anna sich den Riemen ihrer riesigen Tasche über die Schulter hängte, blickte sie zu mir herüber. Ich hatte Gibson auf den Rücken geschoben und ließ sie auf und ab springen wie einen Flummi. Wie niedlich.

»Ehe ich es vergesse, dein Vater hat angerufen.« Bei diesen Worten machte sie eine skeptische Miene, und ich fragte mich, ob Pops sie verärgert hatte. Es würde mich nicht überraschen. Dad war nicht gerade zurückhaltend. Mom meinte, es läge in der Familie. Egal.

»Ja? Und was wollte der Scheißer?«

Anna seufzte und deutete mit der Hand auf Gibson. Ich kratzte mich am Kopf und suchte nach einer kinderfreundlicheren Formulierung. Auf meine Sprache zu achten war echt nervig. »Äh, was wollte der … Kumpel?«

Anna lachte über mein albernes Ersatzwort, dann runzelte sie erneut die Stirn. Sie strich sich über den Bauch und antwortete: »Sie wollen zur Geburt kommen. Alle. Und sie wollen hier wohnen.«

Ja, natürlich wollten sie das. Mein Haus war absolut fantastisch, viel hübscher als die Dreckslöcher, die meine Familie als ihr Zuhause bezeichnete. Kaum war das Geld von unserem zweiten Album hereingekommen, hatte ich getan, was jeder an meiner Stelle getan hätte. Ich beauftragte eine Maklerin, das teuerste Haus in Seattle zu suchen. Leider kauften wir das am Ende nicht, aber das, auf das Anna und ich uns einigten, gehörte sicherlich zu den ersten zehn. Das Haus war ungeheuerlich, exotisch und viel zu groß für nur drei Leute, oder vier, oder zehn. Ich liebte es.

Ich war nicht der einzige D-Bag, der in eine Immobilie investiert hatte. Kellan und Kiera hatten ein riesiges abgeschiedenes Anwesen im Norden von Seattle erstanden, irgendwo im Nirwana, und Matt und Rachel besaßen eine schicke Eigentumswohnung in der Stadt, von wo aus man einen tollen Blick auf den Pier und das Riesenrad hatte. Obwohl beide einen Haufen Kohle gekostet hatten, war keins so teuer wie meine Hütte. Evan war als Einziger bescheiden geblieben; er hatte einfach sein altes Loft gekauft. Na ja, das Loft mitsamt der Kfz-Werkstatt darunter. Er nutzte sie jetzt als zusätzlichen Wohnraum und hatte dort ein Kunstatelier für Jenny eingerichtet. Es war cool, fand ich. Kellan gefiel es allerdings weniger, weil diese spezielle Kfz-Werkstatt die einzige gewesen war, der Kellan sein Auto anvertraut hatte. Weichei. Es war ein Auto, er würde es überleben. Und das hatte er schließlich auch. Er hatte die Mechanikerin als seine persönliche Autobeauftragte angeheuert. Hmmmm, ich könnte in meiner Garage auch ein Mädchen für mich arbeiten lassen, in einem Bikini, ölverschmiert, das sich um meine frisierte Karre kümmerte. Haha!

»Griffin …? Hast du gehört, was ich gesagt habe?«

Ich schüttelte den Kopf und riss mich von meiner schmutzigen Fantasie los. »Äh, ja. Mom und Pops kommen zu Besuch. Klingt gut.«

Anna seufzte. »Sie kommen *alle*, Griffin. Mom, Dad, Bruder, Schwester, Nichten, Tanten, Onkels, Cousins. Das wird das reinste Chaos, und das kann ich echt nicht gebrauchen, wenn ich schlaflose Nächte habe.«

Obwohl es sich für mich nicht weiter problematisch anhörte, lächelte ich sie mitfühlend an. »Das geht schon. Das Haus ist riesig; du wirst sie kaum sehen. Wahrscheinlich werden sie eh die meiste Zeit am Pool abhängen.« Das Haus verfügte über einen Innenpool in olympiatauglichem Format und direkt daneben über einen Whirlpool für zehn Personen. Für mich ein Kaufargument.

Anna schien nicht sonderlich beeindruckt von meinen Worten, darum fügte ich hinzu: »Und du wirst keine schlaflosen Nächte haben. Du hast doch gerade ungefähr ein Dutzend Babysitter aufgezählt. Wenn wir wollten, könnten wir in Urlaub fahren.«

»Ich lasse mein neugeborenes Kind nicht bei deiner Familie. Auch nicht für einen Monat in der Karibik.« Ihre Miene verriet, dass es ihr ernst war. Ebenso ihre folgenden Worte: »Du musst deinen Vater zurückrufen und ihm sagen, dass sie gern für ein Wochenende kommen können, länger nicht.«

»Ein Wochenende? Süße, da schaffen sie es ja kaum, den neuesten Hancock zu sehen. Wie wäre es mit einem Monat?«

Anna wandte sich mit verschränkten Armen zu mir um; sie hatte ihr Spielergesicht aufgesetzt. Ich wusste, was das bedeutete. *Verhandlungszeit.* »Das Angebot, das auf dem Tisch liegt, sind fünf Tage nach der Geburt des Babys. Was ist dein Gegenangebot?«

Ich dachte einen Augenblick nach. »Zwanzig Tage.« Anna zuckte, widersprach jedoch nicht. Das war die Regel bei Verhandlungen – Person A musste das Angebot von Person B klaglos akzeptieren und umgekehrt.

»Okay«, murmelte sie. »Spielzimmer.«

Sie machte auf dem Absatz kehrt und schlenderte aus dem Zimmer. Lachend folgte ich ihr. Anna und ich hatten uns eine ganz und gar faire Art ausgedacht, Meinungsverschiedenheiten zu lösen. Fair und lustig. Ich persönlich fand, dass unsere Idee genial war und jedes verheiratete Paar unserem Beispiel folgen sollte. Vielleicht sollten Anna und ich die Idee kommerziell vermarkten. Ja … wir könnten Eheberater werden. Wir waren super in diesen Dingen.

Wir gingen einen Flur hinunter, in dem überall schräge Kunstwerke an der Wand hingen. Je alberner etwas war, desto mehr gefiel es mir. Es gab Statuen pinkelnder Kinder, Fische mit Hundegesichtern und fliegende Affen. Mein Haus war voll mit Porträts von Riesenhintern, von denen Anna steif und fest behauptete, es handele sich um Kürbisse; ich besaß eine Monty-Python-mäßige Interpretation von Gott im Himmel, der mit seinem Bart irgendwie aussah wie ich; und mein Lieblingsstück – ein Hund auf der Toilette. Anna hatte mich dazu gebracht, Letzteres in meinem Büro aufzuhängen. Ich fand, es würde besser ins Bad passen. Na, also ehrlich! Ein Hund *auf* der Toilette *über* der Toilette? Was könnte toller aussehen? Doch diese Verhandlung hatte ich verloren, und sobald einer zum Sieger erklärt war, gab es keine Chance mehr. Verhandlungsergebnisse waren in Stein gemeißelt. Buchstäblich. Ich hatte sie auf einen Fels im Garten geschrieben.

Das »Spielzimmer« befand sich am anderen Ende des Hauses, und wir brauchten ein paar Minuten, um dorthin zu gelangen. Ich wollte Anna schon daran erinnern, dass wir zu spät zur Probe kamen, ließ es dann jedoch. Ich liebte dieses Spiel. Manchmal widersprach ich Anna nur, damit wir es spielen konnten. Das Spielzimmer war ein Paradies für Kinder. Dort gab es eine Popcorn-Maschine wie im Kino, sodass es in dem Zimmer stets wunderbar roch. Außerdem stand dort ein halbes Dutzend altmodischer Spielautomaten, einschließlich Frogger. Es gab ein Bällebad für Gibson, in dem wir sie meist fanden, wenn sie verschwunden war, und sogar einen Schlagkäfig fürs Baseballtraining sowie einen Boxsack. Doch was Anna und ich nutzten, um Streitigkeiten zu klären, befand sich mitten im Raum: der Pingpongtisch.

Anna baute auf, während ich Gibson in der Nähe des Bällebads absetzte. Vor Freude quiekend bewegte sie sich schnurstracks darauf zu. Mit einem großen Sprung hechtete sie bäuchlings in die bunten Plastikkugeln und wischte mit Armen und Beinen darin herum, als würde sie im Schnee einen Engel machen. Ich wünschte, das Bad wäre größer, und ich könnte mich zu ihr gesellen.

Als ich mich zum »Verhandlungstisch« begab, hatte Anna schon zehn Tassen auf ihrer Seite zu einer Pyramide aufgebaut und war dabei, zehn Becher auf meiner Seite zu stapeln. Weil sie schwanger war und keinen Alkohol trinken durfte, waren Annas Becher mit Selterswasser gefüllt. Das schränkte den Spaß zwar etwas ein, war jedoch nicht zu ändern. Baby Hancock musste mindestens fünfzehn Jahre warten, bis er echtes Bier-Pong spielen durfte. Anna hatte auch diese Verhandlung gewonnen.

Ich half ihr, meine Becher mit einem leckeren Schokoladen-Starkbier zu füllen; es war eher Nachtisch als Alkohol, aber ich stand auf Süßes. Als alles aufgebaut war, warfen wir eine Münze, wer anfing. »Kopf«, sagte ich lächelnd. Wenn ich wählen durfte, entschied ich mich immer für Kopf, obwohl Zahl auch nicht schlecht war.

Anna warf die Münze in die Luft, fing sie und schlug sie auf ihren Handrücken. Als sie die Finger hob, beugten wir uns beide vor, um zu sehen, wer anfangen durfte. Es war Zahl, was vorherzusehen gewesen war. »Ich fange an«, erklärte sie grinsend.

»Kein Problem. Ich bin sowieso lieber als Zweiter dran.« Ich kniff sie in den Po. »Damen sollten immer zuerst kommen.«

Anna lachte mit dieser tiefen, verführerischen Stimme, woraufhin sich in meiner Hose erneut etwas regte. Dann nahm sie ihren Ball und bereitete ihren Schlag vor. »Auf einen kurzen Besuch«, sagte sie, bevor sie den Ball fliegen ließ.

Er platschte geschickt in einen meiner Becher, und ich nickte anerkennend. Mein Mädchen war begabt; das machte das Spiel erst interessant. »Warte es ab, Süße. Warte es nur ab!«

2. Kapitel

Der Tag, an dem der geile Typ starb

Es war offiziell. Meine Familie würde zwanzig Tage bleiben. Anna hatte das Ergebnis unseres Spiels akzeptiert, war jedoch nicht glücklich damit. Mit düsterer Miene packte sie Gibson in unsere »Familienkutsche« – einen knallgelben Hummer; ich wollte, dass man uns schon von Weitem sah. Aus Sicherheitsgründen versteht sich.

Als sie Gibson auf ihrem Kindersitz anschnallte, sah sie mich wütend an. »Ich fasse es nicht, dass du den letzten Schuss gemacht hast«, murmelte sie.

Noch etwas angeheitert vom Spiel und meinem zugegeben glücklichen Schlag, durch den ich die Auseinandersetzung gewonnen hatte, pustete ich auf meine Fingerknöchel und rieb sie anschließend an meinem Hemd. »Stelle nie den Meister in Frage, Süße.«

Sie verdrehte die Augen, lächelte jedoch. »Na ja, wenn ich zu gereizt und müde bin, um noch mit dir ins Bett zu steigen, denk dran, dass *du* es so gewollt hast.«

Mein Lächeln erstarb. »Wie meinst du das? Du gehst immer mit mir ins Bett … darum läuft es so gut mit uns. Das schweißt uns zusammen.« Ich verschränkte meine Finger, schob sie ein paarmal zusammen und wieder auseinander und simulierte das, worin wir beide so verdammt gut waren.

Anna musterte mich von Kopf bis Fuß, dann erwiderte sie: »Ich sage ja nicht, dass ich es nicht mit dir treiben *will*, aber die

Chancen verringern sich mit jedem Tag, den deine Familie hier ist. Ich warne dich nur.«

»Tja, das ist mies.« Ich warf den Beutel mit Gibsons Sachen mit mehr Wucht als nötig auf den Rücksitz. Er kippte um, und einige ihrer Windeln fielen heraus. Vielleicht hätte ich erst nachdenken sollen, bevor ich mich auf diese Auseinandersetzung eingelassen hatte. Jetzt war es zu spät. Die Unantastbarkeit des Verhandlungsergebnisses war mir heilig.

Schnaubend erklärte ich: »Ich mache mir keine Sorgen. Ich wette, ich kann dich umstimmen.« Ich griff mir in den Schritt und schaukelte die Jungs in einer jahrhundertealten Geste, die ausdrückte: *Ich weiß, dass du verführt werden willst.* »Ein paar Tage ohne den großartigen Kerl, und du gehst die Wände rauf. Du wirst mich anflehen, damit ein bisschen was passiert.«

Mit einem amüsierten Lächeln schüttelte sie den Kopf und erwiderte: »Das wird die Zukunft zeigen.«

Ich lächelte lasziv. »Ganz genau.«

Mit skeptischer Miene nahm sie auf dem Fahrersitz Platz. »Das war kein Ja.«

Mein Grinsen wuchs, während ich mich auf dem Beifahrersitz niederließ. »Aber auch kein Nein. Dein Hintern gehört mir, MILF.«

Sie startete den Wagen. »Meinetwegen … DILF.« Ihrer Miene nach zu urteilen glaubte sie mir nicht. Doch ich spürte tief in meinen Lenden, dass sie auf Griffins Schnellzug reiten wollte, sobald sie wieder konnte. Das hatte mich die Erfahrung der Vergangenheit gelehrt.

Die Fahrt zu Kellans Haus dauerte ewig. Ich hatte wirklich keine Ahnung, warum er darauf bestand, im Nirwana zu wohnen. Oder warum wir weiterhin bei ihm probten. Evans Wohnung war doch prima. Besser als je zuvor, nachdem er jetzt über noch mehr Platz verfügte. Und außerdem lag sie in der Nähe.

Man brauchte nicht dreitausend Stunden dorthin. Klar, Kellan hatte einen schalldichten Raum mit Aufnahmetechnik und allem Drum und Dran eingerichtet, und ja, er wohnte so weit weg, dass uns nichts störte außer hin und wieder ein Waschbär oder ein Grizzly, aber ehrlich, die Abgeschiedenheit war die Schmerzen an meinem Hintern nicht wert.

Als endlich das Tor zu Mordor vor uns auftauchte, war ich wieder ganz nüchtern. Dabei wäre ich jetzt gern ein bisschen angeheitert gewesen. Gibson verfolgte ihre Lieblingsfernsehsendung auf dem DVD-Player vor ihr. Es war die dritte Folge auf der DVD, und meine Nerven waren etwas angegriffen. Wenn mich noch einer von diesen kleinen Trotteln irgendeinen Mist fragte, wie zum Beispiel welche Farbe der Himmel hatte, würde ich auf etwas einschlagen.

Kellans »Festung der Einsamkeit« war von einem sechs Fuß hohen Zaun aus Holz und Metall umgeben. Der schrie: *Lasst uns bloß in Ruhe!* Sie hatten noch keinen Graben ausgehoben, aber sicherlich würde es den bald geben. Vor dem beeindruckenden neun Fuß hohen Metalltor befand sich eine Gegensprechanlage. Da das Tor – wie immer – geschlossen war, fuhr Anna ihr Fenster herunter und betätigte den Rufknopf. Nach einer halben Minute ertönte eine dünne, durchdringende Stimme aus dem Lautsprecher. »Bitte nennen Sie Ihren vollen Namen und den Grund Ihres Besuchs.«

Auch mit verstellter Stimme erkannte ich Kellan sofort. Ich beugte mich zu meiner Frau hinüber und schrie in den Lautsprecher: »Mein Name ist Griffin Du-kannst-mich-mal-Hancock, und ich bin hier, um Kellan Kyle in die Eier zu treten. Jetzt lass mich verdammt noch mal rein, du asoziale Dumpfbacke.«

Kellan klang wieder wie er selbst, als er erwiderte: »Wow. Küsst du dein Kind mit diesem Mund?«

Überall am Eingang waren Kameras installiert. Eine auf der Gegensprechanlage und eine auf jeder Seite des Tors. Es war unmöglich, hier unbemerkt hineinzugelangen. Ich lehnte mich über Anna, damit Kellan deutlich mein Gesicht sah und entgegnete: »Ja, ich lecke auch meine Frau wie ein Eis aus der Tüte.« Nur damit er sich ekelte, wackelte ich mit der Zunge. Oder Kiera, wenn sie ebenfalls zusah. Lächelnd fügte ich hinzu: »Das mache ich jetzt am besten gleich, solange ich darauf warte, dass das Tor endlich aufgeht. Du kannst ja zusehen.«

Ich versenkte den Kopf in der schmalen Lücke zwischen Annas Bauch und dem Lenkrad. Sie lachte und strich mit den Fingern durch meine Haare, während aus der Gegensprechanlage ein angewiderter Laut drang. Kurz darauf öffnete sich quietschend das Tor. »Gott … komm bloß rein, bevor ich es mir anders überlege und das Tor für immer schließe … genau wie meine Augen.«

Gibson kicherte, als ich meinen Kopf von Annas Schoß hob. »Eis, Daddy! Eis!« Anna blickte sich schnaubend nach ihrer Tochter um, dann fuhr sie uns schnell durchs Tor. Wenn wir zu lange zögerten, sperrte Kellan uns vielleicht tatsächlich noch aus.

Kellans Auffahrt war ungefähr sechzigtausend Meilen lang, und es gab ein paar ordentliche Schlaglöcher. Kellan sollte sich wie ein anständiger Hausbesitzer verhalten und den Mist in Ordnung bringen. Nach dem dritten Loch legte Anna eine Hand auf ihren Bauch. »Ich muss so dringend pinkeln«, sagte sie mit zusammengebissenen Zähnen. Das überraschte mich nicht; sie musste alle fünf Minuten aufs Klo. Als das dreistöckige Gebäude vor uns auftauchte, parkten Matts und Evans Autos schon in der Auffahrt. Anna hielt neben Matts Truck, stellte die Schaltung des Hummers auf Parken und stürzte aus dem Wagen, ohne den Motor auszuschalten. Als ich beobachtete, wie sich ihr perfekter Hintern schwingend entfernte, fragte ich mich, ob sie nicht einfach einen Busch hätte nehmen können. Ich hätte es ihr nicht verübelt. Kellans Haus lag auf einem Hügel, und es führten mindestens hundert Stufen zur Eingangstür hinauf. Vielleicht sogar mehr. Es war nervig. Bevor er den Graben anlegte, sollte er über einen Fahrstuhl nachdenken. Oder einen Kran. Das wäre toll.

Ich drehte mich auf meinem Sitz zu Gibson um. »Sieht aus, als wären nur wir zwei übrig, Süße.«

Gibson grinste mich breit an. »Eis.«

Ich lachte über ihre Hartnäckigkeit und löste meinen Sicherheitsgurt. »Okay, vielleicht gibt es ja bei Tante Kiera Eis.« Gibson klatschte in die Hände, während ich die Vordertür schloss.

Nachdem ich mir Gibsons Tasche über die Schulter gehängt hatte, befreite ich sie aus ihrem Autositz und hob sie auf meine Arme. Sie gähnte und steckte mich damit an. »Ja, ich weiß. Onkel Kellan lebt quasi in einem anderen Land. Wenn wir noch bei Onkel Evan proben würden, wären wir schon fertig mit der Probe, aber nein, wir müssen alle leiden, nur damit Kellan seine ›Privatsphäre‹ hat.« Ich blickte sie ernst an und fügte hinzu: »Manchmal ist Familie echt nervig. Nicht immer … aber manchmal.«

Gibson legte den Kopf schief, als würde sie über meine Aussage nachdenken, dann schloss sie die Augen und schlief ein. Lachend tätschelte ich ihren Rücken. Dann drehte ich mich um, musterte die fünftausend Stufen vor mir und stöhnte. »Verdammt«, knurrte ich und begann den stundenlangen Aufstieg.

Als ich oben ankam, war mir heiß und ich schwitzte. Es folgten fünf weitere Stufen bis zur vorderen Veranda. An der roten Tür hatte ich die Nase voll von Stufen. Ich klopfte mit dem Stiefel an, dann riss ich sie mit der freien Hand auf, bevor jemand antworten konnte.

Kellan und Matt standen zusammen mit Matts Freundin Rachel im Eingang. Rachel klebte an Matt, als würde sie in die Luft schweben, wenn sie sich nicht an ihm festhielt. Kellan und mein Cousin sprachen über den Tourneeplan der Band. Matt anzusehen war wie in einen blinden, gesprungenen Spiegel zu blicken. Klar, wir sahen uns ähnlich, aber meine Attraktivität war klar und deutlich zu erkennen, während seine versteckt war, eine sepiafarbene Kopie von mir, die nicht an meine Brillanz heranreichte. Kellan war … na ja, eine Menge Frauen schienen ihn für den Traummann zu halten. Nein, sorry, Mädels. Das ist er nicht. Das markante Kinn, die tiefblauen Augen und die wuseligen Haare waren nichts Besonderes. Und klar, er war trainiert, aber sein Körper neben meinem nur so lala. Meine Körperkunst machte meine Haut deutlich interessanter als seine langweiligen definierten Formen. Egal. Seine Bauchmuskeln waren sowieso mit Airbrush aufgemalt. Das hatte ich irgendwo gelesen und glaubte es. Für ein derartiges Sixpack trainierte Kellan nicht genug.

Matt war mitten im Satz, doch kaum war ich durch die Tür, unterbrach ich ihn. »Was zum Teufel sollen diese ganzen Stufen, Kell?« Ich rückte Gibson auf meinem Arm zurecht und stieß hervor: »Weißt du, vielleicht hättest du die Auffahrt auf den Hügel legen sollen *vor* das Haus und nicht an den Fuß des Hügels. Dann müsstest du nicht jedes Mal einen verdammten Mount Everest erklimmen, wenn du aus dem Auto steigst.«

Kellan runzelte die Stirn. »Ich habe das Haus nicht entworfen, Griff.«

Mit einem Schulterzucken ließ ich Gibsons Tasche auf den Boden fallen. »Ja, aber du kannst es doch umgestalten, oder nicht? Du bist ja schließlich nicht der Leadsänger der erfolgreichsten Band der Welt und machst jeden Tag mehr Knete als die meisten Menschen in ihrem ganzen Leben.« Ich hielt einen

Moment inne, dann sagte ich: »Ach, halt, das bist du ja doch. Also, bring den Scheiß in Ordnung.«

Annas Absätze klackerten über die Fliesen, als sie ins Zimmer trat. »In diesem Punkt stimme ich ihm zu, Kellan. Dieser Anstieg nervt, vor allem wenn eine Bowlingkugel auf deine Blase drückt. Fast hätte ich eure Rosen gewässert.«

Sie hob eine Braue, und Kellan zeigte sein typisches Millionen-Dollar-Grinsen. »Schön, dass du es nicht gemacht hast. Wie geht's dir, Anna?«

Ich wusste, dass Kellan total verknallt in seine Frau war, aber manchmal ärgerte es mich, dass er meiner gegenüber so nett war. Vielleicht lag das daran, wie wir uns kennengelernt haben. Anna und ich, nicht Kellan und ich. Sie hatte ihre Schwester Kiera besucht und Kellan für ungefähr fünf Sekunden schöne Augen gemacht, bis sie mich entdeckt hatte. Anschließend hatte Kellan keine Chance mehr bei ihr. Ich glaube, das nimmt er mir immer noch übel. Aber Anna hatte sich von ihm abgewandt. *Tja, sorry, Kell, aber sie gehört mir. Von den vollen Lippen bis zu ihrem erstklassigen Hintern … alles meins.*

Anna kam seufzend zu mir. Sie tätschelte ihren Bauch und erwiderte: »Ich wünschte, es wäre schon September.«

Kellans Augen strahlten diese mitfühlende Sanftheit aus, bei der die Frauen immer wieder in Ohnmacht fielen. Egal. Dieses alberne Ich-sorge-mich-um-dich-Gesicht konnte ich auch aufsetzen. »Bist du dir sicher, dass du mit auf Tournee gehen willst, Anna? Das ist knapp vor deinem Stichtag.«

Anna gähnte und nickte gleichzeitig, während sie neben mich trat. Da Gibson schon auf meiner Schulter eingeschlafen war, nahm ich an, dass meine zwei Mädchen während der Probe ein kleines Nickerchen machen würden. Wie gern würde ich mich zu ihnen legen. »Ja«, erklärte sie Kellan. »Es langweilt mich zu Tode, allein im Haus rumzuhängen, während ihr Jungs euch amüsiert.« Grinsend blickte sie zu mir auf. »Außerdem bringt es dem Baby Glück, wenn ich den letzten Monat unterwegs bin. Sieh dir doch nur an, wie wundervoll dieses geworden ist.« Sie küsste Gibson zärtlich auf die Schulter.

Sie hatte recht. Gibson war perfekt. Wir waren irgendwo im Osten mit der scharfen Sienna Sexton auf Tournee gewesen, als Anna Gibson ausgespuckt hatte. An dem Abend hatte ich den Auftritt verpasst, um im Krankenhaus zu sein, aber das war mir egal gewesen. War es noch immer. Um bei der Geburt meines Kindes dabei zu sein, hätte ich jeden Auftritt der Welt sausen lassen.

Mit einem neuerlichen Gähnen nahm Anna mir Gibson ab. Gibson stieß einen Seufzer aus und streckte sich, doch das war auch ihre einzige Bewegung. Anna drückte sie fest, dann blickte sie zu Kellan hinüber. »Sie hat letzte Nacht nicht gut geschlafen. Ich lege sie hin. Wo ist Kiera?«

Kellan deutete nach oben. »Sie legt gerade Ryder hin.«

Anna nickte, dann seufzte sie, als sie noch weitere Treppenstufen vor sich sah. Sie drehte sich zu mir um und beugte sich vor, um mich zu küssen. »Wir sehen uns nach der Probe.«

Ich sah die Chance, mit einer heißen Frau zu knutschen, fasste ihre Wange und zog ihre Lippen zu meinen. Als sie sich berührten, schob ich meine Zunge in ihren Mund. Sie stieß einen tiefen Laut aus, der mich sofort erregte, und ich fasste ihr Gesicht mit der anderen Hand. *Ja …*

Als es gerade heiß wurde, räusperte sich jemand. Ich sah auf und bemerkte, wie Matt das Gesicht verzog. »Nimm dir ein Zimmer, Kumpel.«

Mit schiefem Grinsen löste ich mich von Anna. »Wir sind in einem Haus, Idiot. Das ist wie unser Riesenzimmer.«

Anna kicherte, dann strich sie mir über den Arm, verabschiedete sich und ging mit ihrem süßen Hintern davon. Ich verfolgte ihren wiegenden Gang, bis sie ganz verschwunden war. Dann richtete ich meinen Schritt und wandte mich an Kellan. Er musterte mich mit einer Mischung aus Abscheu und Belustigung. Als ich zu ihm trat, wich er einen Schritt zurück und hielt sich schützend die Hände vors Gemächt. Zuerst war ich verwirrt, bis mir wieder einfiel, was ich vor dem Tor gesagt hatte.

»Entspann dich, Sonnenschein. Ich lasse deine Familienjuwelen in Ruhe. Anna möchte, dass Gibson und das Neue noch einen Cousin bekommen.« Nachdenklich tippte ich mir ans Kinn. »Oder aber? Vielleicht triffst du die hohen Töne dann besser.«

Kellan wich noch einen Schritt zurück. »Die schaffe ich auch so, danke.«

Ich knackte mit den Fingern. »Okay, aber das Angebot steht, wenn du es dir anders überlegen solltest.«

»Alles klar«, murmelte er lachend.

»Ist Evan da?«, fragte ich. Sein Truck stand zwar draußen, aber er könnte ja ein Stück spazieren sein oder so. Obwohl ich nicht wüsste, weshalb er das tun sollte. Wahrscheinlich würde er von Wölfen gehetzt oder von Bigfoot gejagt. Gott, ich vermisste die Zivilisation.

Kellan deutete hinter sich auf den schallisolierten Raum, in dem wir probten. »Er arbeitet da mit Jenny an etwas.«

Sofort sah ich Evan vor mir, der sich über seinem Schlagzeug über seine Verlobte beugte. Ich imitierte mit den Hüften, was Evan vermutlich tat. »Na, klar.«

Rachel machte ein Geräusch und zog damit meine Aufmerksamkeit auf sich. Sie schloss den Mund und wurde knallrot. Rachel war schüchterner als Kiera, was eine Menge sagte. Das Mädchen sprach derart wenig, dass ich oft vergaß, dass sie überhaupt da war. Und wenn sie etwas sagte, klang ihre Stimme normalerweise leise und höflich. Ich würde gern nur ein Mal sehen, wie sie aus dem immer freundlichen Rahmen fiel. Unter der ruhigen Schale schlummerte etwas Wildes, da war ich mir sicher.

Rachel sah einen Moment auf den Boden, dann hob sie den Blick zu Matt. »Ich hole Jenny, wir wollen an ihrer Webseite arbeiten.«

Matt nickte, dann verzog er das Gesicht. »Ich finde, sie sollte noch mal über den Namen ihrer Galerie nachdenken.«

Rachel zuckte die Schultern. »Sie besteht darauf.«

Verwirrung umspülte mich wie schmutziges Meerwasser. *Wovon zum Teufel reden die?* »Was nennt sie wie? Welche Galerie? So ein Kunstdingsbums?« Mir kam eine Idee, die ich sofort preisgab. So war ich nun mal – äußerst aufmerksam. »Sucht sie noch ein Thema, das sie malen kann?« Ich streckte die Zunge raus und umfasste mich selbst. »Denn man hat mir gesagt, dass mein *Thema* ein wahres Kunstwerk sei.«

Matts Miene wirkte leer, während Rachel noch stärker errötete; fast färbten sich ihre Ohrmuscheln violett. Nachdem Rachel davongeeilt war, als stünden ihre Haare in Flammen, sah Matt mich düster an. Ich war es gewohnt, dass sich seine schmalen Lippen missbilligend verzogen, sodass mich das nicht weiter beunruhigte. In für ihn typisch sarkastischem Ton brummte er: »Nein. Ich glaube, was man dir gesagt hat, war, dass *du* ein hartes Stück Arbeit bist. Das klingt so ähnlich, aber es gibt einen wichtigen Unterschied. Wenn du das nicht verstehst, kann ich dir eine Zeichnung machen.«

Während ich ihm den Mittelfinger zeigte, beantwortete Kellan meine Frage. »Jenny macht in der Stadt eine Kunstgalerie auf. Sie soll Bagettes heißen und eröffnet an dem Tag vor unserer Tournee. Wir spielen bei der Eröffnung.« Kellan blickte mich erwartungsvoll an, aber das war mir alles neu. Als er meinen leeren Blick bemerkte, zog er die Brauen zusammen und meinte: »Darüber reden wir seit drei Proben, Griff. Erinnerst du dich denn nicht?«

Ich zuckte die Schultern. Sie redeten eine Menge Unsinn, ich hörte nicht immer zu. Normalerweise war ich zu sehr damit beschäftigt, meinen großen Auftritt zu planen. Den Auftritt, über den ich heute mit ihnen sprechen würde. Es wurde Zeit. Sobald wir alle zusammen waren, würde ich die Aufmerksamkeit, den Spot verlangen, den ich verdiente.

Kellan schloss die Augen und schüttelte den Kopf. Er öffnete den Mund, als wollte er etwas sagen, überlegte es sich dann jedoch anders und schloss ihn wieder. Mir egal. Ich brauchte keine weitere Predigt.

Kellan ging voran ins Studio, und Matt und ich folgten ihm. Während wir durchs Wohnzimmer gingen, schlug Matt mir auf den Rücken. Er lächelte, also hatte ich ihn offenbar irgendwie amüsiert. So lief das zwischen uns. Wir machten bissige, grobe, abschätzige Bemerkungen mit einer Prise Humor. Wir machten uns gegenseitig an und später lachten wir darüber. Das war unser Ding. Ich klatschte ihm ebenfalls auf den Rücken. *Nichts passiert.*

Kellan öffnete die Schiebetür zum Garten und winkte uns hindurch, als wäre er unser Butler. In mir tauchte ein Bild von Kellan auf, der mich von vorn bis hinten bediente und stets mit einem Tablett voll Bier und Schweinekrusten bereitstand. Ha! Das wäre supergeil. Schnaubend ging ich an ihm vorbei, aber er fragte nicht, was mich so amüsierte. Er wusste schon, warum.

Das Studio lag auf der anderen Seite des Pools. Das kühle Wasser sah erfrischend aus, und ich spielte mit dem Gedanken, Matt hineinzuschubsen, als wir daran vorbeigingen. Ich ließ es jedoch, wofür ich mich noch mehr schätzte. Die Jungs sollten mir wirklich mehr Anerkennung für das zollen, was ich alles nicht tat. Wenn sie wüssten, auf wie viele tolle Ideen ich verzichtete, sie wären von meiner Selbstbeherrschung beeindruckt.

Jenny und Rachel kamen uns aus dem Studio entgegen. Rachel hatte ihren Laptop unter den Arm geklemmt, und Jenny strahlte und freute sich über irgendetwas wie ein Schneekönig. Evans Braut hatte fast von Beginn an zum Inventar unserer Lieblingsbar gehört. Ich kannte sie so gut wie die Speisekarte. Apropos ... die könnte Pete wirklich mal aufpeppen. Es gab noch nicht einmal Zungen-Tacos. Welche anständige Bar hatte die nicht? Wenn es meine Bar wäre, würde ich Zunge mit allem servieren. Meine Zunge. Für die Mädels.

»Hey. Jenny. Bagettes, ja?«, sagte ich, als sie an mir vorbeiging.

Die kecke Blondine wandte ihre Brüste in meine Richtung. »Ja ... eigentlich wollte ich sie D-Bagettes nennen, aber ich dachte, das würde vielleicht einige Kunden abhalten, also habe ich es abgekürzt.« Sie legte den Kopf schief wie ein verwirrtes Hündchen. »Es wundert mich, dass du dich daran erinnerst.«

Ich grinste sie schief an und tippte mir an den Kopf. »Ich erinnere mich an alles. Mein Gehirn ist ein Gefängnis aus Stahl – dem entkommt nichts.«

Matt stieß mir mit dem Ellbogen in die Rippen. »Es geht aber auch nichts rein.«

Ich warf ihm einen wütenden Blick zu. Am Ende des Tages würde er doch noch im Pool landen, und daran war er ganz alleine schuld. Ich konnte schließlich nur eine begrenzte Zeit brav sein. »Du hast Glück, dass du aussiehst wie ich«, erklärte ich ihm. »Sonst müsste ich dich jetzt fertigmachen.« Matt wirkte geschockt, dass ich ihn auf unsere Ähnlichkeit hingewiesen hatte. Während sein Gesicht diverse Phasen von Abscheu durchlief, bemerkte ich sachlich: »Ich habe zu viel Respekt vor den Genen, um dir in den Hintern zu treten.«

Kellan und Jenny lachten über meine Bemerkung. Rachel

runzelte die Stirn und sah einen Moment wie mein Cousin aus. Mit ungläubiger Miene hob Matt einen Finger. »Warte mal kurz … nur dass ich das richtig verstehe. Du hast mir aus … Respekt … nicht in den ›Hintern getreten‹?« Er malte Anführungszeichen in die Luft.

Lächelnd nickte ich. »Ja.«

»Liegt das nicht eher daran, dass du ein Schlappschwanz bist? Ein durchgegarter Spaghetti?«, erwiderte er mit einem *Ich-bin-ja-so-witzig*-Grinsen auf den Lippen.

Ich lachte laut auf. »Wovon redest du? Ich bin ein harter Typ. Weißt du noch, wie ich in L.A. diesen Typen verprügelt habe?«

»Er war blind.«

Ich hob verteidigend den Finger. »Das wusste ich damals nicht. Und ehrlich, er hat Scheiße geredet. Das steht über dem Behindertenbonus, also war es fair.«

Matt fiel die Kinnlade herunter. »Behindertenbonus?« Noch immer fassungslos schüttelte er den Kopf. »Es überrascht mich immer wieder aufs Neue, dass wir verwandt sind.« Er blickte zu Rachel hinüber. »Ich glaube nicht, dass ich mich je damit abfinden werde.«

Lachend schlug ich mir auf die Brust. »Ja, ich weiß. Es ist schwer, mit einem gottgleichen Wesen wie mir verwandt zu sein. Das würde mir genauso gehen … aber Gott sei Dank – auch bekannt als ich – bin ich nicht du.«

Matt wollte etwas sagen, doch Rachel kam ihm zuvor. »Wir arbeiten im Haus, Süßer.«

Matt schien dankbar für die Ablenkung und wandte ihr seine ganze Aufmerksamkeit zu. »Okay. Ich komme dann nachher zu euch.«

Matt gab ihr einen flüchtigen Kuss auf die Wange, während Kellan die Tür zum Studio öffnete. Zuvor war es ruhig gewesen, doch jetzt drang der Sound des Schlagzeugs zu uns. Evan arbeitete an dem Beat für einen von Kellans neuen Songs. Ich wusste nicht, wo Kellan all das Zeug hernahm, aber er schleppte immer neue Texte an. Und Matt und Evan flippten bei allem aus, was er ihnen zeigte. Doch über alles, was *ich* ihnen zeigte, rümpften sie die Nase. *Wir können nicht übers Rülpsen singen, Griffin … Im Refrain darf es nicht darum gehen, dass die Leute mehr Alben von uns kaufen sollen … Du kannst nicht deine richtige Telefonnummer in einem Song unterbringen, Dumpfbacke.* Zimperliche Tussen. Irgendwie fehlte ihnen der Blick für das Geniale.

Als ich mich zu der Ecke begab, in der die Instrumente standen, winkte ich Evan zu. Er wirbelte einen Stock in seiner Hand herum und nickte uns zur Begrüßung mit dem Kopf zu. Matt hatte an beiden Armen Manschetten tätowiert und besaß die meisten Tattoos von uns allen. Auch bei den Piercings lag er vorn – er besaß eine Brauennadel, eine Ohrschnecke, und seine Nippel waren gepierct. Allerdings hatte er kein Piercing am Penis. Ich war der einzige D-Bag, der diesen Titel für sich beanspruchen konnte.

Während ich den Kühlschrank öffnete, um mir ein leckeres Getränk zu nehmen, hörte ich, wie Matt sagte: »Mir ist schlecht, Leute.«

Ich fand ein Bier zwischen den antialkoholischen Getränken und richtete mich auf. »Kurz vor der Tour? Das ist ja ätzend. Hoffentlich bist du mit der Kotzerei durch, bevor wir losfahren.«

Matt schüttelte den Kopf. »Nein, ich bin nicht krank, mir ist schlecht vor Aufregung.«

Erneut verstand ich nur Bahnhof. Ich wusste, dass Matt nicht gern im Mittelpunkt stand, aber wir hatten das doch schon unzählige Male gemacht. Er durfte keine Angst mehr haben. »Warum zum Teufel bist du aufgeregt? Wir machen diesen Mist doch schon seit Jahren.«

Matt sah mich verblüfft an, als hätte ich etwas Offensichtliches verpasst. Ich hasste diesen Blick. Er gab mir das Gefühl, dumm zu sein, und das war ich nicht. Ich war schlau. Schlau, begabt und gut aussehend. Ich war ein Komplettpaket – eine dreifache Bedrohung.

»Wegen Rachel …«, erwiderte er langsam. »Weil ich sie doch fragen will, bevor wir auf Tournee gehen. Weißt du, was ich meine?«

Nein. Keine Ahnung. »Willst du sie fragen, ob sie … in der Band mitspielt? Ich weiß nicht, Mann. Ich mag Rachel und alles, aber ich glaube nicht, dass sie mit den Scheinwerfern klarkommt. Ich glaube, sie würde schreiend von der Bühne rennen … was eigentlich ganz unterhaltsam wäre, also ja, fragen wir sie.«

Ich blicke mich strahlend um, doch niemand lächelte zurück. Waren sie etwa dagegen, dass Rachel in der Band mitmachte? *Wow … krass.*

Matt seufzte. »Nein, du Vollpfosten, ich will sie fragen, ob sie mich heiratet.« Er hielt sich den Bauch. »Ich glaube, ich muss mich übergeben.«

Lachend klopfte Kellan ihm auf die Schulter. »Das wird schon. Es ist ganz leicht. Vier kleine Worte, das ist alles.«

Ich zählte mit den Fingern nach und hielt inne, als Kellan sich grinsend zu mir umdrehte. Fassungslos, dass mein Cousin freiwillig in den Pool der Ehe springen wollte, obwohl er das gar nicht musste, tat ich etwas überaus Nettes. Ich versuchte, es ihm auszureden. »Warum das um Himmels willen? Bleibt Freund und Freundin. Das funktioniert doch genauso, und es ist viel leichter, die Dinge zu beenden, wenn es nicht mehr so läuft. Du rufst sie einfach nicht mehr an.«

Alle drei starrten mich mit einem Ausdruck an, den ich nur allzu gut kannte – gleich würde mich einer beschimpfen. Was hatte ich gesagt? Launische Idioten. Ich hob die Hände, um die verbalen Attacken abzuwehren, die ich auf mich zukommen sah. »Nichts für ungut. Ich meine, Rachel ist superscharf. Ich verstehe total, dass du sie für immer vögeln willst, aber warum den ganzen Ehequatsch mitmachen, wenn du nicht musst? Du hast doch schon den besten Teil.« Ich leerte mein Bier, dann drückte ich die Dose zusammen und warf sie in den Mülleimer. *Elegant. Und die Menge tobt!*

Matt öffnete den Mund, schloss ihn und öffnete ihn erneut. Nach einer weiteren Sekunde wandte er sich an Kellan. »Darauf weiß ich wieder mal nichts zu entgegnen.«

Kellan zuckte die Schultern, dann fragte er an mich gewandt: »Wenn du so gegen die Ehe bist, warum hast du dann geheiratet?«

Damit kein Idiot auf die Idee kommt, mir wegzunehmen, was mir gehört. Ich zuckte die Schultern. »Ich habe sie geschwängert. Das gehörte sich so.« Ich fuhr zu Matt herum. »Heiliger Mist! Ist Rachel schwanger? Willst du deshalb unbedingt zum Altar schreiten? Wann ist sie fällig?«

Matt seufzte gereizt, er war kurz davor, die Geduld zu verlieren. »Sie ist nicht schwanger. Das ist nicht der Grund.«

Ich sah eine Chance, ihn zu ärgern, und verzog die Lippen zu einem unglaublich sinnlichen, teuflischen Grinsen. »Bist du dir da so sicher? Neulich, als sie an unserer Webseite gearbeitet hat, habe ich mich über sie gebeugt. Und … es gilt als bewiesen, dass ich unglaublich männlich bin. Vielleicht habe ich sie versehentlich geschwängert. Wenn dem so ist, entschuldige ich mich aufrichtig.«

Matt riss ängstlich die Augen auf. »Darüber macht man keine Witze.« Er bebte, als wäre gerade sein schlimmster Albtraum vor seinen Augen Realität geworden.

Ich musste lachen, unterdrückte es jedoch und quälte ihn

weiter. »Ja, traurige Sache, wir sehen uns so ähnlich … wie willst du dir da je sicher sein, dass das Kind nicht von mir ist?«

Matts Gesicht nahm eine leuchtend rote Färbung an, die mich an den Sonnenuntergang erinnerte. Wie hübsch. Seine Worte waren nicht ganz so hübsch. »Ich hasse dich aus tiefster Seele.«

Jetzt konnte ich mein Lachen nicht länger unterdrücken. Ich schlug ihm auf den Arm und schüttelte den Kopf. »Das sagst du seit Jahren. Das glaube ich dir nicht mehr.«

Matt seufzte erneut und ging dann weg, um sein Instrument zu nehmen. Kellan boxte mich gegen die Schulter, während Evan den Kopf schüttelte. *Was?* Es war lustig. Und wahr. Und Matt würde darüber hinwegkommen. Er würde eine Spitze gegen mich loslassen, die zehnmal schlimmer war, aber würde man ihn deshalb vorwurfsvoll ansehen? Nein, bei ihm würde man lachen. Mich runterzumachen war völlig okay, aber wenn ich dasselbe mit ihm tat, auweia … dann machten sich alle in die Hose. Egal.

Kellan und Matt nahmen ihre Plätze ein, und ich trottete zu meinem. Gott, wir kannten diese Songs in- und auswendig. Mussten wir sie denn immer noch proben? Wir würden sie schon nicht vergessen, wenn wir uns die nächsten Wochen freinahmen. Als ich meinen Bass griff, versuchte ich, den Jungs meinen Gedankengang zu erklären. »Hey, Leute, warum machen wir das eigentlich noch? Wir werden noch wochenlang jeden Abend denselben Mist spielen. Können wir nicht vorher eine Pause einlegen? Etwas Ruhe vor dem Sturm sozusagen?«

Matt schnaubte. War er immer noch sauer? Normalerweise kriegte er sich schneller wieder ein. »Eines Tages wirst du diesen Job ernst nehmen müssen, Griffin. Das ist nicht nur Spaß, du musst dir schon ein bisschen Mühe geben.«

Ich wandte mich zu ihm um und sah ihm in die Augen. »Ich gebe mir Mühe. Schließlich bin ich gekommen, oder?«

Offensichtlich noch immer sauer ließ Matt seine Gitarre zurück auf den Ständer fallen. »Es geht nicht nur darum, hier aufzutauchen und die Songs zu spielen, die wir dir vorsetzen, du Vollpfosten. Du bist das einzige Mitglied der Band, das nichts zum Prozess beisteuert. Du hilfst uns nicht mit neuen Songs, nicht mit dem Tourneeplan, nicht beim Marketing.« Er warf die Hände in die Luft. »Mir fällt ums Verrecken nicht eine Sache ein, die du für die Band machst. Außer hier herumzulabern.«

Im Raum wurde es so still, dass ich jeden atmen hörte. *Tja.* Da machte man eine Bemerkung über das Schwängern seiner Freundin, und Matt geriet völlig aus der Fassung. Wahrscheinlich war Rachel tabu. Na gut. Sag mir das ins Gesicht, und mach mich nicht vor allen runter.

Kellan ging zu Matt, legte ihm eine Hand auf die Schulter und raunte ihm etwas zu, das ich nicht hören konnte. Daraufhin schien sich Matt jedoch zu beruhigen. Ich blickte mich nach Evan um, doch der studierte einen Flecken auf seinem Drumstick, als wäre dieser plötzlich das Wichtigste auf der Welt.

Da niemand sich vor mich stellte und mich gegen Matts unverschämte Anschuldigungen verteidigte, beschloss ich, mich selbst zu verteidigen. »Das stimmt nicht, Cousin. Ich beteilige mich. Zumindest versuche ich es, aber ihr macht ja all meine Vorschläge zunichte. Ich mag euch schon gar nichts mehr erzählen, weil ich weiß, dass ihr sowieso nur Nein sagt. Manchmal lasst ihr mich noch nicht mal ausreden.« Ich hob meine Gitarre wie eine Waffe hoch, feuerte ein paarmal in die Luft und zerstörte meine frischgeborenen Gedanken, bevor sie eine Chance hatten, zu wachsen und zu gedeihen. Traumtöter.

Matt und Kellan tauschten einen Blick, dann sahen sie zu Evan. Dieser zuckte die Schultern und nickte. Matt schien noch immer mit seiner schlechten Laune zu kämpfen, sah mir jedoch in die Augen. »Okay … vielleicht ist da was dran.« Er presste die Lippen zusammen, als fiele es ihm schon schwer, das zuzugeben. »Also … gibt es eine Idee, über die du mit uns reden willst? Wir sind ganz Ohr.« Er verzog das Gesicht, schloss jedoch den Mund.

Als ich mich im Raum umsah, schlug mein Herz schneller. Das war es; ich hatte ihre volle Aufmerksamkeit, und diesmal konnten sie nicht Nein sagen. Sie konnten mich nicht mehr zurückweisen, nicht nachdem ich ihnen gerade klargemacht hatte, dass sie mir nie zuhörten. Ich hatte es verdient, und diesmal würden sie mir die Chance geben, auf die ich von Anfang an gewartet hatte. Ich spürte es. Heute war mein Tag.

Ich bemühte mich, so zu tun, als wäre es mir nicht so wichtig, und bemerkte lässig: »Ja, ich glaube, ich sollte auf der Tournee bei ›Stalker‹ den Lead übernehmen. Es wird Zeit, dass ihr mir ein kleines bisschen Anerkennung zollt.« Der Song hatte in der Mitte ein hammermäßiges Solo. Matt erhielt dafür tagelanges Kreischen, was er nicht einmal bemerkte. Er sah nur selten von seinem Instrument auf, um die Ekstase um sich herum zu betrachten. Was für eine Verschwendung.

Matt dachte genau fünf Sekunden über meine Bitte nach. »Nein.«

Hitze schoss mein Rückgrat hinauf, erfasste meinen Kopf und schlug auf mein Gehirn ein. Ich wusste, dass sie mich nicht ausreden lassen würden. Mann. Ich hatte eine Chance verdient. »Okay, wie wäre es dann mit einem anderen Stück? Du darfst eins aussuchen.«

Matt verschränkte die Arme vor der Brust. »Nein.«

Meine Wangen fühlten sich an, als würden sie brennen. »Nein? Das ist alles? Du willst noch nicht mal darüber nachdenken? Warum zum Teufel nicht? Wir haben beide als Leadgitarristen angefangen, Matt, und du weißt, dass ich super bin. Der einzige Grund, warum ich am Bass festhänge, ist, dass ich bei der Gründung der Band irgendwie den Kürzeren gezogen habe. Ich war der Angeschissene, aber das sollte nicht für immer so bleiben, und das weißt du auch.« Matt kniff die Augen zusammen, reagierte jedoch nicht auf meine durchaus überzeugenden Argumente. Also blickte ich hilfesuchend zu Evan und Kellan. »Habt ihr vielleicht auch eine Meinung dazu? Oder ist Matt jetzt der Einzige, der hier in der Band was zu sagen hat? Sollen wir uns in Matt-Bags umbenennen?«

Kellan schien nicht zu wissen, was er sagen sollte. Er sah mit einem *Was sollen wir tun?*-Blick zu Evan. Evan räusperte sich, dann deutete er mit dem Drumstick auf Matt. »Das ist sein Instrument, Mann. Das ist sein Auftritt. Wenn er Nein sagt … ist das sein gutes Recht.«

»Und was ist mit meinen Rechten? Ich wollte vom ersten Tag an die Leadgitarre spielen, aber ich wurde überstimmt, und jetzt werde ich wieder überstimmt. Ihr Idioten gebt mir nie eine Chance!« Meine Stimme klang laut und barsch, kräftig und gereizt.

Matt dagegen klang ruhig, als er antwortete. »Du achtest die Kunst nicht genug, Griffin. Du nimmst das Ganze hier nicht ernst genug. Hast du noch nie. Ich kann dir diese Verantwortung nicht übertragen, weil ich weiß, dass du nicht mit ihr umgehen kannst. Du wirst Mist bauen, und dafür bedeutet mir die Band einfach zu viel. Das kann ich nicht zulassen.« Er schwieg einen Moment, dann fügte er hinzu: »Es tut mir leid. Ich weiß, wie sehr du dir das wünschst, aber du wirst nie die Leadgitarre spielen, kapiert? Meine Antwort wird immer Nein lauten. Du solltest dich damit abfinden, damit wir weitermachen können.«

Mein klopfendes Herz hallte in meinen Ohren wider. Ich konnte nicht fassen, dass diese Idioten wieder Nein sagten … und diesmal sogar endgültig. Nie? Sie würden mich nie das Instrument spielen lassen, das ich immer hatte spielen wollen? Was zum Teufel? »Ein Song? Ihr vertraut mir noch nicht mal einen verdammten Song an? Habe ich je am Bass versagt? Nein. Ich bin an jedem einzelnen Abend und bei jeder einzelnen Probe voll da. Ich mache vielleicht Witze, aber ich erledige meinen verdammten Job, und das wisst ihr.«

Matt hatte die Lippen zu einer schmalen Linie zusammengepresst, seine Wangen waren dunkelrot, und er schüttelte den Kopf. »Meine Antwort lautet noch immer Nein. Das kommt nicht in Frage. Sorry. Ich wünschte, ich könnte es dir auf freundlichere Weise sagen, aber ich habe das Gefühl, dass ich jetzt am besten ganz offen bin … damit du aufhörst zu fragen. Unser System funktioniert gut, wir werden daran nichts verändern, nur damit du deine selbstverliebte Fantasie ausleben kannst. Es wird Zeit, dass du erwachsen wirst, Griffin.«

Erwachsen? Vergiss es. Wenn überhaupt, dann wurde es Zeit, dass ich mich wie ein unreifes Arschloch verhielt, denn das taten sie schließlich auch. Ich öffnete meine Hand und ließ die Gitarre auf den Boden fallen, wo sie mit einem dumpfen Knall landete. Es war ganz bestimmt etwas gebrochen. »Danke für die Anerkennung … du Arsch. Wenn du deine Meinung nicht änderst, gibt es für mich keinen Grund, hier zu sein und so zu tun, als würde ich zu dieser Band gehören. Ganz offensichtlich gehöre ich nicht wirklich dazu.«

Da ich Matts Anblick keine Sekunde länger ertragen konnte, stürmte ich aus dem Raum. Hinter mir hörte ich ihn schreien: »Ich muss zuerst an die Band denken, Griffin. Das ist nicht persönlich gemeint!« Ich zeigte ihm den Mittelfinger und knurrte: »Das auch nicht, du Arsch«, und schoss hinaus. Ich hörte noch, wie jemand rief, ich solle warten, dann fiel die Tür hinter mir zu und verschluckte jedes Geräusch. Ich ignorierte denjenigen, wer da auch immer hinter mir hergerufen hatte. Mit denen war ich fertig.

Als ich am Pool vorbeitobte, blieb ich stehen, um einen Stuhl hineinzuwerfen. Das Platschen war befriedigend, darum warf ich gleich noch einen hinterher. Und einen Tisch. Das kannst du schön alles wieder rausangeln, du Idiot. Dass ich mich meinem Wutanfall hingab, verschaffte Kellan die Zeit, mich einzuholen. Er kam aus dem Probenraum, sah mich und schritt auf mich zu. Gerade als ich nach einem weiteren Stuhl griff, um ihn ebenfalls in den Pool zu befördern, packte er meinen Arm. Wütend riss ich mich von ihm los. »Lass mich, Kell. Ich habe dir nichts mehr zu sagen.«

Er zog derart fest die Brauen zusammen, dass sie eine einzige besorgte Linie bildeten – *Eine Braue, um sie alle zu beherrschen …* »Worum ging es da gerade? Und wie hast du das am Schluss gemeint? Natürlich gehörst du zur Band, Griffin. Schon immer, und du wirst auch immer dazugehören.«

Ich stieß ihn einen Schritt zurück und zischte: »Für nette Worte ist es jetzt ein bisschen zu spät, Alter. Wenn du meinst, ich wäre so *wichtig*, hättest du dich da drin für mich geradèmachen können.« Zur Bekräftigung hob ich die Arme. »Als du zugesehen hast, wie er mich runtergemacht hat, ist mir ganz warm ums Herz geworden.«

Kellan seufzte. »Es ist kompliziert, Griff. Matt ist ein Genie an der Gitarre … er ist … Es ist sein Instrument. Er ist dafür geboren. Aber damit wollen wir dich nicht beleidigen. Du bist großartig am Bass, überaus begabt. Es ist nur … wir haben jeder unsere Rolle, weißt du? Und wir müssen sie so gut wir können ausfüllen.« Er legte mir eine Hand auf die Schulter. »Zum Wohle der Band bitte ich dich, die Sache auf sich beruhen zu lassen und … das mit dem Lead einfach zu vergessen. Bitte!«

Ich konnte ihn nur anstarren. Ich war innerlich taub. Fühlte es sich so an, wenn man seinen Traum aufgab? Wenn er einfach so zerplatzte? Solange ich denken konnte, hatte ich davon geträumt, alle Blicke auf mir zu spüren – ich wollte im Mittelpunkt der Aufmerksamkeit stehen. Matt hatte das nie gewollt. Aber er bekam das Instrument, mit dem man glänzen konnte, während ich das Instrument bekam, das jeder vergaß. Meine Rolle war es, unauffällig zu sein. Genau das, was ich nicht war, und ich hatte es satt, am Bass festzuhängen. Ich wollte mehr, aber das würden sie mir nicht geben.

Ohne etwas zu erwidern, drehte ich mich um und ging in Richtung Haus. Was sollte ich dazu auch sagen? Matt hatte gerade meine Hoffnung zunichtegemacht, dass ich je die Leadgitarre spielen würde. Mir blieb nichts anderes übrig, als es zu vergessen. Es zu vergessen oder mich aufzuregen. Und jetzt wollte ich mich aufregen.

Als ich zurück ins Wohnzimmer kam, saßen Jenny und Rachel bei der Arbeit. »Brauchst du was, Griffin?«, fragte Jenny, und ihre hellen Augen funkelten vor Glück.

Ich ignorierte sowohl ihre gute Laune als auch ihre Frage und rief nach Anna. »Sie ist oben mit Kiera«, erwiderte Rachel leise.

Ich knurrte eine Art Dankeschön und stapfte in Richtung Treppe davon. Diese verdammte Treppe. Ich trampelte nach oben und verfluchte bei jedem Schritt meine Bandkollegen. Ich stellte mir vor, dass der Teppich unter meinen Füßen ihre matschigen Gesichter waren. Als ich oben ankam, fühlte ich mich etwas besser. »Anna! Wo bist du?«

Augenblicklich erschienen Anna und Kiera im Eingang zum Schlafzimmer. Synchron legten sie die Finger auf die Lippen und zischten beide »Schhhh«.

Ich war heute schon genug gemaßregelt worden, darum senkte ich meine Stimme nicht. »Weck Gibson. Wir fahren.«

Sofort schlängelte Anna sich an Kiera vorbei und trat in den Flur. »Was ist denn los?«, fragte sie, während Kiera hinter ihr aus dem Zimmer trat. Die beiden Schwestern sahen sich ziemlich ähnlich, nur dass Anna deutlich kurviger als ihre schlanke, schmale Schwester war. Im Allgemeinen liebte ich diese Kurven, aber in diesem Moment wollte ich sie nur ins Auto verfrachten und weg von hier.

»Ich habe hier nichts mehr zu tun, darum fahren wir. Und wir müssen auch gar nicht mehr wiederkommen.« In der Hoffnung, dahinter meine schlafende Tochter zu finden, öffnete ich die erstbeste Tür. Doch nichts. Leer.

Ich machte mich daran, eine weitere Tür zu öffnen, aber Anna stellte sich mir in den Weg. »Lass uns nach draußen gehen und ein bisschen frische Luft schnappen.«

Dramatisch warf ich die Hände in die Luft und gab auf. »Na gut.« Egal, heute war ganz offensichtlich nicht mein Tag.

Ich ging zurück zu dieser verdammten Treppe, während Anna Kiera sagte, dass sie gleich wieder da wäre. Ich wartete nicht auf meine schwangere Frau, sondern eilte die Stufen hinunter und aus der Tür. Als ich die frische Luft auf meinem Gesicht spürte, beruhigte ich mich ein bisschen, aber aufgebracht war ich noch immer. Während ich auf Anna wartete, lief ich auf der Veranda auf und ab. Diese scheinheiligen Ärsche.

»Griff?« Als mich jemand sanft an der Schulter berührte, erschrak ich und zuckte zusammen. Ich drehte mich um und sah Anna hinter mir, die mich aus ihren grünen Augen besorgt ansah. »Was ist los?« Sie deutete auf die Vordertreppe, und ich setzte mich widerwillig hin.

Kaum saß ich, sank mir der Mut. Ich hatte den Tag so positiv begonnen, ich war mir so sicher gewesen, dass diese Tour *die* Tour sein würde. Damit war es aus und vorbei. Es würde derselbe alte Mist sein wie immer. Ich ließ den Kopf hängen und sank in mich zusammen. Anna setzte sich neben mich und strich mir tröstend sanft über den Rücken. Das half, meinen letzten Ärger zu vertreiben, es half aber nicht gegen meine wachsende Enttäuschung.

»Ein Song. Ich habe sie um einen verdammten Song gebeten … und die sagen einfach Nein.« Ich musterte meine Finger, während sich meine Träume vor meinen Augen in nichts auflösten. »Matt hat mir gerade erklärt, dass er mir nie die Chance geben wird, den Lead zu spielen, und der Rest der Jungs hat ihm zugestimmt. Ich bin erledigt … für immer am Bass … für immer im Schatten. Ich wollte nur einen Song, einen Moment im Scheinwerferlicht.« Seufzend blickte ich zu ihr auf. »Vier Minuten? Ist das zu viel verlangt?«

Annas Augen waren voller Mitgefühl. Sie strich mir mit den Fingern durch die Haare. »Nein … das ist überhaupt nicht zu viel verlangt.«

Ich nickte und senkte den Blick wieder auf meinen Schoß. »Ja, das dachte ich auch. Aber die geben mir noch nicht mal das.« Erneut wallte Wut in mir auf und umhüllte die Enttäuschung wie ein Umhang. »Ganz unter uns, Süße, manchmal … kann ich die Jungs echt nicht ausstehen.«

Anna küsste mich auf den Nacken und legte mitfühlend einen Arm um meine Schulter. »Das tut mir leid, Griffin.«

Ich schloss die Augen und ließ mich von ihrem Trost umfangen. Zumindest gab es einen Menschen auf der Erde, dem ich etwas bedeutete.

3. Kapitel

Der geile Typ kommt nicht zur Ruhe

Anna überredete mich, zur Probe dazubleiben. Sie sagte, wenn ich mich zusammenreißen würde und bliebe, dürfte ich zu Hause mit ihren weiblichen Geschlechtsmerkmalen spielen. Ich glaube, sie hatte gehofft, dass wir den Streit vergessen hätten, bis wir schließlich fertig wären und dass wir danach alle wieder beste Kumpel wären. Vielleicht hätte ihr Plan auch funktioniert, hätte ich nicht das Feuer geschürt, indem ich die ganze Probe über unaufmerksam war. Matt schrie mich drei Mal an, ich sollte mich konzentrieren, aber das hat mich kaltgelassen. Sie hatten mir bereits gesagt, dass mir die Achtung vor der Kunst fehlte, und sie würden mir nie die Chance geben, sie von etwas anderem zu überzeugen, also konnte ich ihre Erwartungen genauso gut erfüllen. Oder ihre mangelnden Erwartungen.

Als wir uns trennten, waren alle müde und gereizt. Gut. Ich wollte nicht der Einzige sein. Kaum waren wir fertig, verließ Matt hastig den Raum, und Evan folgte ihm dicht auf den Fersen. Als ich mit Kellan allein war, stieß er einen langen Seufzer aus. »War das deine Art, es auf sich beruhen zu lassen, Griffin? Es sah aus, als hättest du alles getan, um Matt sauer zu machen. Du warst sogar noch unerträglicher als sonst, und das will schon was heißen.«

Ich schüttelte den Kopf. »Ich habe nie gesagt, dass ich es auf sich beruhen lasse. Und außerdem ist Matt derjenige mit dem

Stock im Arsch. Vielleicht sollte die Band zusammenschmeißen und ihn chirurgisch entfernen lassen.«

Kellan stieß einen weiteren erschöpften Seufzer aus. »Er ist gerade ziemlich gestresst. Vielleicht solltest du dich ausnahmsweise mal in seine Lage versetzen und etwas Nachsicht mit ihm haben.«

Höhnisch stieß ich hervor: »Etwa wegen des Heiratsantrags? Wenn ihn schon allein die Vorstellung zu einem solchen Idioten macht, sollte er Rachel vielleicht besser nicht um ihre Hand bitten. Nicht jeder ist für die Ehe geschaffen.«

»Was?«

Eine leise quiekende Stimme zu unserer Linken zog Kellans und meine Aufmerksamkeit auf sich. Dort stand Rachel, presste sich ihren Laptop an die Brust und sah aus, als würde sie gleich ohnmächtig werden. Sie schaute uns aus großen, erschrockenen Augen an. Na toll. »Mist«, murmelte ich, während Kellan Rachel nervös zulächelte.

»Hey, Rach … ich hab dich gar nicht bemerkt«, sagte Kellan und strich sich mit der Hand durch seine berühmten Haare.

Rachel trat nur mit einem Fuß vor, als hätte sie Angst näher zu kommen. »Matt will mir einen Antrag machen?«, fragte sie, und ihre Augen funkelten hoffnungsvoll. Selbst mir war klar, dass sie Ja sagen würde, wenn er sie fragte,

Noch immer gereizt von den Ereignissen des Tages sagte ich: »Er *wollte* erst, aber dann ist ihm klar geworden, dass er sich doch nicht nur an eine Frau binden will, und hat es sich anders überlegt.« *Na, Matt. Wie fühlt es sich an, wenn ein Traum platzt?*

Kellans Blick zuckte zu mir, und ich hielt ihm stand. *Was? Matt hat es so gewollt.*

Rachel schniefte, und ich sah mich nach ihr um. Ihre Augen füllten sich mit Tränen. Verdammt. Wenn sie mit Kiera oder Jenny sprach und diese mit Anna, würde Anna mich deshalb umbringen. Ich versuchte, meinen Arsch zu retten, indem ich rasch ergänzte: »Hey, aber wenn du *niemandem* etwas davon sagst, überlegt er es sich vielleicht noch mal anders. Er ist so ein unentschiedener Idiot.«

Zwei Tränen rollten über ihre Wangen, und sie senkte den Kopf, um ihr Gesicht zu verstecken. »Ich bringe … Matt besser seine Sachen. Er hat sie hiergelassen.« Sie nahm seine Jacke und ein paar Schlüssel, die auf einem Tisch lagen.

Kellan schob sich an mir vorbei und sagte: »Rachel, warte …«, aber das Mädel war schneller. Sie war aus der Tür, bevor er zu Ende sprechen konnte.

Er drehte sich zu mir um und schüttelte den Kopf. »Was hast du da gerade getan?«, knurrte er in ungläubigem Ton.

Ich schürzte die Lippen und zuckte die Schultern. *Es Matt heimgezahlt. In gewisser Weise.* »Was? Zumindest ist es jetzt doch wieder eine Überraschung, wenn er sie fragt.«

Kellan verzog missbilligend die Lippen. »Ja, wenn sie nicht vorher mit ihm Schluss macht.«

Ich zuckte erneut die Schultern. Nicht mein Problem. Darum sollte sich der Leadgitarrist Gedanken machen, und das würde ganz sicher niemals ich sein.

Kellan rieb sich die Augen. »Ich habe Kopfschmerzen …«

Während ich von Matt genervt war, hatte ich kein Problem mit Kellan, er hatte sich zumindest bemüht, mit mir Frieden zu schließen. Zum Dank gab ich ihm einen hilfreichen Tipp für seine Migräne. »Du solltest mehr Sex haben. Bei mir funktioniert das, ich habe nie Kopfschmerzen.«

Er reagierte skeptisch auf meinen Vorschlag. »Ich suche Rachel und werde versuchen, das in Ordnung zu bringen. Bleib du hier und probiere ja nicht noch einmal, jemanden in Schwierigkeiten zu bringen.«

Mit einem gespielten Salut bellte ich: »Aye, aye, Captain.«

Kellan verdrehte die Augen, dann ging er. Nach eineinhalb Minuten verließ ich den Probenraum ebenfalls, um meine Frau und meine Tochter zu suchen, damit wir nach Hause fahren konnten. Kellan hatte nicht gesagt, wie lange ich hierbleiben sollte, und neunzig Sekunden schienen mir mehr als angemessen. Außerdem war er absolut in der Lage, die Dinge mit Rachel zu glätten. Er würde seine Kellan-Kyle-Magie bei ihr anwenden, sie würde alles vergessen, was ich gerade gesagt hatte, und alles war wieder in bester Ordnung. Bis darauf, dass sie Matt heiraten würde … den Mistkerl, der mich auf meinem Weg aufhielt.

Am nächsten Morgen kochte ich zwar noch immer vor Wut, beschloss jedoch, Kellans Vorschlag zu befolgen, und ließ es gut sein. Egal. Matt war eben Matt. Da konnte ich drüberstehen. Das hatte ich immer geschafft. Außerdem musste *nie* nicht für immer *nie* bedeuten. Wenn ich einen glänzenden Auftritt haben wollte, musste ich eben kreativer sein. Und wenn ich etwas war, dann kreativ. Fragt meine Frau.

Bei den nächsten Proben tauchte Rachel nicht auf. Matt sagte, sie sei damit beschäftigt, Jenny bei ihrer großen Eröffnung zu helfen, aber Kellan nahm mich zur Seite und berichtete mir, sie sei wegen neulich sauer auf mich und wollte mich eine Weile nicht sehen. Egal. Sie reagierte über, typisch Frau.

»Sie weiß zwar, dass er sie fragen will, aber sie weiß nicht, wann, also sag nichts, okay? Vielleicht können wir zumindest diesen Teil geheim halten.« Kellan kniff sich in die Nasenwurzel, als hätte er wieder Kopfschmerzen. Vermutlich war er noch immer zu unentspannt.

Schulterzuckend erwiderte ich: »Kein Problem. Ich weiß gar nicht, wann er sie fragen will.« Und es war mir eigentlich auch egal. Warum sollte ich mich für Matts Leben interessieren, wenn er sich nicht für meins interessierte?

Kellan ließ die Hand sinken und sah mich verständnislos an. »Die Galerieeröffnung. Schon vergessen? Darüber haben wir doch mehrfach …« Er verstummte und winkte ab. »Vergiss es. Versuch einfach, die nächste Woche niemandem ein Wort zu sagen, okay?«

Ich machte mit den Fingern eine Bewegung, als würde ich meine Lippen mit einem Reißverschluss verschließen, und nickte. Wenn es sein musste, konnte ich dichthalten, und gerade passte es mir ganz gut, nicht mit den Jungs zu reden.

In der Woche vor unserer Tour war Matt total nervös und fertig und sagte die Proben ab. Fast hätte ich ihm gesteckt, dass Rachel schon von seinem Antrag wusste und ziemlich sicher Ja sagen würde, wenn er endlich den Mumm hätte, sie zu fragen. Er musste sich überhaupt keine Sorgen machen. Doch dann fiel mir Kellans Gesichtsausdruck ein, als er mich gebeten hatte zu schweigen. Er hatte ausgesehen, als wollte er sagen: *Ich weiß, es ist zwecklos, weil du es wahrscheinlich sowieso auf irgendeine Weise vermasselst, aber trotzdem …* Diesen Ausdruck hatte ich schon zu oft bei ihm gesehen, bei all den Jungs. Keiner von ihnen vertraute mir. Idioten. Na ja, ich würde es ihnen schon zeigen. Ich würde nichts vermasseln. Ich würde einfach nur jede Minute meiner neu entdeckten Zeit in vollen Zügen genießen.

Und die verbrachte ich am liebsten mit Gibson und Anna. Vor allem mit Anna. Sie war spitz wie nur was, berührte mich ständig, massierte mich und flüsterte mir schmutzige Dinge ins Ohr. Sie zu befriedigen war fast ein Vollzeitjob. Ein ziemlich toller Vollzeitjob.

»Ja, Süße, spiel mit dir. Ja, genau so …«

Wir lagen auf dem Bett. Anna saß rittlings auf mir und reizte mich, indem sie mein Glied an ihrer nassen Muschi rieb. Sie brauchte es so sehr und sah aus, als würde sie explodieren, wenn ich nicht bald in sie eintauchte. Mir ging es genauso. Sie erregte uns, indem sie mir einen Vorgeschmack von dem gab, was ich eigentlich wollte. Ich liebte das. »Ja, genau so …«

Sie umkreiste ihre Klitoris mit meiner Spitze, dann schob sie mich in sich hinein. Nur ein winziges Stück. Ich musste meine ganze Willenskraft aufbringen, um nicht ihre Hüften zu packen und sie auf mich zu zwingen. Doch das konnte ich nicht; sie hatte die Kontrolle, ich war nur der willige Begleiter.

Ich packte ihre Hüften und wand mich unter ihr. »Ja … mach schon … reite mich …«

Sie stieß ein leidenschaftliches Stöhnen aus, und mein Glied zuckte in ihrer Hand. Daraufhin drückte sie es fester. »Gefällt dir das, Baby?«, fragte sie und beugte sich so weit hinunter, wie es ihr Bauch zuließ. Es brachte ihre wundervollen Brüste in meine Reichweite, und ich richtete mich auf und nahm einen Nippel in den Mund.

Sie war so erregt, dass sie schon aufschrie, als ich ihn nur leicht mit der Zunge umkreiste. »Oh Gott, ja …«

Sie ließ mich etwas weiter in sich hinein, und ich stöhnte an ihrer Brust. Ich packte ihre Hüften und drängte sie vorwärts. *Verdammt, nimm mich …*

Dann wechselte ich zu ihrer anderen Brust und drang noch ein Stückchen weiter in sie vor. *Ja … sie fühlte sich gut an.* Sie kreiste mit den Hüften und trieb pochendes Verlangen durch meinen Körper. *Mist.* Ich musste zustoßen, ich musste kommen. Ich ließ von ihrer Brust ab, sank mit dem Kopf zurück aufs Kissen und bog meinen Rücken durch. »Süße, ich kann nicht … mehr … ich brauche mehr …«

»Ich auch«, stöhnte sie, und dann kippte sie die Hüften, sodass ich ganz in sie hineinglitt. *Oh ja …* »So, Baby?«, sagte sie und setzte sich zurück, sodass ich ihren ganzen Körper sehen konnte. Es war fast zu viel, zu intensiv. Ich würde kommen, ohne dass wir uns überhaupt bewegt hätten. *Nein, Quatsch.* Mein Körper würde kommen, wenn ich es ihm sagte, nicht früher.

Ich sammelte mich und strich über ihre Hüften. »Du bist wunderschön, und du fühlst dich so gut an. Reite mich, Süße.«

Sanft stützte sie sich auf meinem Bauch ab und begann, die Hüften zu bewegen. Mit jedem Stoß wurde das Pulsieren in meinem Körper intensiver, doch ich ignorierte es und konzentrierte mich ganz auf sie – auf ihr lustvolles Gesicht, auf ihre festen, vollen Brüste, auf ihre aufgerichteten Nippel. Sie war nicht nur wunderschön, sie war perfekt.

Im Einklang mit dem Stöhnen, das aus ihrem Mund drang, bewegte sie die Hüften zunehmend schneller. Vor Selbstbeherrschung zitternd zögerte ich den Moment hinaus, nach dem mein Körper so lechzte. *Komm für mich, damit ich auch für dich kommen kann.* Als ich gerade dachte, dass alle Willenskraft der Welt mich nicht mehr davon abhalten könnte zu kommen, ließ Anna den Kopf in den Nacken sinken und stieß einen langen, lustvollen Schrei aus. Ich spürte, wie sie sich um mich zusammenzog, und wusste, dass ich endlich loslassen durfte. *Danke dir.*

»Ja, komm für mich ...« Ich stieß ein paarmal fest zu und vögelte sie so gut ich konnte. Als ich kam, rang ich um Atem. *Mann ... das war so verdammt ... gut.* Dann schrie ich auf. »Oh Gott, Anna. Oh ja ...« Ich stöhnte, knurrte und machte jedes befriedigte Geräusch unter dem Regenbogen. *Gott, es war einfach herrlich zu kommen.*

Mit einem zufriedenen Schnurren beugte Anna sich zu mir herunter und küsste mich. Ich wimmerte eine Antwort; zu mehr war ich nicht fähig. Verdammt, sogar in schwangerem Zustand hatte meine Frau Bewegungen drauf, die erwachsene Männer zum Weinen brachten. Ich war echt ein Glückspilz. Vorsichtig löste sie sich von mir, nahm ein paar Handtücher und kuschelte sich an meine Seite. Ich lag reglos da, erholte mich von meinem

Wahnsinnsorgasmus und konnte es kaum erwarten, das Ganze in zwanzig Minuten zu wiederholen.

»Heute ist also der große Abend …«, murmelte sie, ihr Atem ging noch immer unnatürlich schnell.

»Hm?« Alles außerhalb meines Schwanzes war mir gerade total egal.

Anna stützte sich auf ihrem Ellbogen ab und starrte zu mir herunter. »Die Galerieeröffnung? Matts Antrag?«

»Ach ja … das«, sagte ich und schloss die Augen. Matt, dieser Vollidiot, der mich an der Kandare hielt und ein Mädchen heiraten wollte, das mich hasste, das war so ziemlich das Letzte, worüber ich reden wollte. Ich versuchte, das Thema zu wechseln. »Welche Stellung sollen wir als Erstes wieder machen, wenn das Baby geboren ist? Den geilen Bullen? Den Blütenblattbumser? Oder Lotus und der Stechrochen?«

Es funktionierte nicht. Anna war ganz auf die Hochzeit meines Cousins konzentriert. Warum standen Mädels nur so auf Hochzeiten, das würde ich nie verstehen. Und Rachel schien der Typ zu sein, die sich Wasserspiele, Eisskulpturen, Tauben und Schmetterlinge wünschte, aber wer brauchte den ganzen Mist? Ich persönlich finde, alle sollten es so machen wie Anna und ich. *Kein Durcheinander, keine Hektik, kein Schnickschnack.* Einfach ganz direkt und schnörkellos heiraten. Fertig.

»Wie er es wohl machen wird?«, überlegte Anna. »Jenny weiß es, aber sie spricht nicht darüber.«

»Keine Ahnung, ist mir egal.« Ich gähnte und legte einen Arm über meine Augen. Es interessierte mich wirklich nicht mehr im Geringsten, was Matt tat. »Eins ist sicher, er wird es unnötig kompliziert machen. Er muss doch nur sagen: *Hey, wollen wir heiraten?* Wie schwer kann das sein?«

Anna stieß mich in die Rippen. »Du bist so romantisch, das ist ja schon fast peinlich.«

Ich hob den Arm und linste zu ihr hoch. »Willst du wirklich wissen, was peinlich an mir ist?«

Anna beugte sich neugierig vor. »Was?«

»Nichts«, erklärte ich und drückte ihren Nippel. »Nichts an mir ist peinlich.«

Anna schrie vor Überraschung auf, dann lächelte sie auf eine Weise, die mir verriet, dass sie bereit für die zweite Runde war. *Danke, ihr lieben Schwangerschaftshormone.*

Gerade als ich die Hand ausstreckte, um ihre Brust richtig zu verwöhnen, ertönte ein durchdringender Schrei, der jede Lust tötete. »Maaaaaaaaaammmmmmmaaaaa! Will raus!«

Stöhnend ließ ich den Arm zurück auf mein Gesicht fallen. »Müsste sie jetzt nicht schon allein aus dem Kinderbett steigen können? Meine Mutter meinte, ich wäre da schon mit neun Monaten rausgekommen.«

Anna hielt ihren Bauch und setzte sich auf. »Na ja, zum Glück ist Gibson nicht ganz so unerschrocken wie du und hat noch etwas Angst vor der Höhe, aber sie wird jeden Tag mutiger«, erwiderte sie seufzend.

»Gut«, erwiderte ich. »Sie ist eine Hancock. Sie sollte vor nichts Angst haben. Matt könnte sich eine Scheibe von ihr abschneiden. Dieser Feigling.« Wetten, das war der wahre Grund, warum er mir meine Bitte verwehrt hatte. Er hatte Angst, dass ich ihn an die Wand spielte und für immer seine Position übernahm. Tja, das war zumindest eine berechtigte Angst. Er sollte sich aber am Riemen reißen, verdammt.

Anna ließ ein leises Lachen erklingen, das mich erregte und mich Matt und seine Befürchtungen vergessen ließ. »Vielleicht willst du den lieber bedecken, bevor deine Tochter runterkommt.«

Ich nahm den Arm von den Augen und blickte sie an. »Vielleicht willst du ihn noch einmal reiten, bevor du sie holst?«

Anna grinste schief, und ich zuckte die Schultern. »Ich meine ja nur. Chance verpasst.« Kopfschüttelnd küsste Anna mich auf die Schulter, dann verließ sie mich. »Dein Pech!« Und meins. Blöde Latte.

Schließlich mussten wir uns für die Galerieeröffnung anziehen. Es war ein offizielles Ereignis, was nervig war. Es machte mir zwar nichts aus, ab und an einen Anzug zu tragen – mit Krawatte sah ich toll aus –, aber in diesem Aufzug aufzutreten würde seltsam und unbequem sein. Wir waren eine Rockband, kein komisches Jazzquartett.

Mit einem sanften Lächeln auf den Lippen band mir Anna die Krawatte. Natürlich hatte ich eine rote ausgesucht. Eine kräftige Farbe. Auch mein Jackett und meine Hosen waren rot. Warum sollte ich mich bescheiden? Mehr war … na ja, eben mehr. »Du siehst toll aus«, bemerkte Anna.

»Ich weiß«, entgegnete ich und musterte ihr türkisfarbenes Wickelkleid. Vorn saß eine verführerische Schleife, an der man das ganze Ding öffnete. Wie gern hätte ich daran gezogen. »Du siehst auch ziemlich toll aus«, lobte ich nicht ohne Stolz in der Stimme. Meine Frau war verdammt scharf.

»Ich weiß«, erwiderte sie mit einem verschmitzten Lächeln. Ihre Lippen hatte sie rosa geschminkt. Die Farbe würde mir auch nicht schlecht stehen, wenn ich sie von ihren Lippen saugte. Ja, das würde noch vor Ende des Abends der Fall sein.

Es klingelte an der Tür, und Anna blickte an mir vorbei in den Flur vor unserem Schlafzimmer. »Das ist die Babysitterin. Ich mach ihr auf.«

Ich nickte und ließ sie vorbei. Nachdem sie gegangen war, betrachtete ich mich von oben bis unten im Spiegel. Verdammt. Das Rot in Rot stand mir fantastisch. Sogar meine Haare hatte ich mit einem roten Gummi zusammengebunden. Meine Frau konnte sich glücklich schätzen, ich war echt ein heißer Typ. Ich richtete meine Krawatte, zwinkerte mir zu und warf mir selbst einen Kuss zu. *Ja, ich hab's noch immer drauf.*

Ich griff den vollen Flachmann von der Kommode – den würde ich brauchen, um den Abend zu überstehen –, steckte ihn hinten in meine Hosentasche und folgte meiner Frau. Es fühlte sich merkwürdig an, meine Tochter jemand anderem zu überlassen. Doch wir hatten das Mädchen schon ein paarmal engagiert, und bislang war nichts Schlimmes passiert. Besser, es blieb so. Ich mochte Jennifer zwar, aber wenn sie Gibson auch nur ein Haar krümmte, würde ich sie den Rest ihres Lebens verfolgen.

Anna und Jennifer standen im Flur und unterhielten sich, als ich dazustieß. Jennifer hatte Gibson auf dem Arm, die mit ihrer Lockenpracht spielte. Es würde nicht mehr lange dauern, dann waren Gibsons Finger komplett in Jennifers Haaren verwickelt. »Es wird vermutlich spät«, sagte Anna. »Ich weiß nicht genau, wie lange die Eröffnung dauert, aber es ist ein großer Abend. Sicher werden wir anschließend noch feiern.«

»Kein Problem, Mrs H. Bleiben Sie ruhig so lange Sie wollen.« Jennifer war siebzehn, aber manchmal klang sie wie dreizehn. Das erschreckte mich. Ich würde mich besser fühlen, wenn eine sechzigjährige Oma, die erfolgreich ein Dutzend Kinder aufgezogen hatte, auf unsere Tochter aufpassen würde. Anna hatte jedoch kein Problem mit Jennifers Alter. Sie sagte immer: »Entspann dich. Jennifer passt regelmäßig auf eine Handvoll Kinder von diversen Promis auf. Sie kann locker ein paar Stunden ein einziges Kind hüten.« Vermutlich. Dennoch wäre mir wohler gewesen, wenn sich jemand Reiferes um mein kleines Mädchen gekümmert hätte.

Als sie mich bemerkte, glitt Jennifers Blick zu mir. Sie sah mich anerkennend an; mein Outfit gefiel ihr. Allerdings sah sie mich immer so an. Was keine Überraschung war, das taten die meisten Frauen. »Oh, hey, Mr H. Was läuft?«

Normalerweise würde ich darauf etwas Witziges antworten, aber ihre Redeweise erinnerte mich daran, wie jung sie war. Stirnrunzelnd verschränkte ich die Arme. »Hast du unsere Nummer? Und die der Galerie? Und die vom Rest der Band?« Bei manchen Dingen konnte man nicht vorsichtig genug sein, und Gibson war eins dieser Dinge.

Mit einem geduldigen Lächeln nickte Jennifer. »Ja. Ich habe alle Zahlen.«

Zahlen? Ich presste die Lippen zu einer schmalen Linie zusammen, beließ es jedoch dabei. Alles war gut, und Gibson liebte Jennifer. »Okay, also kein Besuch, keine Jungs, keine Telefonate, keinen Alkohol.« Plötzlich kam ich mir genauso schlaff wie Matt vor. Ich schüttelte den Kopf. Ich musste aufhören, mich so idiotisch zu benehmen. »Du kannst aber gern den Kühlschrank plündern, und sobald Gibson im Bett ist, darfst du den Pool benutzen.«

Jennifer strahlte. »Das mach ich!«

Ich hätte gern noch mehr Regeln aufgestellt oder vielleicht noch ein paar weitere Notfallnummern in ihrem Telefon gespeichert, doch Anna fasste mich am Oberarm. »Wir sollten gehen, Baby.«

Sie hatte recht, dennoch musste ich den Drang unterdrücken, Jennifer zu feuern und Gibson mitzunehmen. War nicht eigentlich die *Frau* diejenige, die sich wegen des Babysitters stresste? Ich mochte von Kopf bis Fuß in kräftiges Rot gekleidet sein, innerlich fühlte ich mich jedoch plötzlich gar nicht mehr kräftig. Zum Glück hatte ich ein Heilmittel dagegen in meiner Hosentasche. Am besten brachte ich den Abschied schnell hinter mich, damit ich anfangen konnte zu trinken. »Ja, okay. Wiedersehen, mein kleines Mädchen«, sagte ich, drückte Gibson und gab ihr einen Kuss.

»Wiedersehen, Daddy«, sagte Gibson mit der süßesten, hinreißendsten Stimme der Welt. Gott, mein Kind war wundervoll.

Ich drehte auf dem Absatz um und schritt davon, wobei ich Anna hinter mir herzog. *Ich muss nicht heulen, ich muss nicht heulen. Es ist völlig okay, meine Tochter bei einem jungen, fremden Mädchen zu lassen.* Verdammt. Wann war ich ein solches Weichei geworden? Ich musste schnell in den Männlichkeitsmodus umschalten.

Sobald wir im Hummer saßen und über die I 90 ins Zentrum von Seattle fuhren, fühlte ich mich besser. Doch dann fiel mir ein, dass ich Jennifer nicht daran erinnert hatte, dass Gibson alles in den Mund steckte. Wir hielten den Boden absolut sauber, und unsere Spaßsachen schlossen wir weg, aber es war beeindruckend, was dieses Kind dennoch alles fand. »Mist«, murmelte ich und überlegte, wo ich auf einer Brücke wenden konnte. »Ich muss Jennifer noch etwas sagen. Wir müssen zurück.«

Belustigt sah Anna vom Beifahrersitz zu mir herüber, dann grub sie in ihrer Tasche und zeigte mir ihr Handy. »Wir können sie notfalls anrufen, aber es ist alles in Ordnung. Ich habe ihr schon gesagt, dass sie auf Mund, Ohren und Nase aufpassen muss. Jennifer ist gut vorbereitet. Gott, dieses Kind ist von Öffnungen besessen. An dem Tag, an dem sie ihre Muschi entdeckt, muss ich in Therapie.«

Normalerweise hätte ich gelacht, aber momentan war ich nicht in der Stimmung. »Ach … okay. Na, wenn sie aufpasst.«

Anna legte ihre Hand auf mein Knie. »Es ist alles okay, Griff.« Sie lehnte den Kopf an meine Schulter und sagte leise: »Weißt du, wenn Kiera, Jenny und die anderen diese Seite von dir kennen würden, würden sie dich vielleicht lieber mögen.«

Das überraschte mich. Ich dachte, mit den beiden wäre alles okay. »Kiera und Jenny mögen mich nicht?«

Anna zog sich auf ihre Autoseite zurück und lachte. »Ich habe gesagt, dann würden sie dich *lieber* mögen. Im Moment finden sie dich … okay.«

Das stimmte mich nachdenklich. Ich war nicht *okay*. Ich war toll, toller, am tollsten. Sie sollten ihren Nachbarn erzählen, dass sie mich kannten, nicht dass sie mich tolerierten, wie Anna andeutete.

Ich grinste Anna an und murmelte: »Nein, sie müssten die Seite sehen, die du siehst. Meine intime Seite, wenn du weißt, was ich meine. Dann würden sie mich nicht nur okay finden. Sie würden jeden Abend vor meiner Tür schreien wie Katzen, die auf ein anständiges Mahl aus sind.« Ich zwinkerte ihr zu. »Doch ich werde ihre Gesellschaft meiden, ich will ihnen den Kummer ersparen.«

Anna verdrehte lachend die Augen. »Wie nobel von dir.«

Ich grinste und konzentrierte mich wieder auf die Rücklichter vor mir. Nobel war mein zweiter Vorname.

Mit einstündiger Verspätung erreichten wir die Galerie, was meiner Meinung nach gerade rechtzeitig war. Als Matt uns draußen entdeckte, wo wir mit den Fans sprachen, wirkte er nervös. Dank unserer Band und unserer treuen Anhänger war Jennys Galerie schon ganz gut im Gespräch. Wahrscheinlich hatte man sie heute Abend schon drei Millionen Mal gelikt. Wir waren so cool.

»Da seid ihr ja. Warum habt ihr so lange gebraucht?« Matt hatte sich mächtig herausgeputzt, er trug einen richtigen Smoking, und seine kurzen blonden Haare waren zu festen, unbeweglichen Stacheln gegelt. Wie passend. Er war eindeutig nervös und wirkte aufgedrehter als sonst; es sah aus, als hätte er Muskelkrämpfe, so zappelte er herum.

Da Humor meiner Ansicht nach am besten gegen Nervosität wirkte und ich mir die Gelegenheit, mich vor ihm zu befummeln, nicht entgehen lassen wollte, griff ich mir in den Schritt und sagte: »Was meinst du wohl?«

Die Fans um mich herum kicherten, doch Matts Miene verdüsterte sich. »In einer halben Stunde spielen wir. Versuch wenigstens dann pünktlich zu sein, okay?«

Ich salutierte, doch der Idiot hatte sich schon zum Gehen gewandt. Die Fans, die sich um seine Aufmerksamkeit bemühten, fragten mich: »Was hat er denn?« Sie klangen enttäuscht. Der Blödmann hatte sie noch nicht einmal begrüßt.

Schulterzuckend erwiderte ich: »Dasselbe wie immer.« Ich tat, als würde ich mir den Finger in den Hintern stecken, und ein paar Mädchen lachten. »Außerdem will er seinem Mädchen heute Abend einen Antrag machen. Seine Nerven liegen blank.«

Die Menge schnappte nach Luft und kreischte. Anna stieß mich mit dem Ellbogen an, dann hob sie die Hände. »Du solltest doch nichts sagen.«

Ich deutete auf das Schild über der Tür, auf dem deutlich BAGETTES! stand. »Ich sollte Rachel nichts sagen. Diese Leute zählen nicht.« Ich wandte mich wieder an die Menge. »Ihr verratet Matts Freundin doch wohl nichts?«

Noch mehr Kichern und Kreischen. Ich nahm das als ein Ja und warf Anna einen triumphierenden Blick zu. *Siehst du, die zählen nicht.* Amüsiert klopfte Anna mir auf die Schulter. »Ich gehe rein und suche mir einen Platz. Komm nach, wenn du fertig bist.«

Ich beobachtete, wie sie davonschaukelte, und murmelte: »Darauf kannst du deinen süßen kleinen Arsch verwetten.«

Jennys Galerie sah genauso aus, wie ich sie mir vorgestellt hatte – ein langweiliges Gebäude mit einem Haufen langweiligem, unsinnigem Kunstmist an den Wänden und ein paar seltsam geformten Skulpturen, an denen man sich in den Fluren vorbeidrängen musste. Kein einziger Akt. Beim Anblick von Jennys Kreationen war ich augenblicklich enttäuscht und fühlte mich geradezu betrogen.

Die Leute liefen mit ihren Champagnerflöten durch die Gegend und wirkten irgendwie eingebildet. Ich suchte einen Kellner und nahm mir gleich zwei Gläser. Schließlich war es meine Pflicht, für Anna mitzutrinken. Ja, man hatte es nicht leicht als Ehemann.

Am anderen Ende des Hauptraums entdeckte ich meine Frau mit Kiera, Jenny und Rachel. Ich wollte gerade zu ihr eilen und ihr in ihren sexy Hintern kneifen, als Rachel sich umdrehte und mir einen bösen Blick zuwarf. Gott. War sie etwa immer noch sauer auf mich, weil ich gesagt hatte, Matt wollte sich nicht an eine Frau binden? Sie sollte nach vorn schauen. Da er ihr noch immer einen Antrag machen wollte, hatte ich ganz offensichtlich einen Scherz gemacht. Hoffentlich würde das Eis in ihren Adern nach dem Antrag schmelzen.

Da ich keine Lust hatte, mir anzuhören, was ich für ein Arsch sei, mied ich die Frauen und sah mich um, wo wir spielen sollten. Es waren überraschend viele Leute gekommen. Die meisten kannte ich zwar nicht, aber ein paar vertraute Gesichter waren auch darunter. Einige von Pete's Kellnerinnen, einschließlich der hochnäsigen Kate, die sich von mir nie an den Hintern fassen ließ. Sie stand bei Justin, dem Leadsinger von Avoiding Redemption, einer der Bands, die morgen mit uns auf Tour gingen. Justin und Kate bumsten seit einer Weile miteinander, aber ich ging nicht davon aus, dass sie schon bald den Altar anpeilten. Zumindest sollten sie das nicht. Sie wohnten noch nicht einmal in derselben Stadt. Wie zum Teufel sollte das funktionieren? Genau. Eben gar nicht.

Als Justin mich entdeckte, hob ich mein Glas und prostete ihm zu. Er nickte zur Begrüßung, dann wandte er seine Aufmerksamkeit wieder Kate zu. Die anderen Mitglieder von Justins Band waren im Raum verteilt. Es waren ungefähr sechstausend, ehrlich. Okay, vielleicht nicht ganz, aber egal wie viele es waren, es waren zu viele. Bands sollten klein und einfach sein.

Es waren auch noch andere Bands da. Die drei von Holeshot und die meisten Mitglieder von Poetic Bliss, der Mädelsband, die in Pete's Bar unsere Nachfolger waren. Die Schlagzeugerin, Meadow, lungerte mit ihrer Freundin, Cheye Irgendwas, vor einem lila und pinkfarbenen Gemälde herum. Ich konnte mich nicht an ihren Namen erinnern. Ich wusste nur, dass sie einmal Kiera angemacht hatte. Vielleicht ja noch immer? Ja, es würde mich nicht überraschen, wenn sie nach Kellans Frau gierte. Vielleicht machten sie hin und wieder rum? Mmmm, das war eine erbauliche Vorstellung.

Da sich in meiner Hose etwas regte, veränderte ich meine Haltung, drehte mich um und konzentrierte mich auf etwas anderes. Direkt vor mir standen Denny und seine Frau. Mit großen Augen musterte Denny meine Aufmachung. »Interessanter Anzug. Sehr … rot«, stellte er fest. Er sprach mit leicht australischem Akzent, was die Mädchen ganz verrückt machte. Ich übte es so oft wie möglich und hatte es mittlerweile perfekt drauf. Mittlerweile klang ich praktisch, als käme ich von dort.

»Ja? Danke, Kumpel. Von einem Typen wie dir bedeutet das ziemlich viel.« *Perfekt.* Ich sollte die doppelte Staatsbürgerschaft beantragen, schließlich war ich fast ein Einheimischer.

Denny runzelte die Stirn, während seine Frau Abby lachte. »Bitte versuch nicht, wie ich zu klingen«, sagte er. »Das ist peinlich.«

Zwinkernd erwiderte ich: »Für dich vielleicht, aber die Tussen stehen auf diesen Mist. Die reißen mir quasi die Kleider vom Leib, wenn sie meine wundervolle Stimme hören.«

Abby lachte noch etwas lauter, während Denny das Gesicht verzog. »Ich garantiere dir, dass sie nicht darauf stehen.«

»Ach komm, du bist doch nur sauer, weil wir fast Schwager

geworden wären, bis du deine Frau an Mister Steckdosen-Haar da drüben verloren hast.« Ich deutete mit dem Daumen auf Kellan, der bei Haily stand, die so etwas wie seine Halbschwester war. Denny und Kiera waren früher ein Paar gewesen, bis Kiera Denny für Kellan hatte sitzenlassen. Ich glaube, so ungefähr war das gelaufen. Die Details waren unklar. Wenn das Drama nichts mit mir zu tun hatte, interessierte es mich nicht so sehr. Lächelnd erklärte ich Denny: »Ich wäre auch sauer, wenn ich die Chance verpasst hätte, mit mir verwandt zu sein. Ich bin schon ziemlich toll.«

»Das habe ich gehört«, sagte Denny mit angespanntem Kiefer. Dann lächelte er und fügte hinzu: »Ehrlich gesagt ist das die einzige Sache, für die ich Kellan dankbar bin. Ich glaube, in deinem Schatten würde ich verkümmern.« Er stieß einen traurigen Seufzer aus. »Ich bin nicht Manns genug, um dein Schwager zu sein. Ich muss mich damit zufriedengeben, dein Manager zu sein.«

Er verzog die Lippen, als würde er einen Witz machen, aber ich fand, dass er das sehr gut auf den Punkt gebracht hatte. Darauf hob ich mein Glas, während er Abby fortzog, die noch immer lachte. »Das ist eine überzeugende Erklärung«, sagte ich mit meiner normalen Stimme ohne Akzent. »Prost.« Ich kippte den Rest von meinem Champagner herunter.

Als ich gerade darüber nachdachte, wie viel die D-Bags Denny und Abby dafür zahlten, dass sie die Band managten, zog mich jemand am Arm; etwas von meinem zweiten Champagnerglas spritzte auf den Boden. »Pass doch auf«, zischte ich und fuhr herum.

Hinter mir stand Matt und hatte Schweißperlen auf der Stirn. Er sah ernsthaft krank aus. »Wir sind dran«, stieß er hervor.

Da ich ein bisschen Mitleid mit dem jämmerlichen Typen vor mir hatte, reichte ich ihm meinen Drink. »Hier, trink das.«

Ohne zu zögern, kippte er das Zeug herunter, dann reichte er mir das leere Glas zurück. Wow, er sah wirklich beschissen aus. Wenn er derart aufgelöst war, sollte er das vielleicht besser nicht durchziehen. »Alter … musst du kotzen?«

Matt runzelte die Stirn. »Ich komme klar. Ich will es nur hinter mich bringen.«

Ich nickte, und plötzlich fiel mir ein, dass es etwas an diesem überflüssigen Spektakel gab, auf das ich mich freuen konnte. »Und … wohin fahren wir für den Junggesellenabschied? Nach Vegas? New York? Bangkok?« Letzteres konnte ich nicht sagen, ohne zu kichern. Bangkok …

Matt warf mir einen bösen Blick zu. »Lass uns einfach den heutigen Abend hinter uns bringen, okay?«

Schulterzuckend folgte ich ihm durch die Menge. Wir hatten noch genug Zeit, eine Monsterparty zu planen. Und als Verwandter war es meine Pflicht, dafür zu sorgen, dass sein Junggesellenabschied unvergesslich blieb. Der Abend wäre erst zu Ende, wenn ich seinen mageren Hintern ordentlich in Verlegenheit gebracht hatte. Ich brauchte Pussys, Lakritz und Laser. Das würde spaßig werden.

Als wir den Bereich der Galerie erreichten, der ganz offensichtlich als Bühne hergerichtet war, sah ich mich skeptisch um. »Ähhh … es liegt mir fern, dir zu sagen, wie du deinen Job erledigen sollst, aber fehlt da nicht was? Wie … eigentlich fast alles?« Die Instrumente waren zwar da, aber weder Lautsprecher noch Verstärker oder Mikrofone. Überhaupt keine Elektrik.

Matt legte die Hände auf die Hüften. »Das haben wir doch mehrfach besprochen. Du hörst wirklich nie zu, wenn wir reden, was noch ein Grund ist, warum …« Er verstummte, als wollte er nicht weiter darauf eingehen. Mich hätte interessiert, was er sagen wollte. Doch worauf wollte er hinaus? Matt stieß ein gereiztes Schnaufen aus und sagte stattdessen: »Wir befinden uns in einer Kunstgalerie, darum können wir nicht mit dem normalen Set spielen. Wir spielen unplugged.«

Skeptisch blickte ich zu meinem traurigen, leisen Akustikbass. »Na, das ist ja schlapp. Wenn wir nicht laut spielen können, warum spielen wir dann überhaupt? Wir können doch einfach leise die verdammte CD spielen ... dann haben wir mehr Zeit zum Trinken.« Ich holte meinen Flachmann heraus und nahm einen großen Schluck. Der Schnaps brannte, dann wärmte er mich von Kopf bis Fuß. *Super.*

Matt wollte mich gerade beschimpfen – Schock –, doch da legten sich von hinten zwei Arme um seine Brust. »Oh mein Gott! Ich bin ja so aufgeregt! Es läuft gut, oder?«

Jenny lehnte sich zurück, um zu Matt hinaufzublicken. Ihre blauen Augen funkelten, ihre strahlend weißen Zähne leuchteten, ihre blonden Haare glänzten, und sie strahlte mit jeder Pore Hoffnung aus, sie begegnete jedem mit unglaublichem Wohlwollen. Jenny als »kess« zu bezeichnen wäre noch zu harmlos gewesen. Vor allem jetzt ... wenn sie etwas beschwipst war. Im Moment liebte sie jeden, wahrscheinlich sogar mich.

Während Matt versuchte, trotz seiner Nervosität zu lächeln, löste Evan die Arme seiner Liebsten von sich. »Süße, weißt du noch, was ich dir über das Anmachen der Gäste gesagt habe? Wir wollen doch, dass sie nach heute Abend wiederkommen.« Evan grinste genauso breit wie Jenny.

Jenny nickte, dann drehte sie sich um und drückte Evans Arm. »Stimmt. Sorry, Süßer. Ich bin nur so aufgeregt! Für mich geht gerade ein Traum in Erfüllung.« Ihre Augen glitzerten, und sie schniefte, als müsste sie gleich weinen. *Oh Gott, bitte nicht.* Weinende Frauen waren mir ein Graus. Kiera klopfte Jenny auf die Schulter, doch das würde die Tränen nicht aufhalten. Jenny musste abgelenkt werden.

Nachdem Evan sie verlassen hatte, um sich ans Schlagzeug

zu setzen, ging ich zu ihr. »Hey, Jenny, wenn du heute Abend wirklich deine Träume wahr werden lassen willst, könnten wir nach hinten gehen, und ich könnte …« Ich beugte mich vor und flüsterte ihr alles ins Ohr, was ich mit ihr anstellen konnte. Und dabei war ich sehr direkt.

Sie schlug mir heftig auf den Arm. »Griffin! Iiiih! Nein, nein und Teufel nein! Bäh … Jetzt muss ich mir die Ohren auswaschen. Vielleicht auch das Gehirn schrubben …«

Lachend zuckte ich die Schultern und begab mich zu meiner Gitarre. »Selbst schuld.« *Mission erfüllt.* Jetzt sah sie nicht mehr aus, als würde sie gleich anfangen zu heulen.

Nachdem Matt, Evan und ich uns an unseren Instrumenten aufgebaut hatten, pfiff Kellan, um die Aufmerksamkeit des Publikums auf uns zu ziehen, und die Menge versammelte sich um uns. Jenny sah mich aus schmalen Augen an, dann wandte sie sich lächelnd zu Kellan um. Rachel schenkte Matt ein aufmunterndes Grinsen, weil er immer noch so aussah, als müsste er sich gleich übergeben, und Kiera strahlte Kellan an, als wäre er der tollste Mann, der je den Planeten betreten hatte. Egal. Anna stand neben Kiera. Sie blickte nur flüchtig zu Kellan, dann richtete sie den Blick auf mich. Ha! *Guck nur, du verträumter Traumtänzer.* Mein Mädchen mag mich lieber.

»Hey, wir sind die D-Bags, und wir freuen uns riesig, auf der großen Eröffnung von Jennys Galerie zu spielen. Sie hat sehr hart dafür gearbeitet, und wir sind mächtig stolz auf sie.« Kellan legte den Kopf schief und lächelte zu Jenny hinunter. Ihre Augen waren erneut tränennass, und ich seufzte. *Na toll, Kellan. Gerade habe ich sie aufgebaut, und jetzt bringst du sie schon wieder zum Weinen. Diesmal kannst du sie anmachen.*

»Das hier ist für Jenny und für ihr Baby: Bagettes«, endete Kellan.

Evan schlug seine Stöcke aufeinander und zählte einen Takt

an, den sogar ich verstand. Ich hatte allerdings keine Ahnung, welcher Song als erster kam. Vielleicht sollte ich bei den Proben tatsächlich besser aufpassen. Ach was, wozu eigentlich, wenn sie mir ohnehin nie eine Chance gaben?

Die ganze Zeit wartete ich darauf, dass Matt seinen Heiratsantrag stellte. Nach jedem Song dachte ich: *Okay, jetzt macht er es*, aber nichts passierte. Je weiter der Abend voranschritt, desto kränker sah er aus, aber er sagte kein Wort zu Rachel. Es war seltsam und irgendwie verschenkt. Ich meine, wenn er superdramatisch und alles sein wollte, wie konnte er dann auf einem D-Bags-Konzert um ihre Hand anhalten? Das war nicht zu machen. Am Ende von unserem Set war ich davon überzeugt, dass Matt es sich anders überlegt hatte. Arme Rachel. Sie musste getröstet werden. Solange sie nicht zu viel weinte und … ich dabei mal ihre Brüste anfassen durfte, durfte sie sich gern an meiner Schulter anlehnen.

Bei dem Gedanken an Rachels Brüste dachte ich automatisch an die meiner Frau. Sie hatte einen wundervollen Vorbau, vor allem jetzt, so kurz vor der Geburt. Ihre Kannen waren pralle Fässer, und ich wollte aus ihnen trinken. Allein von der Vorstellung bekam ich eine Erektion, was sich zusammen mit den Vibrationen des Basses wunderbar anfühlte. Oh ja … meine Frau und ich würden uns gleich einen ruhigen Ort suchen. Vielleicht den riesigen Vorhang, der als Dekoration die Wand hinter der Bühne verdeckte. Ja, das klang nach einem tollen Ort für einen kleinen Quickie.

Als das verdammte Set endlich durch war, waren meine Nähte zum Bersten gespannt. Verdammt, war es denn nötig, fünftausend Songs auf diesem Event zu spielen? Einige von uns hatten noch was vor. Kaum hatte sich Kellan beim Publikum bedankt, setzte ich meinen Bass ab und suchte meine Frau. *Endlich.*

»Danke fürs Zuhören. Geht nicht weg, denn in einer Viertelstunde haben wir noch eine ganz besondere Zugabe für euch.« Die Menge klatschte, und ich fluchte leise vor mich hin. *Eine Zugabe? Wollt ihr mich verarschen?*

Als ich Anna am Rand der Menge in diesem verdammt sexy türkisblauen Wickelkleid entdeckte, fasste ich sie am Ellbogen. »Ich brauche eine Hand«, flüsterte ich ihr ins Ohr. »Oder einen Mund«, fügte ich hinzu, da ich meine Optionen nicht einengen wollte.

Ich führte ihre Hand zu meinem steinharten Glied, und sie machte große Augen. »Oh … ja, tatsächlich.« Verschämt wickelte sie sich eine Locke um den Finger. »War ich das?«

Ich rieb unauffällig ihre Hand an mir und erwiderte: »Immer.« Ich blickte mich um, ob uns jemand beobachtete, dann zog ich sie in Richtung Vorhang. Alle plauderten mit der Band, niemand achtete auf uns. Gänzlich unbemerkt glitten wir hinter den dicken lilafarbenen Stoff. Er reichte bis auf den Boden, sodass man noch nicht einmal unsere Füße sehen konnte. Es war das perfekte Versteck und wirklich erotisch, weil wir alle auf der anderen Seite des Vorhangs hörten. Es hier zu tun war fast so, als würden wir es in aller Öffentlichkeit treiben, und das wollte ich immer schon mal ausprobieren.

Während Anna mich mit halb gesenkten Lidern beobachtete, löste ich den Gürtel um meine Taille. »Du bist die schärfste Braut hier«, flüsterte ich. »Ich konnte mich kaum konzentrieren, ich musste immer an dich denken … wie du deine Beine um mich schlingst, an deine Nippel zwischen meinen Zähnen, deine Klitoris an meiner Zunge.«

Anna öffnete den Mund, strich sich mit der Hand über ihre Brust und drückte ihren Nippel. Ich wurde noch fester. Verdammt, war sie sexy. »Gott, ich brauche dich …«

Ich schob meine Hose samt Unterhose nach unten. Dann nahm ich ihre Hand und zog sie zu mir. Unsere Münder trafen sich im Rausch der Leidenschaft. Es war umso erregender, weil wir möglichst leise sein mussten. Wenn die ganzen Spießer wüssten, was auf der anderen Seite des Vorhangs vor sich ging … tja, Jennys Galerie wäre noch deutlich interessanter.

Während ich mit den Händen den Körper meiner Frau erforschte, streichelte sie meinen Schwanz. *Gott, ja.* Konnte sie in ihrem Zustand auf die Knie runtergehen? Herrje, hoffentlich. Ich könnte meine Jacke auf den Boden legen, damit sie es bequemer hatte.

Ihr Daumen spielte mit der Spitze von meinem Piercing, und ich musste die Hand ausstrecken und mich an den Vorhang klammern, um nicht umzufallen. *Mann, das fühlte sich gut an.*

»Lass das«, flüsterte sie. »Du reißt noch das ganze Ding runter.«

Unter Aufbringung meiner gesamten Willenskraft ließ ich den Vorhang los. Durch einen Schlitz in der Mitte konnte ich in die Galerie blicken. Dort unterhielten sich Dutzende von Leuten und liefen durch die Räume. Es war erregend, sie zu beobachten, während Anna sich an mir zu schaffen machte, und mir rutschte ein leises Stöhnen heraus. Gott, wenn sie so weitermachte, würde ich in ihrer Hand kommen.

»Ich glaube nicht, dass ich da runterkomme, Baby«, murmelte Anna. »Aber … ich habe für alle Fälle etwas mitgebracht …«

Sie griff in ihre Tasche und zog eins unserer Sexspielzeuge heraus. Es war eine künstliche Muschi, die wir manchmal benutzten, wenn sie nicht konnte. Die hatte sie dabei? Himmel, meine Frau war wundervoll. Ich konnte ihr noch nicht einmal anständig danken. Alles, was ich hervorbrachte, war: »Oh mein Gott, oh mein Gott, oh mein Gott …«

Mit schief gelegtem Kopf lächelte sie zu mir nach oben. »Ich nehme das als *Ja bitte*.«

Sie befeuchtete die Innenseite der Gummiröhre mit dem Finger, dann schob sie diese über mich. Es war nicht dasselbe, wie in ihr zu sein, aber Gott, es war schon ziemlich erregend. Als sie begann, sie auf mir zu bewegen, klammerte ich mich an ihre Schultern. Durch den Spalt im Vorhang sah ich, wie Jenny Evan einen Kuss gab, Kiera sich an Kellan schmiegte und Matt Rachel anstarrte; endlich sah er nicht mehr krank aus. Alles war in Ordnung.

Es fiel mir schwer, mein Stöhnen zu unterdrücken, vor allem, als sich das Pochen verstärkte und sich der Höhepunkt ankündigte. Anna kannte meinen Körper und beschleunigte den Rhythmus ihrer Hand. Bald war ich so weit. »Nicht aufhören«, flehte ich.

Mit heiserem Lachen schnurrte sie: »Baby, nichts könnte mich dazu bringen, jetzt aufzuhören. Du bist so verdammt sexy, wenn du kommst. Ich will es sehen … zeig es mir …«

Gott, ja. »Gleich …«

Aus dem Augenwinkel beobachtete ich etwas Merkwürdiges. Ich wollte nicht darauf achten, weil ich kurz vor einem unglaublichen Orgasmus stand, aber ich bemerkte es dennoch. Die Leute traten auf den Vorhang zu. Jenny und Evan stellten sich jeder auf einer Seite auf, und Jenny verkündete der Menge: »Vor dem letzten Song der D-Bags möchte ich euch ein letztes Kunstwerk präsentieren. Es ist mein bestes Werk, und ich bin sehr, sehr stolz darauf. Ich kann es kaum erwarten, dass ihr es alle seht …«

Jenny und Evan traten vor den Vorhang, und in dem Moment dämmerte mir, dass an der Wand hinter uns ein sehr großes Gemälde hing, das Jenny allen zeigen wollte. Und ich war fünf Sekunden vorm Höhepunkt. *Scheiße.*

Ich hielt Annas Hand fest und entwand ihr das Sexspielzeug. »Geh zurück, sofort!«, warnte ich sie. Natürlich war Anna verwirrt, aber sie tat, worum ich sie bat, und trat in die Vorhangnische auf der anderen Seite des Gemäldes. Ich konnte mich noch nicht bewegen, und mir blieb ohnehin keine Zeit. Der Vorhang ging auf, die Menge rang um Atem und das, was alle in der Galerie als Erstes sahen, war ich, der mit einem lilafarbenen Sexspielzeug in meinem Schritt herumfummelte. Überflüssig zu sagen, dass mein Orgasmus sofort verloren war. Auch für Geld hätte ich jetzt nicht kommen können.

Jenny bekam große Augen, dann drehte sie sich auf dem Absatz um und wandte den Blick ab. Evans Wangen leuchteten feuerrot. »Griffin? Was zum Teufel?« Während die künstliche Muschi noch immer fest um meinen Schwanz saß, beugte ich mich nach unten und griff nach meinen Hosen, doch schon sah ich, dass Handys herausgeholt und auf mich gerichtet wurden. Na toll.

Matt hatte Rachel für die Enthüllung nach vorn in die Mitte geholt, und beide starrten mich an, als käme ich von einem anderen Stern, dann glitt Rachels Blick hinter mir nach oben. Sie schnappte nach Luft und schlug sich die Hände vor den Mund.

In der Hoffnung, nicht zu sehen, was ich erwartete zu sehen, drehte ich mich zu dem Gemälde um. Doch. Genau das hatte ich befürchtet. Das Werk, das Jenny bis zum Schluss aufgehoben hatte, war eine gigantische Frage, die sie kunstvoll auf die Leinwand gebracht hatte. *Rachel, willst du mich heiraten? Matt.*

Ich hatte gerade seinen Heiratsantrag ruiniert. Schon wieder. Er würde mich umbringen. Und Jenny auch. Sie weinte erneut, diesmal jedoch nicht vor Glück. Evan starrte mich wütend an, während er sie in die Arme nahm. Großartig. Er war ebenfalls sauer. Perfekt.

4. Kapitel

Möge sich der wirklich geile Typ bitte zeigen

Danach beschlossen alle, den Abend zu beenden. Ich entschuldigte mich, doch niemand beachtete mich. Matt war so wütend, dass er mich keines Blickes würdigte. Evan schüttelte nur den Kopf. Und Kellan, der als Einziger nicht total sauer auf mich war, ging mit Matt zusammen. Vermutlich, um ihn zu beruhigen.

Ich machte mir nicht allzu viele Gedanken deshalb. Wenn wir erst einmal auf Tour wären, war der heutige Abend vergessen. Schnee von gestern. Außerdem hatte Rachel Ja gesagt, was spielte das also noch für eine Rolle. Zumindest nahm ich an, dass sie Ja gesagt hatte. Nach dem Zwischenfall wurde nicht mehr viel gesprochen. Eher geschrien. Vor allem schrie man mich an. Doch Rachel liebte Matt; sie konnte unmöglich Nein gesagt haben.

Jennifer war überrascht, dass wir so früh nach Hause kamen. Da ich keine Lust hatte, ihr zu erklären, was geschehen war, sagte ich nur: »Es war langweilig, darum sind wir gegangen.«

Das genügte ihr als Erklärung, und sie berichtete von ihrem ereignislosen Abend mit Gibson. Ich war froh, dass ihre Stunden mit meinem Kind nicht annähernd so dramatisch verlaufen waren wie meine. Und ich war sehr erleichtert, dass ich sie nicht bei etwas Schmutzigem erwischt hatte. Sonst hätte sie das letzte Mal auf Gibson aufgepasst. Etwas in mir mahnte mich, wie heuchlerisch dieser Gedanke war, doch ich ignorierte mein dummes Hirn. In Bezug auf Gibson diente nichts, was ich tat oder sagte, als moralischer Kompass. Sie befand sich auf einer ganz anderen Ebene als ich.

Nachdem ich Jennifer bezahlt hatte und sie gegangen war, sprang Anna an den Computer. Vermutlich war noch nichts durchgesickert, aber es würde mich nicht wundern, wenn mein Pimmel bis morgen früh im gesamten Internet zu sehen war. Na ja, zumindest war es ein attraktiver Pimmel.

Als sie nichts fand, stieß Anna einen erleichterten Seufzer aus. »Vielleicht passiert ja nichts. Schließlich waren doch fast nur Freunde und Verwandte da, oder?«

»Und die Lokalzeitung.« Sofort erinnerte ich mich daran, dass Kellan mich angehalten hatte, mich der Presse wegen von meiner besten Seite zu zeigen. Ups.

Anna verzog das Gesicht, dann biss sie sich auf die Lippen.

Schulterzuckend sagte ich: »Ist egal. Die Jungs werden darüber hinwegkommen. Rachel heiratet Matt, Jennys Galerie wird ein Hit, und ich bin eine kurze Zeit in den Schlagzeilen. In gewisser Weise ist das eine Win-Win-Situation.« Ich lächelte, aber Anna wirkte noch immer nicht überzeugt, dass alles in Ordnung war. »Reg dich nicht auf. Das lohnt sich nicht. Ehe du dich versiehst, ist es vorbei. Man hat mich schließlich nicht zum ersten Mal in einer peinlichen Situation erwischt, und es war sicherlich auch nicht das letzte Mal. Nach einer Weile werden die Leute so etwas Verrücktes von mir geradezu erwarten.«

Schließlich erschien ein schwaches Lächeln auf ihren Lippen. »Na ja, vielleicht kann ich die Peinlichkeit das nächste Mal mit dir teilen. Ich habe ein schlechtes Gewissen, dass alle dir allein die Schuld geben. Ich war schließlich auch beteiligt.«

Mit einem schelmischen Grinsen nickte ich. »Okay, nächstes Mal haben wir Sex in der Öffentlichkeit, und du wirst auch erwischt. Abgemacht?« Ich streckte meinen kleinen Finger aus. Kichernd hakte sie sich mit ihrem bei mir ein.

»Abgemacht.«

Am nächsten Morgen wurden wir früh von einer Limousine zum Flughafen gebracht; Anna musste mir mehrmals ihren Ellbogen in die Rippen stoßen, bis ich aus dem Bett kam. Ich war kein Morgenmensch. Alles vor zehn war viel zu früh für mich. Doch wir mussten einen Flug bekommen, also stand ich auf und setzte mich in Bewegung.

Die Tour begann in Los Angeles und endete in Seattle. Wo wir uns dazwischen aufhalten würden, wusste ich nicht, aber das musste ich auch nicht. Bevor ich auf die Bühne sprang, würde mir schon jemand sagen, wo ich mich befand.

Wir flogen mit einem Privatjet runter nach L.A., wofür ich dankbar war. Es nervte mich, mit einem normalen Flugzeug zu fliegen. Die Limousine setzte uns direkt vor dem Flugzeug ab. Anna und ich trafen als Letzte ein, aber alle standen noch draußen und vertrieben sich die Zeit bis zum Abflug. Als Matt mich aus der Limousine steigen sah, begab er sich sofort in Richtung Flugzeug. Egal. Von mir aus sollte er gern noch etwas schmollen. Ich war meinerseits auch noch ein bisschen eingeschnappt, weil er mich wie ein suboptimales Bandmitglied behandelte. Anna wollte es jedoch nicht dabei belassen. Sie fasste mich am Ellbogen und sagte: »Rede mit ihm. Bitte.«

Ich verdrehte die Augen, aber ich durfte nicht ablehnen; sie hatte die »Verhandlung« gewonnen, bevor wir uns gestern Abend aufs Ohr gelegt hatten. Laut unseren Regeln musste ich zumindest versuchen, es bei Matt wiedergutzumachen.

Er entfernte sich schnell von mir, doch als er die Treppe zum Flugzeug erreichte, holte ich ihn ein. »Hallo, Kumpel«, sagte ich und fasste seinen Ellbogen. »Warte doch mal.«

Mit wütendem Blick drehte er sich zu mir um. »Wir sollten uns besser eine Weile aus dem Weg gehen, okay?«

Ich stöhnte gereizt auf. »Ich habe das doch nicht mit Absicht gemacht, Alter. Woher sollte ich denn wissen, dass der Antrag auf diese Weise ablaufen sollte? Vielleicht hättest du uns von deinem kleinen Plan mit dem Bild erzählen sollen ...«

Matt kniff die hellen Augen zu kalten Schlitzen zusammen. »Das habe ich«, zischte er mit zusammengebissenen Zähnen. »Mehr als ein Mal.«

Ich dachte an die Gespräche, die Matt und ich in letzter Zeit geführt hatten, und schüttelte den Kopf. »Nein, hast du nicht. Daran würde ich mich erinnern.« Wahrscheinlich. Vielleicht.

Matt trat von der Treppe und stürzte sich auf mich. Ich schaffte es, rechtzeitig zurückzuweichen, doch er streckte wie ein Zombie auf der Jagd nach seinem Opfer die Arme aus und ballte die Hände zu Fäusten, als würde er mich im Geiste erwürgen. Es war irgendwie unheimlich. Doch bevor Matt mich tatsächlich erwürgen konnte, trat Kellan mit ausgestreckten Armen zwischen uns.

»Na, na! Wir wollen doch keine Dummheiten machen«, mahnte er und blickte von Matt zu mir und wieder zurück.

Matt starrte Kellan wütend an. »Er hat meine Verlobung kaputt gemacht, Kell. Lass mich ihn würgen. Nur bis er bewusstlos wird. Ihr seid auch froh, wenn ihr auf dem Flug eure Ruhe habt, glaub mir.«

Kellan seufzte, während ich empört das Kinn hob. *Arsch.* Ich verfluchte Anna dafür, dass sie so eine große Sache daraus gemacht hatte. Warum zum Teufel konnten Matt und ich einander nicht einfach eine Weile ignorieren? Eine ganze Weile. Dieser selbstgerechte Idiot stand noch immer auf meiner schwarzen Liste.

»Er hat nicht alles kaputt gemacht, Matt«, erwiderte Kellan

ruhig. »Rachel hat Ja gesagt, und nur darauf kommt es schließlich an, oder?«

Matt verdrehte die Augen, nickte jedoch widerwillig. »Ja, wohl schon.«

Kellan klopfte ihm auf die Schulter. »Gut. Wie wäre es also, wenn wir die Sache auf sich beruhen lassen, damit wir diese Tour heil überstehen?« Daraufhin schnaubte ich. *Es auf sich beruhen lassen* war Kellans Allheilmittel. *Tja, wir sind nicht alle so heilig wie du, Kyle. Einige von uns lassen sich nicht so leicht beruhigen.*

Matt warf mir noch einen wütenden Blick zu und murmelte: »Gut«, dann verschwand er im Flugzeug.

Kellan wartete, bis Matt weg war, doch als ich ihm folgen wollte, legte er mir eine Hand auf die Brust. »Vielleicht solltest du ihm etwas Zeit geben.«

Ich verschränkte die Arme vor der Brust und blickte Kellan tief in die Augen. »Warum sind bloß alle so sauer deshalb? Schließlich habe ich niemanden außer mich selbst blamiert, und mir ist es ziemlich egal, ob die Leute mein Gehänge gesehen haben.«

Er klopfte mir auf die Schulter und ging zu Kiera und Ryder. Mit düsterem Blick sah ich ihm hinterher. Ich achtete auf andere Leute. Auch wenn alle so taten, als wäre ich ein Volltrottel, das stimmte nicht. Das gestern Abend war ein ehrenhafter Fehler gewesen, einer, der jedem von ihnen hätte passieren können. Ich hatte doch nicht mit Absicht versucht, der Band zu schaden. Nicht so, wie sie es mit mir machten, indem sie mich kleinhielten. Dumpfbacken.

Kellan und Kiera halfen Anna mit Gibson, darum sprang ich ins Flugzeug, um in Ruhe zu schmollen. Matt saß ganz hinten und starrte aus dem Fenster. Ich beachtete ihn nicht und setzte mich nach vorn. Vermutlich hatte Kellan recht; wir brauchten

Abstand – ich wollte Abstand. Immer hackten irgendwelche Idioten auf mir herum und pressten mich in eine Norm. Es war kaum auszuhalten. Konnten sie mich nicht einfach so nehmen, wie ich war, anstatt mich zu verbiegen? Waren Freunde nicht genau dazu da?

Der Jet verfügte über zehn Sitze und mehr als genug Platz für alle. Er war ziemlich schick eingerichtet, mit Ledersitzen, Tischen, einem Küchenbereich und einem fast voll ausgestatteten Badezimmer. Anna und Gibson saßen an einem Tisch mir gegenüber, Kiera und Ryder saßen mit Kellan und Evan am Nachbartisch. Matt blieb allein hinten. Der Typ konnte sogar noch besser schmollen als ich. Vielleicht lag das in unseren Genen.

Das erste Drittel des Flugs ignorierte Evan mich, dann sprach er mich schließlich an. »Jenny ist wirklich sauer wegen des Vorfalls in der Galerie, und offen gestanden … ich auch. Was hast du dir nur dabei gedacht?«, fragte er mit dunklen Augen voller Emotionen.

Ich hatte keine Lust mehr, über gestern Abend zu reden. Darum schüttelte ich den Kopf und sagte: »Ich war geil. Ich wusste nicht, dass der Vorhang weggezogen würde. Ich habe es vermasselt, und das tut mir leid. Okay?«

Evan dachte einen Augenblick nach, dann nickte er und zuckte die Schultern. »Ja, ist okay.«

Ich musste lächeln. Wenn Matt sich nur auch so schnell wieder einkriegen würde. Doch ich hatte seine Pläne versaut, und Matt hasste es, wenn man ihm den Plan versaute. Ich musste abwarten, bis er nicht mehr sauer war. Leichter gesagt als getan. Immer war er wegen irgendetwas sauer.

Es dauerte zwei Wochen, doch schließlich kam Matt darüber hinweg. Er vergab mir zwar nicht offiziell, aber er hörte auf, mich wütend anzustarren, und machte wieder Witze mit mir.

Als er mich beleidigte, wusste ich, dass wir auf einem guten Weg waren. So schätzte ich unsere Beziehung ein – wenn er mich zusammenfaltete, war er nicht wütend auf mich.

Ich glaube, es half, dass überall Bilder von jenem Abend auftauchten und mich irgendein schlaues Arschloch Hand Solo taufte. Der Name verbreitete sich im Handumdrehen. Matt fand das saukomisch und übernahm den Spitznamen. Egal. Das spielte keine Rolle. Jener Abend gehörte zu dem Schärfsten, was ich jemals mit Anna erlebt hatte. Ich erinnerte mich gern daran, denn es erinnerte mich daran, wie fantastisch, wie sexy und zu allem bereit meine Frau war. Und wenn ich daran dachte, war ich erregter als ein Dreizehnjähriger, der ein *Playboy*-Heft unter der Matratze versteckt hatte. Ich bedauerte nicht, was passiert war. Ich bedauerte nur, dass ich es nicht hatte zu Ende bringen können.

Als sich die Lage mit Matt normalisierte, beschäftigte ich mich wieder damit, wie ich mich auf dieser Tour profilieren konnte. Es musste doch eine Möglichkeit geben. Wenn Matt mir keine Chance gab, die Leadgitarre zu spielen, vielleicht ließ Kellan mich Frontmann sein. Nicht bei allen Songs, aber vielleicht bei einem. Oder bei zwei. Einem von den schlechteren, für die sich niemand interessierte.

Da wir im selben Bus zusammen reisten, hatte ich genügend Zeit, mit ihm darüber zu reden. »Komm schon, Kell, ich kenne die Songs besser als du, und meine Stimme ist spektakulär. Die Menge wird darauf abfahren!«

Er spielte auf seinem Schoß mit Ryder und blickte auf. Ryder bekam die ersten Zähne, und die Vorderseite von seinem blauen D-Bags-Strampelanzug war voller Sabber. Doch er strahlte; mein Neffe war selten schlecht drauf. Während Ryder nach einem Plastikschlüsselbund in Kellans Hand griff, schüttelte Kellan den Kopf. »Nein, Griffin, das habe ich dir doch schon gesagt.«

Wut schoss mein Rückgrat hinauf, während die immer gleiche Antwort auf all meine Fragen in meinen Ohren brannte. Ich hatte es so satt, immer wieder abgewiesen zu werden. »Ja … das weiß ich. Ich finde es nur nicht richtig.«

Kellan sah nach unten zu seinem Sohn, der an den Schlüsseln in seiner Hand riss, doch nach meiner Bemerkung hob er erneut den Blick zu mir. »Du findest es nicht richtig, dass ich die Songs singe? Die ich geschrieben habe? Ich bin der Leadsänger, Griffin. Das ist mein Job.«

Ich verdrehte die Augen. »Ihr hängt euch so an diesen Begriffen auf. *Ich bin der Leadsänger. Ich bin der Leadgitarrist.* Bla bla, bla. Würde es einen von euch umbringen, wenn ihr mal was anders macht?«

»Es läuft gut, Griffin. Jetzt ist nicht der Zeitpunkt, das Konzept zu ändern.«

Ich beugte mich auf meinem Sitz nach vorn. »Jetzt ist der perfekte Zeitpunkt, Kellan. Die Fans wollen nicht, dass wir auf der Stelle treten und völlig vorhersehbar werden. Die wollen, dass wir denen was Neues bieten, dass wir sie aus den Socken hauen. Offen gestanden … die wollen mich.«

Kellan schmunzelte, während ich mich auf meinem Sitz wieder zurücklehnte. »Ach, echt? Die wollen dich?«

Ich nickte und deutete mit dem Daumen in den hinteren Teil des Busses, wo Anna und Gibson ein Schläfchen hielten. »Dieses kleine Galeriefiasko hat sich rasend schnell verbreitet, und die Fans haben es verschlungen. Die wollen so einen Mist haben. Die wollen mehr von *mir*. Ich sage dir: Lasst mir nur ein bisschen mehr Freiheit bei den Auftritten, ihr werdet es nicht bereuen!«

Kellan seufzte und blickte zu Kiera hinüber. Sie schien entsetzt, zuckte jedoch die Schultern, als könnte sie ihm auch nicht weiterhelfen. Gott, ich bat sie doch schließlich nicht, ihr Kind erziehen zu dürfen. Es ging um einen blöden Song. Kellan blickte wieder zu mir, seine Miene wirkte ernst. »Vielleicht finden wir etwas Lustiges für dich. Vielleicht einen Sketch oder so etwas.«

Einen Sketch? Na ja, das war zwar nicht ganz das, was ich wollte, aber es war vermutlich ein Anfang. »Klar. Toll. Können wir gleich heute Abend damit anfangen?«

Ein seltsamer Ausdruck zeichnete sich auf Kellans Gesicht ab, bevor er antwortete: »Ich muss erst mit Matt und Evan sprechen. Ich sage dir dann Bescheid.«

»Toll!« Ich sprang aus dem Sitz auf, um Anna die gute Nachricht zu übermitteln – endlich gaben sie mir eine Chance. Vielleicht nicht in der gewünschten Form, aber ich würde die Gelegenheit nutzen, um mein Ding zu machen. Während ich die Tür zum Schlafzimmer öffnete, in dem sich meine Frau ausruhte, fragte ich mich, was ich für einen Sketch aufführen sollte. Vielleicht könnte ich den Moment aus der Galerie noch einmal nachspielen. *Hand Solo. Ich bin hier, um mich … zu retten. Ich bin gleich wieder da.* Ha! Vielleicht sollte ich Stand-up-Comedian werden.

»Weißt du was, Anna?!«

Ihre eingerollte Gestalt regte sich kurz und gab ein unbestimmtes Stöhnen von sich, mehr nicht. Gibson lag in ihren Armen und sah aus wie ein Engel mit ihren goldenen Haaren, die sich wie ein Fächer um sie legten. Bislang amüsierte Gibson sich gut auf der Tour. Sie war gern mit Menschen zusammen, und hier kam ständig jemand Neues. Das Einzige, was sie nicht so toll fand, waren die langen Busfahrten zwischen den Auftritten. Von dem Schaukeln wurde ihr schlecht. Und Anna ebenfalls. Sie sagte, sie käme sich vor wie auf einem Schiff, und sie würde das Schaukeln sogar noch spüren, wenn sie schon nicht mehr im Bus wäre. Ich wünschte, ich könnte ihr irgendwie helfen, aber mir fiel nichts ein, außer sie betrunken zu machen, und das war momentan keine Option.

Als Anna nicht aufwachte, setzte ich mich auf die Bettkante und rang mit mir, ob ich sie wecken oder schlafen lassen sollte. Sie sah fertig aus. Doch schließlich siegte meine Aufregung, und ich rüttelte an ihrer Schulter. »Weißt du was, Süße?«

»Sind wir da?«, krächzte sie. Sie drehte den Kopf und blinzelte zu mir hoch. »Halten wir bald an?« Sie war etwas grün im Gesicht, und das Kissen hatte auf ihrer Wange einen Abdruck hinterlassen. In ihrem Mundwinkel hing sogar etwas getrocknete Spucke. Trotzdem war sie superattraktiv.

»Ich weiß nicht, wo zum Teufel wir sind … aber Kellan gibt mir heute Abend auf der Bühne eine Chance! Ich mache einen Sketch oder so etwas.«

Anna richtete sich langsam auf den Ellbogen auf. Sie musterte mich skeptisch. »Einen Sketch? Während eines Konzerts? Das ist … interessant.«

Ich zuckte die Schulter, dann lachte ich. Das Adrenalin machte mich ganz irre. »Ja, es ist nicht ganz das, was ich gehofft habe, aber es ist immerhin etwas, und etwas ist besser als nichts.«

Anna nickte, dann hielt sie sich den Bauch, als wäre ihr übel. »Klingt gut. Weck mich, wenn wir da sind.«

Sie sank zurück aufs Bett, und ich verschlang mit den Augen ihre Kurven. Ich war viel zu aufgedreht, um mich zu Kellan und Kiera zu setzen und Däumchen zu drehen. Ich brauchte Action, etwas, das mich unterhielt. Und Anna war die beste Form der Unterhaltung, die ich kannte. Ich wusste, dass sie sich momentan beschissen fühlte, aber vielleicht würden wir uns beide besser fühlen, wenn wir uns etwas amüsiert hätten? Das hatte schon ein oder zwei Mal funktioniert. »He … meinst du, wir zwei könnten ins Bad gehen und ein bisschen zaubern? Ich bin so aufgedreht. Ich muss etwas Energie verbrennen.«

»Kann nicht. Ich versuche gerade, mich nicht zu übergeben«, murmelte sie.

»Ach, komm schon. Wir gehen ins Bad. Wenn dir schlecht wird, bist du gleich am richtigen Ort. Und denk dran, als du einmal betrunken warst und dachtest, du müsstest dich übergeben, haben wir gevögelt, und hinterher hast du dich viel besser gefühlt. Vielleicht ist es genau das Richtige für dich.«

Sie schlug die Augen auf; sie funkelten grün, aber nicht auf eine gute Art. Bevor sie mich mit ihren Laserstrahlen durchbohrte, lud sie die Waffe. Ich hob die Hände. »Am besten ich gehe, und du bleibst hier und schläfst.«

Das Funkeln verschwand, und sie schloss flatternd die Lider. »Okay.« *Uff. Das war knapp.*

Schließlich lief ich eine Stunde lang im Bus auf und ab. Kieras Miene nach zu urteilen war sie nicht gerade begeistert, dass ich ständig in Bewegung war. Da ich etwas tun musste, nahm ich ihr Ryder ab und erklärte, ich würde mich um ihn kümmern, damit sie etwas Zeit mit Kellan allein hatte. Sie schien unsicher, ob sie mir ihr Kind überlassen sollte, bis Kellan sie überzeugte, dass ich ihr Baby schon nicht kaputt machen würde. Als ob ich Kinder schütteln würde.

Während ihre Eltern vermutlich durchdrehten, hüpfte ich mit dem kleinen Energiebündel den Flur auf und ab, wobei ich ihm Geschichten erzählte, die Gibson gern hörte – Geschichten von Rittern und Drachen und von tollen Prinzessinnen. Ryder gähnte, und schließlich fielen ihm die strahlend blauen Augen zu; fünf Sekunden später schlief er. *Siehst du, Kiera, kein Grund zur Sorge. Mini-Bag mag mich.*

Als wir den Veranstaltungsort erreichten, verschwand Kellan, vermutlich um mit den anderen Jungs über heute Abend zu sprechen. Eigentlich wollte ich mitgehen, um meinen Fall zu erörtern und vielleicht ein paar Vorschläge zu machen, aber Gibson war ziemlich anhänglich. Wahrscheinlich weil ich so viel Zeit mit Ryder verbrachte hatte; sie mochte es gar nicht, wenn ich mich um ein anderes Kind kümmerte. Sie würde einen ziemlichen Schock erleiden, wenn ihr kleiner Bruder oder ihre kleine Schwester auf die Welt kam. Aber es war klar, dass sie mich brauchte, also blieb ich bei ihr und Anna im Bus.

»Was willst du heute Abend machen?«, fragte Anna. Nachdem der Bus sich nicht mehr bewegte, sah sie deutlich besser aus.

»Ich weiß nicht. Hast du eine Idee?« Ich hatte in Gedanken einiges durchgespielt, aber alles, was mir einfiel, war Puppentheater mit Penis, und ich hatte das Gefühl, dass die Jungs das nicht so cool fänden.

Anna zuckte die Schultern. »Zeig dein Talent.« Als ich daran dachte, was ich mir überlegt hatte, schnaubte ich. Mit einem amüsierten Lächeln fügte Anna hinzu: »Dein nicht sexuelles Talent.«

Ich nickte und dachte über meine Talente nach. Abgesehen davon, dass ich teuflisch gut aussah und ein Hengst im Bett war, war ich meiner bescheidenen Meinung nach ein erstklassiger Rapper. Tatsächlich kannte ich jede Zeile von jedem Vanilla-Ice-Song. Und nicht nur die Megahits, auch die B-Seiten. Niemand konnte Mr Ice besser nachmachen als ich. »Das ist es. Das mach ich!«

Anna blinzelte. »Was denn?«

Ich küsste sie auf die Stirn und reichte ihr Gibson. »Ich muss die Jungs finden, bevor das Konzert beginnt. Ich brauche Hintergrundmusik.«

»Wozu? Was hast du vor?«, fragte sie erneut.

»Das wirst du schon sehen«, sagte ich und grinste.

Anna stand auf. Gibson streckte die Arme nach mir aus, aber jetzt konnte ich sie nicht wieder nehmen. Ich hatte zu viel zu tun! »Warte«, bat Anna und legte mir eine Hand auf den Arm. »Erzähl mir von deiner Idee. Lass uns sichergehen, dass es die Jungs wirklich umhaut. Während ich mich ausgeruht habe, habe ich mir auch ein paar Sachen überlegt, die vielleicht …«

Ich grinste von einem Ohr zum anderen und unterbrach sie mit einem Kuss auf die Wange. »Deine Ideen sind sicher super, aber was ich vorhabe, wird ihnen den Schädel wegblasen!« Anna rief erneut meinen Namen, aber ich war zu aufgeregt, um ihr jetzt alles zu erklären. Ich würde es ihr später erzählen, wenn es beschlossene Sache war.

Als ich aus dem Bus sprang, waren überall Leute – Sicherheitspersonal, Angestellte des Veranstalters und Mitglieder anderer Bands. Nur kein D-Bag. Die Fans hinter der Absperrung jubelten, als sie mich entdeckten. Ein paar von ihnen schrien: »Ich liebe dich, Kellan!«. Fast wäre ich stehen geblieben und hätte ihnen gesagt, dass ich nicht Kellan war, aber dazu hatte ich keine Zeit. Das Konzert fing in wenigen Stunden an.

Justin war der Erste, den ich entdeckte, als ich das Gebäude betrat. Er sprach mit dem Leadsänger von Holeshot, Deacon. Soweit ich es verstand, redeten sie über Kate. Sie waren mitten im Gespräch, doch ich unterbrach sie elegant mit einem »Hey, habt ihr Kellan gesehen?«.

Mit zusammengekniffenen Lippen drehte sich Justin zu mir um. Er hatte ein Tattoo auf dem Schlüsselbein, was ich cool fand, aber die Schrift war so verschnörkelt, dass ich sie nie entziffern konnte. So, wie ich Justin kannte, war es sicher etwas Poetisches. Ich an seiner Stelle würde mir etwas tätowieren lassen wie *Setz dich*, mit nach oben zeigenden Pfeilen. Oh Mann, das sollte ich machen.

»Nein, habe ich nicht, aber das Meet and Greet beginnt bald, wahrscheinlich spricht er mit den Radioleuten.«

Das klang logisch. Die lokalen Radiosender veranstalteten immer Gewinnspiele, bei denen die Hörer einen Besuch im Backstage-Bereich gewinnen konnten, wo sie mit uns reden und Fotos machen durften. Als Sienna Sexton hier aufgetreten war, war das alles ganz förmlich gewesen, doch jetzt schlenderten die Leute einfach neugierig umher, als befänden sie sich in einem skurrilen Rockstar-Zoo. *Und dort drüben zu Ihrer Linken sehen Sie den fantastischen Schwänzling. Man sagt, er zeige sich nur, wenn er richtig erregt ist. Na, wollen wir mal sehen, ob wir ihn wecken können?*

»Ah, okay.« Ich klopfte Justin auf die Schulter und war im Begriff zu gehen, doch er hielt mich mit einer Frage zurück.

»Hey, du bist doch mit Kate befreundet, stimmt's?«

Ich zuckte die Schultern. »Irgendwie, ja. Warum?«

Als würde ein rotes Bühnenlicht auf ihn gerichtet, veränderte sich Justins Gesichtsfarbe. »Äh, na ja, wir sind jetzt schon eine Weile zusammen, und mir ist es langsam ernst. Ich überlege, sie zu fragen, ob sie mit mir zusammenzieht.«

Ich hob eine Braue und erwiderte: »Du willst sie fragen, ob sie nach L.A. zieht? Spar dir die Mühe, das macht sie nicht. Ihr Leben ist in Seattle, Kumpel.« Ich schenkte ihm ein mitfühlendes Lächeln und sagte ihm die unverblümte Wahrheit, die ich ihm als sein Freund schuldig war. »Besser, du verlässt sie und suchst dir eine in deiner Stadt.« Dann kam mir eine Idee, und ich schnappte mit den Fingern. »Brooklyn Pierce, das Mädel mit den großen Titten aus der futuristischen Weltraumshow. Die wohnt doch irgendwo da, und die ist verdammt scharf. Vergiss Kate, und triff dich mit ihr. Problem gelöst.«

Justin sah mich entgeistert an, als ich ihm auf den Arm schlug und davonging. Vielleicht würde er einen Moment brauchen, aber am Ende würde er einsehen, dass ich recht hatte. Er und Kate waren nicht füreinander bestimmt, aber er und Brooklyn … verdammt, die war superscharf. Ich konnte es kaum erwarten, mich mit ihnen zu einem Pärchenabend zu treffen. Glückspilz.

Als ich Kellan fand, war er von Gewinnern des Radioquiz umringt. Lächelnd schüttelte er ihnen die Hand, gab Autogramme und beantwortete Fragen. Die Fans kreischten, kicherten, und ein paar weinten sogar. Mädchen. Eine seltsame Spezies.

Sie würden es mir wohl nicht übelnehmen, wenn ich sie etwas grob behandelte, darum bahnte ich mir mit den Ellbogen einen Weg durch die Menge. Doch zu meiner Überraschung warfen sie mir böse Blicke zu, als wüssten sie nicht, wer ich war oder warum ich nach vorn drängte. Komisch. Ich hatte erwartet, auf dem Weg begrapscht zu werden. Na ja.

»Lasst mich durch, ich muss mit Kellan reden«, sagte ich und schob mich an einem Mädelstrio vorbei.

»Hey, warte gefälligst, bist du dran bist«, erwiderte eine von ihnen. Sie trug ein T-Shirt mit der Aufschrift *Kellan Kyle ist mein Rock-Gott.* Vermutlich war sie deshalb für den Rest von uns Rock-Göttern blind.

Mit schmalen Augen erklärte ich ihr: »Ich gehöre zur Band, und ich muss mit Kellan sprechen … meinem *Bandkollegen.*« Dass ich das sagen musste, machte mich wütend. Kellan-Fan hin oder her, dieses Mädel sollte mich vom Sehen her kennen.

Sie schnaubte, als glaubte sie mir nicht. Ich wollte das gerade richtigstellen, als ein Mädel vor ihr sagte: »Doch, doch, der gehört zur Band. Schlagzeuger, stimmt's?«, fragte sie. Mit ihren Zöpfen sah sie aus wie vier. Vielleicht kannte sie deshalb mein Instrument nicht. Sie konnte sie noch nicht auseinanderhalten.

»Bass«, murmelte ich und schlängelte mich um sie herum.

Endlich bemerkte Kellan die Unruhe und drehte seinen Kopf in meine Richtung. Ich musste etwas drängeln, aber schließlich schaffte ich es, mich durch die besessene K.K.-Gemeinde zu ihm nach vorn zu arbeiten. Er schien nicht erfreut, mich zu sehen. »Ach, hallo, Griff. Bist du zum Meet and Greet hier? Ich dachte, ich hätte eine Gruppe Mädchen mit Griffin-Shirts den Flur runtergehen sehen. Ich wette, wenn du dich beeilst, erwischst du sie noch.«

Seine übereifrigen Fans malträtierten mich von hinten, aber ich ignorierte sowohl sie als auch seine Bemerkung. »Was haben die Jungs wegen heute Abend gesagt? Ich hab da nämlich eine Superidee.«

»Ja, was das angeht …« Kellan nahm von einem Fan einen Stift entgegen und begann eine CD zu signieren. »Ich habe mit den Jungs geredet, und die meinten … na ja, wir haben das Gefühl, dass heute kein guter Abend wäre. Wir müssen uns erst zusammensetzen und etwas planen, es in den Ablauf einarbeiten. Wir haben für heute schon eine Setlist, weißt du?« Er reichte dem Fan die CD zurück, dann blickte er zu mir auf. Er schlug mir zum Abschied auf die Schulter und fügte hinzu: »Vielleicht morgen Abend, okay? Wir reden später, wenn wir mehr Ruhe haben.« Er nahm einen weiteren Stift entgegen und fuhr fort, irgendetwas zu signieren.

Ich war fassungslos und verlor meinen Platz in der Schlange, weil die Kellan-Fans mich zurückdrängten. Innerhalb von Minuten stand ich außerhalb des Kreises. *Morgen?* Das erschien mir wie eine Ewigkeit. Warum zum Teufel konnten wir nicht heute Abend einfach etwas *ausprobieren*? Warum konnten wir nicht einfach ein bisschen improvisieren? Das kapierte ich nicht.

Während ich noch darüber nachdachte, reichte mir ein Mädchen einen Edding. »Du gehörst zur Band, stimmt's?«

Skeptisch nahm ich ihr den Stift ab. »Ich *bin* die Band«, erwiderte ich. Verwirrt wanderte ihr Blick zwischen Kellan und mir hin und her. Seufzend nahm ich das glänzende Foto, das sie in der Hand hielt. Es war eins von Kellan, aber ich unterschrieb trotzdem – quer über seinem Gesicht. Die Frau blickte auf die Unterschrift, als könnte sie sie nicht entziffern. Sie dankte mir, wirkte jedoch weiterhin verwirrt. Sie hatte keine Ahnung, wer ich war. Teufel noch mal.

Hinter mir kicherten ein paar Mädels. Als ich mich zu ihnen

umdrehte, lächelten sie mich mit dunkelroten Gesichtern an. »Oh mein Gott, *du* bist das! Hand Solo!«

Ich schenkte ihnen ein verschlagenes Grinsen. Endlich erkannte mich jemand. »Zu Ihren Diensten«, sagte ich und tat, als würde ich onanieren. Ich endete sogar mit einer Explosion. Sie kreischten und hielten sich die Augen zu.

Nachdem sie sich wieder eingekriegt hatten, trat eine auf mich zu. Sie war groß und dünn, und ihr D-Bags-Shirt saß derart eng an ihrem Körper, als hätte man sie hineingegossen. »Du musst mein Shirt signieren«, erklärte sie.

»Gern.« Ich nahm ihren Stift und schrieb meinen Namen quer über ihre Brust. Sie lachte die ganze Zeit.

Evan und Matt schlenderten vorbei, und als ich die Mädchen verließ, damit sie von mir träumen konnten, fing ich meine Bandkollegen ab und sprach sie auf meinen Auftritt an. Als hätten sie es geübt, gaben sie mir dieselbe Antwort wie Kellan – *Nicht heute Abend, vielleicht morgen.* Nach dieser Ablehnung und Matts absoluter Weigerung, mich die Leadgitarre spielen zu lassen, kochte ich vor Wut, als wir die Bühne betraten. Vermutlich schadete es nicht, ein paar Tage zu warten, aber trotzdem, ich war bereit für meinen Moment – einen Moment, der mir schon viel zu lange verwehrt wurde.

Zum ersten Mal seit langer Zeit passte ich während des Auftritts richtig auf. Kellan machte die Einführung, Kellan begann die Songs, Kellan sprach zwischen den Songs mit dem Publikum. Hin und wieder machte er eine Bemerkung in unsere Richtung, aber er beherrschte den gesamten Auftritt, und der Großteil seiner Aufmerksamkeit richtete sich auf die Fans, nicht auf seine Bandkollegen. Er plauderte mit ihnen, fragte sie, wie es ihnen ging, lief den Gang hinunter, um den Fans im hinteren Bereich Hallo zu sagen. Jede Frage, die er an sie richtete, wurde mit lautem Kreischen beantwortet, worüber ich genervt die Augen verdrehte.

Er machte absolut nichts Besonderes. *Ich* konnte das Publikum fragen, ob es sich amüsierte. *Ich* konnte den Gang hinauflaufen, um mich mit Fremden abzuklatschen. *Ich* konnte die Songs singen, mit den Hüften kreisen und auf scharfe Frauen in der Menge zeigen. Kellan war nicht das A und O der Band. Er war nur ein Mitglied. Als ich mich in der Halle umsah, fragte ich mich, ob die Fans das wussten. All die Poster waren für ihn. *Ich liebe Kellan. Heirate mich, Kellan. Wir bewundern dich, Kellan. Kellan ist Mr Right. Ich will ein Kind von dir, Kellan. Kellan, Kellan, Kellan.* Lange bevor das Konzert zu Ende war, hatte ich seinen Namen satt.

Und in den folgenden zwei Wochen verlief es jeden Abend genauso. Alles, was ich von den Jungs hörte, wenn ich sie auf meinen Extra-Auftritt ansprach, war: *Nicht heute Abend, vielleicht morgen.* Wenn wir einen Tag frei hatten, mieden sie mich wie die Pest. Sie behaupteten zwar, sie würden Sightseeing machen oder Schlaf nachholen, aber das nahm ich ihnen nicht ab. Ich merkte, wenn man mir aus dem Weg ging. Ich konnte nur herumsitzen, vor mich hinschmoren und mich bei jedem beklagen, der mir zuhörte.

»Ist das nicht lächerlich? Ich bitte sie nicht um viel, nur um zehn Minuten am Mikro. Oder fünf. Ich wäre ja auch schon mit fünf zufrieden. Einen Moment im Scheinwerferlicht, das ist alles, worum ich sie bitte.«

Die Mädels, mit denen ich mich unterhielt, sahen einander an. Dann bestürmten sie mich gleichzeitig mit Fragen, die nichts mit dem zu tun hatten, was ich ihnen erzählt hatte. »Griffin, du teilst dir doch den Bus mit Kellan? Wie ist das so? Wie ist er? Ist er ordentlich oder chaotisch? Was macht er in seiner freien Zeit? Ist er wirklich verheiratet, oder war das auch nur ein Gerücht? Ich weiß gar nicht mehr, was ich glauben soll.«

Fassungslos starrte ich sie an. »Hat eine von euch mir überhaupt zugehört? Er ist ein Dreckskerl Das sind sie alle!«

Eine von ihnen fasste sich ans Herz. Sie trug ein *Kellan-Forever*-Shirt. Das muss man sich mal vorstellen. Wo fanden sie nur ständig diese blöden T-Shirts? »Aber er ist soooooo scharf. Und sexy. Und begabt. Ich möchte ihn am liebsten überall ablecken.«

»Ihr habt doch alle eine Gehirnwäsche hinter euch«, murmelte ich.

Eines der Mädchen hatte ein breites Gesicht mit einer ebenso großen Brille. Sie musste meine Bemerkung gehört haben, denn sie sah mich mit bösem Blick an, als hätte ich ihr gerade gesagt, ihr Kind sei hässlich. »Weißt du, du erzählst die ganze Zeit, dass sie dich bescheißen würden, dabei solltest du einfach froh sein, dass du dazugehörst.«

Das Mädchen neben ihr hatte so viele Sommersprossen, dass ihr Gesicht wie eins von diesen Punktebildern aussah, die Jenny manchmal malte. »Ja, ich meine, du bist nicht der Leadsänger oder der Leadgitarrist, aber immerhin bist du …«

Ihre Stimme erstarb, und sie bekam große Augen, und mir war klar, dass sie keine Ahnung hatte, welches Instrument ich spielte. »Bassist«, sagte ich gereizt.

Sie entspannte sich und wirkt erleichtert. »Genau, ja, der Bassist … und das ist doch … supercool.«

Ich wollte weg von ihnen und von allen anderen und deutete mit dem Daumen den Flur hinunter. »Ich besorge mir jetzt ein Bier, aber wenn ihr euch amüsieren wollt, Kellan findet ihr in der Richtung. Sagt seiner Assistentin mit dem Baby, dass ihr da seid, um ihm einen zu blasen. Dann lässt sie euch in der Schlange nach vorn.«

Das sommersprossige Mädchen wirkte gekränkt. »Das würden wir nie … ich meine, wir kennen ihn doch gar nicht, und er könnte verheiratet sein und …« Sie blickte zu ihren beiden

Freundinnen. »Gehen wir«, flüsterte sie. Kichernd liefen die drei den Flur hinunter.

»Dafür wird Kiera dich fertigmachen«, bemerkte eine amüsierte Stimme hinter mir.

Als ich mich umdrehte, standen Anna und Gibson vor mir. Anna hielt Gibsons Finger in der einen Hand und eine offene Bierflasche in der anderen. Verdammt, wie wundervoll, dass meine Frau so oft meine Bedürfnisse vorausahnte. Manchmal war das etwas unheimlich, als wäre sie in meinem Kopf. Seltsamerweise machte mir die Vorstellung jedoch überhaupt keine Angst. Niemand anders würde ich in meinem Schlammloch von Kopf bei mir haben wollen.

Als sie nah genug waren, streckte Gibson sofort die Hände nach mir aus. »Arm!«, forderte sie, während Anna mir mein Bier reichte. Endlich zwei, die mich und nicht Kellan wollten.

Ich hielt meine Tochter auf einem Arm, sodass ich trotzdem mein Bier trinken konnte, und lächelte Anna dankbar an. *Du bist die Beste.* Als ich dann wieder an meine letzten Begegnungen dachte, runzelte ich die Stirn. »Mir ist gerade etwas klar geworden … abgesehen davon, dass meine Bandkollegen lügende, feige Idioten sind.«

»Idioten«, sprach Gibson mit frechem Grinsen nach.

Lachend klatschte ich mich mit ihr ab. »Genau, Süße.«

Anna presste die Lippen zusammen und schüttelte den Kopf. »So viel zum seltener Fluchen …«

Sie rieb sich den Bauch, als würde das Baby sie treten. Das machte es in letzter Zeit. Ich wollte ihr helfen, darum schnippte ich mit den Fingern und rief einen Roadie heran, der gerade vorbeikam. »Hey, du, besorge mal einen Stuhl für meine Frau.« Als der Typ, der wie zwölf aussah, sich abwandte, hielt ich ihn an der Schulter zurück. »Und ein Kissen für ihren Rücken.« Als er sich erneut auf den Weg machen wollte, packte ich ihn wieder an der Schulter. »Und etwas zu essen für sie.« Der Typ zögerte und wartete, ob ich noch etwas brauchte. »Und zwar zackig!«, bellte ich und scheuchte ihn los.

Mit düsterer Miene beobachtete Anna, wie der Typ davoneilte. »Danke. Ich würde wirklich gern sitzen, und irgendwie bin ich auch hungrig … aber vielleicht könntest du nächstes Mal *bitte* sagen?«

Ich trank einen großen Schluck von meinem Bier. Es war mein Lieblingsbier von einer kleinen Brauerei; wir hatten es letztes Jahr auf einer Bar-Tour entdeckt. Genial. »Der Tag, an dem ich *bitte* zu einem Roadie sage, ist der Tag, an dem ich aufhöre, auf Tour zu gehen. Zum D-Bags-Team zu gehören ist für diese Typen eine Ehre. Wenn man sie nicht ständig runtermacht, werden sie übermütig. Es ist meine Pflicht, mich wie ein Arsch zu verhalten«, sagte ich vollkommen ernst.

Anna verzog den Mund zu einem schiefen Lächeln. »Na ja, dann mach weiter. Angeber wollen wir hier ja nicht …« Sie beugte sich vor und küsste mich auf die Wange; sie roch nach Zuckerwatte. Köstlich. Als sie sich von mir löste, kam sie auf unser ursprüngliches Gespräch zurück. »Also, was ist dir klar geworden?« Sie massierte meinen Nacken, und sofort ließ meine Anspannung etwas nach. Gott, das war wunderbar.

Mit meinem Bier deutete ich auf die Fans, die backstage herumlungerten. »Diese Fans interessieren sich einen Scheißdreck für mich. Klar, normalerweise erkennen sie, dass ich zur Band gehöre, aber sie wissen nicht, welches Instrument ich spiele. Was ich mache. Und manchmal wissen sie noch nicht mal meinen Namen. Wie zum Teufel ist das überhaupt möglich? Die interessieren sich nur für Kellan. Kellan hier, Kellan da ist alles, was ich höre, und das ist Mist. Wenn sie die Band mögen, sollten sie uns alle gleich mögen. Schließlich ist das eine Teamleistung.«

Anna legte nachdenklich den Kopf schief. »Ich bin mir sicher, dass das nichts Persönliches ist. Kellan ist nur ... legendär, und das sind auch seine Fans. Aber du hast auch deine Groupies. Erinnere dich an die Gruppe, die sich vor ein paar Nächten in den Bus geschlichen hat. Das war deinetwegen, nicht wegen Kellan.«

Ich erinnerte mich an die Gruppe, wie könnte ich die vergessen? Sie waren mit grünen Dildos bewaffnet gewesen und wollten, dass ich die signiere. Doch sogar die hatten mich nach Kellan gefragt. *Wo schläft er? Dürfen wir ein T-Shirt klauen? Furzt er wirklich Regenbogen und Mondstrahlen, weil er so supertoll ist?* Bah. Ich hatte die Nase voll davon. »Na ja, wenn sie sich selbst als D-Bags-Fans bezeichnen, dann sollten sie die *ganze* Band kennen. Wir sind mehr als nur Kellan, und der Rest von uns verdient genauso Anerkennung.«

Anna verstand, was mich eigentlich umtrieb, und legte eine Hand auf meine Wange. »Du wirst die Anerkennung bekommen, die du verdienst, Griffin. Versprochen. Du bist ein zu großer Star, um ewig unbemerkt zu bleiben. Deine Zeit wird kommen, du musst nur abwarten und Geduld haben.«

Erst weckten ihre Worte einen Anflug von Stolz in mir. *Meine Frau findet mich toll.* Doch kurz darauf sank meine Laune erneut aufgrund einer verwirrenden Mischung aus Frust und Hoffnung. *Wann sehen das endlich alle anderen auch?* Ich hasste es, dass ich mich in Geduld üben sollte, vor allem jetzt, wo ich so kurz davor war zu bekommen, was ich wollte. Und auch schon so weit gekommen war. »Ich weiß nicht, wie lange ich noch warten kann, Anna. Die halten mich klein, und das ertrage ich nicht. Es muss sich etwas ändern. Und zwar bald.«

Über Annas Gesicht glitt ein Ausdruck, den ich noch nie bei ihr gesehen hatte. Er verschwand derart schnell, dass ich fast meinte, ich hätte ihn mir nur eingebildet, aber tief im Inneren wusste ich, dass das nicht stimmte. Ich war mir nicht ganz sicher, was es war, aber es hatte fast wie … Angst ausgesehen. Oder noch schlimmer als das. Doch das ergab keinen Sinn. Meine Frau fürchtete sich vor nichts. Vielleicht deutete ich die Dinge falsch. Doch dieser winzige Funken Angst in ihrem Gesicht verursachte mir ein brennendes Gefühl in der Magengegend. Ich linderte es, indem ich mich an ihre Worte erinnerte. Sie stand hinter mir, sie glaubte an mich. Dieser Glaube hielt mich aufrecht. Anna lieferte mir die Energie für meinen Erfolgszug.

Da ich diesen Ausdruck nicht noch einmal bei ihr sehen wollte, sagte ich etwas, von dem ich meinte, dass es sie beruhigen würde. »Ach was, hör nicht auf mich. Ich rede mal wieder Mist. Ich muss nur mein Bier austrinken, dann ist alles in Ordnung.«

Ein wunderbares Lächeln hellte ihr Gesicht auf, und jede Sorge, die sich auf ihrem Gesicht abgezeichnet haben mochte, war verschwunden. »Na dann, trink aus.«

Ich prostete ihr zu und kippte das Bier herunter. Ja, ein Bier löste alles. Fürs Erste.

5. Kapitel

Lernt die geilen Typen kennen

Es heißt, das Gute käme zu denen, die warten können. Tja, wer auch immer das gesagt hat, es war Quatsch, denn ich hatte so geduldig gewartet, wie es nur ging, und nichts änderte sich. Die Tour lief weiter, und alles, was ich hörte, war dieselbe alte Leier – *Nicht heute Abend, vielleicht morgen*. Ich hörte es so oft, dass ich überlegte, es mir auf die Stirn tätowieren zu lassen.

Als ich nach Hause in meine gewohnte, langweilige Routine zurückkehrte, war meine Stimmung ziemlich schlecht. Anna war eine Woche vor dem Stichtag, sodass sie ebenfalls schlecht gelaunt war. Wir zwei meckerten uns zu Hause hauptsächlich an. Das war ungewohnt für uns, normalerweise waren wir ziemlich entspannt. Oder zumindest Anna. Sie ließ sich nicht leicht aus der Ruhe bringen.

»Nicht heute Abend, vielleicht morgen«, sagte ich mit hoher verstellter Stimme. Ich trieb in einem aufblasbaren Plastiksessel in unserem Haus-Pool, eine Bierdose in jedem Flaschenhalter und eine dritte in der Hand. Ich schlug mit der Faust ins Wasser und murmelte: »Die können mich mal. Alles, was ich wollte, seit wir diese blöde Band gegründet haben, war eine winzige Sekunde im Rampenlicht, aber keiner dieser Ärsche gibt mir diese Chance.«

Anna seufzte in ihrem Liegestuhl; sie kannte meine Tirade. Sicher konnte sie sie schon nicht mehr hören, aber sie war mein Resonanzboden; sie musste mir zuhören. »Ich kann mich nicht mehr vorbeugen«, erwiderte sie in weinerlichem Ton, »und die einzigen Schuhe, die mir noch passen, sind Schlappen.« Schmollend sah sie zu mir herüber. »Ich will dieses Baby unbedingt loswerden. Besser, es würde zu früh kommen. Ich glaube nicht, dass ich so noch sechs weitere Tage überstehe.«

Als ich sie betrachtete, trotz der geschwollenen Glieder in ihrem Bikini noch immer die schärfste Frau der Welt, empfand ich Mitgefühl; ihre Füße sahen tatsächlich aus wie Würste, die man zu lange gekocht hatte und die jeden Moment platzen konnten. Ich hatte etwas Sorge, sie zu berühren, aus Angst, sie könnten explodieren. »Zumindest ist *deine* Quälerei bald vorbei. Meine geht ewig so weiter. Solange Kellan und Matt die Konzerte bestimmen, kann ich nichts machen.« Ich trank einen Schluck von meinem Bier und schnippte mit dem Zeigefinger ins Wasser. Ich wünschte, es wäre Kellans Gesicht. Oder Matts. Ich würde auch Evans nehmen, weil der sich auch nicht gerade für mich einsetzte. Er stand voll unter Kellans und Matts Fuchtel. Mitläufer.

Ein paar Wassertropfen landeten auf Anna, und sie sah mich düster an, während sie sich den Schenkel trocknete. »Du musst es nur weiter versuchen, wenn du es wirklich willst. Gib nicht auf. Zeig ihnen, dass du es ernst meinst, und sie werden ihre Meinung ändern und dir eine Chance geben.«

Da ich schlecht gelaunt war, sah ich sie skeptisch an, doch vermutlich hatte sie recht. Wenn ich den Jungs beweisen konnte, dass ich sie nicht blamieren würde, würden sie vielleicht ihre lächerliche Haltung aufgeben, mir keine wichtigere Aufgabe zu übertragen, als ihre Drinks zu mixen. Ich war so viel mehr als ein Barkeeper, und es war Zeit, dass diese Dumpfbacken das kapierten.

Anna hob eine Braue. »Wo wir gerade von Ernstnehmen sprechen … wann rufst du Matt zurück? Er hat vier Nachrichten auf dem AB hinterlassen.«

Ja, und noch mehr auf meinem Handy. Ich rechnete damit, dass er jeden Augenblick vor meiner Tür auftauchte. Aber ich war sauer und wollte mich noch nicht mit ihm auseinandersetzen. Außerdem war das, was er wollte, absolut lächerlich. »Hast du seine Nachricht gehört? Er will mit der Arbeit am dritten Album anfangen. Wir haben gerade das zweite fertig. Wie wäre es, wenn wir unseren Köpfen einen Moment Ruhe gönnen, bevor wir noch mehr hineinstopfen? Ich meine ja nur.«

Sie sah aus, als wollte sie etwas dazu sagen, doch da klingelte es an der Tür. Anna verzog das Gesicht, als der laute Gong die Wände vibrieren ließ.

»Ich bin mir ziemlich sicher, dass Gibson aufgewacht ist«, brummte sie, dann erhob sie sich mühsam aus ihrem Liegestuhl. Ich überlegte, aus dem Sessel zu steigen und ihr zu helfen, doch als ich zu Ende überlegt hatte, stand sie bereits.

Als Anna das Schwimmbad verließ, um nachzusehen, wer an der Tür war, verzog ich das Gesicht ebenfalls zu einer Grimasse. Wollte Matt mich jetzt abholen, weil ich es ganz offensichtlich nicht eilig hatte, ihn zurückzurufen? Es gab nur eine Möglichkeit, das herauszufinden. Ich trank mein Bier aus, klemmte die Dose neben meine Hüfte, benutzte meine Hände als Paddel und schob mich an den Rand.

Ich griff nach den kühlen Kacheln und zog mich heraus. Als ich mich auf den Weg machte, fiel mir ein, wie sehr Anna es verabscheute, wenn ich überall im Haus nasse Fußabdrücke hinterließ. Also trocknete ich mich schnell ab. *Spitzenehemann.*

Ich stolzierte nackt durchs Haus zum Eingang, um zu sehen, wer dort war. Als ich die Tür erreichte, stand sie weit offen und offenbarte eine Ansammlung von Menschen, die ich nicht erwartet hatte. Noch immer im Bikini stand Anna vor ihnen. Als sie mich kommen hörte, drehte sie sich zu mir um. Das Lächeln auf ihrem Gesicht wirkte deutlich gezwungen; ebenso ihre fröhliche Stimme. »Griffin … deine Familie ist da. Ist das nicht …

toll?« Bei dem Wort »toll« riss sie die Augen auf, und ich wusste, dass sie eigentlich meinte: *Was zum Teufel machen die hier?*

Ich trat neben Anna und winkte meinem Dad und meinem Bruder Liam zu. Beide waren schwer mit Taschen beladen. Hinter ihnen sah ich meine Mutter und meine Schwester Chelsey, die noch mehr Taschen aus einem Minivan hievten; zwischen ihnen die Zwillingstöchter meiner Schwester. Dem Gepäck nach zu urteilen wollte die Bande für ein paar Monate hier einziehen. »Hey, Leute, schön, euch zu sehen. Ich habe noch gar nicht mit euch gerechnet.«

Mein Vater deutete auf meine fehlende Kleidung. »Das sehen wir.«

Liam ließ die Taschen fallen und hielt sich die Augen zu, als hätte man ihn gerade mit Säure bespritzt. Er sank auf die Knie und begann, dramatisch zu stöhnen. »Meine Augen, meine Augen!«, schrie er und klang wie die sterbende Hexe im *Zauberer von Oz*. Liam bildete sich ein, Schauspieler zu sein. Ich zeigte ihm den Mittelfinger, während Anna sich entschuldigte, um mir etwas zum Anziehen zu holen. Und mich wahrscheinlich hinter verschlossenen Türen zu verfluchen. Wir wollten meine Eltern anrufen, wenn sie in den Kreißsaal kam, damit sie direkt *nach* der Geburt des Babys kommen konnten.

Mein Vater blickte auf Liam hinunter, der sich noch immer auf dem Boden wand, dann ignorierte er ihn und wandte sich wieder an mich. »Wahrscheinlich werde ich die Frage anschließend bereuen, aber: Warum bist du nackt?«

Schulterzuckend erwiderte ich: »Ich war im Schwimmbad.«

»Nackt?« Er zog die Brauen zusammen. Als er jünger war, waren sie blond wie meine gewesen, doch jetzt war er überwiegend grau. Er behauptete, das läge an uns Kindern, aber das hielt ich für Blödsinn. Wenn es einen Grund gab, warum mein Vater ergraut war, dann war das meine Mutter. Sie machte ihm das Leben so schwer, wie sie nur konnte. Mehr als ein Mal hatte ich gewitzelt, dass er sich *Eigentum von Marsha Hancock* auf den Rücken tätowieren lassen sollte. Er lachte nie darüber.

Auf seine Frage hin nickte ich und wiederholte: »In einem Schwimmbad.« Als er mich weiterhin verwirrt ansah, stellte ich klar: »Eigentlich ist es eine riesige Badewanne, und ich kenne niemanden, der mit Badehose in die Wanne steigt … das ist doch seltsam.«

Dad blinzelte. Ich schwöre, dass sich sogar seine Augenfarbe von Blau in Grau verwandelte. »Ich … glaube, das klingt logisch.«

Liam, der mit seiner Vorstellung anscheinend fertig war, stand schließlich auf. »Hey, Bruder«, sagte er und nickte mir mit dem Kinn zu. »Schöne Hütte hast du hier. Hast du die gemietet?« Liam weigerte sich zu glauben, dass ich tatsächlich erfolgreicher war als er. Bevor die D-Bags groß rausgekommen waren, hatte er mir ständig unter die Nase gerieben, wie viel er verdiente. Doch jetzt, wo ich zur größten Band der Welt gehörte, konnte er mit seinem mageren Einkommen nicht mehr mithalten. Und damit kam er nur schwer zurecht.

»Nee«, sagte ich und verschränkte die Arme. Dadurch rückte mein Gemächt noch mehr in den Vordergrund, doch das war mir egal. Es war den Anblick wert. »Ich habe es direkt gekauft.« Ich hatte wegen der Hütte noch einen Haufen Schulden, wahrscheinlich mehr, als sie wert war, weil ich ziemlich sicher in meinem Eifer, hier zu wohnen, zu viel bezahlt hatte, aber das alles ging Liam nichts an.

Er runzelte die Stirn und schnaubte auf eine überhebliche Weise, die ich hasste. Liam meinte, er würde aussehen wie Brad Pitt, aber ich fand, er sah eher aus wie ein Pitbull. Okay, vielleicht nicht ganz so grässlich. Schließlich war er ein Hancock und besaß unseren Charme, die für uns typischen blonden

Haare und die auffallend blauen Augen, doch trotz alledem gehörte er als Filmschauspieler nicht zur A-Kategorie.

»Oh«, murmelte er, dann versuchte er, schlau zu klingen: »Du hättest wahrscheinlich nicht all dein Geld in Immobilien stecken sollen. Diversifizierung ist der Schlüssel zu dauerhaftem Wohlstand. Dicker Fehler, Bruder. Dicker Fehler.«

Ich blickte ihm direkt in die Augen und erklärte ihm, was ich von seiner Meinung hielt. »Du kannst mich mal.«

Als Anna mit einer Shorts für mich zurückkam, hörte ich Mom vom Van aus bellen: »Gregory! Liam! Die Taschen tragen sich nicht von allein! Stellt den Scheiß ab, bewegt eure Hintern hierher und holt den Rest!«

Lächelnd schlüpfte ich in meine Superman-Shorts. *Gute alte Mom.* Als Dad und Liam davoneilten, um ihrer Anordnung Folge zu leisten, wandte ich mich an Anna. »Besser, ich helfe auch. Mom kann unangenehm werden, wenn es nicht so läuft, wie sie will.«

Anna hob eine Braue. »Ich auch. Warum sind sie schon hier?«

Ich zuckte die Schultern. »Ich weiß es nicht. Aber ist doch cool, oder? Jetzt haben wir Hilfe für Gibson. Du kannst dich besser ausruhen.« Hörte sich doch gut an. Seit wir von der Tour zurückgekehrt waren, klagte Anna über Müdigkeit. Ich glaube, sie litt noch immer unter der Reisekrankheit, obwohl wir schon seit ein paar Tagen wieder zu Hause waren.

Ihre grünen Augen funkelten in der Sonne, während sie über diesen kleinen positiven Nebeneffekt nachdachte. Da es ohnehin nicht mehr zu ändern war, nahm sie die Situation hin und stieß einen langen Seufzer aus. »Na gut. Wenigstens sind es nur zwanzig Tage. Dumm für sie, dass sie jetzt Zeit mit Baby Hancock versäumen. Sie hätten warten sollen, um mehr Zeit mit ihm/ihr zu verbringen.«

Lächelnd hob ich einen Finger. »Das war aber nicht Teil unserer Abmachung.« Da ich wusste, dass das nicht gut gehen würde, stieg ich über das Gepäck hinweg, das Dad und Liam hatten stehen lassen, um Mom mit dem Rest zu helfen.

Hinter mir zischte Anna: »Was? Wovon redest du?« Ich drehte mich zu ihr um. Sie trug noch immer nur den Bikini, doch das hielt sie nicht davon ab, mir in die Einfahrt zu folgen. Was ihren Körper anging, war Anna ebenso selbstbewusst wie ich. Das liebte ich an ihr.

»Zwanzig Tage waren abgemacht. Punkt«, sagte sie. Sie klang unbeugsam. Theoretisch hatte sie recht, aber unsere Vereinbarung hatte einen kleinen Haken, und den würde ich ausnutzen.

Ich hob einen Finger. »Nein, wir haben ausgemacht, dass sie zwanzig Tage nach der Geburt des Babys bleiben dürfen. Das war dein Vorschlag. Wir haben nie darüber gesprochen, wie lange sie bleiben dürfen, *bevor* das Baby auf die Welt kommt. Darum zählen die Tage bis dahin nicht.«

Sie sah mich fassungslos an, und ich eilte davon. »Du bist doch ein Mistkerl«, murmelte sie, mir dicht auf den Fersen. Wenn es sein musste, konnte sie sich ziemlich schnell bewegen.

Als wir den Wagen erreichten, schlug sie mir auf den Hintern, und ich stieß einen leisen Schmerzensschrei aus. Genau in dem Moment reichte Mom mir eine Tasche. Anna war nicht gerade zimperlich gewesen, vermutlich bekam ich jetzt einen blauen Fleck. Mom lud mir drei weitere Taschen auf, dann schlug sie mir auf die Schulter. »Schön, dich zu sehen, Kleiner. Bringst du Chelseys Gepäck eben in ihr Zimmer und kommst dann zurück, um Dawns und Dellas Sachen zu holen?« So, wie sie das sagte, blieb mir gar keine andere Wahl, als meiner Schwester und ihren Kindern zu helfen.

»Ja, okay, Mom.« Ich drehte mich um, um Anna eine der Taschen zu geben, woraufhin ich mir von meiner Mutter eine Kopfnuss fing. Ich verzog das Gesicht und rieb über die Stelle.

»Deine schwangere Frau muss keine Taschen durch die Gegend schleppen. Sie sollte sich ausruhen.« Mom fasste zärtlich Annas Arm, und endlich lächelte Anna. »Komm, Liebes, bringen wir dich aufs Sofa.« Sie blickte an Annas fast nacktem Körper hinunter und presste die Lippen zu einer schmalen Linie zusammen. »Vielleicht sollten wir dir auch etwas zum Anziehen besorgen.«

Während meine Mutter mit meiner Frau abzog, stritt meine Schwester Chelsey mit ihren Kindern, hielt dann jedoch inne und grinste mich schief an. »Hübsche Shorts. Danke, dass du sie angezogen hast, bevor die Mädchen etwas gesehen haben.«

Gereizt verzog ich das Gesicht. »Die sind vier. Sie wissen noch nicht genug, um sich dafür zu interessieren.« Meine Nichten trugen beide die Haare zu Zöpfen geflochten. Mit ihrer hellen Haut, den blauen Augen und den platinblonden Haaren hätten sie Werbung für Schweizer Schokolade machen können. Chelseys Mann war ein stämmiger, muskulöser dunkelhaariger Kerl, dem ich den liebevollen Spitznamen Italienischer Hengst, abgekürzt I.H., gegeben hatte, weil er mich an Rocky erinnerte. Die Mädchen sahen ihm kein bisschen ähnlich. Die Hancock-Gene waren einfach zu stark für Rock.

»Wo ist I.H.?«, erkundigte ich mich bei Chelsey und sah mich nach dem Schrank von einem Mann um. War er noch im Auto? Die Muskelmassen konnte man doch eigentlich nicht übersehen.

Chelsey seufzte auf eine Art, die ich auch von anderen Leuten kannte. Es war dieser *Warum-weißt-du-das-denn-nicht?*-Ton, der mich echt nervte. »Dustin ist vor drei Wochen mit dem Schiff ausgelaufen, Griffin. Er ist mindestens für ein Jahr im Einsatz. Ich weiß, dass ich das in letzter Zeit mehrfach erwähnt habe.«

Ich nickte, als hätte ich das die ganze Zeit gewusst. Und jetzt, wo sie es erwähnte, kam es mir wirklich vor, als hätte ich das schon einmal irgendwann gehört.

Chelsey lächelte mich an, dann drehte sie sich um und bellte: »Mädchen! Kommt her! Sofort!« Dawn und Della reagierten auf der Stelle. Aufrecht bauten sie sich vor ihrer Befehlshaberin auf. Chelsey sprach oft mit den Kindern, als wäre sie ein Feldwebel und die Kinder ihre neuen Rekruten. Das musste ich mir für Gibson und das Neue merken, obwohl Anna es vermutlich nicht cool finden würde, wenn ich unsere Kinder anschrie.

Wir machten uns auf den Weg zum Haus, wobei die Mädchen Chelsey wie Entenküken folgten.

Ich war der Jüngste von uns drei Geschwistern, Liam der Älteste. Chelsey war nur ein Jahr älter als ich. Sie war außerdem die Coolste von uns, abgesehen von mir natürlich, und die Attraktivste. Auch das abgesehen von mir. Gutes Aussehen lag in der Familie, doch bei Chelsey war es noch ausgeprägter. Sie sah wie das typische California-Girl aus, was bedeutete, dass ich als Jugendlicher ziemlich viele Loser verjagt hatte, die meinten, eine Chance bei ihr zu haben. Traumtänzer.

Als wir jünger waren, hatten wir uns ziemlich nahegestanden, und wir verstanden uns noch immer wirklich gut. Chelsey war Tänzerin, eine normale, keine exotische. Bevor die Kinder kamen, hatte sie in einer Balletttruppe in L.A. getanzt. Als Kind musste ich zu derart vielen ihrer Aufführungen gehen, dass ich mich als Erwachsener weigerte. Jetzt hatte ich deshalb ein schlechtes Gewissen, denn ihre Karriere war im Grunde vorbei. Da Dustin so oft unterwegs war, war sie praktisch eine alleinerziehende Mutter.

Dawn und Della schlenderten hinter uns herein, und ich schloss die schwere Haustür hinter ihnen. Dad und Liam waren mit Mom ins Haus gekommen, und ich hörte, wie sie oben die Zimmer in Besitz nahmen. Ich hörte auch, dass Gibson im Wohnzimmer mit Anna sprach. Wahrscheinlich war sie von dem ganzen Tumult tatsächlich aufgewacht.

Während sie sich umblickte, stieß Chelsey einen leisen Pfiff aus. »Ich bin mir sicher, dass ich das schon einmal gesagt habe, aber das ist wirklich eine ziemlich nette Hütte, die du da hast, Griffin. Nur für den Fall, dass das noch keiner von uns erwähnt hat, wir sind alle sehr stolz auf dich. Auf unseren kleinen Bruder, den Rockstar … Es ist wirklich beeindruckend, was du erreicht hast.«

Bei ihrem Lob fühlte ich mich sofort unwohl. Nicht dass ich nicht gern gelobt wurde. Ich liebte es! Aber dass ein Familienmitglied stolz auf mich war, das war irgendwie … komisch. Es nahm dem Lob die Distanz und ersetzte es durch Gefühl, und mit Gefühlen konnte ich nicht umgehen. Auf diesen Firlefanz hätte ich gern verzichtet und mich lieber an die harten Fakten gehalten, nämlich dass niemand so gut wie ich auf der Gitarre fetzen konnte. *Das* hörte ich total gern.

»Äh, danke«, brummte ich. »Willst du dir ein Zimmer aussuchen, bevor Dad und Liam sich die besten schnappen? Ich glaube, das rosa Muschi-Zimmer ist noch frei«, fügte ich lachend hinzu.

Chelsey verdrehte erneut die Augen, lachte jedoch. »Du bist so widerlich. Ich weiß nicht, wie Anna es mit dir aushält.«

Manchmal fragte ich mich das auch. Doch anstatt das zuzugeben, erwiderte ich: »Wie sie es mit mir aushält? Die ist doch genauso schlimm wie ich, vielleicht sogar noch schlimmer.« Bei dem Gedanken an meine verrückte, sexy Frau musste ich lächeln. Anna war perfekt. Absolut perfekt.

Chelsey lachte über meinen Gesichtsausdruck. »Ich hätte nie gedacht, dass ich den Tag erlebe, an dem eine Frau diesen Ausdruck auf dein Gesicht zaubert.«

Da tappte Gibson ins Zimmer. Sie musste mich gehört und sich von Anna und Oma freigemacht haben, um zu mir zu kommen. Das tat sie oft, und es nervte Anna. Ich ließ die Taschen fallen, um sie hochzuheben. Sie küsste mich auf die Nase, und ich lachte und streichelte ihr über den Rücken.

»Ja«, erklärte ich Chelsey. »Jetzt habe ich zwei Mädchen, die mich umhauen. Ich bin nicht mehr derselbe wie früher«, sagte ich mit einem verzweifelten Seufzer, der Mitgefühl auslösen sollte, doch Chelsey nickte begeistert.

»Ja, das stimmt.« Als ich gerade beleidigt sein wollte, fügte sie hinzu: »Du bist tausendmal besser als der Mann, der du früher warst.«

Erneut überkam mich dieses unangenehme Gefühl. Wann war Chelsey so weich und mädchenhaft geworden? Abgesehen davon, dass sie Ballett tanzte, war sie das härteste Mädchen in der Nachbarschaft gewesen. Sie machte all die jungenhaften Sachen mit, die brave, ängstliche Mädchen hassten. Sie fuhr mit Matt und mir Skateboard, sie fluchte und stieß Beleidigungen aus, für die unsere Eltern uns ausgeschimpft hätten, hätten sie uns gehört. Sie fing jedes Nagetier, jedes Reptil und jede Spinne, die wir fanden. Abgesehen davon, dass sie Busen bekam und spitze Schuhe trug, war sie praktisch ein Junge gewesen. Tatsächlich glaube ich, dass sie noch immer den Rekord im Rotzweitwurf hielt.

Vermutlich hatten Ehe und Kinder sie irgendwie weicher werden lassen. Oh ja, sie war noch immer mein Lieblingsgeschwister, und ich fand die Vorstellung schrecklich, dass sie es schwerhatte, während Dustin unterwegs war, um ein Held zu sein. Sie sollte nicht allein leben. »Hey, nur damit du es weißt, hier ist genug Platz für dich und die Mädchen. Bleib, so lange du willst.« Anna würde mich umbringen, wenn ich gegen die Vereinbarung verstieß, aber sie hatte sicher eher meine Eltern und meinen Bruder gemeint. Chelsey war anders, und sobald Anna sie besser kannte, würde sie nichts dagegen haben.

Mit einem weichen Lächeln nickte Chelsey. »Danke, Griffin.

Das bedeutet mir sehr viel.« Nachdem sie das gesagt hatte, trat sie zu mir und boxte mich gegen den Arm. Es tat höllisch weh, aber ich lachte und zeigte ihr den Mittelfinger. Wahrscheinlich war sie dann doch nicht so viel weicher geworden.

Ein paar Stunden später hatten sich alle eingerichtet, und Mom kochte das Abendessen. Anna lächelte noch immer, darum nahm ich an, dass sie sich mit meiner Familie wohlfühlte. Zumindest bis jetzt. Dawn und Della unterhielten Gibson, während Mom an ihrer unschlagbaren Spaghettisoße arbeitete. Mir knurrte schon der Magen, doch ich wusste, dass es noch ein paar Stunden dauern würde. Perfektion braucht seine Zeit.

Anna versuchte zu helfen, aber Mom setzte sie jedes Mal auf einen Stuhl. Die Haare meiner Mutter hatten noch immer einen perfekten Blondton, und sie trug einen praktischen Kurzhaarschnitt, der wenig Aufwand erforderte. Wenn wir zu Hause wären, hätte meine Mutter bei der Arbeit eine Zigarette im Mundwinkel gehabt, aber sie hatte Respekt vor unserem Haus und beschränkte ihr Laster auf kurze Gänge nach draußen. Rauchen war eine der Sachen, mit denen Mom in unserer Jugend ziemlich heuchlerisch umgegangen war; sie hatte uns diese »schlechte Angewohnheit«, wie sie es nannte, ständig verboten. Als ich elf war, erwischte sie mich mit einer ihrer Zigaretten. Doch anstatt mit mir zu schimpfen, ließ sie mich sie rauchen und dann auch noch den Rest der Packung und anschließend noch eine. Noch nie in meinem Leben war mir so schlecht gewesen. Sogar heute wird mir von Zigaretten noch übel.

Ich trank ein Bier mit Dad und Liam, und Liam berichtete uns von einem Casting für den Werbespot einer äußerst angesehenen Firma, das er meinte, sicher gewonnen zu haben. Er wollte diesen Job unbedingt haben; er hatte gehört, dass er darin mit einem Model knutschen musste.

Durch mein häusliches Glück etwas abgelenkt tat ich aus Gewohnheit etwas, das ich eine Weile bewusst vermieden hatte: Ich ging ans Telefon, als es klingelte. »Griffin? Du *lebst!* Wo hast du gesteckt? Ich habe versucht, dich zu erreichen.«

Als ich Matts Stimme am anderen Ende hörte, biss ich die Zähne zusammen. Ich war noch nicht bereit, mit ihm zu reden, aber jetzt war es zu spät. Mit einem Schulterzucken, das er nicht sehen konnte, erklärte ich: »Meine Familie ist zu Besuch, ich war beschäftigt.« Das war nur zum Teil gelogen. Zugegeben, sie waren erst vor ein paar Stunden angekommen, aber ich *war* mit ihnen beschäftigt.

Sofort veränderte sich Matts Stimme. »Ah, okay. Na, grüß sie von mir. Ich würde sie gern sehen.«

Na toll. Jetzt wollte er auch noch vorbeikommen. »Ja. Mach ich. Danke für deinen Anruf.«

Ich wollte schon auflegen, als Matt schnell sagte: »Warte! Ich wollte mit dir über die Proben sprechen. Wir wollen uns so bald wie möglich treffen und mit dem nächsten Album anfangen.«

Mir war klar, dass ich mich jetzt begeistert in die Arbeit stürzen müsste, um Matt und Kellan zu beeindrucken, aber wir waren gerade erst nach Hause gekommen. Mann! Ich brauchte ein paar Wochen Urlaub. Und wenn sie das nicht verstanden, konnten sie mich mal. Als ich Matt antwortete, klang ich weinerlich. Vielleicht war das nicht die beste Strategie, aber ich konnte nicht anders. »Wir haben *gerade* erst das eine fertig. Lasst uns doch eine Pause machen. Etwas entspannen.«

Der entschlossene, sachliche Matt antwortete. »Das können wir nicht, Griffin. Die Konkurrenz ist groß. Wenn wir vorn bleiben wollen, müssen wir ständig neues Zeug rausbringen. Wir müssen innovativ sein.«

Die Wut schoss derart schnell mein Rückgrat hinauf, dass

sich die Härchen auf meinen Armen aufrichteten. Alles geben, frisch bleiben? Dasselbe hatte ich auf der Tour gesagt, als ich versucht hatte, sie dazu zu bringen, mir fünf Sekunden im Scheinwerferlicht zu gönnen. Da hatte es sie überhaupt nicht interessiert, warum jetzt? »Auf der Tour fandet ihr es doch super, beim Alten zu bleiben. Warum jetzt nicht mehr?«

Meine Stimme spiegelte meine Stimmung wider, und Matt stieß diesen ungeduldigen Seufzer aus, den jeder um mich herum perfektioniert zu haben schien. »Griffin …« Schon die herablassende Art, wie er meinen Namen aussprach, brachte mich auf. Ich war nicht mehr drei und er nicht mein Vater.

»Hör mir auf mit *Griffin*. Ich habe recht, und das weißt du. Ihr habt mich ignoriert. Und zwar schon vor der Tour, als du strikt Nein gesagt hast. Ich bin nicht weitergekommen. Also, warum sollte ich euch nicht links liegen lassen? Was habe ich davon, zu dieser Band zu gehören?«

Schweigen legte sich über mein Haus, und ich spürte alle Blicke auf mir. Vielleicht hätte ich ins andere Zimmer gehen sollen. Matt schwieg einen Moment, dann erwiderte er: »Was du davon hast, ist das, was du immer davon gehabt hast – Ruhm, Geld und Frauen. Das ist alles, was dich interessiert, alles, was dich je interessiert hat. Also tu nicht so, als würden wir dich übers Ohr hauen, indem wir dir genau das geben, was du willst. Die Probe ist morgen um drei. Bis dann.«

Ehe ich etwas erwidern konnte, hatte er aufgelegt. Ich starrte auf das verdammte Telefon und wartete darauf, innerlich wieder zur Ruhe zu kommen. *Ruhm, Geld und Frauen?* Ja, vielleicht war das am Anfang mein Ziel gewesen, und vielleicht war es das auch immer noch, aber etwas fehlte mir. In mir klaffte ein Loch, und RGF genügte mir nicht mehr.

Als ich das Telefon weglegte, sah Dad mich besorgt an. »Ist alles in Ordnung?«

Ich bemühte mich, nicht verärgert zu klingen. »Ja. Matt hat sich wie ein Idiot benommen. Alles wie immer. Er lässt euch übrigens grüßen und will euch sehen.«

Dads besorgte Miene wich einem Lächeln. Meine Eltern liebten Matt über alles. Früher hatte Matt immer gewitzelt, dass sie sich wünschten, er wäre ihr Sohn und nicht ich, aber ich wusste, dass das nicht stimmte. Na ja, zumindest war ich mir ziemlich sicher, dass es nicht stimmte. Ich war die coolste Person, die meine Eltern kannten. Sie konnten stolz darauf sein, dass sie meine DNA verschlüsselt hatten. Dasselbe konnten sie von Matt nicht sagen. Er war durch und durch Onkel Billys Kind. Sie hatten sogar beide denselben Stock im Arsch.

Ich überlegte, die Probe zu schwänzen, aber Matt würde mich nicht in Ruhe lassen, bis ich auftauchte, und Mom und Dad wollten mitkommen und »die Vorstellung sehen«. Ich hatte ihnen zwar mehrfach erklärt, dass die »Vorstellung« hauptsächlich daraus bestehen würde, dass Matt, Kellan und Evan über einem Blatt Papier mit einem Text hockten, der, um ganz ehrlich zu sein, keinerlei Sinn ergab.

Doch sie beharrten darauf, mich mitsamt Liam, Chelsey und den Mädchen zu begleiten, und so unternahm die ganze Familie einen Ausflug aufs Land. Na gut. Zumindest Dawn und Della würden Spaß haben, auf Kellans Farm herumzurennen. Okay, theoretisch besaß er keine Farm, weil es auf dem Grundstück außer ein paar streunenden Katzen keine Tiere gab, aber es herrschte eine ländliche, bäuerliche Hier-stehen-Schweine-im-Stall-Atmosphäre.

Seufzend warf ich einen letzten Blick auf meinen Garten. Er grenzte an den Lake Washington und verfügte über eine private Anlegestelle mit einem kleinen, flachen Küstenstück, an dem Gibson spielen konnte. Doch das Beste an meinem Garten war, dass man keinen Rasen mähen musste. Es war ein riesiger Tennisplatz. Ich besaß noch nicht einmal einen Rasenmäher. Weder Anna noch ich spielten Tennis, aber allein die Tatsache, dass mein »Rasen« künstlich war, war fantastisch. So etwas gab es auf dem Land nicht. Kellan verpasste etwas.

Als wir schließlich Kellans protziges Sicherheitssystem erreichten, informierte ich ihn, dass ich meine Familie mitgebracht hatte. Vielleicht hätte ich ihn vorher um Erlaubnis fragen sollen, aber das war nicht mein Stil.

Nachdem ich den *Lass-mich-verdammt-noch-mal-rein*-Summer gedrückt hatte, sagte ich in die Gegensprechanlage: »Hey, Kell … Anna und ich sind hier, und äh … wir sind mit zwei Wagen da … weil ich Besuch von meiner Familie habe, und die wollen alle deine Hütte sehen.« Über das Lenkrad gebeugt fügte ich hinzu: »Und nur dass du es weißt: Wenn mein Dad auf deinen viertausend Stufen einen Herzinfarkt bekommt, verklage ich dich.«

»Ist mir wie immer ein Vergnügen, Griffin«, erwiderte Kellans blecherne Stimme.

Ich grinste in die Kamera, während sich quietschend das Tor öffnete, dann winkte ich übertrieben mit der Hand, damit Dad wusste, dass er mir folgen sollte. Unsere Karawane schlängelte sich Kellans Auffahrt hinauf. Als wir am Fuß des steilen Hügels hielten, auf dem Kellans prunkvolles Haus thronte, machte Liam Oh und Ah. Man hätte meinen können, dass er noch gar nicht in meinem Haus gewesen wäre. Also bitte, ich besaß schließlich einen Innenpool!

»Verdammt«, murmelte er. »Das hat man also davon, wenn man der größte Rockstar der Welt ist.«

Ich löste meinen Sicherheitsgurt, drehte mich zu ihm um und warf ihm einen bösen Blick zu. »Zweitgrößter oder genauso groß wie ich. Wir sind gleich groß, meine ich.«

Liam verzog die Lippen, weil ihm ein frivoler Gedanke kam. »Klar«, sagte er amüsiert, »aber hast du mal nachgemessen, nur um sicher zu sein?«

»Ha. Ha. Der Schwanzwitz. Wie originell.«

Anna lachte leise, und ich richtete meine Aufmerksamkeit auf sie. Kopfschüttelnd sah sie mich aus ihren jadegrünen Augen an. »Nicht annähernd so groß, wie Kellan es gern hätte«, fügte sie augenzwinkernd hinzu.

»Verdammt richtig«, sagte ich und beugte mich vor, um sie zu küssen. Ihre Lippen fühlten sich so zart an, dass sie mich ein bisschen verrückt machten. Und sie schmeckte nach Erdbeeren und roch nach Orangeneis und Sonnencreme. Eine berauschende Mischung, und ich überlegte, Gibson an Liam zu übergeben und mit Anna im Auto zu bleiben, damit wir ein bisschen Zeit miteinander verbringen konnten. Es war schon so lange her, fast drei ganze Tage, und da sie kurz vor der Geburt stand, wusste ich, dass es vielleicht noch drei weitere dauern konnte, bis sie wieder Lust empfinden würde. Diese letzten eineinhalb Wochen würden für uns beide lang werden; allerdings aus unterschiedlichen Gründen.

Als unser Kuss leidenschaftlicher wurde, hörte ich, wie Liam ein angewidertes Geräusch von sich gab und die Autotür öffnete. Gibson jammerte, dass sie Ryder sehen wollte, also löste ich mich betrübt von meiner Frau, um mich um meine Tochter zu kümmern. Als wir voneinander abrückten, ging Annas Atem etwas schneller, und ich überdachte meine Bemerkung über ihre Libido. Diesen Glanz in ihren Augen kannte ich ganz genau, und ich war mir sicher, dass wir heute Abend ein Spielzeug herausholen würden. Vielleicht etwas Rosafarbenes, das wundervoll vibrierte, um meinem Mädchen diesen ach so wundervollen besonderen Höhepunkt zu verschaffen, den sie verdiente. Schließlich war sie kurz davor, mein zweites Kind auf die Welt zu bringen.

»Bereit?«, fragte sie. Meine Hände flogen zu meiner Jeans und machten sich daran, sie zu öffnen. Mist, wenn sie es jetzt gleich machen wollte, war ich auch dazu bereit. Bestimmt würde sich jemand um Gibson kümmern. Lachend hielt Anna meine Hand fest. »Nein.« Sie deutete mit dem Kopf nach draußen, wo meine versammelte Familie stand. »Bereit, die Jungs wiederzusehen?«

Ich seufzte und erinnerte mich an die letzten Worte, die ich mit Kellan beim Abschied gewechselt hatte. *Danke, dass ich eure Marionette sein durfte und ihr mich die letzten Wochen herumgezerrt habt. Das war echt toll. Das sollten wir irgendwann noch mal wiederholen. Oder nie wieder. Das könnten wir versuchen.*

Kellan hatte eine um Verständnis heischende Miene aufgesetzt. »Das war keine Absicht. Wir hatten einfach keine Zeit, etwas richtig zu planen. Auf der nächsten Tour, okay?«

Ich war weggegangen, ohne seine Bemerkung mit einer Antwort zu würdigen. *Auf der nächsten Tour* klang ähnlich unangenehm wie *Morgen, Griffin, morgen.* Doch das Problem mit Morgen war, dass es nie wirklich kam. Es wartete immer noch ein *Morgen.*

Ich schüttelte mein unangenehmes Gefühl ab und schenkte Anna ein strahlendes Lächeln. »Ich bin immer bereit. Zu allem.« Mit diesen Worten stieg ich aus dem Wagen und ging nach hinten, um mein Kind abzuschnallen. Nachdem sie sich wie eine Python, die das Leben aus ihrer Beute pressen will, um meinen Körper gewickelt hatte, stiegen wir die vielen Stufen zu Kellans Haustür hinauf.

Mom schnaufte, lange bevor wir oben waren. Vielleicht brachte sie das dazu, weniger zu rauchen. »Wow … er sollte einen Fahrstuhl einbauen«, brummte sie. Da ich denselben Gedanken schon mehr als einmal hatte, stimmte ich ihr zu.

Als wir oben angelangt waren, waren wir alle froh. Zumindest würde der Rückweg zum Wagen nicht so schlimm sein.

Ich setzte Gibson ab, während Mom die Türklingel betätigte. Ich sagte ihr, sie solle einfach hineingehen, aber sie ignorierte mich. Vermutlich dachte sie, sie durfte nicht so locker sein wie ich, weil sie Kellan noch nie begegnet war.

Mit einem charmanten Lächeln öffnete Kellan die Tür und hieß uns alle willkommen. Ich wusste auf Anhieb, dass Mom und Chelsey ein bisschen beeindruckt von Kellans Aussehen waren. Ihre Blicke zuckten zu seinem Kinn, seinen Haaren, seinen »glühenden« Augen, und mit jedem Blick wuchs ihr Lächeln. Egal. Anders als ich konnte er keine Shorts tragen. Der Typ hatte total dünne Beine. Davon sprach zwar nie jemand, aber es stimmte. Seine Füße waren ebenfalls winzig, doch das war nicht anders zu erwarten, weil, na ja ... die Antwort kennt ja wohl jeder.

Ich fühlte mich ziemlich gut mit meiner Schuhgröße siebenundvierzig – *hörst du, Kellan!* – und schlenderte hinter den Frauen durch die Tür. Kiera war in die Eingangshalle gekommen und reichte meiner Mutter zur Begrüßung die Hand. »Hallo, Mrs Hancock. Ich bin Kiera, das ist Kellan. Wie schön, Sie endlich kennenzulernen!«

Während sie Kiera die Hand schüttelte, sah sich Mom nach mir um. »Ja, ich weiß nicht, warum wir uns nicht schon früher begegnet sind, als Sie in Los Angeles waren. Es scheint fast, als wäre es kein Zufall ...«

Ich zuckte die Schultern über ihre Andeutung. »Wir hatten zu tun.«

Mom verdrehte die Augen, dann blickte sie wieder zu Kiera. »Sie haben ein hübsches Zuhause, aber viel zu viele Stufen.«

»Das hören wir oft«, entgegnete Kellan lachend, und ich schwöre, Chelsey seufzte wehmütig neben mir. Hoffentlich lag es daran, dass sie ihren Ehemann vermisste. Wenn sie sich in einen albernen, starversessenen Kellan-Fan verwandelte, würde ich ihr eine klatschen. Wenn nötig, auch mehrfach.

Nachdem meine Mutter mit Kellan fertig war, deutete ich auf Chelsey. »Das ist meine Schwester Chelsey. Und das sind ihre Kinder. Dawn und Della.« Sie liefen im Kreis um uns herum und jagten Gibson, sodass ich eher in eine ungefähre Richtung zeigte.

Mit mitfühlender Miene nahm Kiera Chelseys Hand. »Ach, du bist die Schwester? Mein Beileid.«

Kellan lachte erneut, und ich schwöre, dass meine Schwester murmelte: »Verdammt richtig.« Laut sagte sie zu Kiera: »Danke. Es hat Zeiten gegeben, in denen ich das gebraucht habe.«

Schnaubend hob ich eine Braue und sah Chelsey mit ungläubiger Miene an. Wenn sie so weitermachte, würde ich ihr doch noch eine kleben. »Du hast nur Mitgefühl gebraucht, weil du nie so toll sein konntest wie ich. Ein oder zwei Mal warst du kurz davor, aber du bist trotzdem noch weit …«

Chelsey lächelte über meinen Witz. Sie gehörte zu den wenigen Menschen, die meinen Humor verstanden, und normalerweise wurde sie nicht ernsthaft sauer. Normalerweise.

Endlich hatten Dad und Liam es auch ins Haus geschafft, und ich stellte sie ebenfalls vor. »Das ist mein Vater Gregory, und das mein Bruder Liam.«

Sofort streckte Liam Kiera die Hand entgegen. Als sie ihm ihre reichte, küsste er nur flüchtig ihre Handknöchel, als befänden wir uns plötzlich wieder im fünfzehnten Jahrhundert oder so. Fast rechnete ich damit, dass er ihr sagte, ihre Schönheit suche ihresgleichen oder so etwas Blumiges, aber er sagte lediglich: »Freut mich, Sie kennenzulernen.« *Du vergeudest deine Zeit, Dumpfbacke.*

Matt und Evan gesellten sich ebenfalls zu uns, und nachdem wir alle drin waren, schloss Kellan die Haustür. Während Matt meine Mutter umarmte, packte Chelsey meinen Arm und zischte angespannt: »Warum hast du mich nicht gewarnt?«

Völlig ahnungslos blinzelte ich sie an. »Wovor …?«

Heimlich deutete sie auf Kellan. »Dass er in Wirklichkeit so viel schärfer ist. Ich meine, ich dachte, ich wäre auf sein Aussehen vorbereitet, aber da habe ich mich eindeutig getäuscht.« Sie kaute auf ihrer Lippe. »Wenn Dustin hier wäre, würde er sich wahrscheinlich nicht besonders wohlfühlen.«

Sie wirkte derart besorgt, dass ich beinahe lachen musste. »Warum? Willst du ihn bespringen?«

Für diese Bemerkung erntete ich sofort einen wütenden Blick. »Nein, natürlich nicht. Ich liebe meinen Mann.«

Ich zuckte die Schultern. »Dann ist es doch egal, wie er aussieht. Das ist dasselbe wie bei Anna und mir. Ich bin ständig von Mädels umringt, aber die interessieren mich nicht, weil ich ja sie habe.« Lächelnd linste ich zu meiner Frau hinüber, die sich mit ihrer Schwester unterhielt. *Ich kann es kaum erwarten, heute Abend an ihren Titten zu saugen.* »Dein Mann genügt dir, und meine Frau genügt mir, also spielen die Kellan Kyles dieser Welt keine Rolle.«

Als ich wieder zu meiner Schwester sah, starrte sie mich mit offenem Mund an. »Wer zum Teufel bist du, und was hast du mit meinem Bruder gemacht?«

Ich schob sie an der Schulter fort. »Blöde Kuh.«

6. Kapitel

Und dann wurde es noch geiler

Nachdem jeder jedem vorgestellt worden war, bewegte sich die Band in den Probenraum. Mom, Dad, Liam und Chelsey kamen mit, Anna und Kiera blieben bei den Kindern. Als ich Matt und Evan fragte, wo ihre Freundinnen wären, tauschten sie einen Blick, dann sahen sie wieder zu mir und erwiderten wie aus einem Mund: »Bei der Arbeit.« Entweder mussten sie wirklich arbeiten, oder sie waren noch immer sauer wegen der Sache in der Galerie. Ich beschloss zu glauben, dass sie wirklich einfach nur beschäftigt waren. Noch nicht einmal Frauen konnten so lange schmollen.

Da meine Familie zusah und auch, weil ich wollte, dass die Jungs mich ernster nahmen, folgte ich Annas Ratschlag und benahm mich wie ein Mann. Ich überwand meinen Ärger wegen der Tour und wählte einen proaktiven Ansatz für meine Probleme mit der Band – den kreativen Prozess. Mir gingen nicht ständig Texte durch den Kopf wie Kellan, in meinem Kopf trommelten nicht ständig Rhythmen wie bei Evan. Aber das hieß nicht, dass ich keine Ideen hatte. Die hatte ich sehr wohl. Und ich würde sie den Jungs mitteilen, auch wenn sie nach jedem Vorschlag aufstöhnten.

»Also, Moment, du willst auf unserem nächsten Album ein Didgeridoo unterbringen?«, fragte Matt. Er sah aus, als hätte ich vorgeschlagen, wir sollten Kilts tragen … was eigentlich eine Superidee war. Kellan würde aber wahrscheinlich sein

Veto einlegen. Bestimmt wollte er seine Hühnerbeine nicht zeigen.

»Ja, ich glaube, die Dinger klingen cool, und kennst du jemanden, der so etwas benutzt? Wir wären einzigartig.« Ich blickte zu Mom und nickte ihr mit dem Kinn zu. *Siehst du, wie schlau dein kleiner Junge ist? Das hast du gut gemacht, Mom. Richtig gut.*

Matt blickte seufzend zwischen meinen Eltern hin und her. Er schien unsicher zu sein, ob er mir vor ihnen antworten sollte. Das war mir egal. *Mach schon, sie sollen ruhig wissen, wie genial ich bin. Ich habe nichts dagegen.* »Sie haben einen guten Klang, aber sie passen einfach nicht zu unseren Instrumenten. Wir sind eine Rockband, darum sollten wir bei den traditionellen Rockinstrumenten bleiben.«

Überrascht sah ich ihn an. »Ich dachte, du willst innovativ sein? Frisch? Wenn wir uns immer an das halten, was funktioniert, wenn wir immer auf Nummer sicher gehen … werden wir langweilig. Wir sollten die Leute mit dem nächsten Album überraschen.«

»Ja, die Leute überraschen, aber sie nicht vergraulen. Wir wollen unsere Fangemeinde vergrößern, nicht komplett ersetzen.«

Ich verschränkte die Arme und schüttelte den Kopf. »Ich glaube, du gehst das Ganze zu theoretisch an. Wir verlieren keine Fans, weil wir etwas Neues ausprobieren. Die wissen zu schätzen, dass wir uns um Weiterentwicklung bemühen.«

Seufzend blickte Matt zu Kellan und Evan. »Vermisst jemand die Tage, als wir nur herumgesessen und uns bei der Arbeit die Zeit mit Videospielen vertrieben haben?«

Evan grinste ihm zu, während Kellan sich an mich wandte: »Wir wissen deinen Input zu schätzen, Griffin. Ich finde, du hast recht, es ist nur noch nicht ganz das Passende. Ich denke weiter drüber nach, okay?«

Diese mir inzwischen so bekannte Wut schoss mein Rückgrat hinauf, und die Worte: *Nicht heute Abend, vielleicht morgen* hallten durch meinen Kopf, dicht gefolgt von: *Du wirst nie die Leadgitarre spielen.* Vermutlich hatte ich meinen Ärger doch noch nicht so gut überwunden, wie ich meinte. Ich hielt mich an Annas aufbauende Worte und gab nicht auf, sondern lächelte Kellan angespannt zu. Zumindest hatten sie diesmal nicht direkt Nein gesagt.

Nachdem die Jungs an Texten gearbeitet hatten, die mich null interessierten, und an Melodien, die ganz gut, aber zu eingängig waren, spielten wir ein paar ältere Stücke, die wir schon fünf Millionen Mal gespielt hatten. Ich wusste, dass die Jungs vor meiner Familie angeben wollten, darum protestierte ich nicht gegen »Callous Heart« und »Sucker Punch«. Die beiden gehörten zu unseren besseren Songs, aber ich fand, Matt hätte mir anbieten können, den Leadpart zu übernehmen. Nur für heute, damit meine Eltern mich spielen hörten. Doch nachdem wir fertig waren, klatschten und applaudierten alle, sogar Liam, obwohl sein Klatschen eher an ein höfliches Golfer-Klatschen erinnerte. Das glich Chelsey allerdings mit einem beeindruckenden, ohrenbetäubenden Pfeifen aus.

Als wir gerade für heute Schluss machen wollten, ging ich zu Matt und legte ihm eine Hand auf den Arm. »Hey, ich weiß, das ist dein Instrument, aber können wir noch eins spielen und ich übernehme die Leadgitarre … für Mom und Dad?«

Matt blickte zögernd zu den beiden, die sich angeregt unterhielten. Sie wirkten ehrlich stolz auf mich, und ich wollte das tolle Bild von mir noch verstärken. Als Matt wieder zu mir blickte, wusste ich, dass meinen Eltern gelungen war, was ich nicht geschafft hatte – sie hatten ihn umgestimmt. Ich sollte sie zu jeder Probe mitnehmen, das war meine einzige Chance, dass Matt mir die Leadgitarre überließ.

»Gut«, sagte er. »Wir spielen ›Killer‹. Das ist nicht so schwierig … das solltest du einigermaßen draufhaben.«

Aufgeregt wippte ich auf den Zehenspitzen auf und ab. Vielleicht sollte ich Chelsey bitten, den Song zu filmen und ihn dann zu den Fans durchsickern lassen, damit sie eine Ahnung davon bekamen, wie ein richtiges D-Bags-Konzert klang. Matt reichte mir seine Gitarre, und mit vor Aufregung zitternden Fingern hängte ich sie mir etwas ungeschickt um. Ich musste mich beruhigen, sonst konnte ich nicht spielen. Während ich Matt mein Instrument reichte, versuchte ich, mich an den Song zu erinnern. Auf dem Bass kannte ich ihn in- und auswendig, aber der Leadpart war deutlich komplizierter. Ich war mir jedoch sicher, dass mir alles einfallen würde, sobald wir angefangen hatten.

Meine Familie schien verwirrt, weil sie dachten, wir wären fertig, und ich ließ sie wissen, dass die Vorstellung gerade erst begann. »Wir spielen noch eins, aber Matt und ich tauschen, damit ihr mich an der Leadgitarre hören könnt.« Ich blickte zu Kellan und Evan. Sie hatte die Brauen gehoben, schienen jedoch nichts dagegen zu haben. »›Killer‹«, erklärte ich ihnen, damit sie wussten, welches Stück wir spielten.

Evan nickte, dann gab er den Takt vor. Ich bewegte die Finger, damit das Blut zurückkehrte, sie fühlten sich an, als wären sie ab den Handgelenken abgeschnitten. Dann gab Evan mit den Drums einen schnellen Beat vor, dem wir anderen folgen mussten. Matt und Evan sahen mich erwartungsvoll an, als würden sie darauf warten, dass ich etwas tat. Ich konnte mich jedoch nicht daran erinnern, wie Matts Part begann. Seltsam. Ich hatte ihn so oft gehört, er sollte mir ins Blut übergegangen sein, aber jetzt, da ich spielen sollte, war mein Kopf leer wie die Wüste.

Kopfschüttelnd begann Matt mit dem Basseinsatz. Und da

fiel mir alles wieder ein. Ich stieß ein leises »Oh ja« aus und fiel mit der Gitarre ein.

Ich brauchte einen Moment, bis ich drin war, und auch dann spielte ich zuerst ein paar falsche Akkorde. Als ich zu unserem Publikum spähte, konnte ich nicht sagen, ob es jemand bemerkt hatte. Vermutlich nicht. Schließlich begann Kellan zu singen. Es klang merkwürdig, und ich konnte nicht herausfinden, warum, bis ich merkte, dass ich an einer Stelle versuchte, die Bassstimme zu spielen, an der Matt normalerweise aussetzte. Ups. Fluchend hielt ich die Finger still und wartete auf meinen nächsten Einsatz. Kam er nach der zweiten oder nach der dritten Textzeile? Mist, ich war mir nicht sicher. Es war so viel leichter, so zu tun, als würde ich den Song spielen, als ihn tatsächlich zu spielen. Ich vermutete, dass mein Einsatz nach der zweiten Textzeile kam, und hoffte das Beste. Doch Kellan und Matt warfen mir wütende Blicke zu. Ups, die Gitarre kam wohl erst nach der dritten Zeile. Na ja, was zum Teufel? Wer hatte diesen Mist komponiert? Die Gitarre müsste das ganze Stück hindurch mit voller Kraft erklingen. Kellan sollte schreien müssen, damit man ihn noch hörte.

Als ich zu meiner Familie blickte, sah ich, wie Liam das Gesicht verzog. Chelsey zuckte zusammen, und Mom und Dad lächelten angespannt. Hitze schoss in meine Wangen, und ich hätte beinahe aufgehört zu spielen, um mein Gesicht mit einer eiskalten Bierflasche zu kühlen. Das konnte ich am Bass, aber nicht auf der Leadgitarre. Ich musste dieses unangenehme Gefühl aushalten.

Es folgten noch ein paar Noten, die sich in meinen Ohren falsch anhörten, und bei jedem Zupfen verfluchte ich meine Bandkollegen. Wenn sie mich öfters spielen ließen, würde ich jetzt nicht so peinlich klingen. Ich würde flüssig und mühelos spielen. Wieder einmal hielten sie mich klein.

Als ich gerade so weit war, das Instrument voller Abscheu von mir zu schleudern, ging die Tür auf, und von draußen drangen Geräusche herein. Kellan, Matt und Evan spielten und sangen weiter, doch ich war abgelenkt und hörte auf zu spielen. Matt stöhnte und rang die Hände. Evan blickte mich düster an, und Kellan schüttelte den Kopf.

»Griffin, bei Ablenkung musst du weiterspielen. Das heißt nicht ohne Grund *Lead*.«

Ich blickte hinüber zu Matt, fand jedoch keine Erklärung für das komische Gefühl, das meinen Körper überlief. Es war … Scham, aber das war doch lächerlich. Solche Gefühle kannte ich nicht, darum konzentrierte ich mich stattdessen auf Wut. Wären die Jungs nicht solche Vollpfosten, würde ich besser spielen. Gerade als ich Matt das sagen wollte, betrat Kiera die »Bühne«.

»Es tut mir leid, euch zu stören«, sagte sie etwas außer Atem. Ihre Augen, die einen etwas bräunlicheren Grünton als Annas hatten, richteten sich auf mich. »Aber ich bin mir ziemlich sicher, dass Anna Wehen hat. Richtige Wehen. Ich glaube, das Baby kommt heute.«

Ich riss mir die Gitarre herunter und wurde von einem anderen Gefühl ergriffen – Aufregung und Angst. Ein neues Baby! Heute! Mist! Wir waren mitten im Nirwana, wir mussten zurück in die Zivilisation … sofort!

Ich stellte die Gitarre zurück auf den Ständer, aber ich machte etwas falsch, und sie fiel um. Gottverdammt, ich hatte jetzt keine Zeit für diesen Mist! Ich schaffte es gerade noch, die Gitarre aufzufangen, bevor sie auf den Boden traf, und versuchte, sie erneut auf den Ständer zu stellen. Matt kam mir zu Hilfe. Ich dankte ihm, dann eilte ich davon, oder zumindest versuchte ich das. Doch Matt hielt mich am Handgelenk zurück. Ich war so aufgebracht, dass ich ihn beinahe weggestoßen hätte, schaffte es jedoch, mich zu beherrschen und sagte: »Aus dem Weg, Kumpel, ich muss los.« Kiera verließ mit meiner Familie den Raum, und ich musste hinterher. Wahrscheinlich hatte Anna starke Schmerzen. Sie brauchte mich.

»Was war das denn?«, fragte er, ganz offensichtlich hatte ihn mein Spiel verwirrt. Kellan und Evan traten ebenfalls näher, und fast hätte ich sie angeknurrt. Konnte das nicht warten?

»Was? Ich war ein bisschen eingerostet, das ist alles.« Ich versuchte, an Matt vorbeizukommen, doch er legte mir die Hand auf die Brust, um mich aufzuhalten.

»Du hast gesagt, du würdest die Songs genauso gut kennen wie ich, aber du hast keinen blassen Schimmer, Griffin. Du hattest nicht die geringste Ahnung, was du da spielst.«

Vertraute Wut vertrieb die Endorphine, die sich bereits in meinem Körper gebildet hatten. »Ich habe dich so oft spielen sehen, dass ich das Gefühl habe, ich …«

Matt ließ mich nicht ausreden. »Du hast mich spielen sehen? Aber du kennst die Songs nicht. Und du dachtest, das reicht, um mich zu ersetzen? Genau das ist der Grund, warum es nie dazu kommen wird, Griffin. Du kapierst nicht, dass das kein Spiel ist.«

Ich wollte ihm eigentlich gerade sagen, dass ich nur mehr Übung bräuchte, doch sein überheblicher Ton ärgerte mich. Und noch schlimmer war, dass Kellan und Evan zustimmend nickten. »Ihr könnt mich alle mal. Ich bekomme ein Baby.«

Arschlöcher. Wenn sie mir je die Chance gegeben hätten, um die ich sie gebeten hatte, wäre ich jetzt besser. Es war ganz und gar ihre Schuld, dass ich nicht besser war. Ich bahnte mir einen Weg an diesen selbstgerechten Besserwissern vorbei, dann raste ich zum Haus. Je näher ich Anna kam, desto mehr rückten Wut und Enttäuschung in den Hintergrund und machten meiner Sorge um sie Platz. Als wäre es gestern gewesen, erinnerte ich mich an die Schmerzen, die Anna bei Gibsons Geburt erlitten hatte. Noch nie hatte ich jemanden so leiden sehen. Ich konnte es nur mit meinem Penis-Piercing vergleichen. Und das hatte echt wehgetan.

»Anna! Anna, wo bist du?« Ich stürzte ins Wohnzimmer und drehte mich im Kreis, weil ich nicht wusste, in welche Richtung ich zuerst gehen sollte. Wo zum Teufel war meine Frau?

»Ich bin hier, Griffin!«, rief Anna aus der Küche. Ich lief sofort zu ihr, verstand jedoch nicht ganz, was ich dort sah. Anna bereitete in aller Ruhe etwas zu essen für Gibson, Ryder und die Zwillinge zu. Ryder grinste auf seinem Hochstuhl von einem Ohr zum anderen und matschte mit einem winzigen Plastiklöffel in einem Riesenberg Apfelmus herum.

»Anna?«, fragte ich verwirrt. »Ich dachte, du hättest Wehen?«

Anna nickte und blickte auf die Uhr an der Mikrowelle. »Habe ich auch. Alle fünf bis zehn Minuten. Gibson hat gesagt, sie hätte Hunger. Und da dachte ich, ich mache den Kindern schnell noch was, bevor wir fahren.«

Ich nahm ihre Hand und hielt sie davon ab, weitere Käsescheiben abzuschneiden. »Darum kann Kiera sich kümmern. Wahrscheinlich lassen wir Gibson sowieso am besten bei ihr. Und Dawn und Della auch. Aber wir müssen los. Das ist eine lange Fahrt, und du willst das Kind doch schließlich nicht im Hummer bekommen, oder?«

Bei dem Gedanken an diese Variante bekam Anna große Augen. »Nein … ganz bestimmt nicht. Okay, lass uns fahren.«

»Okay.« Ich blickte mich um und rang die Hände. »Wo zum Teufel sind denn alle?« Kiera war mit Mom, Dad, Chelsey und Liam zurück ins Haus gekommen, aber Anna war allein hier. Das konnte doch wohl nicht wahr sein!

Anna schnaubte verächtlich, dann richtete sie sich auf und rieb sich mit beiden Händen den Rücken. »Deine Mutter und dein Vater starten den Wagen, und Kiera und Liam holen den

Buggy, damit ich die Stufen nicht gehen muss.« Sie hob eine Braue. »Als ob ich nicht die Treppe gehen könnte.«

Sie schloss die Augen, atmete tief ein und ließ die Luft langsam wieder entweichen. Jetzt hatte sie eine Wehe. Ich blickte auf die Uhr und merkte mir die Zeit. Ich hatte keine Ahnung, was sie mit Buggy meinte, aber das war egal. Anna musste hier weg. »Komm«, sagte ich und trat zu ihr. »Wir müssen dich in ein Krankenhaus in der Stadt bringen, wo die Ärzte nicht in ihrer Freizeit auch noch Tiere behandeln.«

»Ich glaube nicht, dass das hier …« Sie verstummte, dann schüttelte sie den Kopf. »Wir müssen warten, bis Chelsey zurück ist. Sie kann auf die Kinder aufpassen …«

Ich wollte gerade fragen, wo sie denn war, als Chelsey in die Küche raste. Sie hielt ein dünnes rechteckiges Kissen in der Hand, das mit kleinen violetten Blumen gemustert war. »Ich habe dort nachgesehen, wo Kiera mich hingeschickt hat, aber das war alles, was ich finden konnte. Es riecht allerdings richtig«, sagte sie und roch an dem Kissen.

Ich hatte keine Ahnung, wovon sie sprachen, aber Anna nickte und deutete auf die Mikrowelle. »Das genügt. Mach es warm.«

Als Chelsey es hineinlegte und auf fünf Minuten einstellte, verstand ich schließlich, dass es sich um ein Wärmekissen handelte. Die fünf Minuten fühlten sich wie fünf Jahre an. Gerade als der Timer klingelte, kam Kiera zurück. »Dein Transport steht bereit«, rief sie mit heller Stimme.

Annas Wehe war jetzt vorbei, darum warf sie Kiera einen spöttischen Blick zu. »Ich kann schon die Treppe nehmen. Ich bin doch nicht behindert.«

Kiera seufzte. »Steig in den Buggy, Anna. Stell dich nicht an.« Sie sah Anna derart ähnlich, dass es manchmal verwirrend war – hohe Wangenknochen, große Augen, volle Lippen. Momentan wirkte sie auf mich jedoch eher nervend als anziehend. Ich wollte einfach meine Frau nehmen und gehen.

»Lass uns gehen. Chelsey, kannst du dich um die Kinder kümmern?«, fragte ich. Meine Schwester runzelte die Stirn, als wollte sie uns lieber begleiten, doch dann nickte sie.

Ich gab Gibson einen flüchtigen Kuss und erklärte ihr: »Daddy ist bald zurück. Sei schön nett zu Tante Chelsey, ja?« Ihre blauen Augen waren vor Sorge geweitet, als ich ihr über die blonden Haare strich. Sie war sich nicht ganz sicher, was sie von der Situation halten sollte, aber sie mochte meine Schwester genug, um nicht gleich loszuweinen. »Braves Mädchen. Sobald dein Bruder oder deine Schwester da ist, hole ich dich, damit du ihn oder sie kennenlernen kannst.« Sie verzog die hellen Lippen zu einem hinreißenden Schmollmund. Sie wusste eindeutig nicht, was sie von der Vorstellung halten sollte, uns mit jemandem zu teilen, auch nicht mit einem potenziellen neuen Spielgefährten.

Kellan, Evan und Matt betraten gerade die Küche, als wir durch die Tür ins Esszimmer verschwanden. »Wir sehen uns dort«, stieß ich hervor. Ich hörte, wie sie so etwas wie »okay« sagten, dann waren wir draußen, und ich starrte auf den Schatz, den Kellan und Kiera offensichtlich vor mir verbogen hatten.

»Ihr habt einen Motor-Strandbuggy!«, rief ich aus. »Warum zum Teufel wusste ich das nicht?«

Kiera schürzte die Lippen, dann zuckte sie die Schultern. »Es hat sich wohl nicht ergeben.«

»Du hast es gerade auf meine Schwarze Liste geschafft, Mrs Kyle«, sagte ich todernst.

Kiera lachte, während Anna stöhnte und sich das nach Lavendel duftende Kissen an den Rücken drückte. Ihre Wehen setzten erneut ein. »Können wir los?«, flüsterte sie. »Mir geht's nicht so super.«

Als ich Anna in den Buggy half, bemerkte ich, dass Liam mit laufendem Motor auf dem Fahrersitz wartete. »Auf keinen Fall«, erklärte ich. »Ich fahre.«

Schnaubend verstärkte er den Griff um das Lenkrad. »Kommt nicht in Frage«, entgegnete er.

Ich wollte ihm gerade den Kopf abreißen, aber Anna umklammerte meinen Arm. »Nicht streiten, bringt mich einfach von hier weg.«

Ich seufzte, schwor mir, ihn mir später vorzuknöpfen, und setzte mich mit Anna auf den Rücksitz. Kiera sprang vorn auf den Platz neben Liam, und er fuhr sofort los. Kiera klammerte sich derart fest, dass ihre Hände kreideweiß waren. Während der Buggy vorwärtshüpfte, blickte ich zu Anna. Sie schien es unbequem zu finden, jedoch keine Angst zu haben. Die heftige Erschütterung, wenn die Reifen auf den Boden trafen, war nicht gerade hilfreich bei ihren Schmerzen.

Als Anna lautstark die Luft einsog, schrie ich meinen Bruder an, er solle langsamer fahren. Er flog den steilen Hang neben dem Haus hinunter und rammte dabei beinahe kleine Bäume und Felsen, die uns sicher zum Umsturz bringen würden. Über den Lärm des Motors hinweg warf Liam zurück: »Ich versuche nur, euch schnell runterzubringen.«

»Ich mache mir eher Sorgen, ob wir heil unten ankommen!«, schrie ich. Kiera drehte sich mit großen Augen zu mir um. Sie schien schockiert über meine Bemerkung. Ich wollte ihr versichern, dass ich mir nur Sorgen um Annas Sicherheit machte, aber die Worte kamen mir nicht über die Lippen.

Als wir die Auffahrt am Fuß des Hangs erreichten, rutschte Liam mit dem Buggy etwas auf den Steinen aus, und ein paar größere Brocken flogen gegen den Hummer. »Wenn der Lack was abbekommen hat, bist du dran.«

Liam verdrehte die Augen und stellte den Motor aus. Ich

ignorierte Kiera, die jammerte, das sei die schlimmste Fahrt ihres Lebens gewesen, und sie wäre lieber gelaufen, löste Annas Sicherheitsgurt und half ihr, aus dem verrückten Gefährt auszusteigen. Das erwies sich als kniffelig; Strandbuggys waren nicht gerade schwangerenfreundlich.

Sobald Anna festen Boden unter den Füßen hatte, brachte ich sie schnell zum Hummer. Der Motor lief bereits, ebenso wie der von Moms und Dads Minivan. »Meine Tasche«, murmelte sie, als sie zur offenen Beifahrerseite trat. »Meine Sachen.«

Ich stöhnte gereizt auf. Wir gehörten nicht zu den gut vorbereiteten Menschen, darum hatten wir keine fertig gepackte Krankenhaustasche im Wagen. »Die nehme ich nachher mit, wenn ich Gibson abhole.«

Sie nickte, dann setzte sie sich in den Wagen. Sie schien keine starken Schmerzen zu haben, die Wehe musste vorüber sein. Zum Teufel, wenn ich das nur sicher wüsste. Der Körper einer Frau war mir ein Rätsel. Na ja, von innen zumindest, von außen war ich ein Experte, und deswegen waren Anna und ich überhaupt so weit gekommen.

Wir hatten überlegt, ob wir uns mit dem zweiten Kind Zeit lassen sollten, aber meine Geschwister und ich waren altersmäßig dicht beieinander, und ich fand das toll. Es verband uns. Wenn Liam nicht so ein egoistischer Dreckskerl wäre, stünden wir uns näher. Chelsey und ich fühlten uns ohnehin miteinander verbunden. Mann, ich hoffte, dass sie gut auf Gibson aufpasste.

Ich fuhr die Einfahrt hinunter und raste in Richtung Krankenhaus. Besser wär's, Kellan hatte schon das Tor geöffnet, sonst würde ich einfach hindurchbrettern. Ich hatte keine Ahnung, wer mir folgte, und es interessierte mich auch nicht. Für Gibson war gesorgt, und Anna war bei mir. Das war jetzt meine Welt.

Die nächsten Stunden bestanden aus Schmerzen, Blut und Schreien. Namen wurden gerufen, und irgendwann wurde eine Plastikschale mit Erbrochenem quer durch den Raum geschleudert. Nicht von mir. Der Tag brannte sich in mein Gedächtnis, auch das, was ich lieber vergessen hätte. Doch als man mir am Ende ein winziges, warmes, in eine blassrosa Decke gewickeltes Bündel reichte, war es das alles wert.

»Noch ein Mädchen«, flüsterte ich voller Ehrfurcht vor der Miniausgabe von Anna und mir. »Der Arzt hatte wohl doch recht.«

Der Moment, in dem ich das Geschlecht erfuhr, würde sich ebenfalls für immer in mein Gedächtnis einbrennen. »Herzlichen Glückwunsch, Mr und Mrs Hancock … es ist ein Mädchen.« Ich war glücklich darüber.

»Auf keinen Fall!«, hatte ich aber spontan erwidert. Ich war mir so sicher gewesen, dass sich der Arzt erneut getäuscht hatte und ich einen kleinen Menschen bekommen würde, den ich zu meinem Ebenbild formen konnte. Na ja, ich wünschte mir noch immer einen Jungen, aber Mädchen waren auch wundervoll, und jetzt hatte Gibson eine Schwester, mit der sie typische Mädchenspiele machen konnte – sich verkleiden, Tee trinken. Was auch immer Mädchen so machten.

Anna war müde, aber froh, dass sie den unangenehmen Teil hinter sich hatte. Zumindest körperlich. Der erschöpfende Teil stand erst noch bevor. »Ich bin so froh, dass sie endlich da ist und nicht länger auf meinen Ischias drückt.«

Sie strich unserer Tochter mit dem Finger über die Stirn. Ihre dunkelgrauen Augen waren weit geöffnet; sie betrachtete mich, als wäre ich das Seltsamste, das sie je gesehen hatte. Anna spähte unter die Häkelmütze auf die tiefdunklen Haare unseres kleinen Mädchens. »Ich glaube, sie kommt nach mir«, sagte sie und lächelte matt.

Ich blickte auf die dunklen mahagonifarbenen Haare meiner Frau hinunter und nickte. »Ja, ich glaube auch. Glückspilz«, fügte ich mit einem neckischen Zwinkern hinzu.

Anna kicherte, dann glitt ihr Blick hinab zu dem Baby in meinen Armen. Auf ihrem Gesicht erschien ein fast ehrfurchtsvolles Strahlen. »Wir sind so froh, dich endlich kennenzulernen, Onnika.«

Als ich Onnikas winzige Gesichtszüge betrachtete, die sich zu einem Gähnen verzogen, lächelte ich ebenfalls. »Du wirst noch merken, wie unglaublich toll deine Mama und dein Papa sind. Ich bin irgendwie neidisch auf dich.«

Anna lachte erneut, dann öffnete sie einladend die Arme. »Gib sie mir. Ich möchte sie riechen.«

Widerwillig gab ich sie ihrer Mutter zurück. Wir würden später noch jede Menge Zeit zum Kuscheln haben. Mit stolzgeschwellter Brust beobachtete ich die erste Kontaktaufnahme zwischen meiner Frau und meiner Tochter. Alle Frauen in meinem Leben waren bezaubernd. Mir war immer klar, dass ich attraktive Kinder haben würde. Ich meine, wie sollte es anders sein? Doch dass ich jemand so Attraktives wie Anna als Partnerin gefunden hatte, machte den genetischen Deal perfekt. Meine Kinder hatten verdammtes Glück. Ach, wem wollte ich etwas vormachen? *Ich* war der Glückspilz.

Nach ein paar weiteren Minuten zu dritt klopfte die Familie an die Tür und schlich ins Zimmer, um einen Blick auf das Neugeborene zu werfen. Während der Geburt hatten wir sie draußen warten lassen. Worüber Mom nicht sehr glücklich gewesen war. Anna hatte sich jedoch nicht erweichen lassen und darauf bestanden, dass nur sie und ich bei der Geburt dabei waren. Ich glaube, Mom hatte ursprünglich geplant, in jedem Fall zu bleiben und sich notfalls irgendwo im Hintergrund zu verstecken, doch als die bereits erwähnte Schale mit Erbrochenem über ihrem Kopf an der Wand landete, änderte sie ihre Meinung. Wenn Anna etwas nicht wollte, ließ sie es einen unumwunden wissen. Auch dafür liebte ich sie.

Ich dachte, Mom und Dad würden als Erste hereinkommen, doch zu meiner Überraschung waren es Kiera und Kellan. Unsicher blickte Kiera zu ihrer Schwester. »Dürfen wir reinkommen? Wir haben so lange gewartet, wie wir konnten …«

Jetzt, nachdem der schmerzvolle Teil hinter ihr lag, war Anna deutlich entspannter. Mit Tränen in den Augen nickte sie. »Ja, ja. Komm, lern deine Nichte kennen.« Sie hielt Onnika etwas höher. »Onnika, das sind deine Tante Kiera und dein Onkel Kellan. Und das ist Onnika.«

Kieras Augen füllten sich augenblicklich mit Tränen. Warum mussten Frauen beim Anblick von Babys eigentlich immer weinen? Oje. »Oh mein Gott, Anna, sie ist ja wunderschön.«

Ich lachte amüsiert. »Natürlich. Sie ist eine Hancock. Hast du da etwas anderes als absolute Perfektion erwartet?« Kellan lachte über meine Bemerkung, aber Kiera beachtete mich nicht. Daran war ich gewohnt. Sie konnte mit meiner einzigartigen Großartigkeit nicht umgehen.

Nachdem sie sich die Hände gewaschen hatte, trat Kiera neben Anna ans Bett. Sofort streckte sie die Hände nach dem Baby aus, woraufhin sich auf Annas Gesicht ein etwas widerwilliger Gesichtsausdruck abzeichnete. Onnika hatte etwas an sich, dass man sie festhalten und nicht mehr loslassen wollte. Vielleicht besaß sie Superkräfte. Das würde mich nicht überraschen. Irgendjemand in unserer Familie würde eines Tages Superkräfte entwickeln, so viel stand fest. Eigentlich konnte man schon sagen, dass ich welche besaß. Und zwar in Form von sexueller Energie.

Kiera drückte Onnika fest an ihren Körper. »Oh Gott, sie ist so winzig. Weißt du noch, als Ryder so klein war?« So, wie Kiera

Kellan anblickte, würde ein weiteres Baby bei den beiden sicher auch nicht lange auf sich warten lassen. Nichts wirkte sich so anregend auf die sexuelle Lust einer Frau aus, wie ein neugeborenes Baby in den Armen zu halten. Ich würde mein Geld darauf verwetten, dass Kellan heute Nacht Sex haben würde. Interessant. Onnika war noch nicht einmal einen Tag alt und besaß bereits *zwei* Superkräfte. *Das ist mein Mädchen.*

Während Kellan Kiera lächelnd zunickte, wandte diese ihre Aufmerksamkeit wieder Anna und mir zu. »Wie seid ihr auf den Namen gekommen?«

Ich streckte die Brust raus und deutete mit dem Daumen auf mich. »Der war meine Idee.«

Anna schnaubte. »Das stimmt nicht. Du wolltest sie wieder Myrtle nennen.«

Bei dem Gedanken an die verlorene Verhandlung runzelte ich die Stirn. »Der Name kommt aus meiner Familie. Ich weiß nicht, was du damit für ein Problem hast.« Anna machte ein angewidertes Gesicht, wie immer, wenn wir über den Namen meiner Großmutter sprachen. Da ich mich nicht wieder darüber streiten wollte, fügte ich hinzu: »Und ich habe sehr wohl recht, Onnika war meine Idee. Du hast nur die Schreibweise geändert.« Ich grinste sie an und zwinkerte, um meine Worte, falls nötig, etwas zu entschärfen. Manchmal war es schwer zu sagen, was Frauen verärgerte.

Anna wirkte jedoch nicht sauer, als sie sich wieder ihrer Schwester zuwandte. Sie war ziemlich tolerant, was meinen Quatsch anging. »Er wollte sie A-N-N-I-K-A nennen, aber ich fand, das wäre meinem Namen zu ähnlich, darum habe ich es in O-N-N- geändert.«

Kiera nickte, dann knuddelte sie wieder mit Onnika. Vermutlich hatte sie nicht vor, sie auch mal Kellan zu überlassen. Zumindest nicht freiwillig. Schließlich musste sie die Kleine jedoch teilen, denn nach einer Weile kamen alle anderen herein. Und von jetzt auf gleich war in unserem Zimmer die Hölle los. Es waren so viele Leute im Raum, dass ich dachte, wir hätten Eintritt verlangen sollen.

Abgesehen von Kellan und Kiera waren Mom, Dad, Liam, Matt, Rachel, Evan und Jenny gekommen. Außerdem lungerten Schwestern vor der Tür herum, und wenn ich das richtig sah, auch ein paar Besucher anderer Patienten. Vermutlich hatte sich die Neuigkeit, dass die Frau eines Rockstars ein Baby bekommen hatte, im Krankenhaus bereits herumgesprochen. Wahrscheinlich musste ich die Massen zurückdrängen, um hier heil herauszukommen.

Alle strahlten, während sie Onnika herumreichten, und jegliche Spannung, die zwischen uns geherrscht hatte, schmolz dahin. Rachel und Jenny waren nett zu mir, die Jungs waren nett zu mir, und ich war nett zu ihnen. Ich konnte mich kaum noch erinnern, warum ich vorhin sauer auf sie gewesen war. Noch eine von Onnikas Superkräften. Dieses Kind war wirklich beeindruckend. Aber wie gesagt, keine Überraschung. Cool zu sein lag in ihren Genen.

Während Kiera ungeduldig darauf wartete, Onnika noch einmal zu halten, berichtete sie Anna: »Ich habe Mom und Dad angerufen. Sie kommen morgen oder Montag. Mom ist sauer, dass du nicht bis zum Stichtag durchgehalten hast.«

Anna schnaubte. »Sie wird es überleben. Das hat sie ja letztes Mal auch.«

Ich erwartete, dass Glück und Begeisterung über das Neugeborene langsam nachließen, doch Anna lag entspannt und müde im Bett und beobachtete, wie alle sich um ihre Tochter rissen. Es wirkte, als könnte sie im Moment nichts aus der Fassung bringen, was sich bestätigte, als sie sagte: »Ich bin so froh, dass ihr alle da seid. Und Mom, Dad, ich möchte, dass ihr so lange bleibt, wie ihr wollt! Mein Haus ist euer Haus! Ladet alle ein, je mehr desto besser!«

Ich bekam große Augen. Hatte sie das gerade wirklich gesagt? Unwillkürlich fragte ich mich, ob ihre Infusion sie vielleicht etwas durchdrehen ließ oder ob das ein natürlicher Zustand war. So oder so, sie hatte die Schleusen geöffnet, jetzt gab es kein Zurück mehr. Das las ich in den Augen meiner Mutter. Man hatte ihr erlaubt, so lange zu bleiben, wie es ihr gefiel. Egal was Anna ab jetzt sagte oder tat, es würde ohne Wirkung bleiben. Unsere Verhandlung war null und nichtig, aber zumindest hatte *ich* den Vertrag nicht gebrochen. Nein, das hier hatte Anna ganz allein vermasselt.

7. Kapitel

Herrgott, wie geil ich bin

Dank Anna, die meiner Familie erlaubt hatte, so lange zu bleiben, wie sie wollte, war mein Haus zwei Monate später immer noch voller Leute. Jeder einzelne Raum wurde von diversen Verwandten besetzt, die zu Besuch gekommen waren, nun aber nicht mehr abreisen wollten.

Annas Eltern wohnten bei Kiera und Kellan. Kiera sagte, das läge daran, dass es bei uns zu voll wäre. Anna war jedoch der wahre Grund herausgerutscht, dass sie nämlich Kellan mir vorzogen.

Na ja, ganz so hatte sie es nicht gesagt. Sie meinte nur, ihre Eltern hätten »ein paar Probleme mit meiner Persönlichkeit«. Wie bitte?! Ich hatte eine derart großartige Persönlichkeit, daran konnte es ja wohl nicht liegen. Wie alle anderen waren sie einfach der Kellan-Kyle-Fantasie erlegen.

Das nervte mich wirklich. Ich war der coolste Typ, den ich kannte, und sicherlich würden Martin und Caroline das auch so sehen, wenn sie ein bisschen mehr Zeit mit mir verbringen würden. Jedenfalls verstand ich nicht, was für ein Problem sie mit mir hatten. Ich hatte ihre Tochter geheiratet, ihr ein traumhaftes Zuhause geschenkt und sie mit zwei meiner besten Samen geschwängert. Was konnte man mehr von einem Ehemann verlangen? Ich sollte auf der Weltbestenliste der großartigsten Menschen stehen.

Mit tiefen Ringen unter den Augen wiegte Anna Onnika in

ihren Armen. »Griffin, ich ertrage das nicht länger. Wann reisen sie ab?«

Wir waren in unserem Schlafzimmer, wo Onnika in einem Körbchen neben unserem Bett schlief. Irgendwann sollte sie oben im Zimmer neben Gibson einquartiert werden, aber noch wollte Anna sie bei sich haben. Und ich auch, obwohl ich mich darauf freute, wieder Sex in meinem Bett zu haben. Als Anna so weit war, den horizontalen Mambo wiederaufzunehmen, zogen wir zur Vollendung des Akts in unser Schrankzimmer um. Ich konnte einfach keinen Sex im selben Raum haben, in dem mein Kind schlief, egal wie alt es war. Ich hätte nie gedacht, dass ich eine sexuelle Achillesferse besaß, aber die hatte ich wohl doch.

Ich wusste, was Anna mit ihrer Bemerkung meinte. Sogar bei geschlossener Schlafzimmertür hörte ich ständig Leute reden, lachen, rufen, schreien, rennen, fernsehen, stampfen, essen, spielen und irgendwo jemanden weinen. Ich brauchte ein größeres Haus.

Achselzuckend antwortete ich: »Ich weiß nicht, wann sie abhauen. Du hast ihnen gesagt, sie könnten bleiben, so lange sie wollten. Ich denke, einige haben vor, bei uns einzuziehen.« Das hatten ein paar meiner Cousins im Scherz gesagt, als sie das Schwimmbad und den Tennisplatz entdeckt hatten. Zumindest war ich mir ziemlich sicher, dass sie scherzten. Aber vielleicht hatte ich es bald mit Hausbesetzern zu tun.

Anna sah mich an, als wäre sie am Ende und würde innerlich gerade meine Männlichkeit grillen. »Ich kann mich nicht erinnern, das gesagt zu haben. Nicht mal annähernd. Ich glaube, du hast ihnen erlaubt, länger zu bleiben, was gegen unsere Vereinbarung verstößt. Laut unseren Regeln habe ich also einen Gewinn gut, den ich nach Belieben einsetzen kann.«

Ich verschränkte die Arme und hob eine Braue: »So einen Mist habe ich niemandem erzählt.« Außer meiner Schwester

Chelsey, was ich aber nicht erwähnte. »Du warst diejenige mit der Ich-liebe-euch-alle-Gefühlsduselei im Krankenhaus.«

»Ich war vollgepumpt mit Babyhormonen. Das zählt nicht.«

Sie schloss die Augen, und ich sah, wie sich Tränen unter ihren Lidern bildeten. Sie war völlig erledigt. Ich hatte ihr gesagt, dass es weniger anstrengend wäre, wenn viele helfende Hände da wären, doch das stimmte einfach nicht. Anna fühlte sich dazu verpflichtet, alle zu unterhalten, und obwohl die anderen uns tagsüber mit Onnika und Gibson halfen, war Anna diejenige, die sich die Nächte mit Onnika um die Ohren schlug. Ich hatte versucht, Anna zu überreden, ein Nickerchen zu machen, wann immer sie konnte, doch sie sagte, es wäre zu laut, sie könnte nicht schlafen. Ich wünschte, ich könnte ihr irgendwie helfen, aber ich befand mich in einer Zwickmühle. Sie hatte die Türen der Gastfreundschaft geöffnet, und ich konnte sie nicht wieder schließen. Nicht vor der eigenen Familie.

Ich nahm Anna Onnika ab und legte sie vorsichtig in ihr Körbchen. Sie war so ein hübsches Baby – ihre vollen dunklen Haare lockten sich an den Spitzen, ihre Augen wurden jeden Tag grüner, und ihre rosa Pausbäckchen waren bestimmt schon vierzehn Millionen Mal geküsst worden. Es war nicht leicht, Onnika abzulegen, aber meine Ehefrau hatte gerade eine Krise. Ich musste sie besänftigen.

Onnika war ein ziemlich fröhliches Baby und protestierte nicht allzu sehr, als ich sie hinlegte. Völlig erschöpft sackte Anna in sich zusammen. Ich zog sie in meine Arme, und sie umarmte mich kraftlos. »Ich kann das nicht, Griffin«, murmelte sie, während ich über ihren Rücken strich.

»Klar, kannst du das«, sagte ich. »Du bist eine der härtesten Bräute, die ich kenne, Anna. Du kommst mit meinem Mist zurecht; als du herausgefunden hast, dass du das erste Mal schwanger warst, bist du ganz allein damit klargekommen; du hast es bei Hooters bis ins Management geschafft, bevor ich so viel Kohle gescheffelt habe, dass du nicht mehr arbeiten musstest. Du bist eine umwerfende Mutter und eine unglaublich fucktastische Ehefrau. Es gibt nichts, was du nicht kannst, Baby.«

Als ich mich etwas zurücklehnte, um sie anzusehen, lächelte sie. »Meinst du?«

Ich nickte und beugte mich zu ihr hinunter, um sie zu küssen. »Ja!« Unsere Lippen berührten sich eine Weile. Als wir sie voneinander lösten, strich ich mit meinen zu ihrem Ohr hinauf. »Ich will dich im Schrankzimmer nehmen, dich überall berühren, in deine nasse Muschi gleiten und dich streicheln, bis du kommst. Dann machst du ein Nickerchen, während ich mich um unsere Mädchen kümmere.«

Ich linste zu ihren Augen, und sie glänzten stärker als zuvor. Sie nickte heftig, als wollte sie wirklich sehr, was ich ihr gerade vorgeschlagen hatte. Ich war mir zwar nicht ganz sicher, was sie mehr reizte – Sex oder Nickerchen –, aber das war mir auch egal. Ich spürte ihre Kurven dicht an meinem Körper und konnte an nichts anderes denken, als an ihren Nippel in meinem Mund, ihre Hand um meinen Schwanz. Teufel, ich wollte sie so sehr.

Wir guckten beide zu Onnika in ihrem Körbchen. Sie verfolgte die Bewegungen ihres Mobiles über sich. Anna stellte es an, sodass es Musik spielte und sich drehte, dann begaben wir uns Richtung Schrankzimmer. Mom und Chelsey kümmerten sich um Gibson, sodass ich mir um sie auch keine Sorgen machen musste, als ich die Tür zum Schrankzimmer hinter uns schloss. Ausnahmsweise konnten Anna und ich am helllichten Tag ungestört Sex haben. Allein daran zu denken ließ meinen Körper pulsieren. Gott, ich konnte es kaum erwarten, sie zu berühren.

Seit Kurzem stand in unserem Schrankzimmer ein Chaiselongue. Unsere Sexcouch, wie Liam sie nannte. Damit hatte er recht. Es *war* eine Sexcouch, und wann immer ich sie sah, zuckte mein Schwanz. Gähnend strich Anna mit der Hand über den Rücken der Couch. Wäre ich ein besserer Ehemann, wenn ich sie jetzt allein ließe und sie hier ein bisschen schlafen könnte? Doch *so* großartig war ich nun auch nicht. Ich wollte Sex.

Sie glitt aus ihrer Yogahose und zog sich ihr langärmeliges T-Shirt aus. Sie trug einen roten Spitzen-BH und einen dazu passenden Slip. Und wie auf Knopfdruck dachte ich nicht mehr über die Möglichkeit nach, sie einfach schlafen zu lassen. Niemand, der nicht gevögelt werden wollte, trug solche Unterwäsche. »Teufel noch mal, Baby, du siehst einfach göttlich aus.«

»Ja?« Ein müdes Lächeln erhellte ihr Gesicht, während sie mit den Händen die Kurven ihres Körpers nachzeichnete. Sie hatte noch nicht ganz wieder ihre Vorschwangerschaftsfigur, aber das war mir völlig egal. Was sie mir da gerade zeigte, war heißer als der gesamte Rest der weiblichen Weltbevölkerung. Wenn ich nicht ziemlich bald in sie eindringen konnte, bräuchte ich wahrscheinlich eine OP wegen innerer Verletzungen.

Ich öffnete meinen Reißverschluss und zeigte ihr meinen aufragenden Knüppel. »Ja, leg dich hin. Entspann dich …«

Mit einem weiteren kleinen Gähnen entledigte sie sich ihrer Wäsche und tat, wie ihr befohlen. Nur dass sie sich nicht so bequem auf die Couch legte, wie ich gedacht hatte. Sie setzte sich breitbeinig auf das Polster, stellte die Füße auf den Boden und lehnte sich mit weit gespreizten Beinen zurück. Heiliger Teufel noch mal. Das gelobte Land befand sich direkt vor meiner Nase. Ich streichelte mich ein paarmal selbst, während ich voller Ehrfurcht auf das mir Dargebotene starrte. Es war verdammt noch mal unglaublich.

Anna gähnte noch einmal, und ich wusste, es wäre ein Leichtes, sie an den Schlaf zu verlieren, wenn ich nicht langsam loslegte. Ich unterbrach meine Selbsterforschung, riss mir die Klamotten vom Leib und schleuderte sie von mir. Anna hielt die Augen geschlossen, lächelte jedoch, als ich sie endlich anfasste. »Mmmmmm.« Ein wohliges Stöhnen entfuhr ihr, als meine Hände ihren warmen, geschmeidigen Körper hinaufwanderten. Ich winkelte eines ihrer Beine ab, hauptsächlich, damit ich mich nicht gleich auf sie legte und in sie hineinstieß. Heute sollte es um sie gehen. Ich wollte sie entspannen, wollte ihrem Körper so viel Lust verschaffen, dass sie anschließend vor Erschöpfung die Augen nicht mehr aufhalten konnte.

Überall auf ihrem Körper hinterließ ich zärtliche Küsse, an ihren erogenen Zonen hauchte ich sie nur auf ihre Haut. Ihr zufriedenes Stöhnen wich lustvolleren Tönen, und sie begann, sich zu winden. Als ich ihren Nippel erreichte, strich sie mit den Fingern durch mein Haar. Doch ich hielt mich noch zurück. Ich ließ die Lippen um ihn herumgleiten, blies kaum merklich über ihn hinweg, um dann erneut um ihn herumzustreichen. Verzweifelt sog Anna die Luft ein. Erst als ich sicher war, ihr leises Flehen zu hören, legte ich meine Lippen um ihre Knospe, und als ich mit der Zunge darüberstrich, rang sie nach Atem. Oh ja, meine Süße war so weit.

Das gleiche Spiel trieb ich mit ihrer Muschi. Hielt meine Finger immer knapp von der Stelle entfernt, an der sie sie ersehnte. In null Komma nichts keuchte sie, sie schlug weit die Augen auf und blickte mich derart verlangend an, dass sich meine Haut zehnmal heißer anfühlte als sonst.

Als ich meine Finger schließlich zwischen ihre Beine schob, erschauderte sie, schrie auf, krümmte sich, und am Ende flehte sie. Sie krallte ihre Finger in meinen Rücken und wimmerte: »Ich will dich. Jetzt. Bitte … jetzt.«

Ich war so heiß auf sie, dass mein Schwanz fast lila aussah, und ich betete, dass ich durchhielt, bis sie kam. Ich verbesserte noch kurz meine Position und glitt in sie hinein. Sie bog den Rücken durch und grub ihre Nägel in meine Haut. *Ja, gib's mir, ja!* »Fester«, keuchte sie und presste ihr Becken gegen meins.

Großer Gott, ja, ich wollte, dass sie kam. Unsere Hüften bewegten sich mit wilder, hemmungsloser Lust. Wir sehnten uns beide nach Erlösung. Wir brauchten sie. Die Verbindung, die wir gerade miteinander teilten, erinnerte uns daran, dass wir perfekt zueinanderpassten.

Da es ohnehin überall im Haus laut war, hielten wir uns nicht zurück. Wir stöhnten und schrien und genossen die bevorstehende Erlösung in vollen Zügen. Als Anna kam, schrie sie so laut, dass meine Ohren surrten. Dann fühlte ich, wie sie sich um mich zusammenzog, und konnte mich nicht mehr zurückhalten. »Oh Gott, ja, Anna. Ja, ja, ja!«

Als mich ein gigantischer Höhepunkt wie ein Rausch durchfuhr, löste sich die Welt um mich auf. *Oh Gott, wie ich das liebe …*

Nachdem wir beide gekommen waren, begann Anna so langsam und so regelmäßig und leise zu atmen, dass ich wusste, bald würde sie einschlafen. Ich glaube, sie war wirklich ziemlich müde. Ohne sie groß zu bewegen, zog ich mich vorsichtig aus ihr heraus. Dann legte ich ein kleines Handtuch unter sie, nur für den Fall, dass etwas von meinem großartigen Saft überlaufen sollte. Ich holte eine Decke und legte sie über sie, damit ihr nicht kalt wurde. Sie lächelte, rührte sich aber kein Stück. *Gute Nacht, Baby. Ich wecke dich, wenn wir losmüssen.*

Ich hätte niemals gedacht, dass es drei Stunden dauerte, ein zwei Monate altes Baby fertig zu machen, doch so war es. Natürlich wurden meine Mutter und ich von jedem unterbrochen, der gerade vorbeikam. Jeder wollte Onnika nehmen, Guck-guck mit ihr spielen, oder forderte sie auf, irgendwelchen Blödsinn zu wiederholen. Nur so ein Quatsch! Es war echt nervig, weil wir etwas vorhatten. Wenn ich darum bat, mir Onnika zurückzugeben, damit ich sie fertig machen konnte, kam ich mir vor wie Matt. Als ich endlich so weit war, hätte ich ein Nickerchen vertragen können.

Mom meinte, ich sollte mich daran gewöhnen. »Kleine Mädchen brauchen Zeit. Große sogar noch mehr.« Doch das wusste ich bereits. Anna brauchte ewig, um sich für was auch immer fertig zu machen. Allerdings war es das Warten immer wert. Am Ende sah sie jedes Mal wie ein Supermodel aus.

Als wir endlich mit Onnika fertig waren, kam Gibson dran, für die wir fast genauso viel Zeit brauchten wie für ihre Schwester. Insbesondere weil Gibson das Haus nicht ohne zwei absolut symmetrische Zöpfe verlassen wollte. Als beide Mädchen schließlich so weit waren, hätten wir schon längst unterwegs sein müssen. Wie ein Kommandant, der seine Truppen befiehlt, trieb ich alle zu ihren Fahrzeugen.

Die Kirche, die Anna für die Taufe ausgesucht hatte, befand sich in Tacoma. Warum sie eine Kirche aussuchen musste, die am anderen Ende der Welt lag, obwohl Seattle mit einem Haufen anständiger Kirchen aufwarten konnte, würde ich nie verstehen. Sie meinte, ihr gefiele die Architektur. Na, egal.

Während ich fuhr, surfte Anna auf ihrem Smartphone im Internet. Ich wollte sie gerade fragen, wie das Football-Spiel stand, als sie in sich hineinlachte. »Was ist los?«, fragte ich. »Hast du was über mich entdeckt?« Um das Hand-Solo-Ereignis war es zwar ruhig geworden, doch manchmal tauchte noch etwas dazu auf.

»Na ja, so ähnlich.« Sie hielt mir das Display hin, ich konnte es während des Fahrens jedoch nicht lesen. »Ein paar Fans haben eine Petition gestartet. Die wollen, dass wir Onnikas Namen ändern.«

Es haute mich echt um, dass von allen Dingen, über die man

in meinem Leben hätte abstimmen können, ausgerechnet *das* im Umlauf war. »Was? Ich liebe den Namen Onnika. Was fänden sie denn besser?«

Anna schürzte die Lippen, und ich spürte, dass sie es mir nicht sagen wollte. »Was?«, fragte ich, während Ärger in mir aufstieg.

»Äh … sie wollen, dass wir sie Kellan nennen … aber mit Y statt mit A. Lustig, oder?«

Lustig? Nein, das war absolut nicht lustig. Es war total bescheuert.

Ich war so sauer, dass ich fast in die Bremsen gestiegen wäre und mitten auf der Autobahn gehalten hätte. »*Was* wollen die? Warum, verdammt, sollte ich meine Tochter nach einem Mitglied unserer Band benennen? Und Kellyn? Wollen die mich verarschen? Diese blöden Kellan-Kyle-Besessenen!«

Gibson fing an zu kichern. Dann verkündete sie stolz: »Verdammt!«

Anna hob eine Braue. »Wenn sie das in der Kirche sagt, erklärst du, woher sie das hat!«

Ich schüttelte den Kopf. »Das ist allen klar.« Anna lachte, aber allmählich war ich wirklich genervt. »Da starten Leute eine Petition, damit wir unser Kind umbenennen? Und zwar nach Kellan? Das kann doch echt nicht wahr sein«, sagte ich ungläubig und war zugleich wirklich aufgebracht.

Anna schien das nicht so zu irritieren. Nein, sie war immer noch ganz ruhig und entspannt von unserem Sex im Schrankzimmer. Irgendwie wollte ich, dass sie sich genauso darüber aufregte wie ich. Ich sollte vorsichtiger mit *meinen* Superkräften sein. Manchmal unterschätzte ich meine Kraft.

»Komm runter, Griffin. Das ist wirklich keine große Sache«, sagte sie mit einem Bitte-beruhige-dich-Seufzen. »Und wahrscheinlich gibt es eine Petition für jeden von euch. Vielleicht Mattlyn oder Evanlyn. Eigentlich klingt Evanlyn ganz hübsch …«

Frustriert stöhnte ich auf und trat aufs Gaspedal. Scherz hin oder her, es sollte keine Petition geben, mein Kind umzubenennen. Außer in Griffilyn. Das könnte ich noch verstehen.

Als wir an der Kirche ankamen, war ich schlechter Stimmung. Dass Fans meine Tochter umbenennen wollten, wühlte mich wirklich auf, doch es ging mir um mehr. Als wäre er der beschissene Mond, bestimmte Kellan über Ebbe und Flut, und das hatte ich gründlich satt.

Die Bögen der Kirche wirkten dunkel und unheilvoll vor den tief hängenden grauen Wolken. Sie passten zu meiner Stimmung. Hoffentlich würde es regnen. Oder hageln. Das würde meine Gereiztheit perfekt wiedergeben. Als wir zum Parkplatz kamen, war dieser mit einem Seil abgesperrt. Sam stand vor uns und sah mit Anzug und Sonnenbrille ziemlich beeindruckend und bedrohlich aus. Er war früher Türsteher in Pete's Bar gewesen, arbeitete jetzt jedoch als persönlicher Bodyguard für Kellan und Kiera. Er nahm seinen Job äußerst ernst und bewachte den Parkplatz mit Argusaugen, um den Pöbel fernzuhalten. Ich dachte, sobald er meinen Hummer sehen würde, würde er die provisorische Absperrung öffnen, doch er verschränkte die massigen Arme vor der Brust und sah mich ausdruckslos an.

Ich hielt direkt neben ihm und fuhr mein Seitenfenster herunter. Bevor ich etwas sagen konnte, hob er die Hand. »Sorry, aber hier findet heute ein privater Gottesdienst statt. Sie müssen nächsten Sonntag wiederkommen.«

Ich kniff die Augen zusammen. »Das weiß ich, du Dumpfbacke! Es ist nämlich *mein* Gottesdienst.«

Er nahm die überflüssige Sonnenbrille ab und musterte mein Gesicht.

»Nein, tut mir leid. Der Gottesdienst ist für ein zwei Monate altes Mädchen. Die Beschreibung trifft auf Sie nicht zu. Sie müssen das Gelände verlassen.«

Ich wollte ihm gerade das Grinsen aus dem Gesicht schlagen, doch Anna hielt mich zurück. »Hey, Sam. Heute ist wahrscheinlich nicht der beste Tag für so etwas. Er hat gerade eine kleine Krise.«

Sam blickte zu ihr, nickte und seufzte: »Na gut, ihr Spaßbremsen.«

Er drehte sich um und machte den Weg frei, und ich zeigte ihm den Mittelfinger. »Arschloch!«

Anna legte mir besänftigend eine Hand aufs Bein. Das beruhigte mich. Etwas. Es hätte mich mehr beruhigt, wenn sie mir einen geblasen hätte. »Er macht doch nur Spaß, Griffin. Entspann dich, Schatz.« Ich versuchte es, aber ich war immer noch schlecht gelaunt. Nur ein weiterer Orgasmus konnte daran etwas ändern.

Es war ein großer Parkplatz, doch neben dem Haupteingang war nichts mehr frei. Leise vor mich hinfluchend parkte ich weiter hinten. Der Rest von meinem Gefolge hielt neben mir, und Anna griff sich Onnika, während ich mir Gibson schnappte. Ich hatte ihr einen karierten Rock angezogen, weiße Leggins und einen weißen Pullover mit einem riesigen roten Herzen darauf. Absolut entzückend. Ich könnte das glatt beruflich machen, Kinder anziehen. Wenn das nur nicht so gruselig klingen würde.

Meine Familie stieg aus ihren Autos, und unsere Meute ging auf die dunkle Steinkirche zu. Kaum hatte man meine Töchter gesichtet, wurden sie auch schon entführt. Ich war mir nicht einmal sicher, wer sie sich gegriffen hatte, sie waren einfach weg. Allerdings verrieten laute Aaaaahs und Oooohs, wo sie sich gerade aufhielten. Als Gibson im Kreis herumwirbelte, erhaschte ich einen Blick auf ihren Rock. Endlich hatte sie eine Gruppe von Leuten gefunden, die ihr ihre ganze Aufmerksamkeit schenkten. Gibby gewöhnte sich nicht so leicht an das neue Baby, wie Anna und ich gedacht hatten. Wir hatten angenommen, Gibson würde Onnika als Puppe betrachten, mit der sie rund um die Uhr spielen konnte; bis jetzt sah sie in ihr jedoch nur eine Rivalin, die sie loswerden wollte. Nun, da sie mal wieder im Mittelpunkt stand, schwebte sie im siebten Himmel, zumindest für eine kurze Weile.

Matt und Evan standen zusammen an der Tür. Als ich auf sie zuging, sah ich, wie Matt mit dem Kopf schüttelte und Evan einen Zehndollarschein überreichte. Seufzend sagte Matt zu Evan: »Wow, ich dachte wirklich, ich hätte gewonnen.«

»Wofür war der?«, fragte ich.

Matt lächelte. »Ich hab mit Evan gewettet, dass du zu Asche zerfällst, sobald du heiligen Boden betrittst, aber da bist du … und du brennst nicht!«

»Sehr witzig«, murmelte ich, mir war nicht nach Scherzen zumute.

Ich blickte mich um und entdeckte Kiera, die mit Abby redete; Abby sah aus, als würde sie ihrer Klientin nur mit halbem Ohr zuhören, während sie Onnika auf ihrem Arm angurrte. Denny und Abby vertraten sowohl Kiera bei ihrer Schreibkarriere als auch die D-Bags. Mehr Klienten hatten sie allerdings nicht. Bis jetzt. Ich war mir sicher, sie würden expandieren, sobald sie ihren Brotjob bei einer dieser protzigen Werbeagenturen satthatten.

Hinter ihnen unterhielt sich Anna mit ihrem Vater, während ihre Mutter Gibson verhätschelte, die vor ihr tanzte. Als ich mich abwandte, um in die Kirche zu gehen, hörte ich Matt zu Evan sagen: »Hey, ich wette zwei zu eins, dass er in Flammen aufgeht, wenn er die Kirche betritt.«

Aus dem Augenwinkel sah ich, wie Evan mit den Achseln zuckte. »Klar, warum nicht?«

Ich drehte mich zu ihnen um und starrte sie wütend an. »Ihr beide seid echt Idioten!«

Evan blickte stirnrunzelnd zu Matt. »Ich glaube, diesmal verliere ich.«

Ich trat in die Kirche und hörte Matt sofort aufstöhnen. Als ich mich umdrehte, sah ich, wie er etwas murmelte und Evan noch mehr Geld gab. Um seine Niederlage noch zu unterstreichen, stellte ich mich in den Eingang, hielt mit den Füßen die schwere Tür auf und versetzte ihm mit beiden Händen einen Stoß. *Von wegen einäschern – du Arschloch.*

Da bemerkte ich, dass Annas Vater mich beobachtete. Ich ließ die Hände sinken und hob lahm das Kinn. In dem Bemühen, der freundliche, ergebene Schwiegersohn zu sein, so wie Kellan, fragte ich ihn: »Alles klar, Mr Allen?« *Siehst du, ich bin genauso gelassen und höflich wie Kyle.* Anstelle einer Antwort verdrehte Martin die Augen und warf seiner Tochter einen Blick zu, der eindeutig sagte: Warum tust du mir das an?

Ich drehte mich um, ignorierte ihn und setzte meinen Weg in die Kirche fort. Ich hatte mich echt bemüht, aber die Chancen, dass dieser Mann jemals warm mit mir wurde, gingen gen null. Pech für ihn. Hinter mir fielen krachend die Türen ins Schloss, und die Leute in dem stillen Raum drehten sich nach mir um. Während ich mit den Fingern einen Revolver bildete und auf die Damen vor mir zielte, entdeckte ich ein paar weitere Freunde und Familienmitglieder. Denny und Kellan sprachen weiter vorne miteinander, Liam saß ein Stück hinter ihnen und versuchte eindeutig zu lauschen.

Als ich zu ihm kam, hellte sich Liams Gesicht auf. So aufgedreht hatte ich ihn schon lange nicht mehr gesehen. Vielleicht hatte er gerade von einem neuen Engagement erfahren. Falls ja, hatte ich keine Zeit, mir das anzuhören. Er öffnete schon den Mund, um sich über seine tollen neuen Aussichten auszulassen, doch ich hob abwehrend die Hände. »Später. Erst müssen wir das hier über die Bühne bringen.«

Hinter Liam entdeckte ich den Pastor, der die heutige Taufe vornehmen würde, und ging schnurstracks auf ihn zu. Zeit, die Glocken zu läuten oder den Gong zu schlagen oder die Orgel anzuwerfen. Was auch immer die machten, um den Beginn der Veranstaltung anzuzeigen. Als der ältere Mann mich sah, lächelte er. Anna und ich hatten ihn einige Male getroffen, um das hier heute vorzubereiten. Er war cool. Manchmal etwas moralisch, aber cool.

»Guten Tag, Griffin«, sagte er und legte sich eine violette Stola um den Hals.

»Jawohl, Pops, oder Pater, oder … was auch immer. Geht's jetzt los?«

Er sah aus, als wollte er mich berichtigen, mich tadeln oder zu einer Vierstundenpredigt zu meinem falschen Lebenswandel anheben, doch stattdessen schloss er den Mund, lächelte und nickte. »Ja, wir können anfangen. Ich sage allen, dass sie hereinkommen sollen.«

Als ich beobachtete, wie er zur Tür schlenderte, fiel mein Blick auf Denny und Kellan. Kellan hatte einen merkwürdigen Ausdruck im Gesicht – düster, als würde er über all seine Probleme grübeln. Ich war mir allerdings sicher, dass er sich nicht mit großen Problemen herumschlug. *Oh nein, die Frauen sind besessen von mir, die Medien lieben mich, und alles, was ich sage und tue, wird bejubelt.* Ja, du hast es wirklich schwer, Kell.

Ich beachtete die beiden nicht weiter und nahm vorne auf einer harten Kirchenbank Platz. Gott, war ich müde. Der heutige Tag war bis jetzt bereits superlang und anstrengend gewesen, dabei hatte ich nicht das Gefühl, überhaupt schon etwas getan zu haben. Vielleicht hatte Anna mit dem Chaos in unserem Haus doch recht. Vielleicht war es zu viel. Ein bisschen Ruhe klang fantastisch. Genauso wie ein kleines Nickerchen. Es würde doch bestimmt niemanden stören, wenn ich hier ein bisschen döste.

Ich schloss die Augen, nur um sie ein bisschen auszuruhen, und hörte die Leute hereinkommen und sich einen Platz suchen. Ich erkannte Annas Parfum, als sie sich neben mich setzte. Kiera musste neben ihr stehen, denn ich hörte sie sagen: »Ich bin noch immer erschüttert, dass ihr eure Kinder taufen lasst.«

Anna stieß ein heiseres Lachen aus. »Das musst du nicht. Du kennst doch ihren Vater, sie brauchen also jede Hilfe, die sie kriegen können.«

Ich schlug die Augen auf und warf ihr einen vorwurfsvollen Blick zu, zuckte dann jedoch die Schultern. Der Punkt ging an sie. Onnika war wieder bei ihr und starrte mich eindringlich an. Als würde sie sagen, wie überaus grauenerregend es war, mein Abkömmling zu sein. Entweder das, oder sie machte gerade in ihre Windel. Kellan nahm neben Kiera Platz. Eigenartigerweise hatte er den gleichen Gesichtsausdruck wie Onnika. Falls er gerade versuchte, sich zu erleichtern, sollte er lieber bis nach der Taufe warten. Wenn die Meute schon die Exkremente von jemandem riechen sollte, dann nur die meiner Tochter.

Kiera fasste seine Hand, und er lächelte ihr kurz zu. Während ich sie beobachtete, setzte sich Matt hinter mich. Er beugte sich über die Bank zu mir und murmelte: »Hey, wir treffen uns alle später, um an dem Album weiterzuarbeiten. Die Hälfte ist schon fertig. Wenn wir weiter so ranklotzen, könnte es nächsten Monat ganz fertig sein. Dann können wir mit der Promotion beginnen.«

Ich stöhnte. Ich wollte heute nicht daran arbeiten. Ich hatte die Hütte voller Leute, meine Frau war erschöpft, meine Tochter plante wahrscheinlich gerade das vorzeitige Ableben ihrer Schwester, und ein Neugeborenes brauchte mich. Ich war erschossen, und mir fehlte jetzt echt die Kraft, an Songs zu arbeiten, mit denen ich nichts zu tun hatte. Gereizt antwortete ich auf seinen letzten Satz: »Wieso müssen wir Promoscheiß machen? Zahlen wir Denny nicht genau dafür die Hälfte unserer Einnahmen?« Matt grummelte, dass wir ihm gar nicht so viel zahlen würden. Wie es der Zufall wollte, schob sich Denny aber just in dem Moment an mir vorbei, um sich auf Kellans andere Seite zu setzen, und ich würgte Matts Erklärungen ab.

Dennys eigenartiger Gesichtsausdruck passte irgendwie zu dem von Kellan. Er drückte ihm freundschaftlich die Schulter und sagte: »Du solltest noch ein bisschen darüber nachdenken, Kellan. Ich weiß, das ist ein schwerer Zug, aber langfristig könnten alle davon profitieren.«

Da wurde ich hellhörig. Ich hatte schon mal all meinen ganzen Krempel zusammengepackt, um Kellan hinterherzuziehen. Ich war echt nicht scharf darauf, das noch mal zu machen, nicht wenn es nicht einen richtig, richtig, richtig guten Grund dafür gab. Ich lehnte mich vor und schielte an Anna, Kiera und Kellan vorbei, um Denny eine Frage zu stellen: »Kellan zieht um?« Ich ließ den Blick zu Kellan wandern. »Wo ziehst du hin?«

Nachdem alle ihre Plätze eingenommen hatten, kehrte allmählich Ruhe in der Kirche ein. Ich nahm am Rande wahr, dass die Aufmerksamkeit jetzt ganz auf dem Pastor lag und dass er mit der Einleitung begonnen hatte, doch ich blendete ihn aus. Wenn Kellan unsere Truppe auseinanderreißen wollte, musste ich das wissen. Die Proben würden extrem kompliziert werden, wenn ich dazu erst irgendwohin fliegen musste. Und so, wie ich Kellan kannte, würde er wahrscheinlich einfach seine Familie schnappen und in eine noch einsamere und abgelegenere Gegend ziehen. Irgendwo nach Dakota oder sonst wohin.

Kellan schüttelte den Kopf und gab mir ein Zeichen, dass ich leise sein sollte. Ich wollte mir jedoch nicht den Mund verbieten lassen, also fragte ich noch mal: »Wohin ziehst du? Was geht hier ab?«

Kellan seufzte, was mich noch mehr nervte. Es war ein *Das-würdest-du-sowieso-nicht-verstehen,-also-ist-es-die-Mühe-nicht-wert,-es-dir-zu-erklären* Seufzer. Die hatte ich schon häufig gehört. »Später«, flüsterte er.

Jemand stieß mir in die Rippen, ich blickte mich um und sah Liam auf der anderen Seite neben mir sitzen. Er grinste so breit, dass ich dachte, seine Wangen würden platzen. »Ich weiß, wohin er geht.«

»Wohin?«, fragte ich und bezweifelte, dass er irgendetwas wusste.

Ich hörte Denny und Kellan beide so etwas sagen wie: »Moment, wir können das erklären.« Aber bevor sie weitersprechen konnten, sagte Liam leise: »Man hat Kellan gerade einen Soloauftritt angeboten. Du wirst nicht mehr gebraucht, Bruderherz.« Sein blasiertes Lächeln stachelte mich noch mehr an. Vielleicht lag es auch daran, dass ich so erschöpft war. Oder dass ich es einfach satthatte, von den Jungs übergangen zu werden, von den Fans, von verdammt noch mal allen. Und jetzt sollte ich einfach so abserviert werden? *Nein, wohl kaum!*

Als der Pastor gerade alle bat, die Köpfe zum Gebet zu senken, richtete ich meine Aufmerksamkeit wieder auf Kellan und Denny. »Was zum Teufel, Kellan?«

8. Kapitel

Ihr wärt wohl gern so geil wie ich

Irgendwie gelang es Anna, mich so weit zu beruhigen, dass wir die Taufe zu Ende bringen konnten. Allerdings kochte ich die ganze Zeit vor Wut. Für was zum Teufel hielt sich Kellan, dass er meinte, sich einfach aus dem Staub machen zu können. Wir waren die D-Bags, nicht die Kellan-Kyle-Bags.

Kaum dass die Taufe vorbei war, packte ich Kellan am Ellbogen und zerrte ihn vor die Tür. Das hier konnte hässlich werden, und der Pastor warf mir ohnehin schon böse Blicke zu, weil ich in seiner Kirche geflucht hatte. Eine Menge Leute folgten uns auf den Parkplatz, aber das war mir egal. Ich hatte nichts zu verbergen. Kellan war hier derjenige, der gerade alle hinterging, indem er einseitig Abmachungen traf, die das Fundament missachteten, auf dem sein Erfolg fußte. Ohne uns wäre er nichts, und das wusste er.

Ich ließ seinen Arm los und stieß ihn gegen die Brust. Hoffentlich wusste er meine Selbstbeherrschung zu schätzen, denn ich war kurz davor, ihm ins Gesicht zu schlagen. »Was verdammt noch mal geht hier ab, Kellan? Lässt du uns einfach im Stich? Du hältst dich wohl für den Größten, was? Wer, verdammt noch mal, meinst du, hat dich bis hierher gebracht, he?« Zur Unterstreichung stieß ich ihn erneut gegen die Brust.

Kellans Gesicht verfinsterte sich, und er schlug meine Hand weg. »Es ist nicht so, wie du denkst, also beruhige dich!«

»Ich bin verdammt noch mal ruhig!«, schrie ich. Denny und

die Jungs standen jetzt neben uns. Evan und Matt schienen verwirrt. Denny sah aus, als wäre er ein Lehrer und wir seine unartigen Schüler. Er blickte mich aus seinen dunklen Augen an. »Wenn du aufhörst, hier rumzuschreien, kann ich dir erzählen, worum es bei dem Deal ging. Dem Deal, den Kellan übrigens abgelehnt hat.«

Seine Worte drangen durch den Schleier meiner Wut. »Abgelehnt?«, fragte ich.

Er nickte und sah sich dann nach all den Freunden und Verwandten um, die unsere kleine Auseinandersetzung mit unverhohlenem Interesse verfolgten. »Vielleicht können wir das hier irgendwo in Ruhe besprechen?«, schlug Denny vor.

Ich sah auf die uns beobachtende Menge und begegnete Annas Blick. Darin lag die gleiche Bestürzung, die ich bereits bei ihr gesehen hatte, als ich ihr ganz ehrlich meinen Frust über die Band anvertraut hatte. Sie wollte nicht, dass wir uns stritten. Ich auch nicht, verdammt, doch genug war genug. Ich blickte zu Denny und Kellan zurück und deutete mit dem Kopf auf meinen Wagen. »Willkommen in meinem Büro.«

Denny und Kellan tauschten einen Blick, dann gab Kellan Evan und Matt ein Zeichen. Sollte er doch mit uns allen sprechen, zumal er uns ja auch alle hintergangen hatte. Als wir uns in Richtung meines Hummers bewegten, machte die Menge Anstalten, uns zu folgen. Kellan sah sich nach seinem Bodyguard um. »Sam, wir brauchen einen Moment für uns.«

Der große Mann nickte und nahm sofort seine Türsteher-Pose ein. »Hiergeblieben«, bellte er, während er vor der Menge auf und ab lief. Er verschränkte die Arme und fügte hinzu: »Glaubt nicht, ich würde euch nicht den Schädel einschlagen, nur weil ihr Verwandte seid.« Einer meiner Cousins kicherte und trat einen Schritt vor. Sam nahm ihn sofort ins Visier. »Und mit dir fange ich an, du Idiot. Rühr dich nicht vom Fleck.«

Während Sam meine Verwandten in Schach hielt, stürmte ich mit den Jungs davon. Kaum saßen wir in meinem Wagen, wandte ich mich an Kellan. Er hob die Hände und unterbrach mich, bevor ich viel mehr sagen konnte als: »Was, zum Teufel?!«

»Ich habe überhaupt nichts getan. Man hat mir schlichtweg ein Angebot gemacht.« Kellan saß auf der Rückbank zwischen Matt und Evan. Er sah erst zum einen, dann zum anderen und wiederholte: »Die sind auf mich zugekommen, und ich habe Nein gesagt.«

Matt wirkte skeptisch. »Wer ist auf dich zugekommen? Und womit?«

Mit hilfesuchendem Blick sah Kellan zu Denny, der auf dem Beifahrersitz saß. Denny antwortete in seinem *Ich-bin-der-Boss*-Ton, den er bestimmt von seinem Job in der Agentur gewöhnt war, denn unser Boss war er ja in keiner auch nur erdenklichen Weise. »Die Produzenten, die die Filmrechte an *Battle Robots* erworben haben, sind auf Kellan zugekommen, weil sie mit ihm einen Song für den Soundtrack aufnehmen wollten.«

Für den Bruchteil einer Sekunde war mein einziger Gedanke *Heiliger Teufel noch mal. Ein neuer* Battle-Robots-*Film? Großartig! Ich liebe diesen Scheiß!* Doch dann sprach Denny weiter, und meine Meinung zu der *Battle-Robots*-Reihe änderte sich von jetzt auf gleich.

»Die wollten allerdings nur Kellan«, erklärte Denny in getragenem Tonfall. »Es ging um einen einmaligen Deal für einen Song, der die D-Bags nächsten Sommer ins Rampenlicht gebracht hätte … wenn Kellan Ja gesagt hätte. Aber wie ich bereits sagte, hat er das Angebot abgelehnt.«

So, wie Denny Kellan ansah, war klar, dass er ihn deshalb für einen absoluten Idioten hielt. Ein winziger Teil von mir stimmte dem zu, doch überwiegend war ich zu gekränkt, um diesen winzigen vernünftigen Gedanken zu mir durchdringen zu lassen.

»Zum Teufel! Warum wollten die uns nicht alle haben? Warum nur Kellan?«

Denny schien sich nicht ganz wohl in seiner Haut zu fühlen, denn er schaute mir nicht direkt in die Augen. Dann seufzte er und sah mich an. »Sie meinten, Kellan sei das Talent. Ganz offensichtlich ist das nur eine Meinung, ihr seid alle wertvoll für die Band.«

Matt und Evan schienen verärgert, doch ich war der Einzige, der wirklich entrüstet war. »So. Ein. Scheiß! Kellan ist nur ein Teil der Band. Ohne *uns* wäre er nicht der König der Welt. Ein Soloprojekt wäre vielmehr total gefloppt, weil wir gefehlt hätten. Wir sind die Bags zu seiner Douche.«

Alle drehten sich gleichzeitig zu mir um und starrten mich mit großen Augen an. »Was?«, fragte ich, noch immer kochend vor Wut.

Matt schüttelte den Kopf, als würde er einen Geist vertreiben. Evan wandte sich ab, während Denny aussah, als bereitete er seine nächsten Worte vor. Schließlich antwortete mir Kellan: »Ich bin nicht der König der Welt. Ich weiß, es ist Teamarbeit, Griff. Darum habe ich Nein gesagt.«

Mit abweisender Miene starrte er mich an. »Ich habe ein paar Sachen nur zum Nutzen des *Teams* getan, auf die ich wirklich nicht stolz bin. Also wage es nicht, mich hier zum Buhmann zu machen. Ich habe Nein gesagt. Ich werde es nicht tun. Ende.« Sauer blickte er von Matt zu Evan. »Irgendjemand sollte mich aus diesem beschissenen Wagen lassen. Ich habe diesem Idioten nichts mehr zu sagen.«

Gleichzeitig öffneten Matt und Evan die Türen und stiegen aus. Kellan folgte Evan und schmetterte dramatisch die Wagentür hinter sich zu. Dann stürmte er davon und Evan hinterher. Matt sah aus, als würde er noch über das Gesagte nachdenken, schloss ebenfalls die Tür und ging weg.

Als die Jungs nicht mehr zu sehen waren, atmete Denny lautstark aus. »Was?«, murmelte ich und setzte mich in meinem Sitz zurück.

»Hat dir schon mal jemand etwas über Diplomatie erzählt?«, fragte er.

»Nein. Ich bin doch kein blöder Politiker.«

Er seufzte erneut. »Ich sage nur, dass es Möglichkeiten gibt, bessere Ergebnisse zu erzielen als mit Beschimpfungen, Beleidigungen und Herabsetzungen.« Er legte mir eine Hand auf die Schulter. »Vielleicht versuchst du mal, deine großen Worte anzuwenden«, sagte er herablassend.

Ich fegte seine Hand beiseite und streckte ganz langsam meinen Mittelfinger hoch. »Ist das groß genug für dich? Falls nicht, habe ich da noch etwas Größeres.« Ich fasste mir in den Schritt und drückte richtig zu.

Denny öffnete kopfschüttelnd die Tür. »War nett, mit dir zu plaudern, Griffin. Es war mir wie immer ein Vergnügen.«

»Ja, ich weiß«, gab ich zurück, als er die Tür zuwarf.

Allein mit meinen Gedanken schmorte ich in meiner Wut.

Scheiß auf Kellan. Scheiß auf Denny. Scheiß auf die D-Bags. Schnell hatte ich von allen die Nase gestrichen voll.

Anna kam zu mir in den Wagen, wo ich vor mich hinkochte. »Alles okay bei dir?«, fragte sie. »Die Lage zwischen dir und Kellan wirkt irgendwie ein bisschen … angespannt.« Besorgt runzelte sie die Stirn und musterte mein Gesicht, als würde sie dort nach Wunden suchen. Als hätte ich mich mit den Jungs geprügelt oder so.

Der Anblick ihrer besorgten Miene machte mir die Bedeutung des Streits in seinem ganzen Ausmaß bewusst. Wie eine Tonne Steine lastete er auf meiner Brust. Um mich von meinen dunklen Gedanken abzulenken, fragte ich Anna: »Wo sind die Mädchen?«

»Bei meiner Mutter. Ich dachte, vielleicht möchtest du über das reden, was passiert ist. Sagst du mir, was los ist?« Sie legte eine Hand auf mein Bein und bewegte ihre Finger wie eine Katze ihre Krallen. Bestimmt wollte sie mich damit nur aufbauen, doch auf mich wirkte es, als sei sie unruhig und hätte Angst, ich würde ihre Welt ins Wanken bringen. Ich war mir ziemlich sicher, dass ich das nicht tun würde. Ich wollte nur noch ein bisschen meinen Ärger ausleben.

Mit finsterem Blick erzählte ich ihr: »Ach ... Kellan heimst wieder mal den ganzen Ruhm ein, und ich werde in den Hintergrund gedrängt. Er ist das Talent, von wegen! Weißt du, Baby, Kellans Egozentrik, Matts Dickköpfigkeit und Evans Gleichgültigkeit ... ich weiß verdammt noch mal einfach nicht, wieso ich immer noch mit ihnen zusammen bin.« Ich war selbst ein bisschen überrascht, dass ich es laut ausgesprochen hatte. Dass ich es Anna gegenüber endlich offen zugegeben hatte, aber je länger der Satz in der Luft hing, desto richtiger fühlte er sich an.

Anna war eindeutig nicht der gleichen Meinung. Ihr Gesicht wurde alarmierend weiß, und sie quetschte so heftig meinen Schenkel, dass ich förmlich fühlte, wie sich darunter ein blauer Fleck bildete. »Was sagst du da, Griff?« Ihre Stimme bebte, als würde sie gleich die Fassung verlieren.

Unser Gespräch schien sie extrem anzustrengen, und bei allem, was sie gerade an den Hacken hatte – meine Familie und das neue Baby –, kam ich mir wie ein egoistischer Idiot vor, sie auch noch mit meiner Krise zu belasten.

Für sie war die Band unsere Familie, und sie wollte, dass ich die Klappe hielt, damit wir alle wieder glücklich sein konnten. Waren wir aber nicht. Nicht wirklich. Matt, Evan und Kellan waren glücklich, aber ich kam nicht weiter. Daran konnte ich nichts ändern. Ich regte mich nur über sie auf, und das führte zu nichts.

Als ich den Ausdruck in Annas Augen sah, krampfte sich mein Magen zusammen, und ich fühlte mich, als hielte Sam mich im Schwitzkasten gefangen, aber … in diesem Trott gefangen zu sein fühlte sich schlimmer an. Würde sie bei mir bleiben, wenn ich ausstieg? Ich war mir nicht sicher, und das machte mir eine Heidenangst. Ich wollte ganz ehrlich zu ihr sein und sagte leise: »Ich weiß es nicht, Anna. Ich weiß es einfach nicht.«

Daraufhin tätschelte Anna mein Knie und nickte, was fast ein bisschen besessen wirkte. »Ist schon okay. Zusammen fällt uns schon was ein. Nur … tu bitte nichts Unüberlegtes. Sprich zuerst mit mir, okay?«

Da ich momentan sowieso nichts machen konnte, nickte ich. Augenblicklich hellte sich Annas Miene auf, woraufhin ich mich gleich ein bisschen besser fühlte. Wenigstens einer von uns war wieder froh. Und das musste reichen. Doch schon, als ich das dachte, wusste ich, dass ihr Glück auf Dauer nicht reichen würde, um das andere auszugleichen. Es musste sich etwas ändern.

An jenem Abend ließ ich das Treffen mit den Jungs ausfallen. Scheiß auf sie. Ich wartete auf einen verärgerten Anruf, aber es kam keiner. Es kamen überhaupt keine Anrufe mehr. Wir brauchten wohl alle etwas Abstand voneinander.

Anna brauchte eine Auszeit von unserem häuslichen Chaos, darum verabredete sie sich mit ein paar Exkolleginnen von Hooters, um einen Abend mit ihnen auszugehen. Sie war gerade dabei gewesen, ins Management der Kette aufzusteigen, als wir uns finanziell zusammentaten. Bei dem, was ich an Kohle machte, war ihr Gehalt einfach nicht die Zeit und die Mühe wert gewesen. Ihr schien es sinnvoller, zu Hause bei den Kindern zu bleiben. Ich glaube, manchmal vermisste sie ihre Arbeit. Die Unabhängigkeit durch ein eigenes Einkommen, den

Austausch mit erwachsenen Menschen. Männer, die sie begafften, obwohl ich das eigentlich genügend tat, Letzteres konnte also kein ernsthaftes Problem sein.

Trotzdem zögerte sie zu gehen, weil sie wusste, dass ich nicht gut drauf war. »Ich kann meine Verabredung verschieben, wenn du möchtest, dass ich zu Hause bleibe und wir noch ein bisschen reden. Das ist kein Problem.«

Ich wusste, dass das nicht hundertprozentig stimmte. Anna hatte einen Lagerkoller, vor allem wegen meiner Familie. Sie brauchte eine Pause. Sie hatte sich eine Pause verdient. Und … ich wollte nicht wirklich reden. »Nein, mir geht's gut. Es ist alles in Ordnung. Amüsiere dich, das kannst du gebrauchen.«

Mit einem Lächeln, das so sexy war, dass man damit die Werbetafeln der gesamten Stadt hätte pflastern können, küsste sie mich auf die Wange. »Du bist der Beste. Ich bleibe nicht lange, versprochen.« Ein paar Minuten später war sie weg, und eigenartigerweise verdunkelte sich meine Stimmung ohne sie, als wäre gerade die Sonne untergegangen.

Meine Familie war in Plauderlaune, aber ich schenkte ihr keinerlei Aufmerksamkeit und ging in mein Zimmer, um zu schmollen. Ich schnappte mir einen Tennisball, setzte mich auf den Boden ans Fußende des Betts und spielte ein Spiel, das ich *Stell dir vor, du schlägst Kellan auf die Nase* getauft hatte.

Immer wieder den Ball gegen die Wand zu schmettern, ihn auf dem Boden aufkommen zu sehen und ihn zu fangen beruhigte mich. Nach einer Weile stellte ich mir nicht mehr Kellans Gesicht vor – ein Gesicht, das Mädchen aus unerfindlichen Gründen ganz verrückt machte – und schaltete ab. Meine Stimmung beruhigte sich, und als ich ein leises Klopfen an der Tür hörte, sagte ich automatisch: »Herein.«

Als sich knarrend die Tür öffnete, erwartete ich, dass jemand eins meiner Mädchen auf dem Arm hielt und mich verzweifelt ansah, als wollte er sagen, *Bitte, nimm sie*! Stattdessen stand Chelsey in der Tür. Sie winkte mir kurz zu, und ich kehrte in meine friedliche Stimmung zurück.

Sie glitt neben mir auf den Boden und sagte langsam: »Na … das war ja interessant heute. Was war das mit Kellan?«

Als ich an Dennys Bemerkung dachte – dass die Produzenten Kellan für den Einzigen von uns hielten, der wirklich Talent besaß –, verkrampfte sich erneut mein Magen. Ich quetschte den Ball mit so viel Kraft zusammen, dass ich dachte, die Nähte würden platzen. »Immer dasselbe. Immer dasselbe. Jeder meint, er scheißt Gold, und wir sind nur seine Hintergrundtänzerinnen. Ich möchte, dass die Leute mich nur ein einziges Mal bemerken, weißt du? Nur ein Mal, ein Mal will ich glänzen. Ich will …« Ich seufzte. »Ich will doch nur eine Chance …«

Chelsey legte mir eine Hand auf die Schulter. »Die wirst du bekommen. Und falls nicht … ist das wirklich wichtig? Ist nicht Hintergrundtänzer für die weltgrößte Band zu sein besser als der Star einer Band, die niemand kennt? In einer Band zu spielen war alles, was du dir als Kind gewünscht hast.«

Ich sah ihr einen Moment direkt in die Augen, dann erwiderte ich: »Nein, es ist nicht genug, die zweite Geige in einer grandiosen Band zu spielen. Ich will beides – ich will der größte Star in der größten Band sein. Ich will alles.«

Chelsey zuckte traurig die Achseln. »Kennst du die Fabel vom Hund und dem Stück Fleisch?«

Ich hasste Fabeln. Sie waren alle unverständlicher, kindischer Mist. »Nein, aber ich bin mir sicher, dass sie nichts mit meinem Leben zu tun hat.«

»Da wär ich mir nicht so sicher. Der Hund in der Fabel hat alles, was er braucht, doch er verliert alles, weil er mehr will. Vielleicht liest du sie mal.«

Ich schnaubte genervt und schmetterte erneut den Ball gegen die Wand. »Wie gesagt, das trifft auf mich nicht zu. Ich will nicht mehr. Ich will nur das haben, was mir zusteht, was mir schon längst zustehen würde …« Eine Chance zu glänzen, einen Moment lang ganz allein im Mittelpunkt zu stehen, ohne dass die anderen Jungs mir die Show stahlen. Das wär's. Und das wäre nicht viel.

Chelsey seufzte, tätschelte noch mal meine Schulter und stand dann auf. »Denk an das Fleisch, Griffin. Davon gibt es weniger, als du denkst.«

Ich fing den Ball und blickte zu ihr hoch. »Ich hab keinen blassen Schimmer, wovon du redest.«

Seufzend strich sie sich das Haar hinter die Ohren und sah ungefähr zehn Jahre älter aus. »Ich weiß. Und ich habe Angst um dich, weil ich glaube, wenn du es herausfindest, ist es zu spät.«

Nachdem Chelsey mein Zimmer verlassen hatte, war ich aufgewühlt, und kein noch so häufiges Ballschmettern konnte meine Gelassenheit wiederherstellen. Die Dinge entwickelten sich einfach nicht so, wie ich es mir vorgestellt hatte. Ich dachte, spätestens jetzt könnte man meinen Namen – allein – überall in Leuchtbuchstaben lesen. Aber häufiger, als dass sie ihn kannten, wussten die Fans überhaupt nicht, wer ich war. Ganz anders bei Kellan. Die Leute mussten nur sein Haar sehen und erkannten ihn sofort. Und ich? Ich musste ihnen meinen Namen förmlich buchstabieren, bevor sie begriffen, wer vor ihnen stand – *Ach, ja, der Bassist, den man beim Masturbieren erwischt hat.* Irgendwas lief hier nicht richtig. Ich sollte genauso berühmt sein wie Kellan.

Dass die Fans meinten, ich sollte meine Tochter nach Kellan benennen, kroch wie ein Glühen meinen Rücken hinauf, ganz dicht gefolgt von den dämlichen Worten des dämlichen Produzenten – *Er ist das Talent.* Der Satz kribbelte noch immer unter meiner Haut, und die zahllosen Komplimente, mit denen die Fans Kellan überhäuften, waberten durch mein Gehirn und hinterließen brennende Wunden in meinem Schädel. *Er ist so toll, so sexy, so großartig auf der Bühne, er hat eine grandiose Stimme und eine fantastische Figur, und er scheint ein toller Ehemann, Vater, Lover, Mensch zu sein.*

Und du … du bist auch gut.

Scheiß drauf. Ich war so viel besser als *gut*, es war einfach lächerlich. Okay, vielleicht habe ich es versaut, als Matt mir die Chance an der Leadgitarre gegeben hat, aber schuld daran waren nur meine Nerven und ein bisschen fehlende Übung. Sie ließen mich ja nie spielen, wie konnten sie da erwarten, dass ich das Ding von jetzt auf gleich rocken würde? Aber wenn sie mir all die Möglichkeiten verschaffen würden, die sie Matt gegeben hatten, wäre ich in null Komma nichts erfolgreich. Ich meine, ich bin schließlich ein Ass, wie könnte ich scheitern? Das brachte mich auf das, was mich am meisten an der Band aufregte – Matt, der lautstark von sich gab, dass ich nie etwas anderes als den Bass spielen würde. *Du wirst nie die Leadgitarre spielen.* Diese Worte versetzten mich immer noch in Rage. Ich sah nicht einen guten Grund dafür, dass wir nicht alle im Rampenlicht stehen konnten.

Die Jungs mussten akzeptieren, wie großartig ich war, anstatt es immer mehr zu vertuschen. Ja, seit den absoluten Anfängen der Band waren sie zu beschäftigt damit gewesen, mich im Hintergrund zu halten, um mich wirklich schätzen zu können. Und nun war ich mit den D-Bags durch die sprichwörtliche Decke gestoßen und konnte nirgendwo anders hin.

Mist. Ich sollte mich betrinken, statt mich hier in meinem Zimmer zu verkriechen und den ganzen Mist, den ich eh nicht ändern konnte, immer und immer wieder durchzukauen.

Ich schmetterte den Ball in den Schrank, stand auf und griff mir vom Nachttisch meinen Schlüssel. Anna würde wahrscheinlich sauer sein, wenn sie nach Hause kam und merkte, dass ich unsere Kinder bei meiner Familie gelassen hatte, aber im Moment war mir das egal. Sie konnte mich runtermachen, wie sie wollte, ich musste hier raus.

Als ich ins Wohnzimmer kam, hörte ich Kreischen und Johlen aus dem Schwimmbad. Zurzeit war immer irgendjemand im Pool. Ich konnte ihn gar nicht mehr auf meine bevorzugte Weise nutzen – splitternackt. Verdammt schade und ziemlich nervig. Badeklamotten waren was für Weicheier.

Weil die aufgeheizte Atmosphäre im Haus drohte mir den Verstand zu rauben, hob ich die Hände und brüllte: »Wer auch immer meine Kinder hat, bitte sagt ihnen, dass ich in ein paar Stunden zurück bin.« Ich wandte mich zum Gehen, als sich plötzlich niemand mehr bewegte und alle mich anstarrten. Ich überdachte noch mal, was ich eben gesagt hatte, und fügte hinzu: »Bitte passt bei Gibson mit kleinen Gegenständen auf, sie steckt sich immer noch gern … alles in den Mund. Und lasst euch nicht überreden, sie spät schlafen zu legen oder ihr Eis zum Abendbrot zu geben, und sie soll sich die Zähne putzen, und passt auf, wenn sie bei Onnika ist. Und gebt ihr einen Kuss von mir … Onnika auch.«

Meine Mutter tauchte mit Onnika auf dem Arm am oberen Treppenabsatz auf. Sie nickte mir zu, und ich wusste, meine Kinder waren hier gut aufgehoben. Sofort drehte ich auf dem Absatz um und machte mich aus dem Staub. Ich brauchte Bier. Literweise Bier.

Vielleicht weil ich mich an die guten alten Tage erinnern wollte, als mich noch jeder gekannt, geliebt und geschätzt hatte, oder vielleicht auch weil ich einfach nicht wusste, wohin ich sonst gehen sollte, landete ich im Pete's. Ab und zu schneiten die Jungs und ich immer noch hier herein, normalerweise aber nur, wenn es um irgendeinen Promokram für die Band ging. Die Kneipe hatte sich verändert, was mich ein bisschen verwirrte. Andere Kellnerinnen, eine andere Band, sogar ein anderes Schild. Wo früher in Neonlettern moderater Größe *Pete's Bar* gestanden hatte, prangte jetzt stolz *Pete's Bar, Heimat der D-Bags*. Die zweite Zeile war fast so riesig wie die erste.

An einem Abend, an dem ich mich nicht an die guten alten Zeiten erinnern wollte, wäre das okay gewesen, aber nicht heute. Ich wollte mich wie in alten Zeiten fühlen. Als Kellan und ich noch gleichberechtigt gewesen waren, als ich auch noch Chancen hatte, etwas Besonderes zu sein. Damals hatte ich noch Hoffnung gehabt. Hier, in dieser Kneipe, war ich ein Gott gewesen.

Doch eine Sache hatte sich seit der guten alten Zeit nicht geändert: die Barfrau. Die schillernde Rita gab immer noch den Ton an. Als sie mich entdeckte, ließ sie fast ein volles Bierglas fallen. »Heilige Scheiße! Täuschen meine Augen mich, oder steht wirklich der D-Bag aller D-Bags vor mir?«

Lächelnd schlängelte ich mich zur Theke durch und setzte mich auf einen Barhocker. »Es ist echt verdammt gut, dich wiederzusehen, Reets.« *Und danke, dass du Kellan nicht erwähnt hast.*

Mit einem anzüglichen Grinsen, das eine gute Zeit versprach, wenn ich sie nett darum bat, stellte sie mir das frisch gezapfte Bier hin. Rita war älter, ungefähr so alt wie meine Mutter, aber ich würde es immer noch mit ihr tun oder hätte es mit ihr getan, vor Anna. Sie hatte diese *Ich-will-unbedingt-meine-Jugend-zurück*-Ausstrahlung.

Sie beugte sich über den Tresen, gab mir einen grandiosen Einblick in ihr Dekolleté und murmelte: »So, heißer Typ, bist du allein, oder kommen die anderen auch noch?« Sie blickte zur Tür, und an ihren leuchtenden Augen erkannte ich, dass sie erwartete, Kellan hereinkommen zu sehen.

Egal wohin ich ging, ich konnte ihm nicht entfliehen.

Ich begann, mein Bier zu trinken, und setzte das Glas erst ab, als es leer war. Begleitet von einem lauten Rülpser knallte ich es auf den Tresen und wischte mir mit der Hand den Mund ab. *Scheiße, ja.* Das war genau das, was ich brauchte. »Hab die Idioten zu Hause gelassen, wo sie hingehören. Lass das Bier fließen. Wenn ich hier rausgehe, will ich nicht mehr gerade gehen können.«

Sie hob eine ihrer aufgemalten Brauen. »Oh, hängt der Haussegen schief?«

»Mach mich betrunken, und ich erzähl dir alles.«

Kopfschüttelnd drehte sie sich um und griff nach einer Flasche Pendleton hinter sich. »Du brauchst etwas Härteres als Bier, Süßer.« Dann nahm sie ein Glas, füllte ein paar Eiswürfel hinein und goss großzügig über den Maßstrich hinaus Whisky darüber.

Ja, wie recht sie hatte, ich brauchte wirklich mehr. Darum kam ich so gern her. Die Leute hier verstanden mich. »Danke, Reets. Du bist das Beste an diesem Laden, weißt du das?«

Sie zwinkerte mir zu, und ich begann zu trinken. »Oh Herzchen, das weiß ich schon lange.«

Ich nahm einen großen Schluck und sah mich in der Kneipe um. Da es Sonntag war, war es heute nicht voll. Nur ein paar Stammgäste, die – ungelogen – jeden Abend kamen, egal ob bei Regen oder bei Sonnenschein. Als sie ihre Blicke von ihren Gläsern hoben und mich an der Bar sitzen sahen, kamen sie zu mir. Es folgte begeistertes Rückenklopfen, diverse Runden wurden ausgegeben. Oh Gott, es tat so gut, wieder zu Hause zu sein. Ich wusste nicht, warum ich nicht häufiger herkam.

Während ich mit ein paar alten Freunden an einem Tisch nahe der Bühne Neuigkeiten austauschte, kam eine Gruppe Mädels von einer Studentinnenverbindung herein. Ich war schon ziemlich angetrunken, und der altbekannte Reiz haute mich echt um. Die Dinge hatten sich zwar geändert, dennoch bemerkte ich die Mädels und wollte, dass sie mich ebenfalls bemerkten. Ich fühlte mich gerade ein bisschen unbedeutend und konnte gut etwas weibliche Unterstützung gebrauchen, um dieses Gefühl loszuwerden. Nichts, was Anna aufgebracht hätte, nur ein bisschen … Wertschätzung, das war alles, was ich wollte.

Ich schob meinen Stuhl in Richtung des Tisches, an dem die Mädels saßen. »Hey, Ladys!«, rief ich. Als sie sich zu mir umdrehten, griff ich mir in den Schritt und legte ein selbstgefälliges Grinsen auf. »Interessiert?«

Sie alle warfen mir diesen Blick zu, den ich an Frauen liebte. Es war eine Mischung aus Horror, Abscheu und Faszination. Wenn ich mit Klamotten schon so schamlos war, wie war ich dann nur ohne? Allein diese Neugierde hatte mir mehr Treffer in meiner Mädelssammlung eingebracht, als ich zählen konnte. Aber dann änderte sich ihr Ausdruck. Eine nach der anderen blickte von mir zum D-Bags-Schrein, dann wieder zu mir. Als sie begriffen hatten, wer ich war, kreischten sie derart laut, dass alle in der Kneipe sich nach ihnen umsahen.

»Oh mein Gott! Du gehörst zur Band! Du bist einer der D-Bags!«

Sie stürzten zu mir, ihre Gesichter glühten vor ernsthaftem Interesse. Ich lehnte mich gemächlich in meinem Stuhl zurück und hob lässig die Hand. »Yeah, ich gehöre zur Band.« Zu der Band aus Ärschen, die schöne Träume töteten. Das sagte ich ihnen aber nicht.

Die Mädels umkreisten mich wie Geier ihre Beute. Einige

knieten nieder, um sich auf meine Höhe zu begeben, eine machte es sich auf meinem Schoß bequem. Dem Alkohol, der reichlich durch meine Adern floss, gefiel das.

Während ich die weibliche Aufmerksamkeit genoss, fingen die Mädels an, mir Fragen zu stellen. Als ihre Worte langsam zu mir durchdrangen, fand ich ihre Anwesenheit weniger angenehm. »Dann bist du also immer mit Kellan Kyle zusammen … wie ist er so? Sieht er wirklich so gut aus? Macht er manchmal … mit anderen Frauen rum, außer mit seiner Frau? Kannst du uns seine Telefonnummer geben? Kannst du ihm unsere geben?« Das Mädel auf meinem Schoß ließ dramatisch den Kopf nach hinten fallen. »Oh Gott, der Mann ist umwerfend. Er dürfte alles mit mir machen …« Sie strich sich mit den Händen über ihre Brüste. Und da platzte mir der Kragen. Ich stieß sie von meinem Schoß, woraufhin sie dumpf auf den Boden prallte.

Ihre Freundinnen schnappten empört nach Luft, während sich die Typen um mich herum amüsierten. Die Schnepfe, die ich abgewiesen hatte, starrte mich mit einem Blick an, in dem sich der böse Geist der gesamten Welt versammelte. »Was soll das denn? Du Arsch!«

Ich war nicht in Stimmung und hob einfach nur abwehrend die Hand. »Spar dir das für jemanden, den es interessiert.«

Sie stand auf und strich ihren kurzen Rock glatt. Ihre Freundinnen formierten sich um sie herum, als wollten sie einen Schild vor ihr errichten. Einen Schild der Entrüstung. »Vielleicht bis du berühmt und so, aber du bist auch nur so ein Arsch wie alle anderen Typen auch.«

»Bis auf Kellan, stimmt's? Willst du immer noch, dass ich ihm deine Telefonnummer gebe?« Sie zögerte, als dächte sie tatsächlich, ich würde das für sie tun.

Ich wollte nichts mehr mit diesen Kellan vergötternden Mädels zu tun haben und drehte mich mit einem abweisenden Lachen weg. »Keine Sorge. Ich hol mir deine Nummer von deiner Kabinentür«, kicherte ich. »Du kannst gehen.«

Irgendetwas Schweres traf mich am Hinterkopf, und als ich mich umdrehte, sah ich, wie das Mädchen seine Handtasche an die Brust presste und vor Wut zitterte. Hatte sie mich etwa gerade mit ihrer Tasche geschlagen? Das war mal was Neues. »Du bist ein absoluter Arsch, und das werde ich alle Welt wissen lassen.«

Achselzuckend drehte ich mich wieder um und ignorierte sie. Das konnte sie versuchen, aber es kannte mich ja sowieso niemand. Sogar mein kurzer Auftritt als Hand Solo hatte keine Spuren hinterlassen. Ich war wieder hinter Kellans gigantischem Schatten verschwunden, wie es für immer und ewig meine Bestimmung war. Scheiß auf mein Leben.

Viele Stammgäste gingen nach Hause, doch ich blieb. Heute würde ich der Letzte sein, das war schon lange nicht mehr vorgekommen. Außerdem war ich rührselig und betrunken. Je länger die Nacht wurde, desto häufiger summte mein Telefon, doch das ignorierte ich. Ich wollte mich jetzt nicht mit Verpflichtungen herumschlagen, ich wollte mich nur noch volllaufen lassen.

Stunden später, ich war allein am Tisch und kurz davor, mich zu übergeben oder das Bewusstsein zu verlieren, setzte sich ein Typ mir gegenüber. Ich kannte ihn nicht. Er trug einen Anzug mit Krawatte und wirkte hier ziemlich fehl am Platz. Ich versuchte, ihm klarzumachen, dass er abhauen sollte, aber alles, was ich hervorbrachte, war ein eigenartiges Stöhnen. Vielleicht würde er mich verstehen, wenn ich auf seine Schuhe kotzte.

Mit einem Lächeln, das viel zu breit für diese späte Stunde war, streckte er mir seine Hand über den Tisch entgegen. »Hi, ich bin Harold Berk. Sie sind Griffin Hancock, stimmt's?«

Ich starrte auf seine Finger, berührte sie aber nicht. Als er merkte, dass ich wohl nicht der Handschütteltyp war, zog er seinen Arm zurück. »Ja, der bin ich. Wer will das wissen?«

Konzentriert zog er die Brauen zusammen, offensichtlich lallte ich derart, als würde ich eine Fremdsprache sprechen. Trotzdem wiederholte ich nicht, was ich gesagt hatte. Sollte er es doch selbst herausfinden. »Hm, wie ich schon sagte, mein Name ist Harold Berk. Ich vertrete die Iris-Production-Studios.«

Ich hatte keine Ahnung, wovon der Typ sprach, aber in dem Moment, als das Wort »Production« an mein Ohr drang, schoss mir Kellans Soloangebot durch den Kopf. Ich deutete auf den Typen und knurrte: »Sag den gehirnkranken Idioten, für die du arbeitest, dass sie … Idioten sind … und dass sie überhaupt nicht wissen, was sie verpassen. Kellan hat das Talent … ha! Kellan hat Herpes, das ist alles. Na ja, jedenfalls stehen die Chancen gut … Der Kerl ist eine Hure.« Ich wischte mir die Spucke von den Lippen und ergänzte: »*Battle Robots* ist sowieso Mist. Dreißig Fuß große Roboter, die in den Straßen gegen Monster kämpfen … na toll.« Ich schüttelte den Kopf, und die Welt um mich herum drehte sich. »Ich meine … echt verdammt lächerlich.«

Wie auch immer der Typ mir gegenüber hieß, durch mein Geschwafel wirkte er noch verwirrter. »*Battle Robots*? Nein, nein, davon spreche ich nicht. Auch nicht von Kellan. Ich bin hier, um mit Ihnen zu sprechen.«

Neugier drang in mein benebeltes Hirn vor und weckte leichtes Interesse. »Wer sind Sie noch mal?«

Der Mann seufzte. »Zum dritten Mal: Ich heiße Harold Berk, und ich vertrete die Iris-Production-Studios. Ich bin hier, um Ihnen ein Angebot zu machen.«

Augenblicklich hob ich beide Hände, erwischte dabei versehentlich mein Glas und verschüttete etwas Whisky auf dem

Tisch. »Ich mache solche Sachen nicht, Alter. Sie können sich Ihr Angebot sparen.«

Der Typ … Arnold oder wie immer er auch hieß … schloss die Augen. »Ich bin nicht … das ist nicht …« Er wirkte angestrengt, als er die Augen wieder öffnete. »Iris-Studios produziert gerade den Pilotfilm für eine Fernsehserie. Sie handelt von einem aufstrebenden Rockstar, der sich mit der dunklen, schäbigen Seite des Showbusiness herumschlägt, während er versucht, sich einen Namen zu machen. Die *Sopranos* trifft *The Partridge Family*. Selbstverständlich brauchen wir einen musikalisch begabten Schauspieler für die Hauptrolle. Wir haben die ganze Welt abgesucht, Mr Hancock, haben uns Dutzende Musiker angehört, aber niemand anders als Sie kann die Rolle spielen. Weil niemand ist wie Sie …«

So, wie er das sagte, war klar, dass er eine Reaktion von mir erwartete. Aber ich hatte keine Ahnung, worauf er mit seinem Gelaber hinauswollte.

»Was?«, sagte ich zu Arnold Berkanator. »Tut mir leid, ich hab gerade nicht zugehört. Können Sie das noch mal wiederholen?«

Er blickte auf mein Glas, dann wieder in mein Gesicht. »Vielleicht sollten wir später reden, wenn Sie wieder nüchtern sind.«

Er reichte mir eine Visitenkarte, doch anstatt sie zu nehmen, sagte ich: »Nee, jetzt ist es gut. Ich kann mir so einen Mist besser merken, wenn ich besoffen bin. Frag die Jungs. Ich hab all unsere Songs besoffen gelernt.«

Arnold legte den Kopf in die Hände und begann, seinen Schädel kreisförmig zu massieren. Ah, wahrscheinlich litt er an Nicht-genug-Sex-Kopfschmerzen, genau wie Kellan. Ich würde ja mitfühlen, aber das Problem hatte ich noch nicht. »Wie ich schon sagte, wir wollen, dass Sie in einer Fernsehproduktion einen aufstrebenden Musiker spielen. Sie wären der Mittelpunkt dieser Serie – Sie wären der Star.«

Bei diesen magischen Worten löste sich die Benommenheit in meinem Kopf augenblicklich in Luft auf – *Sie wären der … Star. Der Rockstar, Star.* Ich knallte meine Hand auf die Tischplatte. »Ich bin dabei! Wo muss ich unterschreiben?«

Meine Äußerung schien Arnold nicht minder zu verwirren. »Möchten Sie Genaueres über die Produktion wissen, über Ihre Rolle, über unsere Vision, darüber, was passieren muss, damit die Serie tatsächlich auf Sendung geht?«

Ich trank einen großen Schluck von meinem Whisky. Er lief mir jetzt so weich die Kehle hinunter wie Apfelsaft. »Nein. Ist mir egal. Mit dem Star haben Sie mich gekriegt.«

Kopfschüttelnd sage Arnold: »Na gut. Schön, dass Sie mit an Bord sind. Wenn Sie mir Ihre Telefonnummer geben, rufe ich Sie morgen wegen der Details zum Pilotfilm an.« Ohne zu zögern, griff ich in meine Tasche und reichte ihm mein Telefon. Er starrte auf das blinkende Gerät, schließlich nahm er es. »Eine Serie ins Fernsehen zu bekommen ist heutzutage ein komplizierter Prozess, und sogar großartige Sendungen scheitern. Aufgrund der vorhandenen Risiken muss ich Ihnen mitteilen, dass wir jetzt erst mal nur den Pilotfilm drehen. Es gibt keine Garantie, dass die Serie startet oder dass sie weiterläuft, wenn sie einmal auf Sendung gegangen ist. Auf dem Markt herrscht starke Konkurrenz, aber bei Ihrem hohen Bekanntheitsgrad habe ich keine Zweifel, dass die Serie ein durchschlagender Erfolg wird.«

Ich leerte mein Glas und knallte es auf den Tisch. »Alter, jetzt, wo Sie mich haben, wird der Scheiß garantiert zu Gold. Sagen Sie mir nur, wo und wann, und ich werde da sein.« Für den Bruchteil einer Sekunde fragte sich mein vernebeltes Gehirn, ob ich vorher mit den Jungs darüber sprechen sollte, oder mit Denny. Als unser Manager könnte er dazu etwas zu sagen haben. Sofort schob ich den Gedanken beiseite. Diese Idioten hatten mich vor langer Zeit im Stich gelassen, hatten mich im Schatten versauern lassen. Sie konnten mir nicht verübeln, dass ich versuchte, die Sonne zu finden. Und wenn es eines Tages etwas Größeres werden sollte – na, dann hatten sie es sich selbst zuzuschreiben, dass sie mich nicht zu schätzen gewusst hatten.

Arnold rief sich von meinem Telefon aus selbst an, um meine Nummer zu bekommen, dann gab er es mir zurück und stand auf. Erneut streckte er mir die Hand entgegen und verkündete förmlich: »Es war sehr nett, Sie kennenzulernen, Mr Hancock. Ich freue mich auf unsere Zusammenarbeit.«

Anstatt seine Hand zu nehmen, salutierte ich: »Gleichfalls.«

Er verließ den Tisch und sah dabei immer noch etwas verdutzt aus. Während ich ihm hinterhersah, breitete sich ganz langsam Freude in meinen Eingeweiden aus. *Sie wären der Star.* Verdammt noch mal, ja, das werde ich sein.

9. Kapitel

Ein geiler Typ sein oder nicht, das war hier die Frage

Ich wachte mit hämmerndem Schädel auf und konnte mich nicht oder kaum erinnern, was gestern Abend passiert war. Dass Anna mich anschrie, machte es nicht gerade besser. »Du hast sie mit deiner Familie alleine gelassen! Und dann bist du erst um vier Uhr morgens nach Hause gekommen. Wo, verdammt noch mal, bist du gewesen?«

Mist, wenn ich das wüsste. Ich war draußen vor dem Pete's bei den Müllcontainern aufgewacht. Ich erinnerte mich noch, dass Rita mein Bein gestreichelt und gesagt hatte, ich sollte meinen Rausch ausschlafen … aber das konnte auch ein Traum gewesen sein. »Ich habe dir schon gesagt, dass ich ins Pete's gegangen bin, um etwas Dampf abzulassen. Dann habe ich irgendwie einen Filmriss. Aber ich habe es heil nach Hause geschafft, und nur darauf kommt es an.«

Ihre Augen verengten sich zu dunklen, bedrohlichen Schlitzen. Gefahr im Verzug. »Ja, es ist viel leichter, dich zu ermorden, wenn du lebendig bist. Ich hatte dir gesagt, dass ich deine Familie nicht als Babysitter will. Du hättest Jennifer anrufen sollen. Und warum musstest du überhaupt Dampf ablassen? Du hast gesagt, alles wäre okay.«

»Ja, das stimmt ja auch irgendwie. Nach allem, was die Jungs mit mir in letzter Zeit gemacht haben … brauchte ich nur …« Ich verstummte, und mir entwich ein wütendes Schnauben. Ich war es so leid, über die Jungs zu reden und nachzudenken.

Wann würde sich mein Leben mal wieder um *mich* drehen? Ein dumpfes Surren ertönte in meinem Kopf. Es war anders als die Whisky-Kopfschmerzen, die gegen meinen Schädel hämmerten. Es fühlte sich fast so an, als wollte mir das Pochen etwas im Morsealphabet mitteilen. Etwas Wichtiges war gestern Abend passiert, etwas, an das ich mich erinnern sollte … doch mein Kopf war vollkommen leer.

Anna bekam diesen ängstlichen Ausdruck, der meinen Magen in Aufruhr versetzte. Ich glaube, sie hatte Angst, dass ich einfach abhauen könnte oder so etwas. Aber wohin sollte ich denn gehen? Nicht einmal ich wäre blöd genug, einfach alles wegzuwerfen – für nichts. *Siehst du, Chelsey, ich bin nicht der Hund mit dem Stück Fleisch. Die Geschichte hat nichts mit mir zu tun.*

»Bist du so durchgedreht, weil ich nicht nach Hause gekommen bin? Ich bin allein aufgewacht und hatte meine Klamotten noch an. Deshalb brauchst du dir keine Sorgen zu machen.« Ich erinnerte mich vage an ein paar Mädchen in der Kneipe, aber ich erinnerte mich auch, dass ich sie irgendwie weggestoßen hatte. Anna hatte keinen Grund, sich Sorgen zu machen. Mein Schwanz fühlte sich permanent zu ihrer Muschi hingezogen. Keine andere war auch nur annähernd so perfekt wie sie.

Sie schürzte die Lippen und verschränkte die Arme. Ihre Brüste waren immer noch größer als normalerweise, dem Stillen von Onnika sei Dank, und durch die Bewegung drückte sie sie noch weiter nach oben; sie schob sie mir praktisch ins Gesicht. »Das kann ich nur hoffen. Wir haben uns beide entschieden, diesen ganzen Mist zu lassen, als wir geheiratet haben. Den Kindern mit gutem Beispiel voranzugehen und all das. Außerdem … wäre ich supersauer, wenn du hinter meinem Rücken mit einer anderen vögeln würdest. Wir kommen klar, weil wir ehrlich zueinander sind. Absolut ehrlich.«

Ich spürte einen überraschend heftigen Ekel in mir aufwallen. Als ob ich jemals mit einer anderen vögeln würde. Nicht einmal der Gedanke schien mir verlockend. Anna war alles, was ich wollte, alles, was ich brauchte. Meine Augen ruhten auf meinem Königreich, ich ließ meinen Blick zu ihren Pyjamashorts gleiten, die ihren Hintern nur knapp bedeckten. Ich wollte die Haut berühren, die darunter hervorlugte. Ein anderes Hämmern meldete sich, und erstaunlicherweise waren meine Kopfschmerzen plötzlich wie weggeblasen. Sex. Er war wirklich das altbewährte Heilmittel gegen alle Arten von Leiden und Schmerzen.

Ich krabbelte auf die andere Bettseite, wo sie stand, und strich ihr Bein hinauf. Mit leiser und lustvoller Stimme sagte ich: »Ich will keine andere außer dir. Warum sollte ich mich mit weniger zufriedengeben, wenn ich die perfekte Frau zu Hause habe?«

Als meine Hand unter ihrer kurzen Shorts verschwand, verzogen sich ihre Lippen zu einem sinnlichen Schmollmund, der immer noch leicht verärgert, aber sehr erotisch wirkte. »Lass das! Ich bin sauer auf dich.«

Meine Finger wanderten in ihren Slip, um das Terrain zu sondieren und herauszufinden, was sie wirklich fühlte. Wie ich es mir schon gedacht hatte, war mein Finger nass, als ich ihn herauszog. Sie öffnete den Mund zu einem leisen, erregten Keuchen, und ich schenkte ihr ein selbstgefälliges Grinsen. »Nein, bist du nicht.«

Ich verlagerte meine Hand, sodass ich ihren Hintern umschließen konnte. Teufel, sie hatte ein tolles Hinterteil. Ich war hart wie Stein und stand in den Startlöchern, ausnahmsweise könnten wir in unserem Bett Sex haben. Mom hatte Onnika mit sich nach oben genommen, und dort war sie noch immer. Noch ein Pluspunkt: Anna war vermutlich richtig ausgeschlafen und erholt, nachdem sie eine Nacht durchgeschlafen hatte.

»Doch, bin ich«, erwiderte sie stur. Aber der Ärger war aus ihren Augen gewichen, darum glaubte ich ihr nicht. »Du hast die Mädchen bei deinen Eltern gelassen. Onnika ist immer noch oben bei deiner Mutter. Woher sollen wir wissen, dass sie sie gefüttert hat? Vielleicht ist keine Milch mehr da? Vielleicht hat deine Mutter einen zu tiefen Schlaf? Vielleicht ist sie … oh Gott …«

Irgendwann, während sie gesprochen hatte, war ich zu ihr hinübergerückt, hatte Shorts und Slip zur Seite gezogen und mit der Zunge über ihre Muschi gestrichen. Gott, sie schmeckte gut. Ihre Hand glitt sofort zu meinem Kopf, um ihn dort festzuhalten. »Oh mein Gott, das fühlt sich so gut an, hör nicht auf …«

Ich hörte nicht auf. Ich reizte sie mit der Zunge, bis sie ganz nass war. Bis sie keuchte und sich wand, weil sie mehr wollte. Und als ich spürte, wenn ich jetzt weitermachte, würde sie gleich kommen, hörte ich auf.

Lächelnd legte ich mich zurück aufs Bett. Ich trug noch immer die Sachen von letzter Nacht, und mein Schwanz drückte von innen gegen meine Jeans. Es war unangenehm, doch Anna würde mir aus dieser Situation heraushelfen, sobald sie wieder fähig dazu war.

Während ich sie befriedigt hatte, hatte sie den Kopf nach hinten gestreckt, und als ich nun aufhörte, zuckte ihr Blick zu mir. In ihm lag etwas Wildes, und kurz dachte ich, sie würde mich anzischen, ich sollte weiter an ihrer Klitoris saugen. Verdammt, das wäre ziemlich scharf. Allein bei dem Gedanken wurde ich noch etwas härter. Oh Gott, sie musste mich wirklich bald erlösen.

Mit einem gelassenen Schulterzucken schaute ich mich im Raum um. »Nun, wir sind ohne Kinder, liegen im Bett … sind allein … was wollen wir jetzt machen?« Unschuldig erwiderte ich ihren Blick. Die Morgenluft war noch ein bisschen kühl, und Annas Nippel bohrten sich fast durch ihr helles Tanktop. An ihnen würde ich als Nächstes saugen.

Als könnte sie meine Gedanken lesen, riss Anna sich ihr Top vom Leib. »Wir vögeln.« Mit einem kehligen Knurren zog sie sich ganz aus und wendete sich dann meiner Jeans zu. *Oh Gott, ich danke dir.*

Schließlich verbrachten Anna und ich fast den ganzen Tag im Bett und hatten wieder und wieder Sex, genau wie in unserer ersten Nacht. Jedes Mal, wenn sie hinausging, um Milch für Onnika abzupumpen, pumpte sie an mir herum, nachdem sie zurück war. Ich glaube, der Luxus von mehreren Babysittern und einem kinderfreien Schlafzimmer war schließlich auch zu ihr durchgedrungen. Mir war klar, wenn wir hier nicht verrückt werden wollten, musste meine Familie bald abreisen, aber heute genoss ich die Freiheit in vollen Zügen.

Wir waren gerade bei unserem vierten oder fünften Mal, Anna ritt mich, und ihre herrlichen Titten wippten direkt vor meinem Gesicht. Ihre Miene wirkte euphorisch, und als sie anfing, meine Brust zu kneten, wusste ich, sie würde gleich erneut kommen. Ich verlor mich in dem Gefühl ihrer nassen Wärme, während sie sich in einem perfekten Rhythmus auf mir auf und ab bewegte. Ich stöhnte, als das Pulsieren so stark wurde, dass es beinahe schmerzte.

Anna schrie auf: »Oh Gott, Griffin, ja … ja, fick mich … ja …«, dann ging ihre Stimme in animalische Laute über, die mir den Rest gaben. Ich packte ihren Hintern, zog sie fast in mich hinein, spannte meinen Körper und ließ die Mauer der Zurückhaltung einstürzen. Ich stieß unzusammenhängende Worte aus, es waren eher Laute, doch sie brachten Anna dazu, meinen Namen zu stöhnen. »Ja, … komm für mich, Baby …«, stöhnte sie.

Als wir beide gekommen waren, sackte ihr Körper gegen meinen. »Du bist so wahnsinnig scharf, wenn du kommst«, murmelte sie an meiner Haut.

Ich strich über ihren Rücken. »Ich weiß.« Und das entsprach den Tatsachen. Ich hatte mich schon mal beim Masturbieren gefilmt, nur um zu sehen, wie ich dabei aussah, und ich muss sagen, dass es ziemlich beeindruckend war. Anna konnte sich wirklich glücklich schätzen.

Eine Weile lagen wir so beieinander, ich war noch in ihr, dann flüsterte Anna: »Griffin … ist eigentlich alles okay mit dir und der Band?«

Ich bewegte den Kopf, sodass ich sie besser ansehen konnte. Sie wirkte besorgt, wenn nicht sogar ängstlich. Ich war mir nicht sicher, was ich antworten sollte, und so sagte ich, was sie vermutlich hören wollte. »Ja … klar. Warum? Wärst du sauer, wenn nicht?« Mit zusammengekniffenen Augen musterte ich ihre Reaktion.

Sie bekam einen nachdenklichen Gesichtsausdruck und neigte eine Weile gedankenversunken den Kopf. »Nicht sauer. Aber beunruhigt. Unser Leben … wäre nicht mehr dasselbe ohne die Band, weißt du? Kellan und Kiera, Matt und Rachel, Evan und Jenny … sind wie eine Familie.« Sie schenkte mir ein zartes Lächeln.

Wahrscheinlich waren sie das, aber manchmal war es nicht gesund, immer mit der Familie zusammen zu sein. Die aktuelle Situation bei uns zu Hause war das beste Beispiel dafür. Doch der Gedanke an unseren freien Tag heute ließ mich schon wieder hart werden. Anna spürte die Veränderung, und ihre Augen weiteten sich. »Noch mal? Jetzt schon?«

Froh, das Thema wechseln zu können, grinste ich sie schief an und zuckte die Schultern. »Du hast das Tier entfesselt, und nun ist es nicht mehr zu bändigen.«

Sie runzelte die Stirn. »Ich weiß nicht, ob ich kann …« Sie verstummte, als ich in sie eindrang und sanft und langsam unsere Lustzonen aneinanderrieb, ohne etwas anderes zu beabsichtigen, als uns ein Wohlgefühl zu verschaffen. »Oh … wow, das fühlt sich wirklich schön an …«

Sie begann, sich mit mir zu bewegen, genauso sanft, genauso langsam. Es war elektrisierend, und sie hatte recht, es fühlte sich wirklich schön an … wie eine Rückenmassage, die sich wie von Zauberhand gleichzeitig über alle verspannten Muskeln ausbreitete. Anna schloss die Augen, ihre Lider flatterten, und ihr Atem beschleunigte sich, während wir uns zusammen bewegten. Es war berauschend, ihr zuzusehen, und ausnahmsweise war es mir egal, ob ich kam oder nicht, ich wollte ihr nur dabei zusehen, wie sie es tat. »Oh Griff … ich glaube, ich kann … nicht schneller … ich brauche es … langsam …«

Ich hatte nicht vor, meinen Rhythmus zu verändern, also machte ich einfach weiter mit dem, was ich gerade tat. Langsam wich ihre gelassene Zufriedenheit, und sie wand sich vor unerfülltem Verlangen. Sie wollte es jetzt schneller und härter haben, wollte sich fest auf meinem Schwanz bewegen, doch sie ließ sich Zeit und erregte sich. Verdammt, es war so heiß, sie bei ihrer erotischen Folter zu beobachten. Vielleicht kam ich doch auch noch mal.

Auf dem Nachttisch vibrierte mein Telefon. Ich hatte keine Ahnung, wer das war oder warum mich jemand anrief, und es war mir egal. Die Mailbox konnte antworten. Doch dann dachte ich … dass ich noch nie Sex gehabt hatte, während ich am Telefon war … das könnte ziemlich erotisch sein. »Ich gehe mal ran, aber hör nicht auf. Ich will, dass du kommst, während ich telefoniere, Baby.«

Sie stöhnte irgendeine Art von Einverständnis, und ich lächelte, als ich mein Smartphone nahm. Fast hätte ich gesagt:

»Rate mal, was ich gerade mache?«, entschied mich stattdessen dann aber doch für das Übliche »Ja?«

Anna stöhnte gerade im richtigen Moment, und ich musste mir auf die Unterlippe beißen. Oh Mann, das war wirklich so heiß, wie ich es mir vorgestellt hatte. Die Person am anderen Ende zögerte, dann sagte sie: »Mr Hancock? Hier spricht Harold Berk. Wir haben uns gestern Abend kennengelernt.«

»Mmmm, haben wir?« Ich hatte keine Idee, wer dieser Harold war oder woher er meine Mobilnummer hatte, aber meine Frau rieb sich gerade an mir, was er unabsichtlich miterlebte, und das war großartig.

»Äh, ja, wir haben über den Pilotfilm fürs Fernsehen geredet. Erinnern Sie sich?« Anna sog lautstark die Luft ein und stöhnte erneut, und Harold sagte langsam: »Ist es vielleicht gerade ungünstig? Ich könnte Sie später noch mal anrufen.«

Ich sah den Ausdruck auf dem Gesicht meiner Frau und schüttelte den Kopf. »Nein, der Zeitpunkt könnte nicht passender sein.«

»Äh, okay. Nun, ich wollte noch ein paar Details des Projekts besprechen, für das Sie unterschrieben haben.«

Auf Annas Gesicht zeichnete sich Verzweiflung ab, und ich wusste, der Rhythmus war zu langsam für sie. Um ihr zu helfen, stieß ich fester zu. *Komm für mich, Baby. Lass es diesen Typen hören.* Ihre Reaktion war überwältigend. »Oh Gott, ja … so … genau da … hör nicht auf …«

Mit meiner freien Hand umfasste ich ihre Hüfte und ließ sie kommen. Ihre Schreie wurden lauter, und zu wissen, dass Wie-hieß-er-noch zuhörte, ohne zu wissen, was hier abging, machte mich so hart, dass ich auch fast kam. Oh Gott, ja.

»Mr Hancock, vielleicht sollte ich später wieder anrufen?«

»Nein, nein, ich höre. Ich bin ganz Ohr. Erzählen Sie mir von dieser Fernsehsache. Jetzt. Genau jetzt …« Ich redete mit

Harold, aber eigentlich sprach ich mit Anna. Sie fing an zu keuchen, spannte ihren Körper an und stieß dann einen spektakulären Schrei aus, mit dem sie kam. Unerwarteterweise kam ich gleich nach ihr. Verdammt, ich hätte nicht gedacht, dass ich das könnte. Ich hätte es besser wissen sollen. Als wir dann keuchend dalagen, fragte die Person am anderen Ende: »Ist alles … in Ordnung?«

»Verdammt, ja.« Er hatte die ganze Zeit in mein Ohr gesprochen, während ich gekommen war, aber ich hatte keine Ahnung, was er gesagt hatte. Ich wusste auch schon nicht mehr, wie er hieß. Harry? Larry? Mist, wenn ich mich nur erinnern könnte. »Könnten Sie das alles noch mal wiederholen, ich habe gerade nicht zugehört. Fangen Sie am besten noch mal von vorne an.«

Anna rollte sich von mir herunter. Sie lag auf dem Rücken und schüttelte lachend den Kopf. Manche Mädchen hätten ein Problem mit dem, was ich gerade getan hatte, nicht so Anna. Sie fand es einfach heiß. Sie war toll.

Ein langes Seufzen drang durch das Telefon an mein Ohr. »Ich heiße Harold Berk. Wir haben uns gestern Abend in der Bar kennengelernt. Ich habe Ihnen von dem Pilotfilm für eine Fernsehserie erzählt, dem Drama über einen Rockstar. Sie haben sich interessiert gezeigt, den Star der Sendung zu spielen. Erinnern Sie sich an irgendetwas davon? Sie waren ein bisschen … na ja, nicht ganz auf der Höhe.«

Ich war besoffen gewesen, aber Teile der Unterhaltung drangen in mein Bewusstsein, besonders nachdem er *Star* gesagt hatte. *Sie wären der Mittelpunkt der Serie … der Star.* Aber etwas fehlte. »Warten Sie … Ich dachte, Sie hießen Arnold?«

»Nein, Sir. Ich bin Harold.« Er klang jetzt eindeutig gereizt.

»Ach … dann ist das ganze Ding wahr? Ich habe nicht geträumt?«

Er stöhnte, als sei er verärgert. Das sollte er nicht sein. Ich hatte ihn gerade mit anhören lassen, wie ein verdammt heißes Mädchen einen Orgasmus hatte. Er sollte mir danken.

»Es ist real. Und das Angebot ist real. Ich könnte veranlassen, dass Sie die Papiere heute Nachmittag in Ihrem Posteingang vorfinden. Es sei denn, Sie haben Ihre Meinung geändert … Wenn das der Fall ist, müsste ich es mit einem anderen Musiker auf meiner Liste versuchen. Vielleicht mit einem Ihrer Bandkollegen?«

Bei der Vorstellung, dass mir ein anderer D-Bag auch diese Chance vermasselte, richteten sich sofort meine Nackenhaare auf. Sie hatten mir schon viel zu viel genommen. Wortfetzen waberten durch meinen Kopf – *Du wirst nie die Leadgitarre spielen. Nicht heute Abend, vielleicht morgen. Er ist das Talent.* Diese frustrierenden Sätze sackten in meinen Magen, wo sie sich mit der Unzufriedenheit mischten, die ich stets mit mir herumtrug und die meinen Magen verkrampfte. Als die Antwort auf Harolds Frage aus meinem Mund sprudelte, klang sie kraftvoll. »Nein, auf keinen Fall. Ich bin noch dabei!«

Anna warf mir einen fragenden Blick zu. Was sollte ich ihr sagen? Wenn sich die Serie durchsetzte, und mit mir als Hauptdarsteller war das so gut wie sicher, musste ich mich vielleicht eines Tages von der Band trennen oder zumindest weniger machen. Sie wäre nicht glücklich darüber, wenn ich mir eine Pause von unserer »Familie« nehmen würde. Aber ich machte das ja nicht umsonst, ich machte es, um ein erfolgreicher Schauspieler zu werden. Es wäre ein Quereinstieg. Nein, es wäre ein Schritt nach oben. Ausnahmsweise wäre ich der Star … genauso, wie es sein sollte.

Lächelnd sagte ich ihm: »Ich bin hundertzehnprozentig dabei.«

»Hervorragend!«, rief er. Er fragte mich nach meiner

E-Mail-Adresse, und gut gelaunt gab ich sie ihm: scharferkerl@dbags.com. »Der Dreh des Pilotfilms beginnt nächsten Monat. Können Sie nach L.A. runterkommen?«

Mit einem Seitenblick zu Anna holte ich kurz Luft und sagte: »Klar, kein Problem.« Ich hatte keinen blassen Schimmer, wie ich das anstellen sollte, ohne dass hier alle ausrasteten.

Als ich den Anruf beendete, sah Anna mich erwartungsvoll an. Ich kannte ihre Frage, bevor sie sie aussprach. »Wer war das?«

Achselzuckend versuchte ich, die Sache herunterzuspielen und etwas vage zu halten. »Nur dieser Typ, der mit mir einen kleinen Nebenauftritt machen will. Nichts Großes.« *Noch nicht.*

Sie zog die Brauen zusammen und drehte sich auf den Bauch. Okay, ein Versuch war es wert gewesen, aber das mit dem Vage-Halten hatte diesmal nicht geklappt. »Was hast du zugesagt, Griffin? Ich dachte, wir hätten gesagt, du würdest nichts überstürzen und erst mit mir sprechen.«

Ich strich über ihren Rücken und schüttelte den Kopf. Seltsamerweise zitterten meine Finger. Ich wollte, dass das passierte, ich wollte nicht, dass sie Nein sagte. »Ich habe zugestimmt, weil es nichts ist. Nur so ein einmaliges Schauspielding.«

Sie stützte sich auf den Ellbogen hoch, ihre Miene schwankte gefährlich zwischen neugierig und fuchsteufelswild, und ich wusste, dass ich sehr vorsichtig auf ihre nächste Frage antworten musste. »So etwas wie ein Werbespot?«

Mein Herz begann zu rasen, während ich still mit mir rang, was ich ihr antworten sollte. Gerade hatte sie noch gesagt, dass es gut zwischen uns liefe, weil wir absolut ehrlich zueinander wären, aber wenn ich ihr jetzt die Wahrheit sagte, würde sie mich niemals nach L.A. fahren lassen. Sie würde mich für albern halten, sie würde die Jungs in die Entscheidung mit einbeziehen … sie würde mich zurückhalten. Und damit konnte ich wirklich nicht umgehen. Ich brauchte ihre Unterstützung, selbst wenn ihr gar nicht klar war, wobei sie mich unterstützte.

Ich spürte, dass meine Kopfschmerzen zurückkehrten und Übelkeit in mir hochstieg, und sagte: »Ja, so etwas in der Art. Und … die drehen das nächsten Monat, darum muss ich dann nach L.A. fliegen. Aber nur für ein paar Tage, ich werde nicht lange weg sein.«

Shit. Shit. Shit. *Habe ich das wirklich gerade gesagt?* Ja, hatte ich. Ich hatte meiner Frau gerade eine Riesenlüge aufgetischt, die ich nicht ewig aufrechterhalten konnte, und wenn sie die Wahrheit herausfand, würde sie mich umbringen. Aber mir blieb keine andere Wahl. Würde sie alle Details kennen, würde sie mir einen Strich durch die Rechnung machen und ich im Schatten der D-Bags verdorren. Ich musste mich befreien. Das würde sie einsehen, sobald die Serie richtig einschlug. Dann würde sie mich unterstützen, das wusste ich. Ich würde absolut ehrlich zu ihr sein … zum richtigen Zeitpunkt.

Anna betrachtete mich eine Sekunde länger, und ich betete, dass ich mein Pokergesicht halten konnte. Verdammt, schwitzte ich etwa? Gerade als ich dachte, sie würde laut »So ein Quatsch« rufen, erschien ein breites Lächeln durch ihren lauernden Gesichtsausdruck. »Ach Süßer, das ist ja toll! An einen Werbespot habe ich schon länger gedacht. Der stellt dich heraus, ohne dass es Konflikte mit der Band gibt. Eine echte Win-win-Situation!« Sie beugte sich zu mir herüber und gab mir einen warmherzigen Kuss. »Siehst du, ich hab dir doch gesagt, dein Talent würde bald erkannt und gewürdigt.«

Sie beugte sich erneut zu mir herüber, um mir einen weiteren Kuss zu geben, und ich musste den Kloß in meinem Hals hinunterschlucken. Es war das erste Mal, dass ich mich wirklich schämte, und das fühlte sich nicht gut an. Gar nicht gut. Wahrscheinlich hätte ich das nicht tun sollen. Aber jetzt war es zu spät ... Ich hatte das Netz bereits gesponnen und musste das nun durchziehen. Aber verdammt – auf der anderen Seite meines Schwindels lag das Gelobte Land – eine Fernsehserie mit mir als Star! Verdammt, ja! Das versprach absolut großartig zu werden.

Die nächsten Wochen waren vollgepackt mit unzähligen Treffen mit den Jungs und Arbeiten am neuen Album. Über meinen »Nebenauftritt« verlor ich kein Wort, was mir echt nicht leichtfiel. Das ließ mich in meiner eigenen Achtung nur noch mehr steigen. Ich meine, wenn die Jungs geahnt hätten, welche Kraft mich meine Zurückhaltung täglich kostete, wären sie aufrichtig beeindruckt gewesen.

Arnold, Harold, oder wie zum Teufel der Typ hieß, hatte mir sofort auf elektronischem Weg den ellenlangen Vertrag zugeschickt. Mir erschien das alles sauber, darum hatte ich ihn auch gleich unterschrieben, ohne ihn mir in voller Länge durchzulesen. Zwei Wochen später schickte er mir das Drehbuch für den Pilotfilm. Zum Glück war ich da, um das Paket entgegenzunehmen, bevor Anna es sah, und versteckte es schnell in meinem Arbeitszimmer. Die Lüge wäre sofort aufgeflogen, hätte Anna gesehen, wie dick das Manuskript war – kein Werbespot hatte so viel Text –, und dann wäre es mit meinem Traum vorbei gewesen.

Es fühlte sich auf völlig unbekannte Weise grauenhaft an, meine Aufregung nicht mit Anna zu teilen. Ich war es so gewohnt, ihr alles zu erzählen, egal wie unbedeutend es war – und das hier war ein Riesending für mich. Dass ich es ihr verschwieg, gab mir das Gefühl, nicht vollständig zu sein, als hätte ich ständig etwas vergessen. Aber ich wusste, was passieren würde, wenn ich Anna die Wahrheit sagte, und weil ich das hier so stark wollte, hielt ich die Lüge aufrecht. Es war ja auch nur vorübergehend. Wenn die Sendung genommen wurde, musste ich ihr und den Jungs gegenüber mit der Wahrheit herausrücken. Selbst wenn die mir Stillschweigen auferlegten, würde ich den Mist nicht für mich behalten können.

Ich hatte echt Schiss vor dem Dreh und arbeitete häufig im Badezimmer an meiner Schauspieltechnik. Doch sich den Text zu merken war viel schwieriger, als ich gedacht hatte. Ich hoffte, sie ließen mich beim Dreh schummeln. Dass mir jemand den Text ins Ohr sagte oder vielleicht Kärtchen mit Stichworten hochhielt, auf die ich gucken konnte. Irgendetwas.

Anfang Dezember verliehen die D-Bags ihrem dritten Album den letzten Schliff. Matt war Feuer und Flamme, er meinte, es wäre unser bestes Album. Da sie jede einzelne meiner Ideen im Keim erstickt hatten, konnte es in meinen Augen eigentlich nicht besser als mittelmäßig sein. Es bedrückte mich, dass die Jungs mir nicht zuhörten, nicht zuließen, dass ich unsere Band zu absoluter Genialität trieb. Trotz Matts und Kellans schöner Worte, dass sie das Bestmögliche herausholen wollten, blieben sie beim Altbekannten. Es war, gelinde ausgedrückt, enttäuschend. Doch auf mich wartete Größeres und Besseres, sodass ich mir darum ausnahmsweise keine Gedanken machte.

Wegen des Albums sorgte ich mich nicht, allerdings trieb mich um, was ich den Jungs sagen sollte, wenn es an der Zeit war, zum Dreh des Pilotfilms nach L.A. zu fliegen. Ich musste ihnen meine Abwesenheit irgendwie erklären, und ich hatte keine Ahnung, was ich sagen sollte. »Ich verschwinde für eine Weile« würde vermutlich nicht allzu gut ankommen. An einem Samstagnachmittag Mitte Dezember erhielt ich schließlich den erwarteten Anruf von Harold.

»Mr Hancock, ich hoffe, Sie haben einen wundervollen Nachmittag. Schon alles für Weihnachten vorbereitet?«

Obwohl er mich nicht sehen konnte, zuckte ich die Schultern. »Ja, ich glaube schon.« Anna hatte quasi ununterbrochen für die Mädchen eingekauft. In unserem Haus fanden sich so viele rosa und lila Geschenke, dass man damit locker sechs Laster für eine Spendenorganisation hätte füllen können. Anna behauptete, das meiste seien Kleinigkeiten, doch selbst wenn ich anderer Meinung sein sollte, war mir das egal. Kinder sollte man verwöhnen, das schadete nichts.

Mein Geschenk für Anna war allerdings besser als alles, was sie für die Mädchen besorgt hatte. Kurz nach Onnikas Taufe hatte ich Rückflugtickets für meine gesamte Verwandtschaft besorgt und sie zum Kofferpacken geschickt. In unserem Haus herrschte wieder himmlische Ruhe. Meine Eltern hatten zwar schon versucht, über die Feiertage zurückzukehren, doch ich hatte ihnen erklärt, sie müssten bis zum nächsten Baby warten. Gott, hoffentlich wurde Anna nicht so schnell wieder schwanger. Sie würde mich damit umbringen!

»Na, wunderbar!«, rief Harold. Egal ob ich mein Bestes tat, um ihn entweder zu nerven oder ihn zu beschämen, sein Ton blieb immer weitgehend gleich. Er klang, als wäre er stets bestens gelaunt, egal was passierte. Ich glaube, ich hätte ihm sagen können, dass ich mir überlegt hatte, alles zu beenden, und er hätte genauso reagiert. Er erinnerte mich an Jenny, aber auf eine künstliche Art, als würde er leise vor sich hinfluchen, sobald er aufgelegt hatte. Egal. Solange er mich berühmt machte, interessierte es mich nicht, was er über mich dachte.

»Ich habe gute Nachrichten, Mr Hancock. Es ist alles fertig, am Montag können wir anfangen, den Pilotfilm zu drehen. Packen Sie Ihre Sachen, es ist Zeit, nach L.A. zu kommen.«

»Toll … ich werde da sein.« Irgendwie.

»Perfekt!« Er erklärte mir, wo ich erscheinen sollte und wie ich dort hinkam, und sagte dann: »Die Serie ist erstklassig. Ich kann es kaum erwarten, was Sie zum Set sagen. Bis Montag, Mr Hancock.«

»Ja, bis dann.« Nachdenklich strich ich mir die Haare hinter die Ohren. Sie reichten mir jetzt fast bis auf die Schultern, und ich konnte sie locker zu einem Pferdeschwanz zusammenbinden. Ich trug sie jedoch am liebsten offen. Was sollte ich den Jungs sagen? Würden sie sich mit derselben Ausrede zufriedengeben, die ich Anna aufgetischt hatte? Wahrscheinlich nicht. Sie wären sauer, dass ich sie nicht mit einbezogen hatte. Ich ignorierte die nervige Stimme in meinem Kopf, die schrie, dass ich an ihrer Stelle ebenfalls sauer wäre, und konzentrierte mich stattdessen auf meine Fantasie. Mist, ich war ein miserabler Lügner. Hmmm, damit es glaubhaft klang, musste es irgendwie realistisch sein. Ich würde einfach sagen, dass ich meine Familie besuchte. Ja, das ging.

Als wir uns an jenem Abend in Kellans Tonstudio trafen, sagte ich den Jungs, dass ich verreisen würde. »Hey, Leute … ich bin für eine Weile weg … Ich fliege schon morgen Abend.« Matt, Evan und Kellan fuhren zu mir herum. Wir waren gerade mit dem letzten Durchgang des letzten Songs fertig, und alle packten ihre Instrumente ein. Nur ich spielte noch ein bisschen auf meinem Bass, während ein merkwürdiges Gefühl in meinem Bauch tobte. Angst? Nervosität? Schlechtes Gewissen? Nee, das konnte nicht sein. Ich tat ja nichts Falsches. Ich hatte mir das verdient.

Matt runzelte die Stirn. »Wir haben gerade das Album fertig. Es muss zum Label, damit es in Produktion gehen kann. Bald kommen die Interviews, die Promotour, die Fernsehauftritte … du kannst jetzt nicht einfach verschwinden, Griffin. Es gibt viel zu tun.«

Ich hob die Hand, um sein Gebrabbel zu unterbrechen. »Ich weiß. Entspann dich … ich will nur ein paar Tage meine Eltern besuchen. Vielleicht mal nach Chelsey sehen. Ihr Mann ist immer noch im Ausland, und sie ist mit den Mädchen allein, verstehst du?«

Dass ich meine Schwester erwähnte, stimmte Matt etwas milder. »Ach so, ja, das ist okay. Verschwinde nur nicht.«

Ein leichtes Lächeln spielte um meine Lippen. Zu verschwinden war das Letzte, was ich vorhatte.

10. Kapitel
Geilotopia

Am nächsten Abend befand ich mich auf dem Weg nach Los Angeles, um den Piloten meiner absolut hitverdächtigen Fernsehserie zu drehen. Anna hatte angeboten, mich zu begleiten und sich das Set des Werbeclips anzusehen, den ich angeblich dort drehte. Doch wenn sie mitkam, würde meine Lüge auffliegen, sodass mir keine andere Wahl blieb, als ihr eine weitere Halbwahrheit aufzutischen. »Es sind nur ein paar Tage, Süße, und ich wohne bei meiner Familie. Meine Mutter will ein spätes Thanksgiving oder wahlweise frühes Weihnachtsmegafest veranstalten. Alle sind da. Das wird irre laut.«

Kurz dachte ich, ich hätte Annas Lust unterschätzt, bei dem Fest dabei zu sein, doch nachdem ich die Lautstärke erwähnt hatte, verzog sie das Gesicht. »Ja, okay. Wenn es nur ein paar Tage sind, sollte ich wohl lieber hierbleiben. Ich finde es allerdings schade, dass ich das Set nicht zu sehen bekomme … was mich darauf bringt, was ist das eigentlich für ein Werbespot? Das hast du mir gar nicht erzählt …«

Sie legte den Kopf schief und sah mich durchdringend an, als würde ihr gerade bewusst, wie seltsam es war, dass ich nie Genaueres darüber erzählt hatte. Und es *war* seltsam. Und fiel mir schwer. Dem Drang zu widerstehen, ihr alles über die Serie zu erzählen, verursachte mir allmählich ein Magengeschwür. Geheimnisse für sich zu behalten war schrecklich. Doch die Wahrheit würde noch früh genug herauskommen, und hoffentlich war sie dann nicht zu wütend, um mir zuzuhören – ich wollte ihr unbedingt alles berichten.

»Ach, na ja …« Ich suchte im Schlafzimmer nach einer Inspiration. Was könnte ich der Welt gut verkaufen? Kondome? Aftershave? Fruchtbarkeitssaft? Als ich etwas Köstliches auf meiner Kommode entdeckte, sagte ich: »Whisky. Es ist ein Werbespot für Whisky.« Obwohl mein schlechtes Gewissen meinen Magen aufwühlte, konnte ich mir ein Lächeln nicht verkneifen. Das war eine perfekte Lüge. Ich als Werbeträger für Whisky, das war absolut glaubhaft. Das wäre tatsächlich toll. Wenn sich das aus dieser Chance vielleicht auch noch ergeben würde, wäre mein genialer Lauf perfekt.

Anna schenkte mir ein breites Grinsen, das mich erregte. Wenn sie nicht Onnika auf dem Arm gehabt hätte, hätte ich sie aufs Bett geworfen und ihr etwas von meinem speziellen Fruchtbarkeitssaft dagelassen, bevor ich fuhr. »Das passt perfekt zu dir. Das wird super! Ich kann es kaum erwarten, es allen zu erzählen.«

Da das auf keinen Fall passieren durfte, erinnerte ich sie mit Nachdruck an das, was ich gesagt hatte, kurz nachdem ich den Job angenommen hatte. »Denk an unseren Plan, Anna. *Ich* muss es den Jungs erzählen, sonst jammern und zicken sie rum, weil ich etwas ohne die Band gemacht habe. Wahrscheinlich vergleichen sie mich mit Kellan, der letzten Monat einen Soloauftritt abgelehnt hat, aber das war etwas anderes. Hier geht es um einen Schauspielauftritt, nicht um Musik, darum zählt das nicht … aber das werden diese Idioten nicht verstehen. Darum musst du, bis alles vorbei ist, den heiligen Bund zwischen Mann und Frau ehren, den *Meine-Geheimnisse-sterben-mit-dir*-Bund, und kein Wort sagen. Noch nicht einmal zu Kiera«, fügte ich mit erhobenem Zeigefinger hinzu. Ich durfte nicht riskieren, dass ihre schwesterliche Verbindung über unseren Ehebund siegte. Ich brauchte ihre Unterstützung, auch wenn sie nicht verstand, warum.

Anna verdrehte die Augen, stimmte aber zu. »Ich verstehe zwar nicht, warum sie sauer sein sollten, wenn du einen Werbespot drehst, aber wenn du nicht willst, dass ich etwas sage, schweige ich.« Dann lächelte sie mich liebevoll an und küsste mich auf die Nasenspitze. »Guten Flug und gute Reise … und grüß deine Eltern von mir.«

Nach diesem süßen Abschied überkam mich ein megaschlechtes Gewissen. Fast hätte ich ihr auf der Stelle gestanden, dass ich ein mieser, verlogener Idiot war und dass ich nicht nach L.A. flog, um einen Werbespot zu drehen. Aber ich war so kurz vor dem Ziel; ich musste nur noch ein bisschen durchhalten. Eigentlich hatte mir der Ausdruck auf ihrem Gesicht geholfen, die Wahrheit für mich zu behalten. Sie war wunderbar, so vertrauensvoll. Ich durfte dieses Vertrauen nicht erschüttern, indem ich ihr gestand, was ich wirklich vorhatte. Die Worte kamen mir einfach nicht über die Lippen. Ich wusste, dass ich es ihr eines Tages sagen musste, aber heute noch nicht. Mit den Folgen meines Handelns würde ich mich später befassen, sobald sich das Vorhaben für mich ausgezahlt hatte. Für uns.

Für meinen Aufenthalt in Los Angeles hatte ich eine Limousine gemietet, der Fahrer erwartete mich bei meiner Ankunft am Flughafen. Ich ließ mich von ihm zu einem Fünfsternehotel in der Nähe der Studios bringen, in dem ein Zimmer auf mich wartete. Wie ich es Anna erzählt hatte, hätte ich zwar bei meinen Eltern wohnen können, aber das war zu gefährlich. Meine Familie würde mit Matts Familie reden, die wiederum Matt davon berichten würde, und wenn er herausfand, was ich wirklich hier machte, würde er mir das ewig vorhalten.

Mein Fahrer rief mich früh am nächsten Morgen an, um

mich zu wecken und ans Set zu bringen. *Richtig* früh. Meine Augen brannten, und fast hätte ich dem Idioten gesagt, er sollte zu einer vernünftigen Uhrzeit wiederkommen. Doch dann fiel mir ein, was heute auf dem Programm stand, und schon sprang ich aus dem Bett. Heute würde ich ein Fernsehstar werden.

Ich hüpfte förmlich zum Auto, so aufgeregt war ich, und obwohl es lächerlich früh war, schrieb ich Anna unterwegs eine SMS. *Gleich geht's los.*

Ihre Antwort kam schnell; wahrscheinlich hielt Onnika sie so früh schon auf Trab. *Es ist noch nicht mal acht ... das muss hart für dich sein.*

Ja, irgendwie schon. Ich war jedoch so aufgeregt, dass mir sogar die frühe Uhrzeit egal war.

Ich antwortete auf ihre Nachricht mit einem zwinkernden Smiley. Sollte sie das interpretieren, wie sie wollte.

Als wir den Eingang zum Studiogelände erreichten, klopfte mein Herz heftig; das war so verdammt großartig. Es wäre noch besser, wäre Anna bei mir und könnte das Erlebnis mit mir teilen, aber sie würde ein anderes Mal die Gelegenheit haben, es sich anzusehen. Da war ich zuversichtlich. Der Fahrer hatte meinen Passierschein, und so konnten wir problemlos durchs Tor rollen. Harold erwartete uns mit einem elektrischen Golfcart auf dem Parkplatz. Lächelnd sah er zu, wie der Fahrer mir die Tür öffnete. Kaum war ich ausgestiegen, streckte er mir die Hand entgegen. »Mr Hancock, wie schön, Sie zu sehen. Wie war Ihr Flug?«

»Bestens«, sagte ich und blickte mich um, während ich ihm die Hand schüttelte. »Also ... was machen wir als Erstes?«

»Gut, dass Sie fragen. Ich zeige Ihnen kurz das Set, dann gehen wir zu Kostüm und Maske. Anschließend stelle ich Sie den anderen Schauspielern vor, und wir lesen das Drehbuch. Wenn alles glattläuft, können wir morgen drehen.«

Als wir in den Golfcart stiegen, warf Harold mir einen Seitenblick zu. »Hatten Sie Zeit, Ihren Text zu lernen?«

»Natürlich, Kumpel«, schnaubte ich und ließ mich auf dem steifen Sitz nieder. So einigermaßen.

Wir fuhren an diversen lagerähnlichen Gebäuden vorbei, vor denen Leute in Kostümen herumliefen. Ich sah römische Soldaten, die sich mit Zombies unterhielten, harte Cowboytypen, die mit einem als Hund verkleideten Mann Kaffee tranken, und unzählige Cheerleader. Ich war im Schlaraffenland gelandet.

Nach gefühlten fünf Stunden erreichten wir endlich unsere Halle. Sie lag ganz am Ende des Geländes. Harold parkte den Golfcart, dann stiegen wir aus. »Wir teilen uns die Halle noch mit ein paar anderen Produktionen. Es wird Ihnen etwas gedrängt erscheinen.« Er strahlte mich an. »Aber sobald die Serie verkauft ist und zum Erfolg wird, ändert sich das. Nur das Beste für Sie.« Er klopfte mir auf den Rücken.

Lächelnd legte ich ihm einen Arm um die Schultern. *Nur das Beste für mich …* wir verstehen uns.

Ich folgte Harold durch das große Gebäude, in dem diverse Sets aufgebaut waren, und als wir schließlich zu meiner Sendung kamen, die vorläufig *Der Durchbruch* hieß, beschleunigte sich mein Herzschlag. Das war sie, meine Chance auf Ruhm!

Das erste Set, das wir betraten, war eine typische Bar mit einer Bühne für die Band. Sie erinnerte derart stark an das Pete's, dass ich mich fragte, ob Harold sich bei seinem Besuch Notizen gemacht und sie den Setdesignern gegeben hatte. Das erleichterte mir die Aufgabe ungemein; ich fühlte mich gleich wie zu Hause. Während Harold mich durch das Barset führte, sagte er: »Zuerst gehen wir in die Garderobe. Die haben Ihre Kostüme schon vorbereitet, aber Sie müssen sie noch anprobieren. Anschließend bringen wir Sie zur Probe. Sobald die erste Folge im Kasten ist, biete ich sie den Fernsehsendern an.«

Harold blickte sich nach mir um; noch immer hatte er ein breites Grinsen im Gesicht. »Aber keine Sorge, Mr Hancock. Das wird sich gut verkaufen. Auf diesem Produkt steht Kultklassiker.« Ich nickte zustimmend. Das wusste ich bereits.

Nachdem wir das Barset besichtigt hatten, gingen wir in das Wohnzimmer- und Schlafzimmerset. Als ich auf die dünne Matratze blickte, auf der mein Alter Ego – Ace Gunner – vermutlich schlief, fragte ich mich, ob er in der Sendung wohl flachgelegt wurde. Mit einem dermaßen coolen Namen musste das eigentlich so sein. Außerdem war er ein Rockstar, und ich wusste aus Erfahrung, dass das Sex bedeutete, Sex und noch mehr Sex. Ob Anna wohl ein Problem mit Sexszenen hatte? Wahrscheinlich nicht. Ich würde ja schließlich mit keiner anderen Frau schlafen.

Als wir endlich die Garderobe erreichten, war mir fast schwindelig. Das Kostümieren erinnerte mich an die Musikvideos mit den Jungs. Es war seltsam, ohne sie hier zu sein … aber auch irgendwie cool. Wenn ich allein im Rampenlicht stand, konnte mir niemand die Show stehlen.

Aces Garderobe bestand aus einer zerschlissenen Jeans mit Nietengürtel, einem V-Ausschnitt-T-Shirt und einer dunkelbraunen Lederjacke. Als ich mich in dem Ganzkörperspiegel betrachtete, war ich ein bisschen aufgeregt. Ich sah total scharf aus. Anna sollte besser die Boxhandschuhe rausholen, die Mädels würden verrückt nach mir sein.

Verdammt. Das würde großartig werden.

Nachdem die vom Kostüm einen Haufen Fotos von mir in meinem unwiderstehlichen Outfit gemacht hatten, trieb Harold mich in die Maske. Heute wollten sie mit Aces Aussehen herumexperimentieren. Ihn noch schärfer machen, wenn möglich. »Das Blond muss weg«, stellte die Maskenbildnerin fest, nachdem sie mich gerade mal fünf Sekunden gemustert hatte.

»Wie bitte?«, fragte ich. Sicher hatte ich mich verhört. Frauen standen auf Blond genauso wie Typen.

»Kein Blond«, stellte sie unumwunden fest. »Du spielst eine düstere Figur, darum müssen deine Haare dunkel sein.« Sie legte den Kopf schief. »Nicht schwarz … aber dunkelbraun.«

Ich betrachtete mich im Spiegel und versuchte mir, mich mit braunen Haaren vorzustellen. Es gelang mir nicht. »Äh, ich glaube nicht«, erklärte ich.

Sie zuckte die Schultern. »Deine Meinung ist hier nicht relevant. Mit der Unterschrift unter den Vertrag hast du alle Rechte an deinem Aussehen abgegeben. Ich könnte dir einen pinkfarbenen Irokesenschnitt verpassen, wenn ich wollte. Aber das mache ich nicht, also kannst du mir dankbar sein. Deine Frisur muss jedenfalls verschwinden …« Sie verzog das Gesicht, als würde mein Anblick sie quälen.

»So' n Scheiß kommt überhaupt nicht infrage!«, rief ich und fasste meine Haare zu einem ordentlichen Pferdeschwanz zusammen. Es hatte ewig gedauert, sie so lang wachsen zu lassen.

Sie schob ihre Brille auf der Nase nach oben und stieß die Luft aus. »Wenn es sein muss, gebe ich dir ein Beruhigungsmittel, aber ich werde diesen Mopp stutzen. Ein bisschen frech und zottelig … Kellan-Kyle-mäßig. Der hat tolle Haare.«

Ich kniff die Augen zusammen und schnappte mir eine Schere von ihrer Arbeitsplatte. »Wenn du mir Kellans Frisur verpasst, mache ich dich kalt.«

Meine Drohung schien sie nicht sonderlich zu beeindrucken. »Wahrscheinlich würde dir das ohnehin nicht stehen. Das kann nicht jeder tragen. Jetzt setz dich.« Sie deutete auf ihren Stuhl, doch ich schmollte und weigerte mich. Sie schnippte mit den Fingern und wiederholte: »Setz dich!«

Diesmal gehorchte ich, machte jedoch kein Hehl aus meinem Unmut.

Zwei Stunden später hatte ich braunes Haar und einen neuen Haarschnitt. Es war jetzt länger als Matts, aber kürzer als Kellans, irgendwo dazwischen … so ähnlich wie Dennys. Mist. Jetzt sah ich aus wie Denny. Anna würde ausflippen.

Nachdem meine Haare völlig versaut waren, stellte Harold mir die anderen Schauspieler vor. Als ich den beiden Mädels und den zwei Typen die Hand schüttelte, die meine Bandkollegen spielen würden, durchströmte mich ein gutes Gefühl. Die vier sahen mich an, als wäre ich das Größte, das sie je gesehen hatten. Ich fühlte mich schon wie ein Star, und dabei hatte der Dreh noch nicht einmal begonnen.

Nach ein paar Übungsdurchläufen war Drehstart. Es war viel schwieriger, als ich es mir vorgestellt hatte, doch mit Hilfe des Regisseurs und meiner Schauspielkollegen schaffte ich es, und ein paar Tage später war der Pilot im Kasten, und ich flog zurück nach Hause zu meiner Frau.

Obwohl ich gesagt hatte, ich würde mir einen Wagen mieten, holte sie mich am Flughafen ab. Als ich sie am Gepäckband entdeckte, bot sie einen unvergesslichen Anblick. Bei dem Gedanken, dass ich sie hintergangen hatte, krampfte sich jedoch sofort mein Magen zusammen. Als sie mich sah, machte sie große Augen. Doch als sie auf mich zukam, grinste sie. »Oh mein Gott … deine Haare …«

Seufzend sagte ich: »Ich weiß, ich sehe aus wie Denny, stimmt's?«

Sie biss sich auf die Lippe und schüttelte den Kopf. »Nein … du siehst noch immer aus wie du … der schärfste Mann der Welt, aber es gibt dir etwas … Raues. Als wärst du ein harter Kerl.«

»Ich *bin* ein harter Kerl«, erklärte ich und grinste. Und bei ihrem Kompliment kam ich mir tatsächlich so vor, doch dann verstärkte sich das angespannte Gefühl in meinem Magen und ließ heftige Schuld und Bedauern in mir aufwallen. Mein Lächeln erstarb. *Vielleicht sollte ich es ihr jetzt sagen und es hinter mich bringen.* Aber dann wäre sie niedergeschmettert, und sie freute sich doch gerade so, mich zu sehen. Später. Ich würde es ihr später erzählen.

Anna deutete meine Miene falsch und schlang die Arme um mich. »Ach Süßer, keine Sorge. Es gefällt mir! Ich glaube, du solltest es sogar eine Weile so lassen.« Sie fasste mein Gesicht und sagte: »Ich bin so stolz auf dich, Griffin.« Dann überhäufte sie mich mit Küssen. Zum Glück, denn hätte sie mich noch einen Augenblick länger mit diesen großen, vertrauensvollen grünen Augen angesehen, wäre ich eingeknickt. Doch ihr Sexappeal lenkte mich schließlich ab, sodass ich es schaffte, meine Schuld zu verdrängen. Es war sowieso vorbei, und alles würde gut. Da war ich mir sicher.

Mir war zwar klar, dass Harold eifrig dabei war, Fernsehsendern den Piloten anzubieten, aber darauf zu warten, dass er anrief und sagte, er hätte die Serie verkauft, machte mich ganz kribbelig. Anna dachte, meine Unruhe hätte damit zu tun, dass das neue D-Bags-Album im Frühjahr erschiene, und weil ich ihr noch nicht die Wahrheit beichten wollte, beließ ich es dabei. Doch sobald Harold die Zusage hätte, würde ich Anna und den Jungs die Neuigkeit mitteilen, und das Grübeln darüber, was ich ihnen dann sagen würde, nagte an mir.

Jeden Tag überlegte ich, welche Formulierung ich wählen konnte, nichts klang wirklich überzeugend. Von meinem Ausflug nach L.A. hatte ich den Jungs nur erzählt, ich hätte mich über irgendetwas so aufgeregt, dass ich mir im Affekt die Haare abgeschnitten und gefärbt hatte. Ich ging nicht auf ihre Sticheleien ein, weil ich wusste, wenn sie die Wahrheit herausfanden, würde ein Sturm der Entrüstung über mich hinwegfegen. An beiden Fronten – zu Hause und bei der Arbeit. Obwohl ich es schrecklich fand, Anna absichtlich belogen zu haben, war ich zugleich froh, dass ich die Sache durchgezogen hatte. Nachdem Matt und die Jungs meine alten Träume zunichtegemacht hatten, hatte ich mir eben neue ausgedacht.

Ehe ich michs versah, war es Februar, und ich hatte noch immer nichts von Harold gehört. Ich wusste nicht, was das bedeutete, und leise Zweifel verdunkelten die strahlende Hoffnung, die sich mit meinem neuen Traum verband. Ich konnte mir allerdings nicht vorstellen, dass *niemand* den Piloten haben wollte, also musste es einen Bieterwettstreit geben. Ja, das musste es sein. Er würde mich irgendwann anrufen, um mir die guten Neuigkeiten mitzuteilen, ich musste mich nur in Geduld üben. Zum Glück hatte ich etwas Zeitintensives, womit ich mich beschäftigen konnte.

Die D-Bags begannen mit der Promotion für die erste Single des neuen Albums. Es war ein romantisches, oberflächliches Scheißstück, das ich mit geschlossenen Augen hätte spielen können. Die Melodie war allerdings mitreißend, und ich ahnte, dass es ein Riesenerfolg werden würde. Wir stellten es live in einem Lokalradiosender in Seattle vor, der häufig für uns warb. Dann veranstalteten wir einen riesigen Medienwirbel und reisten innerhalb weniger Wochen in alle großen Hauptstädte in jeder Zeitzone. Es war kurzweilig, lustig und verrückt, und wir waren nur zu viert. Die Verlobten blieben zu Hause bei ihren Jobs, und die Ehefrauen blieben zu Hause bei den Kindern, da sie die Aufregung nicht vertrugen.

Die letzte Station unserer Tour war New York City. Abgesehen von Seattle und L.A. war New York mein liebster Ort auf der Welt. Dort war einfach dermaßen viel los. Der ständige Tumult, die Hektik, immer waren Menschen unterwegs, egal um welche Uhrzeit – für einen hyperaktiven Menschen wie mich war das ein Traum. In dieser Stadt brauchte ich noch nicht einmal Kaffee. Das flirrende Lebensgefühl gab mir genug Energie.

Als uns ein Wagen zu unserem Hotel brachte, stellte Matt uns die heutige Tagesplanung vor. »Okay, wir haben heute zwei Radioauftritte, und heute Abend sind wir bei *Live bei Johnny.*« Als ich Letzteres hörte, stieß ich gereizt die Luft aus, woraufhin Matt mir einen wütenden Blick zuwarf. »Finde dich damit ab, Griffin. Es ist eine wichtige Sendung mit einem großen Publikum. Da müssen wir hin.«

»Der Typ ist ein Arsch. Ich verstehe nicht, warum wir alles für ihn tun müssen«, murmelte ich.

Matt strich sich durch die kurzen Haare. Ich schwöre, sie waren dünner geworden. Der Stress mit der Band und die Vorbereitung seiner Hochzeit gingen nicht spurlos an ihm vorbei. Vielleicht hätte ich Mitleid mit ihm gehabt, aber schließlich war er es gewesen, der Denny diesen Auftritt hatte aushandeln lassen. Hoffentlich fielen ihm alle Haare aus. Er hätte es besser wissen müssen und nicht wieder zu Johnny gehen dürfen. Der Typ war bekannt dafür, seine »Gäste« schlecht zu behandeln. Er war wie ein böses uneheliches Kind von Ricky Gervais und Simon Cowell. Niemand überstand die Sendung unbeschadet, alle sollten sich freiwillig beleidigen lassen. Das gehörte zu seiner Rolle, wie Denny mir häufig erklärte. Egal. Dieser Typ war ein Idiot; das letzte Mal, als wir in der Sendung gewesen waren, hatte er die anderen Jungs mehr oder weniger ignoriert und die ganze Zeit auf mir herumgehackt. Er hatte mich auf mehrdeutige Weise beleidigt, sodass ich mir noch nicht einmal sicher gewesen war, ob es sich um Beleidigungen handelte. Eins wusste ich allerdings genau – dass es mir nicht gefallen hatte. Klugscheißer, tuntiger Arsch.

»Ich weiß, er ist nicht der netteste Moderator … aber wir gehen nicht *seinetwegen* in die Sendung, sondern *unseretwegen.*

Er hat eine sehr treue Anhängerschaft, und wenn er sagt: ›Kauft ihr Album‹, dann machen die das.«

Ich verdrehte die Augen und konterte: »Und wenn er sagt: ›Diese Typen sind alberne Marionetten, vergeudet nicht eure Zeit mit denen‹, dann machen die das auch. Wir sollten ihn einfach ignorieren. Es gibt jede Menge Talkshows.«

Matt lehnte sich in seinem Stuhl zurück. »Du musst ja nicht mit ihm reden. Entspann dich, und lass uns die Arbeit machen. Das kannst du ja schließlich gut.« Den letzten Teil hatte er sehr leise gesagt, ich hatte es dennoch gehört. Matt klang schon wie Johnny. Dumpfbacken.

Nach einer kurzen Pause im Hotel fuhren wir zu den Radioauftritten. Wie immer stahl Kellan uns die Show. Alle Fragen richteten sich an ihn, und alle Antworten kamen von ihm. Manchmal versuchte ich, etwas einzuwerfen, doch meist schenkte man mir keine Beachtung. Oder man lächelte höflich, aber distanziert, was so viel bedeutete wie: *Nett, aber bitte sei still und lass uns mit dem richtigen Star reden.* Nach dem zweiten Auftritt hatte ich die Nase voll von Interviews. Interviews über Kellan, versteht sich. Ich hatte große Lust, über mich und mein noch geheimes Zukunftsprojekt zu sprechen. Niemand fragte mich jedoch danach, und ich durfte noch nicht mit der Information rausrücken. Gott, hoffentlich hatte Harold bald gute Neuigkeiten für mich.

Auf dem Weg zu Johnnys Studio rief Anna mich an. »Na, wie läuft's?«

»Wie immer«, sagte ich. »Alles dreht sich nur um Kellan …« Kellan telefonierte ebenfalls, wahrscheinlich mit Kiera, sodass er mich nicht hörte. Er lächelte, lachte und wirkte überaus zufrieden mit seinem Leben. Vielleicht pushte es ihn, mich kleinzuhalten.

Anna seufzte. Sie mochte es nicht, wenn ich solche Dinge

sagte. »Du bist auch ein Star, Schatz. Der strahlendste am Himmel.« Sie seufzte erneut. »Komm schnell nach Hause. Die Mädchen und ich vermissen dich.«

Bei dem Gedanken, dass meine drei Mädchen mich zu Hause vermissten, durchströmte mich ein warmes Gefühl. Auch wenn Kellan mir bei der Arbeit die Show stahl, in ihrer Welt war ich der Mittelpunkt, und das war wirklich tröstlich. »Ja, ich vermisse euch auch. Sorg dafür, dass ihr heute Abend alle Johnnys Sendung seht, vor allem Gibson. Ich möchte, dass sie sieht, wie ihr Dad den Laden rockt.«

Anna lachte. »Wir werden es nicht verpassen. Aber wenn er wieder die ganze Zeit auf dich eindrischt, muss ich vielleicht in den Fernseher langen und ihn erwürgen.«

Meine Frau war so unglaublich wundervoll. »Oh ja, bitte. Ich hasse diesen Schwanzlutscher.« Nachdem Anna mir zugestimmt hatte, bat ich sie, den Mädchen einen Kuss von mir zu geben. Sie sagte, das würde sie tun, dann legten wir auf. Mit Anna im Rücken fühlte ich mich etwas besser für den bevorstehenden Auftritt und das Interview gewappnet. *Soll dieser Vollpfosten doch versuchen, mich dumm aussehen zu lassen.* Ich würde ihn ebenfalls herausfordern.

Als wir das Studio erreichten, führte uns ein Mädchen mit Kopfhörern und einem Klemmbrett höflich und unauffällig durch den Hintereingang herein. Während sie uns erklärte, was für Annehmlichkeiten man für uns bereithielt, glotzte sie die ganze Zeit Kellan an.

Sie schenkte ihm ein strahlendes Lächeln und ging erst, als er dankend abgelehnt hatte. Ich verdrehte die Augen. *Wir sind zu viert, Mädel.* Vielleicht hätten wir ja etwas gebraucht. Ich blickte mich um und fragte die Jungs: »Wollen wir abhauen und das Nachtleben in der Umgebung erforschen? Ich habe euch schon lange nicht mehr im ›Schlampenaufreißen‹ geschlagen.«

Alle schüttelten die Köpfe; Evan gähnte sogar.

»Na gut«, murmelte ich. Seit wann war unsere Band derart fügsam? Früher waren wir rebellisch gewesen. Rockstars. Wir hatten die Verantwortung gescheut und den Vorschriften ins Gesicht gelacht. Das Chaos hatte unser Leben beherrscht. Ich vermisste diese Tage.

Gefühlte Stunden später kam Kellans glupschäugige Assistentin zurück, um uns mitzuteilen, dass es bald eine Werbepause gab und wir uns fertig machen müssten. Wir folgten ihr zur Bühne, warteten, bis das Licht wechselte – das Signal, dass die Werbepause lief –, dann traten wir hinter dem Vorhang hervor, um unsere Instrumente zu nehmen.

Das Publikum, das bei der Aufzeichnung dabei war, drehte durch, als es uns sah. Johnny warf die Hände hoch und zischte: »Hebt euch das für die Kamera auf, Leute!« Sie beruhigten sich etwas, doch gelegentlich tönte ein »Ich liebe dich, Kellan!« durch den Raum zu uns.

Mit aufgesetztem Lächeln kam Johnny zu uns, der Mann, der es nicht nötig hatte, einen Nachnamen zu haben. Ich biss die Zähne zusammen. Der Idiot war heftig geschminkt, sodass er brauner wirkte, als er eigentlich war. »Jungs! Wie schön, euch wieder hier zu haben. Kellan, du bist unser beliebtester Künstler.« Er reichte Kellan die Hand, und Kellan, der Botschafter der Gutmütigkeit, ergriff sie.

»Danke. Es ist uns eine Ehre, hier in der Sendung zu sein.«

Ich schnaubte verächtlich. Ehre, du meine Güte. Es war eine Pflicht, mehr nicht. Mein spöttischer Laut erregte Johnnys Aufmerksamkeit, und er wandte mir sein dickliches Gesicht zu. Sein freundliches Lächeln wich einem selbstgefälligen Grinsen. »Neues Bandmitglied?«, fragte er. Er reichte mir die Hand und sagte: »Es muss aufregend sein, zur Band zu gehören. Ich bin Johnny, willkommen in meiner Sendung.«

Ich ignorierte die Hand des Idioten. Braune Haare hin oder her, er wusste ganz genau, dass ich ein Gründungsmitglied der Band war. »Du kannst mich mal.« Matt stieß mir mit dem Ellbogen in die Rippen, aber das war mir egal. Meine Bemerkung hatte endgültig das Lächeln aus Johnnys Gesicht gewischt.

»Eloquent wie immer«, stellte er fest, dann kehrte dieses verdammte Lächeln zurück. »Wir sehen uns nach eurem Auftritt.«

Matt fasste mich am Ellbogen. »Mach hier keine Szene«, zischte er. »Erledige deinen Job.«

Ich stieß ihn weg. »Ich bin durch und durch professionell … also hau ab, du Arsch.«

Matt rieb sich mit den Händen durchs Gesicht, dann hielt er inne und holte tief Luft. »Alles wird gut«, murmelte er vor sich hin, dann wandte er sich seinem Instrument zu.

»Natürlich«, bestätigte ich, als ich meinen Bass nahm. »Ich bin ja schließlich da.«

Keiner der Jungs reagierte auf meine aufmunternde Bemerkung, aber sie hatten ohnehin keine Zeit. Die Werbepause war zu Ende. Ein Mitglied der Crew gab Johnny aus dem Off ein Zeichen, zählte rückwärts, und als er bei null ankam, verzog dieser das Gesicht zu einem breiten Grinsen – *Showtime.*

»Willkommen zurück. Ich mache es kurz, meine Damen und Herren, hier sind die … D-Bags!« Er deutete in unsere Richtung, und die Kameras direkt vor uns wurden aktiv. Das gut dressierte Publikum schrie lauter als vorhin, als es uns zum ersten Mal gesehen hatte.

Evan gab mit dem Fuß einen Rhythmus vor, dann fingen wir an. Wir spielten unsere neue Single, den Song, den wir in den letzten Wochen pausenlos beworben hatten. Ich war froh, dass wir ihn heute für eine Weile zum letzten Mal spielten. Ich brauchte eine Pause. Oder zumindest etwas Abwechslung. Immer und immer wieder derselbe Song, das machte mich fertig.

Am Ende des Stückes hätte ich beinahe »Gott sei Dank« gesagt, doch ich beherrschte mich. Beherrschung war neuerdings mein zweiter Vorname.

Johnny kam zu uns und begrüßte uns überschwänglich. Eine Hand auf Kellans Schulter führte er uns zu vier Sesseln, die in einer Reihe neben seinem Schreibtisch standen.

Ich versuchte, den Sitz neben Kellan zu ergattern, doch Evan war schneller. So saß ich neben Evan, und Matt nahm den letzten Platz, der am weitesten vom Geschehen entfernt war. Matt war ganz grün im Gesicht. So sehr er uns auch zu solchen Auftritten drängte, eigentlich hasste er sie. Ich fand das komisch. Ich liebte das Scheinwerferlicht.

»Herzlichen Glückwunsch zu eurer neuesten Single, Leute. Das Album erscheint im März, richtig?«

Kellan schaltete auf professionell und beantwortete alle Fragen zum Album und der Art der Musik. Mir war derartig langweilig, dass ich beinahe einschlief. Wann redeten wir über mich? Das Telefon in meiner Hosentasche vibrierte, ich zog es heraus und blickte auf das Display. Matt sah mich schockiert an, als könnte er nicht fassen, dass ich so etwas in einer Livesendung tat. Er sollte sich entspannen, das Publikum beachtete mich ohnehin nicht, es lauschte eifrig der »Kellan-und-Johnny-Vorstellung«.

Ich hatte gerade eine SMS von Harold erhalten. Als ich sie las, erschien ein Lächeln auf meinem Gesicht. *Ich hoffe, Sie sitzen, wenn Sie das lesen … Sie werden ein Star! Ich habe gerade einen Vertrag über sechs Folgen unterschrieben. Buchen Sie einen Flug, wir müssen weitere Folgen drehen! Natürlich können wir ohne unseren Star nicht viel ausrichten, Montag ist Drehbeginn. Ich hoffe, Sie dort zu sehen. Und Glückwunsch!*

Fuck, ja!, schrieb ich zurück. *Ich komme.*

Als wüsste er, dass ich gerade super Nachrichten erhalten hatte, beugte sich Johnny vor und fragte: »Hast du etwas Wichtigeres zu tun, als live im Fernsehen über eure Single zu sprechen?«

Mit schiefem Grinsen schob ich mein Smartphone zurück in die Hosentasche. »Gewissermaßen, aber schon erledigt.«

Es war als Witz gemeint, aber Johnny fand das ganz offensichtlich nicht lustig. Mit angespanntem Lächeln sagte er: »Kurz sah es so aus, als würdest du dort einnicken. Zu viele lange Nächte? Ich habe gehört, dass nicht jeder mit dem Leben eines Rockstars zurechtkommt.«

Seine Miene und sein Ton waren derart herablassend, dass ich ihn am liebsten zur Hölle geschickt hätte. Stattdessen höhnte ich: »Mach dir mal um mich keine Sorgen, ich hab alles im Griff.«

Er legte die Stirn in Falten, als hätte ich ihn irgendwie nicht richtig verstanden. »Soviel ich weiß, schreibt Kellan die Texte, Matt kümmert sich, abgesehen davon, dass er einer der begnadetsten Gitarristen ist, die ich je gehört habe, um das Management und die Promotion der Band, und Evan komponiert die Melodien. Was machst du noch mal?«

Ich freute mich, dass wir endlich über mich sprachen, ärgerte mich aber zugleich, dass dieser Typ andeutete, ich wäre zu nichts zu gebrauchen. Seine Frage klang außerdem stark nach Matts Vorwürfen mir gegenüber. Kellan gab irgendeine blöde, politisch korrekte Antwort von sich, doch ich unterbrach ihn. »Ich bin das Herz der Band. Der gesellige Typ. Der Publikumsliebling.«

Johnny hob die Brauen, dann nickte er. »Oh, das klingt logisch. Meiner Erfahrung nach ist das im Allgemeinen die Person mit dem wenigsten musikalischen Talent. Außerdem wirkst du, als könntest du stundenlang über Belangloses plaudern. Umso merkwürdiger … warum warst du die ganze Zeit so still und hast Kellan das Wort überlassen?«

Hatte er mich gerade beleidigt? Ich konnte ihm nicht ganz folgen, aber es hörte sich an, als hätte er mich gelobt *und* heruntergemacht. »Ich habe lediglich auf eine gute Frage gewartet«, erwiderte ich.

Seinen Augen blitzten, und das Publikum war mucksmäuschenstill. Matt zog an meinem Ärmel und versuchte, mir eine stumme Botschaft zu übermitteln, doch das war mir egal. Dieser Typ war ein Arsch.

»Oh, ich bedaure, dass es dich langweilt, über deine Karriere zu reden. Worüber möchtest du denn lieber sprechen als über die Arbeit, die dich aus der abgrundtiefen Bedeutungslosigkeit gezogen hat, wo du sonst vermutlich bis zum Hals in Mittelmäßigkeit versunken wärst?«

Erneut konnte ich ihm nicht folgen. Wenn er mich für einen Nichtsnutz hielt, sollte er es doch einfach sagen. Kellan fragte: »Wie wäre es, wenn wir noch einen Song spielen?«, doch sowohl Johnny als auch ich ignorierten ihn.

Ich entschied, deutlich zu werden, da Johnny das offensichtlich nicht konnte. »Was hast du für ein Problem mit mir, Kumpel?«

Johnny legte auf seinem Schreibtisch die Fingerspitzen aneinander. »Problem? Kein Problem. Ich führe nur ein Interview. Das ist alles.« Er senkte die Finger, sodass sie auf mich zeigten. »Ich versuche lediglich herauszufinden, was du machst. Für einen Außenstehenden könnte es so aussehen, als würdest du nichts zum Erfolg der Band beitragen. Als würdest du an den Rockschößen deiner talentierten Bandkollegen hängen. Ein Außenstehender könnte meinen, dass du nicht hierhergehörst. Es ist meine Pflicht, dir die Gelegenheit zu geben, das zu widerlegen.«

In dem Moment kochte ich über und verlor die Beherrschung. Dieser Idiot durfte mich nicht einfach als Taugenichts bezeichnen. Ich zog mein Telefon heraus und hielt ihm das Display vor die Nase. »Willst du wissen, was das war? Ein Job. Ich werde die Hauptrolle in einer Fernsehserie spielen, die wahrscheinlich zum Schärfsten gehört, was dieser Planet je gesehen hat. Was sagst du nun zu meinem Talent, du Wichser?«

Jeder Einzelne im Studio starrte mich an. Oh, Mist. Das hätte ich hier wahrscheinlich nicht sagen dürfen, aber na ja. Jetzt war es raus. Johnny blieb die Spucke weg, und es dauerte ganze fünf Sekunden, bis er wieder sprechen konnte. Seine Augen funkelten, als hätte ich ihm gerade ein goldenes Talkshow-Geschenk auf einem Silbertablett serviert – es schien für ihn, als wären Halloween, Weihnachten *und* sein Geburtstag zusammen auf den heutigen Tag gefallen.

»Fernsehen, ja? Da wünsche ich dir viel Glück. Aber was ist mit der Band? Was macht sie, wenn du dann ein ›erfolgreicher‹ Schauspieler bist?«

Ich dachte an die zahlreichen Zurückweisungen und Enttäuschungen der letzten Zeit. Kellans Stimme klang in meinem Ohr: *Nicht heute, vielleicht morgen.* Matts Verurteilung fiel mir wieder ein: *Mir fällt nicht eine Sache ein, die du für die Band tust.* Sogar Johnnys Gedanken hallten durch meinen Kopf. *Du gehörst nicht hierher.*

Als ich gerade darüber nachdachte, wie ich den Jungs beibringen sollte, dass ich sie vielleicht eines Tages verlassen musste, wenn die Serie ein großer Erfolg wurde, machte Matt den Mund auf: »Sei nicht dumm, Griffin. Du kannst jetzt keine Rolle annehmen. Ruf die zurück und sag denen ab.«

Wut überschwemmte mich wie eine Welle, meine Haut brannte, und jedes einzelne Haar an meinem Körper richtete sich auf. Ich hatte es so satt, dass er mir sagte, was ich zu tun hatte, und mir im Weg stand. Sie alle standen mir im Weg. Tja, ab jetzt nicht mehr. Ab heute würde ich meine eigenen Spuren auf der Welt hinterlassen.

Ich stand auf, riss das Mikro von meiner Kleidung und ließ es auf den Sessel fallen. »Ich gehe. Ich beende dieses Interview, ich verlasse die Band, ich verlasse dieses Leben. Ihr könnt euch alle zum Teufel scheren.« Und mit diesen Worten verließ ich das Studio.

11. Kapitel

Ein geiler Typ muss tun, was er tun muss

Kaum hatte ich mich zehn Schritte von der Bühne entfernt, vibrierte auch schon mein Telefon. Ich war so sauer, dass ich es am liebsten ignoriert hätte, doch das konnte ich nicht. Ich blickte auf das Display und sah, dass es Anna war. Teufel. Obwohl ich vor Wut kochte, bildete sich ein bedrohlicher Knoten in meinem Bauch. Ich hätte das nicht live im Fernsehen tun dürfen. Ich hätte es für mich behalten und zuerst mit ihr reden sollen, so, wie sie es sich sicher gewünscht hätte. Mist, jetzt musste ich ihr gestehen, dass ich sie angelogen hatte. Sie würde mich umbringen.

»Hallo?«

»Was zum Teufel hast du da gerade gemacht? Live im Fernsehen?« Ihre Stimme klang angespannt und rau, wie ein lavaspeiender Vulkan kurz vor der Explosion. Wie zum Teufel sollte ich es ihr erklären, ohne dass sie auf die Palme ging? Und wie weit würde sie die Palme hinaufschießen? Fuck. Dies sollte mein Moment sein … ich brauchte sie an meiner Seite.

Ich eilte an Leuten vorbei, die mich aufzuhalten versuchten, während ich mich bemühte, einen Tobsuchtsanfall zu verhindern, den ich mit souveräner Lässigkeit auf mich zukommen sah. *Das ist keine große Sache.* »Entspann dich, alles ist gut. Ich brauche die Band nicht. Ich habe einen Fernsehdeal in der Tasche. Die wollen Montag mit dem Dreh beginnen. Sobald ich zurück bin, schnappen wir uns die Mädchen und fahren nach L.A.« Ich ging in den Aufenthaltsraum und schloss die Tür hinter mir. Ich wollte allein sein, wenn meine Frau ausrastete.

»L.A.? Für einen zweiten Werbespot?«, fragte sie eindeutig verwirrt. Dann wurde sie wütend. »Bist du etwa gerade aus der Band ausgestiegen, um im Fernsehen Alkohol zu verkaufen?«

Ich schloss die Augen und beschloss, dass es Zeit war, ihr alles zu erzählen. Sie war ohnehin sauer, viel schlimmer konnte es ja schließlich nicht mehr werden. *Bitte lass es nicht noch schlimmer werden. Ich brauche jetzt meine entspannte Frau.* »Na ja … eigentlich habe ich dort das letzte Mal keinen Werbespot gedreht. Es war eher ein Pilotfilm … für eine wöchentliche Serie … was toll für uns ist. Du glaubst nicht, was für Gagen angesagte Serien ihren Schauspielern zahlen. Dagegen ist das, was ich bei den D-Bags bekommen habe, wie der Mindestlohn.« Erst da fragte ich mich, wie hoch eigentlich meine Gage war … Ich konnte mich nicht erinnern, was im Vertrag gestanden hatte. Damals war es mir nicht wichtig erschienen.

»Das Geld ist mir egal, Griffin!«, zischte sie. »Die Band … ist unsere Familie. Du kannst sie nicht einfach verlassen!«

Ihre Stimme klang jetzt aufgeladen; der Vulkan spuckte Asche. Na ja, in mir braute sich ein eigener Sturm zusammen. Mein Blick zuckte zum Fernsehbildschirm, der die Bühne zeigte. Die Jungs stürmten davon, während Johnny an seinem Schreibtisch stand und sie offensichtlich bat zu bleiben.

Ich blickte finster auf den Fernseher und ließ die düstere Wut von mir Besitz ergreifen. »Ja, unsere Familie … Eine Familie, die mich verarscht, Anna. Die hören mir nicht zu, die nehmen mich nicht ernst, die geben mir nie eine Chance. Die halten mich nur klein. Manchmal muss man den Fittichen der Familie entfliehen, um richtig zu fliegen.« Verdammt, das war gut, fast poetisch. *Und die Jungs behaupten, ich könnte keine Texte schreiben.* Von mir selbst beeindruckt ergänzte ich: »Um ehrlich zu sein, Süße, ich habe darüber nachgedacht, die Band eine Weile zu verlassen.« Vielleicht war es nur ein Wunsch gewesen oder ein flüchtiger Gedanke, aber ja, ich hatte darüber nachgedacht. Und jetzt, nachdem ich es wirklich getan hatte, fühlte ich mich wunderbar damit.

Anna atmete schwer, als würde sie hyperventilieren, und ich schwöre, ich hörte selbst durchs Telefon ihr Herz schlagen. Sie hatte eine Panikattacke, und ich konnte nichts dagegen tun. Außer es womöglich noch schlimmer zu machen. »Griff, ich glaube, das ist keine gute Idee. Rede mit den Jungs, sag ihnen, es war nur ein Scherz. Wenn du dann nach Hause kommst, setzen wir uns zusammen und … reden über deine Optionen.«

Ein Scherz? Sie wollte, dass ich ihnen erzählte, es wäre ein Witz gewesen? Nein. So ernst hatte ich in meinem Leben noch nie etwas gemeint. Und »über meine Optionen reden«? In anderen Worten: »Du bist inkompetent, also lass mich dein Leben für dich planen.« Nein danke. Vielleicht hatte ich nicht den richtigen Weg gewählt, aber ich hatte recht. Das spürte ich tief in mir. »Ich *muss* das machen, Anna, und du musst mich unterstützen. Du bist meine Frau.«

Sie ließ sich Zeit mit der Antwort, und als sie schließlich etwas sagte, war der Schmerz in ihrer Stimme unüberhörbar. *Mist, ich hatte sie verletzt.* »Du hast gesagt, du hättest einen Werbespot für Whisky gedreht. Du hast mich *angelogen.*«

Da ich ahnte, worauf das hinauslief, unterbrach ich sie schnell. »Ich habe gesagt, es wäre so eine *Art* Werbespot, und es ist eine Art Werbespot. Ein ziemlich langer, komplizierter Werbespot … und die Figur, die ich spiele, bestellt sich im Piloten tatsächlich einen Whisky … also ist es keine richtige Lüge.« Auch ich wusste, dass ich Quatsch redete, aber was sollte ich ihr sonst sagen? *Ja, ich habe dich angelogen, um mein Ding zu machen. Sorry.* Sie war bereits verletzt. Wenn ich ihr gestand, was ich wirklich getan hatte, würde sie die Schlösser am Haus austauschen und einen Anwalt anrufen. Kurz durchfuhr mich ein eiskalter Schauder. Gott, hoffentlich war sie nicht so sauer, dass sie mich nicht mehr ins Haus ließ.

Der Tonfall, in dem sie auf meine abwegige Ausrede reagierte, war eisig. Doch es erleichterte mich, ihre Wut zu hören. Wut war besser als Schmerz. »Gut. Dann hast du dich um die Wahrheit gedrückt, damit du tun konntest, was du wolltest, ohne dich um die Konsequenzen scheren zu müssen. Das mag ich nicht, und es gefällt mir nicht, was du getan hast. Du hättest mir die Wahrheit sagen müssen, damit wir darüber hätten reden können, bevor du die Band von jetzt auf gleich live im Fernsehen verlässt. Mensch! Du nervst, Griffin, und ich bin so verdammt wütend auf dich! Warum zum Teufel hast du mir nicht einfach früher von allem erzählt?« Alles, was sie sagte, war völlig richtig, weshalb ich es gerade jetzt nicht hören wollte. Ich wollte, dass sie mir hundertzehnprozentig zur Seite stand, egal was passierte.

Der Rest von Wut in mir wollte ihr sagen, dass es meine Karriere war und ich nichts mit ihr besprechen musste, aber ich war vernünftig genug, das jetzt nicht anzubringen. Ich hatte die Band aus einem Impuls heraus verlassen, aber ich wollte Anna nicht verlassen. So ruhig ich konnte, beantwortete ich ihre Frage. Und zugegeben, es kostete mich eine Menge Willenskraft. »Ich dachte, wenn ich dich frage, würdest du Nein sagen, also habe ich dich nicht gefragt. Aber jetzt ist es passiert, und ich will das durchziehen. Bist du dabei?«

Sie stieß ein lautes frustriertes Knurren aus, dann bellte sie: »Darüber sprechen wir, wenn du wieder zu Hause bist!«

Sie legte auf, und ich starrte auf mein Telefon. Wut und Schuldgefühle rangen noch immer in mir, doch seltsamerweise war das vorherrschende Gefühl Erleichterung. Ich verheimlichte Anna nichts mehr, und sie erlaubte mir, nach Hause zu kommen. Das war doch schon mal was.

Als die Tür zum Aufenthaltsraum aufgestoßen wurde, verflog meine vorübergehende Erleichterung. »Was zum Teufel war das, Griffin?« Matts Gesicht war so rot, als hätte er einen Sonnenbrand.

Ich verdrängte all die widerstreitenden Gefühle, die ich während des Telefonats mit Anna empfunden hatte, straffte die Schultern und konzentrierte mich auf meine Empörung. »Ich habe mich für mich eingesetzt. Ich habe mich um mein Leben gekümmert.« Ich fühlte mich im Recht. Diese Chance hatte ich meiner eigenen Großartigkeit zu verdanken; und diesmal konnten sie sie mir nicht wegnehmen.

Matt rang die Hände. »Unglaublich.« Er deutete auf Kellan, der neben Evan stand. Obwohl sie mich noch nicht beschimpft hatten, wirkten sie genauso wütend wie Matt. »Als du ausgerastet bist, weil Kellan ein Angebot für einen Soloauftritt hatte, war das also bloß Heuchelei. Stimmt's? Wir sollen das ›Team‹ über alles andere stellen, aber du kannst einfach tun, was du willst! Richtig?«

Er hatte recht, aber das wollte ich nicht zugeben. Sie hatten mir zu häufig unrecht getan; das wollte ich ihnen heimzahlen. »Das ist es ja eben. Wir sind nie ein Team gewesen! Es gab euch, und es gab mich. Ihr habt mir nie eine Chance gegeben, darum musste ich mir selbst eine schaffen.« Ich deutete mit dem Daumen auf mich. »Jetzt bin ich an der Reihe.«

»Du bist ein Arsch!«, zischte Matt.

»Fick dich«, gab ich zurück. »Ihr habt mich eingesperrt, und ich ersticke. Ihr könnt mir nicht vorwerfen, dass ich ein bisschen frische Luft brauche.«

»Doch … können wir.« Matts Augen wirkten in seinem erhitzten Gesicht wie kalte Kiesel aus Stahl. Noch nie hatte ich ihn so wütend gesehen.

Obwohl Evans Hand vor Wut zitterte, legte er sie auf Matts Schulter, im Bemühen, ihn zu beruhigen. Kellan schüttelte den Kopf. »Hast du auch nur ein Mal darüber nachgedacht, was du damit der Band antust? Der Medienzirkus, den du losgetreten hast. Das Album, die Tour, die Zukunft … Ist dir irgendetwas davon in den Sinn gekommen? Oder warst du zu sehr mit deiner eigenen Großartigkeit beschäftigt, um daran zu denken?«

Ich warf Kellan einen wütenden Blick zu. »Es ist wirklich leicht, jemanden zu verurteilen, wenn einem die ganze Welt zu Füßen liegt. Du hast nie in deinem Schatten gestanden, also hast du auch keine Ahnung, wie ich mich fühle.«

Kellan hob die Hände. »Hättest du vielleicht mal mit mir darüber reden können? Anstatt einfach … na ja, du zu sein?«

»Das bringt doch nichts.« Ich nahm meine Jacke vom Sofa, hängte sie mir über die Schulter und wandte mich zum Gehen. »Was vorbei ist, ist vorbei.«

Evan versperrte mir den Weg. Ich blickte in sein steinernes Gesicht und schnappte: »Gehst du bitte aus dem Weg?«

Er schüttelte den Kopf. »Du hast von Anfang an zu dieser Band gehört. Du kannst nicht einfach von jetzt auf gleich aussteigen.«

Ich presste die Lippen zusammen. Wenn sie so unbedingt wollten, dass ich blieb, hätten sie mich nicht wie eine Nervensäge behandeln sollen. Das hatten sie alle hingenommen. »Ich habe nie versprochen, dass ich bleibe.«

»Du hast einen Vertrag unterschrieben«, entgegnete Matt.

Kopfschüttelnd blickte ich zu ihm hinüber. »Das ist nicht dasselbe. Wir wissen beide, dass ich da leicht rauskomme. Es steht mir frei, zu kommen und zu gehen, wie es mir gefällt, so will ich mein Leben.« Ich hob mein Kinn, um sie davon abzuhalten, mir wieder zu sagen, was ich tun sollte.

Matt schnaubte, dann zeigte er auf die Tür. »Na, dann, bitte … geh und sei frei.«

Evan wandte den Blick ab und trat zur Seite, sodass ich die Tür öffnen konnte, und ohne ein weiteres Wort ließ ich die D-Bags hinter mir.

Kaum war mein Flugzeug in Seattle gelandet, wurde mein Smartphone mit Anrufen bombardiert, und meine Mailbox lief über. Mindestens fünf Nachrichten waren von Denny. *Ruf mich an* lautete der Kern seiner Aussage. Das hatte ich nicht vor. Ich wusste genau, was er sagen würde – *Du machst einen Fehler, du hättest mich das machen lassen sollen, du musst öffentlich zurücknehmen, was du gesagt hast, bla, bla, bla.* Diese Dinge wollte ich nicht hören, also musste ich ihn auch nicht treffen oder mit ihm reden.

Da war Denny offenbar anderer Meinung.

Als ich die Haustür öffnete, stand er in der Halle und wartete auf mich. »Oh, Shit, nein. Was zum Teufel machst du denn hier?«, fragte ich müde und gereizt.

Denny deutete auf Anna neben sich; Anna sah genauso fertig aus, wie ich mich fühlte – hundemüde, als hätte sie kein Auge zugetan. »Deine Frau hat mich hereingelassen. Sie schien zu denken, dass es vielleicht eine gute Idee wäre, wenn du und ich uns unterhalten.« Anna hatte die Arme vor der Brust verschränkt und die Lippen zu einer schmalen Linie zusammengepresst. Ihre Miene verkündete derart laut *Hör auf ihn,* dass meine Ohren schmerzten. Das war das Letzte, was ich wollte.

Ich hob beschwichtigend die Hände. »Nicht nötig. Ich weiß genau, was ich tue, und ich brauche deinen Rat oder deine Meinung nicht.«

Denny trat einen Schritt vor. »Ich weiß von deiner Fernsehsendung. Der Typ ist erst zu mir gekommen, bevor er mit dir gesprochen hat. Ich hatte abgelehnt. Das war kein guter Deal, und das ist es noch immer nicht.«

Ich war sprachlos. »Du hast abgelehnt? Warum zum Teufel hast du das gemacht, ohne dich erst mit uns zu beraten? Wir zahlen dir nicht die Hälfte unserer Einnahmen, damit du uns Informationen vorenthältst.«

Seufzend schüttelte Denny den Kopf. »Zum x-ten Mal, ihr zahlt mir nicht fünfzig Prozent. Aber egal, ich habe es erwähnt. Wir hatten deshalb eine Gruppenbesprechung. Erinnerst du dich nicht an das Gespräch?«

Ich kramte in meinem Kopf, was er meinen könnte, aber ich litt unter Jetlag, war frustriert und total erschöpft. Und außerdem waren seine Besprechungen immer langweilig. Normalerweise schaltete ich nach den ersten fünf Minuten ab. »Können wir das später besprechen? Ich bin völlig fertig.« Ich ließ die Tür offen, damit er gehen konnte, aber er ging nicht. Stattdessen verschränkte er die Arme und bildete ein Spiegelbild meiner wütenden Frau. Sturer Bock.

»Na gut«, höhnte ich. Ich schlug die Tür zu, ließ meine Tasche im Flur fallen und hob die Hände. »Leg los, ich höre. Sag, was du zu sagen hast.«

Denny blickte zu Anna, dann wieder zu mir. »Anna hat mir erzählt, dass er dich im Pete's angesprochen hat. Findest du es nicht merkwürdig, dass er in einer Bar zu dir gekommen ist, anstatt durch deinen Agenten an dich heranzutreten?« Ich runzelte die Stirn, sagte jedoch nichts dazu. Wahrscheinlich war es etwas merkwürdig. Mein Schweigen als Zustimmung deutend fuhr er fort: »Zuerst hat er mich gefragt, ob Kellan es machen würde, und ich habe in seinem Namen abgelehnt. Dann hat er wieder wegen Matt angerufen, dann wegen Evan und schließlich deinetwegen. Er hat nach *allen* gefragt, und ich habe in euer aller Namen abgelehnt. Wir hatten eine Gruppenbesprechung, sobald mir klar geworden ist, dass er nur einen Namen sucht, mit dem er die Sendung verkaufen kann. Du bezahlst mich dafür, dass ich deine Interessen bestmöglich vertrete, und genau das habe ich getan.«

Seine Worte weckten etwas Dunkles in mir. Sie hatten zuerst nach Kellan und den anderen gefragt? Ich war ihre letzte Wahl? Nein … das konnte nicht stimmen. Die wollten mich und nur mich. Das hatte Harold so gesagt. »Du weißt nicht, was du da redest, Mann. Wir müssen von verschiedenen Deals sprechen.«

Denny seufzte und wirkte geschlagen. »Ich weiß, dass du kein Stück auf mich hörst, aber ich flehe dich an … für das Wohl deiner Familie … da solltest du nicht mitmachen, glaub mir. Es ist ein Abstieg und ein großes Risiko. Es gibt keine Garantie, dass die Sendung irgendwo gesendet wird, und die Bezahlung ist …«

Ich hob das Kinn und unterbrach ihn. »Das ist deine Meinung. Ich habe eine andere. Ich glaube, dass es eine großartige Gelegenheit ist, eine Chance für mich zu zeigen, was ich drauf habe.« Und genau deshalb wollten sie nicht, dass ich es machte.

Vielleicht dachte er, einen Ansatz entdeckt zu haben, den er noch nicht versucht hatte. Jedenfalls ging Denny auf meine Bemerkung ein. »Hör zu, ich weiß, dass Kellans Ruhm erdrückend sein kann, aber du bist auch wichtig. Die Jungs …«

Ich schnitt ihm das Wort ab, bevor er sein lahmes Argument zu Ende bringen konnte. »Nein, ich bin nicht *auch* wichtig. Ich bin wichtig, basta. Und ich werde es beweisen. Ich ziehe das durch. Du und die Jungs müsst euch damit abfinden.«

Denny hob die Hände und versuchte ein weiteres Mal, mich von seiner Sichtweise zu überzeugen. »Gut, mach die Sendung … aber verlass die Band nicht. Nimm eine Auszeit, guck, was passiert … du musst nicht weggehen und alle Brücken abbrechen.«

Aber genau darum ging es doch. Das musste ich. Ich war so weit mit den D-Bags gegangen, wie ich konnte. Ich wusste genau, was passierte, wenn ich bei ihnen blieb – ich würde immer weiter im Schatten verschwinden. Sie würden mir die Flügel stutzen, dabei wollte ich unbedingt fliegen. »Nein. Das interessiert mich nicht mehr. Ich will die Band endgültig verlassen. Kümmere dich darum.«

Denny schloss die Augen, und ich konnte fast sehen, wie er mich im Geiste verfluchte. »Okay. Ich lasse die Papiere zur Vertragsauflösung vorbereiten.« Mit gezwungenem Lächeln streckte er mir die Hand entgegen. »Viel Glück, Griffin. Ich glaube, du machst einen Fehler, aber ich hoffe ehrlich für dich, dass es funktioniert.«

Mit aufrichtigem Lächeln ergriff ich seine Hand. »Wir reden hier von mir. Natürlich wird das funktionieren.«

Kopfschüttelnd verließ er das Haus, und nachdem er gegangen war, hallte die Stille durch den Flur. Ich drehte mich zu Anna um. Würde sie mich erneut in die Mangel nehmen? Doch sie wirkte nicht sauer, vielmehr sah sie ängstlich aus. »Griffin … er entlässt dich aus der Band. Offiziell. Das ist real, ist dir das eigentlich klar? Anschließend bist du kein D-Bag mehr.«

Bei ihren Worten spürte ich ganz entfernt einen eiskalten Schmerz. Aber wegen irgendeines schwachen nostalgischen Gefühls nicht nach vorn zu schauen passte nicht zu meinen neuen Träumen. Ich musste die eine Tür schließen, um eine neue zu öffnen. Das klang gut. »Das weiß ich, Anna. Es ist für mich in Ordnung … kein D-Bag mehr zu sein.« Mensch, das klang allerdings sehr seltsam.

Anna atmete tief ein, dann presste sie die Hände auf den Bauch, als wäre ihr übel. »Triff keine übereilten Entscheidungen, Griffin. Nimm dir eine Auszeit, wenn du dieses Fernsehding ausprobieren willst, aber gib die Band nicht auf.«

Ich wünschte, dass nicht jeder meine Entscheidungen anzweifeln würde, und war etwas gereizt, weil Anna meine künftige Karriere als »Ding« bezeichnete. Kopfschüttelnd erwiderte ich: »Nein. Das ist der Weg, den ich gehen soll. Das spüre ich genau. Die D-Bags waren mein Sprungbrett, aber jetzt brauche ich sie nicht mehr.« Als ich das sagte, hatte ich einen Kloß im Hals und musste dreimal schlucken, um ihn wegzubekommen. Doch es stimmte. Sie hatten ihre Chance gehabt. Sie hatten es vermasselt.

Anna trat einen Schritt auf mich zu; ihre Augen funkelten. »Du hast mir mal gesagt, dass du immer, schon als kleiner Junge, ein Rockstar werden wolltest. Das hast du geschafft. Du bist einer. Warum willst du deinen Kindheitstraum aufgeben?«

Vollkommen erschöpft fuhr ich mir durchs Gesicht und stieß einen schweren Seufzer aus. »Ich habe gesagt, dass ich der *Star* einer Rockband sein wollte, nicht das vierte Bandmitglied, das niemand kennt und für das sich niemand interessiert.« Als ich ausführte, was für sie offensichtlich hätte sein müssen, hob ich die Hände. »Die interessieren sich nur für Kellan, und die Jungs lassen mich nichts unternehmen, um das zu ändern. Sie lassen mich nichts machen. Sie halten mich klein. Alles, was ich wollte, war ein blöder Song – einen einzigen! Und diese Idioten wollten mir noch nicht mal das geben. Ich komme mit denen nicht weiter.« Verzweiflung wallte in mir auf, als ich an den Käfig dachte, den sie mir übergestülpt hatten. Um die Wahrheit zu sagen, ich wäre bei ihnen geblieben … wenn ich geglaubt hätte, dass es mich weiterbringen würde. Aber das würde es nicht, und das musste Anna akzeptieren. Wenn sie so unbedingt wollte, dass ich ein D-Bag blieb, sollte sie dieses Gespräch mit ihnen führen, nicht mit mir.

Anna legte ihre Hände auf meine Brust und beschwor mich, ihr zuzuhören. »Okay, du hast recht, aber Aufgeben ist keine Lösung. *Rede* mit ihnen. *Bitte.*« Ich hörte die große Verzweiflung in ihrer Stimme und erschrak heftig. Das kannte ich nicht von ihr. Anna flehte mich nicht an, nicht so. Aber gottverdammt! Das war meine einzige Chance freizukommen. Wenn ich sie nicht nutzte, würde ich keine andere mehr erhalten. Davon war ich überzeugt.

»Das habe ich, Anna. Mehrmals. Es macht keinen Unterschied, und das wird es auch nie. Dies ist der einzige Weg.« *Bitte akzeptiere das. Bitte sei wieder an meiner Seite. Steh mir bei. Ich bin mir nicht sicher, ob ich das ohne deine Hilfe schaffe.*

Sie presste die Lippen zusammen und setzte ein frustriertes Gesicht auf, das mir vertraut war. »Wir sollten ein Team sein. Warum besiegelst du plötzlich Deals hinter meinem Rücken und beschließt alles, was diese Familie betrifft, allein? Habe ich nichts mehr zu melden? Habe ich keine Stimme? Ich meine, können wir wenigstens darüber verhandeln?« Obwohl sie verärgert war, sprach Hoffnung aus ihrem Blick und Bitten; sie flehte mich an, ihr eine Chance zu geben, diese Auseinandersetzung zu gewinnen. Das konnte ich mir jedoch nicht leisten. Nicht dieses Mal. Ich musste ein chauvinistischer Mistkerl sein, um ihr über ihre grundlosen Ängste hinwegzuhelfen, aber bevor alles vorüber war, würde sie mir dankbar sein. Wir würden gestärkt aus dieser Krise hervorgehen. Da war ich mir sicher.

Mir war bewusst, dass ich ein dominanter Arsch war. Ich schüttelte den Kopf und verkündete mit Nachdruck: »Wir verlassen Seattle, Anna. Ende der Diskussion.« Sie öffnete den Mund, doch ich wandte mich ab, um meine Töchter zu suchen. Hoffentlich würden wenigstens die sich freuen, mich zu sehen.

Wie Kellan es vorhergesagt hatte, brach ein Shitstorm los, nachdem ich ganz offiziell aus der Band ausgestiegen war. Ich glaube, es gab kein Medium, das mich nicht anrief; es war irgendwie toll. Endlich erhielt ich die Gelegenheit zu reden, und ich erklärte ihnen allen dasselbe: Ich hatte mit den D-Bags eine Grenze erreicht, und ich stieg aus, um etwas Neues auszuprobieren, etwas, bei dem ich der Star sein konnte.

Ein paar Idioten fragten mich, ob meine überstürzte Entscheidung mit Eifersucht zu tun hätte. Diesen Typen sagte ich, sie könnten mich mal. Ich war nicht eifersüchtig, ich hatte es satt. Satt, behindert und zurückgehalten zu werden. Es war Zeit, dass ich mich befreite.

»Wir ziehen in Daddys Heimatstadt. Ist das okay für dich?« Ich erklärte Gibson, dass wir morgen in ein Flugzeug steigen würden und vielleicht nie mehr zurückkämen. Ich war mir nicht sicher, wie sie es aufnehmen würde.

Sie legte den blond gelockten Kopf schief und sah mich voller Vertrauen an. Ich formte mit Daumen und Zeigefinger der einen Hand ein O, was sie sogleich nachmachte. »Okay, Daddy.« Zumindest eine, die hinter mir stand.

Ich tätschelte ihren Kopf, dann gab ich ihr einen Kuss und stand auf. Mit Onnika auf dem Arm beobachtete Anna Gibson und mich. »Haben wir alles gepackt? Kann es losgehen?«, fragte ich. Morgen früh würde ein Wagen uns und einen Teil unserer Sachen abholen. Den Rest unseres Krempels würden wir nachholen lassen, sobald wir im Süden ein neues Heim gefunden hatten.

Anna nickte, doch sie wirkte nicht glücklich. Sie war nicht leicht zu stressen, darum machte mich ihre Reaktion auf meine Ankündigung ganz verrückt. Sobald sie sich damit abgefunden hatte, dass ich sie belogen … und im Grunde dazu gezwungen hatte, meinem Plan zu folgen … dachte ich, dass sie hundertprozentig dabei wäre. Vor allem, nachdem ich ihr erklärt hatte, wie toll unser Leben werden würde, wenn die Sendung sich als Erfolg herausstellte. Doch unser künftiges tolles Leben schien sie nicht zu beeindrucken. Sie wirkte launisch, gereizt und voller Zweifel und ähnelte damit ihrer Schwester. Das Mutterdasein hatte ihr etwas von ihrer Sorglosigkeit genommen.

Ich fasste sie an den Ellbogen. »Alles wird gut. Besser als gut sogar. Du musst dich um nichts kümmern … außer dass wir alle rechtzeitig aufstehen, um den Flug zu bekommen. Du weißt ja, ich bin scheiße unzuverlässig, wenn es um so etwas geht.«

»Scheiße.« Gibson kicherte.

Seufzend sah Anna zu unserer kleinen Nachtigall. Als sie ihren Blick wieder mir zuwandte, wirkten ihre Augen glanzlos, als würde sie nur funktionieren. So sah sie aus, seit ich ihr gesagt hatte, dass wir Seattle verlassen würden. »Mach dir keine Sorgen … ich kenne meine Pflichten. Bleib nur nicht so lange aus, sonst kriege ich dich nicht wach.«

In der Hoffnung, das Lächeln zu sehen, das ich von ihr kannte und liebte, grinste ich schief und erwiderte: »Eine Sache kannst du immer tun, um mich wach zu bekommen …« Ich wackelte mit den Brauen, damit sie genau wusste, wovon ich sprach. Sie lächelte nachgiebig, dann schob sie mich zur Tür, das war alles. Ich hatte irgendwie gehofft, dass sie auf meinen Vorschlag eingehen würde. Mein Bett war gestern Nacht so eisig gewesen, dass die Antarktis dagegen warm erschien. Das beunruhigte mich etwas. Normalerweise stürzte sich Anna auf mich, wenn ich von einer Reise zurückkam, aber sie hatte mir erklärt, sie sei nicht in der Stimmung, und hatte mir den Rücken zugewandt, als ich angefangen hatte, an ihr zu knabbern. Sie ließ mich fast nie abblitzen. Und ich gebe zu, dass mich ihre Zurückweisung ein bisschen verletzt hatte.

Da ich dachte, dass sie ein romantischer Abend vielleicht aufheitern würde, fragte ich: »Bist du sicher, dass du nicht mit mir ausgehen willst? Wir könnten einen Babysitter für die Mädchen besorgen.«

Anna blickte sich im Haus um, als wollte sie sich alles einprägen. »Nein ... ich will heute Abend hierbleiben.«

Ich verstand wirklich nicht, weshalb sie seit unserer Auseinandersetzung so belegt wirkte. Mit ihrem Wutausbruch hatte ich gerechnet, aber diese Melancholie ... verstand ich irgendwie nicht. Ich wollte, dass sie sich genauso auf unser neues Leben freute wie ich. Ich machte mir Sorgen, dass sie vielleicht nicht darüber hinwegkam ... aber ab morgen würden wir in L.A. wohnen, unser neues Leben wartete auf uns, und es würde großartig werden. *Die Griffin-Sendung: die ganze Zeit nur Griff.*

Ich sprang in den Hummer und verließ das Haus für meine Abschiedsvorstellung in Seattle. Es würde mir wirklich fehlen, vor allem das Pete's, wohin ich nun fuhr. Obwohl ich in L.A. aufgewachsen war, hatte ich das Gefühl, eigentlich in der Bar groß geworden, erst zu voller Blüte herangereift zu sein, wenn man so will. Da ich nicht wusste, wann ich zurückkommen würde, hatte ich das Gefühl, dass es keinen anderen Ort gab, an dem ich heute Abend sein sollte. Als ich auf den Parkplatz einbog, wünschte ich, Anna wäre mitgekommen. Da wir uns in dieser Bar kennengelernt hatten, fühlte es sich falsch an, sich nicht gemeinsam von hier zu verabschieden. Das Pete's war ein wichtiger Ort für unsere Beziehung gewesen.

Ich schob meine bedrückenden Gedanken beiseite und stieß die Doppeltüren zum Pete's auf, als wollte ich sie einreißen. Jeder sollte hören, dass ich kam. Es war Samstagabend und der Laden gerammelt voll. Bei meinem großen Auftritt drehten sich zahlreiche Köpfe in meine Richtung; meine Haut kribbelte, als sie mich mit ihren Blicken verschlangen. *Ja ... ich liebte es, im Mittelpunkt zu stehen.*

Als die Leute mich erkannten, ertönte Jubel in der Bar. Das war eins der besten Dinge am Pete's – hier erkannte man mich immer. Zumindest die Stammgäste. Wie erwartet umringten mich die Fans, suchten Körperkontakt mit mir und stellten mir Fragen. Es waren jedoch nicht die Fragen, die ich erwartet hatte, und ihre Berührungen waren gröber als sonst. »Wie konntest du mit der Band brechen?! Wie konntest du sie verlassen?! Warum tust du uns das an, nachdem wir dich schon so lange unterstützen?!«

Die Wut in ihren Stimmen überraschte mich. Ich hatte mit nichts anderem als mit Glückwünschen von den Fans gerechnet. »Wovon zum Teufel redet ihr? Ich tausche eine großartige Sache gegen eine andere ein, das ist alles.«

»Du *veränderst* die Band!« Ein rotgesichtiges Mädchen schrie mich an. »Du machst alles kaputt! Wie kannst du nachts noch schlafen, nachdem du die D-Bags zerstört hast?!«

Verdutzt starrte ich sie an. *Alles kaputt machen?* Ich machte es besser. Jedenfalls für mich. Und ich schlief sehr gut, vielen Dank. Das wollte ich ihr gerade sagen, als eine Stimme durch das Geschnatter aus der Mitte der Bar ertönte.

»Ja, Griffin! Wie kannst du schlafen, nachdem du die Leute verarscht hast, denen du das tolle Leben verdankst, das du so ablehnst?«

Ich blickte über die diversen Köpfe um mich herum hinweg, bis ich den Besitzer der Stimme fand. Matt. Ich hätte es wissen müssen. Mit einem Bier in der Hand stand er neben einer Menschentraube und blickte mich höhnisch an, als hätte ich allein dadurch eine Sünde begangen, dass ich hergekommen war. Rachel stand neben ihm, und an der Art, wie sie ihn stützte, erkannte ich, dass er betrunken war. Das erklärte seinen Ausbruch. Normalerweise zog Matt nicht gern die Aufmerksamkeit auf sich.

Ich schob ein paar Gäste aus dem Weg und schritt in seine Richtung. »Hast du mir was zu sagen, Kumpel?«

Matt tippte sich mit dem Finger an die Schläfe. »Ich bin mir nicht sicher … aber ich glaube, das habe ich gerade schon getan.« Er wandte sich an Rachel. »Ich habe es doch laut ausgesprochen, oder?«

Rachel seufzte, dann sagte sie leise etwas zu ihm und zog ihn am Ärmel. Sie wirkte, als wollte sie hier weg. Mir ging es ähnlich, aber ich war zu wütend, um zu gehen. »Fick dich, Matt. Ich mache das nur, weil ihr mir keine andere Wahl gelassen habt.«

Jetzt färbte sich Matts Gesicht dunkelrot, und er stürmte auf mich zu; die Fans zwischen uns sprangen schnell zur Seite, und Rita, die hinter dem Tresen stand, warnte uns, wir sollten uns vertragen, oder sie würde die Cops rufen. Als ich mich nach ihr umdrehte, sah ich, dass sie den Türsteher herbeirief. Doch ich hatte keine Zeit, mir darum Gedanken zu machen, weil Matt inzwischen vor mir stand und derart sauer und besoffen war, dass er nicht aufhörte, mich zu beschimpfen.

Er legte seine Hände auf meine Brust und schubste mich. Ich stolperte, fing mich jedoch wieder. »Kumpel! Verdammt, komm mal runter«, zischte ich.

Er stieß ein teuflisches Lachen aus. »Komm mal runter? Du hast die Band sitzenlassen. Drei Wochen bevor unser Album erscheint. Du bist der egoistischste Mensch, der mir je begegnet ist. Ich wusste ja schon immer, dass du ein mieser Typ bist, aber bis jetzt hatte ich keine Ahnung, was für ein Arsch du tatsächlich bist. Aber weißt du was, das ist mir scheißegal. Wir suchen einen Ersatz für dich und machen weiter. Kein Problem. Ich kenne ein Dutzend Typen, die liebend gern das hätten, was du einfach weggeworfen hast.«

Er schrie mir ins Gesicht, als wäre ich taub. Seine Worte wirkten wie winzige Holzscheite, die er in mein inneres Feuer warf und mit denen er mich immer weiter anheizte. Wenn er nicht bald sein Maul hielt, würde ich es ihm stopfen. »Beruhige dich, Matt. Ich bin so ziemlich fertig mit dir.«

Er sah mich ungläubig an. »So ziemlich? Ich dachte, du wärst fertig. Na ja, ich bin es jedenfalls. Wir sind nicht mehr eine Familie. Du bist für mich gestorben, du Arsch. Und die B-Bags sind besser ohne dich dran!«

Das war zu viel. Mein Körper reagierte, bevor mein Kopf überhaupt begriff, was passierte. Ich spannte den Arm an, ballte die Finger zu einer festen Faust, dann sammelte ich die aufgestaute Kraft und ließ sie los. Meine Faust traf Matts Kinn, und er ging zu Boden. Rachel war sofort bei ihm.

Nachdem sie sich davon überzeugt hatte, dass er okay war, starrte sie mit großen, entsetzten Augen zu mir hoch. »Hast du den Verstand verloren?!«, schrie sie.

Ich stand neben Matt und schüttelte den Kopf. »Nein, ich habe ihn endlich gefunden. Und ich sehe endlich, wie meine ›Freunde‹ wirklich sind. So viel zum Thema Blut ist dicker als Wasser.« Ich wollte Matt anspucken, überlegte es mir jedoch anders. Er war meine Spucke nicht wert.

Der Türsteher packte mich am Oberarm und zerrte mich nach hinten. Ich drehte ihm den Kopf zu und fauchte: »Lass mich los, du Idiot. Ich bin fertig mit ihm.«

Der Mann, der Sams Zwilling hätte sein können, brummte: »Du bist erst fertig, wenn du draußen bist.« Er führte mich grob an der Menge vorbei, die mich ausbuhte. Mich *ausbuhte*. Ich begriff nicht, was ich da hörte. Waren die alle besoffen? Matt hatte mit dem Mist angefangen; ich hatte mich nur verteidigt. Er war hier der Schläger, nicht ich.

Während der Typ mich hinauszerrte, schrie ich Matt noch zu: »Ach, übrigens, ich nehme meinen Namen mit. Ihr dürft euch nicht mehr die D-Bags nennen! Der Name gehört mir!«

Ich sah, wie Matt sich hochrappelte. Er folgte uns. »Nein, das stimmt nicht«, stieß er hervor. »Deine Idee war Douchebags. Ich bin derjenige, der vorgeschlagen hat, den Namen abzukürzen. Der Name gehört mir!«

Ich grinste ihn höhnisch an; wo ich ihn mit der Faust erwischt hatte, rann Blut aus seinem Mundwinkel. »Das werden die Anwälte klären.«

Matt legte mir eine Hand auf die Schulter. Der Türsteher befahl ihm zurückzutreten, aber Matt ignorierte ihn. »Du hast die Band schon verlassen … bring sie nicht auch noch um.«

Spöttisch gab ich zurück: »Wozu braucht ihr meinen Namen denn überhaupt? Nennt euch doch einfach Kellans Schlampen, nichts anderes seid ihr nämlich.«

Matt blieb stehen und wurde kurz darauf von der Menge verschluckt. Davor hörte ich ihn jedoch noch murmeln: »Viel Spaß in Hollywood, Griff.«

»Den werde ich haben«, schoss ich zurück, dann schob mich der Schwachkopf ruppig aus der Tür. Mit einem schmerzhaften Aufprall landete ich auf dem Asphalt.

»Lass dich hier nicht mehr blicken«, befahl er. »Du hast Hausverbot.«

Meine Hände waren zerkratzt und bluteten, und mein Ellbogen brannte wie Feuer, doch ich ignorierte den Schmerz und schoss nach oben. »Nicht für Geld und gute Worte würde ich noch mal in diesen Saftladen kommen«, höhnte ich.

Er lächelte nur, dann ging er zurück in die Bar. Ich wartete darauf, dass empörte Fans herausströmten und sich darüber ausließen, wie mies man mich behandelte und dass sie diesen Laden nie wieder betreten würden … doch niemand kam. Nicht ein einziger Mensch überzeugte sich davon, wie es mir ging. Ich wollte es nicht zugeben, aber das tat weh.

Anna war überrascht, als ich schon nach so kurzer Zeit wieder nach Hause kam. Ich erzählte ihr, dass das Pete's tot wäre und sie nichts verpasst hätte. Es war nicht ganz gelogen. Für mich war das Pete's gestorben; ich konnte nicht mehr dorthin zurück. Nicht dass ich das gewollt hätte. Das Pete's konnte mich mal. Und Matt war für mich auch gestorben, aber das erwähnte ich ihr gegenüber nicht. Das hatte keinen Sinn.

Ich schlief mit dem Gedanken ein, dass ich am liebsten schon nicht mehr hier wäre, und wachte auf, eine Stunde bevor uns der Wagen zum Flughafen bringen sollte. Als Anna sich schließlich rührte, hatte ich unsere Taschenberge schon neben der Haustür aufgestapelt, die Kaffeemaschine angestellt und hielt einen Wodka Red Bull in der Hand. Dann konnte man den Tag auch gleich richtig beginnen.

»Du bist ja schon wach. Ich glaube, du bist noch nie vor mir aufgewacht.« Sie gähnte und streckte sich, und ich tat es ihr gleich. Ich mochte zwar vor ihr aufgewacht sein, aber es war trotzdem noch schrecklich früh.

Meine Hüfte schmerzte, nachdem mich dieser Idiot aufs Pflaster geworfen hatte. Ich rieb sie unauffällig, während ich Anna erklärte: »Ich bin nur aufgeregt, weil wir fahren. Das wird super. Du wirst sehen.« Sie schenkte mir ein schwaches, wenig überzeugtes Lächeln, dann ging sie nach oben, um sich anzuziehen.

Als Anna gerade fertig war, klingelte es an der Tür. Zeit aufzubrechen. Die Kinder und all unser Zeug zu verstauen dauerte erstaunlich lange. Gibson weinte und weigerte sich, ihr violettes Zimmer zu verlassen. Onnika hatte Hunger, dann musste die Windel gewechselt und sie anschließend umgezogen werden.

Als wir schließlich den Flughafen erreichten, hatte ich bereits genug von der Reise. Konnten wir nicht schon da sein?

Wir brauchten zwei Gepäckwagen für unseren ganzen Kram, und selbst die reichten nicht aus, sodass ich auch noch mit Taschen bepackt war. Als die Türen automatisch zur Seite fuhren, entdeckte ich etwas, das mich noch mehr nervte. Kellan und Kiera waren da. Kellan trug Baseballkappe und Sonnenbrille, dennoch scharte sich eine Gruppe Fans um ihn herum. Er lächelte, gab Autogramme und ließ sich fotografieren. Der Sicherheitsdienst vom Flughafen drückte sich in der Nähe herum und wirkte etwas beunruhigt. Vermutlich würden sie das Ganze gleich beenden.

Ich bemühte mich um einen besseren Halt des Kindersitzes in meinem Arm und rückte die Wickeltasche auf meinem Rücken zurecht. Den Buggy auf dem Gepäckwagen balancierend arbeitete ich mich zu Kellans Gruppe vor. Als er mich bemerkte, blickte er auf und winkte mir zu. Die Fans in der Menge wandten sich in meine Richtung, doch falls sie mich erkannten, zeigten sie es jedenfalls nicht.

Als Anna ihre Schwester entdeckte, kreischte sie. Sie umklammerte fest ihre Töchter und raste zu Kiera, die neben Kellan stand. Sie umarmten sich; so hatte Anna nicht mehr gestrahlt, seit ich ihr gesagt hatte, wir würden wegziehen.

Kellan drängte sich höflich durch die Fans, um zu mir zu kommen. Ich fragte mich, ob er mich genauso zusammenstauchen wollte, wie Matt es gestern Abend getan hatte, und fragte gereizt: »Willst du mich jetzt auch noch zur Schnecke machen?«

Kellan seufzte, offenbar wusste er von dem Zwischenfall mit Matt in der Bar. »Nein. Ich bin hier, um mich zu verabschieden. Egal, was in letzter Zeit war … du gehörst zur Familie, und ich kann dich nicht fahren lassen, ohne mich von dir zu verabschieden.«

Gegen meinen Willen war ich gerührt, weil ich Kellan nicht egal war. Er reichte mir die Hand. Ich zögerte, dann ergriff ich sie. Als er unter seiner Baseballkappe grinste, seufzten die herumlungernden Fans, als hätte er ihnen gerade einen Heiratsantrag gemacht. »Viel Glück, Griffin. Und das meine ich ernst.«

Ich nickte, schüttelte noch ein paarmal seine Hand und ließ dann los. »Danke.« Ich hatte das Gefühl, ich sollte noch etwas Rührseliges hinzufügen, etwas in der Art, dass ich seine Aufmunterung zu schätzen wusste, aber dazu war ich nicht in der Lage. Alles, was mir ständig durch den Kopf ging, war: *Nicht heute, vielleicht morgen.* Na ja, morgen war heute.

Ich musste Anna von Kiera lösen. Als sie sich endgültig von ihrer Schwester verabschiedete, hatte sie Tränen in den Augen. »Ich rufe dich an, wenn ich gelandet bin«, sagte sie, als sie schließlich voneinander abließen.

»Wehe, wenn nicht«, erwiderte Kiera und wischte sich die Augen.

Obwohl ich nicht verstand, warum dieser Moment so unnötig dramatisch sein musste, fiel es mir schwer zu schlucken; mein Hals war wie zugeklebt. Ich trieb meine Frau zum Check-in, dann blieb ich stehen und blickte mich noch einmal nach Kellan um. »Hey, Kell«, rief ich. Obwohl er eine dunkle Sonnenbrille trug, konnte ich sehen, dass sich unsere Blicke trafen. »Sag …« *Sag Matt und Evan, dass es mir leidtut.* Irgendwie kamen mir diese Worte nicht über die Lippen. »Danke, dass du gekommen bist.«

Kellan nickte, dann hob er zum Abschied die Hand. Ich hatte nichts mehr zu sagen und wandte ihm und Seattle den Rücken zu.

12. Kapitel

Jetzt beginnt die geile Zeit

Auf dem Flug sagte Anna keinen Ton. Mit Onnika auf dem Schoß starrte sie aus dem Fenster, als wäre das unendliche Wolkenmeer ein packendes Buch, das sie nicht aus der Hand legen konnte.

Ich sagte ihr, dass meine Eltern uns am Flughafen abholen würden, erhielt als Antwort jedoch nur ein Nicken. Als die Stewardess sie fragte, ob sie etwas bräuchte, schüttelte sie nur stumm den Kopf und starrte weiter aus dem Fenster. Diese Niedergeschlagenheit passte so gar nicht zu ihr. Es beunruhigte mich etwas, dass sie überhaupt nicht mehr da rauskam. Ich vermisste meine mutige, sorglose Frau, die bis jetzt all meine schrägen Eskapaden mitgemacht hatte, ohne mit der Wimper zu zucken. Ihre Fähigkeit, meine Verrücktheiten zu akzeptieren, war einer der Hauptgründe, warum wir so gut miteinander auskamen. Wenn sie diese Fähigkeit jetzt verlor, war ich mir nicht sicher, was das für uns bedeutete. Gott, hoffentlich würde meine alte Anna bald zurückkehren. Ich wollte so sehr, dass sie von dieser Idee begeistert war. Dass sie meine Freude mit mir teilte.

Als das Flugzeug in L.A. landete, konnte ich es kaum erwarten auszusteigen. Ich hatte genug von dieser kleinen, vollgestopften Kabine. Genug von meinem kleinen, vollgestopften Leben. Ich wollte hinaus in die Welt. Meinen Namen in meterhohen Lettern lesen. Ich wollte, dass die Menge bei meinem Anblick ausrastete. Dass Kritiker sprachlos waren, weil man mein großartiges Talent unmöglich in Worte fassen konnte. Wie die Welt bald feststellen würde, verfügte die englische Sprache über keine Begriffe, die mich angemessen beschrieben. Ich war bereit, allein im Scheinwerferlicht zu stehen. Ich war schon mein ganzes Leben bereit dazu gewesen.

Während ich zusah, wie die Koffer auf dem Gepäckband landeten, fragte ich mich, ob ich mich noch als D-Bag bezeichnen konnte. Ich war so lange einer gewesen, dass es mir seltsam vorkam, mich als etwas anderes zu sehen. Aber Denny untersagte es mir, sodass ich offiziell … ein Ex-D-Bag war. Dieser Gedanke trübte meine Stimmung; vor gar nicht langer Zeit hatte die Band alles für mich bedeutet. Aber offensichtlich hatten die anderen nicht genauso empfunden, und jetzt war ich ein geläuterter D-Bag. *Aber nee, ich würde immer ein Douche, ein Mistkerl, bleiben.*

Mein kleiner Scherz hob meine Stimmung wieder, und ich lachte kurz auf. Anna warf mir einen Blick zu, und vorübergehend wich die Traurigkeit in ihren Augen starker Gereiztheit. Obwohl ich mich über jede Form der Stimmungsänderung bei ihr freute, wollte ich wissen, was sie ausgelöst hatte. »Was ist?« Da ich annahm, dass sie vielleicht nicht glücklich über unsere vorübergehende Bleibe war, erklärte ich ihr: »Bist du sauer, weil wir bei meinen Eltern wohnen? Es ist doch nur vorübergehend, Süße. Sobald wir richtig angekommen sind, suchen wir uns ein Haus. Versprochen.«

Sie wandte den Blick ab, und der kurze Anflug von Gereiztheit verschwand wieder. Verdammt. Ich hatte wirklich keine Ahnung, wie man mit deprimierten Frauen umging; darin hatte ich null Erfahrung. Wenn ein Mädel zickte, verließ ich sie. Aber das wollte ich bei Anna auf keinen Fall. Sie war meine Traumfrau.

Sobald wir unser Gepäck hatten, verließen wir den Flughafen und trafen draußen auf meinen Vater. Er wirkte besorgt, während wir uns alle in den Minivan klemmten. »Ist was, Pops?«, fragte ich.

Er sah mich an, seufzte und strich sich mit der Hand durchs Haar. »Sagen wir, das Haus ist gerade … etwas unruhig. Dies ist vermutlich der friedlichste und stillste Moment, den ich seit Langem hatte. Gott, wie ich es vermisst habe, meinen eigenen Gedanken zu lauschen.«

Ich blickte mich auf dem vollen Flughafen um, Autos kamen und fuhren ab, Leute schrien und hasteten aneinander vorbei. Das nannte er friedlich? Nach seiner Bemerkung seufzte Anna. Ich legte einen Arm um ihre Schulter und munterte sie auf, so gut ich konnte: »Es ist meine Familie … wie schlimm kann das sein?«

Ihr leerer Blick sagte mir, wie absolut schrecklich es ihrer Meinung nach ganz sicher werden würde. Er besagte auch, wenn ich je wieder Sex haben wollte, sollte ich mich so bald wie möglich nach einer Bleibe umsehen. Noch im Auto ging ich in meinem Smartphone die Immobilienanzeigen durch.

Als der Flughafen im Rückspiegel allmählich verschwand, dachte ich darüber nach, dass kein einziger Fan dort gewesen war. Niemand hatte mich um ein Autogramm gebeten, niemand hatte geschrien, niemand hatte mich angepöbelt, weil ich aus der Band ausgestiegen war. Niemand hatte mich überhaupt erkannt. *Was zum Teufel?* Ob meine Eltern von den Neuigkeiten mit der Band gehört hatten? Ich fragte meinen Vater: »Und? Habt ihr *Live bei Johnny* gesehen?« Diesen aufgeblasenen Schwanzlutscher.

Dad runzelte die Stirn. »Nein … das muss ich verpasst haben. Wann wart ihr da?«

Ich verdrehte die Augen. Typisch. Wenn ich meinen Eltern

nicht zehn Erinnerungen schickte, verpassten sie alles, was ich tat. Außer wenn ich Kinder zeugte. Auf Enkelkinder flogen sie wie Fliegen auf einen Misthaufen. »Na ja, ihr habt was verpasst. Ich habe die Band verlassen.«

Dads Kopf fuhr zu mir herum; dabei riss er das Lenkrad zur Seite und wäre fast mit einem Taxi zusammengestoßen. Vielleicht hätte ich fahren sollen. »Warum zum Teufel machst du so etwas?« Er sah mich derart fassungslos an, als hätte ich ihm gerade gesagt, ich würde mich einer Geschlechtsumwandlung unterziehen.

Finster deutete ich auf die Straße. Dass ich mir das Gesicht verletzte, weil Dad jemandem hinten drauffuhr, war das Letzte, was ich gebrauchen konnte. Vor allem jetzt, wo ich sonst auf nichts mehr zurückgreifen konnte. Diese hübsche Visage würde meine einzige Einkommensquelle sein. »Ich habe etwas Besseres gefunden. Die Fernsehserie. Schon vergessen? Darum sind wir doch hier.«

Dad schloss die Augen, und fast hätte ich ihm auf den Arm gehauen. Pass auf, Alter! »Griffin … Fernsehserien gibt es hier wie Sand am Meer, das weißt du doch. Und die meisten werden nie gesendet, und wenn doch, laufen sie bestenfalls eine Staffel lang. Auch das weißt du. Als du gesagt hast, du würdest eine drehen, habe ich angenommen, dass du das zum Spaß in deiner Freizeit machst. Mir war nicht klar, dass du ausgestiegen bist.« Er stöhnte, als könnte er nicht fassen, dass er ein so idiotisches Kind großgezogen hatte.

Ich ballte die Hände zu Fäusten. Warum waren meine Verwandten immer die Ersten, die mich verurteilten? »Diese wird gemacht, es gibt schon einen Vertrag. Und es wird ein Superding, du musst dir also nicht ins Hemd machen.« Ich blickte mich im Wagen um; Anna saß in der Mitte der Rückbank, Gibson und Onnika rechts und links neben ihr. Sie wirkte noch immer bedrückt, als würde sie trauern. »Alle können aufhören, sich ins Hemd zu machen und ein bisschen Vertrauen in mich haben.« Ich richtete den Blick wieder nach vorn und verschränkte die Arme. Das hier sollte eigentlich anders laufen.

Anna seufzte, dann legte sie mir eine Hand auf die Schulter. »Das tun wir, Griff. Das tun wir.« Es waren die ersten Worte, die sie gesagt hatte, seit wir Seattle verlassen hatten. Lächelnd blickte ich ihr über den Rückspiegel in die Augen. Sie wirkte zwar angespannt, aber sie lächelte. Als ich ein positives Gefühl bei ihr sah, sackte ich vor Erleichterung beinahe zusammen. Gott sei Dank, sie kam wieder zu sich. Ich war mir nicht sicher, was ich getan hätte, wenn sie sich nicht wieder erholt hätte.

Dann sagte Dad etwas, von dem ich wünschte, er hätte es nicht gesagt. »Was ist mit deinen Haaren passiert?« Ich hatte noch immer die kurzen, braun gefärbten Haare vom Pilotfilm, obwohl meine blonden Ansätze allmählich nachwuchsen. Vor dem nächsten Dreh würde ich eine kleine Auffrischung benötigen.

Ich wollte ihm gerade antworten, als sich Annas Finger in meine Schulter krallten. Langsam drehte ich mich zu ihr um und blickte in ihre wütenden Augen. »Er hat deine Haare nicht gesehen, als du den ›Werbespot‹ gedreht hast?« Bevor ich es ihr erklären konnte, gab sie sich selbst die Antwort. »Nein … natürlich nicht. Weil du gar nicht bei deiner Familie gewohnt hast, als du hier gewesen bist. Du hast mich angelogen, damit ich nicht mitkomme … damit ich nicht herausfinde, dass du eigentlich gar keinen Werbespot drehst.«

Kopfschüttelnd lehnte sie sich auf ihrem Sitz zurück und starrte wieder aus dem Fenster. Mist. Und das, gerade als ich mit ihr wieder auf einem guten Weg war. Dad blickte skeptisch zu mir herüber. »Du warst in der Stadt und hast dich nicht gemeldet? Das wird Marsha aber nicht gefallen.« Na toll.

Als wir zu Hause ankamen, verstand ich sofort, was er mit »unruhig« meinte. Mom passte auf Chelseys Zwillinge auf, und ungefähr eine Billion Verwandte waren zu Besuch; sowohl Mom als auch Dad stammten aus supergroßen Familien. Irgendjemand kam immer gerade vorbei. Im Haus herrschte Chaos. Liam war ebenfalls da und übte den Text für ein Casting.

Er blinzelte überrascht, als er mich sah. »Wow, du hast es also wirklich getan. Du bist aus der Band ausgestiegen. Bist du ein Idiot oder einfach nur dumm?«

Ich wollte gerade antworten, doch Anna kam mir zuvor: »Griffin ist kein Idiot. Es ist nur eine berufliche Veränderung, das ist alles. Er hat einen Plan … und der wird wunderbar funktionieren.«

Den letzten Teil sagte sie, als wollte sie sich selbst ebenso wie meinen Bruder davon überzeugen, aber ich war zu beeindruckt, dass sie meine Entscheidung verteidigte, um mich wirklich darum zu scheren.

Als Dad auf mein altes Jugendzimmer am Ende des Flurs deutete, löste ich den Blick von Anna. »Ihr vier müsst euch ein Zimmer teilen.« Er zuckte die Schultern, als wäre das nicht zu ändern. Anna seufzte, folgte mir jedoch den Flur hinunter zu unserem neuen, wenn auch vorübergehenden, Zuhause.

Als wir in mein altes Zimmer traten, das noch immer wunderbar mit Kiss- und Poison-Postern dekoriert war, wandte ich mich an Anna: »Danke.«

»Wofür?«, murmelte sie und legte Onnika auf den Boden.

»Dass du mich vor Liam verteidigt hast. Dass du gesagt hast, ich wäre kein Idiot, weil ich das hier mache.«

Anna lächelte schwach, dann kümmerte sie sich um Onnikas Windel. »Ich bin noch immer nicht begeistert davon, Griffin, und ich bin immer noch ziemlich sauer, dass du das hinter meinem Rücken ausgehandelt hast. Dass du mich mehrmals angelogen hast und dass du die Worte »Ende der Diskussion« überhaupt ausgesprochen hast, wie irgendein dominanter Schwachkopf … aber was er gesagt hat, hat mir nicht gefallen.« Als sie zu mir aufsah, wuchs ihr zartes Lächeln ein bisschen. »Vielleicht bist du ein Idiot, aber du bist mein Idiot.«

Ich nahm ihre Hand und zog sie nach oben. Sie ließ den Gummizug von Onnikas Windel los und stieß einen kurzen Schrei aus, woraufhin Onnika lächelte. Ihre tiefgrünen Augen waren eine kleine Ausgabe von denen ihrer Mutter; obwohl Onnies dunkle Haare noch nicht sehr lang waren, wirkten sie schon fast wie Zwillinge.

Ich legte die Arme um Annas Taille und zog sie dicht an mich. »Komm morgen mit.«

Sie entspannte sich und legte die Arme um meinen Hals. »Ans Set?«

Ich nickte. »Ja. Komm mit und sieh es dir an. Vielleicht bist du dann auch überzeugt.«

Sie kaute auf ihrer Lippe, und zwischen meinen Lenden regte sich etwas. Verdammt, das war sexy. »Vielleicht … In Ordnung, ich komme mit. Das kann ja ganz lustig werden.« Sie lächelte, während sie ihre Lippe zwischen den Zähnen gefangen hielt, und ich sah, wie das vertraute Strahlen in ihren Augen erwachte. *Das ist mein Mädchen.*

Ich wollte Gibson gerade bitten, mit ihrer Schwester ins andere Zimmer zu gehen, als meine Mutter im Türrahmen erschien. »Oh, schön, dass ihr da seid. Du kannst mir beim Abendessen helfen. Und apropos Hilfe, damit meine ich, schaff deinen Hintern in die Küche.« Sie lächelte warm, aber ihre Worte waren streng. Wenn sie einem eine Aufgabe in der Küche zuteilte, gab es kein Entrinnen.

»Danke, Mom, ich bin gleich da.« Vielleicht nach einem kleinen Quickie mit meiner Frau.

Mom wandte sich zum Gehen, dann blieb sie stehen, kam zurück zu mir und gab mir eine Kopfnuss. »Das ist dafür, dass du uns nicht besucht hast, als du in der Stadt warst. Schicker Haarschnitt.«

Sie verließ das Zimmer, und Anna brach in Gelächter aus. Mein Kopf tat weh, aber Anna wieder lachen zu hören, war eine große Erleichterung. »Das geschieht dir recht. Das Schicksal warnt dich davor, jemanden zu belügen, vor allem deine Frau.« Ihr Blick wurde eisig, und ich wusste, obwohl sie sich bemühte, darüber hinwegzukommen, war sie noch immer sauer, weil ich sie hintergangen hatte.

Ich fasste ihre Schultern und blickte ihr direkt in die Augen. »Es tut mir leid, okay? Und ich werde es nicht wieder tun.« Wir waren bereits hier, es gab keinen Grund, noch einmal zu lügen. Von jetzt an würde alles glattlaufen.

Ihre Augen blitzten wütend. »Besser, du lügst mich nie wieder an.«

Ich lächelte dümmlich und beschrieb ein Kreuz über meinem Herzen.

Anna schürzte die Lippen, dann nickte sie nachdenklich. »Okay … warum erzählst du mir nicht von deiner Serie, damit ich weiß, was mich morgen erwartet?«

Ich war überglücklich, ihr endlich davon berichten zu können. Es hatte mich umgebracht, alles für mich behalten zu müssen, und seit die Katze aus dem Sack war und ich darüber hätte reden können, hatte sie mir nicht zuhören wollen. Jedes Mal, wenn ich in den letzten Tagen versucht hatte, ihr von der Serie zu erzählen, hatte sie wortlos den Raum verlassen. »Also, erst einmal … ich bin ein Rockstar.« Sie machte große Augen, und ich grinste. »Ja, ich weiß, Ironie des Schicksals, was? Aber irgendwie passend. Ich lebe noch immer meinen Kindheitstraum, er ist nur größer und verwegener als je zuvor.«

Anna lächelte, es wirkte eher ermutigend als belustigt, und meine Stimmung stieg. Mit Anna an meiner Seite gab es nichts, was ich nicht schaffen konnte. Ich würde diese Stadt erobern, es war nur eine Frage der Zeit.

Am nächsten Morgen fuhren Anna und ich mit dem Minivan meines Vaters zum Studio. Das Auto war zwar etwas peinlich, aber wir hatten noch keine Gelegenheit gehabt, uns einen eigenen Wagen zu besorgen. Ich schrieb Harold eine SMS, als wir da waren, und wie gehabt holte er uns mit seinem Golfcart vom Parkplatz ab. Er begrüßte erst mich, dann musterte er überrascht meine Frau. »Mrs Hancock … freut mich, Sie kennenzulernen. Ich bin Harold Berk, der Executive Producer der Sendung. Wir sind so froh, dass Ihr Mann dabei ist.« Er reichte ihr zur Begrüßung die Hand.

Höflich lächelnd schüttelte Anna sie. Sie war nicht ganz seiner Ansicht. »Ja, ich habe schon von Ihnen gehört.« Sie warf mir einen wütenden Blick zu. Auch wenn sie mir vergeben hatte, würde sie nie ganz darüber hinwegkommen.

Harold lachte über ihre Bemerkung und ließ ihre Hand los. Als sein Blick etwas zu lange auf ihr verharrte, trat ich vor Anna. *Ja, meine Frau ist scharf. Und sie gehört mir, also schlag dir deine schmutzigen Fantasien aus dem Kopf. Vergiss es, Alter.*

»Wollen wir fahren?«, fragte ich.

Harold wandte seinen Blick wieder mir zu. »Ja! Steigen Sie ein, ich bringe Sie zu Ihrem neuen zweiten Zuhause.« Als Anna und ich neben ihn glitten, berichtete er: »Ich sollte Ihnen sagen, Mr Hancock, dass Sie der einzige Schauspieler aus dem Team sind, der sein eigenes Wohnmobil hat. Sie dürfen sich als etwas Besonderes fühlen.«

Ich warf ihm einen hitzigen Blick zu. »Klar darf ich das. Ich bin schließlich der Star der Sendung. Schon vergessen?« Ich erwog, ihn zu fragen, ob das, was Denny mir erzählt hatte, stimmte – dass er erst jedem anderen Bandmitglied die Rolle angeboten hatte, bevor er auf mich zugekommen war –, doch ich entschied mich dagegen. Denny hatte sich getäuscht. Als ich an Denny dachte, musste ich an Matt und unseren Krach in der Bar denken. Ob er noch sauer auf mich war? Ja, wahrscheinlich. Ich war auch noch sauer auf ihn wegen seiner Bemerkung – *Du bist für mich gestorben*. Mir doch egal, du Idiot.

Harold hielt den Blick auf die Straße gerichtet, als er erwiderte: »Ja, ja. Der wichtigste Star.«

Anna zog die Brauen zusammen, als ich sie anblickte, darum schenkte ich ihr ein locker-flockiges Lächeln. Das würde super werden. Ich fühlte es tief im Innern.

Der Besuch am Set riss Anna aus ihrer trübsinnigen Stimmung, und zum ersten Mal seit langer Zeit sah ich echte Begeisterung auf ihrem Gesicht. Der Anblick beseitigte den letzten Rest schlechten Gewissens, den ich noch mit mir herumgetragen hatte. Mit der Zeit würde sie das hier alles ganz gelassen sehen. Allein zu beobachten, wie sich ihre Miene aufhellte, als wir durch das Set liefen, erinnerte mich an die alte Anna, an ihre Vorzüge. Es baute mich auf, dass das ausgelassene Mädchen, das ich geheiratet hatte, langsam zurückkehrte.

Als sie das Barset sah, rief Anna: »Das sieht ja fast genauso aus wie im Pete's!« Ich lächelte. Genau das hatte ich auch gedacht, als ich die Bar zum ersten Mal gesehen hatte.

Harold schien die Ähnlichkeit etwas unangenehm zu sein. »Nein, nein, das ist einfach eine typische Bar …«

Rasch führte er uns weiter zu den Wohnbereichen. Anna grinste mich schief an, während sie mit dem Finger über die Kante von meinem Bett strich. Da ich erst wochenlang für die verdammte Promotour mit den D-Bags unterwegs gewesen war und mich im Anschluss daran ihre Wut oder ihre merkwürdige trübsinnige Stimmung von ihr ferngehalten hatte, hatte ich seit Ewigkeiten keinen Sex mehr gehabt. Meine Lust erwachte zum Leben, und plötzlich wollte ich viel lieber mit Anna in einem Zimmer verschwinden, als diese blöde Besichtigung fortzusetzen.

Doch ich hatte zu tun. Als Erstes musste ich mir die Haare nachfärben lassen. Blöde braune Haare. Fast hätte ich die Maskenbildnerin angeknurrt, als ich sie wiedersah. Sie war schuld daran, dass ich wie Denny aussah. Und nachdem sie jede Spur meines wundervollen Blonds übertönt hatte, ähnelte ich ihm noch mehr.

Anna schien es allerdings zu gefallen. Als wir allein waren, nahm sie mit einem sonderbaren Lächeln auf den Lippen eine Strähne zwischen ihre Finger. »Weißt du, das ist eine Sache von dem Ganzen hier, die mir tatsächlich gefällt. Das Dunkle steht dir wirklich gut. Ziemlich sexy …«

Der Ausdruck in ihren Augen sagte mir, wie sehr ihr gefiel, was sie sah. Ich fasste ihre Hüften und zog sie zu mir. »Ach ja? Und wie sexy ist das? Mach ich dich feucht, Süße?«

Sie strich mit der Hand über ihre Bluse und hob die prallen Kurven ihrer wunderschönen Brüste hervor. »Mmmmm, das weißt du doch. Die ganze Zeit.«

Dass Anna zunehmend auf die Idee der Fernsehserie einstieg, machte mich noch mehr an als ihr Körper. Ihre Unterstützung bedeutete mir alles, und nachdem sie mir endlich etwas davon gewährte, wollte ich ihr das körperlich zurückgeben. Dafür dass sie meinen ganzen Mist hinnahm, wollte ich ihren Körper verwöhnen. Das war das Mindeste, was ich tun konnte. »Du bist so wundervoll«, raunte ich ihr ins Ohr. »Jede Frau in dieser Sendung wird sich wünschen, so scharf wie du auszusehen.«

Sie stieß ein leises Stöhnen aus, legte den Kopf in den Nacken und bot mir ihren Hals dar. Ich platzierte überall auf ihm zärtliche Küsse. Alle Gedanken daran, am ersten Tag bei meinem neuen Job verantwortungsvoll aufzutreten, lösten sich sofort in nichts auf. Was wollten sie machen, wenn ich für eine Stunde verschwand? Ich war der Star, der Grund dafür, dass diese Sendung durch die Decke gehen würde. Für den unfassbaren Ruhm würden sie eine kleine Verspätung hinnehmen, da war ich mir sicher.

Sobald wir draußen waren, drückte ich Anna mit dem Rücken gegen das Maskenmobil. Als sich unsere Körper trafen, stöhnte sie. »Was soll ich für dich tun, Baby?«, fragte ich. Ich hob die Hand und berührte flüchtig mit dem Finger ihren Nippel. Die leichte Berührung machte mich verrückt, und Anna warf mir einen feurigen Blick zu.

Sie strich durch meine frisch gefärbten dunklen Haare. »Ich will, dass du mich zurück in dieses Schlafzimmerset bringst und mich auf deinem neuen Bett vögelst …«

Oh Gott.

Ich sah mich suchend nach unserem Führer um, doch Harold war verschwunden, nachdem er mich in der Maske abgeliefert hatte. Er hatte gesagt, er würde zurückkommen, um mich zu den Proben zu bringen, aber wer konnte wissen, wann das sein würde. Und er hatte mir nicht gesagt, dass ich hier warten sollte … natürlich würde er mich finden, wenn ich noch einmal mit meiner Frau das Set besichtigte. Mit meiner scharfen, geilen Frau, die ich seit Wochen nicht gevögelt hatte.

Ich fasste ihre Hand, zog sie von dem Maskenmobil fort und führte sie zurück zum Schlafzimmerset. Es war nicht gerade der intimste Ort der Welt, denn die meisten Wände fehlten, damit die Kameras sich während der Aufnahme frei bewegen konnten. Dieses Set war jedoch bereits drehfertig gemacht, sodass sich dort niemand aufhielt, als wir hereinstolperten.

Lachend warf ich mich aufs Bett und zog Anna mit mir nach

unten. Sie lachte ebenfalls, dann stürzte sie sich auf meinen Mund, als hätten wir uns seit Jahren nicht mehr geküsst. Und es fühlte sich auch tatsächlich so an, als wäre es Jahre her. Innerhalb von Sekunden war ich steinhart.

»Gott, du fühlst dich so gut an, Süßer«, murmelte sie in einer kurzen Kusspause.

»Du dich auch«, sagte ich, fasste ihren Hintern und zog ihre Hüften an meine. An der Art, wie wir beide bereits keuchten und stöhnten, erkannte ich, dass dies eine kurze, heftige Nummer werden würde. Das war auch gut so, denn irgendwann würde jemand aus dem einen oder anderen Grund hereinkommen.

Zum Glück trug Anna einen weiten Rock, der sich leicht nach oben schieben ließ. Während sie an meinem Ohr knabberte, ließ ich einen Finger in ihren Slip gleiten. Gott, sie war so bereit. Ein erotischer Aufschrei löste sich aus ihrer Kehle, und sie rieb sich an meiner Hand. »Ja, gefällt dir das?«

»Ja … oh ja. Mehr, Griffin. Ich brauche mehr …«

Sie kreiste die Hüften und rieb ihre Muschi an mir. Fast wäre ich gekommen, so gut fühlte sich das an. »Ja, Süße … ich bin bereit für dich.«

Ich schob sie ein Stück zurück, öffnete den Reißverschluss meiner Jeans und befreite mich. Ich war nicht so nackt, wie ich es gern gewesen wäre, aber mir blieb keine Zeit für mehr. Ich zog Anna noch nicht einmal den Slip aus, sondern schob ihn nur zur Seite, sodass ich in sie eindringen konnte.

Sie richtete sich auf meinem Schoß auf, ließ den Kopf nach hinten sinken und zeigte mir ihre Brust. Fuck … das sollte man echt filmen. Es sollte die Eröffnungsszene der Serie sein.

»Oh Gott, Griffin«, rief sie, während sie sich auf mir bewegte.

Ich fasste ihre Hüften und führte sie. »Nenn mich Ace«, raunte ich. Mein Höhepunkt nahte schneller, als mir lieb war. *Mist, das war so scharf.*

Anna verlangsamte ihren Rhythmus und blickte zu mir hinunter, dann sah sie sich im Set um und lächelte. Ob sie die Offenheit unseres Settings genauso elektrisierte wie mich? Jede Sekunde konnte jemand um die Ecke biegen und uns ertappen. Jeder Nerv in meinem Körper war angespannt. Ich knisterte förmlich, und dabei war ich noch nicht einmal gekommen.

Anna schloss die Augen und rief: »Gott, Ace … du fühlst dich so gut an. Mehr … ich brauche mehr. Du musst für mich kommen. Komm mit mir.«

Gott, ja! Ich schob eine Hand unter ihre Bluse, während wir uns in einem irren Rhythmus bewegten. Ich riss ihren BH herunter und drehte ihren Nippel zwischen den Fingern. Sofort zog sie sich um mich zusammen. »Ja, Ace, jetzt … jetzt«, rief sie, als sie kam.

»Ich komme, Süße«, stieß ich kurz vor dem Höhepunkt hervor.

Oh mein Gott … es war wundervoll, ein Schauspieler zu sein.

Nachdem sich unser Stöhnen und Keuchen beruhigt hatte, lag Anna auf mir. Kichernd beschrieb sie mit dem Finger einen Kreis. »Ich kann nicht fassen, dass wir das gerade getan haben … Ace.«

Meine Jeans drückte, aber ich achtete nicht weiter darauf, es war so unglaublich toll. Ich drückte ihre Brust, die ich noch immer in der Hand hielt, und nickte. »Lass uns das vor jeder Aufzeichnung machen, okay?«

Anna schlug mir gegen die Brust, dann löste sie sich vorsichtig von mir und stand auf. Ich wäre gern so liegen geblieben, damit alle Welt meine erschöpfte Rute sah, doch Anna steckte sie zurück in die Unterhose. Mit einem verstohlenen Lächeln auf dem Gesicht blickte sie sich um, als könnte sie nicht glauben, dass wir ohne Zeugen davongekommen waren.

Als Anna gerade das Bettzeug glattzog, kam Harold herein. »Ach gut, da sind Sie ja. Ich dachte schon, ich hätte Sie verloren. Ist alles … in Ordnung?« Als er sah, was Anna tat, und ihre leicht geröteten Wangen bemerkte, hob er eine Braue. Mein Mädchen hatte einen Orgasmus für das Guinnessbuch der Rekorde gehabt. Aber wenn sie noch nicht befriedigt war, würde ich es ihr glatt noch mal besorgen. Das hatte sie sich verdient, nach dem, was ich ihr in letzter Zeit zugemutet hatte.

Anna kicherte auf eine charmante, verführerische Art, woraufhin ich sie am liebsten erneut auf meinem Schoß genommen hätte. »Oh ja, alles ist gut.« Mit einem noch strahlenderen Lächeln wandte sie sich an mich. »Lernen wir die anderen Stars kennen.«

Es machte mich unbeschreiblich froh, dass sie endlich genauso begeistert von allem war wie ich. Beschwingten Schrittes folgten wir Harold. Alles entwickelte sich genauso, wie ich es mir erhofft hatte. Es bestätigte nur, dass es richtig war, die Brücken zur Band abzubrechen. Es war an der Zeit.

Auf dem Weg zu den anderen erkundigte sich Anna bei Harold nach dem Pilotfilm. »Wer hat denn die Serie gekauft? Welcher Sender?«

Harold spielte mit seiner Krawatte. »LMF.«

Anna und ich tauschten einen Blick. Ich hatte den Namen noch nie gehört, und offensichtlich sagte er Anna auch nichts. »LMF? Von denen habe ich noch nie gehört. Sind Sie sicher, dass man sich auf die verlassen kann?«

Harold nickte. »Ja, ja, die sind noch etwas neuer, aber es ist ein aufstrebender Sender. Die werden den großen Playern bald mächtig Konkurrenz machen. Und Sie sind der perfekte Träger für diese Sendung ... die konzentrieren sich auf echt innovatives Zeug. Und sie sind verrückt nach Ihnen. Die werden die Sendung intensiv promoten. Sie werden überall zu sehen sein!«

Lächelnd legte ich den Arm fester um Anna. »Überall ... das gefällt mir. Und wann soll die Serie ausgestrahlt werden?«

Harold erwiderte mein Lächeln. »Montags im Hauptabendprogramm.«

Mein Lächeln erstarb. »Moment ... ich trete gegen den *Montagabend-Football* an?« *Verdammt, selbst ich würde mich dann nicht gucken.*

Harold wischte meine Sorge weg. »Mit den Festplattenrekordern spielt das nicht mehr so eine große Rolle. Das wird uns kaum beeinträchtigen, und wer weiß, vielleicht hilft es uns sogar. Das ist ein unglaublicher Deal für uns, den wir wirklich feiern sollten!«

Grinsend dachte ich noch einmal daran, wie ich Anna auf dem Set gevögelt hatte. Auf jeden Fall würde ich feiern. In diesem Herbst würde ich das Fernsehen beherrschen. *Das habt ihr davon, D-Bags.*

Als wir den Raum erreichten, in dem die restlichen Schauspieler warteten, stellte ich ihnen meine Frau vor. »Anna, das ist meine ›Band‹ – Vicky, Elijah, Cole und Christine. Sie spielen Scarlet, Crash, Stix und Kiki. Leute, das ist meine Frau Anna.« In der Serie waren Vicky und Christine zwei Figuren – Scarlet und Kiki – blonde vollbusige Mädels, die mich unbedingt wollten ... Im Pilotfilm hatten sie sich meinetwegen sogar gestritten und sich gegenseitig an den Haaren gezogen. Es war großartig. Ich glaube, Cole, alias Stix, wollte mich auch, aber da war ich mir nicht ganz sicher. Doch jetzt blickten all meine Mitschauspieler auf meine Frau. Sie beherrschte den Raum allein dadurch, dass sie da war. *Ja, ich weiß. Na los, seid ruhig eifersüchtig, denn diese scharfe Braut, die hier vor euch steht, gehört ganz allein mir.*

»Freut mich, euch alle kennenzulernen. Ich habe gerade das Set besichtigt. Es ist toll.« Sie zwinkerte mir zu, und mein Penis zuckte. Shit, ich würde sie zu gern noch einmal auf Aces Bett nehmen.

Harold reichte mir jedoch das Drehbuch. »Am besten fangen wir gleich an.« Er stellte mich dem Typen vor, der bei dieser Folge Regie führen würde; es war jemand anders als beim letzten Mal.

Während ich durch das Drehbuch blätterte, hob der Regisseur die Hand. »Okay, in dieser Folge geht es in erster Linie darum, dass Scarlett mit Stix zusammenkommt und versucht, Ace zu vergessen.«

Er deutete auf mich, und ich stieß Anna in die Rippen. »Na, das wird wohl nichts, was? Ich wette, sie weint hinterher. Sorry, Kumpel«, sagte ich zu Cole. Der zeigte mir daraufhin den Mittelfinger.

Während Anna lachte, trat Harold zu ihr. »Entschuldigen Sie, Mrs Hancock, würden Sie gern den fertigen Pilotfilm sehen? Er ist toll geworden, wenn ich das so sagen darf. Und dann könnte ich Sie nach Hause bringen lassen. Das wird ein langer Tag, und die Schauspieler müssen sich konzentrieren.«

Das nervte mich, ich wollte, dass Anna den ganzen Tag dabei war, doch sie schien zufrieden damit zu sein, mich in Ruhe arbeiten zu lassen. »Zeig's ihnen, Süßer. Bis heute Abend.« Sie küsste mich auf die Wange, dann ging sie mit Harold davon.

Nachdem sie weg war, klatschte ich in die Hände. »In Ordnung! Lasst uns reinhauen!«

Als ich nach der Probe nach Hause kam, hatte ich das Gefühl, mein Kopf würde explodieren. Ich musste mir so viel merken, dabei war mein Gedächtnis schon voll mit all den D-Bags-Texten und -melodien, die dort herumschwirrten. Wahrscheinlich konnte ich die vergessen, da ich sie jetzt nicht mehr brauchte. Dieser Gedanke schnürte mir die Brust zusammen, als hätte sich ein Elefant dort niedergelassen. Doch mit diesem Gefühl wollte ich mich jetzt nicht auseinandersetzen, also schob ich es in die *Darüber-mache-ich-mir-später-Gedanken*-Abteilung meines Gehirns. Es war eine ziemlich volle Abteilung.

Bei meinen Eltern herrschte Chaos, ein halbes Dutzend Verwandte kamen zum Abendessen; das geschah häufig. Anna begrüßte mich an der Tür mit Onnika auf dem Arm; ihr Lächeln wirkte gezwungen, und ich fragte mich, was seit heute Nachmittag passiert war. Sie war so guter Laune gewesen, als sie das Set mit mir besichtigt hatte. Onnie lächelte, und ich streckte die Arme aus, um sie Anna abzunehmen. »Hey, mein Mädchen, ich habe dich vermisst.«

Gerade als Anna sie mir gab, drängte sich Gibson zwischen uns und schob Anna kurzerhand von mir fort. Wegen der plötzlichen Bewegung hätte Anna beinahe Onnika fallen gelassen. »Gibson!«, zischte sie. »Fast wäre mir das Baby heruntergefallen. Pass doch auf.«

Gibson ignorierte sie und schlang die Arme um meine Beine, als wären wir ein ganzes Leben lang getrennt gewesen. »Daddy!«, rief sie.

»Hallo, meine Kleine«, sagte ich und legte ihr eine Hand auf den Rücken. »Sei lieb zu deiner Schwester … und hör auf deine Mom.« Anna küsste Onnika aufs Haar und lächelte aufrichtig. Sie mochte es, wenn ich hinter ihr stand.

Ich hob Gibson hoch auf meine Schultern, damit sie auf mir reiten konnte. Normalerweise fasste sie dann immer meine Haare und benutzte sie als Zügel, doch die waren jetzt deutlich kürzer. »Das ist komisch. Ich mag deine alten Haare«, erklärte sie mir. Schüchtern tastete sie nach meinen Denny-Haaren, als wären sie ein eigenartiges Tier, das gleich beißen würde.

»Ich weiß«, seufzte ich.

Mom bellte aus der Küche, dass wir ihr mit dem Abendessen helfen sollten, und Gibson und ich begaben uns in ihre Richtung. Unterwegs zitierte ich meinen Text. »Kiki, ich weiß, dass wir mal was miteinander hatten, aber es ist Zeit, nach vorn zu schauen. Die Band kommt zuerst.« Ich deutete hoch zu Gibson. »Jetzt musst du sagen: ›Aber, Ace … neben dem Bass bist du meine einzige Liebe.‹«

»Ace Bass.« Sie kicherte.

Ich zuckte die Schultern. »Schon ganz gut.«

Als ich in die Küche kam, zeigte Mom auf eine Schüssel mit Kartoffeln, also stellte ich mich an die Arbeitsplatte, um ihr beim Schälen zu helfen. Anna trat dicht neben mich. »Du … Harold hat mir den Pilotfilm gezeigt. Hast du den auch schon gesehen?«

Kopfschüttelnd antwortete ich: »Nein, ich war zu beschäftigt damit, das blöde Album zu promoten.« Ein kurzer Schmerz durchfuhr mich – dieses »blöde Album« würde bald herauskommen. Ohne mich. Ich schüttelte den Kopf noch heftiger, um die unliebsamen Gefühle abzuschütteln. Was spielte es für eine Rolle, was die D-Bags machten? Gibson kicherte und legte die Arme um meinen Kopf, um sich festzuhalten. »Warum? Ist er toll?«

»Äh … na ja …« Als ich zu ihr hinüberblickte, knetete Anna ihre Lippe. Kein gutes Zeichen. »Man hat die Serie für das Hauptabendprogramm ausgewählt … dann muss sie ja wohl gut sein, oder? Ich meine, die würden doch keine schlechte Sendung ausstrahlen.« Sie sagte das so, als wollte sie sich selbst überzeugen und mich zugleich aufbauen. Was ihr beides misslang.

Schnaubend nahm ich ein Messer und begann, Kartoffeln zu schälen. »Nein, das würden sie nicht. Und außerdem kann nichts, woran ich beteiligt bin, schlecht sein. Sieh dir nur uns an.« Ich schenkte ihr ein charmantes Lächeln, das sie jedoch nur halbherzig erwiderte.

13. Kapitel

Willkommen in der Stadt der geilen Typen, Einwohner: Ich

Es dauerte eine ganze Woche, doch schließlich fanden wir vier ein Haus zur Miete. Nur um Anna zu beweisen, dass alles gut lief, suchte ich eins aus, das unser Anwesen in Seattle an Größe noch übertraf. Nach Aussage der Maklerin gehörte es den Spellings, dem Clan des berühmten Fernsehproduzenten; es war unbeschreiblich luxuriös, und die monatliche Miete entsprach einem durchschnittlichen Jahreseinkommen. Zugegeben, es war lächerlich, aber irgendwie musste ich ein Zeichen setzen. Wir waren für Größeres bestimmt.

Anna war sich da nicht so sicher. »Das ist zu viel, Griffin, selbst für uns.« Mit großen Augen blickte sie sich in unserer neuen Eingangshalle um – alles war aus Marmor. »Und wir müssen ein halbes Dutzend Leute anstellen, nur, um diesen Laden zu unterhalten …«

»Schon erledigt«, erklärte ich. »Wir haben drei Haushälterinnen, eine für jede Etage, zwei Köche, einen Butler – der macht, was Butler halt so machen –, drei Gärtner, einen Poolboy und zwei Fahrer. Ach, und zwei Kindermädchen, für jedes Mädchen eins.« Ich zwinkerte ihr zu. *Gern geschehen.* Ich hatte meinen Status als großartiger Ehemann zurückerobert.

Sie schien nicht ganz so begeistert von der Mannschaft zu sein, wie ich angenommen hatte. »So viele Angestellte können wir uns nicht leisten, Griffin. Und es macht mir auch nichts aus, selbst etwas im Haus zu tun.«

»Doch, das können wir uns leisten. Wir sind reich, Süße. Und du solltest nichts im Haus tun müssen. Das ist der Vorteil, wenn man reich ist.«

Sie atmete tief durch. »Mit den zwei ersten D-Bags-Alben haben wir gutes Geld verdient und hoffentlich auch mit dem dritten, aber das wird nicht lange reichen, wenn wir …«

Mit einer abfälligen Handbewegung stieß ich hervor: »Nein, auf die Einnahmen von dem dritten Album habe ich verzichtet, als ich Denny den Ausstiegsvertrag unterschrieben habe. Davon bekomme ich nichts.«

Anna war fassungslos; von jetzt auf gleich schien jegliche Farbe aus ihrem Gesicht zu weichen. »Du hast … was? Aber du warst an der Entstehung des Albums beteiligt, dir steht dein Anteil zu. Wie konntest du darauf verzichten? Und warum haben die das von dir verlangt? Das ist rechtlich sicher nicht in Ordnung.«

Als Anna sich fragte, wie die Jungs mich derart hatten bescheißen können, verzog sie vor Wut das Gesicht. Aber das hatte sie falsch verstanden. Die Jungs hatten das nicht von mir verlangt. Das war ich selbst gewesen. Denny und Abby waren nicht glücklich gewesen, als ich ihnen sagte, ich wollte keinen Cent von den D-Bags. Damit, dass ich ihnen zu mehr Geld verhalf *und* den Jungs den Bandnamen überließ, traf ich Vorsorge, dass sie sich keinesfalls über mich beklagen konnten. »Sie haben es nicht von mir verlangt. *Ich* habe Denny aufgefordert, es in den Vertrag aufzunehmen. Ich will ihr verdammtes Geld nicht … und ich brauche es auch nicht.«

Ich hatte auch auf die restlichen Einnahmen von den ersten zwei Alben verzichtet, aber das sollte ich jetzt vermutlich besser nicht erwähnen. Anna könnte einen Herzinfarkt bekommen. Abby und Denny hatten eine Stunde lang auf mich eingeredet und versucht, mich umzustimmen. Nichts, was sie sagten, ließ mich jedoch vergessen, was Matt mir an den Kopf geworfen hatte – *Du bist für mich gestorben*. Vielleicht war es eine unüberlegte Entscheidung gewesen, aber wenn ich tot war, musste man mich auch nicht bezahlen. Ganz einfach. Und wenn ich nichts zum Erfolg der Band beigetragen hatte, worin sie sich ja alle einig waren, durfte ich auch kein Geld erhalten. Vielleicht war ich stur und stolz, aber ihre Worte hatten tiefe Wunden in mir hinterlassen, die mit Geld nicht zu heilen waren. Und außerdem brauchte ich ihre jämmerlichen Schecks nicht; ich war drauf und dran, einen deutlich höheren zu kassieren.

Annas Wut auf die Band verrauchte und wich unverhohlener Angst. Schockiert blickte sie sich in unserem neuen Haus um. »Griffin … wie viel verdienst du mit der Serie?«

Ich war nicht so dumm, ich hörte natürlich, wie die Alarmglocken in meinen Ohren schrillten. Anna versuchte, mich zu unterstützen, ja, aber seit sie den Pilotfilm gesehen hatte, war sie pessimistisch gestimmt. Ich für meinen Teil verstand nicht, was damit nicht in Ordnung war. Ich hatte ihn gesehen und fand, dass wir alle toll aussahen. Na ja, *ich* sah toll aus. Meine Schauspielerkollegen waren etwas langweilig und das Drehbuch mieser als das eines Horrorfilms aus den Sechzigern, aber egal. Ich würde der Serie zum Erfolg verhelfen.

»Genug«, erwiderte ich und blieb absichtlich vage. In Wahrheit wusste ich nicht genau, was zum Teufel ich eigentlich verdiente. Ich hatte ein paar kleinere Eingänge auf meinem Bankkonto gesehen, doch die waren nicht der Rede wert. Der Vertrag war in Juristenlatein verfasst, sodass ich es dort auch nicht nachlesen konnte. Ich hatte lediglich begriffen, dass alle Schauspieler nur ein Basishonorar erhielten, bis eine gesamte Staffel in Auftrag gegeben wurde. Dann konnten die Hauptdarsteller ihre Verträge neu verhandeln, vorausgesetzt, beide Seiten hielten das für angemessen. LMF hatte nur sechs Folgen geordert … ich war mir ziemlich sicher, dass das keine ganze Staffel war. Ich wusste aber nicht, wie ich das Anna erklären sollte, also schwieg ich. Und theoretisch log ich nicht; was immer wir verdienten, *würde* genügen. Das musste es einfach.

Anna schien instinktiv zu spüren, dass ich ihr nicht alles erzählte. Mit schreckgeweiteten Augen öffnete sie ihre Tasche und holte ihr Handy heraus. »Ruf die Band an und entschuldige dich«, sagte sie und hielt mir das Telefon hin. »Es ist Zeit. Denk an deine Zukunft, Griffin. Und an die Zukunft der Mädchen.«

Angst beschlich mich, als ich sah, dass ihre Unterstützung schwand. Ich wollte, dass sie bedingungslos hinter meiner Entscheidung stand; ich wollte nicht wieder der Einzige sein, der begeistert war. Für den Bruchteil einer Sekunde hätte ich fast das Telefon genommen, doch dann schossen mir erneut Matts Worte durch den Kopf. *Wir sind nicht länger eine Familie.* Nein. Lieber freute ich mich als Einziger über meinen neuen Job, als dass ich mich vor Matt in den Staub warf.

Nachdem meine Entscheidung gefallen war, verschränkte ich die Arme. »Nein, ich ziehe das durch, Anna, und es wird großartig. Ich werde ein Star, die Serie wird ein Hit, und Matt wird an seinen Worten ersticken.« Über den letzten Teil schien sie verwirrt, aber ich machte mir nicht die Mühe, es ihr zu erklären. Ich beugte mich vor und zischte: »Lieber verliere ich alles, als zu diesem Arschloch zu kriechen.«

Sie war sprachlos. »Griffin …«

Kopfschüttelnd wiederholte ich: »Nein, ich mache das, und du musst mich unterstützen. Wir sind ein Team, schon vergessen?« Ich wusste, dass ich mich etwas machomäßig aufführte, aber ich brauchte sie an meiner Seite. Das war wichtig für mich.

Sie umklammerte das Telefon. »Nein, das habe ich nicht vergessen … aber du vielleicht?« Sie deutete auf das protzige Haus. »Das war keine Teamentscheidung, nichts von alledem.

Du hast all das für uns entschieden, ohne auch nur ein Wort mit mir zu reden. Ich wollte das nicht. Ich wollte nicht aus Seattle wegziehen, meine Schwester verlassen, mein Haus. Ich bin nur mitgekommen, weil wir ein Team sind … aber wenn wir ein Team sind, bist du ganz offensichtlich der Kapitän, und die Mädchen und ich sind nur deine … Cheerleader.« Ihr Ton war eisig und bitter. Jadefarbenes Feuer loderte in ihren Augen, und auf ihren Wangen erschienen rote Flecken.

Ich wusste, dass ich mich auf dünnem Eis bewegte und dass ihr Einwand berechtigt war, aber ich hatte auch recht. Das waren *meine* Karriere und *mein* Geld, und darum war es letztlich auch *meine* Entscheidung, was ich damit anstellte. »Wenn es um meine Arbeit geht, dann … ja, bin ich wohl der Kapitän. Aber schließlich sorge ich für dich und die Mädchen, ich finde, das gibt mir das Recht dazu. Wenn es um die Kindererziehung geht, bist du der Kapitän, okay? Aber es ist auch egal, weil wir noch immer ein Team sind. Und das Team Hancock braucht die D-Bags nicht. Wir brauchen niemanden. Wir schaffen es allein. Vertrau mir, Anna … bitte!« Meine Stimme klang angespannt, flehend. Ich fand es merkwürdig, mich so zu hören. Abgesehen von sexuellen Diensten bat ich um nichts.

»Das tue ich, Griffin, aber …« Sie verstummte und schaute mir durchdringend in die Augen. Ich hielt ihrem Blick stand. Zuversichtlich. Ich hatte keine Angst vor der Zukunft, und sie sollte auch keine haben. Endlich, nach einer ganzen Weile, nickte sie. »Okay, Griff, ich überlasse dir auf diesem Gebiet die Führung und vertraue dir, dass das funktioniert.« Sie blickte sich im Haus um. »Aber können wir uns auf eine Haushälterin, einen Gärtner und einen Fahrer beschränken? Sonst langweile ich mich zu Tode.«

Erleichtert beugte ich mich hinunter und küsste sie innig. »Wenn du das möchtest. Klar.«

Nachdem wir die Lippen voneinander gelöst hatten, nickte sie, dann stieß sie einen leisen, wehmütigen Seufzer aus. Was sie sich wünschte, befand sich tausend Meilen nördlich von uns, aber zumindest war sie fürs Erste bereit, sich zu fügen. Hoffentlich.

Als meine Eltern später vorbeikamen, um unser Anwesen zu besichtigen, waren sie ehrlich beeindruckt. »Wow, mein Sohn, du hast dich selbst übertroffen«, stellte Dad fest.

»Ich weiß«, sagte ich. »Ist es nicht toll?«

Liam war ebenfalls mitgekommen und bemühte sich ganz offensichtlich mit allen Mitteln, unbeeindruckt zu wirken; eigentlich haute ihn das Haus aber um. »Wenn du mich fragst, würde ich sagen, dass du etwas überkompensierst«, stellte er selbstgerecht fest.

»Na, wie gut, dass dich keiner fragt«, gab ich zurück.

Auch Chelsey war mitgekommen und klopfte mir anerkennend auf den Rücken. »Ich finde es toll, Griffin. Gut gemacht.«

Ich grinste derart breit, dass mir die Wangen wehtaten. *Ja, gut gemacht. Genau.* Und angesichts der vielversprechenden Aussichten der Sendung konnte ich mir wahrscheinlich schon bald drei dieser Häuser leisten. Ich hätte ausgesorgt. Die Welt musste nur noch begreifen, wie unglaublich ich war, und das würde bald so weit sein. Nicht annähernd früh genug, aber bald.

Ich musterte die Gruppe und sagte: »Das wird eine lange Besichtigungstour. Wollt ihr vielleicht eine kleine Erfrischung, bevor wir anfangen?«

Dad nickte. »Ein Bier wäre fantastisch.«

Ich drückte auf einen Knopf an dem Headset in meinem Ohr. »Alfred, bringst du uns sechs Bier ins Wohnzimmer?«

Seine Antwort in meinem Ohr erfolgte sofort. »Ja, Sir.«

Liam blieb der Mund offen stehen. »Du hast einen Butler? Namens Alfred?«

Ich schüttelte den Kopf. »Nein, er heißt Carl, aber ich nenne ihn lieber Alfred.« Anna schüttelte den Kopf. Sie war nicht begeistert, dass ich den Butler behalten hatte, aber Leute … ein verdammter Butler? Na klar, der musste bleiben.

Als wir beim dritten Bier waren und das fünfte Bad besichtigten, fand Mom ganz offensichtlich, dass es an der Zeit für ein vertrauliches Gespräch war. »Dein Onkel Billy ist neulich Abend bei uns gewesen. Er hat mir erzählt, dass du und Matt euch gestritten habt, bevor du aus Seattle weggegangen bist. Willst du mir erzählen, was passiert ist?«

Schnaubend schüttelte ich den Kopf. »Da gibt es nicht viel zu erzählen. Ich habe ihm gesagt, dass ich aufhöre, er hat mich ein Arschloch genannt und gesagt, ich wäre für ihn gestorben und dass wir nicht mehr zur selben Familie gehörten.« Ich trank einen Schluck Bier. »Ach, und dann hat er mir noch erklärt, dass die Band besser ohne mich dran wäre.« *Scheißkerl.*

Mom trank ebenfalls einen Schluck Bier. Alle bewunderten den Whirlpool, doch sie ließ mich nicht aus den Augen. »War das bevor oder nachdem du ihn geschlagen hast?«, fragte sie.

Seufzend sah ich sie an. »Ehrlich gesagt erinnere ich mich nicht mehr. Aber wie dem auch sei, der Idiot hat um meine Faust in seinem Gesicht gebettelt.«

»Ganz bestimmt.« Sie stieß langsam die Luft aus. »Die Hancocks sind stolze, egoistische Geschöpfe. Aber liebenswert, wenn man hinter ihre Fassade blickt.«

Unsicher, ob sie mich gerade beleidigt oder gelobt hatte, schwieg ich. Sie lächelte, als sie von mir zu Dad blickte. »Gregory und Billy sind früher wie Hund und Katze aufeinander losgegangen. Schlimmer als Hund und Katze. Einer kam immer mit einem blauen Auge nach Hause und behauptete, sie wollten nichts mehr miteinander zu tun haben. Nachdem etwas Zeit verstrichen war, haben sie sich dann wieder vertragen und waren die besten Freunde.« Sie wandte sich wieder zu mir. »Du und Matt seid immer Spiegelbilder der beiden gewesen. Ihr werdet darüber hinwegkommen und euch wieder vertragen. Mach dir keine Sorgen, Liebling.«

Ich sträubte mich gegen ihre Bemerkung. »Ich mache mir keine Sorgen. Wenn er nichts mehr mit mir zu tun haben will, ist das sein Pech.« Bei dem Gedanken, dass unser Krach von Dauer sein könnte, bildete sich in meinem Magen ein widerlicher dunkler Knoten, doch ich ignorierte ihn.

Mom lächelte mich traurig an, dann klopfte sie mir auf den Rücken. »Natürlich, Liebling.«

Zwei Wochen später drehten wir noch immer an derselben blöden Folge. Ich hatte gedacht, immer wieder dieselben Songs mit den Jungs zu proben wäre schlimm. Immer wieder dieselben Szenen zu spielen war noch schlimmer! Die Monotonie machte mich ganz verrückt, und ich verstand nicht, warum der Typ an der Kamera fünfzehntausendmal eine Aufnahme von mir brauchte, in der ich sagte: »Klar, Crash, was immer du sagst.« Es war lächerlich.

Und die anderen Schauspieler erst. Immer hatte irgendeiner von denen ein Problem. Der eine war verkatert, der andere hatte seinen Text vergessen, einer war sauer auf jemand anders, ein anderer kam zu spät. Ständig war irgendetwas, und alles verlangsamte den Tag noch zusätzlich.

Da früher eigentlich immer ich derjenige gewesen war, der Sachen vermasselt hatte, war es für mich geradezu ein Schock, auf einmal in die Rolle des Verantwortungsbewussten gedrängt zu werden.

Doch so nervig die Schauspieler auch schienen, ihre Kabbeleien waren nichts verglichen mit dem Chaos, das sich hinter den Kulissen abspielte. Zwischen den Autoren, den Regisseuren und den Studiobossen – irgendeiner hatte immer ein Problem mit dem, was wir machten. Ich hatte den Eindruck, jede zweite Stunde ein überarbeitetes Drehbuch zu bekommen. Mir zu merken, an was ich mich erinnern und was ich vergessen sollte, gab dem Begriff »Frustration« eine ganz neue Bedeutung. Bei diesem Tempo sah ich nicht, dass wir jemals eine Folge fertigstellen würden, ganz zu schweigen von den sechs, die LMF in Auftrag gegeben hatte.

Und wenn wir keine sechs Folgen zustande brachten, würden wir nie den Auftrag für eine ganze Staffel erhalten und ich nie ein ordentliches Honorar. Ich wollte mir darüber keine Sorgen machen, weil ich dafür eigentlich nicht der Typ war, aber langsam beunruhigte es mich doch. Ich hatte Anna gebeten, mir zu vertrauen. Jetzt musste ich mein Versprechen, für sie zu sorgen, auch einlösen.

Nachdem ich den Großteil des Tages nur dabei gefilmt worden war, wie ich so tat, als würde ich auf der Bühne einen Song spielen, war ich ausgelaugt. Während mein Fahrer mich nach Hause fuhr, zog ich mein Handy hervor und starrte auf das Display.

Heute erschien das neue Album.

Matt war wahrscheinlich völlig fertig. Ein Nervenbündel mit Schweißperlen auf der Stirn, das ängstlich nach den ersten Kritiken Ausschau hielt. Er nahm das alles zu persönlich. Der Typ musste sich entspannen, sonst würde ihn das noch früh ins Grab bringen. Vielleicht half es ihm, wenn er heiratete. Ich sollte ihn anrufen und herausfinden, wann die Hochzeit stattfand. Auch Evans. Obwohl wir gerade Krach hatten, stand ich ganz bestimmt trotzdem auf der Gästeliste. Ich traf eine spontane Entscheidung, suchte Matts Namen in meinem Telefon und rief ihn auf dem Handy an. Es klingelte noch nicht einmal, ich landete direkt auf der Mailbox. Komisch. Vielleicht war sein Akku leer. Da ich keine Nachricht hinterlassen wollte, legte ich auf und rief stattdessen jemand anders an. Er nahm ab.

»Evan, Alter … was geht?«

Es folgte eine lange Pause, ehe er überhaupt etwas von sich gab, und dann sagte er nur meinen Namen. »Griffin.« An der Art, wie er ihn sagte, konnte ich nicht erkennen, ob das eine Feststellung oder ein Fluch war.

»Äh, ja.« Ich neigte den Kopf und fragte mich, ob er auch ein Problem mit mir hatte. Na ja, wenn dem so war, beruhte das auf Gegenseitigkeit; er hatte sich nicht von mir verabschiedet. Da mir das gerade durch den Kopf schoss, sprach ich ihn darauf an. »Warum hast du dich am Flughafen nicht von mir verabschiedet? Kell war da.«

»Ich glaube, Kellan besitzt mehr Größe als ich.« Evan atmete langsam aus, dann machte er mir Vorwürfe: »Was zum Teufel denkst du dir eigentlich dabei, Griffin? Du steigst für eine Fernseh*serie* aus der Band aus? Von der man noch nicht einmal weiß, ob daraus je was wird? Bist du irre?« Ich öffnete den Mund, um ihm zu antworten, doch er setzte seine Tirade fort. »Und was zum Teufel ist zwischen dir und Matt vorgefallen? Willst du wissen, warum ich in Wahrheit nicht aufgetaucht bin? Matt ist zu mir gekommen, nachdem du ihn verprügelt hast, und ich habe die nächsten drei Tage gebraucht, ihn wieder zu beruhigen.«

»Na ja, er …«

Evan unterbrach mich mit einem weiteren wütenden Wortschwall. »Und du hast gedroht, uns den Namen wegzunehmen. Den Namen der *Band*. Den Namen, den wir jahrelang aufgebaut haben, und den wolltest du uns einfach so wegnehmen? Du hast vielleicht Nerven.«

Jetzt wurde ich ebenfalls wütend. »Ich habe ihn euch doch überlassen. Ich habe ihn euch nicht weggenommen.«

»Aber du hast damit gedroht … als wolltest du uns für etwas bestrafen oder so. Sag mal, Griff, was zum Teufel haben wir dir eigentlich getan?«

Jetzt kochte ich vor Wut, es stieg geradezu Dampf aus meinen Ohren. Es war ein Fehler gewesen, ihn anzurufen. Mich für die Band zu interessieren. Es war das Beste für alle, wenn wir alle Brücken abbrachen. *Die D-Bags sind ohne dich besser dran.* Daran hatte ich zwar meine Zweifel, aber das würden wir dann ja sehen. Mit denen war ich fertig.

»Weißt du was, Evan, warum steigt ihr drei nicht einfach wieder auf eure hohen Rösser und reitet zusammen in den beschissenen Sonnenuntergang? Ganz offensichtlich versteht mich keiner von euch, und das wird sich wohl auch nie ändern.« Ich legte auf, bevor er weiter auf mich eindrosch. Mein Hintern war wund genug.

Mein Fahrer starrte mich über den Rückspiegel an. Übellaunig bellte ich: »Was ist?« Er richtete den Blick zurück auf die Straße, und als ich mich wieder einigermaßen unter Kontrolle hatte, sagte ich: »Fahr schneller. Ich will das Gefühl haben zu fliegen.« Die konnten mich alle mal.

Als ich nach Hause kam, konnte ich nicht noch mehr Mist ertragen. Ich wollte mir meine Frau schnappen, mit ihr in die Sauna gehen und unseren Schweiß teilen. Zusammen mit anderen Flüssigkeiten. Anna spielte im Wohnzimmer auf dem Boden mit Onnika, als ich hereinkam. Gibson warf mit Bauklötzen nach Onnika, und Anna wies sie zurecht. »Hör auf, Gibson! Du triffst sie noch ins Auge.«

Das schien Gibson ziemlich egal zu sein. Doch als sie mich bemerkte, hellte sich ihre Miene auf. Sie rannte auf mich zu und sprang quietschend in meine Arme. Anna drehte sich um und lächelte zu mir hoch. »Hey, Süßer. Wie war es bei der Arbeit? Das Essen müsste in ungefähr zwanzig Minuten fertig sein.«

Sie lag auf dem Bauch und schlug die Füße zusammen. Unter ihren knappen Shorts lugte fast ihr Hintern hervor. In meinem Schritt regte sich die vertraute Anerkennung. Ich brauchte sie. Das würde mich aufbauen.

Ich reichte ihr die Hand und sagte: »Ich muss mit dir reden.«

Sie zog die Brauen zusammen und ließ sich von mir nach oben ziehen. »Ist alles in Ordnung?«

Wie gerufen erschien in dem Moment Carl im Wohnzimmer und brachte auf einem Tablett eine Flasche Bier herein. Er wusste, was ich brauchte, sobald ich zu Hause war. Nur heute nicht. Heute brauchte ich mehr. Ich drehte mich zu ihm um und sagte: »Alfred, pass doch bitte einen Augenblick auf die Kinder auf, ja?«

Gibson verschränkte die Arme und schmollte. »Nein, Daddy. Bleib hier.«

Ich wuschelte ihr durchs Haar. »Ich muss nur kurz etwas mit Mommy besprechen. Wir sind gleich wieder da.«

Ich musste Gibson von mir fortschieben, erst dann konnte ich mit Anna das Zimmer verlassen. In eiligem Schritt liefen wir zur Sauna. Sie war ringsum von einer Bank umgeben, auf der wollte ich Anna nehmen.

Ich zog sie in die Sauna und schloss schnell die Tür. »Griff? Was machen wir hier? Können wir nicht woanders reden, wo es weniger heiß ist?«, fragte sie, während ich die Hitze aufdrehte. Dann goss ich etwas Wasser über die Steine, die ein angenehm entspannendes Zischen von sich gaben.

»Griff?«, fragte Anna noch einmal. »Was ist los?«

Auf ihrer Oberlippe bildete sich eine Schweißperle, ich leckte sie ab. »Zieh dich aus. Sofort.« Ich zerrte an ihrer Kleidung und entblößte mehr und mehr von ihrer cremeweißen Haut. Ja … das würde mich den Tag vergessen lassen.

Sie ließ sich von mir das T-Shirt ausziehen und die Shorts

aufknöpfen. Obwohl sie meinen Kuss erwiderte, lag ein fragender Ausdruck auf ihrem Gesicht.

»Alles … in Ordnung?«, fragte sie noch einmal, als sie nur noch in BH und Slip war. Auf ihrer Haut glitzerten Schweißperlen und machten sie unwiderstehlich anziehend. Ich konnte es nicht erwarten, bis unsere Körper zusammenglitten.

Während ich mir an meiner Jeans zu schaffen machte, atmete ich in tiefen Zügen die heiße Luft ein. »Ja. Ich muss dich nur vögeln.« *Dann wird alles gut.* »Lass mich kommen, Süße. Überall auf dir.«

Bei meinen anzüglichen Worten hellte sich ihr Blick auf. Sie zog meine Jeans herunter und sank auf die Knie. »Baby, ich lasse dich so hart kommen, dass du eine Woche brauchst, bis du überhaupt wieder kannst.«

Ich lachte, dann schloss sie den Mund um mich, und jeder Gedanke in meinem Kopf löste sich auf. *Ja, nimm alles. Ich will es nicht.* Eine ganze Weile erforschte ich ihren Körper, bevor ich schließlich in sie eindrang. Hitze und Schweiß machten mich beinahe schwindelig, ließen den Höhepunkt jedoch noch intensiver wirken. Unsere Orgasmen hallten durch den Raum und zischten so laut wie die Steine, die in der Mitte der Sauna dampften.

Gott, ja, genau das habe ich gebraucht.

Als ich fertig war, stieg ich von Anna herunter und legte mich auf die Bank. Ich schloss die Augen und legte einen Arm darüber. Jetzt brauchte ich ein Schläfchen. Ich spürte, dass Anna sich erhoben hatte und neben mir stand. »Süßer?« Ich murmelte eine unverständliche Antwort. Ich wollte nur noch ein bisschen in der Leere bleiben. Anna seufzte, und ich hörte, wie sie ihre Kleider aufhob. »Ich dusche mich und sehe nach den Mädchen. Wahrscheinlich ärgert Gibson Onnika, die womöglich ausflippt, weil ich weg bin. Und das Essen ist jetzt sicher auch fertig, also bleib nicht mehr so lange, okay?«

Ich hob den Daumen, und sie küsste mich sanft auf die Stirn, dann verließ sie den Raum. Als mich die plötzliche Kälte von draußen traf, zitterte ich. Ich sollte rausgehen, ich wollte mich nur noch nicht bewegen … *Die D-Bags sind ohne dich besser dran.*

Und ich war besser ohne sie dran.

Als ich endlich meinen faulen Hintern hochbekam und meiner Familie beim Abendessen Gesellschaft leistete, bemerkte ich, dass Anna nicht ganz so erfrischt wirkte wie ich. »Was ist los?«, fragte ich, als Alfred mir einen Teller mit Steak und Kartoffeln servierte. Ja. Sex, Steak und Stärke … so sollte jeder Tag enden.

Anna seufzte, als er ihr einen kleineren Teller servierte. »Es ist nur … Ich weiß, wir sind noch nicht lange hier, aber die Leute hier sind so falsch. Das macht mich jetzt schon krank. Ich weiß nicht, wer nett zu mir ist, weil er mich mag, und wer nett ist, weil er etwas von mir haben will. Und mir fehlt jemand, mit dem ich abhängen kann.« Sie blickte zu den Mädchen. »Ein Erwachsener, der nicht ständig seine Schwester ärgert oder alle fünf Sekunden etwas von mir will.« Sie seufzte erneut und sah mich an. »Ich habe Sehnsucht nach Zuhause.«

Sie sah verzweifelt aus, und selbst ich verstand, was sie eigentlich sagen wollte. »Wir *sind* zu Hause, und wir werden neue Freunde finden, Anna. Schauspielerfreunde, die fast so erfolg reich sind wie ich. Die nutzen uns nicht aus. Das wird total cool. Du musst nur etwas Geduld haben.« *Wir ziehen nicht zurück nach Seattle.*

Als hätte sie meinen stillschweigenden Nachsatz gehört, verfinsterte sich Annas Miene, und sie stieß einen leisen Seufzer aus. Ich war mir nicht sicher, ob sie absichtlich versuchte, Los

Angeles zu hassen, jedenfalls weigerte sie sich, sich auf das Leben hier einzulassen. Ich glaube, als wir noch keine Kinder hatten, wäre das anders gewesen, als sie noch etwas wilder und freier war, aber jetzt schien sie alles zu nerven. Selbst dass ständig die Sonne schien. Schon öfter hatte ich sie seufzen hören: »Mir fehlt der Regen.« Sehr merkwürdig. Wer vermisste schon den Regen?

»Schauspieler als Freunde«, murmelte sie. »Ja, ich bin mir sicher, dass die immer total aufrichtig sind. An denen ist bestimmt nichts aufgesetzt …« Sie blickte aus dem Fenster, während ich mein perfekt gebratenes Steak klein schnitt. Gibson, die neben mir saß, nahm sich ein paar Stücke mit den Fingern, während Onnika irgendeinen Babybrei aß. Alle waren zufrieden, nur Anna nicht.

Ich überlegte, womit ich sie aufheitern könnte, nachdem es der tolle Saunasex offenbar nicht geschafft hatte, und schlug vor: »Wir könnten ein paar Freunde einladen. Vielleicht …« Ich verstummte, während ich im Geiste Annas Freundinnen durchging. Nicht Jenny, die würde Evan mitbringen. Nicht Rachel, die würde Matt anschleppen. Kiera auch nicht, denn die käme mit Kellan. Warum zum Teufel waren alle besten Freundinnen von Anna mit meinen besten Freunden zusammen?! Na ja, meinen ehemals besten Freunden. Wütend beendete ich den Satz mit: »Troy und Rita?«

Annas Blick sprang zurück zu mir. »Troy und Rita? Jemand Besseres fällt dir nicht ein?«

Ich zuckte die Schultern. »Dann vielleicht eine von deinen Freundinnen von Hooters. Mir egal, lade ein, wen du willst. Mach ein Mädelswochenende.«

Anna schwieg, offenbar dachte sie über meinen Vorschlag nach. Gut. Vielleicht würde ihr das Leben hier besser gefallen, wenn sie merkte, dass sie nicht in Einzelhaft saß. Wir verfügten über die Mittel, fast alles möglich zu machen. Fürs Erste. Gott, hoffentlich wurde bald eine Staffel in Auftrag gegeben. Anna würde ausflippen, wenn sie herausfand, dass ich den Mindestlohn erhielt oder zumindest kaum mehr.

Genau in dem Moment entschied Onnika, dass spielen mehr Spaß machte als zu essen. Den Mund voller Brei spuckte sie mir eine Himbeere direkt ins Gesicht. Die klebrige, halb gekaute Pampe hing überall an mir. »Gottverdammt, Onnie.« Sie lachte, während ich mir den Brei aus dem Gesicht wischte. Anna lachte mit ihr.

»Saukomisch«, bemerkte ich.

Ich reichte Anna den Löffel und ging zum Tresen, um ein Handtuch für mein Gesicht zu holen. Und für die Haare. Und um mir den Brei hinter den Ohren abzuwischen. Wie zum Teufel war der da hingekommen? Während ich noch mit meiner Säuberung beschäftigt war, sagte Anna: »Okay, Griff, ich nehme dein Angebot an und lade übers Wochenende ein paar Mädels ein. Kommst du ein paar Stunden ohne mich zurecht?«

Ich hob den Daumen. Einen Abend käme ich allein zurecht, und außerdem hatte ich den Eindruck, dass Anna das wirklich brauchte.

Als ich am Freitagabend wegging, um mich mit den anderen Schauspielern bei Elijah zu treffen, strahlte Anna. Ich wusste nicht, wer so kurzfristig herkommen würde. Vielleicht Kate? Wahrscheinlich, um Justin zu sehen.

Nachdem ich die Kinder ins Bett gebracht hatte – ich hatte Gibson eine Prinzessinnengeschichte vorgelesen, wobei wir beide natürlich ein Diadem trugen, und Onnika ein Schlaflied vorgesungen –, küsste ich Anna ausgiebig zum Abschied. »Später vögeln wir«, raunte ich ihr ins Ohr, »Freundinnen hin oder her.«

Sie biss sich auf die Lippe und zog am Bund meiner Jeans, bis sich unsere Hüften trafen. »Ja, das werden wir«, stellte sie sachlich fest.

Verdammt. Warum konnte diese Party nicht schon vorbei sein?

Elijah war ein ziemlicher Säufer, und als mein Fahrer mich nach Hause fuhr, war ich breit wie eine Natter. Außerdem war ich total geil. Schon im Wagen zog ich mich aus, damit ich für Anna bereit war. Der Fahrer beobachtete mich im Rückspiegel und räusperte sich, sagte jedoch kein Wort. Der Kerl schwieg neunundneunzig Prozent der Zeit wie ein Grab. Ich wusste das zu schätzen.

Als der Wagen in der Auffahrt hielt, um mich rauszulassen, war ich im Adamskostüm. Ich schnappte mir die Haustürschlüssel und ließ den übrigen Mist im Wagen. Darum würde Alfred sich später kümmern. Der nächtliche Wind strich kühl über meine nackte Haut, aber das machte mich nur noch härter. Fuck, ich konnte es kaum abwarten, meine Frau zu nehmen. Während ich die Haustür aufschloss, strich ich über meinen Schaft. Gleich würde ich tief in ihr sein, in fünf, vier, drei …

Als ich die Tür öffnete und eintrat, fiel meinem benebelten Hirn wieder ein, dass Anna Besuch hatte. Vermutlich, weil ich in meinem Zustand ziemlich laut und ungeschickt am Schloss herumgemacht hatte, erschien jemand in der Halle. »Oh mein Gott, Griffin!«

Sie wirbelte herum und wandte mir den Rücken zu, aber ich hatte sie bereits gesehen. Und erkannt. »Kiera? Was zum Teufel machst du hier? Ist Kellan auch da?«

Über die Schulter zu mir blickend stotterte sie: »Warum bist du nackt? Bist du so etwa ausgegangen?«

Ich ließ meinen Schwanz los und kratzte mich am Kopf. »Nein … ich glaube nicht.«

»Zieh dir bitte etwas an.«

Obwohl kein Licht brannte, wusste ich, dass ihre Wangen knallrot waren. Das Mädel errötete bei jedem noch so kleinen Anlass. Ich nahm eine Vase, die in der Nähe stand, kippte Blumen und Wasser auf die Außentreppe, schloss die Haustür und bedeckte damit mein Gemächt. »Voilà, ich bin salonfähig.«

Kiera drehte sich langsam um, schien sich mit meiner behelfsmäßigen Abdeckung jedoch kein bisschen wohler zu fühlen. In der Vase war mein Schwanz noch immer hart wie Stein und berührte nicht die Seiten, dafür stieß mein Piercing fast gegen den Boden. Als ich mir vorstellte, dass die Vase Anna wäre, wäre ich fast gekommen. Ich wette, *dann* würde Kiera richtig rot werden.

»Also … was zum Teufel machst du hier?«

Sie runzelte die Stirn. Ich war derart betrunken, dass ich in ihrer Mimik Anna sah. Eine blasse Kopie von ihr, ja, aber doch so ähnlich, dass mein Ständer pulsierte. »Ich freu mich auch, dich zu sehen, Griffin. Ich komme noch immer nicht über deine Haare hinweg. Du siehst fast so aus wie …« Sie legte den Kopf schief, und mir war klar, dass sie mich mit ihrem Ex verglich.

Ich hob abwehrend die Hand; das wollte ich nicht hören. »Ich sehe aus wie ich, nur mit dunklen, kürzeren Haaren. Nichts Aufregendes. Ist Kell bei dir?« Ich blickte in beiden Richtungen den Flur hinunter, sah ihn jedoch nicht.

»Nein, wir sind nur Jenny, Rachel und ich. Anna sagte, sie bräuchte ein Wochenende mit ihren Freundinnen, und da sind wir gekommen.«

Na toll, Anna hatte die drei Frauen eingeladen, die mich vermutlich am meisten hassten. Großartig. »Oh!« Mehr fiel mir dazu nicht ein.

Kiera deutete auf die Haustür. »Ich habe ein Geräusch gehört und wollte nachsehen, was los ist. Mir war nicht klar …« Sie seufzte und deutete den Flur hinunter, wo sich weitere Gästezimmer befanden. »Ich gehe mal wieder ins Bett. Wir sehen uns morgen früh. Hoffentlich angezogen ...«

Danach sauste sie davon. Ich entfernte die Vase von meinem Schwanz und winkte ihr damit hinterher. »Vielleicht. Vielleicht trage ich aber auch wieder nur das hier!«

Ich war mir sicher, dass ich sie stöhnen hörte.

Den Rest des Wochenendes ignorierte ich unser Besuchertrio. Na ja, zumindest tat ich so, als würde ich sie ignorieren. Heimlich achtete ich auf jedes Wort, das sie sagten, vor allem, wenn sie von den D-Bags sprachen. Nicht dass ich wissen wollte, was die Jungs so trieben. Wenn sie sich allerdings die Augen aus dem Kopf heulten, weil ich weg war, tja, dann hätte ich nichts dagegen, das zu erfahren.

Von meinem Platz aus hörte ich Kiera sagen: »Das dritte Album verkauft sich gut, aber die Jungs haben das Gefühl, dass etwas fehlt, wisst ihr? Ich meine, sie können nicht auf Tournee gehen, keine Musikvideos drehen, es nicht richtig promoten. Ich glaube, es würde sich nicht annähernd so gut verkaufen, ohne den ganzen Hype um die Art, wie Griffin ... Na ja, er hat einen ziemlichen Abgang hingelegt.«

Einen Moment schwiegen sie, dann fragte Anna: »Könnten sie nicht einfach jemand anders mit auf Tournee nehmen? Ich meine, ich finde die Vorstellung zwar schrecklich, aber sie müssen das Album doch promoten. Ich bin mir sicher, Griffin würde das verstehen.« Klar verstand ich. Sie würden jemand anders in den Schatten abschieben. Ich hoffte, dass es ihm oder ihr in der Dunkelheit gefiel.

»Matt hat das Gefühl, sie sollten etwas Zeit verstreichen lassen und einen frischen Anfang machen. Dieses Wochenende haben sie ein Casting, um ihn ... zu ersetzen.«

Das war Rachels Stimme, wenn ich mich nicht täuschte. Die Mädels hingen im Garten am Pool ab und ließen die Füße im Wasser baumeln. Ich befand mich im Wohnzimmer, dessen Türen offen standen. Wegen der frischen Luft, versteht sich.

Jennys Stimme durchbrach die Stille. »Das ist schon das zweite. Bislang hat niemand gepasst. Das meinte Evan jedenfalls. Ich persönlich glaube, dass die Jungs noch nicht so weit sind. Sie hoffen noch …«

Wieder Schweigen, dann stieß Kiera hervor: »Zieht Griffin das wirklich durch, Anna?«

Ich blickte auf und konnte gerade ihre Oberköpfe über die Blumentöpfe am Beckenrand lugen sehen. Ich war mir nicht sicher, was Anna ihrer Schwester antworten würde, aber ich hoffte auf ein kräftiges Ja! Ich würde das auf jeden Fall durchziehen; die Jungs sollten sich zusammenreißen und einfach ohne mich weitermachen. Dieser Gedanke krampfte auf verwirrende Art meinen Magen zusammen.

Annas Antwort kam so leise, dass ich mich anstrengen musste, sie zu verstehen, zumal Gibson fernsah und dazu sang. »Ruhe, Gibby«, zischte ich.

Sie starrte mich wütend an, hielt jedoch lange genug inne, dass ich Anna sagen hörte: »Er ist total begeistert von der Serie. Er meint, dass er damit berühmter und erfolgreicher wird als mit der Band, also, ja … er zieht das wirklich durch.«

Anschließend wurde ihr Murmeln leiser und Gibson lauter, sodass ich nicht viel mehr verstand. Den wirklich wichtigen Teil hatte ich ohnehin mitbekommen – sie hatten noch niemanden gefunden.

Als die Mädels am Sonntagmorgen abgereist waren, war Anna ein bisschen wehmütig. Beim Mittagessen berichtete sie alles, was sie erfahren hatte. »Also, Jenny und Evan reden jetzt von Kindern, was bedeutet, dass sie auch Heiratspläne haben. Aber Jenny hat ziemlich viel mit der Galerie um die Ohren, darum wollen sie sich Zeit lassen.«

Ich schenkte ihr ein kurzes Lächeln, und sie verstand das als *Bitte, erzähl weiter!* »Rachel hat nicht viel von ihren Plänen mit Matt erzählt, aber ich wette, dass sie bald Nägel mit Köpfen machen. Vielleicht eine Winterhochzeit … das wäre lustig.« Sie seufzte, und ich fragte mich unwillkürlich, ob ich eingeladen wäre, wenn Matt und Rachel wirklich vor den Traualtar traten. *Du bist für mich gestorben.*

Kopfschüttelnd konzentrierte ich mich wieder auf Annas Geplauder. »Kellan und Kiera arbeiten an einem weiteren Baby. Nun, du weißt, was das heißt …« Sie kicherte und verzog die Lippen zu einem wissenden Lächeln. *Ja, es bedeutete, dass Kellan ziemlich viel Sex hatte. Das wäre mir auch lieber, als mir eine Zusammenfassung ihrer Leben anzuhören. Sie wollten nichts mit mir zu tun haben.*

Ich legte mein Sandwich ab und sagte: »Vielleicht sollten wir auch noch ein Baby machen? Warum probieren wir nicht ein paar von den Sachen aus dem Kamasutra-Buch, das du besorgt hast?«

Annas Miene hellte sich auf, und ich war mir nicht sicher, welche Vorstellung ihr besser gefiel – perverser Sex oder noch ein Baby. »Wie wäre es mit einem neuen Marathon? Ich glaube, es wird Zeit, dass wir einen Versuch starten, unseren Rekord zu brechen.«

Ich stand auf und reichte ihr die Hand. »Dann sollten wir gleich damit anfangen. Ich hole etwas Wasser … ich habe das Gefühl, ich sollte besser nicht dehydriert sein.« Über die Schulter hinweg rief ich dem Butler zu: »Alfred, pass ein bisschen auf die Mädchen auf.« Anna lachte, als ich sie mit mir zog, und ich war froh, dass ich ihr ein Mädelswochenende vorgeschlagen hatte. Wenn es meine Frau glücklich machte, musste ich gelegentliche Besuche der D-Bags-Bräute wohl ertragen.

14. Kapitel

Geilogericht. Man nehme: Mich

Zwischen Dreharbeiten, Proben und Sprachsynchron, weil sich irgendwelche Tonaufnahmen als unzureichend erwiesen hatten, gab ich Interviews. Wegen meines Ausstiegs aus der Band drehten immer noch alle völlig durch. Eigentlich wollte ich nicht mehr darüber reden, aber das gab mir Gelegenheit, über meine Serie zu sprechen – und *darüber* wollte ich reden.

Ich machte mich in meinem Wohnmobil lang und genoss einen friedlichen Augenblick der Ruhe, während ich darauf wartete, wieder ans Set gerufen zu werden. Bei diesem Job stand man eine Menge herum und wartete. Damit hatte ich nicht gerechnet. Ich hatte mit so einigem nicht gerechnet, wie beispielsweise mit einem wütenden Regisseur, der mir sagte, ich könnte keinen Affen davon überzeugen, dass ich ein Mensch sei. Er hatte mich zu meinem Wohnmobil geschickt, damit ich »runterkam«. Zuvor hatte ich ihm erklärt, dass sein Penis von der Größe her besser zu einer Fruchtfliege passen würde. Ich hatte ihm den freundschaftlichen Ratschlag gegeben, dass sein Schwanz etwas größer wirken würde, wenn er sich rasierte, doch er wusste meine Fürsorge nicht zu schätzen. Egal. Die Pause war mir willkommen. Mir taten die Füße weh.

Ich überlegte gerade, ob ich mir ein Bier aufmachen sollte, als jemand an die Wohnmobiltür klopfte. Musste ich schon wieder zurück? Bah, ich konnte noch nicht. Vielleicht würde derjenige da draußen wieder gehen, wenn ich ihn einfach ignorierte. Leider nein. Das Klopfen wurde lauter. Verdammt.

»Mr Hancock? Sind Sie da drin?«

Als ich Harolds Stimme erkannte, lächelte ich, stand auf und holte mir das Bier. Um mich zurück ans Set zu bringen, hätten sie jemand anders geschickt. Ich hatte Zeit. »Ja. Kommen Sie rein, Harry.«

Er öffnete die Tür und betrat mit finsterer Miene das Wohnmobil. »Bitte nennen Sie mich nicht so.« Wie immer trug er einen Anzug, und ich fragte mich unwillkürlich, was er den ganzen Tag machte, dass er immer einen Schlips tragen musste.

»Wie läuft's auf Ihrer Seite vom Universum?«, fragte ich.

Normalerweise verdrehte er die Augen, wenn ich sprach, doch heute lächelte er nur angespannt. »Alles gut, mein Freund«, sagte er und setzte sich auf die Couch. »Wie läuft der Dreh?«

Wir hatten diese Woche gerade angefangen, die letzte Folge zu drehen, und sie bereitete mir jetzt schon Kopfschmerzen. Es kam mir vor, als würde ich in den meisten Szenen nur herumstehen, während sich andere Leute unterhielten. Meiner Meinung nach wurde mein Talent dadurch verschwendet. Aber die Autoren sagten, durch mein häufiges Schweigen erhielten meine Worte mehr Gewicht, wenn ich dann etwas sagte. Egal.

»Er läuft«, murmelte ich. Ich öffnete ein Bier, führte die Flasche an meine Lippen, überlegte es mir dann jedoch anders und bot es Harold an. Schließlich hatte er mich gerade als Freund bezeichnet. Er verzog leicht das Gesicht, schüttelte den Kopf und lehnte ab. Dann drückte sein Gesicht einen kaum merklichen Widerwillen aus, den ich dennoch bemerkte. »Ist was passiert?«, fragte ich und setzte mich ans andere Ende der Couch.

»Nichts Gravierendes, aber ich fühle mich verpflichtet, Ihnen mitzuteilen, dass … LMF sein Herbstprogramm geändert hat.

Aber keine Sorge. *Der Durchbruch* soll dann zwischen Januar und Mai als Ersatz für eine Serie eingesetzt werden, die gefloppt ist. Das sind eigentlich gute Nachrichten. Einige der besten Serien sind als Ersatzprogramm gestartet.« So, wie er lächelte, hätte man meinen können, wir hätten gerade im Lotto gewonnen. Da war ich mir allerdings nicht so sicher.

»Die stellen uns zurück? Das hat doch wohl nicht etwa mit dem Mist unter den Autoren zu tun, oder?«

Harold schien überrascht, dass ich darüber Bescheid wusste. Doch er setzte gleich wieder eine sorglose Miene auf. »Ach nein, natürlich nicht. Bei allen Fernsehserien spielen sich hinter den Kulissen Dramen ab. Das hilft, das dramatische Geschehen vor der Kamera anzuheizen. Aber keine Angst, Mr Hancock, mit der Sendung geht es bestens voran. Es ist nur eine Frage der Zeit, bis Sie ganz oben stehen.«

»Okay. Gut.« Während ich das sagte, dachte ich unwillkürlich, dass ich mit den D-Bags schon ganz oben gewesen war … aber nicht richtig. Ich war oben gewesen, aber auf dem Rücksitz. Jetzt war ich der Fahrer.

Nachdem die sechs Folgen, die LMF in Auftrag gegeben hatte, abgedreht waren – eine Meisterleistung, von der ich zwischenzeitlich nicht mehr geglaubt hatte, dass wir sie vollbringen würden –, begann der eigentliche Spaß. Partys, Partys und noch mehr Partys. Man kann über die Unterhaltungsbranche sagen, was man will, aber die wissen, wie man feiert. Das oberflächliche Geschwätz, das die Leute von sich gaben, floss ebenso beständig aus ihnen heraus wie der Alkohol in sie hinein. Und jeder, dem ich begegnete, sagte mir, wie unglaublich ich sei und wie toll die Serie werden würde. Ich war im Himmel gelandet.

Anna genoss das nicht ganz so sehr wie ich. »Schon wieder?

Das ist die vierte Party diese Woche. Ich bin ja auch dafür, dass man sich amüsiert, aber ich würde gern auch ein paar Abende mit meiner Familie verbringen.« Sie ging den Inhalt ihres Schranks durch und suchte nach einem Kleid, das sie noch nicht getragen hatte. In ihrem Gesicht las ich, dass sie demnächst einkaufen gehen würde. Ich persönlich fand, sie sollte einfach das tragen, was sie jetzt anhatte – einen schwarz-rosa BH mit passendem Höschen. Gott, sie sah rattenscharf aus. Vielleicht hatte sie recht damit, dass wir heute mal aussetzen sollten …

Ich schüttelte diesen Gedanken ab und sagte: »Der Sender will, dass wir hingehen. Das ist gut für die Serie … nehme ich an. Eigentlich habe ich keinen blassen Schimmer, warum wir da hinmüssen. Alles, was ich weiß, ist, dass man umsonst trinken kann.«

Seufzend murmelte sie: »Das ist immer so.« Sie blickte mich über ihre Schulter hinweg an und fragte: »Chelsey passt heute Abend auf die Kinder auf, oder? So sehr ich Carl auch mag, er ist kein Babysitter.«

Unser Schrankzimmer war in der Mitte durch eine Reihe Kommoden geteilt. Als ich eine Schublade hervorzog, um ein paar Sachen für heute Abend herauszunehmen, stellte ich mir vor, mich mit Anna auf ihnen noch ein bisschen zu amüsieren, bevor wir gingen. Ein anderes Mal vielleicht. »Ja, Chelsey müsste bald hier sein.«

Anna wandte sich wieder ihren Kleidern zu. »Gut. Erinnere sie daran, dass sie Gibson von Onnika fernhält.« Sie stieß die Luft aus und schüttelte den Kopf. »Ich weiß nicht, was sie für ein Problem mit ihrer Schwester hat. Ich habe den Arzt danach gefragt, aber der meinte, es sei die ganz normale Rivalität unter Geschwistern.« Sie holte ein enges schwarzes Kleid heraus und drehte sich zu mir um, wobei sie die vollen Lippen zu einem Schmollmund verzog. »Es kommt mir aber so vor, als wäre es mehr als das. Neulich habe ich Gibson dabei überrascht, wie sie Bilder von unserer Familie gemalt hat.«

Sie machte eine Pause, als müsste mir das etwas sagen. »Ja. Und?«

»Auf jedem einzelnen Bild hat sie Onnika durchgestrichen.« Sie hob eine Braue und wurde noch deutlicher. »Sie hat sie nicht einfach nur vergessen, sie hat für jeden von uns ein kleines Strichmännchen gemalt und Onnika dann fett durchgestrichen.« Sie schüttelte den Kopf. »Das scheint mir etwas Ernsteres als nur Rivalität zu sein.«

Ich zuckte die Schultern. »Sie wird sich damit abfinden.«

Anna legte die Hände auf die Hüften … auf ihre kurvigen, üppigen Hüften. »Vielleicht könntest du mal mit ihr reden.«

»Sie ist zweieinhalb. Sie wird mich nicht verstehen.«

Anna verschränkte die Arme und drückte das verführerische Kleid dabei an ihren Busen. »Sie versteht mehr, als du denkst. Sie ist ein kluges Mädchen, sie kommt nach Kiera.« Als sie den Namen ihrer Schwester erwähnte, bekam ihre Stimme einen sehnsuchtsvollen Klang. Anna telefonierte so oft wie möglich mit Kiera, aber sie vermisste es, sie zu sehen. Das wusste auch ich. Wahrscheinlich brauchte sie ein weiteres Mädelswochenende.

Da ich nicht an Kiera oder Kellan oder irgendeinen der anderen denken wollte, schüttelte ich so heftig den Kopf, dass mir schwindelte. »Gut. Ich rede mit ihr.«

Ich holte meine spitzenmäßigen Klamotten aus dem Schrank und zog mich an, während Anna ihr Kleid zurück auf die Stange hängte und erneut ihre Garderobe durchging. Als ich fertig war, betrachtete ich mich im Spiegel. Mensch, ich sah echt heiß aus.

Nachdem ich mit den Fingern eine Pistole gebildet und mich im Spiegel abgeschossen hatte, ging ich ins Schlafzimmer hinüber. Onnika hing in einer Vorrichtung, in der sie sitzen und hüpfen und an irgendwelchen Dingen knabbern konnte. Sie drehte sich zu mir um. Ich wünschte, so ein Gerät gäbe es auch für Erwachsene, und zwar für zwei. Mit so etwas hätte ich ziemlich viel Spaß.

Ich blickte zum Schrankzimmer, doch Anna suchte noch immer nach etwas, worin sie noch unglaublicher aussah, als sie es ohnehin schon tat; wenn das wirklich ihr Kriterium war, würde sie noch lange suchen. Wie wollte man Perfektion übertreffen?

Ich ging vor Onnika auf die Knie und wackelte mit einem Spielzeug vor ihrer Nase; es gab ein klingelndes Geräusch von sich, was ihr zu gefallen schien. Sie krähte, lachte und versuchte, es in das schmuddelige Händchen zu nehmen. Mit jedem Tag sah sie ihrer Mutter ähnlicher. Wenn sie älter wäre, würde sie eine Bombe sein. Verdammt. Wie vielen Teenagern würde ich in den Hintern treten müssen! Und auch ein paar Erwachsenen. Meine Sorge wegen der Mädchen würde nie enden.

Ich strich mit dem Finger über ihre Stirn; ihre Haut war so weich, unglaublich, dass etwas derart seidig sein konnte. Es weckte den Wunsch in mir, sie hochzunehmen und sie zu halten, was mich erneut zu dem Gedanken brachte, dass Anna vielleicht recht hatte und wir heute aussetzen sollten.

»Schikaniert Gibby dich, Onnie? Du weißt wahrscheinlich noch nicht einmal, was das bedeutet. Na ja, eines Tages bist du alt genug, dass du es mit ihr aufnehmen kannst. Du wirst es mit allen aufnehmen, Onnie. Lass dich von niemandem aufhalten, nicht einmal von deiner Familie.« Ein alberner Kloß bildete sich in meiner Kehle, und ich musste schlucken. Gott, ich verbrachte zu viel Zeit mit Frauen.

Onnika lächelte und lachte, als ich sie auf die Wange küsste. »Sei lieb zu Chelsey, okay?«, sagte ich und stand auf. Sie spuckte eine Himbeere auf mich. Ich hatte keine Ahnung, ob das hieß *Mach ich* oder *Fick dich*. Für mich war beides okay.

Ich wandte mich ab und ging ins Wohnzimmer, wo ich auf meine ältere Tochter stieß. Sie stand mit Carl alias Alfred in der Mitte des Zimmers und versuchte, ihn dazu zu bringen, mit ihr Pferd zu spielen. Alfred stand würdevoll und reserviert da, und ich wusste sofort, was Anna gemeint hatte, als sie sagte, er wäre kein guter Babysitter. Alfred tat alles, worum wir ihn baten, aber wenn er eine Aufgabe für unter seiner Würde hielt, verzog er leicht missmutig die Lippen und fasste die Dinge auf verächtliche Weise nur mit spitzen Fingern an.

Gibson hielt ihm ein Springseil hin und sagte: »Pferdchen!«

Alfred, der sich bemühte, professionell zu bleiben, erwiderte: »Ich habe keine Ahnung, was Sie sagen, Miss Hancock, aber wenn Sie über Ihr Seil springen möchten, gehe ich gern mit Ihnen hinaus in den Hof.«

Unverdrossen hielt Gibson das Seil ein Stück höher. »Reiten, Pferdchen.« Ihr Ton klang, als wollte sie sagen: *Tu jetzt, was ich dir sage, verdammt!* Meine Kleine mochte es nicht, wenn man ihr etwas verweigerte.

Ich schlug Alfred auf den Rücken und sagte: »Sie will reiten, A-Man«, dann ließ ich mich auf Hände und Knie fallen und stieß ein langgezogenes Wiehern aus, schnaubte und schüttelte den Kopf. Gibson kicherte über meine Vorstellung, dann krabbelte sie auf meinen Rücken. Ich half ihr, das Seil unter meine Achseln und um meine Brust zu legen. Das erste Mal, als wir dieses Spiel gespielt hatten, hatte ich den »Zügel« in den Mund genommen. Ein großer Fehler.

Gibson zog an den Zügeln und rief: »Hü!«

Ich bäumte mich etwas auf, dann drehte ich gehorsam eine Runde durchs Zimmer. Als wir fertig waren, ließ ich sie aufs Sofa plumpsen. Sie bekam einen hysterischen Anfall und wollte sofort noch eine Runde reiten. Ich hockte mich neben die Couch, sodass wir uns auf Augenhöhe befanden und hob streng einen Finger. »In einer Minute. Erst müssen wir uns ein bisschen unterhalten, kleine Dame. Warum schikanierst du Onnika?«

Sie sah mich nur mit leerem Blick an, also versuchte ich es mit einem anderen Ansatz. »Magst du deine Schwester?«

Daraufhin schmollte sie. »Sie ist gemein.«

»Gemein? Wie das? Sie schläft doch nur und scheißt in die Windeln. Ähh, pupt.« Ich blickte mich um, doch Alfred war gegangen, und Anna machte sich noch fertig. Gut.

Gibson sah mich finster an und verschränkte die Arme vor der Brust. Ich war mir nicht sicher, ob sie mich verstand, und wusste wirklich nicht, wie ich ein Kleinkind dazu bringen sollte, mir zu sagen, was es fühlte. Und irgendwie wollte ich das auch gar nicht. Bei diesem emotionalen Kram fühlte ich mich nicht wohl. Darum sollte sich Anna kümmern.

»Ich bin mir sicher, dass sie nicht versucht, gemein zu sein, Süße«, versicherte ich ihr. Voilà. Genug Erziehung für heute Abend.

»Sie teilt nicht«, stellte sie unbeeindruckt von meinen aufbauenden Worten fest.

Normalerweise war Gibson diejenige, die Onnika Sachen wegnahm, darum hatte ich keine Ahnung, wovon sie redete. »Was teilen? Ein Spielzeug? Bring es mir her und zeig es mir.«

Ich ging davon aus, dass sie mir ihre Lieblingspuppe bringen würde oder so etwas, doch das tat sie nicht. Stattdessen bohrte sie ihren Finger in meine Brust, und plötzlich verstand ich. Sie war eifersüchtig. »Oh … ach so …« *Verdammt, ich wünschte wirklich, Anna würde das hier erledigen.* »Das ist nicht wirklich Onnikas Schuld, sie ist noch so klein, dass wir uns mehr um sie kümmern müssen. Das heißt aber nicht, dass wir dich weniger lieb haben. Nein. Du bist unsere Erstgeborene, und Mommy und Daddy lieben dich bis zu Pluto und wieder zurück, denn das ist der Planet, der am weitesten entfernt ist … oder der Mond, das Gestein, wie auch immer die das nennen.«

Gibson legte den Kopf schief, und ich wusste, dass sie mir nicht folgen konnte. Ich legte einen Finger auf ihre Wange und sagte: »Wir lieben dich genauso sehr, wie wir Onnika lieben. Darum musst du dir nie Sorgen machen. In einer Familie gibt es immer genug Liebe. Okay?«

Sie nickte und streckte die Arme aus, um mich zu umarmen. Als ich sie in meine Arme schloss, bemerkte ich, dass Anna auf der anderen Seite des Zimmers stand und uns beobachtete. Sie trug ein enges blaues Kleid, das ihre Kurven umschmeichelte, und lächelte. Ich hatte meine Aufgabe vermutlich ganz okay erledigt. Gut. Ich wollte *nicht* so schnell wieder derart schnulzigen Kram reden.

Wir brauchten zwei Stunden, bis wir fertig waren, Chelsey eingewiesen hatten, die mit ihren Kindern kam, und uns von Gibson verabschiedet hatten, die plötzlich nicht wollte, dass wir gingen, und schluchzte, als wir das Haus verließen. Im Auto wirkte Anna besorgt, und als Chelsey mich anrief, um mir zu sagen, dass Gibson sich beruhigt habe und sie ihr die Haare flechte, berichtete ich ihr das sofort.

»Das ist gut«, murmelte sie, wirkte jedoch nicht erleichtert.

»Hast du was?«, fragte ich und legte ihr eine Hand aufs Knie. Ihre weiche Haut erregte mich. Vielleicht sollten wir die Party sausen lassen und uns ein Hotel suchen. Unsere eigene kleine Party feiern.

»Ich dachte nur …« Sie zögerte, dann drehte sie sich auf dem Rücksitz zu mir um. »Warum redest du nie so mit mir?«

Da ich mir gerade vorgestellt hatte, wie sie sich auf einem Meer aus weißen Laken räkelte, verstand ich nicht gleich, was sie meinte. »Wie denn?«

»So, wie du mit Gibson geredet hast. Ich kann mich nicht erinnern, wann du mir das letzte Mal gesagt hast, dass du mich liebst. Vielleicht sogar nur das eine Mal, bevor wir geheiratet haben …«

Ich ging im Geiste unsere letzten Gespräche durch, aber ich konnte mich auch nicht erinnern, darum gab ich schnell auf. Es war ohnehin egal. Es war nur ein Wort. »Weißt du, ich bin nicht gern flach und berechenbar. Der Begriff ist total abgenutzt.«

Anna dachte darüber nach, dann zuckte sie die Achseln. »Ja, ich weiß, aber es wäre schön, ab und an zu erfahren, was ich dir bedeute. Sex ist wirklich die einzige Gelegenheit, bei der du laut aussprichst, was du magst.« Sie grinste auf eine anzügliche, freche Art.

Ich strich ihren Schenkel hinauf. Vielleicht könnten wir es gleich hier tun. Es wäre nicht das erste Mal. »Beim Sex gibt es vieles, das man loben kann, vor allem beim Sex mit dir.«

Jetzt lächelte sie breit und verführerisch, dann wurde sie ernst. »Na ja, es wäre ganz nett, auch zu anderen Zeiten etwas ›Lob‹ zu hören.«

Ich richtete den Blick aus dem Fenster, ging meine Optionen durch und sprach meine Gedanken laut aus. »Tja, diesen *Ich-liebe-dich,-du-machst-mich-erst-zu-einem-ganzen-Menschen-*Mist, den Kellan von sich gibt, sage ich nicht. Das finde ich eklig. Aber … wie wäre es, wenn ich stattdessen sage: ›Baby, du bist mein cooler Käfer.‹ Und du weißt, was ich eigentlich damit meine, wenn ich das sage.«

Sie hob eine Braue. »Ein cooler Käfer?«

Ich blickte zu ihr hinüber und wackelte mit den Brauen.

»Wäre dir etwas anderes lieber? Meine Tiger-Titte? Meine Panda-Pussy? Meine Miezen-Muschi?«

Sie schüttelte lachend den Kopf. »Du bist vielleicht albern.«

Ich ließ ihren Schenkel los, nahm ihre Hand und küsste ihren Handrücken. »Und du bist eine Gorilla-Göttin, mein sexy Girl.«

Als wir unser Ziel erreichten, schien Anna besserer Laune zu sein und die Aussicht, den Abend mit mir auf einer Party zu verbringen, deutlich angenehmer zu finden. Vielleicht hatte ich sie mit meiner kleinen Rede heiß gemacht. Ich sollte das öfters versuchen. Es heißt, mit Honig fängt man mehr Fliegen. Oder war es Whisky? Meiner Meinung nach stimmte beides.

Die Veranstaltung fand in einem Privathaus von irgendeinem Typen aus der Filmbranche statt, der mit jedem zusammenarbeitete, also tauchte auch jeder auf seinen Partys auf. Nach dem, was Harold mir erzählt hatte, würden sich auch einige Promis in den Rummel stürzen, und je mehr wir uns mit denen tummelten, umso besser.

Unser Fahrer stoppte den Wagen, dann eilte er auf die andere Seite zu Annas Tür, um uns aussteigen zu lassen. Ich musste lächeln, weil wir die Einzigen waren, die in einem knallgelben Hummer vorfuhren; ich hatte mein panzerähnliches Gefährt von Seattle herfahren lassen. Wenn es sein musste, könnten wir über die ganzen Limousinen hier hinwegbrettern.

Ich sagte dem Fahrer, ich würde ihm eine SMS schicken, wenn er uns wieder abholen sollte, dann führte ich Anna über den roten Teppich, den man auf dem Fußweg ausgerollt hatte. Typisch Hollywood, mir wurde etwas übel, aber ich verdrehte nur die Augen und machte mir beim Gehen die Schuhsohlen an dem Ding sauber. Hoffentlich war ich in Hundekacke getreten und verlieh dem kitschigen Teil eine spezielle Note.

Als wir die Eingangstür erreichten, stand dort ein Butler im

Smoking. Er hielt ein Tablett mit Champagnergläsern in der Hand, doch als ich mir ein paar nehmen wollte, wich er zurück und verlangte streng: »Die Karten, bitte.« Mist, die Karten. Die hatten sie mir mit der Post zugeschickt, und Harold hatte mich noch ermahnt, sie unbedingt mitzunehmen. Sie waren auf edlem Papier gedruckt und mit Blattgold umrahmt … noch kitschiger als der Teppich. Ich hatte keine Ahnung, wo sie waren, wahrscheinlich im Müll.

Ich wollte dem Typen gerade sagen, dass Griffin Hancock keine Einladung zu zeigen brauchte, als Anna in ihre Tasche langte und sie hervorzauberte. Mit einem charmanten Lächeln reichte sie dem Butler die Karten, am liebsten hätte ich an ihrer Lippe gesaugt. Er kontrollierte die Einladung, dann reichte er uns das Tablett mit dem Alkohol. »Bedienen Sie sich, drinnen gibt es noch mehr.«

Ich nahm mir vier Gläser, einfach, weil ich es konnte. Als wir durch die Tür traten, reichte ich Anna zwei von ihnen. »Danke, Baby. Ich dachte schon, wir wären am Arsch. Ich bin froh, dass du an diesen Mist denkst. Wenn du nicht wärst, würde ich noch meinen Schwanz verlieren.«

Anna hielt in jeder Hand eine Champagnerflöte und beugte sich vor, um mich auf die Wange zu küssen. »Ich weiß.« Mein Mädchen zierte sich nicht, wenn man ihm ein Kompliment machte, das es verdiente. Noch etwas, das ich an ihr liebte.

Ein Glas in jeder Hand betraten wir den vollen Raum. Mindestens die Hälfte der Leute kannte ich vom Sehen aus irgendeiner Fernsehserie oder aus Filmen. Es waren deutlich mehr Promis hier, als ich angenommen hatte, und plötzlich wusste ich, dass ich genau da war, wo ich hingehörte – bei den Stars.

Ein halbes Dutzend Drinks später schwebte ich im siebten Himmel. Hollywood-Partys waren großartig! Lassen wir es krachen! Anna und ich tanzten draußen auf der Terrasse und versuchten, ein Foto von mir zu machen, während ich meinen Hintern an einem Schauspieler aus einer Krimiserie rieb. Da tippte mir Harold auf die Schulter.

»Mister Hancock, amüsieren Sie sich?«, fragte er. Er trug eine gemusterte Krawatte mit Quadraten in verschiedenen Lilatönen. Das hier war eine Party … wozu zum Teufel brauchte er einen Schlips? Mein Hemd stand weit offen, sodass man meine goldene Zuhälterkette sah.

Mit großer Geste legte ich den Arm um ihn. »Arnold! Wie zum Teufel geht es Ihnen?« Ich schrie derart laut, dass einige Partygäste mich aus schmalen Augen ansahen.

»Harold, schon vergessen?«, korrigierte er und löste sich vorsichtig aus meiner Umarmung.

Ich boxte ihn spielerisch in den Bauch und schnaubte: »Ja, ich weiß. Wollte Sie nur ärgern.«

Harold lächelte gezwungen. »Ja, na ja, schön, dass Sie sich amüsieren. Denken Sie daran, so viele Fotos mit Prominenten zu machen, wie Sie können. Je mehr man Sie mit A-Promis verbindet, desto mehr wird man Sie bemerken.«

Anna hielt ihr Telefon hoch, und ich zeigte darauf. »Keine Sorge. Wir waren überall.«

Harolds Lächeln wirkte jetzt aufrichtig. »Toll.« Er blickte sich um, beugte sich vor und deutete auf das Haus. »Wenn wir irgendwo hingehen könnten, wo es ruhiger ist, hätte ich einen Vorschlag, der Sie sicher interessieren wird.«

Harold meinte zwar immer, seine Ideen wären großartig, aber ich war ziemlich angetrunken, darum fragte ich nicht weiter nach, sondern schlug ihm auf den Rücken und sagte: »Klar. Gehen wir, Bruder.«

Ich fasste Annas Hand und folgte Harold, der kehrtmachte und sich einen Weg durch die Menge ins Haus bahnte. Ich blickte über meine Schulter zurück und genoss den Blick auf die Stadt unter uns. Abends und wenn ich ein bisschen angetrunken war, war L.A. irgendwie schön.

Als wir das Haus betraten, führte Harold uns in ein leeres Büro. Na ja, zumindest dachte ich, dass es ein Büro war. Entweder das oder ein wahrer Schrein des Golfspiels. Ich nahm einen Schläger und übte putten, während Harold die Tür schloss.

»Danke, dass Sie heute Abend gekommen sind. Die ständigen Partys sind nach einer Weile bestimmt ziemlich ermüdend.«

Ich schnaubte. »Nein, ich steh auf diesen Quatsch. Zumindest lasse ich mich gern mit meinem Mädchen volllaufen. Auf das Gequatsche könnte ich verzichten.« Harold hatte mich gebeten, mich allen vorzustellen, aber ich sagte immer nur: »Hey, ich spiele in einer Serie mit, du spielst in einer Serie mit … wie wäre es mit einem Selfie?«

Harold lächelte mitfühlend, als würde er mich verstehen. »Ja, dieser Teil kann etwas … ermüdend sein. Jedenfalls, die Neuigkeiten, die ich für Sie habe, sind all die Mühe wert.« Er faltete die Hände und blickte mit erwartungsvollem Lächeln von Anna zu mir. Da ich noch immer nicht wusste, was die große Neuigkeit war, hielt ich im Putten inne und machte eine ungeduldige Geste. *Nun erzähl schon.* »Nun, wie Sie aus der Vergangenheit wissen, finden bald die VMAs statt. Ich habe eine Einladung für Sie besorgt und es möglich gemacht, dass Sie über den roten Teppich laufen. Den echten roten Teppich«, sagte er und deutete mit dem Daumen auf den vorm Haus.

»Die Video Music Awards?«, fragte ich verwirrt. »Was haben die mit unserer Fernsehserie zu tun?«

»Nichts«, gab er zu. »Aber Sie sind ein aufstrebender Prominenter, und die Show zieht alle möglichen Gäste an, nicht nur die aus der Musikbranche.«

Mein Kopf schwirrte vom Alkohol, und ich begriff nur langsam, wovon er sprach. Alles, was ich verstand, war, dass ich an einer Preisverleihung teilnehmen würde, die im Fernsehen übertragen wurde. Klang gut. Anna war jedoch schneller und begriff, woran ich gleich hätte denken müssen. »Da gehen die D-Bags auch hin.«

Sie strahlte derartig, dass man es mit Sicherheit von einem Flugzeug aus hätte sehen können, wären wir noch auf der Terrasse gewesen. Meine Miene war nicht ganz so begeistert. Ich ließ den Golfschläger stehen und verschränkte die Arme. »Da gehen die D-Bags auch hin«, wiederholte ich, den Blick auf Harold gerichtet. Das musste er gewusst haben, als er uns angemeldet hatte. Ich wollte *nirgends* sein, wo *diese* Typen auftauchten.

Bevor Harold etwas erwidern konnte, fasste Anna mich am Ellbogen. »Griff, sei nicht so. Vielleicht ist das eine gute Sache, ein Weg, den Graben zwischen euch zu überwinden. Ich weiß, dass du sie vermisst, und sie vermissen dich auch.«

Bei dieser Bemerkung verfinsterte sich meine Miene. »Diese Idioten vermissen mich nicht, denen bin ich total egal. Die haben mich abgeschrieben. Ich gehe nirgends hin, wo die sind.«

»Sie müssen sie nicht treffen oder mit ihnen auftreten«, warf Harold ein. »Aber es wird den Hype um die Sendung erhöhen, wenn Sie gemeinsam mit den D-Bags bei einer Veranstaltung auftauchen. Jeder wird darüber reden, und je mehr Aufmerksamkeit es gibt, desto besser.«

Es ging ihm also um den Hype. Ich schürzte die Lippen. »Und wenn wir uns begegnen und sich jemand prügelt?«

Harold verzog das Gesicht zu einem schiefen Grinsen. »Je mehr Aufmerksamkeit, desto besser. Sie wollen doch ein Star sein, oder? Und außerdem könnte es dazu beitragen, dass die Sendung schneller ausgestrahlt wird.«

Ein wütendes Schnauben kam über meine Lippen. Ich wollte Ja zu seiner Bemerkung sagen und Nein zu seiner Bitte, aber das konnte ich nicht. Anna wiederholte ihr Argument zwar nicht, doch sie drückte meinen Arm und bat mich stillschweigend zuzustimmen. »Na gut. Ihr habt gewonnen. Ich gehe zu dieser blöden Preisverleihung.«

Harolds Lächeln wuchs, und er klopfte mir auf die Schulter. »Wunderbar! Jetzt machen Sie weiter Werbung für Ihre Sendung. Jeder hier sollte wissen, wer Sie sind, und sich freuen, Sie zu kennen.«

Ich straffte die Schultern und nahm Annas Hand. »Ja, genau, das sollten sie.«

Harold öffnete die Tür und ging. Ich wollte ihm gerade folgen, als Anna mich an der Hand zurückhielt. »Eine kurze Frage, Süßer.«

Ich blickte sie mit erhobener Braue an. »Ja?«

»Ich bin ein bisschen beschwipst, also habe ich vielleicht etwas missverstanden, aber … als er gesagt hat, die VMAs könnten dazu beitragen, dass die Sendung früher ausgestrahlt wird … was hat er damit gemeint? Wird deine Serie nicht im September gesendet?«

Mir fiel ein, dass ich ihr dieses Gespräch bewusst verschwiegen hatte und überlegte jetzt, was ich antworten konnte, ohne sie zu verärgern. Sie würde mich erneut als Lügner bezeichnen, wenn sie erfuhr, dass ich schon eine ganze Weile von der Verschiebung der Ausstrahlung wusste. »Ja … das war komisch, oder? Ich werde Harold darauf ansprechen, wenn ich ihn das nächste Mal sehe. Vielleicht hat er nur gemeint, dass sie dann schon im August ausgestrahlt wird oder so.« Oh, Shit. Mein Vorhaben, sie nie wieder zu belügen, war gescheitert. Ich brauchte jedoch einen Aufschub, und das verschaffte mir Zeit, sie auf die schlechten Nachrichten vorzubereiten.

Als die wundervolle Ehefrau, die sie war, kaufte sie mir den Mist komplett ab, den ich ihr anbot … woraufhin ich mich beschissen fühlte. *Ich sollte es ihr gestehen, aber dann macht sie sich nur Sorgen, und sie amüsiert sich gerade so gut. Ich mache das später.* »Ach, okay. Na ja, wollen wir wieder rausgehen? Ein bisschen für Schwung sorgen?«

Sie kicherte und schwang die Hüften, und plötzlich war das Letzte, was ich wollte, zurück auf die Party zu gehen. Ich hielt Anna fest und blickte mich nach der Bürotür um. Harold hatte sie nicht ganz geschlossen, aber es genügte für das, was ich im Sinn hatte.

Ich schob Anna zurück, bis ihre Schenkel gegen den wuchtigen Schreibtisch stießen. Dann stützte ich mich rechts und links von ihr ab und hielt sie an dem Möbel fest, das gleich einem guten Zweck dienen würde. »Du bist viel zu scharf, um dieses Kleid anzubehalten.«

Sie brauchte einen Augenblick, um ihren Blick zu fokussieren, und ich merkte, dass sie genauso betrunken war wie ich. »Ach ja … Und was willst du dagegen tun?«, fragte sie. Sie ließ ihren Finger an dem tiefen V-Ausschnitt ihres Dekolletés entlanggleiten und betonte ihre Brüste, an denen ich saugen wollte.

Ich drehte Anna um, damit ich an ihren Reißverschluss herankam. Während ich ihn herunterzog, flüsterte ich ihr ins Ohr: »Ich werde es dir ausziehen, dich auf diesen Schreibtisch legen und dich so heftig kommen lassen, dass dich jeder auf dieser Party hören wird. Und wenn sie hören, wie du nach mehr schreist, bin ich in ihren Augen ein Gott.« Ich zog den Reißverschluss ganz nach unten, woraufhin das Kleid praktisch von allein von ihrem Körper glitt.

Mit lustvollem Blick drehte sie sich zu mir um. »Du bist schon ein Gott. Darum bewirkt allein der Gedanke, dass du gleich in mir bist, das …« Sie nahm meine Hand und schob sie in ihren Slip. Sofort drehte ich die Hand, um zu fühlen, wie sehr sie mich wollte. Als ich sie berührte, ließ sie ein erotisches Stöhnen ertönen.

»Gott, Anna … du bist so nass …« Ich zog meine Hand zurück und fasste ihre Hüften. »Leg dich hin … ich will dich schmecken.«

Sie setzte sich nicht einfach auf den Schreibtisch. Nein, sie legte sich auf ihn, als würde sie sich für die *Maxim* oder den *Playboy* ablichten lassen. Sie bog den Rücken durch, reckte die Arme über den Kopf und stützte sich mit einem Fuß auf dem Schreibtisch ab, sodass all ihre Vorzüge zur Geltung kamen. »Gott«, murmelte ich, »du bist so verdammt heiß.«

Anna hatte noch immer ihr Smartphone in der Hand. Ich nahm es ihr ab. Das hier musste dokumentiert werden. Ich machte ein paar Aufnahmen von ihr, wie sie sich auf dem Schreibtisch räkelte. Sie beschwerte sich nicht, bat mich nicht aufzuhören, sie strich sich nur mit den Händen über den Körper und machte jedes Bild noch erotischer. Mein Schwanz pulsierte und drückte gegen meine Kleidung. Ich befreite ihn, dann fotografierte ich auch ihn. Anna war nicht das einzig Erotische hier im Raum.

Ich zog ihr die Dessous aus und machte noch ein paar weitere Bilder, dann leckte ich sie, wie ich es versprochen hatte. Sie schrie auf und hielt meinen Kopf fest, und ich schaltete von Foto auf Video. Die Töne, die sie gerade von sich gab, mussten festgehalten werden. Während ich an ihrer Klitoris saugte, hielt ich die Kamera so, dass ich ihr Gesicht aufnahm. Das bekam ich normalerweise ja nicht zu sehen, und ich konnte es kaum abwarten, es mir später anzugucken. Anschließend versuchte ich, mich dabei zu filmen, wie ich sie leckte. Fuck, ich konnte es auch kaum erwarten, das zu sehen.

Als sie total erregt und bereit für mich war, filmte ich, wie ich über meine Rute strich. Ich blickte zu Anna auf und keuchte: »Das ist so verdammt scharf, ich kann es kaum erwarten, dir das zu zeigen.«

Sie wand sich auf dem Schreibtisch und stöhnte: »Nimm mich. Ich muss dich in mir spüren.« Dann bewegte sie die Hüften auf dem Schreibtisch nach vorn, sodass ich stehen konnte, während ich sie nahm.

Heiliger Strohsack. Hoffentlich konnte ich mich beherrschen. Es wäre wirklich blöd, wenn ich mich dabei filmte, wie ich nach drei Stößen kam. Ich überzeugte mich davon, dass die Kamera in einem guten Winkel positioniert war, und glitt in sie hinein. Partygeräusche schwappten ins Zimmer, und ich fand es wundervoll, dass die Kamera sie aufzeichnete. Doch schon bald traten sie hinter Annas heiserem Stöhnen zurück.

Ich bemühte mich um einen langsamen Rhythmus, damit die Kamera meinen Schwanz in voller Länge aufzeichnete, wie er in sie hinein- und wieder herausglitt … aber das fühlte sich so gut an. Kurz darauf beschleunigte ich das Tempo und stieß heftig zu. Anna musste sich an der Tischkante festhalten, doch selbst dann glitt ihr Rücken auf dem Holz auf und ab. Sie hatte nie schärfer ausgesehen, und ich war froh, dass ich diesen Moment für immer festhielt.

Sex zu haben, während man sich dabei mit einem Smartphone filmte, war nicht ganz einfach, aber ich packte mit einer Hand ihre Hüfte, während ich in der anderen das Telefon hielt. Annas Schreie verstärkten sich, sie war kurz vor dem Höhepunkt. Gott sei Dank … ich wollte auch unbedingt kommen. Als sie zum Orgasmus kam, bog sie den Rücken durch und stöhnte laut meinen Namen. Ich kam direkt nach ihr. »Gott … ja … Shit … Anna …« Fast ließ ich das Telefon fallen, als meine Lust sich Bahn brach und mir den Atem und die Stimme raubte. Ich konnte nur unzusammenhängendes Zeug stöhnen. Gottverdammt, Sex mit meiner Frau war einfach wundervoll.

Als wir fertig waren und ich kaum noch stehen konnte, schaltete ich die Aufnahme aus. Mit geröteten Wangen und strahlendem Lächeln stützte sich Anna auf die Ellbogen hoch. »Hast du alles aufgenommen?«

Ich zwinkerte ihr zu und reichte ihr das Telefon zurück. »Oh ja.«

Anna biss sich neckisch in die Lippe. »Lass uns das ansehen, wenn wir nach Hause kommen.«

Ich löste mich von ihr und schüttelte den Kopf. »Nein, lass es uns auf dem *Weg* nach Hause anschauen.« Anna lachte, und ich wusste mit absoluter Sicherheit, dass wir uns das Video auf dem Rücksitz ansehen würden.

Als wir das Büro schließlich verließen, noch beschwingt von den Endorphinen, schritten wir zurück auf die Party wie König und Königin. Anna lächelte charmant, streckte verführerisch die Hand aus und stellte sich vor. Obwohl ich lieber Blödsinn gemacht hätte, als ernst zu sein, versuchte ich, ihrem Beispiel zu folgen.

»Hey, ich bin Griffin Hancock, der Star von *Der Durchbruch*.« Die Promifrau, mit der ich sprach, schien mich noch immer nicht zu erkennen, also fügte ich ein paar Infos hinzu. »Früher war ich Bassist bei den D-Bags.«

Als sie mich erkannte, machte sie große Augen. »Oh ja, die D-Bags, die finde ich toll! Ich wusste, dass ich dich kenne. Ich habe dich in *Live bei Johnny* gesehen, als du ausgestiegen bist … ganz schön mutig. Deine neue Serie muss unglaublich gut sein, wenn du all das dafür aufgibst.«

Ich beugte mich vor und grinste sie an. »Gigantisch gut.«

Lachend bot sie mir anschließend eine Zusammenfassung ihrer Erfolge – Off-Broadway-Stücke, Werbespots, Fotoshootings. Als sie fertig war, zog sie ihr Telefon heraus. »Wir sollten uns mal zum Mittagessen treffen und uns weiter über deine Serie unterhalten. Lass uns Telefonnummern austauschen.«

So ging das den ganzen Abend. Ich verdoppelte quasi meine

Telefonkontakte. Wann immer ich von der Serie sprach und erklärte, dass ich ein Mitglied der D-Bags gewesen sei, der auf dem Höhepunkt des Erfolgs ausgestiegen war, wollten sie unbedingt mit mir reden und wissen, worum es in der neuen Serie ging. Alle freuten sich über meinen Erfolg und wollten künftig mit mir arbeiten. Am Ende des Abends war ich der bekannteste Typ im ganzen Saal.

Jetzt konnte mich nichts mehr aufhalten.

15. Kapitel

Wenn ein geiler Typ angreift

Einige Wochen später, Ende August, war der Moment, vor dem mir graute, schließlich gekommen – die verdammten VMAs. Meine gesamte engere Familie kam, um Anna und mir bei den Vorbereitungen zu helfen, und dazu noch ein Haufen entfernterer Verwandter. Ich glaube, sie meinten, wenn sie Anna bei ihrer Frisur und ihrem Make-up halfen, wären sie irgendwie auch dabei. Anna war sowohl dankbar für ihre Hilfe als auch gereizt, weil sie allgegenwärtig waren. Mit der Bemerkung, zu viele Köche verderben den Brei, schickte sie alle außer Chelsey ins Wohnzimmer.

Ich war bereits startklar. Ich trug einen schicken dunkelgrauen Anzug und hatte mir das dunkle Haar sogar mit Gel gestylt; es war glatt zurückfrisiert wie bei Jack Nicholson.

Während ich auf Anna wartete, blätterte ich eine Klatschzeitschrift durch, die auf dem Couchtisch lag. Und stieß dort auf etwas, das mich total umhaute. Es durchfuhr mich eiskalt. »Was zum Teufel? Ist der Scheiß etwa wahr?«

»Was ist wahr?«, fragte Liam. Da mir klar war, dass er keine Ahnung hatte, stürmte ich davon, um die einzige Person im Haus zu suchen, die den Mist aufklären konnte, den ich da gerade gelesen hatte.

»Anna!«, schrie ich und platzte ins Schlafzimmer. Sie saß an ihrem Frisiertisch und beobachtete, wie Chelsey ihr die Haare aufdrehte. Sie sah großartig aus in ihrem engen weißen Kleid, aber ich war zu aufgelöst, um das richtig zu würdigen. Allerdings warf ich einen flüchtigen Blick auf ihr freizügiges Dekolleté.

»Hast du das gesehen?«, fragte ich und hielt ihr die Zeitschrift unter die Nase.

Sie wich zurück, damit sie etwas erkennen konnte. »Was gesehen?« Chelsey hörte auf, ihr die Haare zu machen, und beide studierten den Artikel, der mich dermaßen aufwühlte. Anna klappte beim Lesen die Kinnlade herunter. Als sie fertig war, blickte sie zu mir hoch: »Stimmt das?«

»Ich hatte gehofft, das könntest du mir sagen«, erwiderte ich. »Hast du mit Kiera gesprochen? Oder mit Jenny oder Rachel?« *Oder den Jungs?* Doch den letzten Teil ließ ich weg. Ich wollte ihre Namen nicht aussprechen, vor allem nicht, wenn dieser Artikel *stimmte*. »Und als Kiera letzten Monat zu Besuch war? Hat sie nichts erwähnt?« Da ich keinen weiteren Tratsch über die Band hören wollte, hatte ich das ganze Wochenende bei meinen Eltern verbracht, als Kiera bei Anna gewesen war.

Ratlos reichte Anna mir die Zeitschrift zurück. »Nein … sie hat nichts gesagt, und wir haben uns seit einer Woche nicht gesprochen. Wir hatten so viel um die Ohren, und ich wusste ja, dass wir uns heute Abend sehen würden. Das darf einfach nicht wahr sein«, entschied sie plötzlich mit überzeugter Miene. »Eine von ihnen hätte mich angerufen.«

Sie schien sich derart sicher zu sein, dass ich ihr eine Sekunde glaubte. Doch dann hörte ich erneut Matts Worte in meinem Kopf – *Du bist für mich gestorben.* »Da wäre ich mir nicht so sicher. Matt könnte sie darum gebeten haben …« Wut ergriff meinen Magen, und ich schleuderte die Zeitschrift aufs Bett. »Dieses verdammte Arschloch! Ich kann nicht glauben, dass er heimlich geheiratet und mich nicht eingeladen hat!«

Die Zeitschrift landete aufgeschlagen bei dem fraglichen Artikel. Es war ein doppelseitiger Bericht über Matts Hochzeit. Hochzeitsfotos gab es nicht. Es hieß, das Paar hätte spontan heimlich und nur im Kreis enger Freunde und der Familie geheiratet. *Enger Freunde und der Familie.* Der Artikel ging dann auf die offenkundige Tatsache ein, dass ich nicht eingeladen worden war. Oder nicht kommen wollte. Oder man mich noch nicht einmal informiert hatte. Man hatte mich persönlich und in aller Öffentlichkeit bloßgestellt. Matt hatte mich tatsächlich einfach ausgeschlossen. Sie alle …

Anna stand auf und blickte mich an, dann sagte sie zu Chelsey: »Bitte lass uns einen Augenblick allein.«

Fluchend und völlig außer mir lief ich neben dem Bett auf und ab. Chelsey klopfte mir mitfühlend auf den Rücken, dann schloss sie die Tür hinter sich. Ich war jedoch zu aufgebracht, um darauf zu reagieren. Auf die Tür deutend schrie ich: »Sie sollte auch wütend sein! Schließlich gehört sie genauso zur Familie wie ich. Dieser Scheißkerl hat sie genauso ausgeschlossen! Und dich! Er hat dich nicht eingeweiht, und sogar deine Freundinnen haben bei seinem Plan mitgemacht. Bist du nicht sauer?«

Ich hatte das Gefühl, vor lauter Wut würde Rauch aus meinem Kopf aufsteigen, und meine Wangen brannten, als hätte man Säure über sie geschüttet. Ruhig trat Anna zu mir. Sie fasste meine Arme und stellte fest: »Wir wissen nicht, ob es wirklich stimmt.«

Ich ballte die Hände zu Fäusten; am liebsten hätte ich die Wände eingeschlagen. »Doch. Das ist genau die beschissene Art von Rache, die zu ihm passt. Er hat uns eiskalt abserviert. Anna. Er hat *mich* abserviert.« Neben Hass wallte noch ein anderes Gefühl in mir hoch. Es war dornig und schmerzhaft, und ich wollte es weder berühren noch fühlen; ich wollte es wegtrinken.

Anna stiegen Tränen in die Augen, wodurch das Gefühl in

meinem Bauch nur noch unangenehmer wurde. »Ich brauche was zu trinken«, murmelte ich und drängte an ihr vorbei.

Sie griff meinen Ellbogen. »Warte, lass uns darüber reden. Wir haben nie wirklich darüber gesprochen … wie es für dich ist, dass du aus der Band ausgestiegen bist. Also … wie geht es dir damit?« Es schien ihr genauso unangenehm zu sein, es auszusprechen, wie mir, es zu hören.

Ich riss meinen Ellbogen los, hob das Kinn und unterdrückte den Aufruhr, der in mir hochkochte. *Ich bin Griffin Hancock … mir kann nichts etwas anhaben. Mich berührt gar nichts.* »Gut. Diese Idioten zu verlassen, war die beste Entscheidung, die ich je getroffen habe, und ich habe mich seither nicht ein einziges Mal zurückgesehnt.«

Anna schürzte die Lippen. »Griffin … ich weiß, dass das nicht stimmt. Ich weiß, dass es dir etwas ausmacht, dass …«

Ich hob die Hände und schnitt ihr das Wort ab. »Das Einzige, das mir etwas ausmacht, ist, dass es da draußen was zu trinken gibt und ich noch immer hier drin bin. Aber das lässt sich schnell ändern.« Ich drehte mich um und verließ ohne ein weiteres Wort das Zimmer.

Die Fahrt nach Inglewood dauerte eine Weile, doch ich schwieg die ganze Zeit über. Um standesgemäß vorzufahren, hatte ich eine Limousine gemietet, doch darüber konnte ich mich jetzt nicht freuen. Ich hatte eigentlich an nichts Spaß außer an der Minibar.

»Vielleicht solltest du ein bisschen langsamer machen, Süßer. Auf den roten Teppich zu kotzen ist bestimmt nicht die Art von Aufmerksamkeit, an die Harold gedacht hat.«

Anna sah toll aus, sie hatte die gelockten Haare hochgesteckt, und ihr Make-up betonte die vollen Lippen und die glühenden

Augen. Wäre ich besserer Stimmung gewesen, hätte ich ihr die Kleider vom Leib gerissen und sie hier auf dem Rücksitz genommen. Sie wäre sauer gewesen, dass ich ihre Frisur und ihr Make-up zerstört hätte, aber sie hätte es zugelassen und wäre in dem ramponierten Aufzug über den roten Teppich gelaufen. Aber ich war nicht gut drauf und mein Schwanz auch nicht. Scheißleben.

Ich ignorierte Annas Bemerkung und kippte meinen Hennessy hinunter. Mein Kopf fühlte sich angenehm benebelt an, noch lieber wäre ich bewusstlos gewesen. Anna seufzte und schlug erneut die Beine übereinander. Sie bat mich nicht noch einmal aufzuhören, und das tat ich auch nicht, bis wir die Veranstaltung erreichten und die Wagentür geöffnet wurde. »Showtime«, nuschelte ich.

Der Fahrer half erst Anna aus dem Wagen, dann mir. Fast wäre ich gestürzt. Ich hatte es ordentlich übertrieben, aber das war mir egal. Ich legte einen Arm um Annas Schultern und stolperte auf den roten Teppich. Anna musste mir helfen, gerade zu gehen, und kämpfte etwas mit meinem Gewicht, doch ich lächelte und winkte, genau wie Harold es wollte.

Eine scharfe Braut in einem schicken Kleid kam mit einem Mikrofon auf mich zu. »Ach, hallo …«, sagte sie. Doch ich ließ sie nicht weitersprechen. Ich riss ihr das Mikro aus der Hand und wendete mich dem Kameramann hinter ihr zu. »Hier spricht Griffin Hancock! Hört alle zu, verdammt!«

Die Frau versuchte, mir das Mikro wegzunehmen, und zischte: »Das dürfen Sie im Fernsehen nicht sagen!«

Ich drehte mich zur Seite, sodass sie nicht an das Mikro herankam, und zeigte auf die Kamera. »Achtet auf meine neue Serie, *Der Durchbruch*. Die wird euch verdammt noch mal umhauen!«

Endlich bekam sie das Mikro zu fassen und entriss es mir.

»Mistkerl!«, giftete sie, doch ich lachte nur. Mit einem tiefen Seufzer zog Anna mich weiter.

Als wir endlich das Ende des Teppichs erreicht hatten, ächzte und stöhnte Anna, als wäre sie gerade einen Marathon gelaufen. Mir ging es blendend, ich war total blau. In Stimmung sozusagen. Als wir durch die Türen traten, sagte ich zu Anna: »Lass uns irgendwo hinter die Bühne gehen und vögeln. Oder auf die Bühne. Weißt du, dass ich es schon immer mal auf der Bühne treiben wollte?«

Anna stieß mir den Ellbogen in die Rippen. »Ich glaube, du bist zu nichts mehr in der Lage, als bewusstlos zu werden. Lass uns einfach unsere Plätze suchen.«

»Okay«, brummte ich, »aber ich muss erst noch pinkeln.«

Nachdem wir eine Toilette gefunden und noch mit ein paar Leuten geplaudert hatten, sollte die Preisverleihung beginnen. Anna schob mich zu unserer Reihe und blieb dort abrupt stehen. »Fuck«, fluchte sie leise.

Erfreut knöpfte ich mein Hemd auf. »Ja? Willst du es gleich hier tun? Im Publikum? Ist für mich okay!«

Sie packte meine Hand. »Griff …« Mit dem Kopf deutete sie auf die zwei leeren Sitze in der Reihe. Ich verstand nicht, was sie beunruhigte, bis ich bemerkte, wer auf den anderen Sitzen saß. Alle D-Bags mit ihren Mädels.

»Fuck, nein.« Ich blickte mich im Publikum nach dem schmierigen Produzenten um, der das organisiert hatte. »Wo zum Teufel steckt Harold? Ich bringe ihn um! Da werde ich mich auf keinen Fall hinsetzen! Auf gar keinen Fall!«

Alle in unserer Umgebung wurden auf mich aufmerksam, auch meine ehemaligen Bandkollegen. Kellan wirkte überrascht, mich zu sehen, Evan hin- und hergerissen. Matt sah einfach nur genervt aus. Er umklammerte fester Rachels Hand und sah mich mit zusammengekniffenen Augen an. »Was machst du denn hier? Du gehörst nicht mehr zur Band, schon vergessen?«

Ich blickte auf seine Hand, mit der er Rachels hielt. Kein Zweifel: Dort glänzte ein goldener Ring. »Es stimmt, oder? Du hast tatsächlich geheiratet? Danke für die Einladung, du Arsch.«

Matt lief dunkelrot an. »Es waren nur enge Freunde und Familie da. Du bist beides nicht mehr.«

Das ging mir unter die Haut, und ich machte einen Schritt auf ihn zu. »Du verdammtes Stück Dreck!«

Kellan stand auf und legte mir die Hände auf die Schultern. Auch betrunken registrierte ich, dass die Kameras an den Smartphones eingeschaltet wurden. Harold hatte sich Aufmerksamkeit gewünscht, die würde er bekommen. »Beruhige dich, Griffin. So war das nicht. Es war … ein spontaner Entschluss. Lass uns in die Lobby gehen und in Ruhe darüber reden.«

Ich schob ihn zur Seite. Seine Freundlichkeit war genauso nervig wie Matts Verachtung. Ich brauchte kein Mitleid. »Du musst mir keinen Gefallen tun, Kell. Er ist nur sauer, weil ich ihn nicht mehr brauche und er mich nicht mehr kontrollieren kann. Ich brauche euch nicht mehr. Ich habe mein eigenes Ding, und das ist größer und besser als alles, das ich mit euch Typen hatte. Ihr seid ja bloß eifersüchtig, ihr könnt mich alle mal!«

Ich drehte mich um und stürmte davon. »Griffin, warte!«, rief Kellan.

Ich hörte noch, wie Matt sagte: »Lass es, Kell, er hat es nicht verdient, dass du hinter ihm herjagst. Wenn er gehen will, soll er doch.«

Ich fasste Annas Hand und zerrte sie den Gang hinunter. Irgendein Platzanweiser versuchte, uns dazu zu bewegen, uns zu setzen. »Die Scheinwerfer gehen an, das heißt, Sie haben noch dreißig Sekunden, um Ihre Plätze einzunehmen.«

Ich war größer als er und zischte ihm zu: »Dann hast du zwanzig Sekunden, mir aus dem Weg zu gehen. Fuck up!« Ich deutete vorn im Publikum auf unsere Plätze. »Da setze ich mich nicht hin. Ich gehe nach Hause.« Scheiß auf Harold. Ich hatte meinen Auftritt gehabt. Das war alles, was er von mir verlangt hatte.

Der Platzanweiser hob beschwichtigend die Hände. »Ich kann Ihnen andere Plätze besorgen. Ich bin mir sicher, dass jemand aus einer der hinteren Reihen glücklich wäre, mit Ihnen zu tauschen.«

Ich verschränkte die Arme. »Egal.« Es war mir tatsächlich egal, ob wir blieben oder aufbrachen. Ich wollte einfach nur, dass dieser Abend vorüberging.

Während der gesamten blöden Preisverleihung versuchte ich, nicht zur Band zu gucken, doch mein neuer Platz lag so, dass ich zwangsläufig über ihre Köpfe hinwegsah, wenn ich zur Bühne blickte. Und so nahm ich sie gegen meinen Willen wahr: Evan und Jenny lachten über irgendeinen albernen Insiderwitz; Kellan und Kiera küssten sich, wie immer; Matt und Rachel flüsterten sich süße Bedeutungslosigkeiten zu.

Es war erst recht schwer, sie zu ignorieren, als sie auf die Bühne gingen, um einen Preis zu verleihen. Den wichtigsten – für das Video des Jahres. Egal. Das Publikum schrie und tobte, als hätte es sie noch nie zuvor gesehen. Ich buhte. Irgendjemand musste es ja tun. Wenn man immer nur Positives hörte, wurde man eingebildet, und die waren schon eingebildet genug.

Nach der Verleihung fragte Anna mich, ob ich noch einmal versuchen wollte, mit den Jungs zu reden. Mein leerer Blick genügte ihr als Antwort. Sie wirkte hin- und hergerissen, dann deutete sie mit dem Daumen in die Richtung, in der die Jungs standen und mit der Sieger-Band plauderten. »Ich will nur eben Kiera und den Mädels Hallo sagen … und hören, wie es ihnen geht.«

Mit finsterem Blick sah ich zu den Mädels, die an ihren D-Bags hingen. »Die haben ihre Geheimnisse vor uns und amüsieren sich prächtig, so geht es denen. Es ist doch ganz offensichtlich, dass die nichts mit uns zu tun haben wollen, darum sage ich ›Scheiß auf die.‹«

Sie seufzte. »Ich bin sofort wieder da.« Sie drehte sich um und ging.

Tja. So viel zum Team Hancock. Damit war ich wohl allein. Na ja, ich würde auf keinen Fall hier herumstehen und auf sie warten. Ich hatte Besseres zu tun, zum Beispiel, Werbung für meine Serie zu machen. Ich drehte mich um und ging auf eine Gruppe Mädels zu. So, wie sie kicherten, nahm ich an, dass sie Fans, keine Musikerinnen waren. Perfekt.

»Hey, Ladys. Ich bin Griffin Hancock. Ich lasse all eure Träume wahr werden, jede Woche, ab dem … tja, wann immer irgendeine beschissene Serie abgesetzt wird.« Ich blickte mich um, um mich davon zu überzeugen, dass Anna das nicht gehört hatte. Sie wusste noch immer nicht, dass die Serie als Ersatz fürs Frühjahr geplant war.

»Ooooooh, Griffin … von den D-Bags, stimmt's?«

Ich unterdrückte ein Stöhnen. Eines Tages würden die Leute mit mir etwas anderes in Verbindung bringen. Etwas Größeres, Besseres, Schlimmeres und Fetteres, ich konnte warten.

Nachdem ich eine Runde gedreht hatte, waren Anna und die D-Bags verschwunden. Ich hoffte, dass sie nicht mit ihnen gegangen war, und begab mich zu den Autos. Anna wartete draußen auf unseren Fahrer. Sie wirkte eisig. Und auf der Fahrt nach Hause verstärkte sich der kühle Ausdruck in ihren Augen noch. Schließlich hielt ich es nicht mehr aus.

»Was ist los?«, fragte ich.

Sie drehte sich zu mir um und ließ ihre ganze Wut herausplatzen. »Ich dachte, du würdest zumindest versuchen, dich mit der Band zu vertragen.«

Ich legte den Kopf schief und sah sie neugierig an. »Wie kommst du darauf? Hast du den Ring nicht gesehen? Die haben uns eiskalt abserviert, Anna. Es überrascht mich, dass du sie nicht auch links liegen lassen hast.«

Ihr schoss die Röte in die Wangen. »Ich weiß ... und darüber bin ich nicht glücklich, aber dieser Kleinkrieg geht jetzt lange genug. Irgendjemand muss Größe beweisen.«

Ich lehnte mich zurück und blickte aus dem Fenster. »Ich nicht. Ich bin froh, so wie es ist. Wenn die Frieden wollen, dann sollen sie ihren Hintern in mein Haus bewegen. Die können mir im Vorgarten die Füße küssen.«

Sie holte tief Luft, dann war es still im Wagen.

Als wir nach Hause kamen, eilte sie direkt ins Schlafzimmer und schlug die Tür hinter sich zu. Egal. Sollte sie deshalb ruhig sauer auf mich sein, das war okay. Ich würde nicht meinen Stolz überwinden, um mich bei den Jungs zu entschuldigen, das brauchte ich nicht. *Die* hatten sich falsch verhalten, nicht ich. Sie hatten mich gebraucht, missbraucht und mich dann ausgeschlossen. Diese Idioten konnten meinetwegen zur Hölle fahren. Auf mich wartete Größeres.

16. Kapitel

Ihr habt richtig gehört, ich bin wirklich so geil

Es dauerte ein paar Tage, bis Anna sich nach den VMAs beruhigte. Als sie endlich wieder lächelte, wusste ich, dass sie sich damit abgefunden hatte. So weit ihr das möglich war, jedenfalls. Sie wollte, dass ich mich wieder mit meiner D-Bags-Familie versöhnte, doch dazu würde es nicht kommen. Sie waren zu weit gegangen. Aber mit ihren Frauen sollte ich vermutlich nicht so streng sein oder mich einfach zurückziehen, wenn sie zu Besuch kamen. Anna schien ihre Freundschaft zu brauchen. Wann immer ich ihr vorschlug, sie einzuladen, machte sie das glücklich, also sagte ich, sie sollte sie anrufen. Sogar Rachel Ich-bin-mit-einer-Dumpfbacke-Hancock-verheiratet durfte kommen … solange ich mir keinen Bericht über ihre blöde Hochzeit anhören musste. Idioten.

Während Anna Verabredungen traf, ging ich in mein Büro, um zu sehen, ob es Neuigkeiten von der Serie gab. Ich nahm das Telefon und rief Harold an. »Hey, Harry. Haben Sie gute Neuigkeiten für mich? Hat man schon eine ganze Staffel in Auftrag gegeben? Ich würde nämlich unheimlich gern bezahlt werden. Oder vielleicht haben Sie etwas von einem früheren Start gehört? Ich habe meiner Frau nämlich noch nichts von der Verschiebung erzählt. Wenn wir das Ding also im September oder Oktober ins Fernsehen bekommen könnten, würden Sie mir das Leben echt leichter machen.« Ich lauschte, doch Anna sprach unten auf dem Handy mit Kiera, zumindest hatte sie das getan, als ich sie das letzte Mal gesehen hatte.

Harold klang knapp und förmlich. »Tut mir leid, Mr Hancock, leider glaube ich nicht, dass ich Ihnen das Leben leichter machen kann.«

»Wie meinen Sie das?«, fragte ich verwirrt.

Harold zögerte einen Augenblick, dann sagte er: »Zunächst möchte ich Ihnen für die Zeit und die Energie danken, die Sie in dieses Projekt investiert haben. Ihre Begeisterung und Ihr Wunsch, die Serie zu einem Erfolg zu machen, waren immer zu spüren.«

»Äh, okay«, sagte ich und kratzte mich am Kopf. »Danke für die Blumen, aber was ist los? Sie klingen ja, als würden Sie sich verabschieden. Verlassen Sie mich, Harold?«

Steif fuhr er fort. Es klang, als würde ein Computer sprechen und kein richtiger Mensch. »Zu unserem Bedauern haben LMF und der Erfinder der Serie entschieden … getrennte Wege zu gehen. Die Serie wandert ins Archiv, und alle Beteiligten wenden sich neuen Projekten zu. Die Schauspieler werden aus ihren Verträgen entlassen. Es tut mir sehr leid, aber die wenigen Folgen, die gedreht wurden, werden sehr wahrscheinlich nie gezeigt werden.«

»Was zum Teufel reden Sie da, Harold?« Plötzlich fühlte ich mich wieder wie in der Schule. Der Lehrer erklärte mir etwas, das so lächerlich einfach war, dass jeder es verstand. Nur ich nicht. Und genau wie in der Schule hatte ich das Gefühl, dass mir etwas Offensichtliches entging. Das verwirrte mich noch mehr.

Harold stieß ein verzweifeltes Stöhnen aus, ähnlich wie meine Lehrer, wenn sie etwas idiotensicher erklären mussten, damit ich es verstand. »*Der Durchbruch* ist abgesetzt, Griffin. Vielen Dank für Ihre Zeit und Ihre Energie, aber Ihre Dienste werden nicht länger benötigt.«

Als hätte ein heftiges Erdbeben die Stadt erschüttert, verlor ich den Halt unter den Füßen. Zum Glück befand ich mich neben dem Sofa, mit einem dumpfen Aufprall landete ich auf dem Polster. »Was?«, wisperte ich fassungslos. »Abgesetzt? Aber das ist unmöglich, man hat die Serie doch noch nicht mal ausgestrahlt. Was Sie da sagen, ergibt überhaupt keinen Sinn …«

»Ja, na ja, um es ganz offen zu sagen, das Studio und der Urheber haben entschieden, dass sie nicht länger Zeit und Energie in die Serie stecken wollen, und das Recht dazu haben sie.«

»Aber … wie können die das beschließen, bevor die Serie überhaupt ausgestrahlt worden ist? Das wird ein Riesenerfolg, den müssen wir nur abwarten!« Ich kreischte jetzt ins Telefon, doch Harold sprach in ruhigem Ton weiter.

»Es tut mir sehr leid, dass ich Ihnen das sagen muss. Ich war sehr … optimistisch.« Er sagte das, als würde er so etwas ständig machen. Ich nicht. Diese Serie war alles, was ich hatte.

»Das ist doch völliger Quatsch!« Ich stand auf und begann, auf und ab zu laufen. »Wir gehen einfach woandershin, zu einem Sender mit mehr Weitsicht.«

»Das können wir nicht, Mr Hancock.«

»Warum zum Teufel können wir das nicht?«, schrie ich in den Hörer.

Harold seufzte. »Die Serie gehört uns nicht, sie gehört dem Autor, der sie erfunden hat, und der hat beschlossen, dass er etwas anderes machen will. Und außerdem … wollte kein anderer Sender die Serie haben. LMF war unsere einzige Chance.«

Darauf fiel mir nichts Schlaues ein. Kein Geistesblitz, mit dem ich alles zum Guten wenden konnte. Stattdessen drehte sich mir der Magen um, und ich hatte das Gefühl, mich übergeben zu müssen. »Aber … dafür habe ich alles aufgegeben«, flüsterte ich. Was zum Teufel sollte ich nur Anna sagen?

Harold schniefte. »Ja, das ist bedauerlich, aber solche Dinge passieren. Sie müssen einfach wieder aufstehen und es noch einmal versuchen. Ich bin mir sicher, dass Sie eines Tages großen Erfolg haben werden. Viel Glück, Mr Hancock.«

Harold beendete das Gespräch, bevor ich noch etwas erwidern konnte. Eine Sekunde lang starrte ich auf das Telefon, dann ließ ich es aufs Sofa fallen. Eines Tages würde ich großen Erfolg haben? Das waren seine letzten weisen Worte für mich? Aber ich war bereits erfolgreich gewesen. Bevor er aufgetaucht war. Mit den Jungs … und ich hatte die Band für die Serie verlassen. Weil ich damit noch größeren Erfolg haben sollte. Doch jetzt … war es vorbei, bevor es überhaupt angefangen hatte, und mit der Band war es auch aus, und ich hatte keinen blassen Schimmer, was ich tun sollte. Der angespannte Knoten in meinem Magen wuchs unkontrolliert, und ich musste mich vorbeugen und den Kopf zwischen die Knie stecken. Ich holte tief Luft und versuchte, den Blick scharfzustellen, er verschwamm immer wieder. Ich hatte bei diesem Spiel alles gesetzt, hatte meinen Platz in der Band aufgegeben, für Spannungen in meiner ansonsten tadellosen Ehe gesorgt, und das alles, weil ich nicht wirklich daran geglaubt hatte, dass die Serie ein Spiel war. Sie sollte eine sichere Sache sein. Und jetzt war es vorbei. *Gott … was zum Teufel mache ich denn nur?*

Drei Stunden später saß ich noch immer wie festgewachsen in meinem Büro, starrte auf die goldenen Schallplatten an der Wand und suchte nach einem Weg, wie ich meinen Traum am Leben erhalten und verhindern konnte, dass meine Ehe scheiterte. Wenn Anna erfuhr, dass alles umsonst gewesen war … würde der Riss zwischen uns tief und hässlich werden. Ich fühlte mich dumpf. Hoffnungslos. Geschlagen. *So sollte das nicht laufen.*

Irgendwann hörte ich ein schüchternes Klopfen. Ein nacktes Bein schwang um die Ecke und schlang sich um den Türrahmen, und mit einem strahlenden Lächeln auf den Lippen drehte Anna ihren Körper ins Zimmer. Sie hielt sich am Türrahmen fest wie eine Stripperin an der Stange. An jedem anderen Tag hätte ich sofort einen Steifen bekommen, aber dazu war ich viel zu schockiert. *Mein Plan war perfekt gewesen … was zum Teufel war nur passiert?*

»Da bist du ja. Ich habe bis eben mit Kiera telefoniert. Sie und die Mädchen kommen nächstes Wochenende.« Ihr strahlendes, sorgloses Lächeln wirkte jetzt verschmitzt. »Hast du dir hier drin etwa einen Porno angesehen? Ohne mich?«

Sie kicherte, und kurz huschte ein Lächeln über mein Gesicht. Doch die Last der Realität ließ es sofort wieder sterben. Mist. Wie sollte ich ihr sagen, dass ich ein Versager war? Ich hatte sie gebeten, mir zu vertrauen. Ich hatte ihr versichert, dass alles gut würde. Wenn sie die Wahrheit erfuhr, war ich in ihren Augen ein Loser. Ich konnte den Gedanken nicht ertragen, etwas anderes als toll für sie zu sein. *Ich bin ja so stolz auf dich, Griffin.* Gottverdammt.

Als Anna meine Miene bemerkte, ließ sie den Türrahmen los und trat ins Zimmer. »Was ist los? Hast du was von der Serie gehört? Wann wird sie ausgestrahlt? Es ist wirklich komisch, dass die dir das nicht sagen. Und sie taucht auch noch nicht im Programm auf … das sind doch nur noch ein paar Wochen.«

Eiskalte Angst ließ meine Glieder erstarren, während säureähnliche Zweifel Löcher in meine Magenwände brannten. *Wie sage ich ihr, was ich für ein Versager bin?* Dass ich meinen exklusiven, gut bezahlten Job aufgegeben und ihr das Zuhause weggenommen hatte, ihre Familie und ihre Freunde, sie belogen und ihr Vertrauen missbraucht hatte … für nichts. Sie hatte nicht herkommen wollen, sie hatte das hier alles nicht gewollt, aber sie war den Weg mit mir gegangen, weil wir ein Team waren und weil sie an mich glaubte. Und ich hatte gerade die einzige Chance verloren, ihr zu beweisen, dass ich ohne die Jungs ein Star sein konnte. Wenn ich ihr sagte, dass man die Serie abgesetzt hatte, würde sie ausrasten. Sie wäre wütend wegen allem, was ich dafür aufgegeben hatte. Nein, sie wäre mehr als wütend, sie würde gehen … sie würde zurück nach Seattle gehen und mich hier verrotten lassen. Oder sie würde mich bitten, mit ihr zu kommen, aber ich konnte nicht dorthin zurück. Das ging einfach nicht. Nicht als Versager mit eingezogenem Schwanz.

Mir wurde noch übler, aber ich konnte ihr nicht die Wahrheit sagen. Nicht ganz. Noch nicht. Ich musste sie ihr schonend beibringen, Stück für Stück, damit sie nicht in Panik geriet. Damit ich Zeit hatte, mir einen Plan B zu überlegen. Mit diesem Gedanken beschloss ich, ihr etwas zu sagen, das ich ihr schon längst hätte sagen sollen. Sie würde zwar sauer sein, aber nicht annähernd so sauer, wie sie es sein müsste. »Äh, Harold hat angerufen. Ich habe schlechte Nachrichten.« Ich musste den plötzlichen Kloß in meinem Hals hinunterschlucken. Mist. Ich hatte so kurz davorgestanden, alles zu bekommen, was ich immer haben wollte.

Anna hörte auf zu lächeln und legte die Finger auf die Brust, als hämmerte ihr Herz, und sie würde versuchen, es zu beruhigen. »Was ist los? Gibt es ein Problem mit der Serie?«

Ich zwang mich zu lächeln und hoffte, es wirkte einigermaßen echt. Ich schüttelte den Kopf. »Nein, nein … sie wird nur verschoben. Man will sie als Ersatz in der nächsten Saison einsetzen. Wenn eine andere gefloppt ist, weißt du? Harold meint, wir sollten uns keine Sorgen machen, viele erfolgreiche Serien hätten so angefangen. Das heißt gar nichts.« Aber dass die Serie abgesagt wurde, schon. Fuck.

Anna schien nicht zu wissen, was sie mit dieser Information anfangen sollte. Sie wirkte besorgt, schien aber nicht zu wissen, ob das berechtigt war. »Ach … na ja … zahlen sie dir denn trotzdem noch dasselbe Honorar? Auch wenn die Serie verschoben wird?«

Du meinst, ob sie mir immer noch so gut wie nichts bezahlen? Und ob wir das wenige, das sie mir bezahlt haben, für die Miete von dieser riesigen Hütte ausgegeben haben? Genau. »Oh ja, alles okay, Süße. Keine Sorge.« Shit. Ich war krass am Arsch.

Anna holte tief Luft. Nachdem sie wieder ausgeatmet hatte, murmelte sie: »Alles wird gut, alles wird gut, alles wird gut …« So, wie sie das sagte, klang es wie eine Beschwörungsformel. Sie verließ wortlos den Raum, und als sie weg war, packte mich bittere Verzweiflung. *Was zum Teufel habe ich nur getan? Was zum Teufel mache ich nur? Wie soll ich das je wieder hinbiegen?*

Darauf gab es keine einfache Antwort. Tatsächlich war das Einzige, was mir einfiel, es mit einer anderen Serie zu versuchen. Doch Anna würde ausrasten, wenn ich ihr erzählte, dass ich arbeitslos war und vorsprechen würde, und mir war klar, dass unsere Beziehung jetzt schon an einem seidenen Faden hing. Ich hatte für sie schon dermaßen verschissen, ich konnte einfach nicht zugeben, was für eine Katastrophe mein Masterplan gewesen war und dass ich keinen anständigen Plan B hatte. Um das Gesicht zu wahren und meine Ehe zu schützen, musste ich etwas wirklich Schreckliches tun. Ich musste meine Frau auf eine betrügerische, schreckliche, beschämende Weise belügen, daran gab es nichts zu beschönigen. Ich würde sie belügen, um *uns* zu retten, denn wenn ich es nicht tat, war alles vorbei. Und das konnte ich nicht aushalten. Allein der Gedanke, dass sie mich verlassen würde, fühlte sich an, als hätte ich eine Handvoll Glasscherben eingeatmet; jeder Atemzug schmerzte.

Am Montag, nachdem Kiera abgereist war, als Anna frisch und fröhlich wirkte, teilte ich ihr die »guten Neuigkeiten« mit.

Ich fasste ihre Taille, zog sie fest an mich und bereitete mich darauf vor, etwas zu tun, das ich wohl nie wieder tun würde. »Hey, ich wollte, dass du es als Erste erfährst … die Serie hat den Auftrag für eine ganze Staffel bekommen! Ich fange heute an, die restlichen Folgen zu drehen.« *Bitte vergib mir.*

Anna machte vor Überraschung große Augen. »Wow, Süßer, das ist ja toll!« Als ich den stolzen Ausdruck auf ihrem Gesicht sah, kehrten Übelkeit und Gewissensbisse zurück. Diese Serie sollte mein Durchbruch sein. Und jetzt?

Sie drückte mich fest, was gut war, weil ich in diesem Moment mit Sicherheit verdammt schuldig aussah. Anna löste sich von mir und fragte: »Wann wird sie denn nun ausgestrahlt?«

Da ich ihr nicht in die Augen sehen konnte, machte ich eine unbestimmte Handbewegung und suchte nach meiner Jacke. »Äh, im Januar glaube ich. Das weiß ich noch nicht genau … Ich muss los, Süße.« Als ich das Haus verließ, war mir übel, in der Auffahrt musste ich sogar trocken würgen, aber ich hatte keine andere Wahl. Ich brauchte Zeit, und die hatte ich jetzt bis Januar. Hoffentlich konnte ich bis dahin etwas Besseres organisieren.

Vorzusprechen war härter, als ich gedacht hatte, und nachdem ich ein paar Castings hinter mir hatte, zog ich vor meinem Bruder Liam den Hut. Ich hatte keine Ahnung, was ich da machte, und das war für die Caster nicht zu übersehen. Vielmehr fragte ich mich allmählich, ob Harold mir die Rolle von Ace überhaupt gegeben hätte, wenn er mich vorher zu einem Casting eingeladen hätte. Nachdem ich fast täglich auseinandergenommen wurde, bezweifelte ich das.

Mit jedem Tag wuchs meine Verzweiflung. Und jeden Tag mied ich meine Frau so gut ich konnte. Ich verließ früh das Haus, um zu »drehen« und kam so spät wie möglich zurück.

Sogar an den Wochenenden fuhr ich ans »Set«, um nicht zu Hause sein zu müssen. Ich konnte das Gefühl in meinem Bauch einfach nicht ertragen, wenn ich mit meiner Familie zusammen war. Es war, als hätte ich Rasierklingen im Magen, und jedes Mal, wenn sie mich mit stolzem Blick ansahen, verkrampften sich meine Muskeln, und die Klingen durchbohrten mich. Das war einfach nicht auszuhalten, also sorgte ich dafür, dass ich nicht da war.

Da ich in Wirklichkeit ja gar keinen Job hatte und ich nicht den ganzen Tag mit Castings ausfüllen konnte, hing ich ziemlich viel herum. Ich ging in Bars, in Stripclubs, in All-you-can-eat-Restaurants … wo immer ich mich für ein paar Stunden aufhalten konnte. Ein oder zwei Mal fuhr ich sogar nach Vegas, nur um irgendwie den Tag herumzukriegen. Manchmal kaufte ich irgendwelches Schmuckzeug ein und ließ es für Anna und die Mädchen im Haus zurück, damit sie es fanden, während ich »arbeitete«. Mit diesen kleinen Gesten beruhigte ich mein Gewissen, und Anna schickte mir immer Smileys und Küsse, nachdem sie die Päckchen gefunden hatte. Es gefiel ihr jedoch nicht, dass ich so viel weg war.

»Ich sehe dich gar nicht mehr. Ich weiß, dass das, was du tust, wichtig ist, aber hin und wieder lassen die dich doch schon noch nach Hause kommen, oder?«

Ich seufzte ins Telefon, während ich an meinem Bier nippte. Ich war ein solcher Mistkerl. »Die Arbeit geht vor, Süße, das weißt du doch. Aber keine Sorge … in den Ferien bekomme ich frei.« Gott, so langsam machte ich Matt den ersten Platz als »Vollpfosten des Jahres« streitig.

Anna seufzte ebenfalls. »Dann sehe ich dich also in zwei Monaten?«

»Milf … es ist doch nur vorübergehend.«

»Ich weiß … Dilf. Mach heute früh Schluss, okay? Dann

komm schnell nach Hause. Ich langweile mich hier ohne dich. Carl kann zwar manchmal ganz unterhaltsam sein, aber er ist nicht du.«

Ich zwang mich zu lachen. »Ja, ich weiß, das ist er nicht … das ist wohl niemand. Ich muss los, Süße, ich werde ans Set gerufen.« Als Anna sich verabschiedete und ich das Gespräch beendete, verzog ich das Gesicht. Der Barkeeper sah mich mit erhobener Braue an, doch zum Glück verkniff er sich eine Bemerkung zu meiner offenkundigen Lüge. Da ich die nächsten acht Stunden nicht wusste, wohin ich gehen sollte, bestellte ich mir noch ein Bier. Verdammt. Wie lange konnte ich noch vor meinem Leben fliehen?

Gegen Mitternacht machte ich mich auf den Heimweg. Ich fühlte mich beschissen, als ich durch die Tür trat. Es war schrecklich. Ich war bereit gewesen, ein Star zu sein, und jetzt hatte mein Leben keine Richtung mehr. Das Einzige, was vor mir lag, war die Deadline, nach der alles auffliegen würde, und ich war noch nie gut im Einhalten von Deadlines gewesen. Ich hatte keine Ahnung, was ich tun sollte, und dieses Gefühl war ich nicht gewohnt.

Seit meiner Kindheit hatte ich immer gewusst, wozu ich bestimmt war – zu Ruhm. Und nachdem ich die D-Bags gefunden hatte, hatte ich mein Leben oder meinen Weg nicht mehr hinterfragt. Ich hatte gewusst, dass ich mit einer Rakete zum Erfolg flog und alles, was ich tun musste, war, auf Kurs zu bleiben. Doch dann war ich angekommen und hatte gemerkt, dass es nicht so war, wie ich es mir vorgestellt hatte. Es war, als wäre mein Weg parallel zu dem verlaufen, den ich eigentlich hatte nehmen wollen, und dann hatte ich ihn verlassen. Und jetzt zweifelte ich zum ersten Mal an dieser Entscheidung und fragte mich, ob mein Blick auf den ursprünglichen Weg vielleicht verzerrt gewesen war. Vielleicht war er gar nicht so schlecht gewesen. Vielleicht könnte ich noch zurück? Alles, was ich brauchte, war jemanden, der mir half …

Damit ich es mir ja nicht anders überlegte, ging ich schnell in die Küche und nahm das Telefon ab. Ich wählte eine Nummer, die ich ewig nicht angerufen hatte. Als sich eine vertraute Stimme meldete, musste ich einen Kloß hinunterschlucken. Doch sogleich streifte ich eine Rüstung aus Gleichgültigkeit über. Das war keine große Sache. *Doch, das ist es.* »Hallo, Matt … schön, dass du noch wach bist. Ich bin's, Griffin.« Am anderen Ende herrschte so lange Stille, dass ich schon dachte, er hätte aufgelegt. »Bist du noch dran?«

»Ja, ich bin noch da. Obwohl ich mich frage, warum. Ich sollte sofort wieder auflegen und deine Nummer blockieren.«

Seine eisige Stimme traf mich, doch ich tat mein Bestes, sie zu ignorieren. »Bist du immer noch sauer auf mich, weil ich dich verprügelt habe? Hast du mich deshalb nicht zu deiner Hochzeit eingeladen? Komm schon, Mann. Das ist doch ewig her.«

»Mich verprügelt? Meinst du wirklich, ich bin deshalb sauer?« Ich hörte, wie er tief Luft holte und sie wieder ausstieß. »Was willst du, Griffin?«

Ich schloss die Augen und stieß ein kurzes *Bitte-mach,-dass-es-klappt*-Gebet aus. »Ich habe mich nur gefragt, ob ihr schon einen neuen Bassisten gefunden habt. Ich habe gerade ein bisschen Zeit, darum dachte ich, wenn ihr jemanden braucht …« *Bitte nehmt mich zurück.*

Matt schnaubte. »Soll das ein Witz sein? Du hast gerade ein bisschen Zeit. Du willst zurückkommen … weil du gerade nichts Besseres zu tun hast?« Er lachte freudlos auf. »Was ist mit deiner Serie? Dein Sturm auf den Ruhm, denn in einer erfolgreichen Band zu spielen war dir ja anscheinend nicht ruhmreich genug.«

Die Wahrheit war zu furchtbar, um sie auszusprechen, darum

erfand ich eine Lüge. »Die wird umstrukturiert, und vielleicht dauert es eine Weile, bis sie ausgestrahlt wird.«

»Umstrukturiert? Ich habe gehört, dass das Studio sie abgesagt hat. Das ist schlimm, was?« Er lachte erneut künstlich auf. Seine Bemerkung überraschte mich jedoch. Mir war nicht klar, dass die Neuigkeit schon raus war. Mist, wenn Anna davon erfuhr …

»Spionierst du mir etwa hinterher?«, fragte ich, meine Angst machte mich trotzig.

»Nein, mir hat zufällig jemand erzählt, dass sie gestorben ist, und da du anrufst und mich um deinen alten Job bittest, ist an dem Gerücht vermutlich was dran. Muss ziemlich beschissen gewesen sein, wenn sie noch nicht mal ausgestrahlt wird.« Seine Stimme war so herablassend, dass mir Empörung in die Eingeweide schoss. Scheinheiliger Mistkerl.

»Ich habe nicht angerufen, um meinen Job wiederzubekommen, du Schwachkopf, ich habe nur angerufen, um zu hören, wie es euch geht.«

»Na klar.«

»Genau. Ich bin neugierig, was die Konkurrenz macht.« Als ich das sagte, wusste ich, dass mich das Schicksal die ganze Zeit genau dorthin führen wollte. Ich war für die Bühne geboren, umgeben von pulsierender Musik und gleißenden Scheinwerfern. Film und Fernsehen waren nicht meine Bestimmung. Ich sollte ein Rockstar sein. Das hatte ich immer gewusst, ich hatte es nur vorübergehend vergessen.

Matt erwiderte zweifelnd: »Konkurrenz? *Du* willst ein Album rausbringen?« Er fing an zu lachen, und diesmal klang es echt. Das bestärkte mich in meiner Entscheidung. Ja, so würde ich alles wieder in Ordnung bringen.

»Woher weißt du, wie man ein Album macht, Griffin? Vielmehr, was verstehst du überhaupt von Musik? Du hast dich nie für etwas interessiert, was wir gemacht haben. Nie! Deine ganze Karriere hast du uns zu verdanken. Wir haben die ganze Arbeit geleistet, damit du herumhängen konntest.«

Er hatte recht, dennoch machten mich seine Worte wütend. »Jemand musste doch für gute Stimmung sorgen. Bei all der Grübelei und der Melancholie und der Ernsthaftigkeit … Meinetwegen mögen uns die Leute und kommen gern in unsere Konzerte. Weil ich der Einzige bin, der weiß, wie man sich ein bisschen amüsiert! Und ich verstehe genug von Musik. Pass nur auf, Cousin. Weil ich dich nämlich beschissen beeindrucken werde, du Idiot.«

Ich legte auf, bevor er mir eine blöde Antwort geben konnte. Ich lächelte zum ersten Mal seit Tagen, zumindest kam es mir so vor – und ging in mein Büro, um Texte zu schreiben. Zur Hölle mit den anderen. Ich würde einfach tun, was Harold gesagt hatte – aufstehen und weitermachen. Und wenn ich nicht zurück zu diesen Idioten konnte, dann würde ich sie eben schlagen.

17. Kapitel
Ein geiler Typ schlägt zurück

Nachdem ich nun eine kleine Aufgabe hatte, wenn ich tagsüber bei der »Arbeit« war, kehrten meine Hoffnung und meine gute Laune zurück. Während ich in Bars oder Diners die Zeit totschlug, begann ich, Songtexte zu schreiben. Ich ging davon aus, dass ich nicht zu lange brauchen würde, bis ich eine Handvoll großartiger Songs zusammenhatte. Ich meine, Kellan kam ständig mit etwas Neuem an. Zu gern hätte ich Anna von meinen neuen Plänen erzählt. Täglich wollte ich der Scharade von den angeblichen Dreharbeiten ein Ende bereiten und stattdessen mit ihr über meine Ideen sprechen, aber das konnte ich nicht. Noch nicht. Ich konnte ihr nicht sagen, dass ich sie dermaßen beschissen hatte, dass die Sache mit dem Pilotfilm dagegen jetzt wie eine harmlose Schwindelei wirkte. Ich konnte ihr nichts erzählen, bis ich einen Vertrag mit einer Plattenfirma in der Tasche hatte. Einen Megavertrag, der all ihre Sorgen in Luft auflöste. Sie würde trotzdem sauer auf mich sein, weil ich erneut ihr Vertrauen missbraucht hatte, aber vielleicht würde sie mich dann nicht umbringen.

Songs zu schreiben erwies sich als zeitaufwändiger als angenommen, und ich stellte fest, dass ich ständig damit beschäftigt war, auch bei den seltenen Gelegenheiten, an denen ich mit Anna und den Mädchen zu Hause war. Wie am Samstagnachmittag, als ich in meinem Büro saß und versuchte, einen fesselnden Text zu kreieren, der nachdenklich stimmte. Was mir einfiel, war allerdings eher fünftklassige Dichtung. Schmutzige fünftklassige Dichtung. »Rosen sind rot, Veilchen sind blau, lass uns die Kleider ausziehen, damit ich dich nehmen kann.« Direkt zum Punkt. Hörte sich gut an. Ich kringelte es rot ein – den behalte ich.

Als der Nachmittag in den Abend überging, hatte ich genügend Zeilen für einen ganzen Song zusammen. Ha! Kellan tat, als wäre es eine Herausforderung, Texte zu schreiben, aber dieser Mist war überhaupt nicht schwer. Die Worte flossen mir so leicht aus dem Kopf wie Bier den Schlund hinunter … was immer ein Schlund war. Ich hatte Lust auf einen Drink und rief über meine Schulter hinweg: »Alfred! Bring mir ein Bier!«

»Ja, Sir«, lautete seine Antwort. Ich wusste, dass er in der Nähe gewesen war.

Alfred kehrte zurück, während ich noch mehr Meisterwerke zu Papier brachte. Er stellte die Flasche auf meinen Schreibtisch, und sofort schloss ich die Finger um das kühle Glas. Ich konnte die Flasche jedoch nicht zu mir ziehen, da er sie noch immer festhielt. »Kumpel, wenn du ein Danke erwartest, denk noch mal nach. Ich bedanke mich nicht bei Leuten, die ich bezahle.« Ich blickte auf, doch stattdessen stand Anna vor mir und hielt die Flasche gefangen.

»Ich weiß«, erwiderte sie. »Und dennoch finde ich, dass du dich bedanken solltest. Auch wenn du ihnen obszöne Geldbeträge zahlst, wäre das einfach nur anständig.«

Ich richtete mich in meinem Stuhl auf und erklärte ihr: »Ich bin noch nie anständig gewesen. Das weißt du doch.«

Sie lächelte schief, dann blickte sie auf meinen Schreibtisch. »Was hast du hier den ganzen Tag getrieben?«

Ich hatte all die guten Textzeilen auf einer Seite zusammengetragen. Was sie wohl davon halten würde? Ich hielt Anna die Seite hin. »Ich habe einen Song geschrieben.«

Sofort wich die Neugier in ihrem Gesicht geradezu Euphorie. »Oh Griffin, das sind ja tolle Neuigkeiten. Ist das für die Band? Hast du Kellan oder Matt angerufen? Habt ihr Jungs eure Reibereien aus der Welt geschafft?«

Das Papier noch in der Hand haltend erstarrte ich. Mist. Damit, dass sie diesen Schluss ziehen würde, hatte ich nicht gerechnet. Echt, ich hatte nicht daran gedacht, dass ich ihr einen Grund liefern musste, warum ich einen Song schrieb. Vollkommen von meinem Projekt eingenommen hatte ich ganz vergessen, dass Anna ja nichts ahnte … von so einigem nicht. Was sollte ich ihr also sagen? Die Wahrheit? Dass ich daran arbeitete, einen eigenen Plattenvertrag zu bekommen? Nein, sie würde nicht verstehen, warum, da sie ja dachte, die Serie ginge weiter. Und ohne einen Vertrag konnte ich ihr keinen reinen Wein einschenken, aber … die Serie handelte doch von einem Rockstar. Das Schicksal hatte mir die perfekte Lüge in die Hände gespielt. »Nein … der ist für die Serie. Die lassen mich Aces Zeug schreiben. Ziemlich cool, oder?«, bemerkte ich. *Verdammt.*

Sie schürzte die Lippen, doch dann lächelte sie. Sie kam um den Schreibtisch herum, ließ sich auf meinem Schoß nieder und legte mir die Arme um den Hals. Sie beugte sich vor und drückte mir ihre Brüste ins Gesicht. »Oh, ich hatte gehofft, du und die Band wärt wieder zusammen. Aber das ist auch gut. Es ist nur so stressig, wenn alle Streit haben … als hätten sich meine Eltern scheiden lassen oder so. Du kommst ja noch nicht mal mehr nach Hause, wenn Kiera und die Mädchen zu Besuch sind.«

Ich rückte von ihr ab, damit ich ihr in die Augen sehen konnte. »Ich komme nicht mehr mit denen zusammen, Anna. Nie mehr. Ich habe diesen Song für mich geschrieben. Für *meine* Band.« Da ich nicht wollte, dass sie zu viel in meine Worte hineininterpretierte, fügte ich hinzu: »Für meine Fernsehband natürlich.«

Ihr Lächeln erstarb. »Ja, deine Fernsehband.« Sie schüttelte den Kopf. »Griff, ich weiß, du findest die Serie toll, aber warum gehst du nicht zu ihnen zurück? Kiera hat mir erzählt, dass sie noch keinen Ersatz gefunden haben, und Matt will unbedingt an einem neuen Album arbeiten, weil das letzte … nicht so gut gelaufen ist wie erwartet. Ich bin mir sicher, wenn du ihn anrufst und dich entschuldigst … Vielleicht könntest du ja beides machen? Die Serie und die Band?«

Bei ihrem Vorschlag krampfte sich mein Magen zusammen. *Das habe ich schon versucht.* Aber Matt hat mich abblitzen lassen, mich herabgesetzt. Nein, Zurückgehen war keine Option mehr. »Mich entschuldigen? Wofür denn? Ich habe doch nichts falsch gemacht. Diese Idioten haben mich in eine Kiste abgeschoben, und als ich versucht habe, mich aus ihr zu befreien, haben sie versucht, sie abzuschließen. Dieser Mist funktioniert bei mir aber nicht. Ich brauche meine Freiheit.«

Sie biss dermaßen fest die Zähne zusammen, dass die Muskeln an ihrem Kiefer hervortraten. Ich war mir nicht sicher, ob sie meine Bemerkung persönlich genommen hatte oder ob sie wütend war, dass ich immer noch nicht über eine Rückkehr nachdachte. Ich wollte ihr gerade sagen, dass ich nicht sie gemeint hatte, als sie den Kopf schüttelte und sagte: »Okay, also … die Serie lässt dich Songs schreiben? Vielleicht kann ich dir ja helfen?« Erneut blickte sie auf die Texte und las sie nun. Sie runzelte die Stirn. »Bitte sag mir, dass *das* keiner von denen ist.«

Ich ließ das Papier auf den Schreibtisch fliegen. »Was stimmt nicht mit dem Song? Der ist doch toll.«

Ihr Blick wanderte über das Blatt. »Ich mache dich nass, und dann lecke ich dich ab.« Sie schüttelte den Kopf. »Erstens … ist das widerlich. Zweitens reimt es sich nicht. Und drittens bin ich mir ziemlich sicher, dass sie das nicht im Fernsehen bringen werden.«

Ich hätte gern die Arme vor der Brust verschränkt, so zuckte ich nur die Schultern. »Mir gefällt der Song. Wenn sie den nicht spielen, sind sie dumm.«

Anna schloss die Augen, ließ den Kopf in die Hände sinken und begann zu zittern. »Oh Junge«, murmelte sie. »Hoffentlich wissen die, worum sie dich da gebeten haben.« Sie sah mich aus einem Auge an. »Wie läuft es überhaupt so? Mit der Serie, meine ich.«

Unter ihrem misstrauischen Blick spannten sich alarmiert meine Muskeln an, als würde ich gleich angegriffen. Wusste sie etwas? Nein, dann wäre sie deutlich wütender. »Gut … toll.«

Sie öffnete beide Augen und wirkte skeptisch. »Bist du sicher? Im Internet kursieren so komische Gerüchte, dass die Serie abgesetzt wurde. Ich habe dem nicht viel Bedeutung beigemessen, weil du so hart arbeitest, aber diese Gerüchte verstummen nicht. Und alles, was ich finde, wenn ich nach Neuigkeiten über die Sendung suche, ist negativ.« Sie taxierte mich aus schmalen Augen, als würde sie in meiner Reaktion nach der Wahrheit suchen. Mist. Verdammtes Internet.

Mein Herz hämmerte, aber ich schaffte es, eine möglichst neutrale Miene zu bewahren. *Ich weiß von nichts.* »Ich weiß nicht, was ich dir sagen soll, Süße. Das ist Quatsch. Vertrau mir, die Serie läuft noch, wir arbeiten alle sehr hart, alles ist in Ordnung.« *Oder zumindest wird es das sein, sobald ich einen Plattenvertrag unterschrieben habe und dich nicht mehr anlügen muss. Ich finde es total beschissen, dich anzulügen. Aber dich zu enttäuschen finde ich noch schlimmer.*

Ihr Blick blieb skeptisch, doch sie nickte. »Na ja, vielleicht sollten wir darüber nachdenken, uns etwas einzuschränken … zumindest, bis die Serie gesendet wird.«

Ich blickte mich in meiner Villa aller Villen um und schüttelte den Kopf. »Nein, du bist eine Königin, und du sollst auch leben wie eine. Und außerdem werde ich groß rauskommen und sollte mich dementsprechend verhalten. Wenn ich da schüchtern rangehe, total ängstlich und so, werde ich nie etwas erreichen. Nein … größer und besser … vielleicht werde ich sogar noch mehr Leute einstellen, um so blöde Dinge zu machen wie … alle Blumen in verschiedenen Grüntönen anzumalen …« Das Mindeste, was ich tun konnte, war, sie nur mit dem Besten zu umgeben. Das hatte sie sich verdient und noch viel mehr.

Anna legte mir sofort die Hände auf die Brust. »Bitte nicht. Es ist gut so, wie es ist.«

Ich musterte sie einen Augenblick, dann gab ich nach. In Anbetracht der Tatsache, dass ich noch keinen Vertrag hatte, war das wahrscheinlich ratsam. Aber sobald ich einen hatte, war alles möglich. Ich würde sie total verwöhnen. »Okay, aber sobald ich das Gefühl habe, dass du dir nicht genug gönnst, heuere ich jemanden an, der dich verwöhnt.«

Mit einem verführerischen Lächeln strich sie mit dem Fingernagel über meine Wange. »Aber der Einzige, von dem ich verwöhnt werden will, bist du … und du bist so oft weg, dass das nur noch selten vorkommt. Ich bin einsam.«

Ich verstand ihre Worte als Aufforderung, und mein Schwanz erwachte sofort zum Leben. Ich zog sie fester auf meinen Schoß und ließ es sie spüren. »Jetzt bin ich da, Süße, und ich kann dich die ganze Nacht verwöhnen. Du musst mir nur sagen, was du willst.«

»Ich will, dass du mir die Kleider vom Leib reißt, mich auf deinen Schreibtisch wirfst und mich so hart nimmst, dass ich nicht mehr gerade stehen kann.« Bei ihren Worten pulsierte es in meiner Hose. Doch die waren noch gar nichts verglichen mit dem, was sie dann sagte: »Aber bevor du all das tust, will ich diesmal *dich* schmecken.« Und damit stand sie auf, drehte meinen Bürostuhl und sank auf die Knie.

»Gott, ja!« So schnell ich konnte, öffnete ich meine Jeans. Wahrscheinlich durfte ich das nicht, weil ich so ein Versager war und so viel vor ihr verheimlichte, aber verdammt, sie brauchte es doch auch. Genau wie sie gesagt hatte, sie war einsam. Wenn ich sie zurückwies, machte das unsere Lage nur noch schwieriger.

Als meine Hose um meine Knöchel hing, ragte meine Rute stolz und aufrecht in die Höhe, das Piercing an der Spitze glänzte im hellen Licht der Schreibtischlampe. Anna schnurrte, als sie mit dem Finger über das Metall strich; jeder Nerv knisterte vor Lust, wo das Piercing mich berührte.

»So scharf«, sagte sie mit heiserer Stimme. »Ich kann es kaum erwarten, dich in mir zu spüren.« Meinte sie in ihrem Mund oder in ihrer Muschi? Für mich war beides okay.

Sie schloss die Lippen um meinen Schaft und sog ihn tief in ihren Mund. Ein ersticktes Stöhnen stieg aus meiner Kehle, als sie mich streichelte. Sie musste noch nicht mal ihre Hände benutzen. Stattdessen spielten ihre Finger mit meinen Hoden, und ich klammerte mich an die Armlehnen meines Stuhls. Das Pulsieren, das Kribbeln, das Brennen waren himmlisch – mein gesamter Körper fühlte sich an, als würde er von Elektroschocks der Lust erschüttert. Immer und immer wieder, und mit ihrem Rhythmus zog sie mich immer tiefer und tiefer in ihren Mund.

Ich ließ den Kopf in den Nacken sinken und genoss das erotische Vergnügen. »Fuck, ja, Anna. Genau so … hör nicht auf.«

Sie stöhnte, und die Vibrationen auf meiner Haut brachten mich fast zum Höhepunkt. Ich begann, die Hüften zu bewegen, und traf Stoß für Stoß ihre Lippen. Würde sie mich kommen lassen? Ich hoffte es und wiederholte: »Hör nicht auf …« *Lass mich kommen.*

Ihre Bewegungen verstärkten sich, und ich wusste, dass sie nicht aufhören würde. Ich spürte, wie sich in mir der Höhepunkt bildete und tat nichts, um das Gefühl aufzuhalten. *Gott, ich wollte es unbedingt.* Fast, als spürte sie meine wachsende Lust, drückte Anna genau im richtigen Moment meine Hoden, um mich zum Orgasmus zu treiben. »Oh, fuck … ja …«, stöhnte ich, als ich kam. Sowohl ihr Mund als auch ihre Hand streichelten mich nun ruhiger und verlängerten meinen Orgasmus. *Gott, verdammt.*

Als sie sich schließlich von mir löste und mich völlig erschöpft, keuchend und von letzten Lustwellen überwältigt zurückließ, lächelte sie diabolisch. »Jetzt bin ich dran, Baby«, stellte sie fest und schob ihren Rock hinunter.

Sie wollte sich gerade die Wäsche ausziehen, als ich sie aufhielt. »Na, na. Du wolltest doch, dass ich dir die Kleider vom Leib reiße.« Ich fasste den spärlichen Stoff an ihren Hüften und zog ihn an ihren schlanken Beinen herunter. Als ich sah, was ich sehen wollte, erwachte mein Schwanz erneut zum Leben. Ich riss ihr das Oberteil fort, gefolgt von ihrem BH, dann fegte ich mit einer einzigen Bewegung alles vom Schreibtisch. Ich legte sie auf die Platte, dann platzierte ich ihre Beine auf meinen Schultern und tauchte hinunter, um herauszufinden, wie viel sie wollte.

Sie packte meinen Kopf und hielt ihn fest, während ein erotischer Aufschrei durchs Zimmer hallte. »Oh Gott, Griffin … ja, ja, Gott, das fühlt sich so gut an!« Mein Schwanz wurde mit jedem Stöhnen von ihr fester, und als sie unter mir zerbarst, war ich bereit für mehr. Ich ließ sie zum Orgasmus kommen, weil ich ein überzeugter Vertreter des »Wie du mir, so ich dir« war, doch als sie den Höhepunkt erreichte, löste ich meinen Mund von ihr und drang in sie ein.

Sie keuchte, als ich zustieß. »Ja, ich bin noch … oh, gut, ja … fick mich!«

Ihr Orgasmus dauerte eine Ewigkeit, und als er endlich vorbei war, kam ich erneut. Überaus befriedigt sackte ich auf ihr zusammen. Sie hielt meinen Kopf an ihrer Brust, unsere Körper waren noch miteinander verbunden. Während unser Atem sich langsam normalisierte, bemerkte ich, dass das Bier auf dem Boden verschüttet war. Verdammt, jetzt könnte ich wirklich einen Schluck gebrauchen. Ich war höllisch durstig. Neugierig rief ich: »Alfred! Ich brauche noch ein Bier!«

Seine Antwort erfolgte umgehend, er stand direkt vor der Tür. »Ja, Sir.«

Anna lachte, dann stieß sie mich in die Rippen. Ich erriet, was sie wollte, und rief: »Zwei, Alfred. Die Dame hat auch Durst.«

»Wie Sie wünschen, Sir«, lautete seine ruhige Antwort.

Lachend ließ ich mich wieder auf Annas Brust sinken. Es war großartig, einen Butler zu haben. Aber das war nichts verglichen mit dem Gefühl, meine Frau glücklich zu machen. Ich hoffte nur, ich konnte das auch weiterhin und betete inständig, dass ich bald einen Vertrag bekam.

Sobald ich einen Song hatte, der eines G. Hancock würdig war, musste ich ein Demoband aufnehmen, damit ich damit zu den Plattenlabels gehen konnte. Weil ich nicht wusste, an wen ich mich sonst wenden sollte, wandte ich mich an das alte Tonstudio, in dem die D-Bags ihr erstes Album aufgenommen hatten. Der Preis für eine Stunde war lächerlich hoch, doch ich bezahlte ihn und vereinbarte einen Termin. Geld durfte dem Ruhm nicht im Weg stehen.

Als ich dort auftauchte, war die Mannschaft noch dieselbe. Nur der Kerl, der den Ton mischte, war ein anderer, da das Studio für unser erstes Album eine besondere Koryphäe angeheuert hatte. Der neue Typ zeigte mir jedoch, was ich tun musste, und das wusste ich zu schätzen.

Als ich loslegen sollte, nahm ich den Song auf, über den Anna die Nase gerümpft hatte. Es musste sein. Er war absolut toll und das Beste, was mir eingefallen war. Ich hatte allerdings keine Melodie, so machte ich einfach meine eigenen Geräusche – à la Rhythmusmaschine. Das funktionierte mit dem Song allerdings prächtig. Es klang sogar so cool, dass ich beschloss, ihn vielleicht auf dem finalen Album zu verwenden.

Sobald ich ein paar Kopien in der Hand hielt, schickte ich sie an verschiedene Plattenlabels raus. Ich rief noch nicht einmal an, um zu fragen, ob sie sie haben wollten. Ich suchte einfach online die Adressen heraus und schickte ihnen eine Kopie. Dann lehnte ich mich zurück und wartete darauf, dass die Angebote eintrafen.

Da ich ein gutes Gefühl hatte, schickte ich per Express eine Kopie an Denny, um ihm die Chance zu geben, mich zu vertreten. Dazu legte ich folgende Notiz: »Ich werde ein Dutzend Angebote für diesen Mist bekommen, aber wenn du an meinen Millionen teilhaben willst, besorge mir einen Deal, der alles andere übertrifft. Wenn du das schaffst, zahle ich dir vierzig Prozent – auf keinen Fall zahle ich dir fünfzig!«

Er rief mich an, sobald er das Päckchen erhalten hatte. »Äh … Griffin … was um alles in der Welt hast du mir da geschickt?«

»Ach, hallo Denny. Das ist mein Demoband für mein Soloalbum. Es wäre sicher ein Interessenkonflikt, wenn du mich auch vertrittst, aber ich biete es dir trotzdem an. Wer weiß, vielleicht willst du die anderen für mich aufgeben. Ich glaube ja, dass ich mich besser verkaufen werde. Oder vielleicht kannst du sie weiterhin vertreten, und ich nehme Abby.« Ich lachte leise vor mich hin, als ich mir vorstellte, wie Dennys Frau mich von vorne bis hinten bediente. »Ja … die Idee gefällt mir.«

»Was immer du gerade über meine Frau gedacht hast, schlag es dir aus dem Kopf, bevor ich zu dir runterfliege und es dir persönlich austreibe.«

»Wow, komm runter, Kumpel. Das war doch nur ein Vorschlag. Du bist zu viel mit Matt zusammen. Du bist ja total angespannt.«

Er seufzte. »Die Dinge laufen in letzter Zeit nicht gerade glatt. Nicht dass dich das interessiert, aber du hast ein ziemliches Chaos hinterlassen, als du ausgestiegen bist.«

Ich kaute auf meiner Lippe. Wollte ich wissen, wovon er sprach? Die Neugier siegte. »Was zum Beispiel?«

»Du liest überhaupt keine Nachrichten aus der Branche, oder?«

Ich zuckte die Schultern, auch wenn er es nicht sehen konnte. Nachdem die Leute mich nach meinem Ausstieg beschimpft hatten und die ganzen Gerüchte über die Serie im Umlauf waren – Gerüchte, mit denen ich mich jetzt nicht befassen wollte –, hatte ich alles gemieden. Das war ungewöhnlich für mich, denn bevor all das passiert war, hatte ich täglich meinen Namen gegoogelt. »Nein.«

Denny seufzte erneut. »Na ja, sagen wir, zwischen Matt und den Fans. Einen neuen Bassisten zu finden ist eine Herausforderung. Wenn das in diesem Tempo weitergeht, bringen die nie ein neues Album raus.«

Überraschung erfasste mich, dicht gefolgt von einem unangenehmen Gefühl, das sich ungefähr so anfühlte, als würde mir jemand ein Messer in den Bauch rammen und es darin umdrehen. Ich schob es ganz weit weg. Ihre Probleme waren nicht meine, und ich hatte keine Zeit, über sie nachzugrübeln. Mit heftigem Ziehen im Bauch sagte ich: »Na ja, gut. Dann hast du ja mehr Zeit, mich zu vertreten.«

Er schnaubte. »Ist das alles, was dir dazu einfällt? Gut? Die strampeln sich ab – und dir ist das egal? Diese Typen sind seit Ewigkeiten deine Freunde gewesen – deine *Familie* – Griffin.«

Matts Worte hallten durch meinen Kopf – *Du bist für mich*

gestorben. »Das sind wir aber nicht mehr, und ich muss mich dafür nicht mehr interessieren. Vertrittst du mich oder nicht?«

Seine Antwort kam leise, aber mit Nachdruck. »Nein … Abby und ich werden dich nicht vertreten, Griffin. Du bist auf dich allein gestellt.«

»Gut«, sagte ich und legte auf. Das war mir ohnehin lieber.

An jenem Abend machten Anna und ich uns im Schlafzimmer fürs Abendessen fertig; meine Eltern kamen mit Chelsey und den Mädchen vorbei. Während ich auf dem Bett saß, zog sich Anna eine Spitzenstrumpfhose an. Dass Anna mich ansehen konnte, ohne sich auf mich zu stürzen, war beeindruckend. Ich wäre schon vor Ewigkeiten schwach geworden.

»Nun«, sagte sie und warf mir einen scheuen Blick zu. »Ich will dich ja nicht ärgern, aber heute habe ich schon wieder ein Gerücht über die Serie gehört … und diesmal ging es um einen der Schauspieler. Cole, glaube ich. Es heißt, er würde jetzt einen Film drehen … ich habe sogar Bilder gesehen.« Sie zog verwirrt die Brauen zusammen.

Ich spannte alle Muskeln an, und mein Gesicht stand in Flammen, als hätte mich jemand mit einer Fackel angezündet. So fühlte ich mich, wann immer Anna auf die Serie zu sprechen kam und mich damit an meine Riesenlüge erinnerte. Beinahe ertrank ich in ihr, so tief hatte ich mich in sie hineingegraben. Was würde Anna mir glauben? »Oh ja, dieser Mistkerl hat vor ein paar Wochen aufgehört. Die haben seine Rolle sterben lassen … die Folge wird die Leute umhauen.« Meine Fähigkeit zu lügen haute *mich* um, und mir war übel. Aber ich musste noch ein bisschen durchhalten, dann konnte ich reinen Tisch machen. Sobald ich mich wieder sicher auf dem Weg zum Erfolg befand, ohne Gefahr zu laufen zu versagen, konnte ich ihr alles erzählen.

Sie zog die Strumpfhose über ihre knallrote Wäsche und zeigte mir ihren Hintern, bevor sie ihren Rock zurechtrückte. Sofort fühlte ich mich etwas besser. *Mach das noch mal.* »Was? Das ist ja komisch, dass die Info schon raus ist, dass er einen neuen Job hat. *Der Durchbruch* ist doch noch für Januar geplant, oder?«

Ich sah noch ihren wohlgeformten Hintern unter diesem zarten roten Stoff vor mir. Anna verschränkte die Arme und schürzte die Lippen. Sie musste etwas gesagt haben, das ich besser hätte hören sollen. »Was, Süße? Ich war abgelenkt.«

Sie deutete auf meine wachsende Beule. »Ja, das sehe ich.« Seufzend zog sie ein enges rotes Oberteil über. *Oh ja, das gefällt Daddy.* »Ich mache mir nur … Sorgen. Ich meine, wann bezahlen die dich eigentlich?« Bekümmert sah sie sich in unserem riesigen Schlafzimmer um. »Ich habe unsere Bankkonten überprüft, und da ist in letzter Zeit nicht viel reingekommen … aber ziemlich viel runtergegangen. Das geht nicht ewig so weiter, Griff. Nicht, bis die uns bezahlen. Jeden Monat schrumpft unser Guthaben beträchtlich …«

Ihrer Miene nach zu urteilen trieb sie das schon eine ganze Weile um. Mir war das auch ein oder zwei Mal durch den Kopf gegangen, aber ich hatte den Gedanken stets verdrängt. Sobald ich einen Vertrag hatte und mein Album herauskam, würde ich den Mist von jetzt auf gleich verdreifachen. Schauspielen war nichts für mich … Musik war meine wahre Stärke. Das wusste ich jetzt. Denny war ein Idiot, dass er mich weggeschickt hatte. »Wir haben noch mindestens genug für ein halbes Jahr, Süße, und bis dahin ist die Serie ein Erfolg. Kein Problem.«

Ihr Blick zuckte zu mir. »Nein, es reicht nicht mehr für ein halbes Jahr, Griff. Mit diesem Haus, dem Haus in Seattle, den Nebenkosten, Lebensmitteln und all den Leuten, die du angestellt hast … sind wir lange pleite, bevor die Serie gesendet wird.

Vielleicht können wir noch bis Frühjahr durchhalten, wenn wir schlau sind und uns ab jetzt etwas einschränken.«

Sie reagierte über. Ich war nicht gut im Umgang mit Geld, aber ich war mir sicher, dass wir noch reichlich hatten. Ich stand auf, trat zu ihr und fasste ihre Oberarme. Ich massierte sie und sagte beruhigend: »Wir kommen klar, aber wenn du dich dann besser fühlst, gehe ich ab jetzt sorgsamer mit unserem Geld um. Vielleicht entlasse ich etwas Personal.«

Ein zartes Lächeln spielte um ihre Lippen, aber es erstarb sogleich wieder. »Mir ist etwas Verwirrendes aufgefallen.« Sofort beschleunigte sich mein Herzschlag. Nein … ich war noch nicht bereit, ihr zu gestehen, dass ich gelogen hatte. Ich brauchte erst einen Vertrag – einen Schutzschild. Nur so würde sie mir vergeben. Anna musterte einen Augenblick mein Gesicht, dann sagte sie langsam: »Wir bekommen keine Erlöse von der Band mehr. Nichts. Ich hätte schon fast Denny deshalb angerufen, aber … weißt du, warum die nichts mehr überweisen?«

Ich kratzte mich am Kopf. Na toll. Ich hatte nicht damit gerechnet, dass sie das bemerken würde. Wie sollte ich ihr antworten, ohne dass sie mich umbrachte … oder Denny anrief, um meine Antwort zu überprüfen? Mist. Ich musste ihr sagen, was ich getan hatte. Gottverdammt. »Ja … äh … als ich aus der Band ausgestiegen bin … habe ich gleich auf *alles* verzichtet.«

Sie riss die Augen so weit auf, wie ich es nicht für möglich gehalten hätte. Shit, jetzt ging es los. »Alles …? Griffin? Warum zum Teufel hast du das getan? Ich meine, dass du auf das letzte Album verzichtet hast, war schlimm genug, aber auf alles? Bist du verrückt geworden?«

Ich wusste, dass sie recht hatte. Es war eine völlig idiotische Reaktion gewesen, aber das wollte ich jetzt nicht zugeben. Nicht, nachdem mir noch Dennys Absage durch den Kopf ging, dass er mich nicht managen wollte. »Nein, ich will nichts mehr von denen haben. Die sind für mich gestorben«, stieß ich hervor. Es fühlte sich gut an, Matts Worte gegen ihn zu verwenden, auch wenn er nicht hier war, um es zu hören.

Anna schloss die Augen und atmete tief durch. Als sie wieder aufsah, wirkte sie etwas ruhiger. Allerdings nicht viel. »Für das Wohl deiner Familie und dieser zwei kleinen Mädchen dort draußen, die dich vergöttern … hör auf, Scheiße zu bauen, und bring das in Ordnung. Ruf Denny an, ruf Harold an und besorg uns verdammt noch mal Geld. Oder ich übernehme das, und das wird dir nicht gefallen.«

Mit diesen Worten griff sie ihre Stiefel und stürmte aus dem Zimmer.

Herrgott. Ich wusste, dass sie sich Sorgen wegen des Geldes machte, aber verdammt, sie sollte mehr Vertrauen zu mir haben. Ich war ihr Mann, sie sollte an mich glauben. Bis dass der Tod uns scheidet und all das. Ein winziger Teil meines Hirns sagte mir, dass sie mehr Vertrauen hätte, wenn ich ehrlicher wäre, aber ich befahl diesem Teil meines Gehirns, die Klappe zu halten. Das brauchte ich jetzt nicht. Ich fühlte mich so schon elend genug.

18. Kapitel

Der Preis dafür, ein geiler Typ zu sein

Zwei Monate später, als das Jahresende nahte, rückte auch das Ende meiner Lüge näher. In der Ferne sah ich schon den Strick baumeln und alles verhöhnen, was ich mir wünschte, aber offenbar nicht bekommen konnte. Kein Plattenlabel wollte mich haben. Die meisten wollten noch nicht einmal mit mir reden, und die, die es taten, sagten alle dasselbe: *Nein*. Manchmal auch: *Teufel, nein*. Ich wusste nicht, was ich als Nächstes tun sollte.

Obwohl ich jahrelang Teil einer Band gewesen war, hatte ich keine Ahnung, wie man Musik komponierte. Ich besaß nur eine Handvoll fertiger Songs, abgesehen von meinem schnell produzierten Demoband, auf dem es abgesehen von meinen großartigen Hintergrundgeräuschen keine Musik gab. Mein Lieblingssong hieß »Cocknado«. Er war echt super, aber wenn das so weiterging, würde ihn niemals jemand hören.

Ich nervte jeden, der mir einfiel, sogar Justin. »Was ist los, Bruder? Ich dachte, du wolltest mir ein Entrée bei deinem Label verschaffen?«

Am anderen Ende der Leitung ertönte ein schwerer Seufzer. »Das habe ich nie gesagt. Als du mich darum gebeten hast, habe ich gesagt, ich würde denen dein Demo geben, und das habe ich getan. Es ist nicht meine Schuld, dass die dir abgesagt haben. Mehr kann ich nicht für dich tun, Griffin.« Er klang, als müsste er sich zwingen, ruhig zu bleiben.

»Na ja, offenbar geht Freundschaft in dieser Stadt nicht so weit, wie ich dachte.« Ich legte auf, bevor er antworten konnte, dann schleuderte ich das Telefon gegen die Wand. Als es scheppernd auf den Boden fiel, zerbrach der Deckel vom Akkufach. So ein Dreck.

Jemand klopfte leise an den Türrahmen und fragte: »Griffin? Ist alles okay bei dir?«

Ich drehte mich zu Anna um, die mit Onnika auf der Hüfte im Eingang stand. Ich zwang mich zu lächeln. Gott, hoffentlich hatte sie nichts von dem Gespräch mitbekommen. »Klar. Was sollte nicht okay sein? Schließlich bin ich der Inbegriff eines tollen Typen.«

Sie hob eine Braue, dann blickte sie auf das kaputte Telefon. »Bist du sicher? Hat es was mit der Serie zu tun? Haben sie dir schon einen Sendetermin genannt?«

In ihrem Gesicht blitzte Hoffnung auf, die jedoch schnell Verwirrung wich. Sie verstand nicht, warum das Studio mich im Ungewissen ließ. Und sie verstand es nicht, weil sie nicht wusste, dass ich jeden Tag log, dass sich die Balken bogen. Ich färbte mir sogar die Haare braun, damit sie nichts ahnte. Es war ja nur, um ihr Stress zu ersparen. Sie bekäme vielleicht einen Herzinfarkt, wenn sie wüsste, dass ich arbeitslos war und wir jeden Monat Tausende von Dollars verbrannten … Fuck, ich musste das in Ordnung bringen. Und zwar schnell. »Noch nicht. Aber ganz bestimmt bald.«

Sie schürzte die Lippen. Selbst für eine Dumpfbacke wie mich war deutlich zu sehen, wie entmutigt und verzweifelt sie war. »Na ja, ruf sie weiter an. Die können dich ja nicht einfach *nicht* bezahlen. Das ist nicht richtig.«

Ich öffnete den Mund und wollte ihr weiterhin unbegründeten Mut zusprechen, doch sie drehte sich um und ging, bevor ich dazu kam. Ich hob das Telefon auf und warf es noch einmal gegen die Wand. Verdammt. Was zum Teufel sollte ich nur tun? Wenn mich keine Plattenfirma nahm und ich nicht wieder einen Haufen Geld bekam … waren Anna und ich in ein paar Monaten pleite. Und sie würde mich verlassen. Sie würde mich verlassen, weil ich sie angelogen und sie hierhergeschleppt hatte und weil ich meine Rolle als ihr Versorger nicht erfüllte. Ich würde sie und die Mädchen nie mehr wiedersehen.

Verzweiflung erfasste mich, und während ich auf das kaputte Telefon starrte, dachte ich ganz kurz daran, die D-Bags anzurufen. Wenn ich ihn nur lange genug bat, würde Matt mich vielleicht zurücknehmen. Oder wenn ich stattdessen zu Kellan ging. Es war mehr seine Band als die von irgendeinem anderen. Ja. Ich könnte zu Kellan gehen und Matt übergehen.

Doch allein bei dem Gedanken überlief mich eine Gänsehaut. Ich würde unzählige Stunden Spott ertragen müssen. *Weißt du noch, als du versucht hast, in einer Serie mitzuspielen, das aber ein totaler Flop war und das Ding noch nicht mal gesendet wurde? Weißt du noch, als du versucht hast, ein Album aufzunehmen, dich aber niemand haben wollte? Weißt du noch, als du versucht hast, auf eigenen Füßen zu stehen, als würdest du uns nicht brauchen? Wie lächerlich von dir zu glauben, du könntest ohne uns überleben. Wir sind der Grund, dass du kein haltloser Versager bist, vergiss das ja nicht. Und jetzt küss uns die Füße …*

Nein danke. Lieber würde ich mich abstrampeln, als mich dem aussetzen. Die konnten mich mal. Wenn kein Label mich nahm, dann würde ich eben mein eigenes gründen. Ein Funken Aufregung verbrannte meine aufkommende Angst. Ja, genau – ich würde mein eigenes Label gründen, meine eigene Platte herausbringen.

Ich schaltete den Computer ein, ging online die Gelben Seiten durch und suchte nach Leuten aus der Branche. Als ich alle angerufen hatte, die ich zu brauchen meinte, hatte ich mindestens ein Dutzend neuer Leute auf meiner Gehaltsliste. Das würde mein Bankkonto noch deutlich schneller schrumpfen lassen, als Anna dachte, doch das Risiko würde sich lohnen. Es musste einfach funktionieren.

Doch ich würde Geld brauchen, um die Sache zum Laufen zu bringen. Eine Menge Geld. Ich blickte mich in meinem Schloss um und fällte eine schwere Entscheidung: Anna hatte recht. Es *war* an der Zeit, dass wir uns verkleinerten. Ich wusste, Anna fände das gut, aber ich wusste nicht, wie ich ihr erklären sollte, warum ich das plötzlich auch für eine gute Idee hielt. Die Wahrheit schien meine einzige Option zu sein.

Na ja, eine vage, verschleierte Version der Wahrheit. Je länger ich sie im Ungewissen lassen konnte, desto besser.

Am Abend, nachdem sie die Mädchen ins Bett gebracht hatte, ging ich zu ihr. Sie sah mir sofort an, dass ich etwas von ihr wollte. »Was ist los?«, fragte sie zögernd.

Meine Handflächen wurden feucht, und ich wischte sie an meiner Jeans ab. Mist, ich hatte keinen blassen Schimmer, wie sie darauf reagieren würde. »Ich muss dir was gestehen.« Verdammt. Ich sollte ihr gleich alles sagen. Sie hatte es verdient, die Wahrheit zu erfahren – dass sie einen Loser geheiratet hatte, der alles vermasselt hatte. Aber sie würde total sauer sein … sie würde hinausstürmen, und ich würde sie nie wiedersehen. Das konnte ich nicht ertragen. Nein, ich steckte zu tief drin, um einen Rückzieher zu machen. Mir blieb nichts anderes übrig, als immer weiterzumachen und zu hoffen, dass dieses Album all meine Fehler ausgleichen würde.

Mit großen Augen und blass im Gesicht setzte sich Anna aufs Bett und legte die Hände in den Schoß. »Okay … was?« Sie starrte mich mit ängstlichem Blick an. Was dachte sie, was ich ihr sagen würde? Rechnete sie mit der Wahrheit? Oder mit so etwas Simplem wie, dass ich sie betrogen hätte? Fast wünschte ich, ich könnte ihr gestehen, ich hätte etwas mit einer anderen Frau gehabt. Das wäre wesentlich leichter, als zuzugeben, dass ich ein lügender Versager war. Aber nein … das würde ich ihr heute Abend nicht gestehen. Das verschob ich noch. Wieder einmal.

»Äh … als ich heute das Telefon durchs Zimmer geschleudert habe … das war nicht wegen nichts.« Mir entschlüpfte ein Seufzer, und Galle stieg mir die Kehle hinauf. Ich hatte Anna nicht verdient. »Das Studio hat angerufen. Die haben die Serie schon wieder verschoben. Jetzt sollen wir nächsten Herbst gesendet werden …« Verdammt. Wie tief war das Loch, das ich mir gegraben hatte? Ziemlich sicher tief genug, um mich darin komplett verschwinden zu lassen.

Anna schoss vom Bett hoch. »Was? Ist das dein Ernst? Warum zum Teufel machen die das?« Sie lief auf und ab und rang die Hände. »Die werden doch wohl nicht bis nächsten Herbst warten, bis sie dich bezahlen? Denn so lange schaffen wir das nicht mehr, Griffin. Wir gehen gerade unter.«

Wenn sie nur wüsste, wie sehr. »Doch … das tun sie. Ich glaube, es stand im Vertrag, ich habe es wohl überlesen. Ich bekomme die Kohle erst, wenn die Sendung ausgestrahlt wird.« Das klang glaubhaft, wie etwas, das mir tatsächlich passiert sein könnte. Und die Bedingung, dass ich erst bei einer ganzen Staffel Geld bekam, war so ähnlich, und *das* hatte ich überlesen. Ich hatte mein Leben für eine Illusion aufgegeben. Aber jetzt würde ich es mir zurückholen. Gott, das *musste* klappen.

Anna drehte sich mit funkelnden Augen zu mir um. »Du hast es überlesen? Wie konntest du übersehen, dass du total über den Tisch gezogen wirst? Das ist ja wohl lächerlich. Gib mir das Telefon. Ich rufe Harold an.« Sie streckte die Hand aus, aber ich ignorierte ihre Geste.

»Ich habe einen Vertrag unterschrieben, Anna … es ist schon

passiert.« *Die Sendung ist schon tot.* »Sorry.« *Wegen all der Lügen, die ich dir gerade auftische. Wegen allem.*

Sie ballte die Hände zu Fäusten, ihre Stimme bebte, als sie die Stimme erhob: »Sorry?« Sie löste einen Finger aus der Faust, um ihn auf mich zu richten. Er zitterte vor Wut. »Du hast gesagt, das würde funktionieren. Du hast mir versichert, alles würde gut werden. Ich habe dir vertraut, als du gesagt hast, wir würden unser Leben nicht umsonst aufgeben!«

Ich hob das Kinn und sah ihr in die Augen. Wenn ich selbstbewusst wirkte, konnte ich sie vielleicht davon überzeugen, dass alles noch in Ordnung war. »Es war nicht umsonst.« Das hoffte ich. Nein, ich *betete*, dass es nicht umsonst gewesen war.

Auf ihrem Gesicht zeichneten sich abwechselnd Panik, Angst und Hoffnung ab. »Das ist unsere Zukunft, mit der du hier spielst, Griffin. Unsere Zukunft und die unserer Töchter. Wir müssen einen Plan haben. Wie sieht unser Plan aus?«

Ich seufzte, der Druck auf meiner Brust verstärkte sich. Ich hätte schwören können, dass meine Rippen unter der Anspannung knackten. »Ich kann das immer noch schaffen, Anna.« *Glaube ich.* »Ich muss nur ein bisschen Geld besorgen, solange ich darauf warte, dass die Serie startet.«

»Wie?«, fragte sie und verschränkte die Arme vor der Brust.

»Na ja … jetzt, nachdem die Serie abgedreht ist und ich mehr Zeit habe …« *Jede Menge Zeit.* »… dachte ich, ich könnte ein Album aufnehmen.« Ich rang mit mir, ob ich ihr sagen sollte, dass ich das Album komplett selbst finanzieren würde. Ob ich ihr zumindest über einen Bereich meines Lebens die volle Wahrheit anvertrauen sollte, aber der eiserne Blick in ihren grünen Augen warnte mich. Ich musste einen Bogen um die Wahrheit machen, oder ich würde sie verlieren, unsere Ehe hing an einem seidenen Faden. So optimistisch wie ich konnte, stieß ich hervor: »Ich besorge mir einen Plattenvertrag, damit wir genug

Geld haben, um bis zum nächsten Herbst über die Runden zu kommen.« *Und hoffentlich habe ich mir bis dahin einen Namen gemacht, und du hast die ganze Sache mit der Serie vergessen.*

Anna presste so fest die Lippen zusammen, dass sie sich weiß färbten. Sie brauchte eine ganze Minute, um sich so weit zu beruhigen, dass sie sprechen konnte. »Anstatt also in der Zwischenzeit zu den D-Bags zurückzugehen, die übrigens noch immer keinen Bassisten gefunden haben, willst du deine eigene Band gründen? Machst du das nur, um sie bloßzustellen? Bist du wirklich derart wütend auf sie?«

Ihre Worte trieben einen heißen, unangenehmen Strahl meinen Nacken hinauf. Ja, das war ich. Loszulassen war vermutlich nicht meine Stärke. »Nein, das ist meine Bestimmung. Ich mache nicht wieder dieses Gruppending. Ich nehme ein Soloalbum auf. Ich werde die Welt allein rocken.« Vorsichtig ging ich zu ihr und legte einen Arm um ihre Taille. »Wie findest du das, Süße? Du wirst mit dem schärfsten Solokünstler aller Zeiten verheiratet sein.«

Sie wirkte nicht so beeindruckt, wie sie es hätte sein sollen. »Ich will dich ja nicht beleidigen, aber weißt du überhaupt, wie man ein Album macht?«

Nein, eigentlich nicht. Um meine Zweifel zu überspielen, lächelte ich. »Das klappt, und es wird toll.« Als sie noch immer nicht überzeugt wirkte, fügte ich hinzu: »Ich bekomme Hilfe, okay? So viel Hilfe, wie ich benötige. Morgen fange ich als Erstes an, Plattenfirmen anzurufen. Alles andere findet sich. Du wirst sehen.«

Anna hob eine Braue. Ich hatte das Gefühl, mich noch immer auf vermintem Gelände zu befinden, also sagte ich das Ehrlichste, das ich sagen konnte: »Du hattest recht. Es ist immer mein Traum gewesen, ein Rockstar zu sein. Und ich glaube, die Musik ist mir nicht aus dem Kopf gegangen, seit ich die D-Bags verlassen habe. Ich vermisse die Bühne und die Auftritte.« *Ich vermisse die Jungs.* Ich schüttelte diesen irritierenden Gedanken ab und erklärte ihr: »Weil ich jetzt Zeit habe, scheint mir das die perfekte Gelegenheit zu sein, etwas dafür zu tun.« Sie kniff die Augen zusammen, darum wechselte ich schnell das Thema. »Ich glaube aber, du hattest recht, was das Haus und unsere Ausgaben angeht. Wir sollten uns verkleinern.«

Zum ersten Mal seit Beginn der Unterhaltung wurde ihre Miene weicher. »Also, da bin ich auf jeden Fall dabei.« Sie legte mir die Arme um den Hals und blickte sich in unserem luxuriösen Schlafzimmer um. »Das Haus ist viel zu groß.«

Ja … aber es würde mir fehlen. Doch harte Zeiten erforderten harte Maßnahmen. Wie beispielsweise meiner Frau immer nur einen Teil der Wahrheit zu gestehen.

Ein paar Wochen später waren unsere Sachen fast alle eingepackt, und wir grenzten die Gegend ein, in der wir etwas Neues mieten wollten. Ich hatte bereits die Crew angeheuert, die mein meisterhaftes Soloalbum erschaffen sollte, und jeder von ihnen kostete mich zehnmal mehr als erwartet. Ich war zwar kein Mathegenie, aber ich erkannte ein schwarzes Finanzloch, wenn ich es sah. Ich fand es schrecklich, aber es war Zeit, noch härtere Maßnahmen zu ergreifen, was bedeutete … ich musste mit meiner Frau reden. Wieder einmal.

Anna war mit den Mädchen im Wohnzimmer und passte auf, während sie mit den Puppen spielten. Gibson tat, als wäre ihre Puppe Onnika. Sie hatte sie mit Garn gefesselt und legte sie auf die Schienen der Modelleisenbahn. Der Zug raste auf sie zu, und Gibson machte keinerlei Anstalten, die Miniaturausgabe ihrer kleinen Schwester zu retten.

Gerade als ich dachte, ich müsste vielleicht noch mal ein Gespräch mit Gibson führen, rettete Onnika sich selbst. Sie tapste zu der leidenden Mini-Onnika und hob sie gerade noch rechtzeitig hoch, bevor der Zug in sie hineinraste. In diesem Moment fühlte ich mich meiner jüngsten Tochter sehr nah. *Genau, Onnie. Wenn das Leben auf dich scheißt, muss man manchmal sein eigener Superheld sein.*

Gibson war da anderer Meinung. Sie schubste Onnika auf ihren Windelhintern. Vermutlich hatte Onnika sich nicht wehgetan, aber sie erschrak über den plötzlichen Angriff.

Anna und ich fuhren Gibson gleichzeitig an. Als sie merkte, dass wir beide wütend waren, fing sie an zu weinen, woraufhin Onnika ebenfalls in Tränen ausbrach.

Mädchen. Bei den kleinsten Dingen wurden sie hysterisch.

Ich nahm Onnika auf den Arm, während Anna sich um Gibson kümmerte. Mit weinenden Kindern im Arm war es schwierig, mit meiner Frau zu sprechen. Oder vielleicht auch nicht. Solange sie versuchte, ihre Tochter zu beruhigen, konnte sie mich nicht umbringen. »Ähm … ich habe heute einen Makler angerufen. Ich dachte, es wird Zeit, das Haus in Seattle zu verkaufen.«

Anna hörte abrupt auf, ihre Tochter zu liebkosen, und starrte mich mit offenem Mund an. »Du …? Du hast wirklich …?«

Ich zuckte die Schultern. »Ja. Ich glaube, das sollten wir tun. Es ist Geldverschwendung, für ein leeres Haus zu bezahlen. Und wir wollten uns doch einschränken.«

»Oh, na klar, ich glaube, das ist vernünftig«, sagte sie überrascht, sah jedoch zufrieden aus. »Okay, ja, veranlasse das.« Sie fragte nicht, was wir dafür bekommen würden, und dafür war ich dankbar. Nach Aussage des Maklers würden wir Geld verlieren; wir hatten beim Kauf damals viel zu viel bezahlt.

Da mir klar war, dass ich es ihr früher oder später mitteilen musste, holte ich tief Luft, dann sagte ich ohne Pause: »Und ich habe gedacht … es ist doch Geldverschwendung, jetzt ein

Haus zu mieten. Wir sollten so viel wie möglich sparen, bis die Serie im Herbst gesendet wird. Darum habe ich Mom und Dad angerufen, und sie haben gesagt, wir könnten wieder bei ihnen wohnen. Und … da habe ich gesagt, dass wir nächsten Monat bei ihnen einziehen.«

Anna schloss langsam die Augen, dann schüttelte sie den Kopf. »Hätten wir nur gleich etwas Bescheideneres gemietet …«, sagte sie. Ihre Stimme bebte von der Anstrengung, ruhig zu bleiben.

Ich setzte Onnika ab und ging zu ihr. Nachdem ich Gibson aus dem Weg geräumt hatte, ging ich auf die Knie und sah Anna an. Als sie meine Gegenwart spürte, öffnete sie die Augen. Die grünen Edelsteine, die ich so liebte, wirkten dumpfer als vorher. Das war meine Schuld. Der Stress, dass ich sie hierhergeschleppt hatte, dass ich sie belog, alles, was ich in letzter Zeit getan hatte, hatte sie verändert. Mich auch. Meistens fühlte ich mich bis ins Mark erschöpft. Es musste einfach irgendetwas so klappen, wie ich es geplant hatte.

»Ich weiß. Ich habe Mist gebaut.« *An so vielen Stellen.* »Aber das Album bringt uns bis in den Herbst. Und dann wird alles gut. Versprochen. Ich verspreche dir, alles wird gut, Anna.« Das musste es, denn ich hatte keinen Plan C mehr.

Sie machte große Augen, und die Angst in ihnen war nicht zu übersehen. »Versprich mir nichts.«

Ich nickte und erwiderte: »Doch. Das hier schon. Bitte gib mich nicht auf. Okay?« *Bitte steh das mit mir durch.*

Sie schwieg derart lange, dass ich mir sicher war, sie würde mir erklären, ich hätte es mit meinen verrückten Ausfällen zu weit getrieben und sie verließe mich. Gott, hoffentlich sagte sie das nicht. Ohne sie konnte ich die plötzliche Unsicherheit in meinem Leben nicht aushalten, weshalb ich ihr ganz egoistisch die Wahrheit nur stückchenweise beibrachte. Wenn ich ihr sagte, wie beschissen wir wirklich dran waren, wäre sie weg.

Anna musterte mich noch einen Moment, dann sagte sie: »Okay, Griffin. Wir können bei deinen Eltern wohnen. Bis zum Herbst.«

Vor Erleichterung war mir ganz schwindelig. Gott sei Dank. Zumindest hatte ich bis zum Herbst, um mich aus diesem Riesenloch wieder herauszuarbeiten. Hoffentlich reichte die Zeit.

Es war nicht schwer, Anna davon zu überzeugen, dass wir uns von ein paar Dingen trennen sollten, damit wir eine Sicherheitsreserve hatten, bis die Serie losging. Wir verkauften die meisten großen Sachen – wie meinen fucktastischen Hummer und etwas von Annas Schmuck. Alles andere brachten wir in ein Lager. Wir würden für eine Weile in einfachen Verhältnissen leben, was für alle etwas anstrengend war, aber es war ja nur vorübergehend. Ich würde alles zurückbekommen und noch viel mehr.

Mit Kleidung für nur eine Woche und einer Handvoll Spielzeug für die Mädchen zogen wir bei meinen Eltern ein. Unser ganzer Kram passte in vier Kartons, die ich in Dads Minivan packte, da unsere Autos verkauft waren. Das meiste von echtem Wert war weg. Doch überraschenderweise fiel es mir am schwersten, mich von Alfred zu trennen. Ich hatte mich daran gewöhnt, dass immer jemand um mich war, der mir jeden Wunsch erfüllte. Vielleicht hatte ich sogar den ruhigen, gehorsamen Charakter des Mannes selbst liebgewonnen, der immer genau dann aus dem Nichts aufzutauchen schien, wenn ich ihn am meisten brauchte. Als ich ihm erklärte, dass seine Dienste nicht länger benötigt würden, bekam ich feuchte Augen. Ein knappes Nicken war seine einzige Reaktion, dann ging er. Zur Hölle mit meinem Pech. Und mit meinen schlechten Entscheidungen.

Nachdem wir die letzten Kartons in mein Kinderzimmer geschoben hatten, setzte sich Anna aufs Bett und seufzte. Während Gibson auf die Matratze sprang und Onnika zögerliche Schritte durch das Zimmer unternahm, gesellte ich mich zu Anna aufs Bett. Ich legte einen Arm um ihre Schulter und sagte: »Es könnte schlimmer sein.«

Als die Kinder sich wegen eines Spielzeugs stritten, das aus einem Karton lugte, legte Anna fragend den Kopf schief. »Wirklich? Und wie?«

Ich öffnete den Mund, um etwas zu erwidern, doch ehe ich dazu kam, übergab sich Onnika über alles, was sich in dem Karton befand. *Na ja, so zum Beispiel.*

Oder du könntest herausfinden, wie tief wir wirklich in der Patsche sitzen.

19. Kapitel

Nicht ganz so geil

Fast jeden Tag wollte jemand mehr Geld von mir haben – mein Songschreiber, mein Produzent, der Typ, der das Cover entwarf, das Aufnahmestudio und sogar meine Familie. Sie saugten mich aus. Schließlich wurde das Haus in Seattle verkauft, aber nachdem ich die restlichen Kredite bezahlt hatte, befand sich mein Bankkonto in einem mittleren vierstelligen Bereich. Das würde in dieser Stadt nicht lange reichen.

»Was soll das heißen, du brauchst noch mal fünftausend«, fragte ich meinen Songschreiber, als er schon wieder den Preis erhöhte.

»Ich musste den Komponisten bezahlen. Ich will einfach keine Kosten übernehmen, die rechtmäßig deine sind.«

Entmutigt strich ich mir durchs Gesicht. Wenn ich ihm fünf Riesen gab, hatte ich nicht mehr als ein Taschengeld übrig. »Den Komponisten? Ich dachte, für den Mist hätte ich *dich* bezahlt. Warum muss ich jetzt für noch jemanden blechen?«

Er seufzte, als hätte er mir das schon ein Dutzend Mal erklärt. Und ich war mir nicht sicher, ob das vielleicht sogar stimmte. Der Typ redete irgendwie wie Shakespeare oder so. »Wie schon gesagt, meine Begabung besteht darin, aus Worten fließende Kunstwerke zu formen, die vor Leben strotzen und vor Sound pulsieren. Aber ich brauche einen Partner, der die Worte zum Fliegen bringt. Und fünf Riesen. Pro Song.«

»Pro Song? Bist du besoffen?« Als er nicht antwortete, knurrte ich: »Gut. Ich besorge dir das verdammte Geld.«

Als ich auflegte, fluchte ich und beherrschte mich, das Telefon erneut gegen die Wand zu donnern. Ich durfte nicht auch noch das Gerät von meinem Vater kaputt machen. »Na, großartig. Und was zum Teufel mache ich jetzt?«, fragte ich Onnika, die zu meinen Füßen stand. Sie starrte mich nur aus ihren dunklen Augen an und schenkte mir ein strahlendes Lächeln. »Mit Charme kommen wir hier nicht weiter«, erklärte ich ihr.

Ich schloss stöhnend die Augen und ging meine Optionen durch. Meine Eltern? Mein Bruder oder meine Schwester? Die Jungs? Nein, von denen kam keiner infrage. Um das nötige Geld zu beschaffen, würde ich etwas Dummes tun müssen. Denn Anna durfte nicht erfahren, wie ruiniert wir waren. Der einzige Grund, weshalb sie überhaupt noch da war, war die Serie.

Bevor ich lange darüber nachdenken konnte, rief ich meine Kreditkartenfirma an und erhöhte meinen Kreditrahmen. Dann rief ich die Bank an und vereinbarte einen Termin für einen Kredit. Es musste sein. Wenn das Album nicht fertig wurde, kam ich nie aus diesem Schlamassel heraus. Und wenn ich es nicht fertig machte, stand meine Ehe vor dem Aus. Das war mir klar.

Ich schleuderte das Telefon auf die Matratze und hob meine Tochter hoch. Im Haus war es ausnahmsweise ruhig; die Stille war angenehm. Onnika befand sich jedoch in dieser quirligen Verfassung, in der sie eigentlich nicht auf den Arm genommen werden wollte, sie wollte frei sein. Als ich plötzlich merkte, dass der Kragen um meinen Hals enger wurde und mich würgte, verstand ich und ließ sie los, damit sie tun konnte, was sie wollte. Sie krabbelte zum Telefon auf dem Bett, nahm es in die Hand und drückte auf die Knöpfe, während sie meinen Namen vor sich hinbrabbelte.

»Pass auf, dass sie nicht vom Bett fällt.« Anna erschien im Türrahmen und deutete auf Onnika.

Anna trat zu mir und setzte sich auf meinen Schoß. Sofort zuckte mein Schwanz vor Freude. Unser Sexleben fand gar nicht mehr statt, seit wir das Zimmer mit den Kindern teilten. Und sich heimlich in die Dusche zu schleichen war zwar toll, nutzte sich aber mit der Zeit ab. Ich wollte meine Frau auf einer Kingsize-Matratze bewusstlos vögeln, ohne dass sich die Kinder in Hörweite befanden. Gott, ich vermisste diese Zeit.

Anna legte die Arme um meinen Hals und fragte: »Hast du etwas von dem Produzenten gehört? Kannst du mir schon den ersten Song vorspielen?«

Mein schlechtes Gewissen durchfuhr mich derart heftig, dass meine Erregung augenblicklich erstarb. Ich hatte ihr nichts vorlügen wollen, als ich die ganze Zeit weg war, um das Album aufzunehmen. Darum hatte ich Anna, ein paar Tage nach unserem Umzug zu meinen Eltern, eine Halbwahrheit erzählt: dass eine Plattenfirma mich genommen hätte. Sie hatte sich darüber gefreut und war stolz auf mich, wodurch ich mich nur noch beschissener gefühlt hatte. Ehrlich gesagt noch immer. Aber die Hoffnung am Horizont hatte Annas Stimmung gehoben, sodass die Lüge den Kummer fast wert war. Fast.

Der Song, auf den sie neugierig war, war die erste Single. Ich hatte sie letzte Woche aufgenommen, aber die Jungs, die ich angeheuert hatte, bastelten noch daran herum. Es kam mir merkwürdig vor, dass das überhaupt nötig war. Wenn ein D-Bags-Song erst aufgenommen war, war er fertig … dann musste nichts mehr geändert werden. Aber ich hatte die Rohfassung der Single gehört und stimmte meinem Produzenten zu. Der Song brauchte noch … irgendetwas.

Mit skeptischer Miene erklärte ich ihr: »Nein, noch nicht … der ist noch nicht gut genug.«

Ich sah Anna deutlich an, dass sie mein Geständnis schockierte. Ich verstand auch, warum. Normalerweise fand ich alles toll, was ich machte. Aber im Moment war ich eben nicht so stolz auf mich, und ich stand unter starkem Druck. Dieses Album musste *perfekt* werden. »Nicht gut genug? Du findest immer alles … na ja, großartig.«

Ja, aber davon hängt viel mehr ab als sonst. Meine ganze Welt hängt von dieser CD ab … das weißt du nur nicht. Lächelnd zuckte ich die Schultern. »Oh, versteh mich nicht falsch, sie ist spektakulär, aber es fehlt noch ein kleines bisschen.« Ich kniff sie in den Hintern. »Du musst noch warten.«

Kichernd wand sie sich auf meinem Schoß, was meine Laune verbesserte und mich erneut hart werden ließ. Dann lachte Onnika, und ich war komplett raus. Gottverdammt. Wenn wir hier nicht wegkamen, würde ich womöglich nie wieder Sex haben.

Anna stieß einen tiefen Seufzer aus und kämmte mir mit den Fingern durchs Haar. Es war eine sehnsüchtige Geste, und ich fragte mich unwillkürlich, ob sie den Sex mit mir auch vermisste. Ich strich ihr über den Rücken und murmelte: »Vielleicht können Mom und Dad heute Abend auf die Kinder aufpassen, und wir leihen uns ihr Auto? Wir fahren irgendwohin, wo es nett und ruhig ist, und amüsieren uns ein bisschen auf dem Rücksitz?« Ich wackelte mit den Brauen, und sie grinste schief.

»Du willst dir das Auto deiner Eltern leihen, einen Aussichtspunkt suchen und mit mir rummachen.« Sie schloss die Augen und schüttelte den Kopf. »Das ist, als wäre ich wieder fünfzehn.«

Ich ignorierte ihren amüsierten Unterton und sagte: »Nur so eine Idee. Du sahst aus, als wolltest du Sex, das ist alles.«

Sie stieß einen weiteren sehnsüchtigen Seufzer aus. »Nein … daran habe ich nicht gedacht.« Als ich ihr einen belustigten Blick zuwarf, lächelte sie und korrigierte ihre Aussage. »Doch, ich will Sex, und nicht nur irgendwo heimlich in der Abstellkammer, aber …« Sie seufzte erneut. »Kiera hat heute Morgen angerufen. Sie ist schwanger …«

An der Art, wie sie das sagte, und so, wie sie Onnika ansah, die das Telefon auf die Matratze schlug, war klar, dass sie auch wieder schwanger werden wollte. »Du willst noch ein Baby? Wir könnten Onnie für ein Nickerchen hinlegen und Gibson suchen und …« Ich spähte über Annas Schulter und lauschte, wo meine älteste Tochter war. »Wo ist Gibson überhaupt?«

Anna schüttelte den Kopf und antwortete auf meine erste Frage: »Wir können uns jetzt nicht noch ein Baby leisten, Griffin. Nicht, ehe die Serie startet.« So, wie sie das sagte, klammerte sie sich an die Möglichkeit wie an einen Rettungsring. Als hoffte sie, das Album würde gut laufen, aber die Serie wäre ihre eigentliche Rettung. Ein schreckliches Gefühl wallte in mir auf – es war ätzend wie Batteriesäure, und zum millionsten Mal dachte ich, ich sollte ihr einfach die Wahrheit sagen. Ich öffnete schon den Mund, da rannte Gibson ins Zimmer und hielt eine Schlange in der Hand.

»Guck mal, Mommy! Ist die nicht eklig?«

Gibson lachte. Anna schrie. Und die Wahrheit gelangte nicht über meine Lippen.

Dank Krediten und Kreditkarten war ich in der Lage, alle zu bezahlen, denen ich Geld schuldete, und mein Album fertigzustellen. Es dauerte noch zwei sehr lange Monate, aber schließlich hatte ich eine fertige Platte. Und obwohl das Album während der Aufnahme das Beste gewesen war, das ich je gehört hatte, war ich nervös, ja, sogar ängstlich, das endgültige Ergebnis zu hören. Das war ein merkwürdiges Gefühl für mich. Normalerweise machte mich nichts nervös. Gar nichts. Vielleicht hatte es mit der Belastung zu tun, bei meinen Eltern zu wohnen. Oder es lag daran, dass ich jetzt einen Haufen Schulden hatte, die ich nicht zurückzahlen konnte, wenn das Album kein Hit wurde. Oder aber auch an dem tonnenschweren Druck, der jetzt wie nie zuvor auf mir lastete. Vielleicht aber auch daran, dass ich das alles machte ohne Annas hundertprozentige Unterstützung, da sie nur die halbe Wahrheit kannte. Es war schrecklich. In vielerlei Hinsicht war das Leben deutlich leichter gewesen, als ich noch zu den D-Bags gehört hatte.

An dem Abend, als das Album vorbestellt werden konnte, brachte ich eine CD mit nach Hause, damit alle sie anhören konnten. Mom lud die Familie zum Abendessen ein und machte ihre weltberühmte Lasagne. Ich wünschte fast, das hätte sie nicht getan, denn ich machte mir wegen dieser CD in die Hose – buchstäblich alles, was ich besaß, hing von diesem Album ab. Doch wahrscheinlich war es richtig, dass die Leute, die mir wichtig waren, bei der Enthüllung dabei waren. Hoffentlich war das Album gut. Ich konnte mir nichts anderes erlauben, als dass es großartig war.

Während das Essen im Ofen war, setzten sich alle ins Wohnzimmer. Meine Handflächen waren feucht von Schweiß, so angespannt war ich. Verdammt, ich hasste verschwitzte Hände. Das war mein Augenblick des Ruhms. Ich sollte im siebten Himmel schweben und derart vor Selbstvertrauen strotzen, dass es an Arroganz grenzte. Und zu jedem anderen Zeitpunkt wäre das auch so gewesen, aber diese kleine dünne CD würde mich entweder retten oder vernichten. Fuck.

Ich nahm die schlichte CD-Hülle und zeigte sie meiner Familie. »Das wird euch umhauen.« Hoffentlich kauften sie mir meine Selbstsicherheit ab, denn ich fühlte mich keineswegs selbstsicher.

Liam beugte sich vor und fragte: »Wer ist Figfrin Hancock?«

Wovon zum Teufel sprach er? Ich blickte auf die CD-Hülle. Mit dickem Edding stand dort in großen Lettern »Figfrin Hancock Promo CD.« Was zum Teufel? »Dieser blöde Produzent hat meinen Namen falsch geschrieben, das ist alles.«

Liam schnaubte. »Wow, wenn der noch nicht mal deinen Namen richtig schreiben kann, bin ich ja mal gespannt.«

Ich erdolchte ihn mit meinen Blicken, öffnete die Hülle und holte die CD heraus. Mein Magen fühlte sich an, als hätte ich einen äußerst fragwürdigen Taco an einem noch fragwürdigeren Imbissstand gegessen. Wenn ich Säureblocker hätte, würde ich die einwerfen wie Süßigkeiten. Ich wünschte, ich hätte einen Drink in der Hand. Oder mehrere. *Bitte, lass dies gut sein.*

Die CD fing an zu spielen, doch seltsamerweise tönte keine Musik aus der Stereoanlage. Nein, das war ich, wie ich mich beim Produzenten beschwerte. »Läuft da schon was? Ich höre keine Musik. Wäre das nicht besser? Soll ich etwa raten, wo wir in dem Song sind? Oh, warte … jetzt. Jetzt höre ich was. Legen wir los!« Dann begann ein harter Beat. Komisch, dass er das drin gelassen hatte, aber na gut, vermutlich funktionierte es. Was nicht funktionierte, war die Tatsache, dass ich zu spät einsetzte. Sogar ich hörte, dass ich dem Rhythmus einen Schlag hinterherhing. Chelsey und Mom zogen die Brauen zusammen, als wüssten sie, dass etwas nicht stimmte. Was zum Teufel? Vielleicht würde es im Rap-Teil besser, aber nein. Wenn sich überhaupt etwas änderte, dann, dass ich nur noch mehr aus dem Takt war.

Während der Rap-Passage bekam Liam einen Lachanfall. »Moment … rapst du da etwa über Wurstwaren? Oh mein Gott, tatsächlich.«

Genervt sprang ich zum nächsten Stück. Der nächste Song war eine Ballade. Die waren beliebt, und man konnte nicht viel verkehrt machen, darum war ich zuversichtlich, dass der Song besser war. Bis ich meine Stimme hörte. »Was zum Teufel stimmt mit diesem Scheißteil nicht?«, fragte ich und untersuchte die Stereoanlage, ob irgendein Hebel falsch eingestellt war. Ich klang wie ein Roboter in einer Blechkanne, der ums Verrecken keinen Ton halten konnte.

»Äh, Schatz«, sagte Anna leise. »Ich glaube, das liegt nicht an der Anlage. Ich glaube, das ist so aufgenommen.«

»Verdammt«, murmelte ich und spulte noch ein Stück vor. Aber mit jedem Song wurde es nur noch schlimmer.

Als die CD zu Ende war, herrschte Stille im Raum. Sogar die Kinder waren sprachlos. Chelsey räusperte sich. »Griffin, die waren nicht alle schlecht … vielleicht könnte man ein paar überarbeiten oder neu aufnehmen.«

Ich raufte mir die Haare, während Panik wie Eiswasser durch meine Adern strömte. *Nein.* Das hätte großartig sein müssen. Es sollte alles wiedergutmachen … nicht noch schlimmer. »Das kann ich nicht. Die sind schon in der Pressung. Das ist das fertige Produkt, und ich habe sowieso kein Geld mehr, um es zu ändern. Ich habe jeden Cent, den ich hatte, da reingesteckt, jede Kreditkarte ist bis zum Anschlag belastet. Ich bin total pleite! Schon damit ich Streichhölzer kaufen könnte, um diesen Scheiß zu verbrennen, müsste ich einen neuen Kredit aufnehmen!« Ich warf die leere CD-Hülle auf den Boden, wo sie zersplitterte.

Anna stand von ihrem Platz auf dem Sofa auf; ihr Gesicht war gespenstisch weiß. »Wovon redest du da, Griffin? Was meinst du damit, du hast jeden Cent ausgegeben? Du hast gesagt, du hättest einen Plattenvertrag.«

Mein Herz hämmerte, mein Kopf drehte sich, und ich versuchte, den eisigen Kloß der Scham in meinem Hals hinunterzuschlucken. Doch er wollte nicht weichen. Es gab keine Chance, dass sie das, was ich getan hatte, irgendwie okay finden würde. Nicht jetzt, nachdem ich nichts Gutes vorweisen konnte. Ich war am Arsch. Wir waren am Arsch. Und das war allein meine Schuld.

»Ich hab es versucht, Anna. Ich habe alles getan, was man sich vorstellen kann, aber kein Label wollte mich haben. Mir blieb nichts anderes übrig, als es selbst zu machen. Und es war so verdammt teuer, so viel teurer, als ich je gedacht habe, ich musste irgendwie Geld besorgen. Ich *musste*. Ich konnte es nicht unvollendet lassen.« *Weil das meine einzige Chance war. Und jetzt ist auch die vertan.*

Anna atmete schwer; sie sah aus, als würde sie gleich hyperventilieren. Ich hätte sie gern beruhigt, aber mir war klar, dass es keine gute Idee wäre, sie jetzt zu berühren. Hinter ihr beobachtete uns Gibson aus großen, ängstlichen Augen. Gottverdammt, ich verletzte zwei der Menschen, die mir am meisten bedeuteten. Ich wollte davonlaufen, aber ich konnte nirgendwohin.

»Du hast gelogen. Schon wieder. Du hast mich schon wieder hintergangen. Warum? Warum machst du das? Wir wollten ehrlich sein, Griffin. Wir wollten die Dinge offen ansprechen!« Anna stiegen Tränen in die Augen. Der Schmerz, den ich in ihnen sah, machte mich fertig. Ich war so ein verdammter Idiot. »Du solltest mich einbinden wollen. Ich sollte dir wichtig sein.« Die Tränen liefen jetzt über ihre Wangen, und jede einzelne traf meine Brust wie ein Vorschlaghammer.

Jetzt weinte auch Gibson. Mom trug sie leise aus dem Zimmer. »Das tue ich ... Du bist mir wichtig.« Meine Stimme klang schwach und dünn. Verdammt. Ich hatte all das für sie getan ... das wusste sie nur nicht. »Ich hatte keine andere Wahl, Anna. Das Album war die einzige Chance ...« Ich zögerte, um mir die Augen zu reiben; sie brannten so sehr, dass ich kaum noch etwas sehen konnte. »Alles hing davon ab, und jetzt ... sind wir am Ende.«

Anna wischte sich die Wangen trocken und fragte: »Wie hoch sind unsere Schulden, Griffin?«

»Fünfzig«, flüsterte ich. Mindestens, das war der Stand, als ich letztes Mal nachgesehen hatte.

Anna schien verwirrt. »Fünfzig … Dollar?«

Schuld, Reue und Angst stiegen in mir auf und machten es mir unmöglich, ihr in die Augen zu sehen. Ich hätte es ihr sagen müssen. Ich hätte mit ihr reden müssen. Ich hätte es einfach nicht versauen dürfen. Ich hätte von Anfang an ehrlich sein sollen. Ich mied ihren Blick und starrte auf die zersplitterte CD-Hülle auf dem Boden. Kaputt. Genau wie jeder einzelne meiner Träume. »Fünfzigtausend«, gab ich schließlich zu.

Alle im Raum schnappten ungläubig nach Luft. Als ich aufblickte, sah ich, dass Anna mit offenem Mund dastand. Ihre Wangen waren rot vor Wut, und sie knackte mit den Knöcheln, als wollte sie auf etwas einschlagen. Auf *mich*.

»Warum zum Teufel machst du fünfzigtausend Dollar Schulden für ein Album, wenn du eine Serie …« Und in dem Moment begriff sie. Sie schlug sich die Hände vor den Mund, dann ließ sie sie langsam sinken. »Es gibt gar keine Serie … stimmt's?«

Ich hatte das Gefühl, meine Brust würde explodieren, als ich einen Schritt auf sie zuging. »Anna …« *Bitte verstehe doch, dass ich das für dich getan habe, für die Mädchen, für unsere Zukunft.* Fuck, nein, das hatte ich nicht. Ich hatte es für mich getan.

Sie hob die Hand, um mich von dem jämmerlichen Versuch abzuhalten, sie zu beruhigen. »Die ganze Zeit lagen die Fakten offen vor mir, aber ich wollte es nicht sehen, weil ich nicht glauben wollte, dass du mir tagein, tagaus ins Gesicht lügst.« Sie begann vor Wut zu zittern. »Ist es so gewesen? Hast du mich angelogen? Monatelang?!«

Ich hatte das Gefühl, sämtlicher Sauerstoff wäre schlagartig aus dem Zimmer verschwunden. Ich wusste nicht, wie ich ihr erklären sollte, wie durchgeknallt ich gewesen war, wie verdammt unglücklich es mich gemacht hatte, ihr nichts zu erzählen. Wie allein ich mich gefühlt hatte, als ich versucht hatte, etwas in Ordnung zu bringen, das man nicht in Ordnung bringen konnte. Aber ihr Herz zu brechen … ihr Vertrauen zu verlieren und ihre Unterstützung … sie anzulügen war der Versuch gewesen, das zu vermeiden, und weil ich ein fauler, egoistischer Arsch war, hatte ich die leichteste Option gewählt. »Es tut mir so leid. Ich wollte es dir sagen, aber ich wusste nicht, wie. Die Serie ist abgesetzt, und ich hatte Panik … Ich wollte dich nicht enttäuschen.« *Bitte versteh mich doch*, flehte ich stumm. *Du bist immer so verständnisvoll. Darum klappt es mit uns.*

Sämtliche Farbe war aus ihren Wangen gewichen, doch ihre Augen loderten. »Gott … seit wann hast du mich belogen? Wie lange hast du mich hintergangen?«

Mein Herz hämmerte. Ich war so ein verdammter Idiot. Vielleicht hätte ich sie am Anfang noch überzeugen können, aber jetzt würde sie mich auf keinen Fall mehr verstehen und unterstützen. Nein. Der Betrug hatte ein Ende. »Die Serie ist direkt … nach den VMAs abgesetzt worden.«

Erneut riss sie fassungslos die Augen auf und öffnete und schloss den Mund, ohne jedoch etwas zu sagen. Mit funkelnden Augen blickte sie sich in dem stillen Zimmer um, dann machte sie auf dem Absatz kehrt und stürmte ins Schlafzimmer. Ich folgte ihr, sobald ich mich traute. Als sie unser Zimmer erreicht hatte, schlug sie die Tür hinter sich zu. Es fühlte sich an, als würde mir der Luftzug dieser heftigen Bewegung ins Gesicht schlagen. »Anna?« Als sie nicht antwortete, klopfte ich an die Tür. »Anna? Irgendwann musst du mit mir reden. Dann können wir das doch genauso gut jetzt machen.« *Bitte schließ mich nicht aus.*

Die Tür flog dermaßen schnell auf, dass ich erneut einen Lufthauch spürte. »Mit dir reden? Warum sollte ich mit dir reden? Du besitzt ja nicht den Anstand, mit mir zu reden. Oder mir gar die Wahrheit zu sagen! Du beschließt alles Mögliche hinter meinem Rücken und erzählst es mir erst, wenn nichts mehr daran zu ändern ist!« Sie schlug mir auf den Arm. »Du hast mich monatelang belogen! Und du hast alles verspielt, was wir hatten! Was zum Teufel hast du dir dabei gedacht?«

Ich versuchte, ins Zimmer zu kommen und die Tür zu schließen, um zumindest eine kleine Geräuschdämmung zwischen uns und allen, die uns zuhörten, zu errichten, doch solange Anna mich nicht einließ, war das schwierig. Schließlich gelang es mir jedoch. »Ich bringe das in Ordnung, Anna. Ich schwöre es.« Ich hatte nur keinen blassen Schimmer, wie.

Anna hatte denselben Gedanken. »*Wie* zum Teufel willst du das wieder in Ordnung bringen, Griffin? Wir haben nichts außer *fünfzigtausend* Dollar Schulden, die wir ohne das Einkommen von deiner angeblich so erfolgreichen Superserie nicht zurückzahlen können. Ich hätte gleich wissen müssen, was das für ein Quatsch war, als du mir erzählt hast, dass sie dich erst bezahlen, wenn die Serie ausgestrahlt wird. Gott, ich bin so ein Idiot.«

Sie strich wie besessen ihr Haar glatt, während sie auf und ab lief, als versuchte sie mit allen Mitteln, sich zu beruhigen. Ich sah ihr an, dass das nicht funktionierte. Ihre Augen waren tränennass vor Schmerz, ihre Wangen rot vor Wut. All das Elend, das ich von ihr hatte abwenden wollen, traf sie nun mit voller Wucht auf einmal. Sie ringen zu sehen raubte mir den Atem, doch wenn ich an die Folgen dachte, wurde mir erst recht übel.

»Nein, das stimmt nicht«, flüsterte ich heiser. *Ich bin der Idiot*. Die Niederlage umhüllte mich wie eine Giftwolke und erstickte den letzten Rest Hoffnung, den ich noch gehabt hatte. »So war das alles nicht geplant gewesen. Das Album sollte alles wieder in Ordnung bringen. Es sollte großartig werden …«

»Tja, das ist ein großartiges Stück Scheiße.« Mein Blick

sprang zu ihr, und sie zuckte die Schultern. »Da gibt es nichts zu beschönigen, Griffin. Das ist nicht gut produziert, es ist nicht gut geschrieben, es ist überhaupt nicht gut. Es ist schrecklich, und wenn das herauskommt, machst du dich zur Witzfigur.«

Ihre schonungslose Offenheit schockierte mich dermaßen, dass ich nicht wusste, was ich sagen sollte. Was ich dann hervorbrachte, hätte ich vermutlich schon vor Monaten sagen sollen. »Okay … was schlägst du vor, was ich jetzt tun soll?«

Anna verschränkte die Arme. »Du rufst die Jungs an und bittest sie, dir deinen Job zurückzugeben.«

Heftige Wut verdrängte vorübergehend den Berg Schuld, der mich erstickte. Ich hob das Kinn und verkündete mit fester Stimme: »Nein.« Betteln kam nicht infrage.

Anna kniff die Augen zusammen und nickte. »Das war ja klar«, höhnte sie, ihre Stimme bebte vor Wut, und sie war verletzt. »Du und dein gottverdammter Stolz.«

Sie blieb direkt vor mir stehen und starrte mich durchdringend an. In ihren grünen Augen funkelten kleine goldene Flecken und strahlten wie die Sonne. »Ich habe das alles so satt. Ich habe die Leute satt, diese Stadt, dieses *Ich-bin-was-Besseres*-Gehabe. Ich habe sogar das Wetter satt, und ich weiß eigentlich gar nicht, wie das möglich ist.« Sie hob verzweifelt die Hände, dann stieß sie die Luft aus und ließ sie wieder sinken. »Weil ich vorher nie etwas gegen L.A. hatte. Ehrlich, ich glaube, dass ich es eigentlich nur hasse, weil wir nicht hierhergehören. Wir gehören nach Hause … nach Seattle.«

Als wäre jegliche Kraft aus ihr gewichen, sank Anna aufs Bett. »Weißt du, warum es so schwer für mich war, Seattle zu verlassen?«

Ich zuckte die Schultern. Ich war mir nicht sicher, ob ich an diesem Punkt überhaupt noch etwas wusste. »Wegen deiner Schwester?«

Mit einem sehnsüchtigen Seufzer nickte Anna. »Zum Teil. Aber es war so viel mehr als das. Zum ersten Mal überhaupt war ich mit jedem Teil meines Lebens zufrieden. Ich war rundum glücklich dort, wo ich war und wie ich war. Ich habe mich nach nichts gesehnt. Ich war einfach … zufrieden. Und dann hast du mich aus allem herausgerissen, das ich liebgewonnen hatte, und es fühlte sich an, als würde ich nie wieder ganz und gar zufrieden sein. Aber ich habe mich dennoch bemüht, eine liebende, unterstützende Ehefrau zu sein, weil ich das Gefühl hatte, dass das meine Aufgabe ist … Und was bekomme ich zum Dank für meine Loyalität?« Sie schoss vom Bett hoch und bohrte mir ihren Finger in die Brust. »Dass du mich anlügst! Immer wieder! Damit du tun konntest, was du wolltest. Ich kann das nicht mehr, und ich will das auch nicht mehr. Das hier ist nicht mein Zuhause. Seattle ist mein Zuhause. Die *D-Bags* sind mein Zuhause.« Sie sprach den Namen langsam und bewusst aus, als wollte sie, dass er mir auf keinen Fall entging.

Ich fand dieses Gespräch schrecklich – dass sie unglücklich war und dass sie mir sagte, was ich bereits wusste: dass all das meine Schuld war. Als ich es nicht mehr aushielt, verschränkte ich die Arme und ließ die dunkle Seite in mir meine Schuld in ein Schutzschild verwandeln. »Weil wir stinkreich waren, als wir mit denen zusammen waren? Warst du deshalb so ›zufrieden‹?« Dafür hätte ich mich am liebsten geohrfeigt. Anna war keine Goldgräberin, und das wusste ich, aber ich fühlte mich gedemütigt und hatte Angst. Es war leichter anzugreifen als getreten zu werden, während ich am Boden lag.

Sie presste die Lippen fest zu einer schmalen Linie zusammen und verengte die Augen zu Schlitzen. Ich kannte diesen Ausdruck. Er bedeutete, dass ich deutlich übers Ziel hinausgeschossen war. »Nein, du weißt, dass es nichts mit dem Geld zu tun hat«, erwiderte sie mit eisiger Stimme. »Auch wenn ich in einer miesen Wohnung gewohnt und bei Hooters gearbeitet habe, war das allemal besser, als in diesem schicken Haus von vorn bis hinten bedient zu werden. Ich wäre sofort in dieses Leben zurückgekehrt, wenn du mich gefragt hättest. Aber anstatt deine Niederlage zuzugeben und nach Washington zurückzukehren, hast du mich angelogen. Du hast so getan, als würdest du zur *Arbeit* gehen, damit du deine Fantasterei aufrechterhalten konntest. Verstehst du, wie beschissen das ist?« Stolz und aufrecht stand sie vor mir, und obwohl sie kleiner war als ich, kam ich mir in ihrer Gegenwart plötzlich wie ein Zwerg vor. »Ich wollte das alles nicht«, fuhr sie fort. »Ich habe mein Bestes gegeben, um unsere Familie zusammenzuhalten, aber ich kann einfach nicht mehr. Unsere Familie *ist nicht* zusammen, und hier zu sein hat uns nur Unglück gebracht. Ich will zurück nach Seattle.« Sie legte mir eine Hand auf den Arm. »Ruf die Jungs an. Griffin. Erklär ihnen die Situation. Entschuldige dich.«

In mir tobte Wut, ich fühlte mich verraten. Ich entriss Anna meinen Arm. »Mich entschuldigen? Wofür zum Teufel? Ich habe diesen Idioten nichts getan.« Ich deutete in Richtung Washington, dem letzten Ort, an den ich zurückkehren wollte. »Die haben mich beschissen. *Die* sollten sich entschuldigen. *Die* sollten mich bitten zurückzukommen! Nicht ich sie!« *Die haben mich abgeschoben. Ich kann nicht zurück.*

Erneut traten ihr Tränen in die Augen, und verzweifelt ballte sie die Hände zu Fäusten. »Immer sagst du, die Jungs hätten dich kleingehalten, aber du bist so verdammt blind.«

»Was soll das heißen?«, gab ich herausfordernd zurück. Ich wollte nicht um mich schlagen, nicht nach allem, was ich mir geleistet hatte, aber die Jungs waren keine Option. Diese Brücke war lange abgebrochen.

Mit versteinerter Miene erklärte sie: »*Du* stehst dir selbst im

Weg. Dein Stolz, dein Ego, deine Weigerung, weiterzugehen und härter zu arbeiten. Das hält dich klein. Der Einzige, dem du hier Vorwürfe machen kannst, Griffin, bist du selbst. Und ich werde nicht zulassen, dass du diese Familie noch tiefer herunterziehst. Ich trete auf die Bremse, bevor du uns von der Klippe stürzt … wenn du das nicht bereits getan hast.«

Sie deutete auf den Raum zwischen unseren Füßen, als würde sie im Sand eine Grenze ziehen. »Ab jetzt bin ich der Kapitän von diesem Team. Und als Kapitän sage ich, wir treffen ausnahmsweise mal die richtige Entscheidung und gehen zurück nach Seattle. Ich besorge mir meinen alten Job wieder und werde für die Mädchen sorgen. Allein, wenn ich muss. Nun … kommst du mit, oder willst du hier untergehen?« Sie streckte die Hände aus und bot mir die Chance, aufzugeben und mich ihrem Willen zu beugen … oder allein hinter der Grenze zu bleiben.

Ein schmerzhaftes Gefühl breitete sich in meiner Brust aus. Es tat so schrecklich weh, dass ich wünschte, ich hätte einen Baseballschläger und könnte sie bitten, mich mehrmals damit auf die Rippen zu schlagen. Das würde sich deutlich besser anfühlen. Das Atmen fiel mir schwer. Das Stehen fiel mir schwer. Im Zimmer zu sein war schwer. Fuck. Das war genau der Grund, warum ich keine Beziehungen wollte. Weil es sich so verdammt beschissen anfühlte, wenn sich der Schraubstock um mich schloss. *Was soll ich tun?*

Ich traf eine Entscheidung und sagte das Erste, was mir in den Sinn kam: »Ich bin noch nicht fertig … ich kann hier nicht weg.« *Ich kann noch nicht fertig sein.*

Anna seufzte, aber sie wirkte nicht überrascht. »Na klar … du kommst nicht mit. Dein Stolz ist dein Ende, Griffin.«

Sie machte Anstalten, um mich herum zur Tür zu gehen. Eine Panikwelle durchfuhr mich, und ich packte ihre Arme. »Dad hat einen Pingpongtisch in der Garage. Lass uns darum spielen. Lass uns verhandeln.«

Ruhig löste Anna meine Finger von ihren Armen. »Das ist kein Spiel, Griffin. Und diesmal verhandele ich nicht. Du hast mich belogen, du hast mich hintergangen. Du hast mich und unsere Beziehung missachtet, ich bin fertig. Ich fahre nach Hause. Ende der Diskussion.«

Sie legte ihre Hand auf den Türknauf und ich meine gegen die Tür. »Anna … komm schon.«

Als sie zu mir aufblickte, sah ich die Erschöpfung in ihren Augen. Sie war wirklich fertig mit mir. Die Panik, die mich kurz ergriff, wich blanker Angst. *Sie kann mich doch nicht verlassen.* Sie und die Mädchen waren mein Leben. Sie legte eine Hand auf meine Wange; ihre weiche Haut verstärkte das hohle Gefühl in meinem Magen. Auf gar keinen Fall konnte sie sich verabschieden. Nicht von mir. *Wir sind ein Team …*

»Ich wünsche dir, dass du es schaffst, Griffin. Ehrlich.« Eine Träne fiel aus ihrem Auge und lief über ihre Wange.

Mir schnürte sich die Kehle zu, meine Augen brannten, und Schmerz erfasste meinen Magen derart heftig, dass ich das Gefühl hatte, ich müsste mich übergeben. Es war schrecklich, sich so beschissen zu fühlen. Ich verdrängte den aufwallenden Schmerz und setzte eine steinerne Miene auf, verschloss mein Herz und meine Seele.

Ich trat von der Tür zurück und legte eine Rüstung aus Gleichgültigkeit an. *Du kannst mich nicht verletzen.* »Gut. Gch. Egal. Spätestens in einer Woche kommst du eh zurück.« Ich fasste mir in den Schritt. »Ich meine, wer vögelt schon so gut wie ich?«

Annas Miene wurde eisig, sie wischte sich die Träne von der Wange. »Danke«, sagte sie kühl. »Du hast es mir gerade deutlich leichter gemacht.«

Sie öffnete die Tür und schlug sie hinter sich zu. Nachdem uns das dunkle Holz voneinander trennte, schrie ich: »Du verlässt mich nicht, Anna! Ich weiß, dass du mich nicht verlässt!«

Als sie nichts erwiderte, begann ich zu hyperventilieren. *Scheiße … sie verlässt mich … und ich lasse sie gehen. Was zum Teufel tue ich denn da gerade?*

Im Haus waren hastiges Treiben und aufgeregte Stimmen zu hören, aber ich tat mein Bestes, sie zu ignorieren. Das fiel mir schwer, als Gibson nach mir rief und Anna sie zum Schweigen brachte. Ich saß auf dem Bett, hielt mir die Ohren zu und schaukelte vor und zurück. Der einzige Weg, wie ich mich gegen den Schmerz wehren konnte, der mich attackierte, war, ständig zu wiederholen: *Es ist egal, es ist egal, es ist egal. Das ist mir alles egal.*

Gefühlte Stunden später, als mein Körper von jeglichen Gefühlen gereinigt war, ob gut oder schlecht, öffnete ich schließlich die Zimmertür. Wie ein Roboter bewegte ich mich in Richtung Küche. Ich brauchte einen Drink. Einen, der stark genug war, mich mein Leben vergessen zu lassen.

Mom und Dad flüsterten miteinander. Kaum betrat ich den Raum, verstummten sie. Mit einer Zigarette in der Hand fragte meine Mutter: »Wie … geht es dir?«

»Toll. Was haben wir zu trinken da?« Meine Stimme klang so monoton, dass sie sich gar nicht nach mir anhörte. Blieb das jetzt so? Vielleicht würde ich jetzt immer wie eine Leiche klingen. Das war okay für mich. Genauso fühlte ich mich nämlich.

Mom blies eine lange weiße Rauchsäule aus und sagte zu Dad: »Gib ihm das gute Zeug.«

Sofort stöberte Dad im Schrank, der immer verschlossen gewesen war, als ich noch ein Kind war. Jetzt war er offen. Und das war gut so. Wahrscheinlich hätte ich ihn sonst aufgebrochen.

Dad goss mir Scotch in ein Glas, das halb mit Eis gefüllt war, und reichte es mir.

Ich bedankte mich und schlurfte ins Wohnzimmer. Mom und Dad warfen sich besorgte Blicke zu, dann folgten sie mir. Dad hielt noch immer die Scotch-Flasche in der Hand.

»Mein Sohn … willst du über etwas reden?« Dad klang zögerlich. Wie die meisten Männer in meiner Familie konnte er mit »Reden« oder »Gefühlen« und all diesem Mädchenkram nichts anfangen. Er hätte mich auch nicht gefragt, wenn meine Mutter ihn nicht angestupst hätte. Aber ich musste nicht reden. Ich brauchte einen Scotch, er hatte also schon alles für mich getan, was er tun konnte.

»Es gibt nichts zu reden«, stellte ich fest.

Ich nippte an meinem Drink und blickte sie an. Da ich wollte, dass sie aufhörten, mich anzustarren, als wäre ich irgendein blödes wissenschaftliches Experiment, fragte ich: »Was ist? Habe ich etwas im Gesicht?«

Mom führte mich zu einem Sessel. »Warum setzt du dich nicht? Ich mache einen Salat zu der Lasagne. Die ist schon eine Weile fertig.« Nachdem sie mich gezwungen hatte, mich zu setzen, ging sie. Der Anblick einer weiteren Frau, die mir den Rücken zuwandte, löste ein dunkles Gefühl in mir aus, das an die Oberfläche drängte. Ich spülte es mit einem großen Schluck Scotch hinunter.

Bevor sie das Zimmer verließ, drehte Mom sich noch einmal zu mir um: »Falls du dich das fragst, Anna und die Mädchen bleiben bei Chelsey. Dustin ist immer noch weg, sodass sie Platz hat …«

Ich wollte ihr sagen, dass sie die Klappe halten sollte, dass mir egal war, was zum Teufel Anna machte oder nicht machte. Doch sie war meine Mom, und das durfte ich nicht zu ihr sagen. Ich wollte mich gerade nicht mit meinem beschissenen Leben beschäftigen, ich wollte nur einfach nichts mehr fühlen. Zur Antwort hob ich das Glas. *Ich hab dich gehört und verstanden, also hör auf zu reden.*

Wortlos verließ sie das Zimmer. Dad schenkte mir nach, während er und Liam Blicke wechselten und sich zunickten, als wollten sie sich gegenseitig zu etwas ermuntern, das sie am liebsten gar nicht übernehmen wollten.

Mit bekümmerter Miene, als wäre jemand gestorben, sagte Liam schließlich: »Sorry, Mann.«

Ich wartete, dass noch etwas folgte, etwas Beleidigendes wie: *Ich wusste ja, dass du nicht gut genug für sie bist*, oder *Stell dir vor, ich hab die Wette gewonnen*, oder *Hast du was dagegen, wenn ich mich mit ihr treffe, jetzt, wo ihr zwei durch seid?* Bei dem letzten Gedanken klammerte ich mich derart fest an mein Glas, dass ich sicher war, es würde zerspringen. Wenn jemand meine Frau berührte, würde ich ihn umbringen – egal ob Bruder oder nicht.

»Was ist? Kein Hohn? Kein Witz? Nicht einmal eine abfällige Bemerkung?«

Ich dachte, dass sich Liam von meinem Ton, der nicht mehr dumpf und leblos klang, angestachelt fühlen würde, doch er schüttelte nur den Kopf. »Nein, nur … sorry.«

Mein Hals schnürte sich derart fest zusammen, dass ich es bis in den Hinterkopf spürte. Als ich ihm zunickte, wünschte ich, er hätte eine fiese Bemerkung gemacht. Seine Aufrichtigkeit war schmerzhaft.

Es ist egal, es ist egal, es ist egal. Das ist mir alles egal.

Da ich allein sein wollte, riss ich Dad den Scotch aus der Hand und eilte zurück in mein Zimmer. Sobald ich drin war, schlug ich die Tür zu und nahm ein paar große Schlucke direkt aus der Flasche. Im Zimmer roch es noch nach Anna, überall lagen ihre Sachen – ein T-Shirt hier, ein BH dort. Die Reste meines monumentalen Verlustes. Oder *ihres*. Sie war diejenige, die das Handtuch geworfen und aufgegeben hatte. Sie war gegangen, nicht ich.

Ich zerrte alles heraus, was ich von ihr und den Mädchen finden konnte, und stopfte es unter das Bett, wo ich es nicht mehr sehen musste. Aus den Augen, aus dem Sinn. Gibsons Puppe war das Letzte, was ich wegpackte. Bevor ich sie in die Dunkelheit schob, musterte ich ihre Augen. Sie wirkten genauso leblos, wie ich mich fühlte.

Als der Abend fortschritt und die Flasche zur Neige ging, begann sich das Zimmer zu drehen. Ich würde mich jeden Augenblick übergeben oder ohnmächtig werden. Beides war mir recht, solange ich aufhören konnte zu denken.

Während ich die sich drehende Decke betrachtete und mich auf meinen Atem konzentrierte, klingelte mein Handy. Als ich Chelseys Namen auf dem Display sah, wollte ich zuerst nicht rangehen. Aus Neugier oder vielleicht, weil ich getrunken hatte, hob ich dann doch ab. »Was?«, knurrte ich.

»Hey … wie geht's dir?« Chelseys Stimme klang sanft, liebevoll und … hoch.

»Meine Frau hat mich verlassen, was zum Teufel meinst du, wie es mir geht?«

Sie seufzte. »Du bist doch nicht sauer, dass ich sie aufgenommen habe, oder? Sie wusste nicht, wohin … außer vielleicht zu Liam, und ich dachte, dass es dir lieber wäre, wenn ich sie mitnehme und nicht er.«

Ich klammerte mich an das Telefon. Ja, ich hätte die Nacht nicht überstanden, wenn Liam Anna getröstet hätte. Wenn sie überhaupt Trost benötigte. »Nein, ich bin nicht sauer. Ich bin gar nichts. Außer betrunken. Aber das bin ich definitiv. Ziemlich.« Nachdem Chelsey erneut geseufzt hatte, fragte ich leise: »Wie geht es …? Wie geht es meinen Kindern?«

Chelsey schien zu wissen, was ich eigentlich hatte fragen wollen, und antwortete umfassend: »Es geht allen gut. Nicht toll, aber okay.«

Ich knurrte ins Telefon. Für Anna war es »okay«, dass sie mich verlassen hatte. *Na großartig.*

Chelsey räusperte sich. »Hör zu, Griffin, ich wollte dir sagen, dass … Anna für morgen früh einen Flug gebucht hat und ich sie und die Mädchen zum Flughafen bringe. Wenn du sie noch sehen willst, ist das deine letzte Chance.«

Daraufhin legte ich auf. Sie hatte mich verlassen. Ich würde den Teufel tun, mich von ihr zu verabschieden.

20. Kapitel

Was nun?

Ich wusste nicht genau, wann ich ins Koma gefallen war, aber ich wachte erst am späten Nachmittag wieder auf. Mein Kopf pochte, doch das war nichts verglichen mit dem Reißen in meiner Brust. *Sie ist weg. Sie sind alle weg.* Wahrscheinlich waren sie jetzt schon wieder in Seattle. Vielleicht wohnten sie bei Kellan? Es schien logisch, dass Anna Kiera um Hilfe gebeten hatte. Aber sie könnte genauso gut Jenny oder Rachel angerufen haben, oder eine ihrer Freundinnen von Hooters. Sie könnte überall sein. Das Einzige, was ich sicher wusste, war, dass sie nicht mehr hier war. Ich war allein.

Ich überlegte, ihr eine SMS zu schicken. Das hatten wir oft gemacht, wenn ich ohne sie auf Tournee gewesen war. Ich hatte ihr geschrieben: *Guten Morgen, süßer Knackarsch, ich bin mit einer Latte aufgewacht und denke an dich.* Sie hatte geantwortet: *Guten Morgen, du heißer Typ, wenn du hier wärst, würde ich mich um dein Problem kümmern.* Und dann hatte sie genau beschrieben, was sie mit mir anstellen würde.

Oft hatten ihre Worte mich total scharfgemacht, und dann hatte ich ihr ein Bild von mir geschickt, wie ich gekommen war. Manchmal ein Video. Das hatte sie dann aufgeheizt, und wir waren uns einen Moment nah gewesen, obwohl wir Tausende von Meilen voneinander entfernt waren. Allein der Gedanke an die heißen Sachen, die wir uns geschrieben hatten, erregte mich … aber jetzt war alles anders, und wenn ich ihr heute eine

SexMS schicken würde, würde sie gar nicht reagieren. Da war ich mir sicher. Und das war nur eine Sache von sehr vielen, die ich nie wieder tun konnte.

Verdammt frustrierend.

Als ich mich im Bett aufsetzte, verstärkte sich das Pochen in meinem Kopf, als würde jemand von innen mit einem Vorschlaghammer meinen Schädel malträtieren, doch hier herumzuliegen und an meine Frau zu denken brachte mich nicht weiter. Verdammt. War sie überhaupt noch meine Frau? Oder waren wir getrennt und auf dem besten Weg, uns scheiden zu lassen? Ich hatte keinen blassen Schimmer, und das machte mir eine Heidenangst.

Meine Zukunft schien immer klar gewesen zu sein, so klar wie das Wasser beim Schwimmen durch tropische Gewässer. Ich konnte jeden Kiesel, unter dem sich eine Gelegenheit verbarg, erkennen, jede Koralle, die Luxus versprach, jeden Fisch, der mir Ruhm bringen würde. Doch jetzt war das Wasser trübe, ich konnte die Hand vor Augen nicht erkennen. Und es war zugefroren. Und mit Beton abgedeckt. Der Schatz, der tief unter den Wellen vergraben lag, schien unerreichbar für mich zu sein, und es kam mir lächerlich vor, dass ich irgendwann einmal in Geld geschwommen hatte. Ich hatte alles besessen, und jetzt … besaß ich überhaupt nichts mehr.

Scheiß drauf. Ich würde nicht untätig hier herumsitzen und in Selbstmitleid baden, während meine Welt den Bach runterging. Ich hatte Zeit, das wieder in Ordnung zu bringen, und genau das würde ich tun.

Ich hob meine Jacke vom Boden auf und verließ zielstrebig mein Zimmer. Ich würde bekommen, was ich verdiente, dann würde ich meine Frau und die Kinder zurückholen. Annas Lächeln blitzte in meinem Kopf auf, schnell gefolgt von Gibsons Lachen und Onnikas Locken. Gottverdammt, ich vermisste sie so sehr, dass es mir schwerfiel, überhaupt einigermaßen zu funktionieren. Aber ich hatte einen Job zu erledigen.

Ich beschloss, das Beste aus meiner schlechten Lage zu machen. Ja, das Album war Schrott, aber abgesehen von meiner Familie wusste das keiner. Wenn ich die Welt irgendwie davon überzeugen konnte, dass es der absolute Hit war, könnte ich mit Vorbestellungen vielleicht einen Teil meiner Schulden decken. Eine leise Stimme in meinem Hirn warnte mich, dass Vorbestellungen später zurückgeschickt werden konnten, aber die ignorierte ich. Ich musste zumindest *versuchen*, aus dem Album einen Erfolg zu machen. Ich musste *versuchen*, etwas von meinem Geld zurückzubekommen. Es war die einzige Möglichkeit, die mir noch blieb.

Im Lauf des nächsten Monats tat ich alles, was ich über Promotion gelernt hatte. Ich kontaktierte jede Fernsehsendung, jeden Radiosender, jeden Club und jede Zeitung der Stadt und bat sie, mich einzuladen. Aber niemand biss an. Ich versuchte, nicht an Anna und die Mädchen zu denken, während ich um Aufmerksamkeit bettelte, aber das war unmöglich; ich dachte rund um die Uhr an sie. Schließlich brach ich zusammen und rief Anna an. Meine Hände waren schweißnass, als ich ihre Nummer wählte, und meine Finger zitterten, als ich mir das Telefon ans Ohr hielt. Noch nie war ich so nervös gewesen, wenn ich mit meiner Frau gesprochen hatte, noch nicht einmal am Anfang, als sie nur eine scharfe Braut gewesen war, mit der ich poppen wollte. Aber jetzt … war so viel zwischen uns, und es stand so viel auf dem Spiel, was ich verlieren konnte, sofern ich es nicht schon längst verloren hatte. Ich war jetzt schon ein Nervenbündel, dabei hatte sie noch nicht einmal den Hörer abgenommen.

Als sie sich schließlich meldete, klang sie kühl und distanziert. »Ich dachte schon, du würdest gar nicht mehr anrufen«, stellte sie mit ausdrucksloser Stimme fest.

Anstatt ihr zu sagen, wie sehr ich sie vermisste, wie aufgeregt ich war, mit ihr zu sprechen, wie viel Angst ich um meine, um *unsere* Zukunft hatte, verstärkte ich den schützenden Panzer um mich herum; es war die einzige Möglichkeit, überhaupt ein Wort herauszubekommen. »Ich wollte mich nach den Mädchen erkundigen. Geht es ihnen gut? Wo wohnt ihr?«

Ein langes kontrolliertes Ausatmen drang an mein Ohr, als würde sie ihre eigene emotionale Schlacht schlagen. Ich war mir nicht sicher, ob sie antworten würde, aber nach einer Weile sagte sie schließlich: »Wir wohnen fürs Erste bei Kellan und Kiera. Gibson fragt jeden Tag nach dir, aber es geht ihr gut, glaube ich.«

Dieser verdammte Kloß saß wieder in meinem Hals. Wie schrecklich, dass mein kleines Mädchen etwas nicht bekam, das es haben wollte. Sie sollte alles bekommen, verpackt mit einer rosa Schleife. Gott, ich vermisste sie so. »Ist sie in der Nähe? Kann ich mit ihr sprechen?« Meine Stimme klang kratzig, als hätte ich Schmirgelpapier verschluckt.

»Natürlich«, flüsterte Anna. Auch ihre Stimme klang rau. Einen Moment war es still in der Leitung, dann hörte ich süße, vertraute Töne. »Daddy? Wo bist du? Wann kommst du nach Hause?«

Die Gefühle stürzten derart heftig auf mich ein, dass ich mir in die Knöchel beißen musste, um nicht die Fassung zu verlieren. »Bald, Süße. Bald.« Dann war meine Kehle wie zugeschnürt, und ich bekam kein Wort mehr heraus. Zum Glück hatte Gibson eine Menge zu erzählen, sodass ich nichts sagen musste.

»Onnika hat mich geschlagen! Und Ryder hat mein Spielzeug kaputt gemacht! Und ich habe ein Kätzchen gefunden. Mommy hat erlaubt, dass ich es behalte. Es heißt Kitty Sunshine …«

Sie plapperte weiter und berichtete mir alle Einzelheiten ihres Lebens, das ich verpasste. Der Schmerz in meinem Hals ließ mit jedem Satz nach, doch der in meiner Brust wuchs. Ich sollte dort sein. Ich sollte auf allen vieren nach Hause kriechen, meine Fehler eingestehen und Anna bitten, mich wieder aufzunehmen. Ich sollte ein besserer Ehemann sein, ein besserer Vater … all ihre Bedürfnisse über meine eigenen stellen. Schließlich waren sie alles, wofür ich lebte. Und dennoch konnte ich L.A. noch nicht verlassen. Ich konnte meine Niederlage nicht eingestehen. Ich musste dieses Albumprojekt durchziehen, in der Hoffnung, dass es mich retten würde und dadurch auch meine Familie. Wenn das überhaupt noch möglich war. Gott, hoffentlich. Ich konnte es nicht ertragen, dass dies das Ende von Annas und meiner Geschichte war. Sie war alles, was ich wollte, und alles, was ich brauchte.

Und warum zum Teufel hatte ich sie dann gehen lassen?

Am Morgen, an dem das Album herauskam, lief ich unruhig im Wohnzimmer auf und ab. Chelsey beobachtete mit einem Auge mich, mit dem anderen den Bildschirm ihres Laptops. »Gibt's schon Kritiken?«, fragte ich zum x-ten Mal.

Sie aktualisierte die Seite, dann schüttelte sie den Kopf. »Nein. Aber wir haben keine Exemplare vorab rausgeschickt, darum war das zu erwarten.«

Ich nickte, lief jedoch weiter auf und ab. Ich hatte alles Erdenkliche getan, um das Album zu bewerben. Ich hatte sogar an einer Spielshow im öffentlichen Fernsehen teilgenommen: *Ratet, was mich berühmt gemacht hat*. Ich fand es nur schrecklich; die Produzenten meinten, mich hätte berühmt gemacht, dass ich die schärfste Band des Planeten auf dem Höhepunkt ihres Erfolgs verlassen hatte. Mit eingefrorenem Lächeln hatte ich mich wegen meiner Entscheidungen beleidigen und lächerlich machen lassen. Egal, wenn es die Leute dazu brachte, mein Album zu kaufen. Und heute war der Tag, an dem ich erfahren würde, ob sich meine Bemühungen gelohnt hatten. Verdammt, das musste einfach so sein. Ich hatte alles für dieses Album aufgegeben. Buchstäblich alles. Wenn es sich nicht auszahlte, wenn ich nicht aus den Schulden herauskam und Anna zeigen konnte, dass ich etwas wert war … wusste ich nicht, was ich tun sollte, um sie zurückzugewinnen. Und ein Leben ohne sie schien mir völlig sinnlos.

»Jetzt?«, fragte ich Chelsey. Ich wollte nur eine Kritik lesen, damit ich wusste, was ich von dem Rest zu erwarten hatte. Aber eigentlich wusste ich es auch so. Das Album war Schrott. Und ich am Arsch.

Chelsey seufzte, dann schloss sie ihren Laptop. »Vielleicht sollten wir etwas unternehmen. Vielleicht einen Film gucken?«

»Nein … aber danke.« Ich schenkte ihr ein Lächeln. Dann zeigte ich auf ihren Computer. »Darf ich noch mal nachsehen?«

Schließlich kam eine Kritik rein. Sie gab dem Album einen Stern, und in der Überschrift stand: »Ich wünschte, man könnte negative Sterne vergeben!« Anschließend schienen die Kritiken nur so hereinzuströmen, und keine von ihnen war gut. »Das schlechteste Album aller Zeiten!«, »Das kann ich ja mit meinem Keyboard besser!«, »Meine Ohren bluten!«, »Ich will zwei Stunden Lebenszeit zurück.«, »Ich glaube, mein IQ hat beim Hören schwer gelitten.«, »Ganz offensichtlich sind die D-Bags besser ohne den dran!« Die einzige annähernd positive Kritik und die einzige mit einer hohen Bewertung – allen drei Sternen – sagte: »Ich habe mir vor Lachen in die Hose gemacht! Die beste Comedy, die ich seit Langem gehört habe.«

Ich fiel aufs Sofa, während Chelsey sanft ihren Computer schloss. Ich bat sie nicht, noch einmal nachzusehen. Die Fakten waren klar. Ich war eine Witzfigur.

Chelsey legte mir eine Hand aufs Knie. »Es tut mir so leid, Griffin. Ich weiß, du hast dir Mühe gegeben …«

Kopfschüttelnd starrte ich ins Nichts. »Nicht genug. Allmählich denke ich, dass ich mich für nichts genug einsetze …«

Ich stand auf, ließ meine Schwester auf dem Sofa zurück und ging in mein Zimmer. Ich wollte allein sein, und passenderweise war ich das jetzt auch. Vollkommen allein.

Am nächsten Morgen legte mir mein Vater eine Hand auf die Schulter. »Chelsey hat erzählt, dass das Album gefloppt ist. Tut mir leid, mein Sohn.«

Peinlich berührt blickte ich zu ihm hoch. *Danke, dass du es mir schonend beibringst, Dad.* »Ja, na ja, ich kann ja noch …« Ich verstummte. Ich hatte keine Ahnung, was ich noch tun konnte. Ich wurde von meiner gescheiterten Fernsehserie verfolgt und von den Kritiken für diesen Witz von einem Album. Ich hatte kein Geld, haufenweise Schulden, die ich nicht zurückzahlen konnte, und eine Frau, die meine Unterstützung brauchte, um unsere zwei Töchter großzuziehen. Aber mein Bankkonto war überzogen, und ich besaß nichts als das Kleingeld in meiner Hosentasche. Ich war so dermaßen fertig, dass ich noch nicht einmal wusste, wie man diesen Zustand bezeichnete.

Stattdessen starrte ich auf meine Finger, die den Kaffeebecher umklammerten. Das schien mir machbar.

Dad setzte sich neben mich. »Hör zu, ich verstehe, dass du nicht das erreicht hast, was du wolltest, aber so ist das Leben nun mal, mein Sohn. Man wird geschlagen, dann steht man wieder auf und sagt, du kannst mich mal, Leben, und macht weiter … bis du irgendwann umkippst.«

Ich sah ihn an. »Wow … das hört sich ja toll an. Ich kann kaum erwarten, dass es losgeht.«

Er klopfte mir auf die Schulter. »Ich würde sagen, das ist es schon. Aber wie du mit der Enttäuschung umgehst, kannst du noch entscheiden. Du kannst dich mit Sex betäuben oder mit Arbeit, sodass du kaum zum Luftholen kommst. Du kannst jeden schlechtmachen, dem es besser geht als dir, und versuchen, besser dazustehen. Oder du kannst dich jeden Abend bis zur Bewusstlosigkeit betrinken.« Dad zuckte die Schultern. »Oder du kannst das Beste aus deiner Situation machen, vernünftig werden, verantwortungsvoll und zuverlässig, etwas Anständiges machen und die versorgen, die es brauchen. Und während du das machst, erinnerst du dich daran, *warum* du das machst, damit du jeden Tag einigermaßen durchstehst.«

»Und wie mache ich das?«

Er lächelte. »Schön, dass du fragst. Der Laden, in dem ich mir achtundzwanzig Jahre den Hintern abgeschuftet habe, bevor ich in Rente gegangen bin, sucht Mitarbeiter. Ich habe mit dem Meister gesprochen, und er ist bereit, dir eine Chance zu geben. Es ist eine einfache Position, Routinearbeiten, und es wird hart, aber du verdienst ganz anständig. Du kommst über die Runden.«

Bis er vor ein paar Jahren in Rente gegangen war, hatte mein Vater einen Großteil seines Lebens in diversen Fabriken gearbeitet. Als der Betrieb, bei dem er in Kansas angestellt war, schloss, musste unsere Familie nach L.A. zu Onkel Billy ziehen. Dad fand einen Job in einem Unternehmen, das Maschinen herstellte, die wiederum andere Maschinen herstellten. Es war die Art von monotoner, todlangweiliger Arbeit, bei der ich eine Gänsehaut bekam. Aber Dad hatte recht, er hatte anständig verdient, immerhin genug, dass Mom mit uns Kindern zu Hause bleiben konnte. Das Problem war nur, dass ich kein »anständiges« Leben wollte. Ich wollte mehr.

Seufzend erwiderte ich: »Danke, Dad, aber ich will nicht da arbeiten, wo du gearbeitet hast. Der Laden hat dich ausgelaugt.

Und ich will nicht über die Runden kommen … ich will *leben*. Ich will mit meinen besten Freunden die Welt rocken. Ich will die Frau meiner Träume, meine beste Freundin, wieder an meiner Seite haben. Ich will alles zurückhaben, was ich aufgegeben habe.«

Dad stand auf und zuckte die Schultern. »Du hast es nicht grundlos aufgegeben, Griffin. Aber selbst wenn, das ist egal. Du hast nicht mehr dieselben Optionen wie vorher, und es wird Zeit, dass du erwachsen wirst. Ich habe Tyler gesagt, dass du am Montagmorgen um Punkt sieben da bist.«

Stöhnend ließ ich den Kopf auf den Tisch sinken. Sieben Uhr morgens war viel zu früh, um etwas Produktives zu leisten. Andererseits hatte Dad recht. Es war an der Zeit, dass ich erwachsen wurde.

Ich saß noch immer mit dem Kopf auf dem Tisch da, mein Kaffee war längst kalt, und dachte über meine Zukunft in endloser Monotonie nach, als meine Schwester Chelsey vorbeikam. Sie hüpfte in die Küche, und auch wenn ich sie nicht ansah, spürte ich ihre überbordende Energie. Mom spülte das Geschirr ab und hielt inne, als Chelsey rief: »Gute Neuigkeiten! Ich habe gestern Abend mit Dustin telefoniert. Er kommt am Montag nach Hause! Diesmal ist es sicher!«

Sie quiekte, und ich unterdrückte ein Stöhnen. Ihr Leben kam am Montag wieder in Ordnung, während es mit meinem weiter bergab ging. Wie zum Teufel konnte das passieren? Ich war ganz oben gewesen … jetzt war ich nichts mehr. Ein Witz. Ausgelacht und abgeschoben.

Ich stöhnte auf und hörte, wie Chelsey Mom fragte: »Ist alles in Ordnung mit ihm?«

Mom zog an der Zigarette in ihrem Mund. »Er sitzt schon den ganzen Morgen so da. Dad hat ihm einen Job besorgt. Das muss er erst einmal verdauen.«

Ich stöhnte erneut. Ich hatte zur größten Band der Welt gehört und nie richtig gearbeitet. Jetzt würde ich zehn Stunden am Tag, sechs Tage die Woche, einundfünfzig Wochen im Jahr Bolzen festziehen. Wenn ich keinen Urlaub nahm, sogar noch mehr.

Zur Hölle mit meinem Leben.

Als ich spürte, dass Chelsey sich neben mich setzte, hob ich den Kopf; es fühlte sich an, als würde er tausend Pfund wiegen, und ich war mir ziemlich sicher, dass ich ihn auf dem Tisch plattgelegen hatte. »Hey«, murmelte ich.

Sie strahlte, und ihre Augen funkelten, aber sie versuchte, ihre Freude zu beherrschen. »Selber hey. Wie geht's?«

»Wie Mom gesagt hat, ich habe jetzt einen Job. Also geht's mir fantastisch.« Sie machte ein zerknirschtes Gesicht, um ihr Mitgefühl auszudrücken, mehr war ihr in ihrer guten Stimmung nicht möglich. »Dustin kommt also nach Hause?«, fragte ich.

Ein Megawattlächeln erschien auf ihrem Gesicht, und sie nickte so heftig, dass sich eine blonde Locke aus der Spange in ihrem Haar löste. »Am Montag.«

»Das ist toll, Chelsey. Du hast ein Happy End verdient.« Wenigstens einer von uns sollte eins bekommen.

Als hätte sie meinen stillschweigenden Missmut gehört, legte sie mir eine Hand auf den Arm. »Du auch, Griff. Du bist kein schlechter Kerl. Ein bisschen egoistisch vielleicht, aber das sind wir in gewisser Weise alle.«

Obwohl ich zustimmend nickte, war ich nicht ganz ihrer Meinung. Sie war die selbstloseste Person, die ich kannte. Und ich … ich nahm lieber einen banalen Job an, von dem ich jetzt schon wusste, dass ich ihn hassen würde, als nach Hause zu fahren und mich mit den Jungs auseinanderzusetzen. Und mit meiner Frau. Ich war ein Feigling und zu stolz, das Handtuch zu werfen. Aber wenn ich hierblieb und die Stelle annahm, konnte ich zumindest meine Familie unterstützen. Das war ein Lichtblick.

Sie legte den Kopf schief und taxierte mich. »Hast du was gelernt?«

Dass meine Ideen nichts taugten und ich nie auf meinen eigenen Rat hören sollte? Ja, ich glaube, das hatte ich jetzt begriffen. Mit schiefem Grinsen erwiderte ich: »Ja, heuere nie jemanden aus dem Internet an.«

Chelsey lachte, doch dann hielt sie inne. Es war nicht wirklich komisch. Ich hatte alles, was ich besessen hatte, in dieses nutzlose Album gesteckt. Ich starrte auf den Tisch und seufzte: »Ich glaube, ich bekomme endlich, was du vorhergesagt hast …«

Sie drückte meinen Arm. »Wovon sprichst du?«

Ich sah sie an und merkte, wie sich meine Brust zusammenzog. Vielleicht bekam ich einen Herzinfarkt. Oder vielleicht fühlte sich so Verzweiflung an. »Der Hund und das Stück Fleisch. Ich glaube, ich habe verstanden, was du gesagt hast. Und du hattest recht … das habe ich zu spät kapiert. Das Fleisch ist schon weg …«

Jetzt blickte ich zu meiner Mutter und dachte über ihre Beziehung zu meinem Vater nach. Sie waren schon eine Ewigkeit zusammen, seit meine Mutter achtzehn und mein Vater achtundzwanzig gewesen war. Sie hatten in ihrer Ehe viele Höhen und viele Tiefen durchgemacht, aber sie waren immer noch ein Team. Verbunden. Was hatte ich falsch gemacht? Warum war mein Team zerbrochen? Doch ich kannte die Antwort. Anna und ich waren getrennt, weil ich mich nicht mehr verhalten hatte, als wären wir ein Team. Ich hatte ihr nichts erzählt, alle Entscheidungen allein getroffen und sie dann nach Strich und Faden belogen. Das einzig Überraschende war, dass sie mich nicht schon früher verlassen hatte.

»Sie war mein bester Freund«, flüsterte ich. »Sie waren alle meine besten Freunde … und ich habe sie einfach für etwas weggeworfen, von dem ich meinte, es mehr zu brauchen. Ich bin so ein Idiot.« Als ich wieder zu meiner Schwester blickte, standen Tränen in ihren Augen, meine fühlten sich genauso an. »Was mache ich denn jetzt, Chelse?«

Sie sah mich derart lange an, dass ich mich allmählich unwohl fühlte. Als hätte ich meine Brust geöffnet, ihr mein Innenleben offenbart und würde ausbluten, wenn sie nichts sagte. Gerade als ich meine Frage wiederholen wollte, weil die Stille mich fertigmachte, sagte sie: »Du vergisst, was du nie hattest, und holst dir das wieder, was du verloren hast, auch wenn du dafür auf allen vieren durch den Schlamm kriechen musst.«

Bei ihr klang das so leicht, aber ich wusste, dass es das nicht war. Allein bei der Vorstellung, das Telefon zu nehmen und den Jungs zu sagen, dass ich unrecht gehabt hatte … mit allem … wurde mir übel. Und Anna … ich wusste nicht, wo ich überhaupt anfangen sollte. Wie sollte ich das schaffen? Ich war mir noch nicht einmal sicher, ob ich in der Lage war, reumütig zu sein. »Wie mache ich das?«, murmelte ich völlig fertig. Langsam hasste ich dieses Gefühl.

Ich hatte den Kopf abgewandt, doch sie schob sich vor mich, bis mir nichts anderes übrig blieb, als ihr in die Augen zu sehen. »Du nimmst deinen Stolz, an dem du mit aller Macht festhältst, und schiebst ihn tief in ein dunkles Loch. Du zeigst ihnen etwas Echtes. Sei menschlich. Sei fehlbar. Sei anpassungsfähig. Sei demütig.«

Das hörte sich alles nicht leicht an. Und nicht nach mir. Ich war das Gegenteil von alledem. Es war leichter, ein Gott zu sein, der nichts falsch machte. Zuzugeben, dass ich etwas falsch gemacht hatte, bedeutete Folter für mich. Ich glaubte nicht, dass ich konnte, was Chelsey mir vorschlug. »Du willst also, dass ich ein Loser bin, meinst du das?«

Sie lächelte und schlug mir auf den Rücken. »Nenn es, wie du willst, aber es könnte helfen.«

Ich musste kichern, und es fühlte sich gut an. Ich hatte das Gefühl, seit Jahren nicht mehr gelacht zu haben. Und es war tatsächlich eine Weile her. Seit ich mich von der Band getrennt hatte, hatte ich nicht mehr ehrlich gelacht. Von da an war es bergab gegangen, und jetzt war ich so weit unten, dass ich kaum noch einen Weg zurück nach oben sah.

»Danke«, sagte ich. »Für alles. Ich glaube, du bist die Einzige, der ich nicht egal bin.«

Chelsey strich mir über den Rücken. »Nein, es gibt mehr Leute, die dich mögen, als du denkst. Aber … dein Ego ist wie ein Kraftfeld, es stößt Menschen zurück, anstatt sie an dich heranzulassen. Du würdest die Welt in einem anderen Licht sehen, wenn du einsehen würdest, dass …«

Sie biss sich in die Lippe, sah mich durchdringend an und unterdrückte ein Grinsen. »Dass was?«, fragte ich und ahnte, dass ihre Antwort oberschlau sein würde.

Sie ließ ihre Lippe los und lächelte. »Dass du nicht perfekt bist … genau wie der Rest von uns.«

Vor einem halben Jahr hätte ich das rundweg abgestritten, aber jetzt … »Ja … ich weiß, Klugscheißer.« Lachend boxte ich sie gegen die Schulter, und sie nahm mich in den Arm und drückte mich.

»Ich hab dich lieb, Griffin, und ich weiß, dass alles wieder gut wird.«

Ich schloss die Augen und betete, dass sie recht hatte.

21. Kapitel

Die Realität

Am Montagmorgen erwachte ich von dem schrillen Klingeln des Weckers in meinen Ohren. Eine menschenunwürdige Art, aus dem Schlaf gerissen zu werden. Wenn ich je die Gelegenheit dazu bekam, würde ich den kranken Typen, der dieses verfluchte Ding erfunden hatte, zur Strecke bringen und ihm ein paar Nägel in den Schädel jagen. *Na, wie fühlt sich das an, du Mistkerl?*

Ich wand mich aus meiner Decke und stand mühsam auf. Gott, ich hasste den Morgen. Er hatte überhaupt keinen Sinn. Mein Körper fühlte sich angespannt an, mein Kopf pochte, und meine Knie knackten, als ich sie durchdrückte. Mann, ich wurde älter. Entweder das, oder mein Körper rebellierte gegen die Uhrzeit. Die Uhrzeit und die Aufgabe, die vor mir lag.

Heute fing ich in Dads alter Fabrik an. Yippie. Das Geld würde mir allerdings helfen, die Zahlungen an die Bank zu leisten, und das war momentan wichtiger als der Umstand, dass dieser eintönige Job mich wahrscheinlich höllisch nerven würde.

Als ich in die Küche stolperte, war noch niemand wach. Ich dachte, meine Eltern wären aufgestanden, um mich zu verabschieden, aber nichts, ich hörte Dad in seinem Zimmer schnarchen. In der Küche fand ich eine kleine Papiertüte mit einem Zettel daran; in so einer hatte ich schon als Kind mein Pausenbrot mit in die Schule genommen. Auf dem Zettel stand: »Viel Glück«, und in der Tüte befanden sich ein Schinkenbrot, eine Tüte Chips, ein Apfel und zwei Kekse mit Schokosplittern. Mensch, ich kam mir vor, als wäre ich acht.

»Danke, Mom«, murmelte ich, nahm einen Keks und steckte ihn in den Mund, während ich mit mir rang, ob ich noch ein Bier zu meinem Lunchpaket hinzupacken sollte. Es handelte sich schließlich um eine Fabrik, da durfte man in der Pause doch sicher ein Bier trinken.

Doch ich besann mich eines Besseren, schloss die Tüte und sah mich suchend nach Dads Autoschlüsseln um. Er hatte gesagt, ich könnte mit dem Minivan zur Arbeit fahren, solange ich mir noch kein eigenes Auto leisten konnte. Das war gut, denn die ganze Strecke jeden Tag mit dem Fahrrad zu fahren wäre echt hart gewesen. Der Gedanke, wie lange ich dort arbeiten musste, bis ich mir ein Auto und eine eigene Wohnung leisten konnte, hinterließ eine große Leere in mir. Und bevor ich überhaupt an eins dieser Dinge denken konnte, musste ich mich darum kümmern, dass Anna und die Mädchen versorgt waren. Das kam mir alles sehr unwirklich vor. Vor nicht allzu langer Zeit war das Geld dermaßen schnell hereingeströmt, dass ich mir darüber überhaupt keine Gedanken machen musste. Jetzt musste ich jeden Cent umdrehen. Wie hatte sich in so kurzer Zeit so viel verändern können?

Als ich nach draußen ging, um den Wagen zu starten, war es noch dämmerig, die Sonne noch nicht ganz aufgegangen. Schrecklich. Als ich in der Ferne einen Vogel zwitschern hörte, überlegte ich, ins Auto zu steigen und nach Seattle zurückzufahren. Wäre das eine Flucht oder eine Heimkehr? Ich hatte keine Ahnung, aber ich wusste, es würde nicht meine drängenden Geldprobleme lösen, also verwarf ich die Idee.

Als ich bei der Arbeit ankam, war mir sofort klar, dass ich den letzten Rest Würde über Bord werfen musste, wenn ich das hier durchhalten wollte. »Okay, Junge, pass gut auf, denn ich will das hier nicht zweimal erklären.« Ich nickte, damit mein »Ausbilder« mit seiner sinnlosen Einführung fortfuhr. »Du nimmst hier diesen Schraubenschlüssel und dann so ein Teil, das auf dem Band an dir vorbeikommt, drehst zehn Bolzen in die zehn Löcher und ziehst sie fest. Dann schickst du das Teil weiter auf seine glückliche Reise und nimmst dir das nächste. Kriegst du das hin, Neuer?«

Ich sah ihn mit leerem Blick an. »Zehn Bolzen reinstecken und festziehen? Ja, ich glaube, das schaffe ich.«

Er schlug mir derart fest auf den Rücken, dass ich ein Stück nach vorn taumelte. »Toll. Sei keine lahme Ente und halt nicht den ganzen Verkehr auf. Pause ist um Punkt elf. Versuch, nicht einzuschlafen.«

Mit diesen Worten überließ er mich meinem Hilfsjob. Zugegeben, das erste Stück war eine Herausforderung, und ich fluchte heftig vor mich hin, vor allem, als ich mir den Finger klemmte, der daraufhin blutete. Beim siebenmillionsten Bolzen hätte ich die Aufgabe jedoch mit geschlossenen Augen erledigen können.

Während ich arbeitete, schweiften meine Gedanken ab. Ich dachte daran, wie ich im Pete's auf der Bühne gestanden hatte – die Jungs neben mir und eine Horde bewundernder Fans vor mir. Als ich mich an jene Zeit erinnerte, schnürte sich meine Brust zusammen. Es tat weh, und ich wollte an etwas anderes denken, doch anscheinend hatte ich mich noch nicht genug gequält. Ich stellte mir vor, wie ich von der Bühne sprang. Matt drückte mir die Schulter und sagte, ich hätte toll gespielt. Evan gab mir ein Daumen-hoch-Zeichen, dann umarmte er Jenny, und Kellan strahlte mich an und fragte, ob ich ein Bier wollte. Es fühlte sich an, als wäre das Millionen Jahre her und zugleich, als wäre es gestern gewesen.

Da mein Kopf bei der Arbeit nichts anderes zu tun hatte, hing ich während meiner Schicht wechselnden Tagträumen nach. Viele handelten von der Band, aber noch häufiger tauchte meine Frau in ihnen auf. Ich sah im Geiste ihre Augen vor mir, hörte ihr Lachen in meinen Ohren und sah ihren Körper … na, sagen wir, gut, dass der Arbeitstisch alles unterhalb meiner Taille verbarg.

Ich stellte mir Momente vor, die wir gemeinsam erlebt hatten. Unseren ersten Kuss, als wir in meinem alten Wohnzimmer getanzt hatten. Dann hatte ich sie in mein Schlafzimmer gezogen und sie nackt ausgezogen. Ihr Körper hatte mich umgehauen. Sie hatte alles, was ich an einer Frau mochte, und dazu noch den richtigen Charakter. Und sie war genauso versaut wie ich. Sie war zu allem, was ich ausprobieren wollte, bereit, machte alles mit. Sie war genau so, wie ich mir eine Partnerin wünschte, und ich hatte sie gehen lassen. Als der Tag voranschritt, fiel es mir zunehmend schwerer, mich daran zu erinnern, warum ich das getan hatte. Anna war die richtige Frau für mich. Sie war die *einzige* Frau für mich. *Warum bist du dann noch hier?*

Am Ende meiner Schicht war ich mir nicht sicher, ob mein Kopf oder meine Hände mehr wehtaten. Sie waren so wund, dass ich auf der Heimfahrt kaum das Lenkrad halten konnte; überall hatte ich Blasen. Nach dem Lärm in der Fabrik schien mir das Chaos, das mich in dem vollen Haus meiner Eltern erwartete, unerträglich. Dustin war endlich nach Hause zurückgekehrt, und das wollten alle zusammen feiern. Ich freute mich für meine Schwester, aber ich war wirklich nicht in Partylaune. Meine Füße fühlten sich an, als wären sie aus Blei, meine Arme wie aus Gummi, und mein Herz … na ja, das war einfach fertig.

Als ich das Haus betrat, zuckte ich bei dem Lärm, der mir entgegenschlug, zusammen. Die Kinder liefen kreischend umher und schlugen Töpfe und Pfannen aneinander. Die Erwachsenen lachten, blafften die Kinder an und unterhielten sich fünfmal lauter als nötig. Sonst hatte mir das Durcheinander in meiner Familie nie etwas ausgemacht, aber im Moment war es die reinste Hölle. Ich vermisste mein ruhiges Quartett nur umso mehr.

Ich war schmutzig, stank und war ausgelaugt, darum ging ich in mein Zimmer, ehe mich jemand aufhalten konnte.

Als das Abendessen fertig war, brüllte meine Mutter nach mir, und ich erkannte an ihrem Ton, dass ich mich besser zur Familie gesellen sollte. Es kam nicht infrage, dass ich mich den ganzen Abend in mein Zimmer verkrümelte. Mom hatte im Esszimmer den längsten Esstisch, den es seit Menschengedenken überhaupt gab. Dennoch passten nicht alle an die Tafel, und die Kinder saßen an Klapptischen. Es war wie Thanksgiving auf Crack.

Nachdem ich Mom geholfen hatte, den Tisch zu decken, denn nicht zu helfen kam ebenfalls nicht infrage, setzte ich mich neben Dustin und nuschelte eine höfliche Begrüßung. Chelsey saß auf seiner anderen Seite und strahlte ihn an, als wäre er das Zentrum der Welt, und vielleicht war er das für sie ja auch. Sicher war jedenfalls, dass sie, solange er weg gewesen war, nie so in Frieden mit sich und der Welt ausgesehen hatte wie heute. Ich dachte an meine eigene Welt, und dass ein riesiges Stück darin fehlte.

Mom stellte randvolle Schüsseln mit klein geschnittenen Tomaten, Avocados, Oliven, Zwiebeln und Salat auf den Tisch. Dann trug sie ungefähr fünf Pfund Rinderhack herein und genügend Tortillas, dass man damit das gesamte Haus hätte fliesen können … aber ich wollte nichts von alledem. Gerade klang Essen für mich so verlockend, wie die Klobrille abzulecken. Und zwar, nachdem Liam sie benutzt hatte.

Ich füllte mir dennoch etwas auf den Teller, weil Mom sonst ausrasten würde, doch während der Rest meiner Familie sich die Tacos reinschaufelte, knabberte ich nur an einem Salatblatt. Alle fragten Dustin, wie es ihm ergangen war, was mir die Chance gab, einfach nur still dazusitzen. Ich wollte nicht, dass sie mich nach meinem ersten Tag fragten. Ich wollte nicht an ihn denken. Oder an meinen zweiten, dritten, vierten …

Das Glück war jedoch nicht auf meiner Seite. Sobald Dustin eine Pause in seinen Heldenerzählungen einlegte, fragte er mich: »Und, Griffin, Chelsey hat mir erzählt, dass du den Job gewechselt hast und heute dein erster Tag war. Wie ist es gelaufen? Hat dich jemand erkannt? Wollte jemand ein Autogramm haben?«

An seiner Miene sah ich, dass er es ernst meinte. Ihm war nicht klar, wie die Leute jetzt über mich dachten. Die breite Öffentlichkeit. Ich wollte es ihm aber auch nicht erzählen. Es war mir peinlich zuzugeben, *dass* man mich erkannt und über mich gelacht hatte.

Die Wahrheit einzugestehen kam nicht infrage, aber meine Lüge war genauso beschissen, nur aus einem anderen Grund. »Nein … niemand hat mich erkannt.«

Dustin schien genauso niedergeschlagen zu sein, als er das hörte, wie ich, als ich es sagte. »Oh, na ja … wahrscheinlich ist das auch besser so.« Er schenkte mir ein preisverdächtiges Lächeln. »Es würde sie nur irritieren, wenn sie einen Prominenten in ihrer Mitte hätten.«

Ich lächelte kurz zurück. Ja … irritieren.

Dustin schien mich noch mehr fragen zu wollen, doch zum Glück stellte Liam ihm eine technische Frage über Kampfjets. Dustin war weder Pilot, noch hatte er sonst etwas mit Flugzeugen zu tun, aber offenbar nahm Liam an, weil er beim Militär war, müsste er ein Experte sein. Idiot.

Während Dustin ihm das erzählte, was er wusste, schaltete ich ab. Mein Blick kehrte zu Chelsey zurück, die ihren Ehemann beobachtete und ihren Taco aß. Sie wirkte so zufrieden, dabei starrte sie ihn nur an. War alles, was zwischen Anna und mir gewesen war, nur körperlich? War Anna glücklich mit mir gewesen, was die nichtsexuelle Seite unserer Beziehung betraf? Ich wollte es gern glauben, war mir aber ganz und gar nicht sicher. Offenbar nicht, da sie mich verlassen hatte. *Und du wohl auch nicht, da du sie hast gehen lassen.*

Ich schob diesen aufreibenden Gedanken beiseite und dachte an eine schönere Zeit, als wir noch glücklich gewesen waren und keine Sorgen hatten. Als wir uns einfach nur amüsiert hatten, Freunde gewesen waren und Sex gehabt hatten. Uns das Beste aus beiden Welten genommen hatten. Das hatte ich mir zumindest damals gesagt.

Wir hatten gerade ein Pub in Seattle verlassen und gingen zurück zum Auto. Als wir vom Parkplatz am Pier losgegangen waren, hatten wir noch nicht gewusst, wo wir essen wollten, und waren fast ein Dutzend Blocks gelaufen, bis wir auf einen kleinen irischen Pub mit großartigem Bier und tollem Essen gestoßen waren.

Solche Dinge passierten oft mit Anna. Wir improvisierten, ließen uns treiben und verlebten am Ende einen tollen Abend. Nachdem wir den Pub verlassen hatten, wollten wir aber mit unseren vollen Bäuchen nicht den langen Weg zu meinem Wagen zu Fuß zurückgehen. Wir überlegten, was wir machen sollten, als ich plötzlich etwas entdeckte.

»Komm, wir nehmen die.« Ich deutete vor uns auf eine mit Rosen geschmückte Kutsche, vor die ein Schimmel gespannt war. Es war ein ziemlich romantisches Setting, aber damals ging es mir eigentlich nur darum, meine Füße eine Weile auszuruhen.

»Die bringt uns aber nicht zum Wagen. Die dreht eine Runde.«

Ich nickte und zog sie zu der Kutsche. »Doch, wenn wir nach

der Hälfte aussteigen, sind wir näher am Wagen. Und falls nicht, können wir wenigstens ein bisschen verdauen.« Ich fasste mit der freien Hand meinen Bauch, und Anna lachte. Gott, wie ich diese Stimme liebte.

»Klingt gut. Also los!« Ihre Augen strahlten Abenteuerlust aus, und in dem Augenblick hatte ich gewusst, dass diese Frau mein Verderben sein würde. Hinreißend, sexy, geil und jederzeit bereit, ein bisschen Spaß zu haben. Im Grunde war sie wie ich – mit Brüsten.

Als der Kutscher mir den Fahrpreis nannte, hätte ich es mir fast noch einmal überlegt, doch Anna schmuste mit dem Pferd und warf mir Küsse zu. Da zahlte ich, ohne zu zögern. Ich reichte ihr die Hand und half ihr in die Kutsche. Es roch streng, aber Anna lächelte so sehr, dass mir auch das egal war. Wir hätten mitten in einer Kläranlage sitzen können, und ich wäre glücklich gewesen. Und erregt. Das Lächeln auf ihren sinnlichen Lippen sprach direkt meine Libido an.

Der Kutscher hob die Zügel, und das Pferd begann seine Rundtour. Anna und ich lehnten uns entspannt im Sitz zurück, das Klappern der Hufe auf dem Asphalt bildete unsere Hintergrundmusik. Ich zog sie dicht an mich heran und versuchte, das stärker werdende Gefühl in meiner Brust zu ignorieren. Das war sicher nur der Umgebung geschuldet. Ich entwickelte doch nicht wirklich Gefühle für sie. Sie war eine tolle Sexpartnerin – nein, eine fantastische Sexpartnerin –, mit der ich immer wieder schlafen wollte, neben der jede andere Frau wie eine zaudernde Jungfrau wirkte, aber mehr war da nicht. Nur Sex.

Gott, ich war so ein verdammter Idiot gewesen.

Rückblickend war es leicht, das Gefühl zu identifizieren, das an jenem Abend in mir erwacht war. Ich hatte mich in sie verliebt, doch ich hätte alles getan, um das nur ja nicht zuzugeben. Es war ein abgenutztes Klischee … totaler Mainstream.

Ich verabscheute das Wort Liebe aus Prinzip. Selbst jetzt würde ich nie …

Ich starrte auf meinen Teller und fühlte mich plötzlich ganz leer, als mir etwas bewusst wurde. *Ich habe ihr nie gesagt, dass ich sie liebe.* Sie hatte sich sogar darüber beklagt, trotzdem war ich nicht von meinem Prinzip abgewichen. Warum fiel es mir so schwer, das Wort auszusprechen? Ihr gegenüber. Meinen Kindern gegenüber. Meiner Familie. Der Band. Rebellierte ich gegen etwas, gegen das ich nicht rebellieren musste? Vielleicht war das Wort abgenutzt … aber vielleicht lag das nur daran, dass es das einzige Wort war, das präzise beschrieb, wie wichtig einem jemand war. Es nicht zu sagen war, als würde man die Existenz der Sonne leugnen, indem man die ganze Zeit im Haus blieb – lächerlich und sinnlos. Ohne mir dessen bewusst zu sein, hatte ich es in jener Nacht gespürt, und wenn ich ehrlich war, hatte ich es seither in jeder Nacht empfunden. Ich empfand es auch in diesem Moment, nur dass das Gefühl jetzt von Schmerz durchzogen war, weil die Frau meiner Träume nicht mehr in der Kutsche neben mir saß. Sie war weg.

Schließlich waren wir die ganze Fahrt über in der Kutsche sitzen geblieben und hatten irgendwo auf der Hälfte angefangen, uns zu küssen. Noch nie hatte sich eine Frau beim Küssen angefühlt wie Anna. Sie hatte die weichsten Lippen. Ich hatte auch schon vorher Frauen mit weichen Lippen geküsst. Mit Anna war es mehr als das. Es war, als wären ihre Lippen extra für mich geformt worden. Als wären wir wie Yin und Yang, bislang auseinandergerissen und durch Tausende von Meilen getrennt. Aber wir hatten einander wiedergefunden, und wenn sich unsere Körper berührten … explodierte ein Feuerwerk.

Es war ein lauer Abend gewesen, und ihre Finger, die unter meinem Hemd über meinen Bauch strichen, hatten sich erregend angefühlt, ihre Haarsträhnen, die mir ins Gesicht wehten, berauschend. Der Abend war perfekt gewesen. Und als wir schließlich zu meinem Auto zurückgekommen waren, fuhren wir zu ihrer Wohnung und trieben es wie die Karnickel. Es war nur einer von vielen unglaublichen Abenden gewesen, den ich mit … meiner besten Freundin verbracht hatte. Meiner Seelenverwandten, wenn es so etwas gab. Und jetzt …

»Ist alles okay bei dir, Griffin? Du hast gar nichts gegessen, und wenn ich mich recht erinnere, warst du sonst immer als Erster fertig. Normalerweise hast du dir schon den Nachtisch reingeschaufelt, während alle anderen erst die Hälfte von ihrem Hauptgang gegessen hatten.« Dustin lachte mich an.

Nach dieser Erinnerung an Anna brachte ich kein Lächeln zustande. »Ja … ich bin irgendwie nicht hungrig. War ein langer Tag.« Ich schob meinen Teller weg und stand vom Tisch auf. »Danke fürs Essen, Mom. Ich habe gerade keinen Hunger.«

Sie nickte knapp, ich schlurfte in mein Zimmer, schloss die Tür und setzte mich aufs Bett.

Noch nie war ich so niedergeschlagen gewesen, und ich konnte es mit niemandem teilen. Mit Chelsey redete ich noch am liebsten, aber jetzt, wo Dustin zurück war … Sie waren so lange getrennt gewesen, dass ich sie mit meinem jämmerlichen Kram nicht noch länger voneinander fernhalten wollte. Und eigentlich wollte ich ohnehin nicht wirklich mit Chelsey reden. Nein, eigentlich wollte ich mit meiner besten Freundin reden.

Ich holte mein Handy heraus und starrte es zwanzig Minuten lang an. Ich hatte wirklich einen ziemlich beschissenen Tag gehabt, und jetzt Annas Stimme zu hören würde mir guttun. Natürlich nur wenn sie mir etwas Angenehmes zu sagen hätte. Irgendwann mussten wir über uns reden, oder? Wir konnten es genauso gut hinter uns bringen. Aber was wäre, wenn ihre Lösung lautete, es zu beenden? Was, wenn sie glücklicher ohne mich war? Oder was wäre, wenn sie einfach Abstand von mir haben wollte und es sie aufbrachte, dass ich sie mit meinem Anruf belästigte? Ich hatte keine Ahnung, was ich tun und was ich lassen sollte. Ich befand mich in völlig unbekanntem Gewässer und ging darin unter.

»Scheiß drauf«, murmelte ich. Ich suchte ihre Nummer und rief an. Zurückhaltung war noch nie meine Stärke gewesen.

Als sie den Anruf annahm, öffnete ich den Mund, um zu sprechen. Doch als ich merkte, dass ich auf ihrer Mailbox gelandet war, schloss ich ihn sofort wieder. Ich rang mit mir, ob ich ihr eine Nachricht hinterlassen sollte, entschied mich dann jedoch dagegen. Wenn sie mich ignorierte, würde sie nicht erfahren, was ich ihr zu sagen hatte. Stur von mir, klar, aber wenn sie etwas von mir hören wollte, musste sie rangehen.

In der Annahme, ich könnte ihr Abwehrsystem umgehen, rief ich stattdessen bei Kellan zu Hause an. Bis jemand abhob, hatte ich gar nicht daran gedacht, dass Kellan am Apparat sein könnte. Ein Anflug von Panik ergriff mich, während ich darauf wartete, dass sich jemand meldete. Was zum Teufel sollte ich ihm sagen?

Ausnahmsweise war das Glück auf meiner Seite, und eine weibliche Stimme sagte: »Hallo?«

»Oh … hey … hier ist Griffin. Bist du das, Kiera?«

Es folgte eine Pause, und ich fragte mich, ob ich die Stimme meiner Frau mit Kieras verwechselt hatte. Das kam gelegentlich vor; sie und Kiera klangen sehr ähnlich. Doch dann sagte die Stimme: »Oh … hey … ja, hier ist Kiera.«

»Oh … großartig, ist Anna da? Kann ich sie … sprechen?« Ich war mir nicht sicher, warum die Worte so zögerlich über meine Lippen kamen. Normalerweise hätte ich einfach verlangt, was ich wollte. Doch jetzt stand meine Welt plötzlich kopf, und ich kam mir vor wie ein Schatten meiner selbst.

»Anna ist ausgegangen …«

Meine Kehle schnürte sich zusammen. Mit einem Typen?,

wollte ich fragen, aber wenn Kiera Ja sagte, säße ich im nächsten Flugzeug gen Norden. Und nachdem ich herausgefunden hätte, wer der Mistkerl war, der meinte, er könnte mit meiner Frau ausgehen, würde ich ihn zu Brei schlagen. Dann würde ich ins Gefängnis wandern und meine Mädchen nie wiedersehen. Nur das drohende Gefängnis ließ mich stumm bleiben.

Kiera spürte jedoch, dass die Situation etwas heikel war, und räusperte sich. »Ich passe für sie auf die Kinder auf … willst du mit ihnen sprechen?«

Bei der Vorstellung, ihre süßen Stimmen zu hören, durchströmte mich ein warmes Gefühl. »Ja«, quiekte ich ziemlich unmännlich und musste mich räuspern, bevor ich es noch einmal mit einem »Ja … bitte« versuchte.

Das Flehen in meiner Stimme musste Kiera bewegt haben. Als sie erwiderte, sie würde sie holen, war ihre Stimme voller Mitgefühl. »Warte«, sagte ich und hielt sie zurück. »Bevor du gehst … ist Anna … ist sie … geht es ihr gut?«

Kiera stieß einen Seufzer aus. »Sie kommt zurecht. Und du? Alles okay bei dir, Griffin?«

Ihre Worte trafen mich direkt ins Mark. Okay? Ich hatte keine Ahnung. »Ja, ich …« Meine Stimme erstarb, da mich die Trostlosigkeit meines leeren Zimmers überwältigte. Mein leeres Zimmer, mein leeres Leben. »Nein … mein Leben ist beschissen ohne sie …« Ich hatte keine Ahnung, ob ich Anna meinte, die Mädchen oder meine Band. Ich glaube, ich meinte sie alle. Sie alle waren ein Stück von mir, und wenn sie nicht da waren, starb ich innerlich Stück für Stück, Tag für Tag.

Schniefend stieß ich hervor: »Kannst du bitte Gibson ans Telefon holen?«

Ich war für heute genug gestorben und wollte Kiera nicht noch mehr von meinem Schmerz zeigen.

22. Kapitel

Elend

Drei Wochen dauerte es, bis ich mich allmählich an meinen nervigen Job gewöhnte. Am Abend waren meine Hände nicht mehr wund und bluteten nicht mehr; stattdessen hatten sich hübsche Schwielen gebildet. Sie fühlten sich toll an, wenn ich masturbierte. Nein. Ich vermisste Anna dann nur umso mehr.

Auf dem Weg zur Arbeit gähnte ich sechsmal hintereinander. An die unchristliche Stunde würde ich mich nie gewöhnen. Um diese Uhrzeit sollte niemand auf sein, es sei denn, er hatte die Nacht durchgemacht. Ich selbst ging kaum noch aus. Manchmal fuhr ich nach der Arbeit für ein oder zwei Stunden in eine Bar, um etwas abzuschalten, bevor ich in das Chaos im Haus meiner Eltern zurückkehrte. Anschließend fuhr ich nach Hause und pennte, um am nächsten Tag wieder von vorn zu beginnen.

Noch nicht einmal an meinem freien Tag war ich ausgegangen und hatte etwas unternommen. Ich hatte einfach keine Lust. Ich wollte nur irgendwie den Tag hinter mich bringen, das war alles, was mich interessierte. Manchmal war es schon ein Kampf, überhaupt eine Stunde rumzukriegen. *Halte einfach durch … morgen wird es sicher besser.* Doch das wurde es nie.

Ich war immer in der Lage gewesen, das Beste aus Situationen zu machen, mich mit Sachen abzufinden und Spaß an den seltsamsten Dingen zu haben, aber jetzt … war der einzige Lichtblick an meinem Tag, wenn ich an Anna und die Mädchen dachte. Während ich meinem Hilfsjob nachging und Bolzen für Bolzen festzog, träumte ich von ihnen.

Am häufigsten dachte ich daran, wie Anna und ich beschlossen hatten zusammenzuziehen. Na ja, wir hatten es nicht wirklich beschlossen, wir hatten es einfach getan. Es hatte sich so ergeben, zumal wir schon verheiratet waren. Und ein Kind hatten. Das war nach der D-Bags-Tour mit Sienna Sexton, als wir alle nach Hause gefahren waren, nachdem Kellan verletzt worden war. Bis dahin hatte ich mit Matt zusammengewohnt, aber es kam mir komisch vor, dorthin zurückzugehen und Gibson und Anna allein in ihrer Wohnung zu lassen. Nein, es war mir schlichtweg falsch erschienen. Sie war meine Frau, und ich wollte bei ihr sein.

Also waren wir zusammen zu ihr gefahren. Anna hatte Gibson getragen, während ich mich um unser Gepäck kümmerte. Als wir die Wohnungstür erreichten, hatte ich gekeucht und geschnauft; wir drei hatten einen Haufen Sachen, obwohl wir schon einen ganzen Berg per Schiff nach Hause geschickt hatten.

»Das ist dein neues Zuhause, meine Süße«, schnurrte Anna, während sie sanft den Autositz von links nach rechts schwang und Gibson ihr neues Reich zeigte.

Annas Wohnung war völlig okay gewesen, als wir uns dort amüsiert hatten, aber plötzlich fühlte sie sich zu klein an. »Wir sollten uns etwas Größeres suchen, wo Gibby herumrennen und spielen kann. Irgendwas mit einem Pool.« Ich ließ dic Taschen auf einem großen Haufen auf den Boden plumpsen und massierte mir die wunden Schultern. »Und einem Whirl-Pool.«

Mit einem verführerischen Kichern blickte Anna zu mir hinüber. »Ich weiß nicht, mir gefällt es, dass wir es hier so gemütlich haben.«

Ich nahm Anna den Autositz aus der Hand und setzte Gibson sanft auf dem Boden ab. Dann legte ich die Arme um Annas Taille und erklärte: »Ja, aber was ist mit den anderen? Wenn die da sind, kommen wir uns hier vor wie in einem Schuhkarton.«

Anna hatte verwirrt die Brauen zusammengezogen. Ich weiß nicht, warum, aber dieser Ausdruck hatte mich angemacht. Okay, ich wusste genau, warum – weil mich alles anmachte, was sie tat. »Welche anderen?«, hatte sie gefragt.

Ich beugte mich vor und saugte ihre Unterlippe in meinen Mund. »Die anderen Kinder, die wir haben werden.«

Sie hatte ein erotisches Stöhnen ertönen lassen, das viel zu sinnlich für die jungen Ohren unserer Tochter gewesen war. Und ich war sofort hart geworden. »Mmmmm … du willst noch mehr Kinder haben?«, fragte sie mit heiserer Stimme.

Ich drängte meinen erregten Körper an ihre Hüfte und knurrte: »Ja … lass uns gleich damit anfangen.«

Anna lachte, als ich ihren Hals küsste, dann schob sie mich sanft von sich. Mit ernstem Blick sah sie mich aus ihren grünen Augen an und fragte: »Du willst wirklich noch mehr Kinder haben?«

Ich hatte auf meine Tochter hinuntergeblickt – meine perfekte, engelsgleiche Tochter – und friedlich gelächelt. »Ja. Ich will mehr Miniausgaben von dir. Ein Dutzend mindestens und vielleicht noch ein oder zwei von mir.« Ich hatte ihr mein gewinnendstes Lächeln geschenkt, und sie hatte es erwidert, doch ihre Augen waren ein bisschen feuchter als zuvor gewesen.

»Du willst ein Dutzend Ausgaben von mir?«

Ich hatte meine Hände auf ihre Wangen gelegt und genickt. »Alles darunter wäre ein Verbrechen gegen die Menschheit. Du bist perfekt. Deine DNA sollte immer und immer wieder kopiert werden.«

Daraufhin hatte sie mich leidenschaftlich geküsst und Gibson schnell in ihrem Zimmer zum Schlafen hingelegt, damit wir an einem Bruder oder einer Schwester für sie arbeiten konnten. Und kurz darauf waren wir in das riesige Haus am See gezogen. In mein Traumhaus, mit meiner Traumfrau. Doch jetzt war der Traum aus.

Am Ende meiner Schicht hatte ich keine Lust, nach Hause zu fahren. Ehrlich gesagt hatte ich auf gar nichts Lust. Doch da ich dreckig, wie ich war, und mit schmerzenden Knochen schlecht in der Fabrik übernachten konnte, stapfte ich zum Parkplatz. Vielleicht würde ich noch in eine Bar fahren und meine Sorgen in Whisky ertränken. Das löste zwar nichts, aber vielleicht würde es vorübergehend den Nebel der Verzweiflung um mich lichten. Ich fühlte mich gar nicht mehr wie ich. Ich sah auch kaum noch aus wie ich. Ich hatte Tränensäcke unter den Augen, Löcher in den Klamotten, Schwielen an jedem Finger und in jedem Winkel Dreck, Schmiere und Schweiß. Chelsey hatte mir geholfen, meine Haare wieder blond zu färben, nachdem Anna weg war, denn das Braun herauswachsen zu lassen, hatte mich verrückt gemacht. Doch, wie der Rest von mir, wirkten meine Haare stumpf und glanzlos, und ich schwöre, sie wurden grau.

Als ich meine Füße über das Pflaster schleppte, dachte ich, dass ich vielleicht besser nach Hause fahren und stundenlang duschen sollte. Genau in dem Moment öffneten sich die Wolken und ließen schwere Regentropfen auf mich herabfallen. Kopfschüttelnd blickte ich nach oben, dem Guss entgegen, der langsam meinen Lebenswillen abwusch. *Fick dich, Universum, das habe ich nicht gemeint.*

Meine Kollegen schleppten sich mit mir durch den Wolkenbruch und stapften langsam wie Roboter zu ihren Wagen. Durch den prasselnden Regen hörte ich einen von ihnen rufen: »Hey, Cocknado … ist das dein Mädchen?«

Ich war es gewohnt, bei der Arbeit verspottet zu werden, der Spitzname perlte an mir ab. Doch mein Herzschlag beschleunigte sich. Herrgott. War Anna etwa hier? Hatte sie mir vergeben? Ich sah in die Richtung, in die mein Kollege zeigte, und für eine Sekunde verschwamm mein Blick, und ich dachte, ich würde ohnmächtig werden. Sie war es. Sie war hier … um mich aus dieser Hölle zu retten. Gott sei Dank.

Ich wollte gerade Annas Namen rufen, als ich merkte, dass mich meine müden, brennenden Augen getäuscht hatten. Mir rutschte das Herz in die Kniekehlen, als ich merkte, dass es nicht Anna war. Es war Kiera. Was zum Teufel machte Kiera hier?

Ich hatte keine Ahnung. Sie stand mit einem riesigen schwarzen Regenschirm neben dem Minivan von meinem Dad und zitterte, als wäre ihr kalt oder als sei sie nervös. Es wirkte, als wäre sie sich nicht ganz sicher, was sie hier machte, doch als sie mich entdeckte, strahlte sie. Zumindest kurz. Als ich näher kam, erstarb ihre Fröhlichkeit. Verdammt. So wollte ich ihr wirklich nicht begegnen. Fertig. Ohne Hoffnung. Erledigt. Ein Schatten desjenigen, der ich einst gewesen war.

Mit mulmigem Gefühl ging ich auf Kiera zu. Sie hob die Hand zum Gruß, und ich grüßte schwach zurück. Ich bemühte mich, so gelassen wie möglich zu gehen, doch meine Neugier wuchs. Was machte sie hier?

Während sie mich musterte, biss sie sich auf die Lippe, und sobald ich nah genug bei ihr war, fragte sie: »Alles okay?« Ihre Augen glänzten, als müsse sie gleich meinetwegen … weinen. Das machte mich fast so fassungslos wie die Tatsache, dass sie überhaupt hier war.

Anstatt ihre Frage zu beantworten, stellte ich ihr selbst eine. »Was machst du hier? Willst du sehen, wie tief ich gesunken bin?« Ich deutete auf die schmutzige, staubige Fabrik, die hinter mir im Wolkenbruch versank. Wenn der Regen diesen teuflischen Ort doch einfach wegspülen würde. Aber halt, nein … ich brauchte ihn zu sehr.

Kiera sah mich ungläubig an. »Nein, natürlich nicht. Ich habe mir Sorgen um dich gemacht. Ich wollte nur wissen, ob du okay bist. Und jetzt … bin ich mir da nicht so sicher.« Sie taxierte mich und trat vor, sodass wir beide unter ihrem riesigen Regenschirm standen. Es fühlte sich seltsam angenehm an, dass mir jemand Schutz gewährte, und ich musste schlucken.

Dann winkte ich ab. »Mir geht's gut.« Ich lächelte, und das tat weh. Mir ging es alles andere als gut. Ich musterte Kiera und fragte: »Warum kümmert *dich* das? Du hasst mich.«

Auf Kieras Gesicht legte sich ein schuldbewusster Ausdruck. »Ich hasse dich nicht, Griffin. Vielleicht *mag* ich dich nicht immer … aber ich hasse dich nicht.« Sie seufzte. »Aber meine Schwester liebt dich, und deshalb bin ich hier. Sie ist unglücklich ohne dich, Griffin. Alle … Anna, die Mädchen … die Jungs.« Sie zuckte die Schultern und richtete den Blick nach unten auf den Asphalt.

Ich hatte das Gefühl, sie hätte gerade einen Pflasterstein genommen und ihn mir über den Schädel gezogen. Alle waren unglücklich? Ohne *mich*? Das würde ich zu gern glauben, aber sie klopften nicht an meine Tür, um mich zu bitten zurückzukommen. Keiner von ihnen …

»Keiner ist unglücklich ohne mich. Niemanden interessiert es, dass ich weg bin. Ich lebe jetzt seit über einem Jahr hier, und du bist die Einzige, die gekommen ist, um mich zu sehen.« Ich wollte die Arme verschränken und eine stolze, abweisende Haltung einnehmen, aber ich konnte nicht. Ich besaß keinen Stolz mehr.

Kiera wirkte nachdenklich und deutete mit dem Kopf auf meinen Wagen. »Können wir irgendwo in Ruhe reden? Am liebsten irgendwo, wo es trocken ist?« Sie blickte zu ihrem Regenschirm hoch. »Deine Mutter hat mir gesagt, dass es regnen würde, als ich sie gefragt habe, wo ich dich finde. Ich wollte ihr nicht glauben, aber … sie ist eine kluge Frau.« Sie wandte mir ihren Blick zu, und ich sah ihre Anerkennung.

Ich schüttelte den Kopf. »Ja, das ist sie. Aber anscheinend hat sie das nicht ihren Kindern weitervererbt. Zumindest nicht allen.«

Kieras Augen weiteten sich vor Überraschung. Wahrscheinlich hatte sie noch nie gehört, dass ich mich selbst runtermachte. Ehe sie das abstreiten konnte, obwohl wir beide wussten, dass es stimmte, holte ich die Autoschlüssel heraus. »In der Nähe gibt es ein Diner. Hast du Hunger?«

Mir war ganz und gar nicht nach Essen zumute, mein Mund fühlte sich an, als sei er mit Asche gefüllt, aber Kiera war stundenlang unterwegs gewesen, um herzukommen und … da fiel mir wieder ein, dass sie schwanger war. »Du bist doch schwanger. Natürlich hast du Hunger. Herzlichen Glückwunsch … ich wette, Kellan ist begeistert.« Als ich Kiera strahlen sah, dachte ich daran, dass Anna sich auch noch ein Baby wünschte. Gott, wie ich sie vermisste.

Kiera kicherte und strich sich unter ihrer Jacke über den Bauch. »Danke, ja, wir freuen uns beide. Es kommt im November, diesmal ist es ein Mädchen. Anna ist durchgedreht, als sie mit mir für die Kleine eingekauft hat …« Ihre Stimme verhallte, als wüsste sie, dass es mir wehtat, von meiner Frau zu hören. Und tatsächlich fühlte es sich wie ein Messerstich in meinem Bauch an. Verdammt, hörte das denn nie auf wehzutun?

Ich wollte dieses nasse Elend verlassen, öffnete die Wagentür und half Kiera beim Einsteigen. Dann fuhr ich uns zu einem einfachen Diner, der ungefähr eine Meile entfernt lag, und wir setzten uns in eine der hinteren Nischen. Kiera bestellte sich etwas zu essen, während ich einen Kaffee orderte. Bis ich wusste, was sie eigentlich bei mir wollte, bekam ich nichts herunter. Während wir auf das Essen warteten, begann Kiera zu sprechen.

Sie lächelte mich an, dann wurde sie ernst. »Zuallererst möchte ich etwas klarstellen, was du auf dem Parkplatz gesagt hast. Du bist den Jungs wichtig, Griffin. Es sind nur alle … in letzter Zeit ziemlich beschäftigt gewesen und, na ja, die sind genauso stolz und stur wie du. Du hast sie mit deinem Ausstieg verletzt. Nein, mehr als das, sie waren am Boden zerstört.«

Eine dreiste Antwort stieg in meinem Kopf auf, doch ich ließ sie vorbeiziehen und hörte weiter mit hängendem Kopf zu. Ja, ich *hatte* sie verletzt, das wusste ich. Kiera legte mir eine Hand auf den Arm, und ich hob den Blick zu ihr. »Es gibt noch Hoffnung, gib nicht auf.«

Kopfschüttelnd deutete ich auf mein schmuddeliges Äußeres und auf den heruntergekommenen Diner, der das Beste war, was ich mir leisten konnte. »Sieh mich an, Kiera, ich habe alles verloren, was ich besessen habe. Ich wohne wieder bei meinen Eltern. Ich bin dermaßen verschuldet, dass sogar meine Pisse rot ist. Ich mache einen Job, den ich hasse, nur um über die Runden zu kommen, und ich … habe meine Frau verloren, meine besten Freunde und meine Kinder. Von welcher Hoffnung redest du? Wie soll ich das jemals wieder in Ordnung bringen?«

Sie wirkte entschieden, aber mitfühlend. »Darum bin ich hier. Seit du ausgestiegen bist, haben die D-Bags harte Zeiten hinter sich. Denny meinte, er habe dir davon erzählt, aber wahrscheinlich nicht alles. Hast du die Nachrichten verfolgt?«

Seufzend schüttelte ich erneut den Kopf. »Nein, nachdem die Serie gestorben war, habe ich mich ausgeklinkt. Eigentlich schon davor. Nachdem ich die Band verlassen hatte. Ich wollte nichts mehr von ihnen hören. Es hat mir irgendwie wehgetan, weißt du?« Es fühlte sich merkwürdig an, Kiera gegenüber so etwas Persönliches zuzugeben, aber sie nickte nur.

»Ja, ich weiß. Kellan und den Jungs ist es mit dir so ähnlich gegangen. Aber sie mussten weitermachen, um die Band am Laufen zu halten.« Sie stieß die Luft aus. »Und das ist nicht leicht gewesen. Dein Ausstieg hatte ziemliche Folgen. Die Fans waren verletzt, verwirrt … wütend.«

Ich erinnerte mich daran, wie einige von ihnen mich im Pete's in die Zange genommen hatten, und nickte. »Ja, ich weiß.«

Kiera schüttelte den Kopf. »Nein, ich glaube nicht, dass du das weißt. Es waren ziemlich viele Leute sauer, dass du gegangen bist, aber es gibt da diese Gruppe von Hardcore-Griffin-Fans, und die haben den Jungs das Leben zur Hölle gemacht.«

Das haute mich glatt um. »Ich habe Hardcore-Fans?«

Kiera verzog das Gesicht und nickte. »Ja. Und die waren ziemlich laut und sehr treu. Die haben angefangen, die Jungs zu schikanieren, weil sie dich vertrieben hätten.« Sie schloss einen Moment die Augen und schüttelte den Kopf. »Manche von denen sind so weit gegangen, dass Kellan, Evan und Matt einstweilige Verfügungen erwirken mussten.« Sie hätte mich nicht mehr überraschen können, wenn sie mir gesagt hätte, man habe die Fernsehserie wiederbelebt.

»Einstweilige Verfügungen? Geht … geht es ihnen gut?«

Langsam öffnete sie die Augen wieder, als wäre sie völlig erschöpft. »Es geht ihnen gut. Eine Weile war es allerdings ziemlich heftig. Aber diese Gruppe ist gewachsen, und jetzt gibt es überall, wo die Jungs auftreten, Proteste. Proteste dagegen, was die Band dir angetan hat. Ein paar von denen waren sogar bei den VMAs.«

Ich dachte an jenen Abend zurück, aber ich war schon ziemlich betrunken gewesen, als ich dort ankam, sodass ich mich nicht erinnern konnte, etwas in der Art bemerkt zu haben. »Wow«, war alles, was mir dazu einfiel.

Kiera lächelte schwach. »Ja. Und als die Band endlich jemanden als Ersatz für dich gefunden hatte, haben die Proteste dem neuen Typen so zugesetzt, dass er wieder aufgehört hat.« Seufzend zuckte sie die Schultern. »Dank deiner fanatischen Fans hat jeder Einzelne, den die Band angeheuert hat, wieder aufgehört. Die Band kommt nicht weiter. Die können nicht auf Tournee gehen, die können kein neues Album aufnehmen … es ist die Hölle.«

Ich starrte in meinen Kaffeebecher, während das schlechte Gewissen an mir nagte. »Ich hatte keine Ahnung, dass sie solche Schwierigkeiten haben.« *Warum haben sie mich nicht angerufen?* Ich wusste die Antwort, kaum dass ich die Frage gedacht hatte. Weil sie ihre Niederlage genauso wenig zugeben wollten wie ich meine. Wir erstickten alle an unserem verdammten Stolz.

Kiera seufzte, und ich blickte auf. »Die Verkäufe sind eingebrochen, die Band weiß nicht weiter. Kellan spricht sogar davon, die Band aufzulösen. Dass jeder seiner Wege geht.«

Ich bekam derart große Augen, dass mein Gesicht schmerzte. Nein, das hatte ich nicht gewollt. »Sie lösen sich auf? Kellan könnte wahrscheinlich eine Solokarriere starten, aber Matt … Evan … was sollen die denn dann machen?« Vor lauter Sorge um sie hämmerte mein Herz.

Als Kiera beruhigend lächelte, fühlte ich mich etwas besser. Ebenso bei ihren nächsten Worten. »Denny hat Kellan davon überzeugt, noch einen Versuch zu starten, dich zu ersetzen. Die Band löst sich also noch nicht auf.«

Ihre Worte klangen bittersüß. Ich wollte wirklich nicht, dass die Band auseinanderbrach, aber ich war auch nicht begeistert, dass sie mich ersetzen wollten. Niedergeschlagen fragte ich: »Ach ja? Und was hat Denny sich ausgedacht?«

Zu meiner Überraschung lachte sie. »Ironischerweise eine Fernsehsendung. Oder ein TV-Special, so nennt man das wohl.«

Ich muss völlig verwirrt ausgesehen haben, denn sie erklärte weiter: »Denny glaubt, dass wir im Fernsehen ein öffentliches Casting veranstalten und die Fans abstimmen lassen sollten. Wenn sie mitreden können, würden deine Hardcore-Fans das neue Bandmitglied eher akzeptieren.«

Mein Hirn fühlte sich an wie Götterspeise. Sie wollten mich im Fernsehen ersetzen. Irgendwie passend, schließlich hatten sie mich dort auch verloren.

Während ich die Information verdaute, sagte Kiera leise: »Sie veranstalten überall im Land Castings. Ich bin etwas überrascht, dass du nichts davon gehört hast.«

Schniefend erklärte ich: »Ich war beschäftigt.« Ja, denn auch nur meinen Kopf über Wasser zu halten war schon eine Vollzeitbeschäftigung.

Kiera lächelte mitfühlend. »Ihre letzte Station ist hier in Los Angeles. In zwei Wochen.« Verheißungsvoll hob sie eine Braue und fügte hinzu: »Die Castings sind öffentlich. Man muss nur hingehen, dann bekommt man eine Chance.«

Es war klar, was sie meinte. Ich könnte dort auftauchen. Ich könnte am Casting teilnehmen. Ich könnte mich bei den Jungs um einen Job bewerben. Ich könnte noch mal neu anfangen. Wenn ich nur mutig genug war. Ein Gespräch mit meiner Schwester tauchte in meinem müden Gehirn auf.

Was mache ich denn jetzt, Chelse?

Du holst dir das wieder, was du verloren hast … auch wenn du dafür auf allen vieren durch den Schlamm kriechen musst.

Da ich das Gefühl hatte, mich schon die ganze Zeit im Schlamm gesuhlt zu haben, seit Anna gegangen war, schien mir das jetzt einfach.

Ich lächelte Kiera dankbar an, dann nickte ich, damit sie

wusste, dass ich verstanden hatte, was sie meinte. »Danke. Danke, dass du den ganzen Weg hergekommen bist, um nach mir zu sehen und mir das zu sagen. Du ahnst ja gar nicht, wie dankbar ich dir bin.« Freundlichkeit und Mitgefühl jeglicher Art waren ein seltenes Gut, das man nicht unterschätzen sollte. Das hatte ich jetzt verstanden.

Als sie zu mir herübersah, zeichnete sich ein trauriger Ausdruck auf ihrem Gesicht ab. Ich musste mich ziemlich jämmerlich anhören, wie ein völlig anderer Mensch. Vermutlich war ich das auch. In leisem, mitfühlendem Ton sagte sie: »Ich bin mir sicher, du und Anna, ihr kriegt das wieder hin. Sie ist verrückt nach dir.«

Und ich bin verrückt nach ihr. »Hoffentlich«, erwiderte ich und wandte den Blick ab. Da fiel mir etwas ein, und ich drehte mich wieder zu ihr. »Wissen die Jungs, dass du hier bist? Dass du mir das erzählst?« *Wollen sie, dass ich zum Casting komme?*

Kiera zuckte die Schultern. »Kellan weiß es. Er hat das Ticket für mich gebucht.« Sie zwinkerte mir zu, dann seufzte sie. »Ich glaube aber nicht, dass er es den anderen gesagt hat. Er will dich nicht unter Druck setzen.«

Ich nickte. Das war nett von ihm. Was nicht überraschend war, Kellan war ein guter Kerl. »Danke. Weiß … weiß Anna, dass du hier bist?«

Kiera zögerte, dann schüttelte sie den Kopf. »Nein. Ich habe es ihr nicht gesagt. Sie wohnt jetzt allein, wusstest du das?« Als ich den Kopf schüttelte, seufzte sie. »Ja, sie hat eine Wohnung für sich und die Mädchen gemietet, und sie arbeitet wieder in ihrem alten Job bei Hooters. Ich habe ihr gesagt, sie könnte bei uns bleiben, so lange sie wollte, aber sie wollte ihr eigenes Ding machen. Sie ist ziemlich stur.« Sie lachte.

Ich lächelte. »Ja, das haben wir wohl gemeinsam.«

Die Kellnerin brachte Kieras Essen, und sie blickte grinsend auf ihre Eier mit Speck. Noch bevor die Kellnerin gegangen war, hatte sie sich ein paar Gabeln in den Mund geschoben. Ich musste über ihren Appetit grinsen, obwohl es mich schmerzhaft an Annas Gelüste in der Schwangerschaft erinnerte.

»Hey, Kiera«, sagte ich und rührte in meinem Kaffee, von dem ich noch keinen Schluck getrunken hatte. Als sie mich ansah, verzog ich das Gesicht. »Bitte sag Anna nichts davon.« Ich deutete auf meine schmutzigen, heruntergekommenen Sachen. Kiera schien protestieren zu wollen, aber ich unterbrach sie. »Ich meine es ernst. Ich will nicht, dass sie sich Sorgen um mich macht.«

Kiera dachte einen Augenblick nach, dann nickte sie. Um sie zu beruhigen, fügte ich hinzu: »Ich komme wieder auf die Beine, Kiera, kein Grund zur Sorge.« Und zum ersten Mal seit Langem glaubte ich das tatsächlich.

23. Kapitel

Was soll ich tun?

Als Kiera und ich ins Haus meiner Eltern zurückkamen, bot ich ihr für die Nacht mein Zimmer an. Sie verzog abwehrend das Gesicht und wollte schon ablehnen, doch dann sah sie sich mit großen, ungläubigen Augen in dem Raum um. Sofort bekam sie feuchte Augen, und kurz darauf wischte sie sich Tränen von den Wangen. Ich sagte nichts, aber ich war mir ziemlich sicher zu wissen, was sie so berührte. Wenn ich mich hier aufhielt, ging es mir ähnlich.

Vor einiger Zeit hatte ich mein Zimmer in einen Schrein für meine Familie verwandelt. Ich hatte das Haus nach jedem Foto durchwühlt, das Mom von Anna und den Mädchen besaß. Sie hatte eine ganze Menge, und jetzt war jede Wand mit Fotos tapeziert, die Mom bei diversen Anlässen aufgenommen hatte. Es gab einige von Anna und mir, noch ohne Kinder, als wir in L.A. das erste D-Bags-Album aufgenommen und bei dieser Gelegenheit meine Eltern besucht hatten. Da waren sich Anna und meine Eltern das erste Mal offiziell begegnet. Von ihr gehört hatten sie vorher schon, weil ich die ganze Zeit von nichts anderem mehr gesprochen hatte. Auf jenen Bildern war Anna bereits mit Gibson schwanger gewesen und wirkte so zufrieden, dass sie fast auf jeder Aufnahme strahlte. Verdammt. Meine Frau war so unglaublich schön.

Es gab Bilder von der Party, die meine Eltern für uns veranstaltet hatten, nachdem wir heimlich geheiratet hatten. Da war Gibson noch ein winziges Ding gewesen. Anna trug ein schickes Kleid; sie sah aus wie eine Prinzessin. Eine sexy, verführerische, superscharfe Prinzessin. Es gab eins, auf dem Anna auf Gibson hinunterblickte, die in ihrem Schoß lag. Da musste ich jedes Mal schlucken, wenn ich es ansah. Darum versuchte ich, es nicht zu lange zu betrachten.

Bilder von uns dreien auf sommerlichen Grillfesten sowohl hier als auch in meinem Haus in Seattle hingen an der Wand neben Bildern von Weihnachten, Thanksgiving und diversen Geburtstagen. Dann bewegte sich die Chronik zu Fotos, auf denen Anna Gibson an der Hand hielt, während sie mit Onnika schwanger war. Wenn sie gestrahlt hatte, als sie mit Gibson schwanger war, dann leuchtete sie während der Schwangerschaft mit Onnie. Es gab Fotos, die Anna direkt nach Onnies Geburt zeigten, überglücklich und ohne Schmerzen. Dann gab es Fotos von der Taufe, Momente, die ich gar nicht wahrgenommen hatte: Anna lachte mit ihrer Schwester, Dad wirbelte Gibson umher, und Mom schmuste mit Onnika. Und dann ein paar atemberaubende Aufnahmen von der Zeremonie selbst. Ich war so mit dem anderen Mist beschäftigt gewesen, dass die ganze Angelegenheit quasi an mir vorbeigegangen war. Diese Zeit konnte ich nicht mehr zurückholen, die Erinnerungen nicht neu erschaffen. *Wie habe ich nur so dumm sein können?*

Während Kiera mit großen Augen mein Zimmer inspizierte, wurde ich ganz melancholisch. Abgesehen von der großen Ansammlung von Fotos hatte ich jedes erdenkliche Andenken und jedes Erinnerungsstück aufgehängt – Gibsons Lieblingsschokoriegel, das Etikett von einem Wein, den Anna liebte, eine von Onnikas Rasseln … einen von Annas BHs. Mein Zimmer war ein gigantisches Sammelalbum. Ich war mir nicht sicher, ob das süß, psychotisch oder jämmerlich war. Vielleicht eine Mischung aus allem.

Kiera blickte mich an, als würde sie eine neue Seite an mir entdecken, und willigte ein, in meinem Zimmer zu übernachten. Ich räusperte mich, zuckte die Schultern, nickte und tat, als wäre alles, was sie hier gerade entdeckt hatte, nichts Besonderes. Es war seltsam, doch nachdem Kiera die Tür geschlossen hatte, hätte ich mein Angebot am liebsten rückgängig gemacht. Ich wollte mein Zimmer zurückhaben. Ich hatte mich derart daran gewöhnt, jede Nacht von meiner Frau und meinen Kindern umgeben zu sein. Sie waren meine Stütze, auch wenn sie nicht da waren. Nun waren sie nicht einmal mehr auf diese seltsame Weise bei mir, und es war schmerzhaft, von ihnen getrennt zu sein.

Ich nahm eine Decke und richtete mir ein Bett auf dem Sofa her. An Schlaf war nicht zu denken. Mir ging zu viel durch den Kopf. Ich verzichtete auf die Erholung, besorgte mir ein paar Blätter Papier aus dem Schreibtisch meiner Mutter und legte mich wieder hin.

Die ersten Worte waren einfach. *Liebe Anna …* Der Rest, der folgte, fiel mir überaus schwer. Ich hatte noch nie jemandem mein Herz ausgeschüttet, noch nicht einmal, als ich Anna endlich gestanden hatte, dass ich sie liebte. Anna und ich gingen über diesen kitschigen Kram eher hinweg. Aber ich konnte dem nicht mehr aus dem Weg gehen. In ihrer Abwesenheit hatten sich meine Gefühle aufgestaut, und der Damm würde bald brechen. Er brach *jetzt*.

Ich will mit dem beginnen, was ich dir schon vor Monaten hätte sagen sollen. Was ich dir jeden Morgen beim Aufwachen hätte sagen sollen, und jeden Abend, bevor wir ins Bett gegangen sind – Ich liebe dich. Ich liebe dich so sehr …

Lange bevor ich das verdammte Ding fertig hatte, liefen mir die Tränen über die Wangen.

Am nächsten Morgen stand ich extra früh auf, um Kiera zum Flughafen zu bringen. Sie nahm den ersten Flug zurück, damit sie so bald wie möglich wieder bei Ryder war. Sie wollte mit dem Taxi fahren, weil ich sonst nicht rechtzeitig zur Arbeit käme, doch das schien mir nicht richtig. Ich hielt es für meine Pflicht, sie zum Flughafen zu bringen und dafür zu sorgen, dass sie sicher nach Hause kam. Damit, dass sie gekommen war, um zu sehen, wie es mir ging, war sie wirklich über sich selbst hinausgewachsen.

Als ich noch früher aufstand als sonst, hatte ich das Gefühl, ich hätte die Zeit zurückgespult, und es wäre noch immer gestern Abend. Kiera kämpfte auch mit der frühen Stunde, aber nachdem ich ihr einen Kaffee eingeschenkt hatte, war sie etwas wacher. Entkoffeiniert natürlich, schließlich war sie schwanger. »Ich bin überrascht, dass du so früh am Morgen schon funktionierst«, meinte sie.

Lächelnd erklärte ich: »Das bin ich jetzt irgendwie gewöhnt ... nicht dass es nicht trotzdem nerven würde.«

Kiera lachte, dann gähnte sie. »Ja, das tut es.«

Ich fühlte mich ihr näher als vermutlich je zuvor und bedankte mich noch mal bei ihr, dass sie gekommen war. »Es bedeutet mir viel, dass du dir die Zeit genommen hast, ... um herzukommen und zu sehen, wie es mir geht, und um mit mir zu reden. Vielen Dank.«

Lächelnd sagte sie: »Du würdest dasselbe für Kellan tun.« Ihr Grinsen wich einem nachdenklichen Ausdruck. »Glaube ich.«

Obwohl ihre Worte ein Körnchen Wahrheit enthielten – ich konnte manchmal ganz schön egoistisch sein –, musste ich über ihre Miene lachen. Kiera schürzte die Lippen und fragte leise: »Und ... kommst du ...? Kommst du zum Casting?«

Ich dachte darüber nach. Würde ich? »Ich weiß es nicht. Ich weiß es einfach nicht.«

Kiera nickte, sah jedoch bedrückt aus. »Kommst du wenigstens zurück nach Seattle? Und klärst die Sache mit Anna?«

Ich seufzte. »Ich wünschte, ich könnte, aber ich habe hier bis über beide Ohren zu tun. Ich *brauche* diesen Job.« Sie hatte keine Ahnung, wie sehr das stimmte. Ob es mir gefiel oder nicht, ich saß hier fest.

Kiera öffnete den Mund, und ich wusste, was sie dachte – *dein alter Job ist besser bezahlt* –, doch dann schloss sie ihn wieder und ließ die Worte unausgesprochen. Ich fragte mich, ob sie überlegte, was ich schon überlegt hatte. Wenn ich bei dem Casting auftauchte, hieß das nicht, dass ich wieder ein D-Bag wurde. Es garantierte gar nichts. Und außerdem war das erst in ein paar Wochen, und ich musste Rechnungen bezahlen. Ich konnte nirgendwo anders hingehen.

In angenehmem Schweigen fuhren wir zum Flughafen. Als wir dort waren, dankte Kiera mir, während sie die Tür öffnete, um auszusteigen. Als sie schon halb aus dem Auto war, hielt ich sie zurück. »Warte …« Ich griff in meine Tasche und zog den Brief heraus, den ich letzte Nacht geschrieben hatte. Vermutlich sollte ich ihn in tausend Stücke zerreißen, doch ich reichte ihn ihr. »Gibst du den bitte Anna von mir?«

Ich sah die Neugier in Kieras Augen, aber der Brief war in einem Umschlag verschlossen. Sie würde ihn nicht vor Anna lesen können. Shit. Wollte ich, dass Anna ihn las? Kiera nickte und nahm mir den Brief ab. Und in dem Moment merkte ich, dass ich wirklich wollte, dass Anna ihn las. Klar, er war peinlich und kitschig, normalerweise würde ich über so etwas würgen … aber ich wollte, dass Anna wusste, was ich empfand. Was ich *wirklich* fühlte.

Als Kiera die Tür schloss und zum Abschied zaghaft winkte, fühlte ich mich leichter, und mein Kopf war klarer. Vielleicht genügte ein Brief nicht, aber ich hatte endlich das Gefühl, etwas Produktives getan zu haben, etwas Positives und etwas … Uneigennütziges.

Ich sah Kiera hinterher, bis sie sicher im Flughafen verschwunden war, dann fuhr ich los, damit ich noch pünktlich zur Arbeit kam. Zumindest halbwegs pünktlich.

Als ich zu spät kam, hielt mein Vorgesetzter mir eine strenge Strafpredigt und erklärte mir, meine Zeit würde nicht mir gehören, und wenn ich zu spät käme, würde ich sie im Grunde der Firma stehlen. Er sagte, er werde mich feuern, wenn das zur Gewohnheit würde. Blöder Idiot. Doch während er mich anschrie, konnte ich nur an Kieras Neuigkeit mit dem Casting denken. Ich wusste nicht, was ich tun sollte.

So gern ich mir freigenommen hätte, um für den Auftritt zu üben, den ich schon einmal gehabt hatte, wusste ich tief in meinem Herzen, dass das nicht ging. Ich konnte nicht noch einmal alles riskieren. Als ich Kiera gesagt hatte, ich bräuchte diesen Job, war das nicht gelogen. Wenn ich ihn verlor und der Castingwettbewerb nicht so ausging, wie ich hoffte – was gut möglich war, da die Zuschauer über das Ergebnis abstimmten –, dann wäre ich völlig am Arsch; dann gab es keine Hoffnung mehr für mich. So gern ich ihn hingeschmissen hätte, das Risiko, diesen Job für das Casting mit der Band aufzugeben, war zu groß.

Diese Einsicht machte mich bei der Schicht mürrischer als sonst. Gott, mein Leben war echt deprimierend. Ich konnte mich kaum noch an die Zeit erinnern, als ich dachte, zu verlieren wäre für mich unmöglich, und alles aufs Spiel gesetzt hatte, sogar meine Ehe. Und jetzt bekam ich eine neue Chance, eine echte diesmal, und ich konnte sie mir nicht leisten. Als ich zum Mittagessen schlurfte, war ich fast starr vor Niedergeschlagenheit.

Während ich den Boden meiner Puddingschale auskratzte,

beobachtete ich meine Kollegen. Ihnen zuzusehen und zuzuhören war, als würde ich einen Blick in meine Zukunft erhaschen, und soweit ich das beurteilen konnte, sah die nicht gut aus. Die meisten der Typen hier versuchten, irgendwie über die Runden zu kommen. Viele von ihnen ertränkten ihre Probleme jeden Abend in Alkohol und waren zum zweiten oder dritten Mal verheiratet. Die Vorstellung, dass *das* meine Zukunft sein sollte, frustrierte mich.

Aber konnte ich ein weiteres Risiko eingehen? Angenommen, die Jungs würden mich in die Sendung einladen … was schon eine gewagte Vermutung war, denn momentan waren sie nicht gut auf mich zu sprechen … der Gewinner wurde von den Fans gewählt. Die *hassten* mich. Sie hassten die Art, wie ich ausgestiegen war und was ich den Jungs angetan hatte. Und das konnte ich ihnen nicht verübeln. Ich war ein egoistischer Saukerl gewesen, der überhaupt nicht zu schätzen gewusst hatte, was er besaß. Ich hatte es nicht verdient, wieder zur Band zu gehören. Ich hatte es nicht verdient, wieder mit Anna zusammenzukommen. Ich war nicht gut genug für die Dinge, die ich einst gehabt hatte.

Kieras Worte gingen mir jedoch nicht aus dem Kopf. *Sie sind unglücklich ohne dich … Du bist ihnen wichtig …*

Ich schob den Rest von meinem Mittagessen weg, ich bekam nichts mehr herunter. Mit geschlossenen Augen versuchte ich, mir vorzustellen, was Anna mir raten würde. Wo würde ich enden, wenn ich bei diesem Job bliebe? Und da wusste ich die Antwort. Mich würde dasselbe Unglück ereilen, das ich täglich um mich herum beobachtete. Ich würde Anna verlieren und die Mädchen … Ich würde meine Familie verlieren und wahrscheinlich auch den Verstand.

Im Geiste richtete ich meine Aufmerksamkeit auf den anderen Weg, der von dieser Kreuzung abzweigte. Wo würde ich landen, wenn ich zum Casting ging? Als würde ich aus einer Trance erwachen, regte sich schon allein bei dem Gedanken Hoffnung in mir. Wenn das Schicksal mir wohlgesonnen war, konnte ich wieder ein D-Bag werden. Aber was, wenn nicht? Was, wenn ich meinen Job aufgab und das Casting verlor? Wie sollte ich dann meine Schulden abbezahlen und die Mädchen unterstützen? Andererseits, was hatte das alles überhaupt für einen Sinn ohne Anna und die Mädchen? Lieber würde ich gerade so über die Runden kommen oder auf der Straße um Geld betteln, als den Rest meines Lebens ohne sie zu verbringen. Wenn ich verlor, konnte ich noch mal neu anfangen. Irgendwie. Aber wenn ein Wunder geschah und ich gewann …

Ich öffnete die Augen und wusste plötzlich genau, was ich zu tun hatte. Meine Zukunft war bei Anna und bei den D-Bags, bei meiner *Familie* … wenn sie mich noch haben wollten.

Ich spürte, wie die Hoffnung in meiner Brust brannte, und musste lächeln. Es war schmerzhaft, aber ich hieß den Schmerz willkommen. *Okay, Kiera. Ich werde an dem Casting teilnehmen.*

Ausnahmsweise versuchte ich, mich klug zu verhalten, und gab den Job nicht gleich auf. Stattdessen vereinbarte ich eine Bedingung. Ich würde den Job nur aufgeben, wenn ich das Casting bestand und es in die Sendung schaffte. Wenn ich nicht so weit kam, blieb mir auf diese Weise etwas, auf das ich zurückgreifen konnte. Ich war ein bisschen stolz auf mich, dass ich mir einen Plan ausgedacht hatte, anstatt leichtsinnig von der Klippe zu springen. *Siehst du, Anna, ich lerne dazu.*

Trotzdem hatte ich Angst. Wenn ich es in die Sendung schaffte und verlor, musste ich ganz von vorn anfangen. Mein Job war beschissen, aber er war gut bezahlt, und mir war klar, dass ich auf Anhieb nicht wieder so etwas finden würde. Ich würde dreimal so hart arbeiten müssen, um gerade so zurechtzukommen. Aber nein, so durfte ich nicht denken. Ich musste optimistisch sein, wie früher. Ich konnte den Wettbewerb gewinnen. Ich meine, es war schließlich *meine* Position, um die ich da kämpfte; ich hatte mich mein ganzes Erwachsenenleben darauf vorbereitet. Ich traf eine Entscheidung.

Als ich an jenem Abend nach Hause kam, war mein Schritt ungewöhnlich beschwingt. Ich sah ein kleines Licht am Ende des sehr dunklen Tunnels. Momentan war es winzig, aber es war da, und ich würde mich, solange ich konnte, daran festhalten.

Mom bemerkte es sofort, und Dad schien es zu bemerken, nachdem Mom es bemerkt hatte. »Du bist fröhlicher als sonst. Ist etwas passiert? Hast du mit Anna gesprochen?«

Meine Begeisterung ließ etwas nach, als Mom den Namen meiner Frau erwähnte. Hatte Kiera Anna den Brief gegeben? Würde sie ihn lesen? Oder würde sie ihn einfach wegwerfen, würde sie uns wegwerfen? War sie gerührt, wenn sie ihn las, oder hatte sie längst beschlossen, dass sich unsere Wege trennen würden? Das erfuhr ich erst, wenn ich mit ihr sprach, und vielleicht war es feige von mir, aber ich wollte jetzt noch nicht mit ihr reden. Ich wollte mich an diese winzige Chance klammern, die ich erhielt.

»Nein … ich will meinen Job aufgeben.«

Dad ließ die Zeitung sinken, in der er gerade las. Mom ihre Zigarette. Fast. Sie fing sie im letzten Moment auf und steckte sie sich zurück zwischen die Lippen. Traurig schüttelte sie den Kopf, während Dad seufzte: »Griffin, ich musste meine ganzen Beziehungen spielen lassen, um dir diesen Job zu besorgen. Dein Lebenslauf ist nicht gerade … na ja, er ist nicht gerade der beste für einen Job in der Industrie.«

Ich nickte. »Ich weiß, aber das ist nicht das, was ich will.«

Beide schienen verwirrt. Ich setzte mich an den Küchentisch

und erklärte: »Die D-Bags veranstalten Castings, um mich zu ersetzen.«

Dad legte mir eine Hand auf die Schulter und tätschelte sie. »Das tut mir leid, mein Sohn.«

Ich wischte seine Sorge beiseite. »Nein, sie veranstalten öffentliche Castings … ich werde daran teilnehmen.«

Mom schien noch immer verwirrt. »Du gehst zu einem Casting für deine Band … um dich selbst zu ersetzen?«

Ich strahlte wie schon ewig nicht mehr. Ich bildete mir ein zu spüren, wie der Rost von mir abblätterte und darunter eine glänzende Oberfläche zum Vorschein kam. »Ja. Ich bewerbe mich um meine alte Position und werde mir den Arsch abarbeiten, bis ich sie habe.« Hoffentlich.

Mom lächelte mir schwach zu, als würde sie mich unterstützen, auch wenn sie die Situation nicht ganz verstand. Dad wirkte skeptisch. »Okay … gut, warum musst du kündigen? Könntest du nicht beides machen? Hat es dir dort nicht gefallen?«

Ich sah ihm an, dass er hoffte, ich würde meinen Job in der Fabrik, in der er früher auch gearbeitet hatte, behalten. Vielleicht wünschte er sich, dass zumindest ein Sohn in seine Fußstapfen trat, und hatte gehofft, das wäre ich. Es tat mir leid, dass ich diese Hoffnung zunichtemachte, aber ich musste für meinen eigenen Traum kämpfen.

»Nein. Ich kann nicht, Dad. Die D-Bags sind eine Vollzeitbeschäftigung, und das ist es, was ich machen will. Ich möchte einfach nur das wiederhaben, was ich einmal gehabt habe.« Warum war mir das nicht früher klar geworden? Bevor ich alles verloren hatte? Weil ich es dadurch erst begriffen hatte. *Das Stück Fleisch, das sich im Wasser spiegelte, hatte so viel größer ausgesehen als das, was ich im Mund hatte, aber es war nicht real gewesen.*

Gott, ich hoffte, Kiera gab Anna den Brief.

»Was geht ab?«

Ich drehte mich um und sah Liam in die Küche treten. Er kam oft zum Abendessen vorbei. Dad meinte, er würde nicht gern kochen, aber ich glaubte, dass er nur nicht gern allein aß. Liam hatte nicht besonders viele Freunde.

Dad zeigte seufzend auf mich. »Dein Bruder will den Job kündigen, den ich ihm mit viel Mühe besorgt habe.«

Das schien Liam nicht zu überraschen. Ich warf Dad einen strengen Blick zu, dann wandte ich mich wieder meinem Bruder zu. »Ich mache bei dem Casting der D-Bags mit, das sie veranstalten, um einen Ersatz für mich zu finden. Wenn ich es in die Sendung schaffe, *dann* kündige ich meinen Job.« Ich lächelte Dad zu. So ist das nämlich.

Liam wurde still, dann murmelte er: »Oh …«

Seine Stimme klang so seltsam, dass ich mich erneut zu ihm umdrehte. Er wirkte zugleich angesäuert und erschrocken. »Was ist?«, fragte ich vorsichtig.

Liam sah zu meinen Eltern, dann wieder zu mir. »Na ja … es ist ein öffentliches Casting, und ich habe etwas gesucht, das mir Publicity verschafft, also dachte ich, es wäre eine gute Idee …«

»Was wäre eine gute Idee?«, fragte ich mit Nachdruck.

Liam hob das Kinn. »Ich bewerbe mich auch.«

Mein erster Impuls war, entrüstet zu sein. Das war *mein* Casting, *mein* Job, aber dann fiel mir ein, dass das nicht stimmte. Ich hatte diesen Job aufgegeben, und jetzt konnte sich jeder darum bewerben. Ich stand vom Tisch auf, und Liam wich einen Schritt zurück, als wäre er sich sicher, ich würde ihm eine verpassen. Doch das tat ich nicht. Ich bemühte mich, ein besserer, reiferer Mensch zu sein. Ich versuchte, erwachsen zu werden. Und dazu gehörte es, sich dankbar und großzügig zu zeigen. Ich wollte das Beste für Liam. Echt.

Ich reichte ihm die Hand und sagte: »Ich hoffe, du schaffst es in die Sendung.«

Liam schien fassungslos, aber ich meinte es ernst. Auch wenn er den Wettbewerb nicht gewann, würde die Sendung seine Karriere enorm befördern, und das wünschte ich ihm. Als er schließlich einsah, dass ich es ernst meinte, schlug er ein. »Danke«, sagte er.

Er klang absolut aufrichtig, und ich lächelte. »Klar.«

Die nächsten zwei Wochen vergingen wie im Flug. Ich hatte kaum noch Zeit nachzudenken, es gab so viel zu tun. Üben stand ganz oben auf meiner Liste. Wenn ich nicht bei der Arbeit war, verschwand ich in der Garage meiner Eltern und tobte mich entweder an der Bass- oder der Leadgitarre aus. Ich hatte mir beide Instrumente leihen müssen, da ich meine eigenen im Zuge der »Verkleinerung« verkauft hatte. Na ja, offiziell hatte Liam sie geliehen, da mir das Geld dazu fehlte. Liam übte auf der einen Gitarre, ich auf der anderen, dann tauschten wir.

Liam hatte als Kind ein bisschen gespielt, aber seit geraumer Zeit kein Instrument mehr in der Hand gehabt. Er war noch eingerosteter als ich. Ich half ihm, wieder reinzukommen, frischte seine Kenntnisse über Akkorde und Noten auf und brachte ihm jeden einzelnen D-Bags-Song bei. Jedenfalls die, an die ich mich erinnerte. Ich hatte nicht gerade wenige vergessen, ein Nebenprodukt meiner jahrelangen Unaufmerksamkeit. Gott, manchmal war ich wirklich ein fauler Mistkerl.

Mom grinste von einem Ohr zum anderen, wann immer sie uns beim Proben zusah. Sie freute sich, dass ihre Kinder sich verstanden. Chelsey und die Mädchen besuchten uns auch hin und wieder, und manchmal schlugen die Kinder auf Töpfe und Pfannen und sangen, was ihnen gerade in den Kopf kam. Das war etwas nervend, aber ich ignorierte es und konzentrierte mich auf die Musik. Wenn ich mich bei diesem Tumult konzentrieren konnte, dann konnte ich mich bei allem konzentrieren.

Ehe ich mich versah, war es so weit. Das Casting stand bevor. Als wir im Morgengrauen dort ankamen, wand sich die Schlange schon einmal um den Block. Die Leute mussten davor gezeltet haben. Mit hämmerndem Herzen nahm ich meinen Platz am Ende der Schlange ein. Hinter mir hörte ich Liam sagen: »Mir wird schlecht, und dabei sind wir noch nicht mal drinnen.«

Ich drehte mich um und legte ihm beruhigend die Hand auf die Schulter. »Du wirst toll sein. Du besitzt Insiderwissen und kennst all die Songs. Dadurch hast du einen Riesenvorteil vor allen anderen hier.«

Liam schluckte, dann lächelte er. »Allen, außer dir.«

Ich wünschte, ich könnte das glauben, aber es gab zu viele Hindernisse, die ich erst aus dem Weg räumen musste. Für mich war meine Erfahrung ein Handicap. »Ich kenne vielleicht die Songs, aber ich glaube kaum, dass mir das helfen wird. Ich muss alle drei Jungs dazu bringen, mich in die nächste Runde zu winken, und das müsste mit dem Teufel zugehen.«

Mir wurde mulmig, aber ich verdrängte das Gefühl. Wenn das hier funktionieren sollte, musste ich meinen Stolz über Bord werfen und betteln. Das war der einzige Weg. Ich nahm an, dass ich das noch oft tun musste. Aber das war okay. Ich würde alles tun, um mein altes Leben zurückzubekommen.

Es dauerte ewig, bis die Schlange vorrückte. Liam und ich unterhielten uns mit den anderen Bewerbern. Es gab erstaunlich viele Mädchen in der Schlange. Ich nahm an, dass sie nur einen Blick auf Kellan werfen wollten, aber … vielleicht auch nicht. Alle, mit denen ich mich unterhielt, wussten, was sie taten. Vielmehr wussten die meisten von ihnen mehr über technische Details in der Musik als ich. Ihr Fachwissen hätte ich gut gebrauchen können, als ich das gottverdammte Album zusammengestellt hatte.

Liam hatte mir geholfen, mich zu verkleiden, sodass keiner merkte, mit wem er sprach. Mein Bruder schien zu denken, dass man mich am wenigsten mit roten Haaren erkennen würde. Er meinte, als die Band groß rauskam, sei ich blond gewesen, als ich live im Fernsehen ausgestiegen war, braun, sodass mir nur die rothaarige Variante bliebe. Ich persönlich glaube, dass er mich nur quälen wollte. Er hatte sich für meine Verkleidung etwas Zubehör von einer Werbefirma geliehen, für die er kürzlich gedreht hatte – eine rote Kurzhaarperücke –, ich musste mir erneut die Haare abschneiden, und dabei reichten sie gerade wieder bis zum Kinn; einen roten Ziegenbart; grüne Kontaktlinsen; rote Schminke für Sommersprossen. Ich hatte befürchtet, am Ende wie Raggedy Andy auszusehen, aber Liam wusste, was er tat, und als er fertig war, war ein ganz natürlicher Rothaariger aus mir geworden.

Als wir uns mit der Schlange mehr und mehr den Eingangstüren näherten, entstand Aufregung. Die Leute waren von überallher gekommen, und viele von ihnen hatten dazu einiges auf sich genommen. Als ich ihre Geschichten hörte, wuchs meine Reue. Man hatte mir den Ruhm auf einem Silbertablett serviert, und ich hatte ihn nicht zu schätzen gewusst, bis es zu spät war. Das war meine Lebensgeschichte.

Als ich mich über den mühsamen Weg der Hoffnungen und Möglichkeiten schleppte, wurde mir zunehmend klar, dass Matt die ganze Zeit recht gehabt hatte. Ich *war* auf den Rockschößen der Jungs geritten, und ich *war* derjenige, der ihnen etwas schuldete, nicht andersherum. Sie hatten sich so viel Mühe gegeben, die Band zu dem zu machen, was sie war, und ich? Ich hatte den Erfolg genossen, aber ich hatte nicht wirklich etwas dazu beigetragen. Na ja, wenn ich das hier gewann, würde sich das ändern.

Da ich jegliche Ablenkung vermeiden wollte, hatte ich mein Handy zu Hause bei meinen Eltern gelassen. Das bedauerte ich jetzt, weil ich an Anna denken musste. Ich wünschte, sie wäre hier und würde mich unterstützen und ermuntern, und sei es auch nur übers Telefon. Sie hatte noch nicht angerufen, und mir fehlte der Mut oder die Zeit, mich bei ihr zu melden, sodass ich keine Ahnung hatte, ob Kiera ihr den Brief gegeben hatte oder nicht. Wenn ja, bedeutete Annas Schweigen nichts Gutes für unsere Zukunft. Ebenso wie meine Zukunft mit den D-Bags stand ihre und meine noch völlig in den Sternen. Das würde sich noch entscheiden. Gott, ich hasste diese Worte.

Als Liam und ich endlich drinnen waren, wurden wir zu einem der vielen Anmeldetische geschoben. Während ich beobachtete, wie die Leute den Papierkram ausfüllten, fragte Liam mich: »Behältst du deine Verkleidung, oder lässt du sie wissen, wer du bist?«

Ich sah, wie die Leute den Angestellten hinter dem Tisch ihren Ausweis reichten und seufzte: »Da ich keinen gefälschten Pass habe, muss ich ihnen wohl die Wahrheit sagen.«

Liam drückte meine Schulter, dann seufzte er ebenfalls: »Hey, bevor wir das hier machen, wollte ich dir noch was sagen. Es tut mir leid, dass ich so oft fiese Bemerkungen gemacht habe. Ich war eifersüchtig auf dich, aber das war dumm und kleinlich von mir. Sorry.« Er ließ die Hand von meiner Schulter gleiten und betrachtete den Boden. »Es ist schwer zu ertragen, wenn jemand, den du kennst, alles hat, was du immer haben wolltest, vor allem, wenn derjenige es anscheinend nicht zu schätzen weiß.« Er sah mir wieder in die Augen. »Aber ich mag dich, und das war falsch von mir. Ich bin eine echte Nervensäge, ich weiß. Sorry.«

Seine Entschuldigung war angekommen, und ich lächelte. »Stimmt, du bist eine Nervensäge, aber danke. Ich glaube, mir ist es mit den Jungs so ähnlich gegangen … darum kann ich das verstehen. Wir sind beide Nervensägen … das muss genetisch bedingt sein.«

Lachend schlug Liam mir auf den Rücken. »Eindeutig.«

24. Kapitel

Hoffnung

Liam und ich wurden gleichzeitig zu unterschiedlichen Tischen gerufen, und bevor sich unsere Wege trennten, schlug ich ihm aufmunternd auf den Rücken. Viel Glück. Wobei dieser Teil noch nicht wirklich schwer war. Nur Papierkram. Die Frau am Tisch hielt eine Nummer für mich bereit. Ich lächelte, als ich sie sah – 6969 –, meine Lieblingszahl.

»Name?«, fragte sie, ihre Finger schwebten über der Tastatur, bereit, die Information aufzunehmen.

Ich räusperte mich und antwortete: »Griffin Hancock.«

Sie begann zu tippen, dann hielt sie inne und sah zu mir hoch. »Soll das ein Witz sein?«, fragte sie und musterte mich forschend. Liams Verkleidung war so gut, dass sie Schwierigkeiten hatte, in mir den ehemaligen Rockstar zu erkennen.

Ich seufzte, dann schüttelte ich den Kopf. Ich beugte mich vor und sagte: »Ich bin Griffin Hancock, ehemaliger D-Bag. Ich will nicht, dass die Leute mich erkennen, deshalb sehe ich so aus. Ich will einfach nur am Casting teilnehmen. Wie alle anderen.«

Sie machte große Augen, doch anstatt mir zu glauben, fragte sie: »Darf ich bitte deinen Ausweis sehen?«

Nachdem ich ihn ihr gereicht hatte, schnappte sie nach Luft. »Oh mein Gott, du bist es wirklich. Dir ist aber schon klar, dass das ein Wettbewerb ist, um dich zu ersetzen, oder?«

»Ja, ich weiß. Darf ich die Formulare ausfüllen?«

»Oh, ja, ja …« Sie reichte sie mir. Als ich anfing, fragte sie: »Können wir ein kleines Statement von dir bekommen? Vor dem Casting?« Als ich sie ansah, sagte sie: »Nur etwas ganz Kurzes, das wir für die Sendung benutzen können, damit das Publikum dich kennenlernt. Nicht dass sie dich nicht schon kennen würden.« Sie konnte ihre Begeisterung kaum verhehlen. Entweder gehörte sie zu meinen Hardcore-Fans, oder sie war einfach gut darin, alles zu wittern, was die Einschaltquote höher treiben könnte, was mir wahrscheinlicher schien.

»Klar. Warum nicht?« Je besser das Publikum mich kannte, und je mehr es aus meiner Sicht über das Drama erfuhr, desto größer waren meine Chancen.

Das Mädel blickte über meine Schulter und schnippte mit den Fingern. Als jemand zu ihr herübersah, zeigte sie auf mich und formte mit dem Mund die Worte *Der ist der Nächste*. Nachdem ich ihr die ausgefüllten Formulare gereicht hatte, gab sie mir meine Nummer und deutete auf den Wartebereich. »Du wirst aufgerufen, wenn deine Gruppe in den Saal kann. Bis dahin wartest du dort auf deine Aufnahme.« Mit einem strahlenden Lächeln reichte sie mir die Hand. »Das darf ich eigentlich nicht sagen, aber viel Glück!«

Ich ergriff ihre Hand mit beiden Händen. »Danke.« Das würde ich brauchen.

Als die Kamera schließlich auf mein Gesicht gerichtet war, sagte der Moderator der Sendung: »Erzähl uns deine Geschichte. Wie kommt es, dass du heute hier bist?«

Ich holte tief Luft und erklärte: »Ich bin Griffin Hancock, und ich bin hier, um meinen Job zurückzubekommen.«

Skeptisch blickte der Moderator zum Kameramann. »Cut«, sagte er und machte eine entsprechende Geste. Das rote Licht der Kamera erlosch. Gereizt wandte sich der Moderator wieder an mich. »Hör zu, das ist ein ernster Teil der Sendung, in dem das Publikum deine Persönlichkeit kennenlernt. Also sag uns einfach die Wahrheit, okay? Wie heißt du?«

Ich beugte mich vor und sagte: »Griffin … Hancock. Ich bin der ehemalige Bassist von den D-Bags, und ich bin hier, weil ich meinen alten Job wiederhaben will.«

Der Moderator seufzte, dann sprach er etwas in sein Handgelenk. »Sally, Wettbewerber 6969 … wer ist dieser Kerl?«

Ich sah, wie sich bei ihrer Antwort seine Augen weiteten. »Heilige Scheiße …«, murmelte er, dann schnippte er mit den Fingern in Richtung des Kameramanns und bellte: »Schalt die Kamera wieder ein. Sofort!« Als er erneut mit mir sprach, war sein Ton ein völlig anderer. »Griffin, das ist aber eine Überraschung. Wissen die Jungs, dass du am Casting teilnimmst, und warum bist du verkleidet?«

Schulterzuckend schüttelte ich den Kopf. »Nein, die wissen nicht, dass ich hier bin. Niemand weiß das, und fürs Erste will ich auch, dass das so bleibt. Ich will nur …« Ich blickte auf meine Hände, weil ich ihm nicht länger in die Augen sehen konnte. »Ich habe in letzter Zeit einen Haufen ziemlich blöder Fehler gemacht, aber die Band zu verlassen war der größte. Ich will den Jungs zeigen, dass ich es jetzt ernst meine.« Ich blickte zu ihm auf und sagte voller Überzeugung: »Ich werde alles dafür tun, meinen alten Platz zurückzugewinnen.«

»Hervorragend. Inspirierende Worte für einen inspirierenden Moment. Wir fiebern alle mit dir.« Der Moderator deutete wieder auf den Kameramann, doch ich unterbrach ihn.

»Moment. Ich möchte noch eine Sache loswerden.« Sofort beugte sich der Moderator wieder neugierig vor. Ich blickte direkt in die Kamera und sagte: »Wenn meine Frau zusieht, will ich ihr sagen … Anna, du bedeutest die Welt für mich … und es tut mir leid, dass ich …«

Mehr brachte ich nicht heraus, weil sich mein verdammter Hals zuschnürte. Ich gab dem Moderator ein *Ich-bin-fertig*-Zeichen, und er endete mit ein paar blumigen Worten über Liebe und Herzschmerz. Als die Kamera erneut ausgeschaltet war, reichte er mir die Hand und wünschte mir Glück, genau wie die Frau am Empfang. Ich sog es auf wie ein Schwamm.

Ungefähr eine Stunde später führte man unsere Gruppe in den Saal. Der gesamte Raum roch nach Aufregung, und jeder um mich herum schwitzte. Obwohl ich wusste, was ich tat, obwohl die Jungs in der Jury meine besten Freunde waren, und obwohl ich gern im Mittelpunkt stand, hatte ich das Gefühl, ich müsste mich übergeben.

Liam und ich suchten uns zwei Plätze hinten im Saal aus, sodass ich alles beobachten konnte, ohne beobachtet zu werden. Kellan, Matt und Evan saßen an einem Tisch vor der Bühne. Sie hörten einem Typen zu, der auf einer Gitarre improvisierte, die man den Teilnehmern zur Verfügung stellte. Man konnte unter ungefähr zehn verschiedenen Gitarren wählen, neben Drums, Keyboards und diversem anderem musikalischem Equipment. Bei dem Casting sollte jeder zeigen, was er am besten konnte, und die Jungs meinten, dass das vielleicht nicht unbedingt die Bassgitarre sein müsste.

Matt wippte mit dem Kopf im Takt, während der Typ fetzte. Evan blickte zu Kellan und Matt, und an seinem Grinsen erkannte ich, dass er den Typen mochte. Ich sah auch, warum; er klang großartig. Fuck. Neben einem solchen Talent kam ich mir plötzlich völlig unzureichend vor. Aber ich war auch gut, und ich wusste, was ich tat. Das musste etwas zählen. Kellan war der Einzige, der nicht beeindruckt zu sein schien. Na ja, vielleicht war er beeindruckt und zeigte es nur nicht. Wann immer ich einen Blick auf sein Gesicht erhaschte, wirkte seine Miene undurchdringlich.

Als der Typ fertig war, stimmten alle drei zu, dass er in die nächste Runde kam. Hoffentlich lief das für mich auch so glatt. Und für Liam. Als er schwitzend neben mir saß und auf seinem Stuhl herumwackelte, als wäre er irre, sah ich, wie sehr er sich das wünschte.

Gerade als ich ihm viel Glück wünschen wollte, wurde ich auf eine Gruppe vor uns aufmerksam. Ich stieß Liam mit dem Ellbogen an. »Sieh mal, wer da ist«, sagte ich grinsend.

Liam folgte meinem Blick und entdeckte sie sofort. Unsere ganze Familie war hier. Chelsey kicherte, als sie Mom Kellan zeigte. Dustin schien von der ganzen Produktion gebannt zu sein. Überraschenderweise drehte Dad sich um und entdeckte Liam und mich hinter sich. Er winkte, dann machte er uns beiden ein Daumen-hoch-Zeichen. Ich wusste nicht, was ich sagen oder denken sollte. Meine Eltern hatten mich immer unterstützt, ja, aber normalerweise hatten sie sich eher im Hintergrund gehalten. Ich weiß nicht, ob sie die D-Bags je live erlebt hatten. Es rührte mich, dass sie hier waren, was irgendwie verwirrend war. Ich war auf dem besten Weg, ein verweichlichter Softie wie Kellan zu werden. Gottverdammt.

Als meine Nummer aufgerufen wurde, ging ich in den Wartebereich. Ich war als Nächster dran. Als ich dem Typen vor mir zusah, lagen meine Nerven blank. Er wirkte ungelenk auf der Bühne, als würde er sich in die Hosen machen oder sich gleich vor der Kamera übergeben. Ich hatte Mitgefühl mit ihm: Irgendwie ging es mir ähnlich. Nach seiner glanzlosen Vorstellung sagten alle drei Jurymitglieder Nein. Ich empfand es als schlechtes Zeichen, dass direkt vor mir jemand ausgeschieden war. Der Ansager rief meinen Namen – meinen Spitznamen, da man den Teilnehmern erlaubt hatte, ihn zu benutzen.

»Als Nächstes kommt … G-Dog.«

Ein paar im Publikum kicherten, und ein paar kreischten. Meine Familie wusste von der Verkleidung, und sie war nicht gerade zurückhaltend. Ich hob die Hand zum Zeichen, dass ich meinen Namen gehört hatte, dann machte ich mich auf den Weg zu einer der Gitarren auf der Bühne. Ich hielt den Kopf gesenkt und hatte mir die Baseballkappe tief in die Stirn gezogen. Ich wollte, dass die Jungs zuerst meine Musik hörten, bevor sie mich erkannten. So konnte ich allerdings nicht spielen. Ich musste das Publikum mitreißen. Showtalent war genauso wichtig wie musikalisches Talent. Das hatte ich Liam die ganzen Wochen über eingebläut. Gut zu spielen war nur die halbe Miete. Aber wenn ich mit meinem üblichen Gehabe anfing, war die Verkleidung nutzlos – die Jungs würden mich sofort erkennen. Nun, daran konnte man nichts ändern.

Ich hatte einen D-Bags-Song gewählt, da ich ihn besser als alles andere kannte. Es war jedoch ein alter, der nie veröffentlicht worden war. Ich dachte, dass ich mich so besser von den anderen abheben konnte, da *jeder* irgendeinen D-Bags-Song spielte.

Da dies ein Musikwettbewerb war, gab es keine Hintergrundrhythmen. Keine Drums, keinen Gesang, nichts. Es gab nur mich und die Töne, die ich meiner Gitarre entlockte. Das war nervenaufreibend. Es war ein teuflisches Solo.

Ich wählte eine Leadgitarre, damit der Rhythmus durchschien. Und anders als bei dem missglückten Versuch, als ich einen absolut guten D-Bags-Song bei einer Probe vor meinen Eltern versaut hatte, würde ich diesen hier perfekt spielen. Leise zählte ich den Takt an, dann fing ich an. Das Intro war leiser als der Refrain, und ich hielt den Kopf beim Spielen gesenkt und zögerte meine Demaskierung so lange ich konnte hinaus. Als ich jedoch zum Refrain kam, legte ich richtig los.

Ich ließ alle Zweifel und Ängste fallen und stellte mir vor, dass ich wieder in einem D-Bags-Konzert mitspielte und mit meinen fünfzigtausend engsten Freunden rockte. Die Musik elektrisierte mich, als ich ins Publikum sah. Ich sang zu meinem Spiel und schnitt den Leuten Grimassen. Sie klatschten mit, tanzten auf den Sitzen und riefen meinen Namen. Na ja, meinen Spitznamen. Für ein paar wundervolle Minuten vergaß ich vollkommen, dass ich hier um mein Leben kämpfte, ich hatte einfach nur Spaß. Mann … wie ich das vermisst hatte. Doch dann bemerkte ich die Jury, und plötzlich wurde ich so heftig in die Realität zurückkatapultiert, dass ich ein Schleudertrauma erlitt. Ungelogen.

Ich wusste sofort, dass die Jungs mich erkannt hatten.

Matt machte ein finsteres Gesicht. Evan schien erschrocken, und Kellan … lächelte endlich. Matt hob eine Hand, um mich zu unterbrechen. Ich spielte noch vier Takte, dann endete ich mit einem Akkord und hielt inne: Meine Finger vibrierten noch von den Saiten, und das Publikum jubelte und klatschte. Ich hatte mein Casting total gerockt.

Wenn man Matt ansah, hätte man das allerdings nicht geglaubt. »Was zum Teufel machst du hier, Griffin?«

Ein Raunen ging durch die Menge, die Leute fragten sich, was vor sich ging. Da das Spiel vorüber war, nahm ich meine Baseballkappe ab, die Perücke und den fachmännisch angeklebten Ziegenbart; was beim Abreißen höllisch brannte. Ohne meine Verkleidung erkannten die Leute mich allmählich, zunächst schnappte das Publikum hörbar nach Luft, dann kreischte es. Doch in das Kreischen mischten sich ein paar üble Buhrufe. Ich war nicht bei allen beliebt.

Matt schwang in seinem Sessel herum, um die Menge zu

beruhigen. Als er sie unter Kontrolle hatte, schwenkte er wieder zu mir zurück. Seine Miene war ernst; er verlangte ganz offensichtlich eine Erklärung. Für so einiges wahrscheinlich. »Ich nehme am Casting teil«, erklärte ich. »Genau wie alle anderen.«

Er zog die Brauen zusammen und wechselte einen Blick mit Evan und Kellan. »Du nimmst am Casting teil, um dich für deinen alten Platz zu bewerben?«

Warum musste ich das ständig allen bestätigen? Ich war mir der Ironie durchaus bewusst, aber es war der einzige Weg, wie ich wieder Teil der Band werden konnte. »Ja«, sagte ich so neutral wie möglich.

Da beugte sich Evan vor: »Du weißt aber schon, dass der Sieger von den Fans gewählt wird, oder? Wir haben nichts zu sagen.«

Ich nickte. »Ich weiß. Aber ihr drei bestimmt, wer in die Sendung kommt … und alles, worum ich euch bitte, ist eine Chance. Testet mich wie alle anderen. Gebt mir die Chance, euch zu beweisen, allen zu beweisen, dass ich gut genug bin, um Teil dieser Band zu sein. Ich will mir das Recht verdienen, wieder mit euch zu spielen. Weil ich glaube, dass ich es mir beim ersten Mal nicht verdient hatte und es ganz sicher nicht zu schätzen wusste. Jetzt aber schon. Ich will wieder mit euch Jungs spielen. Ich will ein D-Bag sein.«

Das Publikum war so still, dass ich meinen eigenen Atem hörte; ich atmete deutlich schwerer als sonst. Ich hatte das Gefühl, gerade einen Fünfzigmetersprint hingelegt zu haben, und jetzt wartete ich darauf, dass der Schiedsrichter mir sagte, ob ich gewonnen hatte oder nicht. An den unbewegten Gesichtern um mich herum konnte ich es nicht ablesen. Es war noch immer alles offen.

Kellan war der Erste, der das Schweigen brach. »Ich sage Ja. Er soll weiterkommen.«

Das Publikum jubelte zustimmend, als Kellans Blick zu Matt und Evan glitt. *Einer.* Matt presste die Lippen zu einer schmalen Linie zusammen. Ihn hatte ich am meisten verletzt, als ich ausgestiegen war, sowohl körperlich als auch seelisch. Ich hatte unser verwandtschaftliches Verhältnis schwer belastet; er würde mir so bald nicht vergeben.

Als Matt nichts sagte, schaltete Evan sich ein: »Ich sage auch Ja«, und deutete mit dem Kopf auf mich. Das machte zwei. Die Menge johlte erneut, dann richteten sich alle Blicke auf das letzte Jurymitglied. Um weiterzukommen bedurfte es einer einstimmigen Entscheidung, und ich betete im Stillen, dass Matt mir eine Chance gab. Ich ließ sogar den Kopf hängen, während ich wartete. *Du hast hier die ganze Macht. Das weiß ich, und ich akzeptiere es. Bitte sag nur nicht Nein … Ich habe nichts mehr.*

Als hätte er mich gehört, sagte Matt schlicht: »Ja.« Als das Kreischen der anderen Kandidaten erstarb, fügte er hinzu: »Du bist dabei, Griffin. Aber das wird nicht leicht, nur dass du das weißt.«

Ich hatte das Gefühl, mein Gesicht würde gleich zerreißen, so breit musste ich grinsen. Ich nickte. »Ich will es nicht leicht haben.« Ich wollte ihnen beweisen, der Welt und mir selbst beweisen, dass ich hierhergehörte.

Liam war nach mir dran. Ich war höllisch nervös, während ich ihm mit meiner Familie zusammen zusah; es war sogar noch schlimmer als bei meinem eigenen Auftritt. Die Leute in den anderen Reihen achteten mehr auf mich als auf Liam. Ich ignorierte sie und konzentrierte mich ganz auf ihn. Wenn ich sie nicht beachtete, würden sie hoffentlich ihm zusehen. Und er hatte ihre Aufmerksamkeit verdient. Er war super!

Als sein Song zu Ende war, schoss ich nach oben, pfiff und schrie mir die Lunge aus dem Hals. Alle drei Jurymitglieder stimmten dafür, dass Liam eine Runde weiterkam, und fast wäre ich in die Leute vor mir gestürzt, so hüpfte ich vor Freude. Matt ging auf die Bühne, um seinen Cousin kurz zu umarmen und ihm zu gratulieren, und die Menge jubelte. Liam sah aus, als würde er gleich weinen. Weichei. Ich hätte mich nicht mehr für ihn freuen können.

Als er zu uns ins Publikum kam, schloss ich ihn in die Arme. Und obwohl er mein älterer Bruder war, gab ich ihm eine Kopfnuss, als wäre er der jüngere. Nachdem unsere Gruppe mit dem Casting fertig war, wurden wir nach draußen begleitet, damit die Nächsten hereinkommen konnten. Mom und Dad wollten mit Liam und mir feiern, aber erst hatte ich noch etwas zu erledigen. Na ja, ich hatte so einiges zu erledigen, aber es gab eine Sache, die nicht warten konnte.

»Geht ihr schon mal vor. Ich muss noch mit der Band reden.«

Liam sah sich in der Lobby um, die voller Menschen war, die gerade ihr Casting beendet hatten oder darauf warteten, dass sie drankamen. Jetzt, nachdem ich meine Verkleidung abgelegt hatte, erkannten mich die Leute. Sie starrten mich an, tuschelten über mich und warfen mir neugierige Blicke zu. *Ist er das wirklich?* »Auch wenn du mal zur Band gehört hast, werden die dir nicht erlauben, mit ihnen zu reden. Du bist jetzt auch nur ein Trottel wie wir alle.«

Kopfschüttelnd erwiderte ich: »Ich muss es versuchen. Ich muss reinen Tisch machen, bevor das Chaos losbricht.«

Er nickte und klopfte mir auf die Schulter. »Hoffentlich lassen sie dich durch.«

Als keine Gruppen mehr übrig waren, wurde ich allmählich unruhig. Was, wenn die Jungs schnell von der Security weggebracht worden waren? Wenn sie durch den Hinterausgang entkommen waren, damit niemand sie belästigte, nachdem ihre Aufgabe für heute erledigt war? Es war seltsam, nicht mehr dazuzugehören. Ihren Ruhm von der anderen Seite aus zu betrachten ließ sie unerreichbar wirken. Das waren sie jedoch nicht. Sie waren meine Freunde. Oder waren es zumindest gewesen.

In der Hoffnung, dass sie noch da waren, schlich ich zurück in den Saal. Ich hatte Glück. Die drei standen um den Jurytisch und diskutierten das Casting. Matt sagte: »Ich wusste, dass wir in L.A. jemand Gutes finden würden.« Ich hoffte, er meinte mich.

Gerade als ich zu ihnen gehen wollte, packte mich jemand an der Schulter. »Das Casting ist vorbei, Sie müssen jetzt gehen.«

Ich blickte zu dem Klotz auf, der mich festhielt, und wollte ihm gerade sagen, wer ich war, als mir klar wurde, dass er das bereits wusste. »Sam? Mensch, schön, dich zu sehen.« Ich gab ihm einen kumpelhaften Schlag auf die Schulter und fragte mich, ob er genauso empfand.

Er schenkte mir ein kleines Lächeln. »Griffin … lange nicht gesehen.«

Ich wertete diese kleine Geste als positives Zeichen und ging um ihn herum. »Ich muss mit den Jungs sprechen, bevor sie abfahren.«

Doch er stellte sich mir in den Weg. »Das Casting ist vorbei. Die Band spricht jetzt mit niemandem mehr.«

Ungläubig sah ich ihn an. »Kumpel … ich bin's.«

Sam zuckte die Schultern. »Ich habe meine Anweisungen. Sobald das Casting vorbei ist, darf niemand mehr zur Band. Und ich sage das nicht gern, Griff, weil ich dich mag, aber … du gehörst nicht mehr zur Band. Sorry, du musst gehen.«

Er schob mich in Richtung Ausgang. *Unglaublich*. Ich kannte diesen Kerl, seit er Türsteher im Pete's gewesen war. Aber ich konnte ihm vermutlich nicht vorwerfen, dass er seinen Job behalten wollte. Vielleicht hätte ich meinen noch, wäre ich genauso leidenschaftlich gewesen. So leicht gab ich jedoch nicht auf. »Kellan!«, rief ich.

Als er meine Stimme hörte, drehte sich Kellan zu mir um. Ein breites Lächeln erschien auf seinem Gesicht, und er winkte mich zu sich herüber. »Lass ihn durch, Sam. Ist okay.«

Nachdem Sam zur Seite trat, um mich vorbeizulassen, richtete ich meine Kleidung. »Siehst du«, sagte ich zu ihm. Er zuckte nur die Schultern, und ich wusste, er würde wieder so handeln, wenn er meinte, dass die Jungs es so wollten.

Als ich an ihm vorbeiging, merkte ich, dass Matt Kellan gegen die Schulter schlug, als wollte er sagen: *Was soll das?* Kellan achtete nicht auf ihn, sondern sah zu mir. Als ich näher kam, hob er die Hand zum Gruß. »Griff, schön, dich zu sehen. Ich bin froh, dass du gekommen bist.« An seinem Grinsen erkannte ich, was er eigentlich meinte: *Ich bin froh, dass du auf meine Frau gehört hast.*

Jetzt, wo ich direkt vor ihnen stand, fühlte ich mich etwas unwohl und kratzte mich verlegen am Kopf. »Ja … na ja … ich konnte mir diese Gelegenheit nicht entgehen lassen. Ich musste es zumindest versuchen, wisst ihr?«

Matts Miene verfinsterte sich: »Gelegenheit? Hast du eine Ahnung, wie beschissen das letzte Jahr gewesen ist? Interessiert dich das überhaupt?«

Ich schluckte und rang mit mir, wie ehrlich ich sein sollte. Dann realisierte ich, dass Ehrlichkeit meine letzte Chance war. »Nein, ich wusste nicht, was ihr durchgemacht habt … und nein, es hat mich nicht wirklich interessiert. Alles, was mich interessiert hat, war zu bekommen, was ich meinte, verdient zu haben … und am Ende habe ich alle, die mir etwas bedeutet haben, vor den Kopf gestoßen. Ich war eine egoistische, selbstbezogene, selbstverliebte Diva, ein Arschloch, ein Ekel, ein Schwachkopf … und es tut mir leid.«

Fassungslos starrten mich die Jungs an. Normalerweise gab ich nicht zu, wenn ich mich wie ein Idiot verhalten hatte. Typischerweise hüllte ich mich in mein *Ich-bin-ein-toller-Typ-*Mantra wie in eine Rüstung. Und ich wusste, warum … Zuzugeben, dass ich Fehler hatte, war ziemlich ätzend. Ich hätte alles getan, um den Jungs nicht zu sagen, was ich ihnen gerade gesagt hatte. Doch dann bliebe ich in demselben dunklen Loch stecken, in dem ich die letzten Wochen verbracht hatte. Nein, in einem noch schlimmeren Loch, weil ich mich gerade von meinem Job verabschiedet hatte, indem ich in dem Wettbewerb weitergekommen war. Es gab nichts, auf das ich zurückgreifen konnte.

Matt gewann als Erster seine Fassung zurück. »Meinst du, du kommst weiter, wenn du uns Honig ums Maul schmierst?«, fragte er misstrauisch.

Kopfschüttelnd erwiderte ich: »Nein. Ich erwarte nichts von euch, ich habe einfach Mist gebaut und wollte mich dafür entschuldigen … auch wenn ich das jetzt nicht mehr ändern kann.«

Ich drehte mich um und wollte gehen, doch Kellan legte mir eine Hand auf die Schulter. »Ich akzeptiere deine Entschuldigung«, sagte er. »Viel Glück für die Sendung.«

»Danke«, sagte ich, dann umarmte ich ihn kurz. Ich wusste, dass Kellan von den dreien am wenigsten wütend auf mich war, dennoch fühlte ich mich ein bisschen besser, nachdem er mir verziehen hatte.

Evan seufzte, dann reichte er mir die Hand. »Was du getan hast, gibt dem Wort ›Vollpfosten‹ eine völlig neue Bedeutung … aber ich verzeihe dir auch. Viel Glück, Mann.«

Ich schüttelte ihm die Hand und fühlte mich noch besser. Matt starrte mich wütend an, vermutlich würde ich bei ihm nicht weiterkommen. Damit hatte ich allerdings gerechnet, darum nickte ich nur und ließ ihn wissen, dass ich verstand, warum ihm diese Worte nicht über die Lippen kamen.

Als ich schon auf halbem Weg zum Ausgang war, hörte ich ihn fluchen und meinen Namen rufen. »Warte.«

Ich blieb stehen und sah überrascht, dass er auf mich zulief. Als er vor mir stand, schob er die Hände in die Hosentaschen und starrte mich einen Augenblick an. »Hör zu, ich kann dir nicht verzeihen, was du getan hast, aber … es tut mir leid, wie ich dich behandelt habe.«

Ich war sprachlos. Das Letzte, was ich von ihm erwartet hatte, war eine Entschuldigung. Er verzog die Lippen, als er meine Miene sah. »Ich gebe zu, dass ich mich wie ein Idiot benommen habe, als du ausgestiegen bist. Ich war einfach … wütend und verletzt. Ich habe mich verraten gefühlt. Von deinem Abgang … vielleicht hast du uns nicht gebraucht, aber wir haben dich gebraucht, Griffin. Du hast uns im Stich gelassen, ziemlich lange, und es hat dich noch nicht einmal interessiert. Und das hat verflucht wehgetan.«

Ich nickte und betrachtete meine Füße. »Ich weiß, und das tut mir leid.« Ich blickte zu ihm hoch und sagte: »Ich habe mich in so vielen Dingen geirrt. Ich brauche euch Jungs. Auch wenn ich nicht mehr zur Band gehöre … ich brauche euch. Ihr seid meine Familie … ihr alle.«

Matt blickte mich einen Augenblick schweigend an, dann schlug er mir auf die Schulter. »Viel Glück für die Sendung, Griffin.«

Ich strahlte ihn an und nickte. »Danke.« Er wandte sich zum Gehen, und ich fasste ihn am Ellbogen. Matt zuckte etwas zusammen, und ich ließ ihn los. Wir waren zwar dabei, uns wieder näherzukommen, aber noch war nicht wieder alles gut zwischen uns. »Hast du Anna gesehen? Ist sie … geht es ihr gut?«

Matt öffnete den Mund, dann schloss er ihn wieder und guckte zu Kellan hinüber. Stirnrunzelnd drehte er sich wieder zu mir. »Du solltest sie anrufen«, war alles, was er sagte. Ich hatte meine Ahnung, was das bedeuten sollte, und Angst schoss meinen Rücken hinauf.

»Ja, okay … danke.«

Er klopfte mir erneut auf die Schulter, dann trottete er davon. Nachdenklich verließ ich das Theater, Matts Worte hallten in meinem Kopf nach. *Du solltest sie anrufen.* Und nachdem ich wieder in meinem Schrein von einem Schlafzimmer angekommen war, tat ich genau das.

Jedenfalls, nachdem ich vierzig Minuten auf mein Telefon gestarrt hatte, während meine Familie an meine Tür klopfte, um mir zu gratulieren. Im ganzen Haus herrschte Partystimmung mit lauter Musik, lautem Geplapper und genügend Essen, um ein Pferd zu mästen. Es war so laut, dass ich selbst mit geschlossener Tür kaum einen einzigen klaren Gedanken fassen konnte. Es war nicht gerade die ideale Situation, um wieder mit meiner Frau in Kontakt zu treten, aber wenn ich auf den perfekten Moment wartete, würde er vielleicht nie kommen.

Ich wusste, dass ich ein Mann sein musste, und wählte ihre Nummer. Wenn ich Anna früher angerufen hatte, war sie manchmal nicht rangegangen, aber wenn sie diesmal nicht abhob, würde ich ihr eine Nachricht hinterlassen. Von jetzt an würde ich ihr immer eine Nachricht hinterlassen. Sie war die Frau meiner Träume, und ich würde sie nicht kampflos aufgeben.

Zu meiner Überraschung meldete sie sich nach dem dritten Klingeln. »Hallo?« Sie schniefte, als hätte sie geweint. Mist. Etwa meinetwegen?

»Hey … ich bin's … Griffin.«

Sie lachte kurz auf. »Das weiß ich. Ich kenne doch deine Nummer.«

Ach, stimmt ja. »Ich rufe an, weil ich hören wollte, ob es dir gut geht. Ich habe heute Matt gesehen, und er meinte …« Da ich nicht wusste, wie ich den Satz zu Ende bringen sollte, verstummte ich.

Anna schwieg einen Moment, dann sagte sie: »Du hast Matt gesehen? Wo?«

Lächelnd erzählte ich ihr alles von dem Casting. Dass Kiera gekommen war, um mir davon zu erzählen, dass Liam mich verkleidet hatte und wie nervös ich gewesen war. »Ich war mir sicher, die Jungs würden Nein sagen … aber sie haben mich in die nächste Runde gelassen. Ich glaube, ich habe gute Chancen in der Sendung … meinen Job zurückzubekommen.«

Sie seufzte leise. »Das ist toll, Griffin. Ich freue mich wirklich für dich.«

Sie schwieg, und ich spürte die große Distanz zwischen uns. »Anna … ich schaffe das nicht ohne dich. Auch wenn du in Seattle bist und ich hier unten, ich brauche deine Hilfe, deine Unterstützung. Du bist meine beste Freundin … ich brauche dich.«

Sie schniefte erneut. »Du bist auch mein bester Freund, Griffin. Ich glaube, das macht es so schwer …«

Ich wollte nicht wissen, was sie mit »das« meinte. Trennung … oder Scheidung? Anstatt nachzufragen, erkundigte ich mich: »Hast du meinen Brief bekommen?«

Es folgte eine lange Pause, dann sagte sie leise: »Ja … du liebst mich? Ohne Umschweife?«

Ich lächelte, als ich daran dachte, wie sie sich beklagt hatte, dass ich ihr das nie sagte. Gott, was war ich ein sturer Idiot gewesen. »Ja, ich liebe dich. Ich glaube, ich habe dich schon immer geliebt, auch wenn es mich wahnsinnig macht, dich zu lieben.«

Sie lachte. »Ja.« Nach einer Pause sagte sie: »Okay, Griffin. Ich werde dich unterstützen, ich werde deine Freundin sein. Aber das heißt nicht, dass zwischen uns alles wieder okay ist. Du hast mich verletzt. Du hast mich … *betrogen.* Das kann ich nicht einfach so vergessen. Verstanden?«

»Ja … das verstehe ich.« *Du brauchst Zeit. Ich gebe dir alle Zeit, die du brauchst, weil du alles bist, was ich brauche.*

25. Kapitel

Eine Chance

Die nächsten Wochen waren knallhart, und ich rief Anna so oft an, dass sie sich schon mit den Worten meldete: »Tief durchatmen. Du bist toll, du schaffst das. Einen Schritt nach dem anderen.« Das half. Allerdings nur bis zur nächsten Panikattacke. Hunderte von Kandidaten, die es überall im Land in die Endrunde nach L.A. geschafft hatten, mussten jetzt auf zwanzig reduziert werden, die am Ende im Fernsehen gegeneinander antraten. Aus diesen glücklichen zwanzig würden die Fans auswählen, wer der nächste … tja, Ich sein würde. Und ein Tag nach dem anderen verging, an dem ich nicht wusste, ob ich weiterkam oder nach Hause geschickt wurde.

Noch nie hatte ich solche Angstattacken durchlitten, und ich machte mir Sorgen, dass ich unter der Anspannung zusammenbrechen würde. Ich glaube, dieser Prozess war hundertmal härter als der eigentliche Auftritt. Dieser Gedanke bestärkte mich. Wenn ich das hier durchstand, würde der nächste Schritt leicht sein. Oder zumindest leichter. Nichts von alledem hier war leicht.

Der Stress erfasste auch Liam, und jeden Abend, wenn wir zurück in unser Hotelzimmer kamen, war er ein Nervenbündel. »Die sortieren mich aus, ganz bestimmt. Ich bin nicht gut genug, die werfen mich raus.«

Am Ende beruhigte ich meinen Bruder jeden Abend mit den Worten, die Anna mir sagte: »Atme tief durch. Du machst das super, du schaffst das. Wir beide schaffen das.« Wie ich selbst auch, ließ er sich damit beruhigen. Vorübergehend.

Mein Hirn lief jedoch auf Hochtouren, und ich drehte fast durch. Am Abend vor dem letzten Tag und der letzten Runde der Ausscheidungen stand ich kurz vor dem Delirium. »Ich glaube, ich habe meine Fähigkeiten überschätzt, Anna. Ich glaube, das passiert mir häufiger …«

Sie schnaubte verächtlich. »Ich hätte dich nicht geheiratet, wenn du deine Fähigkeiten überschätzen würdest. Du bist so gut, wie du denkst, Griffin, du musst nur an dich glauben.«

Darüber musste ich lächeln, und für eine Sekunde fühlte ich mich genauso toll, wie sie sagte. Doch dann fiel mir die Distanz zwischen uns ein, und mein Selbstbewusstsein bröckelte erneut. »Ich weiß, zwischen uns ist nicht alles cool, aber ich bin wirklich froh, dass wir so reden können. Ich glaube, so viel haben wir noch nie miteinander gesprochen.« Vorher war unsere Beziehung auch nicht *nur* rein körperlicher Natur gewesen, aber Sex hatte eine große Rolle gespielt. Voneinander getrennt und auf diese Weise doch verbunden zu sein brachte uns näher zusammen. Jedenfalls in meiner Wahrnehmung. Ich hoffte, dass sie genauso empfand, und das sagte ich ihr. »Obwohl du mit den Mädchen da oben bist, fühle ich mich dir irgendwie näher. Weißt du, was ich meine?«

Anna lachte, und das Geräusch entspannte mich mehr, als es ihre Worte getan hatten. »Ja. Ich weiß. Ich glaube, der Abstand hilft uns tatsächlich gerade. Du kannst dich auf dich konzentrieren, während ich mich auf mich konzentriere. Ich glaube, das ist gut so.«

»Ja. Ich bin allerdings höllisch geil«, sagte ich und fasste mir in den Schritt.

Anna gab einen heiseren Laut von sich, der mich sofort in den Moment zurückversetzte, in dem ich mich am glücklichsten fühlte – wenn ich in ihr war und sie Arme und Beine um mich schlang. »Ich auch, Süßer … ich auch.«

Ich durfte nicht mehr daran denken, wie gern ich sie küssen wollte, wie weich ihre Haut war und wie gut sie schmeckte. Darum sagte ich: »Wir reden irgendwie immer nur über meinen Quatsch. Erzähl mir, wie es dir ergangen ist. Ich will alles wissen.«

»Wirklich?« Sie schien ehrlich überrascht, dass ich mich für ihr Leben interessierte. War ich denn so egoistisch? Beschämt stellte ich fest, dass das offensichtlich zutraf. Ich glaube, ich hatte sie noch nie zuvor gefragt, wie ihr Tag gewesen war.

Ich setzte mich in meinem Sessel zurück und machte es mir bequem. »Ja, ich will alles von dir wissen. Und dann will ich alles von den Mädchen hören. Und wenn ich dich unterbreche und von mir rede, will ich, dass du mir sagst, ich soll die Klappe halten, damit du zu Ende erzählen kannst.«

Anna schwieg einen Moment, dann sagte sie: »In Ordnung. Gut. Als ich anfangs hergekommen bin, habe ich bei Kiera und Kellan gewohnt, aber das ist soooooo weit draußen, das konnte ich nicht aushalten.« Ich musste lachen. Mir ging es genauso mit Kellans Haus. Kichernd fuhr sie fort: »Also bin ich bei ihnen ausgezogen und habe für die Mädchen und mich eine Wohnung in der Nähe vom Büro gesucht. Oh, ich habe meinen alten Job bei Hooters zurückbekommen. Eigentlich nicht meinen alten, sondern einen besseren. Ich bin jetzt Assistentin der Geschäftsleitung.«

Stolz stieg in mir auf. »Das ist ja großartig, Süße. Erzähl weiter.«

Und das tat sie. Den Rest des Abends erzählte sie mir alles über ihr Leben ohne mich. Doch anders, als ich erwartet hatte, machte es mich nicht traurig oder wütend, sondern ich fand es aufregend. Ich hatte das Gefühl, meine Frau besser kennenzulernen, einen Einblick in *ihre* Hoffnungen und Träume zu erhalten. Träume, die sie zurückgestellt hatte, um die Mutter zweier Töchter und die Frau eines Rockstars zu sein. Als ich ihr zuhörte, merkte ich, wie sehr ich sie liebte, und am Ende des Gesprächs sagte ich etwas, das ich vorher nie gesagt hätte.

»Ich wünsche dir morgen einen schönen Tag, Anna. Und denk dran … ich liebe dich.«

Als sie antwortete, zitterte ihre Stimme. »Ich liebe dich auch.«

Als ich am nächsten Morgen erwachte, hatte ich ein flaues Gefühl im Magen. Ich schob es beiseite und schrieb meiner Frau: *Danke für gestern Abend. Es war toll.* Es war seltsam, ihr so etwas zu schreiben, obwohl wir nichts annähernd Sexuelles getan hatten, aber es stimmte. Wir hatten auf jede erdenkliche Art miteinander gevögelt, aber ich hatte mich ihr noch nie näher gefühlt als gestern Abend, als ich ihr zugehört hatte. Ihre Stimme klang noch in meinem Kopf nach. Ich hörte mich wie ein Oberweichei an, aber das war mir egal. Ich war in meine beste Freundin verliebt, und sobald die Sendung vorbei war, egal ob ich gewonnen oder verloren hätte, würde ich zu ihr in den Norden ziehen, um bei ihr zu sein. Alles andere war egal.

Anna schrieb zurück, während ich mich anzog. *Ja, das war es! Ich habe gestern Abend im Fernsehen deine Bewerbung gesehen. Was du gesagt hast, hat mich sehr berührt.*

Ich musste lächeln, dass sie meine Nachricht an sie gehört hatte. Klar, ich hatte den Satz im Fernsehen nicht zu Ende gebracht, weil ich so ergriffen gewesen war, aber ich hatte das Gefühl, dass gerade das meine Aussage umso stärker machte. *Ich bin froh, dass du es gesehen hast. Es ist mir schwergefallen.*

Ich weiß, schrieb sie zurück. *Viel Glück heute. Ich liebe dich.*

Ein merkwürdiges Gefühl befiel mich, doch ich verdrängte es sofort und schrieb zurück: *Ich liebe dich auch.* Es kam mir noch immer komisch vor, das zu sagen, aber Anna brauchte es, und ich wollte alles tun, um sie glücklich zu machen.

Ich steckte das Telefon in meine Hosentasche, verließ mein Zimmer und ging nach unten, wo sich die übrig gebliebenen Kandidaten versammelten.

Wo ich auch hinkam, klatschte sich jemand mit mir ab, umarmte mich kurz und wünschte mir alles Gute. Obwohl wir Konkurrenten waren, unterstützten wir einander. Wir waren zu einer eigenartigen Familie zusammengewachsen, verbunden durch ein gemeinsames Ziel: die nächste Runde zu überleben. Heute würde es jedoch besonders hart werden, und als ich ein paar Leute umarmte und ihnen ebenfalls Glück wünschte, wusste ich, dass fast alle um mich herum heute nach Hause fahren würden. Hoffentlich gehörte ich nicht dazu.

Heute Nachmittag würde es eine letzte Ausscheidungsrunde geben, bei der die Gruppe noch einmal heftig reduziert würde, und heute Abend wurden die letzten zwanzig gewählt. Zu sagen, ich wäre nervös, war eine glatte Untertreibung.

Als Liam nach unten kam, um sich der Gruppe anzuschließen, sah er genauso beklommen aus, wie ich mich fühlte. Nachdem ich ihn umarmt hatte, blickte ich ihm in die Augen. »Alles klar bei dir?«

Er war ganz grün im Gesicht und erwiderte: »Ich habe gerade in der Halle in einen Blumenkübel gekotzt. Und ich glaube, ich bin noch nicht fertig …« Er hielt sich mit einer Hand den Bauch.

Lachend sagte ich: »Es ist okay, nervös zu sein, lass dich davon nur nicht blockieren. Sei locker und lässig da oben, dann machst du das schon.«

Ein paar Leute in der Nähe hatten mich gehört und kamen

näher. »Du weißt, was die suchen. Du bist lange einer von ihnen gewesen. Hast du ein paar Tipps für uns?« Der Typ, der mich angesprochen hatte, hieß Cruz. Nach dem, was ich gesehen hatte, machte er seine Sache gut, spielte, egal welches Musikstück man ihm gab.

»Mach einfach so weiter wie bisher. Du machst das super.« Ich klopfte ihm aufmunternd auf die Schulter und war selbst ein bisschen überrascht, dass ich ihm tatsächlich wünschte, er würde es schaffen. Und Liam. Wenn wir doch nur alle D-Bags sein könnten.

Mir fiel etwas anderes ein, und ich fügte hinzu: »Vielleicht versuchst du, das Publikum noch mehr einzubeziehen? Es ist natürlich wichtig, richtig zu spielen, aber auf der Bühne zu stehen heißt, eine Show abzuliefern. Du musst das Publikum mitnehmen, sonst fühlt es sich ausgeschlossen.«

Das hatte ich von Kellan gelernt. Ich hatte noch nie jemanden erlebt, der so gut mit dem Publikum spielte wie er, und Mensch, das funktionierte. Die Energie eines D-Bags-Publikums war ungefähr fünfmal so hoch wie die anderer Bands, die ich gesehen hatte, und das lag nicht nur an Kellans Gesicht. Es lag daran, wie wir alle auf die Fans eingingen. Na ja, außer Matt. Selbst jetzt hielt er beim Spielen noch den Kopf gesenkt, aber das glich er mit seinem Talent aus. Ja, das konnte ich jetzt zugeben, mein Cousin war ein Genie an der Gitarre. Er hatte sich seinen Platz verdient, und jetzt war es an der Zeit, dass ich mir meinen verdiente.

Diesen Gedanken wiederholte ich den ganzen Tag mantramäßig in meinem Kopf, und am Ende war ich überrascht, dass ich noch lebte. Ich hatte die letzte Ausscheidungsrunde überstanden. Jetzt musste ich nur noch für die Sendung ausgewählt werden.

Als die letzten hundert Kandidaten sich in einem Raum versammelten, von wo sie einzeln zum Gespräch aufgerufen wurden, kamen Cruz und ein paar seiner Freunde zu mir. Er reichte mir die Hand und sagte: »Danke, Mann. Ich glaube, dein Tipp hat mich gerettet.«

Ich schüttelte den Kopf. »Dein Talent hat dich gerettet.«

Als er mein Lob hörte, strahlte er, dann wischte er sich die Hände an der Hose ab; sie waren etwas feucht, aber ich hatte nichts gesagt. Meine waren es auch. »Ich glaube, du bist überhaupt nicht nervös, oder? Dein Platz ist dir sicher.«

Ich ließ mich neben Liam, der etwas besser als heute Morgen aussah, auf einen Stuhl fallen und stieß einen tiefen Seufzer aus. »Ehrlich gesagt glaube ich nicht, dass sie mich in die Sendung einladen. Die Jungs und ich ... wir haben eine Vorgeschichte. Jeder von euch hat bessere Chancen als ich.« Es schmerzte, das zuzugeben, aber es entsprach der Wahrheit. Und so hart wie die Jungs mich in den letzten Wochen kritisiert hatten, war klar, dass sie mich nicht mit Samthandschuhen anfassten.

Liam tätschelte mir das Knie. »Nein, ich habe sie bei deinen Auftritten beobachtet. Natürlich wirst du nicht bevorzugt behandelt, aber du wirst auch nicht von ihnen an den Rand gedrängt. Du bist nur ein weiterer Kandidat für sie, nicht besser und nicht schlechter ... also sind deine Chancen genauso gut oder schlecht wie unsere.«

Dieser Gedanke baute mich etwas auf, und ich legte den Arm um Liam und gab ihm eine Kopfnuss. Wenn meine Chancen so gut wie die von allen anderen waren, würde ich sie ergreifen. »Danke, kleiner Bruder.«

Er schob mich weg. »Ich bin älter als du, du Idiot.«

»Ach ja«, sagte ich lachend. »Das vergesse ich immer.«

Je weiter die Zeit voranschritt, desto unruhiger wurde ich. Wenn Liam recht mit meinen Chancen hatte, würde ich es vielleicht in die Sendung schaffen. Aber trotzdem, nur zwanzig von den hundert Leuten hier drinnen kamen weiter. Das hieß, dass achtzig von uns nach Hause fuhren. Ich war mir nicht sicher, wie viel Prozent das ausmachte, aber ich wusste, dass es für die meisten nicht gut ausgehen würde. Meine einzige Hoffnung bestand darin, die Jungs davon zu überzeugen, dass ich eine zweite Chance verdiente.

Als ich der Schlachtbank immer näher rückte, rief ich meine Frau an. Ich fühlte mich, als würde ich Liam noch übertreffen und meine Kekse direkt auf meinen Stuhl kotzen. Mit zitternden Fingern hielt ich das Telefon an mein Ohr. Ich brauchte sie so sehr.

»Hey, du. Ich habe mich schon gefragt, ob du heute gar nicht anrufst. Wie ist es gelaufen?« Anna klang leicht und unbeschwert, ganz anders, als ich mich fühlte.

»Ich habe die letzte Runde überstanden, aber ich sitze hier in einem Raum mit hundert Leuten, und nur zwanzig von uns kommen weiter. Ich glaube, mir ist schlecht.«

»Atme tief durch … du machst das schon.«

Ich holte tief Luft, und es beruhigte mich etwas, aber nicht annähernd genug. »Ich glaube, heute brauche ich ein bisschen mehr Unterstützung. Kannst du Gibby ans Telefon holen?« Mein kleines Mädchen lachen zu hören hellte meine dunkelste Stimmung auf.

Anna zögerte. »Das geht jetzt nicht … aber ich kann etwas Besseres tun.«

Telefonsex? Ich grinste. »Ach, ja … was denn?«

»Komm zur Hintertür.«

Verwirrt sah ich mich um. Der Raum, in dem ich wartete, verfügte über zwei Türen. Eine führte in einen anderen Raum, in dem die Jury darauf wartete, uns unser Endergebnis mitzuteilen. Durch die andere gelangte man in den Eingangsbereich des Hotels. Ich stand auf und ging zu der Tür, die nach draußen führte. Vielleicht hatte Anna etwas für mich ins Hotel liefern lassen. Hoffentlich ein Beruhigungsmittel. Oder Alkohol. Vielleicht beides.

Kamerateams hielten jede unserer Bewegungen fest. Der Moderator war ebenfalls da und interviewte Kandidaten. Er fing ihre Hoffnungen und ihre Träume ein, für den Fall, dass sie zu den glücklichen Auserwählten gehörten. Auch als ich meine Frau angerufen hatte, war eine Kamera auf mich gerichtet. Der Typ, der sie bediente, filmte jeden meiner Schritte. Ich war so daran gewöhnt, ihn um mich zu haben, dass ich kaum merkte, dass er mir zur Tür folgte.

»Hast du mir was geschickt?«, fragte ich Anna.

»So ähnlich«, sagte sie kichernd.

Als ich die Tür öffnete, blickten ein paar vom Team zu mir herüber, aber niemand sagte etwas. Bis die letzte Runde tatsächlich anfing, konnten wir ruhig rausgehen. Wenn wir allerdings nicht pünktlich zurückkamen, waren wir automatisch disqualifiziert, weshalb niemand außer mir den Raum verließ.

Ich öffnete die Tür und blickte nach draußen. Ich hatte mit einem Boten mit Ballons oder Blumen oder vielleicht auch einer Pizza gerechnet, aber was dort draußen auf mich wartete, war viel besser als all das zusammen.

Im Flur stand Anna mit unseren Kindern und lächelte mich an, als hätte sie sich ihr ganzes Leben auf diesen Moment gefreut.

Mir stockte der Atem, mein Herz setzte aus, und mir fiel das Handy aus der Hand, es landete klappernd auf dem Boden. *Ich muss träumen, das kann unmöglich real sein*. Doch als Anna das Gespräch auf ihrem Telefon beendete und es zurück in ihre Tasche steckte, wusste ich, dass ich wach und sie wirklich hier bei mir war. Ich brauchte meine ganze Willenskraft, sie nicht augenblicklich in die Arme zu schließen, aber ich wusste nicht, ob ich das durfte. Und nicht zu wissen, ob ich Anna berühren durfte, war ein ungewohntes, aufwühlendes Gefühl. Ich wollte meine Frau zurückhaben.

Anna hielt Onnika auf der Hüfte, während Gibson neben ihr stand. Gibson hob mein Telefon auf, dann umklammerte sie meine Beine. »Daddy!«

Als ich auf die Knie sank, um meine Tochter in den Arm zu nehmen, brannten meine Augen. Ihr vertrauter Geruch stieg mir in die Nase, eine seltsam angenehme Mischung aus Wassermelonen-Shampoo und Zimt-Weizencrackern, und plötzlich war ich ganz ruhig. *Gott, wie ich das vermisst hatte.* Ich strich ihr über den Rücken und blickte zu Anna hoch. Eine dicke Träne lief ihr über die Wange, als sie uns beobachtete. »Was machst du hier?«, fragte ich schließlich. »Ich dachte, wir würden uns von Weitem näherkommen?«

Sie wischte sich die Träne fort und schenkte mir ein atemberaubendes Lächeln. »Wir schon … aber sie nicht. Deine Kinder brauchen dich, und du brauchst sie.«

Sie ließ Onnika auf ihrer Hüfte hopsen und brachte sie zum Grinsen. Sie kaute auf einem Gummiring, Sabber lief ihr über Kinn und T-Shirt, und sie war das süßeste Ding, das ich je gesehen hatte. Als ich aufstand, um ihr Onnika abzunehmen, sagte Anna: »Wir wohnen in einem anderen Hotel, aber die Kinder wollen dir im Publikum zujubeln. Und ich auch«, fügte sie leise hinzu.

Ich trat dicht neben Anna, legte die Arme um Onnika und schüttelte den Kopf. »Vielleicht komme ich gar nicht so weit.«

Anna sah mich ruhig aus ihren tiefgrünen Augen an. Ihre Lippen waren so voll und sinnlich, dass es eine körperliche Herausforderung bedeutete, sich nicht zu ihr hinunterzubeugen und an ihnen zu saugen. »Doch, Griffin. Ich weiß, dass du es schaffst.«

Onnika packte mein Hemd, und ich küsste sie aufs Haar, während ich sie fest drückte. Sie roch so gut. Wie ihre Mom, nur noch süßer. Gibson klammerte sich noch immer an mein Bein und weigerte sich, es loszulassen, während Anna mich mit unverhohlenem Verlangen ansah. Ich hielt es nicht länger aus. Ich brauchte meine Familie, ich brauchte meine Frau.

Ich löste eine Hand von Onnika und legte sie um Anna. »Komm her«, murmelte ich und zog sie an mich. Instinktiv fanden sich unsere Lippen, und als wir uns küssten, stieß sie einen Seufzer der Erleichterung aus. Ich wusste, dass das nicht alles wiedergutmachte, aber es war ein Anfang. Und als sich unsere Münder sanft berührten, fühlte ich, dass sich das riesige Loch in meinem Körper, die Leere, die seit Annas Weggang täglich gewachsen war, langsam wieder füllte.

Als wir uns voneinander lösten, legte ich ihr eine Hand auf die Wange. »Ich liebe dich so sehr«, sagte ich, überrascht, wie viel leichter mir das fiel. Annas Lächeln war göttlich. Hätte ich ihr das doch schon von Anfang an gesagt. »Du bist alles für mich«, fügte ich hinzu und meinte jedes Wort ernst. Das hatte ich auf die harte Tour gelernt, und dadurch hatten diese Worte so viel mehr Gewicht. Ich hatte mir ihre Bedeutung verdient.

»Ich dich auch«, murmelte sie, und erneut füllten sich ihre Augen mit Tränen. »Viel Glück da drinnen. Wir werden hier sein, wenn du rauskommst.« So, wie sie das sagte, war klar, was sie meinte: *Egal wie es ausgeht, wir warten auf dich.* Ich wollte dennoch gewinnen, mich den Jungs und der Welt beweisen, aber wenn ich verlor … war es okay, weil ich *sie* trotzdem gewonnen hatte. Und das war mehr wert als alle Rockbands dieser Welt.

Als ich zurück in den Warteraum ging, fühlte ich mich unbesiegbar. Die besten Menschen der Welt liebten und unterstützten mich, egal was kam. Das gab mir Kraft, und mit hoch erhobenem Kopf nahm ich wieder meinen Platz ein.

Liam fühlte sich nicht annähernd so selbstsicher. Er zitterte auf seinem Stuhl und sah mich mit großen Augen an. »Kumpel, ich dachte schon, du wärst gegangen. Ich dachte, du hättest aufgegeben und wärst weg.«

Einen Moment fragte ich mich, ob er das gehofft hatte. Ich schob den Gedanken jedoch sofort beiseite. Das würde Liam nicht denken. Wir waren eine Familie, wir standen zueinander. Ich fühlte mich rundum wohl und klopfte ihm auf die Schulter. »Liam, weißt du, was dir fehlt? Das Einzige, was dich davon abhält, einer der größten Rockstars der Welt zu werden?«

Liam legte den Kopf schief und dachte nach. »Ein Tattoo«, murmelte er und blickte auf einige von meinen.

Ich schüttelte den Kopf. »Nein. Oder … doch, ja. Unglaublich, dass du in deinem Alter immer noch Jungfrau bist … das ist echt peinlich.« Er machte ein finsteres Gesicht, und schnell setzte ich meine Motivationsrede fort: »Das Einzige, was dir fehlt, ist Selbstvertrauen. Du musst begreifen, dass du Talent hast und dass die Welt dein Spielplatz ist. Du musst stolz auf dich sein. Du wirst schließlich ein verfluchter Rockstar!«

Liam schenkte mir ein schwaches Lächeln, und ich merkte, wie mein eigenes Selbstbewusstsein wuchs. Wie hatte ich vergessen können, was ich für ein toller Typ war? Ich war so damit beschäftigt, die Jungs zu beeindrucken und meinen Job wiederzubekommen, dabei hatte er mir immer gehört. Ich brauchte nur danach zu greifen und ihn mir zu nehmen … und genau das würde ich tun.

Liam nickte, als hätte er dasselbe gedacht. Dann stutzte er. »Aber was, wenn ich es nicht in die Endrunde schaffe?«

Ich versetzte ihm einen leichten Schlag auf den Hinterkopf. »Rockstars machen sich keine Sorgen, ob sie es in die Endrunde schaffen. Rockstars machen sich über nichts Gedanken. Wenn du auf der Bühne stehst, bist du ein Gott, und nichts kann dir etwas anhaben. Verstanden?«

Ich hielt seinem Blick stand, bis er nickte und mir ein Lächeln schenkte, das eines Hancocks würdig war. Oh ja, wir hatten das im Sack.

Das Strahlen auf Liams Gesicht verblasste etwas, als sein Name aufgerufen wurde. Meins jedoch nicht, ich wusste, dass er es schaffen würde. Ich hob den Daumen, dann half ich ihm aus dem Sitz, bevor seine Nerven ihn dauerhaft an den Stuhl fesselten. Als er durch die Tür ging, sah er aus, als müsste er sich erneut übergeben. Ich würde sein Ergebnis erst erfahren, wenn ich selbst dran gewesen war. Die Gruppe im Warteraum durfte nicht wissen, wer es geschafft hatte und wer nicht. Die Gewinner ebenso wie die Verlierer wurden woanders hingebracht. Als ich schließlich der Letzte im Raum war, hatte ich keine Ahnung, ob die zwanzig schon ausgewählt waren, und mein zuversichtliches Lächeln schwächelte nun ebenfalls.

Ich federte in den Knien und zupfte an einer Schwiele in meiner Hand, ich missachtete meinen eigenen Ratschlag und machte mir Sorgen. Was, wenn die Jungs noch immer sauer wegen meines Abgangs waren und mich aus Rache ausscheiden ließen? Nein, Matt hatte gesagt, sie würden mir eine faire Chance geben. Das hieß, dass ich keinen Vorteil vor den anderen hatte, aber auch keinen Nachteil. Und ich war gut in meinem Job. Daran hatte ich keinen Zweifel.

Meine Gedanken wanderten zu Anna und den Mädchen – sie waren mein Fels in der Brandung. Ich konnte noch immer nicht glauben, dass sie hier waren. Es kam mir vor wie ein Traum, dass sie nebenan auf mich warteten. Ein Teil von mir wollte die Tür aufreißen und Anna erneut küssen, sie vielleicht hereinschmuggeln, damit sie mit mir zusammen warten konnte. Ich wollte jedoch nicht riskieren, disqualifiziert zu werden. Stattdessen schrieb ich ihr eine SMS. Ich versuchte, mir etwas Schönes, etwas Blumiges auszudenken, etwas, das Kellan an Kiera schreiben würde. Doch so etwas fiel mir nicht leicht. Hauptsächlich fiel mir lächerlicher Kram ein. Aber ich wusste, dass es Anna gefallen würde, und ich wollte ihr gefallen, also gab ich mein Bestes.

Hallo, Süße, danke, dass du gekommen bist. Dich und die Mädchen zu sehen hat meinen Abend gerettet. Jetzt habe ich das Gefühl, ich könnte verlieren und würde trotzdem gewinnen. Ich war stolz auf mich, als ich auf Senden ging. *Siehst du, ich kann schnulzig sein*, dachte ich.

Offensichtlich konnte Anna das auch. Ihre Antwort lautete: *Du bist ein Star. Das bist du immer gewesen und wirst es immer sein.*

Ich konnte nicht anders und schrieb zurück: *Deine Titten sehen in diesem Top toll aus.*

Erneut bewies sie, dass sie genau die richtige Frau für mich war, denn sie antwortete: *Du solltest sehen, wie sie erst ohne das aussehen.*

Gott. Allein bei dem Gedanken wurde ich hart. Ich hatte schon so lange keinen Orgasmus mehr gehabt. Ich hatte schon ganz vergessen, wie sich das anfühlte. Hoffentlich konnte ich das bald ändern. Aber erst …

»Griffin Hancock?« Ich blickte auf und sah den Produktionsassistenten im Eingang stehen, der mich zum Juryraum führte. »Sie erwarten dich.«

Sofort bekam ich feuchte Hände, es war, als würde ich eine Sauna betreten. Der Rest meines Körpers fühlte sich ebenfalls klebrig und verschwitzt an, und ich verspürte den enormen Drang, noch schnell unter die Dusche zu springen, ehe ich durch diese Türen trat. Doch dazu blieb keine Zeit. Dies war der alles entscheidende Moment.

Mein Herz pochte in meinen Ohren, als ich aufstand, und all die weisen Ratschläge, die ich Liam gegeben hatte, versagten bei mir. *Was, wenn sie Nein sagen?*, schoss es mir durch den Kopf. *Was, wenn ich es noch nicht mal in die Sendung schaffe?* Eine Stimme tief in mir rief mir zu, ich sollte nicht darauf hören, was mir durch den Kopf spukte, aber meine Zweifel brüllten so laut, dass sie sich kaum durchsetzen konnte. Es erforderte meine ganze Selbstbeherrschung, doch schließlich brachte ich die Angst zum Schweigen, sodass ich auf die leise Hoffnung hören konnte, die sich versuchte, Gehör zu verschaffen. Und als das unzufriedene Knurren nur noch ein leises Murren war, hörte ich sie endlich.

Du bist ein verfluchter Rockstar. Sei stolz auf dich.

Ich folgte dem Assistenten und stürmte durch die Doppeltüren, als würde ich die uns anhimmelnden Fans im Pete's begrüßen. *Ich bin das Walross.*

Der Flur zum Zimmer der Jury war mit gigantischen Scheinwerfern dramatisch beleuchtet, und ein Kameramann am anderen Ende filmte jeden meiner Schritte auf dem Weg zum Sieg. Ich hob das Kinn und ignorierte den Mann, der hoffte, mich scheitern zu sehen. Ich würde nicht scheitern.

Die Tür zum Zimmer der Jury wurde geöffnet, und ich schlenderte direkt zum Tisch. Als ich vor Matt, Evan und Kellan trat, stellte ich mich etwas breitbeinig auf und faltete die Hände auf dem Rücken – eine selbstsichere Haltung, die zugleich Respekt ausdrückte. Ich wollte ihnen zeigen, dass ich mich verändert hatte.

Kellan lächelte mich an. Evan auch. Matts Gesicht war ausdruckslos, und das beunruhigte mich. Ich hatte die Fehde zwischen uns satt. Früher hatten wir es immer geschafft, uns irgendwie wieder zu vertragen, aber in letzter Zeit …

Kellan beugte sich über den Tisch vor und musterte mich. »Nun … Griffin Hancock. Du meinst, du hättest das Zeug zum D-Bag? Du meinst, dass du mit der Arbeitsbelastung zurechtkommst? Das ist nicht nur Spaß und Spiel, weißt du?«

Ich grinste ihn schief an. Ich wusste besser als jeder andere, was der Job bedeutete. Ich wusste auch, dass ich vorher ein Schnarchzapfen gewesen war. Wie ein fauler Mistkerl war ich auf ihrem Ruhm mit an die Spitze geritten. »Ich werde mir für die Show und für diese Band den Arsch abarbeiten. Ich weiß, das ist eine Gruppenleistung, und … ich will zum Team gehören. Ich will meinen Teil beisteuern. Ich *werde* meinen Teil beisteuern. Versprochen.«

Ich hob eine Braue, damit sie mich wirklich verstanden. Ich machte nie Versprechen, und das wussten sie. Aber jetzt gab ich ihnen eins. Ich würde mich nach meinem besten Wissen und Gewissen bemühen. Ich konnte es mir nicht mehr leisten, noch länger ein Schnarchzapfen zu sein.

Die drei sahen sich lange an, und ich schluckte nervös, als ein Zweifel nach oben drängte. *Bitte sagt Ja, bitte gebt mir eine Chance.* Matt war derjenige, der sich schließlich von den anderen abwandte und mich ansah. »Griffin … ich weiß nicht, wie ich es dir sagen soll …« Mir wurde bang ums Herz, die Worte donnerten in meinen Ohren. Matt grinste schief. »Du bist dabei. Herzlichen Glückwunsch.«

Ich erschauderte und stieß erleichtert die Luft aus. »Mistkerle«, sagte ich lachend.

Matt lachte mit Evan und Kellan, und die drei fröhlich zu sehen machte mich fast noch glücklicher als die Teilnahme an der Sendung. Wir konnten das wieder hinkriegen. Wir konnten wieder ein Team werden. Ich musste nur gewinnen.

26. Kapitel

Wir können nicht alle gewinnen

Ein Assistent führte mich vom Juryraum in den Raum für die Gewinner. Als er die Hand zur Tür führte, hielt ich den Atem an. *Bitte lass Liam auch dort drin sein.* Die Tür schwang auf, und als ich eintrat, ertönten Jubelschreie. Verschiedene Leute klopften mir auf den Rücken, gratulierten mir, und jemand reichte mir ein Bier, während ich den Blick über die Gruppe gleiten ließ. Als ich Liam auf mich zukommen sah, seufzte ich vor Erleichterung. Er hatte es also auch geschafft. Gut.

Er schloss mich herzlich in die Arme und verschüttete fast mein Bier. »Kannst du dir das vorstellen, Griff? Wir haben es beide geschafft!«

Obwohl ich vor Energie und Aufregung vibrierte, zuckte ich lässig mit den Schultern, als wir uns voneinander lösten. »Überrascht dich das? Das habe ich dir doch gesagt, und wie du weißt, habe ich immer recht.«

Er schlug mir auf die Schulter, und wir mussten beide lachen.

Während eifrige Mitarbeiter alle Reaktionen derer aufzeichneten, die es ins »Team« geschafft hatten, bemerkte ich, dass etwas an der Tür vor sich ging. Gerade war Sam hereingekommen. Während er mit seinen Blicken den Raum absuchte, sah er aus wie eine Festung aus kräftigen Muskeln. Als er mich entdeckte, kam er auf mich zu, und mir wurde übel. Schickten ihn die Jungs? Hatten sie ihre Meinung geändert?

Ich ballte die Hände zu Fäusten, damit sie aufhörten zu zittern. Völlig emotionslos trat er vor mich und sagte: »Da draußen ist jemand, der dich sprechen möchte.«

Das Herz sackte mir in die Hose. »Matt, stimmt's? Er ist immer noch sauer auf mich und hat es sich anders überlegt, oder?« Sam erwiderte nichts, und ich seufzte. Ja. Matt hatte sich umentschieden. Ich wandte mich an Liam und sagte: »Ich habe kein gutes Gefühl … Wenn die Jungs mich rauswerfen, musst du die Hancocks allein vertreten, okay?«

Mit offenem Mund blickte Liam von mir zu Sam und wieder zu mir. Ich kippte den Rest meines Biers hinunter und reichte Liam das leere Glas, dann folgte ich Kellans stattlichem Bodyguard nach draußen. Auf dem Weg zur Tür bemerkte ich: »Irgendwie mochte ich dich lieber, als du noch Türsteher im Pete's warst. Damals hast du wenigstens noch zurückgelächelt. Und mit einem geredet. Und sogar manchmal was mit uns getrunken. Jetzt bist du die ganze Zeit nur noch total businessmäßig drauf. Was zum Teufel ist bloß mit dir passiert? Hat Kellan nicht nur deine Muskeln, sondern auch deine Eier gekauft?«

Sobald sich die Tür zum Partyraum hinter uns schloss, drehte sich Sam mit einem breiten Grinsen zu mir um. »Halt die Klappe, Griffin«, sagte er, packte mich und nahm mich in den Arm. Vor lauter Schreck konnte ich mich nicht rühren. Und irgendwie bekam ich auch keine Luft. Sam war verdammt stark. »Herzlichen Glückwunsch, Mann.« Er ließ mich los. »Ohne dich waren die D-Bags nicht mehr die D-Bags.«

Als ich wieder Luft bekam, atmete ich tief durch. »Ich habe aber noch gar nicht gewonnen.«

Sam machte eine wegwerfende Handbewegung, als wäre der Rest des Wettbewerbs nur noch eine Formalität und als hätte ich den Sieg schon in der Tasche. Ich neigte den Kopf und fragte ihn: »Dann wollte Matt mich gar nicht sprechen? Er wirft mich nicht raus?«

Lächelnd schüttelte Sam den Kopf. Er deutete den Flur hinunter, und ich folgte seinem Blick. Unter den fluoreszierenden Scheinwerfern stand dort meine Frau, die aussah wie eine Göttin. Sie schaute mich mit schief gelegtem Kopf an und kaute auf ihrer Lippe. Zum zweiten Mal am heutigen Tag haute mich ihre unglaubliche Schönheit um. Ich schlug Sam mit dem Handrücken gegen die Brust. »Ich bin gleich wieder da.«

Er ließ ein tiefes Lachen ertönen. »Schon klar.«

Ich ging auf Anna zu und ließ bei jedem Schritt meinen Blick über ihren Körper gleiten. Draußen war es warm, und sie trug Shorts, die verboten kurz waren. Ihre festen Schenkel hatten einen honigfarbenen Ton, und ich wusste, dass sie sich wie Seide anfühlten. Allein bei dem Gedanken zuckte mein Schwanz. Dann wanderte mein Blick zu ihrer Brust. Sie trug ein enges Top mit schmalen Trägern und … Fuck … einem integrierten Bustier. Ihre Nippel zeichneten sich derart deutlich unter dem Stoff ab, dass ich weiche Knie bekam. Ich ging schneller.

Als ich fast bei ihr war, kam sie mir entgegen. Sofort verschmolzen wir miteinander. Sie legte ihre Arme um mich, ich meine um sie, und unsere Lippen trafen sich. Herrgott … sie schmeckte so gut.

»Herzlichen Glückwunsch«, murmelte sie zwischen gierigen Küssen. »Ich wusste, dass du es schaffst.«

Ich ließ eine Hand ihren Rücken hinuntergleiten und stöhnte, als ich ihren Hintern packte. Gott, ich wollte sie so sehr. »Ich bin so froh, dass du da bist, Anna.« Ich meinte das auf jede erdenkliche Art – körperlich, emotional, es umfasste einfach alles. Ich wusste nicht, was ich ohne sie tun würde. Na ja, doch, das wusste ich schon … ich wäre unglücklich, so wie in den letzten Wochen.

Obwohl ich nichts lieber getan hätte, als sie gegen die Wand zu drücken und sie immer wieder zu nehmen, zwang ich mich, ein Stück von ihr abzurücken. Sie war außer Atem und schien überrascht. Auch ich musste meinen Atem beruhigen und war mir ziemlich sicher, dass mein Schwanz die Farbe wechselte. Er schrie mir laut zu, ich solle weitermachen. Doch ich beachtete ihn nicht weiter und hielt sie ein Stück auf Abstand. »Ich will nicht, dass du denkst, alles wäre wieder normal, nur weil du hier bist. Ich weiß, ich habe Mist gebaut, als ich alles verloren und … als ich dich angelogen habe. Ich weiß, dass ich kaputt gemacht habe, was wir hatten. Und ich weiß auch, dass es Zeit braucht, bis zwischen uns wieder alles gut ist. Ich bin bereit, uns diese Zeit zu geben.«

Seufzend lächelte ich. *Gott, ich wollte jetzt in ihr sein.*

Anna musterte mich ebenfalls lächelnd. »Was uns auseinandergebracht hat, Griffin, war nicht, dass du alles verloren hast, und auch nicht nur, dass du mich angelogen hast. Was uns auseinandergebracht hat, war, dass du alles allein entschieden hast. Dass du mich ausgeschlossen hast. Dass du mich nicht eingeweiht hast und mich behandelt hast, als wäre ich dir egal, als würde meine Meinung dir nichts bedeuten.«

Ich legte verwirrt den Kopf schief. So hatte ich sie doch nie behandelt. Jedenfalls nicht absichtlich. Als Anna sah, dass ich sie nicht verstand, trat sie dichter zu mir. Sie legte mir erneut die Arme um den Hals, und ich umfasste ihre Taille. »Ich weiß, dass du nicht gern Gefühle zeigst, dass du dich dann unwohl fühlst und so … und das verstehe ich.« Sie schüttelte den Kopf. »Mir fällt es auch nicht leicht, und ich gehöre nicht zu den Frauen, die Blumen und Gedichte brauchen … aber als du dich in den letzten Wochen an mich gewandt hast, dich mir geöffnet hast … in deinem Brief, bei deinen Anrufen … hat mir das alles bedeutet, und mir ist plötzlich klar geworden, was das Problem zwischen uns gewesen ist.« Lächelnd legte sie mir eine Hand auf die Wange. »Ich glaube, das hat zwischen uns gefehlt. Ich habe nie das Gefühl gehabt, dass du mich brauchst. Ja, du hattest mich gern um dich, und du hattest ganz offensichtlich gern Sex mit mir … aber du hast mich nie wirklich gebraucht, und das hat mich einsam gemacht.« Sie legte die Stirn in Falten und nahm die Hand von meiner Wange.

Ich nahm sie und hielt sie fest. »Das stimmt nicht. Ich brauche dich … du bist alles, was ich brauche. Alles, was ich je gebraucht habe. Ich war … verloren ohne dich.«

Anna lächelte, und ich spürte, wie mich ihr Lächeln durch und durch wärmte. Sie *war* alles, was ich brauchte. »Ja, und jetzt spüre ich das«, sagte sie.

Sie beugte sich vor und gab mir einen zärtlichen Kuss, der mich elektrisierte und zugleich rührte. Als wir uns voneinander lösten, war mir schwindelig. »Du bist meine beste Freundin«, erklärte ich. »Du bist die Einzige, die mich versteht und mich trotzdem liebt. Und ich werde alles tun, um dich zu halten. Alles«, wiederholte ich und sah sie durchdringend an.

Anna schloss die Augen und ließ meine Worte wirken, dann erschien ein freches Grinsen auf ihrem Gesicht. »Es gibt etwas, das du für mich tun kannst«, sagte sie. Sie öffnete die Augen wieder und fragte schüchtern: »Zeigst du mir die Bühne?«

Ich blinzelte überrascht. Bei ihrem Grinsen hatte ich etwas anderes erwartet.

Sie lächelte aufreizend, also nahm ich ihre Hand und führte sie fort. Sie kicherte, als würden wir uns auf ein Abenteuer begeben. Es erinnerte mich an Zeiten, in denen wir in unserer Beziehung richtig Spaß hatten. Vor Anna war ich nie einer Frau begegnet, die so gern etwas anstellte wie ich. Sie machte wirklich alles mit. Das liebte ich an ihr.

Als ich die Tür zur Bühne fand, rechnete ich damit, dass sie abgeschlossen war, doch sie war offen. Dankbar, dass ich nicht das Schloss knacken musste, versicherte ich mich, dass die Luft rein war, dann schob ich Anna hinein. Als sie an den leeren Sitzreihen vorbeiging, stieß sie einen leisen Pfiff aus. »So groß habe ich mir das nicht vorgestellt.« Als sie zur Bühne kam, stieg sie hinauf und blickte sich ehrfürchtig um.

Im Raum war es dunkel, nur die Notbeleuchtung spendete etwas Licht. Ich sprang zu ihr auf die Bühne, dann ging ich nach hinten, um etwas Licht zu machen. Ich fand einen Schalter, von dem ich annahm, dass er einen Scheinwerfer bediente. Zum Glück stimmte das, und um Anna erschien ein leuchtender Kreis. Sie lachte, als sie im Rampenlicht stand, und ich schüttelte den Kopf über sie. Als ich zu ihr auf die Bühne trat, blickte ich mich um. Der Raum war nicht ganz so groß wie die Läden, in denen ich früher mit den D-Bags gespielt hatte, aber er war ziemlich groß. »Ja, der ist okay.«

»Hier wirst du der Welt also in den nächsten sechs Wochen zeigen, wie großartig du wirklich bist?«

Ich blickte sie über meine Schulter hinweg an. »Ja. Das ist mein neues Zuhause.« Ich wandte den Blick wieder den endlosen leeren Sitzreihen zu. »Wo über meine Zukunft entschieden wird …«

»Nun, ich würde sagen, dann sollten wir hier ein bisschen gutes Karma verbreiten.«

Ich wusste nicht, was sie meinte, und drehte mich zu ihr um. Sie hob ihr Top hoch und zog es sich über den Kopf. Dann schleuderte sie ihre Schuhe fort, knöpfte ihre Shorts auf und ließ ihre restliche Kleidung an ihren Beinen hinuntergleiten. Gott. Ihren perfekten Körper nackt vor mir zu sehen war fast mehr, als ich ertragen konnte. Waren wir schon so weit? Doch wäre ich in der Lage, sie zurückzuweisen? Nein. Ich war genauso unfähig, sie zurückzuweisen, wie ich ihrer Hingabe unwürdig war. Aber aus irgendeinem Grund hatte ich sie erobert und würde sie nie wieder gehen lassen.

Völlig nackt unter dem einsamen Scheinwerfer auf der Bühne lockte sie mich mit dem Finger zu sich. »Komm her.«

Mit jedem Schritt beschleunigte sich mein Atem. Wusste sie, dass Sex auf der Bühne meine Lieblingsfantasie war? Ja, wahrscheinlich, und darum wollte sie es hier mit mir tun. Ich war der glücklichste Scheißkerl auf der ganzen Welt, weil sie mir gehörte. Was war ich doch für ein Idiot gewesen, und wie glücklich konnte ich mich schätzen, dass ich noch eine zweite Chance bekommen hatte. Ich hatte sie nicht verdient, aber ich hatte mir vorgenommen, ein besserer Mensch zu werden. Und mit Anna an meiner Seite würde mir das vielleicht eines Tages gelingen.

Als ich nah genug vor ihr stand, legte ich eine Hand um eine ihrer unglaublichen Brüste. Das vertraute Gefühl erweckte meinen Schwanz zum Leben. »Du bist so wunderschön«, sagte ich und strich mit dem Daumen um ihren Nippel.

Sie biss sich auf die Lippe und stöhnte lustvoll auf. »Ich habe dich so sehr vermisst, Griffin. Schlaf mit mir, hier, wo dich am Montag alle sehen werden.«

Ich beugte mich hinunter und umschloss ihren Nippel mit meinen Lippen. Sie rang nach Atem und hielt meinen Kopf fest. Meine Hände glitten zu ihrer Taille hinunter, zu ihren Hüften, dann schob ich meinen Finger zwischen ihre Beine. Sie war so verdammt nass. Sie schrie auf und bog sich mir entgegen, und ich konnte es nicht länger aushalten. Es war zu lange her. Ich musste wissen, wie sie schmeckte …

Ich sank auf die Knie und ersetzte meine Finger durch meinen Mund. Anna stöhnte meinen Namen, krallte die Finger in meine Haare und sagte mir, ich solle bloß nicht aufhören. Das machte mich verrückt. Und *Gott* … sie schmeckte so gut.

Als ich mich auf den Boden legte, sah sie mich enttäuscht an, doch ich winkte sie zu mir. Sie senkte sich über mich, sodass ich sie erneut schmecken konnte. Ich betrachtete ihren Körper im Scheinwerferlicht, wie sie ihre Brüste massierte, ihre Nippel rieb. Ich konnte es nicht länger aushalten, sie auch nicht.

Sie stieg von mir herunter und machte sich an meiner Hose zu schaffen. Sobald sie mich von ihr befreit hatte, nahm sie ihn in den Mund. Das Bewusstsein, dass wir uns mitten auf der Bühne befanden, erregte mich über alle Maßen. Ich schob sie sanft von mir, dann streifte ich mir die restlichen Klamotten ab. Ich wollte nicht, dass etwas zwischen uns war.

Ich legte sie auf den Rücken, sodass ihr Kopf zum Publikum zeigte, dann drang ich in sie ein. Gott … sie fühlte sich fantastisch an. Unsere Hände erforschten unsere Körper, während wir uns gemeinsam bewegten, wobei mir überaus bewusst war, wie exponiert wir waren. Wir waren ganz allein im Scheinwerferlicht, und das fühlte sich *dermaßen* richtig an, dass es den Moment noch steigerte. Es war genauso, wie ich es mir erhofft hatte.

Die Erregung trieb uns ziemlich schnell an den Rand des Orgasmus. Ich spürte, dass ich gleich kommen würde, und Anna klang, als wäre sie auch so weit. Da ich ihr noch mehr geben wollte, positionierte ich uns so, dass wir ganz am Rand der Bühne lagen. Als Anna realisierte, wie ich uns für unser imaginäres Publikum ausstellte, stöhnte sie und ließ den Kopf rücklings über den Rand sinken. Wir verbargen nichts.

Ich fasste den Rand der Bühne und nutzte ihn als Stütze, um immer tiefer in sie einzudringen. Annas heisere Lustschreie verstärkten sich mit jedem Stoß. Ich hob den Kopf und blickte auf das Meer aus Plätzen, die auf die jubelnden Fans warteten. Fuck, ja … mit Anna an meiner Seite würde mir Montagabend die Bühne gehören.

Wir rangen beide nach Luft und erzitterten vor Verlangen, wir waren knapp vor dem Höhepunkt. Sie fühlte sich so gut an. Es schien Jahre her zu sein, seit wir das letzte Mal zusammen gewesen waren, und auch da hatte es sich nicht so angefühlt – als wären wir eins, in jeder Beziehung.

Fasziniert beobachtete ich, wie sich die Lust auf Annas Gesicht abzeichnete, während ich mich in ihr und mit ihr bewegte. Sie sah wundervoll aus, was das Scheinwerferlicht noch unterstrich. Jetzt mit ihr hier zu sein war das Erotischste, was ich je erlebt hatte, und als ich dem Höhepunkt entgegenstrebte, hatte ich das Gefühl, nichts konnte mich aufhalten.

»Oh Gott, ja, Griffin … ja … so … genau so! Mehr, mehr … oh Gott …«

Als sie kam, wurden ihre Worte unverständlich, und ich konnte den Blick nicht von ihr lösen. Sie so zu sehen, und dass sie sich hier von mir nehmen ließ, bedeutete mir mehr, als ich ausdrücken konnte. *Ich will nur, dass sie glücklich ist.* Anna klammerte sich fest an mich, während sie ihre Lust auslebte, dann zog sie mein Gesicht zu einem brennenden Kuss zu sich. Als sich unsere Zungen trafen, kam ich ebenfalls. Ich stöhnte in ihrem Mund, als Wellen der Lust über mich hereinbrachen. Gott … ja. Ich hatte sie so vermisst.

Als die Intensität nachließ, sank ich auf Anna nieder. Sie nahm mich in die Arme, und ich fühlte mich vollkommener als je zuvor in meinem Leben. Ich würde sie nie wieder loslassen. Da ich nichts mehr vor ihr verheimlichen wollte und die Gefühle nicht ignorieren wollte, die mich innerlich aufwühlten, zwang ich mich, ihr zu sagen, was ich empfand.

»Du bist das Einzige, was mir wichtig ist, Anna. Klar, es gibt Dinge, die ich mir wünsche, wie diesen Job zurückzubekommen, aber … du bist das Einzige, was ich *brauche*. Du und die Mädchen.« Ich legte mich neben sie, sodass ich sie besser ansehen konnte. »Ich war so mit mir selbst beschäftigt, dass ich dich verloren habe. Ich habe uns verloren. Ich glaube, ich habe sogar *mich* verloren. Weil ich ohne dich eigentlich niemand bin. Jedenfalls bin ich nichts wert. Du bist das Beste an mir. Das Allerbeste. Du bist meine beste Freundin, du und die Mädchen, ihr hättet für mich an erster Stelle stehen müssen. Und es tut mir leid, dass das nicht so war.« Seufzend schüttelte ich den Kopf. Anna öffnete den Mund, um etwas zu sagen, doch ich brachte sie mit einem Kuss zum Schweigen. Ich war noch nicht fertig. »Ich liebe dich, und ich gehe mit dir, wohin du willst. Ich werde dort mit dir leben, wo du leben willst. Ich tue alles, was du willst … wenn du mich nur zurücknimmst. Ich kann nicht mehr ohne dich leben. Das macht mich fertig.«

Mit tränennassen Augen schaute sie zu mir auf. »Griff … ich liebe dich so sehr, und ein großer Teil von mir möchte sagen: Klar … komm nach Hause, alles ist wieder gut. Aber zum Wohl unserer Familie, zum Wohl unserer Mädchen musst du wissen, dass das, was du getan hast – mich anzulügen und mich zu hintergehen, um zu bekommen, was du wolltest –, nie wieder passieren darf. Das ist wirklich deine allerletzte Chance … versau sie nicht.« Als sie fertig war, lächelte sie so süß, als hätte sie mich gerade gebeten, einen Liter Milch mitzubringen.

Lachend küsste ich sie erneut. »Glaub mir, Süße, eher würde ich mir in die Eier stechen, als dich je wieder so zu verletzen. Ich will meine beste Freundin zurück«, sagte ich seufzend. »Ich will meine Frau wiederhaben.«

Anna legte eine Hand auf meine Wange. »Du hast sie wieder. Jetzt sei still und schlaf noch mal mit mir im Scheinwerferlicht, bevor jemand kommt und uns beide aus dem Hotel schmeißt.«

Sofort war ich wieder hart. »Du bist das Schärfste überhaupt, und ich bin wirklich der glücklichste Scheißkerl der Welt.« Ich legte ihr eine Hand auf die Wange. »Und das werde ich nie wieder vergessen.«

Mit tränennassen Augen nickte sie, als ich erneut in sie glitt …

Am Montagabend wurde die erste Livesendung ausgestrahlt, in der wir nicht der Jury, sondern dem Publikum unser Talent beweisen mussten. Ich freute mich auf den Auftritt, und zugleich war mir übel. Klar, ich hatte das schon unzählige Male gemacht, aber nie unter solchem Druck. Meine ganze Karriere hing davon ab, ob es mir gelang, die Fans wieder für mich zu gewinnen – keine leichte Aufgabe angesichts des Trümmerhaufens, den ich bei meinem Ausstieg aus der Band hinterlassen hatte. Ich hoffte, dass sie meine Reue, meine Entschiedenheit und meine Begeisterung auf der Bühne spüren würden. Wie sehr ich es wollte.

Die Sendung lief nur sechs Wochen, sodass nach jeder Folge diverse Leute rausgewählt wurden. Ich wollte nicht zur ersten Gruppe gehören. Oder zur zweiten. Oder dritten. Ich wollte es bis zum Schluss schaffen. Doch ich ließ nicht zu, dass sich dieser Wunsch gegen meine Konkurrenten richtete, und half ihnen, wo immer ich konnte.

Wenn ich nicht gerade den Kandidaten Tipps gab oder Liam aufmunterte, half ich hinter der Bühne. Die Crew-Mitglieder schienen ständig irgendwo Hilfe zu benötigen. Es beruhigte meine Nerven, wenn ich etwas zu tun hatte, darum übernahm ich so viele Aufgaben wie möglich. Die Leute von der Crew schienen dafür dankbar zu sein; sie wünschten mir sogar Glück in der Sendung und luden mich ein, hinterher mit ihnen Poker zu spielen. Das hörte sich super an.

Ich genoss das Gefühl, Teil von etwas Größerem zu sein, von etwas, das über mich hinausging, und bot meine Dienste jedem an, der sie brauchen konnte. Ich half Anna mit den Mädchen, dem Moderator bei seinen Besorgungen, den Jungs an der Kamera mit ihrem Equipment und sogar den Produzenten, die Kameraeinstellungen vorzubereiten. Den ganzen Tag war ich überall. Wo immer ich gebraucht wurde, war ich zur Stelle.

Als die Sendung endlich anfing, war ich aufgedreht und bereit loszulegen. Die zwanzig Kandidaten trafen sich hinter der Bühne und sprachen gemeinsam ein kurzes Gebet. Ein paar von der Crew schlossen sich uns ebenfalls an, so hatte ich einen Arm um Liam gelegt und den anderen um den Typen, der für das Licht zuständig war. Noch nie hatte ich mich einer Truppe derart verbunden gefühlt. Nachdem wir uns voneinander lösten, ging jeder seiner Wege, um letzte Vorbereitungen für die Sendung zu treffen.

Ich suchte mir eine ruhige Ecke, schloss die Augen und atmete tief ein und aus. *Ich schaffe das.* Da hörte ich eine helle Stimme begeistert jubeln: »Hab dich gefunden, Daddy!«

Ich öffnete die Augen und sah Gibson auf mich zurennen; ihre langen blonden Zöpfe hüpften auf ihren Schultern, während sie auf mich zusprang. Anna saß schon lange mit Onnika im Publikum, doch Gibson hatte sich geweigert, von meiner Seite zu weichen. Sie war die ganze Zeit hinter der Bühne umhergelaufen und hatte alle bezaubert. In dieser Beziehung war sie ihrer Mutter sehr ähnlich. Ich ging auf die Knie und schloss sie fest in die Arme.

»Da bist du ja. Wo warst du denn? Ich dachte schon, ich hätte meine Süße verloren.« Hinter ihr stand Sam mit einem der Kameramänner. Gibson war so eine Art Backstage-Berichterstatterin geworden, die mit allen Kandidaten auf ihre ganze eigene *Ich-bin-fast-vier-und-weiß-alles-über-das-Leben-*Art plauderte.

»Ich habe Onkel Kellan geholfen.« Sie drehte sich um und grinste frech in die Kamera. »Er findet mich am bestesten. Er meint, ich sollte gewinnen.«

Lachend küsste ich sie aufs Haar. »Ich glaube, er hat recht.«

Gibsons hinreißendes Gesicht wirkte skeptisch, als sie sich zu mir umdrehte. »Aber ich will, dass du gewinnst.« Sie starrte mich an, als würde sie mir Superkräfte verleihen, dann lächelte sie. »Da. Ich habe dir meinen Sieg gegeben.«

Sie war so süß, ich musste einen Kloß hinunterschlucken. Die Titelmusik spielte, gleich ging es los. Ich umarmte sie, doch sie wollte mich nicht loslassen. »Gibby, ich muss jetzt gehen, Süße. Du bleibst bei Sam, okay?«

Als ich sie von mir schob, sah sie mich betrübt an. »Wann kommst du nach Hause?«, fragte sie.

Ich hatte plötzlich ein Gefühl, als hätte sie mir soeben einen riesigen Eiszapfen in den Körper gerammt. »Oh … Süße … bald, okay? Versprochen.«

Sie nickte, und dann wechselte schlagartig ihre Stimmung, so wie es nur bei einem Kind möglich war, und sie schenkte mir ein gigantisches Lächeln. »Zu meinem Geburtstag?«

Lachend nickte ich. »Ja, ganz bestimmt zu deinem Geburtstag.«

Sie klatschte in die Hände und umarmte mich. Als sie sich von mir löste, deutete sie mit derart ernstem Ausdruck auf mich, dass ich fast lachen musste. »Aber zu meinem … nicht zu Onnikas.« Onnika wurde in zwei Wochen zwei, während Gibsons vierter Geburtstag erst in ein paar Monaten anstand. »Nur zu meinem«, bekräftigte sie mit entschlossener Miene.

Seufzend fasste ich meine Tochter an den Schultern und zwang sie, mich anzusehen. »Süße, du musst aufhören, eifersüchtig auf deine Schwester zu sein. Nur weil ich sie auch lieb habe, heißt das nicht, dass ich dich weniger lieb habe. Ich liebe euch beide … ganz doll. Ihr seid beide wunderbar, schön, begabt, ganz besondere kleine Menschen …« Ich verstummte, da ich auf einmal an meine eigenen diversen Eifersüchteleien denken musste. Hatte Gibson etwa meine Haltung übernommen und fühlte sich neben Onnika zurückgesetzt, weil sie beobachtete, wie ich mit den Dingen haderte? Gott, hoffentlich nicht. Ich wollte nicht, dass sie so lebte. Ich nahm ihr kleines Gesicht in meine Hände. »Du bist das bezauberndste *Du*, das ich kenne. Du musst dich nicht mit anderen vergleichen. Es wird nie ein anderes kleines Mädchen geben, das genauso ist wie du. Nie.«

Eine Sekunde blickte sie mich aufmerksam an, dann grinste sie. »Okay.«

Ich küsste sie auf die Nase, dann stand ich auf. Es wurde Zeit, dass *ich* mich von meiner besten Seite zeigte. Ich übergab Gibson an Sam und bedankte mich dafür, dass er ein Auge auf sie hatte, dann ging ich in Richtung Bühne, um mein Schicksal in die Hand zu nehmen. Es wurde Zeit, dass ich es ihnen zeigte.

Und das tat ich. Als mein Name aufgerufen wurde, trat ich hinaus auf die Bühne und stellte mir vor, ich würde donnernden, ohrenbetäubenden Applaus erhalten. Als ich genau an die Stelle trat, an der ich Sex mit meiner Frau gehabt hatte, sah ich vor mir, wie ich in ihr gewesen war. Das würde ich mir jetzt jedes Mal vorstellen, wenn ich hier herauskam. Es half mir, das hier durchzustehen.

Mit einem wissenden Lächeln auf den Lippen küsste ich meine Finger, dann entdeckte ich meine Frau im Publikum und hielt sie in ihre Richtung. *Du bist mein Ein und Alles.* Anna jubelte mir zu, während sie Onnika im Arm hielt. Onnika klatschte, und obwohl ich sie durch den Tumult nicht hören konnte, wusste ich, was sie sagte. *Daddy!* Verdammt. Ich hatte die beste Familie überhaupt. Wie hatte ich sie fast aufgeben können? Matt hatte recht. Ich war ein verdammter Idiot.

Liam wurde nach mir angekündigt, und als sein Moment im Rampenlicht vorüber war, nahm ich ihn freundschaftlich in den Schwitzkasten. Strahlend legte er den Arm um mich. Es haute mich um, wie nah ich mich meiner Familie jetzt fühlte. Ich hatte immer ein ganz gutes Verhältnis zu ihnen gehabt, aber jetzt, nach allem, was ich in letzter Zeit durchgemacht hatte, war es mehr als das. Ich würde für jeden von ihnen durchs Feuer gehen.

Als ich meine Familie in der Menge entdeckte, winkte ich ihnen zu, während der Rest der Kandidaten angekündigt wurde. Mom jubelte ihren beiden Söhnen zu, Dad grinste von einem Ohr zum anderen, und Chelsey hatte Tränen in den Augen. Es rührte mich, ich wollte gewinnen, damit sie stolz auf mich waren, obwohl sie das ziemlich sicher schon jetzt waren. Mom hatte heute Morgen am Telefon so etwas gesagt.

Nach der Vorstellungsrunde wurden wir in Gruppen aufgeteilt, um als »Bands« aufzutreten. Ich wurde als Sänger meiner Band ausgewählt, womit ich mich angesichts der schlechten Kritiken von meinem desaströsen eigenen Album etwas unwohl fühlte. Doch ich schob meine Zweifel beiseite und sang einen D-Bags-Song in meinem ganz eigenen Stil. Anstatt den Text nur zu singen, rappte ich einen Teil. Es war ein langsamer, gleichmäßiger Rhythmus, der perfekt zu dem klassischen Song passte. Nachdem wir fertig waren, rastete die Menge aus, und ich war fassungslos, dass unsere Gruppe Standing Ovations vom Publikum erhielt … einschließlich der Jury. Sogar Matt strahlte, als er uns applaudierte.

Am Ende der Sendung war ich beschwingt und voller Energie und hatte ein gutes Gefühl, was meine Chancen anging.

Am nächsten Abend wurde das Ergebnis bekanntgegeben. Mein Magen verkrampfte sich, während ich darauf wartete zu erfahren, ob ich weiterkam oder nicht. Doch ich hatte den Laden letzte Nacht gerockt, daran hielt ich mich so fest, wie ich nur konnte. Sie hatten mich gemocht. Erst würde es jedoch noch einen Gastauftritt von einer externen Band geben, und ich war zugleich überrascht und nicht überrascht, als ich sah, wer es war … Avoiding Redemption. Justins Band.

Ich suchte hinter der Bühne nach ihm, doch es war Gibson, die ihn schließlich fand. »Daddy! Onkel Justin ist hier!«

Ich erinnerte mich an das letzte Gespräch mit ihm und kam mir etwas doof vor, als ich ihm gegenüberstand. »Oh … hallo … schön, dich zu sehen, Mann. Wie läuft's?«

Justin musterte mich grinsend. Gibson klammerte sich derart fest an seine Hand, dass ihre kleinen Knöchel weiß waren; sie hatte schon jetzt eine Schwäche für Rockstars. Ihre Teeniejahre würde ich wohl kaum überstehen.

»Gut«, antwortete Justin.

Ich strich mir durch die Haare, die endlich wieder bis zu meinen Augen reichten, und stieß einen Seufzer aus. »Hey, es tut mir leid, was ich zu dir gesagt habe. Wegen des Albums. Ich war ein Idiot. Es war nicht deine Schuld, dass dein Label es nicht haben wollte. Es war einfach Mist.«

Justins Brauen schossen nach oben. »Wow. Ich war mir sicher, du würdest einfach darüber hinweggehen und so tun, als wäre das nie passiert.«

Als ich die Titelmusik hörte, lächelte ich. »Mein altes Ich hätte das auch getan. Aber ich versuche jetzt, reifer zu sein und all dieser Mist.«

Gibson nickte. »All dieser Mist.«

Lachend blickte Justin zu ihr hinunter. »Unbedingt.« Als er wieder zu mir sah, reichte er mir die Hand. »Viel Glück heute Abend.« Als ich sie ergriff, fügte er hinzu: »Ich habe übrigens für dich gestimmt.«

Ich war überraschend gerührt von seinem Geständnis. »Echt? Danke, Mann. Das bedeutet mir viel.« Er ließ meine Hand los und beugte sich zu Gibson hinunter, um ihre Hand zu küssen, dann übergab er sie an mich. Ausnahmsweise wollte sie nicht zu mir. Während ich mit ihr rang und sie von ihm wegzog, fragte ich: »Hey, wie geht es Kate?«

Justin schenkte mir ein Grinsen, das Gibson zum Seufzen brachte. Ich musterte sie kritisch, während Justin sagte: »Gut. Ich habe sie gefragt, ob sie zu mir zieht, und sie hat Ja gesagt. Sie kommt Ende des Monats nach L.A.« Er schien sich ehrlich zu freuen, dass ich ihn ausnahmsweise nach Kate gefragt hatte und nicht nach Brooklyn. Wahrscheinlich hätte ich mehr Anteil an seiner und Kates Beziehung nehmen sollen.

Ich klopfte ihm auf die Schulter und versuchte, meine unangemessenen Bemerkungen wiedergutzumachen. »Das ist ja toll. Freut mich, dass ihr euch endlich für die wilde Ehe entschieden habt. Wird auch Zeit.«

Justin sah mich misstrauisch an, dann lachte er und schüttelte den Kopf. »Schön, dass du noch nicht komplett reif bist. Ich weiß nicht, was ich tun würde, wenn du ganz und gar erwachsen wärst.«

Ich war mir nicht vollkommen sicher, was er damit meinte, aber ich grinste, zuckte die Schultern und beließ es dabei.

Nach der Vorstellung der Kandidaten und dem Auftritt von Justins Band kam der Moment, die Ergebnisse des gestrigen Abends bekanntzugeben. Als ich auf der Bühne stand und mein Schicksal erwartete, war ich ein Nervenbündel. Wir würden die Ergebnisse in Dreiergruppen entgegennehmen. Liam, der in der Gruppe direkt vor mir stand, hörte die goldenen Worte, auf die ich hoffte – *Du hast es geschafft.* Ich war der Letzte in meiner Dreiergruppe. Beide Typen vor mir kamen weiter. Ich freute mich für sie, aber zugleich war mir klar, dass mit ihrem Erfolg meine Chancen sanken.

Ich blickte zu Matt, Evan und Kellan. Die drei wirkten nervös, als der Moderator zu mir trat. Ich wusste, dass sie nicht über mein Fortkommen entschieden, aber ich hoffte, dass sie mir wünschten, dass ich weiterkam. Ich löste den Blick von ihnen und wandte mich dem Moderator zu, als dieser mich mit meinem Namen ansprach.

»Griffin Hancock … du hast gestern einen ziemlichen Auftritt hingelegt, aber … hat das gereicht?« Er sah mich lange und durchdringend an, bevor er langsam den Umschlag öffnete. Er fummelte ewig mit dem Papier herum. Am liebsten hätte ich ihm das verdammte Ding aus den Händen gerissen und selbst nachgesehen, ob ich weiterkam oder nicht, doch stattdessen blieb ich ruhig. Es waren die längsten zehn Sekunden meines Lebens, aber schließlich schenkte mir der Typ ein oscarverdächtiges Grinsen. »Ja, es hat gereicht. Herzlichen Glückwunsch, du kommst weiter.«

Die Menge kreischte, und ich bekam weiche Knie. Gott sei Dank … fürs Erste hatte ich es geschafft.

27. Kapitel

Wieder zueinanderfinden

Um den potenziellen Bandmitgliedern ein Gefühl davon zu geben, wie es sich anfühlte, auf Tour zu sein, wurden alle Kandidaten im Hotel abgeschottet … Besuche waren nicht gestattet. Ich vermisste Anna und die Mädchen wie verrückt, aber es gab Anna und mir mehr Zeit, übers Telefon einander wieder näherzukommen. Das war schön und hatte in der Regel auch nichts mit Sex zu tun, was ungewöhnlich für uns war.

»Was hast du daraufhin gemacht?«, fragte ich sie. »Sie verprügelt? Das würde ich tun, wenn ich hören würde, dass eine Tusse schlecht über dich redet.«

»Nun«, sie zögerte, »ich bin praktisch ihre Vorgesetzte, darum kann ich sie schlecht verprügeln … aber ich habe sie den ganzen Nachmittag in einem riesigen Hähnchenkeulenkostüm den Block auf und ab laufen lassen. Das war großartig.«

Lachend legte ich mich aufs Bett. Ich konnte mir ziemlich gut vorstellen, wie Anna sich auf diese Weise an ihrer frechen Angestellten gerächt hatte. Wer sich mit Anna anlegte, kam nicht ungeschoren davon. »Außerdem habe ich sie abgemahnt und ihr gedroht, sie zu feuern, wenn sie mich je wieder als Silikonschlampe bezeichnet.« Sie schnaubte. »Als ob ich Implantate hätte. Diese Schätzchen sind echt.«

Ich stöhnte, als ich im Geiste ihre Brüste vor mir sah. »Ja. Das sind sie. Sie sind genauso perfekt wie du.«

Sie seufzte fröhlich. »Ich bin alles andere als perfekt, Griffin.«

»Für mich bist du perfekt, und meine Meinung ist die einzige, die zählt.« Ich lachte, dann seufzte ich. »Na ja, meine und die der ganzen Nation …«

Anna verstand meine Anspielung und fragte leise: »Bist du nervös wegen morgen? Die Auswahl der letzten vier … das ist aufregend.«

Allein ihre Worte jagten mir Angst ein. »Ja, ich bin etwas angespannt.«

»Du warst toll heute Abend«, sagte Anna aufmunternd. »Ich bin mir sicher, du schaffst das.«

Da war ich mir nicht so sicher. Alle, die noch übrig waren, waren gut. Richtig gut. In den letzten Wochen hatte man die ursprünglich zwanzig Kandidaten auf Herz und Nieren geprüft und brutal reduziert. Da sich der Wettbewerb nur über wenige Wochen erstreckte, war das Aussieben dramatisch gewesen. Ein oder zwei Mal hatte ich kurz vor der Schlachtbank gestanden und war mir mehr als ein Mal sicher gewesen, dass es für mich vorbei war. Aber irgendwie war ich noch immer dabei. Es waren noch acht von uns übrig, aber nach morgen Abend würden es nur noch vier sein. Nächste Woche dann noch zwei. Und in der übernächsten Woche fand das Finale statt, und nur einer würde übrig bleiben. Gott, hoffentlich ich.

Ich konzentrierte mich wieder auf Anna und sagte: »Danke, dass du mich auf diesem verrückten Trip begleitet hast. Ich liebe dich mit jeder Faser. Du bist mein bester Freund, meine Seelenverwandte, und ich bin ein Megaglückspilz, dass ich dich habe.« Solche Dinge sagte ich ihr in jedem unserer Telefonate, die Worte flossen jetzt nur so aus mir heraus. Es schien mir inzwischen lächerlich, dass mir das vorher so schwergefallen war.

Anna schwieg eine Sekunde, dann sagte sie: »Du musst mir das nicht immer sagen, weißt du? Ich weiß, dass du mich liebst, Griff.«

»Nein, ich muss es dir sagen. Ich will keine Dumpfbacke sein, der keinen an sich heranlässt. Ich will, dass die, die mir etwas bedeuten, das auch merken. Und du und die Mädchen … na ja, ihr drei seid nun mal das Wichtigste in meinem Leben.«

Sie lachte heiser auf. »Ich mag diese neue empfindsame Seite an dir, Süßer. Die ist unglaublich scharf.«

Ich lächelte in der Dunkelheit. »Wenn du die scharf findest, dann warte nur, bis das hier vorbei ist. Ich werde dermaßen empfindsam sein, dass du gar nicht wissen wirst, was du mit mir anfangen sollst.«

»Da fällt mir ganz bestimmt etwas ein … Gute Nacht, Süßer. Viel Glück morgen.«

»Danke. Nacht.«

Wir legten auf, und ich starrte eine halbe Stunde an die Decke, bis ich endlich einschlief.

Am nächsten Morgen wachte ich mit einem vertrauten Schmerz im Bauch auf. Es fühlte sich an, als hätte ich gestern Abend einen Haufen Steine verschlungen, die in meinem Körper zu einem Riesenfelsen zusammengewachsen wären. Ich konnte ihn nicht verdauen, ohne mich schwer zu verletzen. Ich wusste, das Gefühl würde verschwinden, sobald die Ergebnisse raus waren. Entweder kam ich weiter oder nicht. So einfach war das.

Während ich mit Gibson auf den Schultern hinter der Bühne umherspazierte – denn auch die Abschottung der Kandidaten hielt meine Tochter nicht von der Bühne fern –, brummelte ich vor mich hin, dass die Produzenten den Kandidaten die Ergebnisse vorab geben sollten. »Ich meine, die Abstimmung war um Mitternacht vorbei, die kennen das Ergebnis doch schon seit Stunden. Wie schwer ist es denn, uns eine Nachricht unter der Tür durchzuschieben und uns zu sagen, ob wir einpacken können oder nicht?«

»Nun, ich glaube, das soll eine Überraschung sein. Sonst würden die, die es nicht geschafft haben, doch sofort abreisen. Das ist nicht gut für die Kameras.«

Ich blickte finster zu Liam. »Ich weiß, ich habe eine Frage gestellt, aber ich wollte nicht wirklich eine Antwort haben. Vor allem keine logische.«

Einen Augenblick sah er mich verständnislos an, dann nickte er. »Ja, du hast recht. Wir sind alle im selben Hotel. Das kostet sie keine fünf Sekunden.«

Ich grinste. »Genau!«

Ich hörte die kitschige Titelmelodie und sah Sam um die Ecke biegen, um meine Tochter einzusammeln. Er passte immer auf sie auf, wenn ich auf die Bühne musste. »Die Zeit ist um, meine Kleine«, sagte ich zu ihr.

Sie jammerte, als ich sie von meinen Schultern hob. »Ich will mit dir gehen!«

Das hatte ich schon vorher gehört, aber die Produzenten hatten überaus deutlich gemacht, dass sie nicht mit mir auf die Bühne durfte, noch nicht einmal in der Anfangsrunde. Sie meinten, das würde mir einen unfairen Vorteil verschaffen. Und da musste ich ihnen recht geben. Jeder würde auf meinen blond gelockten Engel mit den himmelblauen Augen gucken und sofort für mich stimmen. Wahrscheinlich waren die Backstage-Aufnahmen von uns beiden der eigentliche Grund, warum ich es so weit geschafft hatte. Gott, hoffentlich kam ich weiter.

Als Gibson schmollte, ging Liam vor ihr in die Hocke. »Gibby, du musst hierbleiben und für mich auf Crock aufpassen, schon vergessen?« Er reichte ihr das Stoffkrokodil, das er ihr vorher als Bestechung mitgebracht hatte. Gibson schnappte es ihm weg und umarmte es fest. Liam breitete die Arme aus. »Du musst mir noch viel Glück wünschen.« Sie gehorchte, und er lachte, als er sie in die Arme schloss.

Lächelnd sah ich, wie nah sich die beiden waren, doch als wir aufgerufen wurden, verging mir das Lächeln. »Es wird Zeit, Bruder.«

Liams Grinsen verblasste ebenfalls. »Ja.«

Als die Ergebnisse verlesen wurden, waren Liam und ich in einer Gruppe. Schrecklich. Das machte es noch nervenaufreibender für mich. Der Moderator verdoppelte die Angst, indem er unsere Namen zusammen vorlas. Ich drückte Liams Hand, während ich im Publikum nach Anna suchte. Ich entdeckte sie und Onnika in dem Augenblick, als der Moderator unser Schicksal verlas. »Ihr kommt beide weiter! Herzlichen Glückwunsch!«

Ich brauchte einen Moment, um zu begreifen, was er da gerade gesagt hatte. Anna verstand es zuerst. Sie sprang auf und jubelte mir zu. So laut, dass Onnika erschrak und anfing zu weinen. Da begriff ich es auch … *die letzten vier.* Ich hatte es geschafft. Ich kam weiter.

Die Ergebnisse der nächsten Woche schlugen mir genauso auf den Magen. Am Ende bekam ich noch ein Magengeschwür. Die letzten vier standen zusammen auf der Bühne, als die beiden Finalisten verkündet wurden. Schrecklich – ich musste die Reaktionen der Verlierer sehen, und wenn ich verlor, musste ich erdulden, dass die Sieger mich bedauerten, während sie vor Freude auf und ab sprangen. Mir wäre es lieber, man würde uns die Nachricht einzeln übermitteln, sodass ich mich eine Minute sammeln konnte, bevor ich vor die Öffentlichkeit trat. Es ging hier schließlich um meine Träume.

Wir vier hielten uns an den Händen, als der Moderator die Reihe abschritt, unsere Namen nannte und uns bedeutungsvolle Blicke zuwarf. Mein Herz hämmerte. *Jetzt lies schon die verdammten Karten vor.*

»Seid ihr bereit zu erfahren, wer die beiden Finalisten sind?«

Wir vier sahen einander an, dann nickten wir und drückten noch fester unsere Hände. Das würde furchtbar werden.

»Okay«, sagte der Moderator. »Unser Paar für das Finale sind …« Ich schloss die Augen und bereitete mich auf das Schlimmste vor. »Liam und Griffin!«

Ich riss überrascht die Augen auf. Unmöglich! Liam und ich standen im Finale? Ich hatte gehofft, dass das passieren würde, aber manchmal hatten mich so starke Zweifel befallen, dass alle Hoffnung Millionen Meilen entfernt schien.

In der letzten Sendung mussten wir mit den D-Bags spielen. Liam fing an, während ich von einem Platz hinter der Bühne aus zusah. Ich war sprachlos, wie natürlich Liam mit den Jungs wirkte. Matt und Liam scherzten, während sie sich vorbereiteten. Evan klopfte ihm freundschaftlich auf den Rücken, und Kellan half ihm zu atmen. Sie wirkten, als würden sie schon seit Jahren zusammen auftreten. Und dann, als die Kamera eingeschaltet wurde und sie zu spielen begannen, war ich erneut fassungslos, wie gut sie zusammenspielten. Problemlos. Fehlerfrei. Der Song, den sie ausgewählt hatten, enthielt eine ziemlich komplizierte Bassstimme, aber Liam bewältigte sie mühelos. Er setzte immer pünktlich mit seinem Hintergrundgesang ein, und nach dem, was ich hören konnte, traf er auch jeden Ton. Es war etwas schmerzlich zu sehen, wie perfekt jemand anders zu den D-Bags passte, und es erinnerte mich an etwas, das ich bei meinem Ausstieg nicht bedacht hatte – ich brauchte sie mehr als sie mich. Sie hatten mir ein Geschenk gemacht, und ich hatte es nicht zu schätzen gewusst. Jetzt schon.

Nachdem Liam fertig war, kam ich an die Reihe. Als er hinter die Bühne kam, schlugen wir die Fäuste aneinander, dann umarmte ich ihn und sagte ihm, wie großartig er gewesen sei. Er leuchtete fast von seinem gelungenen Auftritt.

Kellan kam als Erster auf mich zu, als ich auf die Bühne trat.

Er umarmte mich, dann sagte er mir ins Ohr: »Bereit, es ihnen zu zeigen?« Ich nickte, und er schlug mir auf die Schulter. »Wie in alten Zeiten, was?«

Ich schüttelte den Kopf. »Nein, besser als in alten Zeiten.«

Kellan sah mich einen Augenblick forschend an, dann nickte er. Ich legte mir meine Gitarre um, und Evan kam zu mir, um mir die Hand zu geben. »Viel Glück, Mann.« Grinsend schüttelte ich seine Hand und dankte ihm.

Als er wegtrat, kam Matt zu mir. Zuerst sagte er nichts, er sah mich nur an. Ich fing schon an, mich zu entschuldigen, weil ich dachte, er wäre vielleicht noch sauer, aber da hob er die Hand und brachte mich zum Schweigen. »Wir dürfen nicht abstimmen, aber wenn ich könnte ... würde ich für dich stimmen. Du warst echt super, Kumpel.«

Das bewegte mich mehr als alles, was ich von irgendjemand anderem gehört hatte. Ich musste schwer schlucken, bevor ich etwas erwidern konnte. »Danke ... Cousin.«

Matt lächelte, dann schlug er mir derart fest auf den Rücken, dass meine Haut kribbelte. »Jetzt bau keinen Mist vor der Kamera. Du brauchst alle Stimmen, die du kriegen kannst.« Ich schob ihn fort, und er lachte. Nach der vertrauten Frotzelei fühlte ich mich besser als seit Ewigkeiten. Endlich hatte ich das Gefühl, wieder hierher zu gehören.

Dieser spezielle D-Bags-Song begann mit dem Bass. Obwohl mein Herz raste, blieb ich möglichst cool und gelassen. *Es ist nur ein ganz normaler Auftritt ... er entscheidet nicht über meine ganze Zukunft.* Ich war etwas überrascht, als ich das Intro perfekt spielte. Normalerweise patzte ich, wenn wir es live spielten. Klar, früher hatte ich mich leicht ablenken lassen von ... na ja, eigentlich von allem. Jetzt war ich konzentriert und spielte auf den Punkt. Ich rockte den Song auf großartige Weise. Es war toll.

Als wir fertig waren, hob ich siegesgewiss die Fäuste. Das Publikum drehte durch. Klar, vielleicht hatte ich noch nicht gewonnen, aber ein bisschen Selbstbewusstsein war nicht verkehrt, solange ich es nicht übertrieb. Und das würde mir nicht mehr passieren. Nie mehr.

Am nächsten Abend, als Liam und ich hinter der Bühne auf das Ergebnis unserer Auftritte vom Vorabend warteten, wurde mir bewusst, wie unwirklich dieser Moment war. Entweder würde ich meinen Platz bei den D-Bags zurückerhalten, oder Liam würde ihn bekommen. Aber es würde definitiv einer von uns beiden sein.

Als ich eine Schweißperle auf Liams Stirn sah, reichte ich ihm die Hand. »Hey, ich will, dass du weißt, wenn du gewinnst … ist das okay für mich. Ich glaube, du würdest gut zu den D-Bags passen … vielleicht sogar besser als ich.«

Liam schüttelte mir die Hand, taxierte mich jedoch mit misstrauischem Blick. »Wer bist du, und was hast du mit meinem kleinen Bruder gemacht?«

Ich lachte. Wahrscheinlich wirkte ich tatsächlich wie ein anderer Mensch … vielleicht war ich das ja auch. Mir war eine Menge Mist passiert, und ich sah die Dinge jetzt anders. Aber nicht völlig anders. »Oh, ich bin noch immer hier, du Arschloch, und wenn du mir meinen Job wegnimmst, ziehe ich dir die Unterhose bis zu den Ohren hoch, sodass du sie dir aus dem Hintern operieren lassen musst.«

Ein träges Lächeln erschien auf Liams Gesicht. »Ach, da ist er ja.«

Da kam jemand auf uns zu, den ich schon lange nicht mehr gesehen hatte. Ich stand auf, um ihn zu begrüßen. »Hey, Denny, schön, dich zu sehen, Mann.«

Denny schüttelte mir die Hand, dann begrüßte er Liam. »Hallo, ich bin Denny Harris. Meine Frau und ich vertreten die

Band.« Liam nickte, und Denny blickte vom einen zum anderen. »Ich wollte euch beiden nur gratulieren, dass ihr so weit gekommen seid, und wünsche euch für heute Abend viel Glück.«

Liam bedankte sich überschwänglich: »Danke.« Ich war zurückhaltender. Das letzte Mal, als ich mit Denny gesprochen hatte, war ich ein Idiot gewesen. Das schien bei mir irgendwie Methode zu haben. »Hey, kann ich dich mal kurz sprechen?«, fragte ich.

Er nickte, und wir traten ein Stück von Liam weg. Ich studierte meine Schuhe, während ich mich auf meine Entschuldigung vorbereitete. Dabei sollte man meinen, ich wäre darin jetzt schon geübt. »Ich wollte dir nur sagen … tut mir leid, dass ich das letzte Mal so ein Arsch gewesen bin, als wir miteinander gesprochen haben.« Ich überlegte, ob ich noch mehr sagen sollte, aber dem war eigentlich nichts hinzuzufügen. Mein Satz hatte es auf den Punkt gebracht.

Denny legte mir eine Hand auf die Schulter. »Keine Sorge, Kumpel. Schon vergessen.« Als ich ihm in die Augen sah, lächelte er. »Du hast dich verändert«, sagte er. »Zu deinem Vorteil. Ich glaube, das sieht das Publikum auch.« Er blickte zu Liam, dann wieder zu mir. »Das würde ich ihm nie sagen, aber … du hast es jedes Mal, wenn du auf der Bühne warst, genau getroffen. Und du hast echt das ganze Land hinter dir versammelt. Keine leichte Aufgabe, wenn man sich überlegt, was du bei deinem Ausstieg angerichtet hast.« Er tätschelte mir den Arm. »Du hast hart gearbeitet, und die Jungs und ich haben das gesehen. Wir sind alle sehr stolz auf dich.«

Bei seinem Lob beruhigten sich meine Nerven etwas. »Danke. Das tut gut zu hören.«

Er klopfte mir erneut auf die Schulter. »Viel Glück.«

Doch nachdem er gegangen war, kehrte meine Nervosität zurück. Das war er … der Augenblick der Wahrheit.

Als es an der Zeit war, gingen Liam und ich gemeinsam auf die Bühne. Der Moderator gab jedem Jurymitglied Gelegenheit, Liam und mich dafür zu loben, dass wir es so weit geschafft hatten. Kellan sprach als Letzter. Er musste ganze drei Minuten warten, bis sich die Jubelschreie einigermaßen gelegt hatten, sodass er anfangen konnte. »Ich wollte euch beiden sagen, dass, egal wie das hier heute Abend ausgeht, ihr in meinen Augen beide Gewinner seid. Ihr habt wirklich hart daran gearbeitet, zur Band zu gehören. Herzlichen Glückwunsch.«

Das Publikum johlte erneut, darum nickte ich nur, um Kellan für seine Worte zu danken. Ich war immer so eifersüchtig auf ihn gewesen, und er hatte sich mir gegenüber immer nur großzügig gezeigt. Ich war so ein Idiot.

Nachdem jedes der Jurymitglieder seine aufmunternden Worte losgeworden war, wandte sich der Moderator an Liam und mich. Er lächelte und fragte, wie es uns ginge. Ich bemühte mich um eine gleichgültige Miene. Wenn er sich derart viel Zeit ließ, diesen verfluchten Umschlag zu öffnen, würde noch eine Ader in meinem Hirn platzen. Mach dieser elenden Folter endlich ein Ende!

»Ihr wart beide so großartig … rufen wir uns noch mal ein paar Momente in Erinnerung, okay?«

Am liebsten hätte ich gestöhnt und geschrien. Stattdessen ließ ich den Blick über das Publikum gleiten. Ich entdeckte ein paar bekannte Gesichter – meine ganze Familie war da, zudem ein paar ehemalige Kollegen aus der Fabrik, Justin und seine Freundin Kate, Denny und seine Frau Abby, aber das wichtigste Gesicht gehörte meiner Frau. Während Anna auf den Monitoren den Zusammenschnitt über mich verfolgte, beobachtete ich sie. Als das Video zeigte, wie ich mich im Casting bei meiner Frau entschuldigt hatte, lief Anna eine Träne über die Wange.

Sie begegnete meinem Blick und lächelte, dann formte sie mit den Lippen die Worte *Ich liebe dich.*

Ich grinste in mich hinein und blickte auf meine Schuhe. Ob ich gewann oder verlor, es war okay, weil Anna und ich das, was zwischen uns zerbrochen war, wieder geheilt hatten. Und das war wichtiger, als irgendein Job es je sein konnte. Nachdem der Zusammenschnitt von Liams Auftritten endete, wandte sich der Moderator wieder an uns. »Spannen wir euch Jungs nicht länger auf die Folter! Der Gewinner von *Kannst du ein D-Bag sein?* ist …« Ich schloss die Augen und drückte Liams Hand. Wie es auch ausging, es war okay. Die volle Stimme des Moderators hallte durch den Saal, als er den Namen des Gewinners verkündete: »Liam Hancock! Herzlichen Glückwunsch, Liam!«

Es folgte eine Explosion aus Licht und Geräuschen, und Konfetti regnete auf die Bühne. Ich öffnete die Augen und blickte zu Liam hinüber. Diverse Gefühle erfassten gleichzeitig meinen Körper: Freude, Schmerz, Jubel, Enttäuschung. Mein Bruder hatte gewonnen! Und ich verloren …

Ich hatte das Gefühl, keine Luft mehr zu bekommen. Ich hatte es mir so sehr gewünscht, und ich hatte verloren. Für immer. Mein Blick verschwamm, und meine Knie wurden weich, doch irgendwie schaffte ich es, meine Gefühle in den Griff zu bekommen. Es sollte nicht sein. Ich hatte meine Chance mit den D-Bags gehabt, und ich hatte sie vertan. Meine Zeit war vorbei; jetzt würde Liam glänzen. Ich schob meine Enttäuschung beiseite und nahm Liam herzlich in den Arm. Es war okay. Liam hatte den Sieg verdient. Die anderen achtzehn Kandidaten stürmten auf die Bühne, während sich der Moderator beim Publikum im Saal und vor den Bildschirmen sowie bei den zahlreichen Sponsoren bedankte. Schließlich wurden die Kameras ausgeschaltet, der Konfettiregen versiegte, und die Leute verließen den Saal. Ich blieb sprachlos auf der Bühne zurück. Es war vorbei … nach alldem hatte ich verloren.

Die Jungs gratulierten Liam. Sie waren sofort von Fans umringt, die geblieben waren, um ein Autogramm zu erhalten. Einige von ihnen baten auch Liam um eines, was ihn ganz offensichtlich überraschte. Evan, Matt und Kellan warfen mir fassungslose, mitfühlende Blicke zu. Dass sie überrascht schienen, beruhigte mich etwas; sie hatten gedacht, ich würde gewinnen. Denny und Abby traten zu ihnen, und ich beobachtete, wie sich die *neuen* D-Bags formierten.

Während ich ihnen noch immer sprachlos zusah, kamen Anna und die Mädchen zu mir. Gibson schlang die Arme um meine Hüfte, während Onnika die Händchen nach mir ausstreckte. Ich nahm die Miniaturausgabe meiner Frau auf den Arm und drückte sie fest. *Das ist es, was zählt.* Anna legte mir sanft die Hand auf die Schulter. »Es tut mir leid, Griffin. Ich weiß, wie sehr du dir das gewünscht hast.«

Ich öffnete die Augen und schüttelte den Kopf. »*Das* hier wollte ich noch mehr.« Zur Bekräftigung drückte ich Onnika und legte einen Arm um Gibson. Anna grinste schief. Wie dachte sie wohl jetzt über unsere Zukunft? Ich setzte Onnika ab, die sofort mit dem Riesenhaufen Konfetti auf der Bühne zu spielen begann. Ich wandte mich zu Anna um und nahm ihre Hände. »Ich habe nicht gewonnen, ich bin kein D-Bag mehr.«

Sie zuckte die Schultern. »Für mich wirst du immer ein D-Bag sein.«

Seufzend senkte ich den Blick. »Willst du immer noch mit mir zusammen sein, auch wenn ich nicht mehr zur Band gehöre und nur einen ganz normalen, mies bezahlten Job habe?«

Anna löste ihre Hand aus meiner und hob mein Kinn, sodass

ich sie ansehen musste. »Griffin, es ist mir nie um die Band gegangen oder ums Geld. Es ging mir nur darum, dass wir ein Team sind, dass wir ehrlich zueinander sind … das war mir wichtig. Ich wollte das Gefühl haben, wichtig für dich zu sein. Und das habe ich jetzt. Also ja, mies bezahlter Job hin oder her, ich will noch mit dir zusammen sein.« Sie verschränkte ihre Finger mit meinen und trat dichter zu mir, bis wir uns berührten. »Für immer.«

Ich grinste und küsste sie zärtlich. »Wenigstens bin ich jetzt nicht mehr abgeschottet. Wir können jetzt wieder viel mehr tun, als nur zu reden.«

Sie lachte, als sie meine Küsse erwiderte. »Aber das Reden gefällt mir«, sagte sie mit heiserer Stimme.

»Mir auch, aber ich will nach Hause.« Ich hatte den Satz aufreizend begonnen, endete jedoch ernst. Ich hatte sie so vermisst.

»Nach Hause … wohin?«, fragte sie vorsichtig.

Ich rückte von ihr ab und blickte ihr in die Augen. »Wo immer du bist, da ist mein Zuhause.«

Lächelnd beugte sie sich vor, um mich erneut zu küssen. Nach einer Weile forderten unsere Kinder wieder unsere Aufmerksamkeit. Gibson hangelte sich an meinem Hosenbein hinauf. Ich hob sie hoch, dann nahm ich auch Onnika auf den Arm. Ich hatte damit gerechnet, dass sie sich streiten würden, doch offenbar hatte sich Gibson meine »Sei-brav«-Rede zu Herzen genommen und reichte Onnika etwas Konfetti. Onnika lächelte und sagte: »Danke.«

Als wir vier die Bühne verließen, seufzte Anna. »Weißt du … ich werde die Bühne irgendwie vermissen. Es hat … Spaß gemacht.« Sie blickte mich mit einem verführerischen Funkeln in den Augen an, und ich wusste, dass sie nicht von der Sendung sprach.

Ich grinste anzüglich. »Ja, das hat es. Vielleicht können wir mal vor einem D-Bags-Auftritt etwas ›gutes Karma‹ auf der Bühne verteilen.«

Anna lachte. Oh ja … wir würden ihre Tournee taufen. Ich setzte die Kinder ab, als wir uns der Treppe näherten. Sie waren schwerer, als ich sie in Erinnerung hatte. Anna hielt Gibson an der Hand, während ich Onnikas nahm. Als ich Onnika die Stufen hinunterhalf, bemerkte Anna: »Ach, ehe ich es vergesse … hier auf der Bühne ist übrigens etwas passiert, das ich dir noch nicht erzählen konnte.«

Neugierig drehte ich mich zu ihr um. »Ach ja, was denn? Wurden wir gefilmt?« Ich lächelte und hoffte, sie würde Ja sagen – das wäre ein ziemlich scharfer Sexfilm.

Anna grinste, schüttelte jedoch den Kopf. »Nein … aber ich bin schwanger. Das Baby kommt im Mai.«

Ich stolperte auf der letzten Stufe und hätte beinahe Onnika umgeworfen. »Du … wir … was?«

Lachend ließ Anna Gibson los und schlang die Arme um meinen Hals. »Wir bekommen noch ein Baby«, bestätigte sie, und ihre Augen strahlten vor Glück, als sie das sagte.

Noch immer überwältigt von den diversen Schocks hatte ich das Gefühl, sie nicht zu verstehen. »Wir haben auf der Bühne ein Baby gemacht?« Als sie lächelte und nickte, blickte ich mich um und schrie: »Wir haben auf der Bühne ein Baby gemacht!«

Fans und Crew-Mitglieder wuselten noch durcheinander, zusammen mit Liam und den Jungs, und der Rest meiner Familie befand sich im Zuschauerraum und wartete darauf, mich zu bedauern und Liam zu gratulieren. Nach meinem Ausruf blickten alle in meine Richtung. Ich sah in diverse verwirrte Gesichter, bis meine Mutter schrie: »Ich werde wieder Großmutter!« Da verstanden sie.

Ich fühlte mich wie berauscht. Ich wusste nicht, was Anna und ich machen würden, und ich hatte noch immer Geldprobleme, aber ich empfand mehr Hoffnung als seit Langem. Ich hatte Anna, und sie hatte mich, und unsere Familie würde größer und besser werden. Ich konnte kaum erwarten, was als Nächstes passierte.

Liam verließ L.A. am selben Tag wie ich, ein paar Tage nach dem Ende des Wettbewerbs. Ich hatte früher fahren wollen, um bei Anna zu sein, die so bald wie möglich an ihren Arbeitsplatz zurückkehren musste, aber ich wollte mich andererseits auch in Ruhe von meiner Familie verabschieden. Ich würde nicht zurückkommen. Jedenfalls nicht, um hier zu leben. Mein Zuhause war in Seattle, bei meiner Frau und bei meinen Kindern.

Mom und Dad fuhren Liam und mich zum Flughafen. Mom redete die ganze Zeit davon, wie stolz sie auf uns beide war. Sie begann fast jeden Satz mit »Ich weiß, du hast nicht gewonnen, Griffin, aber …«. Ich wünschte, sie würde damit aufhören. Es war okay für mich, wie sich alles entwickelt hatte. Liam war außer sich vor Freude. Er hüpfte praktisch im Auto auf und ab.

»Wir werden sofort an einem neuen Album arbeiten. Die Jungs wollen mich dem Publikum präsentieren, damit ich akzeptiert werde. Dann folgen Touren, PR-Kram, Fernsehauftritte …! Das ist alles Wahnsinn!«

Ich musste über seine Aufregung lachen. Es erinnerte mich daran, wie ich mich gefühlt hatte, als die D-Bags zum ersten Mal mit Justin auf Tour gegangen waren. Es war ganz sicher ein Highlight gewesen, aber es war nichts verglichen mit dem Gefühl, dass Anna zu Hause auf mich wartete. Allein bei dem Gedanken an die bevorstehende Zeit mit meiner Frau wurde ich hart. Wie lang dauerte dieser verdammte Flug?

Sobald wir am Flughafen ankamen, umarmten Mom und Dad uns zum Abschied, wünschten uns alles Gute und baten uns darum, sie auf dem Laufenden zu halten. Liam und ich zogen die Aufmerksamkeit auf uns, als wir durch die Hallen liefen, und ziemlich viele Leute blieben stehen, um uns zu gratulieren. So, wie sie das sagten, hätte man meinen können, wir hätten beide gewonnen. Liam war dankbar und freute sich über seine neuen Fans. Er war ein Naturtalent als Star. Das wunderte mich nicht; das lag in der Familie.

Sobald wir im Flugzeug saßen – in der ersten Klasse, eine Aufmerksamkeit des Fernsehsenders –, schloss Liam die Augen. »Ich bin jetzt schon erschöpft«, sagte er.

Kopfschüttelnd erwiderte ich: »Gewöhn dich besser daran. Es wird noch verrückter.«

Ich schrieb Anna, dass ich unterwegs sei. Als Antwort erhielt ich ein Foto von ihrer Brust. Gott. Das würde ein ziemlich langer Flug werden. Während ich mit mir rang, ob ich ihr schnell ein Bild von meinem Steifen schicken sollte, erhielt ich eine Nachricht von Chelsey. Als ich sie las, musste ich lächeln. *Vergiss nicht … der Hund hatte vielleicht alles verloren, aber das heißt nicht, dass er es nicht zurückbekam. Und da er sich dabei an den Verlust erinnerte, konnte er das nächste Stück Fleisch zehnmal mehr genießen. Das ist das Schöne an zweiten Chancen.* Als ob ich das nicht wüsste.

Drei Stunden später betrat ich meine neue Bleibe. Eine bescheidene Zweizimmerwohnung, von der aus man auf die Rückseite eines anderen Gebäudes sah. Die Wohnung war klein. Jämmerlich klein. Aber mit Chelseys Worten im Kopf fühlte sie sich riesig an. Wie die größte, wärmste, schönste Wohnung auf der Welt … weil meine Familie hier war.

Anna hatte mir vor ihrer Abreise einen Schlüssel für die Wohnung gegeben. In der Hoffnung, sie zu überraschen, versuchte ich, so leise wie möglich zu sein. Doch mich unauffällig zu verhalten hatte noch nie zu meinen Stärken gehört, und ich rannte ein paarmal gegen irgendwelche Gegenstände.

Anna kam nicht heraus, um mich zu begrüßen, und so ging ich auf Zehenspitzen den Flur hinunter. Als ich am Zimmer der Mädchen vorbeikam, blieb ich stehen und spähte hinein. Sie schliefen tief und fest in ihren Betten. Onnika hielt eine Puppe im Arm und lutschte am Daumen, und Gibson drückte das Krokodil fest an ihre Brust, während sie leise schnarchte. Wie eine Spur aus Brotkrumen deutete alles auf dem Boden darauf hin, was sie heute gespielt hatten; überall lagen Puppen, Teetassen, Bücher, Stofftiere und Bauklötze. Als ich das Chaos betrachtete, empfand ich einen stechenden Schmerz. Ich hatte einen Teil ihrer Kindheit verpasst. Vielleicht nur einen kleinen Teil, aber trotzdem. Nie wieder. Ich würde nicht eine Sekunde im Leben meines neuen Babys verpassen.

»Ich dachte mir schon, dass du das bist, als ich den Lärm gehört habe.«

Überrascht blickte ich zu meiner Frau und schloss die Tür zum Zimmer meiner Töchter. Sie war gerade aus unserem Schlafzimmer gekommen … und trug ihre Arbeitskleidung. Sprachlos betrachtete ich die engen knallorangefarbenen Shorts und das ärmellose Top, unter dem man gerade noch ihren BH erahnen konnte … wenn sie einen getragen hätte.

»Oh … Herrgott …«, murmelte ich.

Anna spielte grinsend mit einer Haarsträhne. »Ja, ich habe mir gedacht, dass du das Outfit vermisst hast.« Sie legte die Hände auf die Hüften und drehte sich, um mir ihren Hintern zu zeigen, dann beugte sie sich langsam vor in eine *Nimm-Mich-*Pose. Gottverdammt …

Ich deutete auf das Zimmer, aus dem sie gerade gekommen war. »Ich will dich. Jetzt sofort.« Ich öffnete den Reißverschluss meiner Hose und ging auf sie zu. Sie kicherte und verschwand in unserem Zimmer. Als ich die Tür erreichte, hatte ich schon die Schuhe von den Füßen geschleudert, und die Hose hing um meine Knöchel. Als ich eintrat, schloss ich die Tür, warf meine Jeans fort und riss mir das Hemd vom Leib.

Anna lag auf dem Bett, das Haar wie ein Fächer um ihren Kopf. Sie bog den Rücken durch und rieb unablässig die Beine aneinander, ihre Nippel waren fest; sie war genauso ausgehungert wie ich.

Ich strich aufreizend über meine Rute, während ich auf sie zuging und murmelte: »Jetzt kommt der Hulk zu dir …«

28. Kapitel

Gewinner und Verlierer

Ich war nun schon ein paar Tage wieder zu Hause. Es war frühmorgens, als zwei energiegeladene kleine Mädchen über mich herfielen. Zum Glück hatte ich vor dem Einschlafen wenigstens noch eine Unterhose angezogen. Anna und ich hatten die frühe Bettgehzeit unserer Töchter genutzt, um uns zwischen den Laken wieder näherzukommen. Ich hatte fast vergessen, wie geil eine Schwangerschaft meine Frau immer machte.

Ich knurrte und lachte auf, als Gibson auf mich sprang und Onnika meine Beine hinaufkrabbelte. Gibsons Katze, Kitty Sunshine, tappte neben meinen Kopf und setzte sich mit dem Hintern fast auf mein Gesicht. »Guten Morgen, Daddy!«, rief Gibson viel zu fröhlich für diese frühe Uhrzeit. War die Sonne überhaupt schon aufgegangen?

»Guten Morgen, Süße«, brummte ich und begann, sie zu kitzeln. Ihr Gelächter machte mich wacher als jeder Kaffee. Das hatte mir so gefehlt. Ich zog Gibson in meine Arme und drückte Onnika an mich. Dann hob und senkte ich den Kopf und überschüttete die Mädchen abwechselnd mit zärtlichen Küssen.

Anna lehnte im Türrahmen und beobachtete uns. Sie trug eine legere Yogahose und das Douchebags-Band-Shirt, das ich ihr bei unserer ersten Begegnung geschenkt hatte. In jener Nacht hatte mich ihre Schönheit bezaubert, ihre lebenslustige Art und ihr Charme … ihr fantastischer Vorbau. Es gab so vieles, das ich an ihr liebte. Wieso hatte ich ihr das früher bloß nicht sagen können?

Während ich meine Töchter an mich drückte, blickte ich zu ihr und sagte: »Ich liebe diese Mädchen von ganzem Herzen, aber du bist das Beste in meinem Leben. Ohne dich wäre ich verloren.« Ich dachte an all die Wochen, die wir getrennt gewesen waren, und wurde ernst. »Ich *war* verloren ohne dich. Lass uns so etwas nie wieder tun, okay? Untergehen oder schwimmen, wir meistern unser Schicksal gemeinsam.«

Die Wärme von Annas Lächeln strömte bis in meine Zehenspitzen. »Der Plan gefällt mir. Dass wir zusammen sind, dass wir ein Team sind – das ist alles, was ich je gewollt habe.« Sie kam zu uns, setzte sich aufs Bett und legte mir eine Hand auf die Brust. »Du bist mein bester Freund.«

Ich grinste, diese Worte gefielen mir fast so gut wie die obszönen Sätze, die sie mir letzte Nacht ins Ohr geraunt hatte. »Du bist auch meine beste Freundin.« Mein Lächeln verblasste, als mir etwas Wichtiges einfiel, das ich unbedingt mit ihr besprechen musste. Ich setzte mich im Bett auf und lehnte mich gegen die Wand. Gibson tat es mir gleich, während Onnika auf meinen Schoß kroch. »Es gibt etwas, über das wir reden müssen …«

Bei meinem ernsten Ton wirkte Anna beunruhigt. »Was?«

Seufzend erzählte ich ihr alles. »Ich bin bis über beide Ohren verschuldet und jetzt auch noch arbeitslos. Finanziell bin ich ziemlich am A-« Ich blickte zu Gibson und Onnika und korrigierte mich. »Im Abseits.«

Anna schmunzelte über meinen Versuch, in Anwesenheit meiner Kinder nicht zu fluchen. »Du meinst, *wir sind* im Abseits. Ein Team, schon vergessen?« Lächelnd nickte ich, aber Anna machte ein ernstes Gesicht. »Was willst du tun?«, fragte sie.

Ich zuckte die Schultern. »Das weiß ich nicht. Ich liege mit den Zahlungen so weit zurück … ich weiß nicht, wie ich das je aufholen soll, selbst wenn ich einen neuen, gut bezahlten Job finde. Doch das ist ziemlich unwahrscheinlich, weil Dad bei dem letzten seine Beziehungen hat spielen lassen. Ich muss wieder bei null anfangen.«

Anna nickte; ihre Miene zeigte eine Mischung aus Gereiztheit und Resignation. Meine Aktionen hatten Folgen, die uns lange begleiten würden und mit denen wir alle irgendwie leben mussten. Als sich das Schweigen zu lange ausdehnte, füllte Gibson es mit Geschichten aus dem Leben ihrer Puppen. Nachdem Anna ihrer Tochter eine Weile zugehört hatte, seufzte sie. »Okay, Griff, ich sehe nur eine Möglichkeit. Die wird dir nicht gefallen, aber etwas anderes fällt mir nicht ein.«

Ich hatte eine vage Ahnung, was sie sagen würde, und erschauderte innerlich. Am liebsten hätte ich widersprochen, bevor sie überhaupt etwas sagen konnte, doch stattdessen fragte ich: »Und wie sieht die Lösung aus?«

»Wir gehen zu den Jungs und bitten sie um ein Darlehen.« Gegen meinen Willen stöhnte ich auf. Genau. Der Satz enthielt ein Wort, das mir gefiel, und viele, die ich verabscheute – wie beispielsweise »bitten«. Vielleicht weil sie mit meinem Protest rechnete, hob Anna den Finger. Als ich nichts sagte, fügte sie hinzu: »Und ich glaube, es wäre nur richtig, ihnen das Doppelte von dem zurückzuzahlen, was sie uns leihen.«

Ich wusste, dass sie ihnen unter anderem so viel zurückgeben wollte, um mir eine Lektion zu erteilen, darum hielt ich den Mund und nickte. Sie hatte recht. Ich würde mich deutlich besser dabei fühlen, mir Geld von der Band zu leihen, wenn sie davon profitierte. Natürlich würde ich sechshundert Jahre brauchen, um es ihnen zurückzuzahlen. »Okay. Ich frage sie nachher. Liam hat mich gebeten, zu ihrer ersten richtigen Probe zu kommen und ihn moralisch zu unterstützen.« Ich zuckte die Schultern und tat, als würde mir das nichts ausmachen, doch das stimmte nicht. Liam dabei zuzusehen, wie er meinen Platz einnahm, war in vielerlei Hinsicht unerträglich, aber er war mein Bruder. Ich konnte ihm diese Bitte nicht abschlagen.

Anna nickte und legte mir mitfühlend eine Hand auf die Wange. Sie wusste, dass ich litt, aber sie wusste auch, dass ich es überstehen würde. Es brachte mich nicht um, nicht mehr zur Band zu gehören. Das hatte ich in Los Angeles gelernt. Ich war zäher, als ich gedacht hatte, und mit Anna an meiner Seite gab es nichts, was ich nicht schaffen konnte.

Die Jungs trafen sich am späten Nachmittag. Anna hatte den Tag frei, sodass sie und die Mädchen mich begleiteten. Wir fuhren mit Annas Wagen, einem schwerfälligen alten Ford Escort Kombi, den eine Kollegin ihr für neunhundert Dollar verkauft hatte. Früher hatten wir das in einem Monat allein für Kaffee ausgegeben, doch jetzt musste Anna ihrer Kollegin den Betrag in Raten zahlen. Ich war mir nicht sicher, welches Leben mir unwirklicher vorkam, das, das ich früher gelebt hatte, oder das jetzige.

Zurück in Washington zu sein fühlte sich so erfrischend an, dass ich die Fahrt zu Kellan hinaus tatsächlich genoss. Die Jahreszeiten wechselten, und es war kalt, nass, windig und trübe, aber ich liebte es. Obwohl ich den Großteil meines Lebens in Kalifornien verbracht hatte, fühlte sich Washington wie mein Zuhause an. Vermutlich lag das an den Menschen. Durch Anna und die Jungs fühlte sich dieser Ort richtig an.

Als wir vor Kellans Tor standen, fuhr ich das Fenster herunter und drückte den Knopf der Gegensprechanlage. Über dem Tor hing eine Kamera, darum wusste Kellan schon, dass ich es war, als er sich meldete: »Hey, Griff. Wie läuft's, Mann? Was führt dich in meine Gegend?«

Erst da wurde mir klar, dass ich mein Kommen wohl mit den anderen hätte absprechen sollen, anstatt einfach hier aufzutauchen. »Oh, äh, Liam hat mich gebeten, heute herzukommen. Ist das okay?«

Kellans blecherne Stimme lachte. Er war es nicht gewohnt, dass ich für etwas um Erlaubnis bat. »Na klar. Du bist hier immer willkommen, Griffin.«

Noch während er das sagte, schwang das Tor auf. Ich sagte schlicht: »Danke«, doch in Gedanken zweifelte ich an seinen Worten. Ich war mir sicher, dass es nach meinem Ausstieg eine lange Zeit gegeben hatte, in der sie mich nicht hatten sehen wollen, ganz zu schweigen davon, mich in ihre Häuser zu lassen.

Als ich zum Parkplatz am Fuß von Kellans Haus kam, musste ich lachen. Kellan hatte sich meine Klagen über die vielen Stufen bis zu seiner Haustür zu Herzen genommen. Neben der Treppe führte eine kleine Standseilbahn über Schienen nach oben. Das wollte ich unbedingt ausprobieren und schnappte mir Onnika, während Anna Gibson aus dem Auto ließ. Zu viert passten wir locker in die Kabine. Gibson entdeckte den Aufwärts-Knopf und drückte ihn, bevor ich es tun konnte. Etwas klickte, und die Gondel setzte sich langsam in Bewegung. »Nicht schlecht«, sagte ich zu Anna, während ich mich an das Geländer lehnte und wir uns von der Maschine nach oben tragen ließen.

Wir hielten in einem eigens für die Kabine gebauten Bereich vor der vorderen Veranda, sodass wir noch nicht einmal die Verandastufen hinaufsteigen mussten. Mit amüsierter Miene wartete Kellan neben dem Eingang. Ich lobte ihn. »Das ist absolut klasse, Alter. Gut gemacht.«

Er lachte, als ich ihm auf den Rücken klopfte. »Ich dachte mir schon, dass dir das gefallen würde.«

Lachend erwiderte ich: »Ich will aber mit dem Buggy wieder runterfahren.«

Gibson hörte, was ich sagte, und hob sofort die Hand. »Ich auch, ich auch!«

Kellan grinste, dann deutete er mit dem Kopf aufs Haus. »Kommt rein, die Jungs warten schon.«

Mein Herz begann heftig zu schlagen, als wir Kellans Haus durchquerten. Ich musste die Jungs um einen riesigen Gefallen bitten, aber ich hatte nicht das Gefühl, es verdient zu haben, wenn sie ihn mir gewährten. Ich hatte sie sitzenlassen, warum sollten sie irgendetwas für mich tun? Aber ich hatte versucht, es wiedergutzumachen, indem ich ihnen geholfen hatte, aus der Sendung, in der sie nach meinem Ersatz gesucht hatten, eine nationale Sensation zu machen. Wobei ich das mehr für mich als für sie getan hatte ... also hatte ich ihre Unterstützung wirklich nicht verdient.

Als wir ins Wohnzimmer gingen, fragte Anna Kellan, wo Kiera und Ryder seien. »Ich gehe mit den Mädchen zu ihnen, dann könnt ihr Jungs euer Ding machen.«

Kellan grinste. »Ist schon okay. Die sind im Probenraum.«

Das überraschte mich etwas, doch dann begriff ich, dass sie eine Willkommensparty für Liam veranstalteten. Ich unterdrückte den Schmerz, der mich plötzlich überkam, und konzentrierte mich auf die bevorstehenden Aufgaben. *Für Liam da sein, die Jungs um Hilfe bitten, dann einen Job suchen.* So lautete meine heutige To-do-Liste.

Wir verließen das Wohnzimmer und gingen zum Probenraum auf der anderen Seite des Pools. Als wir dort ankamen, bemerkte ich ungefähr drei Dutzend Ballons in leuchtenden Farben auf beiden Seiten der Türen. Gibson stürzte schnurstracks auf sie zu, und Onnika wollte von meinem Arm herunter. Ich hielt sie jedoch fest. Über der Tür verkündete ein

Banner *Herzlichen Glückwunsch!*, und die Tür selbst war mit Luftschlangen geschmückt.

Ich blickte zu Kellan hinüber und sagte beiläufig: »Abby ist wohl hier?« Dennys Frau hatte ein Händchen für Partys, egal ob sie groß oder klein waren.

Lachend nickte Kellan. »Ja, Denny auch.«

Na toll. So würden mein Kniefall und mein Betteln noch demütigender sein. Das war vermutlich angemessen.

Es kostete uns etwas Mühe, doch schließlich gelang es uns, Gibson und Onnika in den Probenraum zu schaffen. Gibson war sauer, dass sie die Ballons draußen lassen musste, bis sie feststellte, dass es hier drinnen noch Dutzende weiterer gab. Ich setzte Onnika ab, dann beobachtete ich beeindruckt, wie Gibson ihr einen Ballon reichte. Es hatte eine ganze Weile gedauert, aber nun hatte sie ihre Schwester akzeptiert.

Ich blickte mich um. Überall hingen Luftschlangen, lagen Ballons und Konfetti herum, sogar auf den Instrumenten. Auf einem Tisch, der dort stand, wo während der Probe sonst Kellans Platz war, thronte ein gigantischer Kuchen in Form einer Gitarre. Mist. Die Probe musste wohl bis später warten.

Denny und Abby unterhielten sich mit Kiera, Rachel und Jenny. Kiera befand sich kurz vor der Niederkunft und war ziemlich rund. Nicht dass ich ihr das sagen würde. Sie saß auf einem Klappstuhl und winkte, als sie uns sah. Ryder fuhr neben Kiera mit einem Spielzeuglaster durch das Konfetti, und Gibson ging sofort zu ihm. Sie nahm ihm den Laster ab, reichte ihn jedoch gleich an Onnika weiter, sodass ich nicht mit ihr schimpfte. Es war schließlich eine Art Robin-Hood-Aktion – sie nahm es den Reichen weg, um es den Armen zu geben.

Liam sprach mit Matt und Evan, und ich ging zu ihnen. Liam wohnte fürs Erste im Chateau Kyle, da Kellan über deutlich mehr Platz verfügte als ich und es das Proben um einiges bequemer für Liam machte, der noch kein Auto besaß. Als er mich entdeckte, unterbrach Liam das Gespräch. Er zog mich in seine Arme. »Ist das nicht toll?«, fragte er, als wir uns voneinander lösten. »Abby hat mich überrascht. Ich dachte, wir würden heute anfangen.« Er machte ein ernstes Gesicht. »Vielleicht hätte ich dich anrufen sollen, damit du morgen kommst …« Er schien tatsächlich ein schlechtes Gewissen zu haben, als wäre ihm plötzlich klar geworden, dass das hier womöglich etwas unangenehm für mich war.

Ich schlug ihm auf die Schulter. »Keine Sorge, Kumpel. Ich bin froh, hier zu sein, du hast es dir verdient.« Liam legte den Arm um mich, und ich musste unwillkürlich über die Freude in seinen Augen lächeln. Er hatte endlich den Job, von dem er immer geträumt hatte, und obwohl es *mein* Traumjob war, freute ich mich für ihn.

»Du kommst gerade rechtzeitig zum Anstoßen«, sagte Kellan und deutete auf ein Tablett mit Gläsern und einer Flasche Champagner. Seltsamerweise standen dort auch Gläser für Anna und mich. Obwohl er überrascht getan hatte, musste Liam Kellan erzählt haben, dass wir kamen.

Evan ließ den Korken knallen, zum Glück, ohne dabei jemanden zu verletzen, dann füllte er den Champagner in die Gläser. Matt verteilte sie, und ich bedankte mich, als er mir meins gab. Er schenkte mir ein freundliches Lächeln und nickte. Während alle sich um Liam versammelten, hob ich mein Glas, um meinem Bruder zuzuprosten. »Auf den neuesten D-Bag. Auf großartige Musik und viele Frauen.«

Liams Wangen wurden knallrot, worüber ich lachen musste. Liam und ich waren in mancherlei Hinsicht zwar ziemlich ähnlich, in anderer aber völlig verschieden. »Prost«, sagten die Jungs und stießen mit mir an, dann mit Liam.

Anna stieß mit allen an, doch wie Kiera setzte sie das Glas anschließend ab, ohne davon zu trinken. Kiera bemerkte es sofort. »Oh mein Gott, bist du etwa schwanger, Anna?«

Anna zuckte lachend die Schultern. »Dann haben es dir die Jungs nicht erzählt? Ja, ich bin wieder schwanger.«

Kiera blickte zu Kellan, dann schlug sie ihm auf den Schenkel. Kellan lachte. »Ich wollte die Überraschung nicht verderben. Wir dachten, das sollte Anna dir selbst sagen. Außerdem waren wir uns nicht ganz sicher, was sie ist, so, wie Griffin das verkündet hat.« Er lachte erneut, und ich lachte mit ihm.

Kiera kreischte, dann stürzte sie sich zusammen mit Jenny und Rachel auf Anna. Als sie von ihr abließen, drückten Denny und Abby sie nacheinander. Als Abby sie umarmte, rief sie: »Ich wünschte, das hätten sie mir gesagt, dann hätte ich noch ein paar Rasseln und pastellfarbene Ballons besorgt.«

Während Anna weiterhin bestürmt wurde und man mir anerkennend auf den Rücken klopfte, überlegte ich, dass ich meine Bitte genauso gut jetzt vorbringen konnte. Ich wandte mich an Matt, Evan und Kellan und räusperte mich. »Hey, ich weiß, das steht mir eigentlich nicht zu, und wahrscheinlich reiße ich jetzt eine Wunde auf, aber … ich muss euch um einen Gefallen bitten.« Ich seufzte, dann kippte ich den Champagner hinunter.

Matt und Evan tauschten einen Blick mit Kellan, dann fragte Matt: »Um was für einen Gefallen?« Er spähte über seine Schulter zu Liam, als wäre er sicher, dass ich sie bitten würde, Liam rauszuwerfen und mich zu nehmen. Doch das wollte ich nicht. Liam hatte gewonnen. Er hatte sich das Recht erworben, mit ihnen zu spielen, und das respektierte ich.

Ich ignorierte die Stille, die sich plötzlich über den Raum legte, da alle zuhörten, was ich zu sagen hatte, und konzentrierte mich mit meiner ganzen Energie auf meine ehemaligen Bandkollegen. »Nun, Anna und ich erwarten ein Baby, wie ihr wisst, und ich suche nach einer Arbeit, aber in der Zwischenzeit … habe ich ein ziemlich großes Problem. Ich habe unseren Kreditrahmen ausgeschöpft und so viel Schulden, dass ich kein Land mehr sehe.« Ich hob die Hände, um etwaige Einwände zu unterbinden. »Ich bitte euch nicht um ein Almosen, aber ich wäre dankbar für ein Darlehen. Ich würde es euch in Raten zurückzahlen, und ich zahle euch das Doppelte von dem, was ihr mir leiht. Das Dreifache, wenn nötig. Ich will … ich will neu anfangen.«

Meine Wangen fühlten sich so heiß an, sie waren mit Sicherheit noch röter als die von Liam. Es fiel mir wirklich schwer, vor allen, denen ich Unrecht getan hatte, um Hilfe zu bitten. Am liebsten hätte ich mich in einem tiefen dunklen Loch verkrochen oder den Kopf beschämt hängen lassen oder mir die Eier abgeschnitten und sie der Band gegeben. Aber all das tat ich nicht. Ich stand da und ertrug den peinlichen Moment mit so viel Würde wie möglich. Ich hatte alles vermasselt. Also war ich auch der Einzige, der den Schaden wieder in Ordnung bringen konnte.

Die drei Jungs sahen einander an, sagten jedoch nichts. Liam legte mir eine Hand auf den Rücken und senkte den Blick. Ich war mir sicher, dass er mir helfen würde, aber er hatte noch kein Geld verdient. Das würde er erst bekommen, wenn das Album fertig war.

Es war mucksmäuschenstill, das Einzige, was ich hörte, war Onnika, die Lastergeräusche von sich gab, und Ryder, der den Laster auch haben wollte, während Gibson ihm entschieden erklärte: »Noch nicht.« Matt war der erste Erwachsene, der das Schweigen brach. »Wie viel brauchst du?«, fragte er.

Ich verschränkte die Finger und erwiderte: »Sechzig Riesen … fürs Erste.« Dank Zinsen und Mahngebühren wuchsen meine Schulden täglich.

Evan seufzte, während Kellan die Stirn in Falten legte. Matt schüttelte den Kopf, dann blickte er zu den Jungs. Seufzend wandte er sich wieder an mich: »Hör zu, Griff, wir würden dir das Geld gern geben, aber … diese Rechnung musst du allein begleichen.«

Ich schluckte, dann betrachtete ich meine Schuhe. Enttäuschung durchfuhr mich so heftig, dass meine Augen brannten. Ich hatte fest damit gerechnet, dass sie mir helfen würden. Kellan legte mir eine Hand auf die Schulter, und ich sah zu ihm auf. »Das solltest du aber relativ leicht schaffen, sobald das Album draußen ist. Kannst du einen Aufschub für ein paar Monate erwirken?«

Ich zog die Brauen zusammen. »Warum solltet ihr mir einen Anteil von dem neuen Album geben?«

Evan blickte zu Matt und Kellan, dann lächelte er. »Weil du für deine Arbeit entlohnt werden sollst.«

»Aber … ich investiere doch gar keine Arbeit, warum …?« Ich hatte noch immer keinen blassen Schimmer, wovon sie sprachen. Matt lachte über meine verwirrte Miene.

»Griff, diese Party ist für dich. Du hast so hart gearbeitet, um diesen Wettbewerb zu gewinnen. Dabei warst du bescheiden und hast allen anderen geholfen. Wir haben die ganzen Aufnahmen von hinter der Bühne gesehen, und du hast uns echt schockiert, Cousin. Schockiert und beeindruckt, und wir wollen, dass du zurückkommst.« Er legte mir eine Hand auf die Schulter. »Wir wollen, dass du nach Hause kommst.«

Ich hörte, wie Anna nach Luft schnappte, dann schniefte sie. *Sie wollen mich zurück?* Meine Verwirrung wich Überraschung, dann Aufregung, dann Sorge … dann Wut. »Nein, das könnt ihr nicht machen.« Alle schienen überrascht von meiner Reaktion. Ich blickte zu meinem Bruder hinüber und fügte hinzu: »Liam hat ehrlich gewonnen. Ihr könnt ihn nicht einfach so rauswerfen.«

Liam sah sich mit kreidebleichem Gesicht im Raum um. Es

tat mir so leid für ihn, und so gern ich annehmen wollte, was sie mir anboten, ich durfte Liams Traum nicht zerstören. Nein, ich würde ihm seinen Traum nicht wegnehmen. Eher würde ich weggehen. Noch einmal.

Matt schüttelte den Kopf. »Das haben wir nicht gesagt.« Er wandte sich an Liam und schlug ihm auf den Arm. »Du hast gewonnen, weil du unglaublich talentiert bist und die Fans dich lieben. Du bist dabei.« Sein Blick glitt zurück zu mir. »Aber du hast bewiesen, dass du immer zu den D-Bags gehört hast und immer zu uns gehören wirst, darum bist du auch dabei. Die D-Bags sind ab jetzt zu fünft.« Sein Blick wanderte von Liam zu mir und wieder zurück, und ein Lächeln umspielte seine Lippen.

Ich brauchte einen Moment, um zu verdauen, was er gesagt hatte. Unnötig zu sagen, dass Liam es zuerst begriff. »Wir sind beide dabei? Wir dürfen *beide* bleiben?« Als Matt nickte, zuckte Liams Blick zu mir. »Wir sind beide D-Bags, Bruder!«

Ich war dermaßen fassungslos, dass mir nichts anderes einfiel als: »Okay, ja, das hätte ich dir gleich sagen können.«

Anna lief von hinten zu mir und schlang die Arme um meinen Bauch. Sie lachte, weinte und schrie – alles gleichzeitig. Ich stand noch immer unter Schock, aber sobald die Neuigkeit wirklich bei mir angekommen war, drehte ich mich zu ihr um. »Anna, ich habe es geschafft! Ich bin dabei!« Lachend nickte Anna. Da schoss mir ein Gedanke durch den Kopf, und ich drehte mich wieder zu Matt um. »Bin ich am Bass? Oder Liam?«

Als er meine Frage hörte, hielt Liam in seinen Freudensprüngen inne. Mit neugierigem Blick drehte er sich um und wartete auf Matts Antwort. Matt zeigte auf ihn. »Liam spielt den Bass.« Matt hob einen Mundwinkel. »Wir haben gedacht, dass du eine zweite Leadgitarre übernehmen könntest.«

Mit breitem Lächeln nickte Evan. »Und eine zweite Gesangsstimme.«

Ich war völlig platt von den Ereignissen des Tages und konnte nicht glauben, was ich da hörte. Die zweite Leadgitarre? Gott! Aber … Gesang? Ich war mir nicht sicher, was er damit meinte. »Gesang? Was meint ihr damit?«

Kellan trank seinen Champagner aus und stellte das Glas aufs Tablett. »Was du mit unseren Songs gemacht hast … diese Rap-Einlagen … das war echt super. Wir überlegen, das in unseren Sound zu integrieren.«

Träumte ich? Das musste wohl so sein. Das wahre Leben entwickelte sich nicht so perfekt. Nur für den Fall, dass ich doch nicht träumte, fragte ich noch mal nach. »Ihr wollt, dass ich rappe? Auf der Bühne? Zu den D-Bags-Songs? Und dass ich die zweite Leadgitarre spiele?«

Nach jeder Frage nickten alle drei. Mir fehlten die Worte. Meine Kehle war wie zugeschnürt. Ich war demütig und dankbar. Ich war außer mir. Ich war … erleichtert. Als ich endlich ein paar Worte hervorbrachte, sagte ich: »Danke.« Es war nicht annähernd genug, aber das Einzige, was ich sagen konnte.

Kellan nahm mich in den Arm und dann Evan und Matt. Dann Liam, Jenny und sogar Rachel. Ich fühlte mich wie betäubt, als ich jedem von ihnen auf den Rücken klopfte. Ich hatte es so weit gebracht, dann war ich so tief gesunken … Ich hatte nie damit gerechnet, am Ende doch noch alles zu bekommen, was ich mir wünschte. Aber die Art, wie ich das geschafft hatte, fühlte sich sauberer an als die, auf die ich es zuvor probiert hatte. Damals war ich ein egoistischer, verwöhnter Bengel gewesen, der einen Haufen Dinge forderte, die er nicht verdient hatte. Und als ich sie nicht bekam, war ich trotzig geworden. Jetzt war ich mir zwar nicht sicher, ob ich sie verdiente, aber da man sie mir anbot, nahm ich sie dankend an.

Nachdem mir alle gratuliert hatten, wurde ich zurück zu meiner Frau gereicht. Ich klammerte mich an sie, als wäre sie frische Luft, die ich viel zu lange nicht hatte atmen können. »Glaubst du das, Anna? Alles wird wieder gut.«

Sie strich mir durchs Haar, während sie mich im Arm hielt. Es beruhigte mich. »Ich wusste, dass wir das schaffen, Süßer. Ich habe es immer gewusst.« Ich wusste nicht, wie sie das nach alledem hatte glauben können, aber ich sprach sie nicht darauf an. Anna lehnte sich zurück und sah mir tief in die Augen. Ich hätte mich in dem leuchtenden Jadeton ihrer Iris verlieren können. »Ich habe dir doch gesagt, dass du das schaffst, Griff. Ich habe dir gesagt, dass man dein Talent erkennen wird, dass man dir deine Chance geben wird. Du musstest nur Geduld haben.«

Ich stieß die Luft aus. Sie hatte die ganze Zeit recht gehabt. »Habe ich dir heute schon gesagt, wie wundervoll du bist? Wie glücklich ich bin, dass ich dich habe?«

Sie biss sich auf die Lippe und nickte. »Ja, ein Mal heute Morgen und ein Mal auf dem Weg hierher.«

»Gut«, sagte ich lächelnd. »Ich will nicht, dass du je vergisst, wie viel du mir bedeutest.«

Anna schwieg, während wir uns tief in die Augen sahen, dann beugte sie sich vor, um mich zu küssen. Als sich gerade unsere Lippen trafen, zupfte jemand an meinem Hosenbein. Ich blickte hinunter, und da stand Gibson mit Onnika. Während Onnika glücklich zu sein schien und in jeder Hand einen Ballon hielt, wirkte Gibson verwirrt. »Was feiern wir, Daddy?« Ihre Miene hellte sich auf. »Meinen Geburtstag?«

Da es bis zu ihrem Geburtstag noch ewig hin war, schüttelte ich den Kopf. »Nein. Onkel Liams neuen Job … und meinen.« Ich ging in die Hocke. »Daddy bekommt seinen alten Job zurück. Ich werde wieder in der Band spielen. Um die Welt touren mit Onkel Liam, Onkel Matt, Onkel Evan und Onkel Kellan. Ist das okay für dich?«

Gibson presste nachdenklich die Lippen zusammen, dann nickte sie schließlich. »Ja. Das ist okay. Können Onnie und ich auch mitkommen?« Sie sah hoffnungsvoll von Anna zu mir.

Ich blickte kurz zu Anna nach oben, dann wandte ich mich wieder an Gibson. »Das werden wir sehen, Süße. Das kommt drauf an, wie es eurer Mommy geht. Sie bekommt bald noch ein Baby. Wusstest du das?«

Gibson war fassungslos. »Noch ein *Baby*? Aber sie hat doch gerade erst eins bekommen.« Ihre Stimme klang sowohl weinerlich als auch ungläubig. Ich lachte. Onnika war eigentlich kein Baby mehr.

Anna blickte lächelnd zu uns herunter. »Na ja, nun kommt noch eins, darauf solltest du dich besser schon mal vorbereiten.«

Gibson stöhnte, dann setzte sie sich auf den Konfettiboden. »Gottverdammt«, murmelte sie.

Ich legte die Finger unter ihr Kinn und zwang sie, mich anzusehen. »Du bist zu jung, um so etwas zu sagen. Ich will dich nicht mehr fluchen hören, verstanden?«

Sie schürzte trotzig die Lippen, aber sie nickte. Anna strahlte mich an, und plötzlich wurde mir klar, wie sehr sie das Fluchen gestört hatte. Ich nahm mir vor, meine Zunge in der Gegenwart kleiner Ohren mehr im Zaum zu halten. Was immer ich tun konnte, um Anna glücklich zu machen. Sie hatte es verdient … und noch so viel mehr.

Epilog

Großartige Rückkehr

Als Erstes entschieden die Jungs und ich, wie wir den neuen Sound am besten in unsere Musik integrieren konnten. Matt und Evan wollten sich auf neue Songs konzentrieren, Kellan und ich lieber ein paar der populärsten D-Bags-Songs neu mischen. Liams Stimme gab den Ausschlag, woraufhin ich es sofort zu schätzen wusste, dass die Band jetzt eine ungerade Anzahl Mitglieder hatte. Keine Pattsituationen mehr.

Sobald wir die Entscheidung getroffen hatten, fingen wir mit den Proben an. Wir trafen uns täglich, und ausnahmsweise hatte ich nichts dagegen. Vielmehr hätte ich mich auch zweimal am Tag mit den Jungs getroffen, wenn sie mich darum gebeten hätten. Ich war so heiß darauf, dass das neue Album rauskam – die Leute würden ausrasten, wenn sie das hörten! Außerdem, je eher es erschien, desto früher konnte ich meine Schulden bezahlen. Dann konnten Anna und ich vielleicht abends mal wieder etwas anderes als Makkaroni mit Käse essen. Ich hatte allmählich genug von Pasta.

Vielleicht, weil er sah, dass ich an Gewicht verlor, denn im Allgemeinen aß ich nur einmal am Tag, kam Kellan eines Nachmittags nach der Probe auf mich zu. »Kann ich dich einen Moment sprechen?«

»Klar«, sagte ich und setzte vorsichtig meine neue Gitarre in den Ständer. »Geht es um Bellas Geschenk? Ich weiß, ich habe gesagt, dass sie etwas zur Geburt bekommt, und das bekommt sie auch, aber wir sind gerade etwas knapp bei Kasse. Wir haben Annas letzten Gehaltsscheck für Gibsons Geburtstag ausgegeben … aber wir freuen uns so für dich und Kiera.« Ich stieß ihm den Ellbogen in die Rippen. »Kleine Mädchen sind toll. Es wird dir gefallen.«

Kellan schenkte mir ein Lächeln, das nur frischgebackene Väter zustande brachten. Es war eine Mischung aus Stolz und Erschöpfung. Kiera hatte letzte Woche ihre Tochter zur Welt gebracht, und alle mussten sich noch an den Zuwachs gewöhnen, aber sie waren glücklich.

Kellan schüttelte den Kopf und schlug mir freundschaftlich auf den Arm. »Nein, nein, mach dir deshalb keine Sorgen. Kiera und mich interessiert nicht, ob du ihr etwas schenkst, und ehrlich, Bella hat bereits Zeug für fünf Neugeborene.« Er schürzte die Lippen, und ich lachte.

»Daran musst du dich gewöhnen. Mädchen sammeln einen Haufen Krimskrams an.«

Er lächelte, dann sah er sich um und überzeugte sich davon, dass wir allein waren. »Ich weiß, dass du gerade knapp bei Kasse bist, und will dir helfen.«

Sofort wies ich sein Angebot zurück. »Nein. Die Dinge sind, wie sie sind, weil ich Mist gebaut habe. Das muss ich selbst wieder hinbekommen, ich brauche keinen Retter.« Seit es einen Silberstreifen am Horizont gab, nicht mehr. Ich musste nur noch ein bisschen länger durchhalten.

Kellan ließ jedoch nicht locker. »Du hast es wiedergutgemacht, du verdienst einen Neuanfang.« An seinem Blick und der Art, wie er meine zerschlissene Kleidung musterte, erkannte ich, dass ich morgen Geld auf dem Konto haben würde, ob ich wollte oder nicht.

Obwohl ich ein schlechtes Gewissen hatte, dass Kellan mir Geld geben wollte, war ich auch gerührt von seinem Angebot und fühlte mich ihm noch näher. Er war wie ein Bruder für mich. Ich legte ihm die Hand auf die Schulter, schluckte meinen Stolz hinunter und sagte: »Danke, das ist echt nett. Ich zahle dir das natürlich zurück. Doppelt, dreifach, egal.«

Kellan lächelte sanft und schob meine Hand weg. »Du musst mir nur zurückzahlen, was ich dir leihe, Griffin. Von der Familie nimmt man keine Zinsen.«

Anschließend hatte ich das Gefühl, freier atmen zu können. Klar, auch ohne das Problem war es noch immer schwierig, nur von einem Gehalt zu leben, aber es fühlte sich gut an, dass wir es irgendwie schafften. Und es fühlte sich noch besser an, dass ich Licht am Ende des Tunnels sah. Die Tatsache, dass unser Leben sich verändern würde, wenn das Album erschien, half enorm. Obwohl ich nichts gegen unser bescheidenes Leben hatte. Ganz im Gegenteil. Ich genoss es jede Minute.

Das Album würde im April herauskommen. Die Sendung und die Ankündigung, dass die ursprünglichen vier Mitglieder wieder zusammengefunden hatten, Liam aber dennoch dabeiblieb, sorgten für einen Riesenhype. Alle sprachen von uns und von dem neuen Album. Es war das Album des Jahres, das voller Spannung erwartet wurde. Und weil es so anders war als unser übliches Zeug, war ich ein Nervenbündel. Seltsamerweise war ich allerdings der Einzige, der so nervös war.

Matt, Evan und Kellan wirkten total entspannt. Liam war nur aufgedreht. Er wollte endlich live spielen. Auf Tour gehen. Wollte sein Leben als Rockstar beginnen. Und ungefähr vier Wochen bevor das Album herauskam, bekam er seinen Willen. Wir fünf gingen auf eine Riesenpromotour.

Die erste Station war L.A. Mom und Dad kamen zusammen mit Matts Eltern zum Radiosender, um ihre Kinder spielen zu hören. Ich dachte, es wäre ganz nett für sie, einen Blick hinter die Kulissen eines Radiosenders werfen zu können. Darum besorgte ich ihnen Ausweise, sodass sie uns in dem Konferenzraum, in dem wir spielten, besuchen konnten.

Ein paar Minuten bevor wir die erste Single aus dem neuen Album vorstellten, schickte ich Anna eine SMS, damit sie mir Mut machte. Anna war mit den Mädchen in Seattle geblieben. Promotouren waren noch anstrengender als normale Touren, und darum fand ich es besser, wenn sie in ihrem Zustand zu Hause blieb. Anna war das recht, sie hatte eine Arbeit, die sie liebte und ausfüllte. Gibson war jedoch sauer. Ich hatte noch nie erlebt, dass sie einen Wutanfall bekam. Bis zu dem Tag, als ich ihr sagte, sie könnte nicht mit auf Tour gehen. Unnötig zu sagen, dass ich ihr versprochen habe, sie dürfte uns im Sommer auf die reguläre Tour begleiten.

Anna schrieb mir die dringend benötigte Aufmunterung, und allein ihre Worte zu lesen machte mich ruhiger. *Du hast nichts zu befürchten. Der Song ist super! Er ist der beste, den die Band je gemacht hat … und das alles, weil du wieder dabei bist.* Bei dem letzten Teil war ich mir nicht sicher, aber es fühlte sich gut an, das zu hören.

Bevor wir die neue Single spielten, stellten die DJs uns ein paar Fragen. Überraschenderweise richteten sie die meisten an mich. »Warum bist du aus der Band ausgestiegen, und warum bist du dann zurückgekommen?«

Eigentlich war das eine einfache Frage, aber irgendwie auch nicht. Es spielten so viele Aspekte eine Rolle. Ich entschied mich jedoch dafür, die Antwort simpel zu halten. »Ich bin ausgestiegen, weil ich ein Idiot war. Ich bin zurückgekommen, weil ich … na ja, wohl erwachsen geworden bin.«

Die DJs lachten, und Matt nickte, als würde er mir voll und ganz zustimmen. Dann sagte einer der DJs: »Du hast dir offiziell nicht das Recht erworben, in der Band zu spielen. Wie hat es sich angefühlt, gegen deinen Bruder zu verlieren?«

Wieder eine schwierige Frage. Wieder antwortete ich so simpel wie möglich. »Ich habe nicht erwartet zu gewinnen, und mein Bruder war einfach großartig, also habe ich es nicht bedauert, dass er gewonnen hat. Er hat es sich verdient.«

Liam grinste mich an, und ich gab ihm einen Faustetoß. Die DJs wandten sich nun an die Jungs. »Warum habt ihr euch entschieden, Griffin zurückzuholen und die Band zu vergrößern?«

Matt, Evan und Kellan sahen einander an, dann deutete Kellan auf Matt: »Los. Sag du es.«

Matt blickte nach unten, dann zu mir. »Wir haben gesehen, wie Griffin gewachsen ist und was für ein Potenzial in ihm steckt.« Er lächelte mir zu, dann sah er zu den DJs. »Wir hätten auch ohne ihn weitermachen können, aber das hätte sich irgendwie unvollständig angefühlt.« Mit frechem Grinsen fügte er hinzu: »Die D-Bags sind nicht dieselben ohne ihr größtes D.«

Die DJs lachten erneut, dann machten wir uns bereit, unseren neuen Song zu spielen. Ich zitterte vor Nervosität. Doch sobald das Intro begann, gab mir das Spiel Sicherheit, und meine Nervosität verschwand. Es war, als wären wir im Probenraum – kein Druck, niemand außer uns hörte uns zu, nichts als Spaß und gute Musik.

Unser neuer Song war etwas ganz Besonderes für mich; ich hatte Kellan beim Schreiben geholfen. Einen Abend hatten wir über alles gesprochen, was ich durchgemacht hatte, all die Höhen und Tiefen, und er fand, meine Geschichte, mein Ringen würde einen tollen Song ergeben. Er handelte von jemandem, der alles hatte, dann alles verlor und anschließend versuchte, wieder auf die Beine zu kommen. Wahrscheinlich war es der erste D-Bags-Song, der mir wirklich etwas bedeutete … außerdem durfte ich in ihm rappen, was absolut super war.

Evan und Liam spielten ein gefühlvolles Intro, dann kam Kellan mit nur einer Textzeile ganz leise dazu. Anschließend begann ich mit meinem rhythmischen Rap. Damit hatten die DJs eindeutig nicht gerechnet, und als ich ihre Überraschung sah, hätte ich beinahe geschmunzelt. Doch ich musste mich konzentrieren. Im Anfangsteil hing alles von mir ab. Eigentlich sang Kellan nur im Hintergrund. Als der erste Refrain kam, spürte ich, wie die ganze Welt zuhörte. Ungelogen. Der Song war stark und gefühlvoll. Kellan war super, als er den Refrain sang, und wir anderen gaben alles. Anschließend folgte erneut eine ruhigere Rap-Phase, in der ich mein Herz ausschüttete, von meinen Ängsten und meinen Sünden sang. Es war seltsam, von etwas so Persönlichem zu singen, aber es fühlte sich auch irgendwie reinigend an. Ob wohl alle Songs der D-Bags für einen von uns persönlich waren? Wahrscheinlich.

Nach dem zweiten Refrain traten die Instrumente erneut in den Hintergrund, doch anstatt eines Raps von mir folgte ein gefühlvolles Solo von Kellan. Als ich ihm zuhörte, erkannte ich sein Talent. Er war wirklich unglaublich gut. Die Instrumente setzten erneut ein, und Kellan sang eine Stufe höher – mich überlief eine Gänsehaut. Wir beendeten den Song mit einem hohen Ton, und als es vorbei war, hätte ich das Stück am liebsten gleich noch einmal gespielt.

Alle im Raum klatschten, als wir fertig waren, und Mom wischte sich sogar ein paar Tränen aus dem Augenwinkel. Die SMS und Nachrichten, die der Sender anschließend erhielt, waren durchweg positiv, aber bis wir die Radiostation verließen, war ich mir nicht sicher, wie die Fans auf den Song reagieren würden. Eine ganze Horde hatte den Auftritt vor dem Sender über Lautsprecher verfolgt, und die Schreie und das Jubeln waren ohrenbetäubend. Sofort schrieb ich Anna. *Sie mögen ihn!*

Ihre Antwort erfolgt prompt. *Natürlich! Ich bin so stolz auf dich, Süßer.* Sie schickte mir noch einen Kuss mit, und plötzlich wünschte ich, ich wäre zu Hause bei ihr und den Mädchen. Ohne sie bedeutete mir das alles nichts.

Nach dem Ende der Promotour fuhren wir zurück nach Seattle. Die Tour war ein Riesenerfolg, und das Album landete sofort auf Platz eins. Ich freute mich, dass den Fans unser neuer, verbesserter Sound gefiel, aber noch glücklicher war ich darüber, wieder in Annas Armen zu sein.

In der darauffolgenden Woche gaben Denny und Abby im Pete's eine private Party für die Band. Es war ein Riesenevent, und jeder, der die Band unterstützt hatte, war da – Holeshot, Avoiding Redemption, Poetic Bliss, meine Familie, Matts Familie, Evans Familie und sogar Kellans Familie. Zudem all unsere Freunde und alle derzeitigen sowie ehemaligen Angestellten vom Pete's.

Es war eine rekordverdächtige Party, und obwohl ich froh war, dass ich nicht länger Hausverbot in meiner Lieblingsbar hatte, verbrachte ich den Großteil des Abends an Annas Seite und strich ihr über den Rücken. Gerade als sie mir zuraunte, dass ich sie auch gern noch an anderen Stellen streicheln durfte, kam Denny zu uns. Mit breitem Lächeln reichte er mir die Hand. »Herzlichen Glückwunsch, Griffin. Das Album ist auf dem Weg, das erfolgreichste D-Bags-Album zu werden. Die Kritiken sind herausragend, und die Fans stimmen dem zu. Das kommt selten vor. Und alle sagen dasselbe: Du bist einfach toll.«

Ich schüttelte ihm die Hand, aber sein Kompliment war mir unangenehm. »Es ist eine Gruppenleistung. Ich bin nur ein Teil, ein kleiner Teil.«

Denny blinzelte, dann lachte er. »Es haut mich immer noch um, dass du so bescheiden sein kannst.«

Ich grinste schief und zuckte die Schultern. Wenn ich bei all dem etwas gelernt hatte, dann, dass ich es nicht allein schaffen konnte. Mein Erfolg hing von anderen ab, und umgekehrt. Wir waren ein Team, und ich lernte, wie ich diesem Team nützlich sein konnte. Ich war nicht perfekt, und hin und wieder patzte ich noch immer, aber ich wurde immer besser.

Anna legte einen Arm um mich und drückte mich fest. »Er kann so einiges.« So, wie sie mit den Brauen wackelte, war offensichtlich, was sie meinte. Ich lachte und zog sie fest an mich. Meine lüsterne Frau war unwiderstehlich.

Nachdem Denny gegangen war, um mit Abby zu tanzen, kam meine Familie zu uns. Liam war außer sich. »Platz eins … das Album ist auf Platz eins!«

Nickend erwiderte ich: »Ich weiß. Das habe ich auch gehört.«

Ehrfurchtsvoll schüttelte er den Kopf. »Es ist das meistverkaufte Album … der Welt.«

»Ja … das bedeutet Platz eins.«

Er wandte sich von mir ab und blickte Mom und Dad an. »Das Album ist auf Platz eins …«

Ich schüttelte den Kopf, während er sie darüber in ein Gespräch verwickelte. Liam konnte den plötzlichen Erfolg immer noch nicht fassen. Na ja, plötzlich für ihn. Seine Reaktion erinnerte mich an die Zeit, als die D-Bags ihren ersten großen Hit mit Sienna Sexton gelandet hatten. Wahrscheinlich hatte ich damals genauso reagiert. Nein … wahrscheinlich hatte ich so getan, als hätte ich nichts anderes erwartet, aber innerlich war ich ausgerastet.

Chelsey und Dustin tanzten in der Mitte der Bar, und es war überraschend schön, meine Schwester wieder tanzen zu sehen. Hoffentlich ging Dustin so oft mit ihr aus, wie er konnte, doch so, wie ich ihn kannte, hatte ich daran keinen Zweifel. Als ihr Song zu Ende war, drehte sich Chelsey zu mir um. »Hey, kleiner Bruder, hast du Lust, mit deiner großen Schwester zu tanzen?«

Mit breitem Grinsen erwiderte ich: »Klar.«

Obwohl es ein langsames Stück war, wirbelte ich sie herum und warf sie nach hinten wie ein Irrer. Sie machte jedoch alles mit. Chelsey war ein Naturtalent als Tänzerin. Auf der Hälfte des Songs hörte ich auf, Blödsinn zu machen, und tanzte normal mit ihr. Die Arme um meinen Hals gelegt grinste sie mich voll schwesterlichem Stolz an. »Ich freu mich so für dich, Griffin. Und ich wusste, dass du es schaffst.«

Ich senkte den Blick, dann sah ich ihr in die Augen. »Du wusstest, dass ich die Jungs derart beeindrucken würde, dass sie mich wieder aufnehmen?«

Chelsey schüttelte den Kopf. »Die Band war nie das Stück Fleisch, Griffin.« Sie schaute über meine Schulter, und ich folgte ihrem Blick. Anna unterhielt sich mit Dustin; als sie bemerkte, dass wir zu ihr schauten, winkte sie mir zu.

Ich nickte, als ich mich wieder Chelsey zuwandte. »Ja, du hast recht. Du hast immer recht. Das ist ganz schön nervig.« Chelsey lachte, und ich lachte mit ihr. Es war so schön, das dunkle Tal hinter sich gebracht zu haben.

Als Anna und ich am Ende des Abends mit den Mädchen in unsere winzige Wohnung fuhren, fühlte ich mich vollkommen erfüllt. Nichts in meinem Leben könnte besser sein.

Doch da hatte ich mich getäuscht.

Drei Wochen später brachte meine Frau unser neues Baby zur Welt, und mein Leben wurde tatsächlich noch perfekter. Wir hatten uns überraschen lassen wollen, ob es ein Mädchen oder ein Junge war, und ich war definitiv überrascht. Ich hatte fest damit gerechnet, noch ein Mädchen zu bekommen, doch stattdessen gebar meine Frau einen Jungen. Einen wunderschönen Jungen mit hellblonden Haaren, dessen Augen schon einen Hauch grün schimmerten.

Als ich ihn in den Armen hielt, fragte ich Anna: »Bist du immer noch einverstanden mit dem Namen?«

Sie lächelte erschöpft und nickte. »Da er auf einer Bühne gezeugt wurde, scheint er mir absolut passend. Ich würde ihn allerdings lieber mit einem E schreiben … sodass er sich ein bisschen von Linkin Park unterscheidet, wenn wir ihn schon nach einer Band benennen.«

Das fand ich eine großartige Idee, und als die Jungs und meine Familie kamen, um ihn kennenzulernen, stellte ich ihnen stolz den neuesten Hancock vor. »Darf ich euch meinen Sohn Linken vorstellen. Linken, darf ich dir … alle vorstellen?«

Es war schwer, ihn abzugeben. Bei ihm meldete sich mein Beschützerinstinkt fast noch stärker als bei meinen Mädchen. Vielleicht, weil er so winzig war und sie schon so groß. Ich glaube, ich sagte sogar Kellan, er sollte auf den Kopf achten, was lächerlich war, da er mit Bella gerade selbst die Phase mit einem kleinen Baby durchlebt hatte. Was soll ich sagen, ich war ein ängstlicher Vater. Abgesehen von meiner Frau waren meine Kinder das Wichtigste für mich.

Matt wirkte unruhig, als er an die Reihe kam, Linken zu halten. So wie er guckte, wollte ich ihm meinen Sohn eigentlich nicht anvertrauen. Matt stand Tollpatsch in großen Lettern auf die Stirn geschrieben. »Kumpel, du musst ihn nicht nehmen, wenn du nicht willst … falls du Angst hast.«

Matt verzog die Lippen. »Ich habe keine Angst vor einem Baby. Ich habe mehr Angst vor der Tatsache, dass du eine Kopie von dir geschaffen hast. Jetzt gibt es zwei Griffins. Ich bin mir nicht sicher, ob die Welt das verkraftet.« Er schüttelte nachdenklich den Kopf, als würde er schon die bevorstehende Apokalypse vor Augen sehen. Oder sollte ich sagen, die Griffinokalypse?

Lächelnd erwiderte ich: »Soll das ein Scherz sein? Die Welt

hat schon ewig auf eine Miniausgabe von mir gewartet. Und Link ist nur der Erste von vielen. Ich habe vor, diverse Minis in die Welt zu setzen.« So viele, wie meine Frau mich ließ.

Matt schüttelte erneut den Kopf. »Und so beginnt es …«

Skeptisch wandte ich mich an Evan und Jenny. »Er hat gerade seine Chance verspielt. Wer von euch will ihn?«

Ich hielt Linken in ihre Richtung, und Jenny nahm ihn mir sofort ab. »Oh mein Gott! Ist der süß! Evan, guck doch mal, wie süß der ist.«

Sie gurrte Linken an, während Evan sie anlächelte. »Ja, für einen Hancock ist er ziemlich niedlich.«

Liam, Matt und ich reagierten wie aus einem Mund mit einem »Hey!«

Kopfschüttelnd fügte ich hinzu: »Das ist aber nicht nett, Alter. Hancocks sind toll.« Liam, Matt und ich schlugen die Fäuste aneinander und demonstrierten unsere Geschlossenheit als Familie. Vorher war die Aufteilung Hancock gegen Nicht-Hancock in der Band fünfzig-fünfzig gewesen. Jetzt waren wir Hancocks in der Überzahl, so wie es sich gehörte.

»Genau«, bekräftigte Liam.

Ich zeigte auf Jenny, die mit meinem Sohn schmuste. »Evan hat gerade ebenfalls seine Chance verspielt. Gib ihn Liam, wenn du fertig bist, Jenny.« Ich klopfte Liam auf den Rücken. »Du bist als Nächster dran, Bruder.«

Liam bekam große Augen, als hätte ich ihm gerade gesagt, dass seine nicht vorhandene Freundin schwanger wäre. Matt lachte, während ich den Kopf schüttelte. Ich war von einem Haufen Weicheier umgeben, die alle Angst vor Babys hatten. Warmduscher.

Als Linken nach Hause durfte, fuhren wir mit ihm zu unserer neuen Bleibe. Wir waren kürzlich aus Annas winziger Wohnung ausgezogen. Jetzt, nachdem die Kohle wieder floss und wir Kellan sein Geld zurückgezahlt hatten, hätten wir uns jedes Haus kaufen können, das wir wollten. Doch wir entschieden uns für ein bescheidenes einstöckiges Haus mit vier Zimmern in einer ruhigen Gegend, in dessen Nähe es ein paar gute Schulen gab. Anna und ich wollten ein einfacheres Leben führen, weniger im Überfluss, weniger extravagant. Wir wollten uns einfach auf uns konzentrieren und auf die Kinder, und wir wollten besser mit unserem Geld umgehen. Besser planen, nur für den Fall, dass der Geldstrom eines Tages erneut versiegte. Und wir wollten etwas zurückgeben.

Etwas, das ich bei dem ganzen Desaster gelernt hatte, war, dass ich ziemlich viel geschenkt bekommen hatte und die meisten Menschen nicht so viel Glück hatten wie ich. Als ich in der Sendung gesehen hatte, wie die anderen Kandidaten darum kämpften, etwas aus sich zu machen … hatte mich das bewegt. Ich wollte ihnen helfen. Ich wollte den Traum lebendig erhalten, ich wollte Menschen einen Grund geben weiterzumachen, auch wenn die Hindernisse unüberwindlich schienen und die Chancen gering. Ich wollte den Menschen Hoffnung auf eine Zukunft geben.

Zuerst hatte ich keine Idee, wie ich das anstellen sollte. Die Aufgabe schien mir zu groß, die Möglichkeiten zu diffus, die ganze Idee zu vage. Doch dann schlug Anna vor, dass ich mich auf einen Aspekt meiner Vision konzentrieren und klein anfangen sollte. Das klang überzeugend, also beschloss ich, mit den jüngsten Träumen und mit meiner Lieblingsbeschäftigung anzufangen. Anna und ich waren gerade dabei, eine Wohltätigkeitsorganisation aufzubauen – *Stark sein mit Musik*. Unser Ziel war es, Kinder mit Hilfe von Musik zu bereichern, aufzubauen und zu stärken. Wir hofften, Bands und Chöre in Schulen zu unterstützen, und wollten Zentren errichten, in denen Kinder sich auf eine gesunde Weise ausleben konnten. Selbst ich musste zugeben, dass unser Plan ambitioniert war, aber er bedeutete mir etwas, und ich wollte dafür kämpfen. Nein, ich hatte das Gefühl, ich wäre dazu *bestimmt*.

Sobald Kellan von unserem Plan erfuhr, war er hundertprozentig dabei. Musik hatte seine Kindheit ebenso geprägt wie meine. Als die Jungs uns davon reden hörten, fragten sie sofort, ob sie auch mitmachen könnten, und schon bald wurde *Stark sein mit Musik* offiziell von den D-Bags gesponsert. Unser erstes Zentrum sollte nächstes Jahr eröffnen.

Ich wäre gern zu Hause geblieben und hätte mich um mein Wohltätigkeitsprojekt gekümmert, während ich mein neues Baby im Arm hielt und mit meinen Mädchen spielte. Doch die D-Bags hatten einen Job zu erledigen, und ehe ich michs versah, startete unsere Sommertour. Als ich Anna fragte, was sie machen wollte, hatte ich erwartet, sie würde mit Linken zu Hause bleiben. Ich war sprachlos, als sie sagte, sie wollte mitkommen. »Bist du sicher? Ich meine, klar, wir haben das zwar schon mal mit einem Baby gemacht, aber da hatten wir nur ein Kind.«

Anna lächelte unbeschwert. »Das ist kein Problem. Linken ist ein Traumbaby. Er schläft schon die Nacht durch. Und ich bin noch im Mutterschutz, also ist jetzt der perfekte Zeitpunkt.«

Ich grinste und gab ihr einen flüchtigen Kuss. »Ich bin froh, dass du das sagst, weil ich es wirklich schrecklich fände, euch drei Monate nicht zu sehen.« Seufzend küsste ich Linken auf die Stirn. »Ich will nicht so viel Zeit ohne die Kinder verbringen. Ich will *überhaupt* keine Zeit ohne sie verbringen.«

Anna legte mir eine Hand auf die Wange. »Das musst du nicht. Wir kriegen das schon irgendwie hin, genau wie alles andere auch. Zusammen schaffen wir das.«

Ich nickte. »Weil wir ein Team sind.«

»Genau.« Sie küsste mich innig, und wir legten Linken für ein

Schläfchen in sein Zimmer, um einen von den vielen Vorteilen zu nutzen, ein Paar zu sein.

Schließlich kam Kiera mit ihren Kindern ebenfalls mit auf die Tour, genauso wie Jenny und Rachel, sodass genügend Babysitter da waren. Und vielleicht lag es an meiner veränderten Einstellung oder an meinem neuen Platz in der Band oder möglicherweise an Liams Begeisterung, aber diese Tour war bei Weitem die beste, die wir je unternommen hatten. Wir schrieben ein paar von den klassischen D-Bags-Songs für mich um und fügten eine zweite Stimme für meine Gitarre ein, oder Matt und ich spielten einfach zusammen. Auf der Bühne waren Rampen in Form eines X aufgebaut, über die wir rauf und runter und kreuz und quer laufen, Adrenalin verbrennen und das Publikum anheizen konnten. Bei einem unserer Songs waren sogar Pyrotechniker im Einsatz. Es war fantastisch, und als die Tour am Ende des Sommers vorbei war, fiel mir der Abschied schwer.

Und dann, nachdem die Tour zu Ende, das Album ein absoluter Megahit und alle Babys auf der Welt waren, feierten die D-Bags eine Hochzeit nach der anderen. Okay, so viele waren es gar nicht, aber es kam mir so vor.

Matt und Rachel machten den Anfang und erneuerten ihr Ehegelübde. Was mir ziemlich unnötig schien, da sie doch noch gar nicht lange verheiratet waren. Nachdem ich jedoch mit beiden gesprochen hatte, beschlich mich das Gefühl, sie machten es nur, damit Anna und ich diesmal dabei sein konnten. Das rührte mich, und ich verkniff es mir, Matt zu ärgern, weil sein Frack Schwalbenschwänze hatte. Wer zum Teufel trug denn heute noch Schwalbenschwänze? Trottel. Ich nahm mir vor, ihm zu Weihnachten einen Stock und ein Monokel zu schenken. An seinem »besonderen Tag« würde ich ihn vielleicht nicht aufziehen, aber an den anderen dreihundertvierundsechzig schon.

Matt und Rachel heirateten in dem Restaurant in der Space Needle, was ziemlich toll war. Sie hatten für einen Abend den ganzen Laden gemietet, und nach ihrem kurzen Ja-Wort – beide flüsterten es mit knallroten Wangen – aßen und tranken wir den ganzen Abend, während wir auf die sich langsam unter uns drehende Stadt hinunterblickten.

Es war ein großartiger Abend, und als Anna und ich eng umschlungen tanzten, fragte ich sie, ob sie auch so etwas machen wollte. »Sollten wir unser Ja-Wort erneuern und so? Wir haben nie eine richtige Party gefeiert.« Nein, wir hatten geheiratet und dann einfach ganz normal weitergemacht: Wir hatten ein Baby bekommen und die D-Bags-Tour beendet.

Anna biss sich auf die Lippe, während sie darüber nachdachte. »Auf die Zeremonie kann ich verzichten, aber wir könnten eine Grillparty machen? Ein paar Burger braten, Bier trinken. Das wäre toll!«

Ich legte beide Arme um sie und drückte sie fest an mich. »Verdammt, ich liebe dich.«

Sie lachte und erwiderte meine Umarmung. »Verdammt, ich dich auch.«

Während wir Pläne für unsere Party schmiedeten, wagten Evan und Jenny endlich auch den Schritt. Sie heirateten bei sich zu Hause – in der ehemaligen Autowerkstatt mit dem Loft darüber. Die Hochzeit fand eine Woche vor Weihnachten statt … und sie hatten Abby die Deko überlassen. Ihr ausgefallenes Design stellte das Dorf vom Weihnachtsmann in den Schatten; es gab dem Wort »Winterwunderland« eine neue Bedeutung. Glitzernde Schneeflocken hingen von der Decke, überall lag Kunstschnee, und leuchtend rote Rosen verbanden sich mit Winterbeeren und Mistelzweigen zu einzigartigen Blumenarrangements, unter denen sich alle küssen mussten. Nachdem ich das anfangs albern fand, gefiel es mir mit der Zeit irgendwie.

Kellan war Evans erster Trauzeuge, Matt, Liam und ich seine zweiten. Jenny hatte Kiera als ihre erste Brautjungfer auserwählt und Anna, Rachel und Kate als ihre weiteren. Am Morgen des großen Ereignisses wirkte Matt total weggetreten, als hätte er einen Kater oder so etwas. Ich musste dreimal mit den Fingern vor seinem Gesicht schnippen, bis er mich ansah. »Kumpel, was ist denn los mit dir? Du siehst ja aus, als müsstest du gleich kotzen.«

Matt fuhr sich durchs Gesicht. »Ich glaube, das muss ich auch.« Mit finsterem Gesicht blickte er zwischen Evan, Kellan, Liam und mir hin und her. »Rachel ist schwanger … sie hat es mir vorhin gesagt, bevor wir hergekommen sind. Ich werde Vater. Ich dreh noch durch.« Er war dermaßen blass, dass ich mir sicher war, er würde gleich in Ohnmacht fallen.

Ich langte in mein Jackett und reichte ihm einen Flachmann mit Whisky. Er nahm einen großen Schluck, ohne sich darüber zu wundern, dass ich so etwas dabeihatte. Nachdem er den Alkohol intus hatte, schlug Kellan ihm auf den Rücken. »Das ist doch super, Mann! Herzlichen Glückwunsch!«

»Super …?«, flüsterte Matt und trank noch einen Schluck Whisky.

»Ja«, bestätigte Liam. »Kinder sind … cool.« Seine Miene war genauso ungelenk wie seine Worte. Abgesehen von den Besuchen seiner zahlreichen Nichten und Neffen hatte er null Erfahrung mit Kindern. Ich schlug Matt leicht gegen die Brust.

»Kinder sind toll, und du wirst das großartig machen, Cousin, mach dir keinen Kopf.« Matt hob die Brauen, und ich verstand. Er zerbrach sich über alles den Kopf. Ich lächelte und zuckte die Schultern. Kinder musste man einfach gelassen auf sich zukommen lassen, und darin war ich ziemlich gut. Matt … weniger.

Evan lachte, als Matt noch einen Schluck nahm. »Keine Sorge, Matt. Wir kriegen schon noch raus, wie das mit dem Erziehen geht.«

Daraufhin drehten wir alle die Köpfe zu Evan um. »Ist Jenny … etwa schwanger?«, fragte Kellan.

Evan zuckte die Schultern, als hätte Kellan ihn gefragt, ob Jenny bei der Pediküre gewesen wäre. »Ja, wir wissen es seit gestern Abend.« Er wirkte überhaupt nicht besorgt, aber das überraschte mich auch nicht. Evan war nicht so leicht aus der Ruhe zu bringen.

Matt bot ihm den Flachmann an. »Willst du einen Schluck?«

Grinsend schüttelte Evan den Kopf. »Behalt du den. Ich glaube, du brauchst ihn dringender.«

Matt prostete ihm zu, dann setzte er den Flachmann erneut an.

Während der Trauung wirkte er ruhiger, aber wahrscheinlich lag das daran, dass er angetrunken war. Beim Empfang war er völlig betrunken und merkte gar nichts mehr. Und schließlich schien er sich auf das Kind zu freuen. Er stand mitten auf der Tanzfläche und schrie durch die Musik: »Ich werde Vater!«

Natürlich fingen alle an zu jubeln. Ich buhte, nur um Matt zu ärgern. Er hörte mich jedoch nicht, er war vollauf damit beschäftigt, Rachel abzuknutschen. Anna schlug mir gegen die Brust, dann fragte sie mich, ob ich die guten Neuigkeiten von Evan und Jenny schon gehört hätte. »Ja, er hat sie vor der Ehe geschwängert.«

Anna nickte. Sie hatte sich die Haare hochgesteckt, und ich wollte zu gern ihren nackten Hals küssen. Und das tat ich dann auch. Anna schnurrte, als meine Zunge über die Ader an ihrem Hals strich. Mit heiserer Stimme raunte sie: »Hat Evan erwähnt, dass es in Jennys Familie Zwillinge gibt?«

Ich rückte von ihr ab, um sie anzusehen; ihre grünen Augen strahlten lustvoll und amüsiert. Grinsend sah ich mich nach

Evan und Jenny um, die in der Mitte des Raums eng miteinander tanzten. »Nun ja, das könnte ihn vielleicht doch aus der Ruhe bringen.« Ich begann zu lachen, und einfach nur weil ich so einen verdammt guten Tag hatte, konnte ich nicht mehr aufhören.

Als Anna und ich im darauffolgenden Mai unsere Party feierten, stand es fest: Jenny erwartete Zwillinge. Matt war wie erstarrt, da er fürchtete, ihn könnte dasselbe Schicksal ereilen, doch, leider, nein. Rachel bekam nur ein Baby. Schade, fand ich. Ich hätte alles darum gegeben, Matt mit zwei kreischenden Babys jonglieren zu sehen. Gott … das wäre zu lustig gewesen.

Evan wirkte auf der Party ein bisschen blass, aber so sah er jetzt immer aus. Je näher Jennys Geburtstermin rückte, desto mehr wurde er zum Nervenbündel. Es gehörte inzwischen zu meinen Lieblingsbeschäftigungen, mich von hinten an ihn heranzuschleichen und ihn zu Tode zu erschrecken. Er machte dann immer einen Satz zur Seite und kreischte wie ein kleines Mädchen. Es funktionierte jedes Mal.

Ich reichte ihm ein Bier, damit er runterkam, dann gleich noch eins. Ich hatte das Gefühl, es wäre das Beste, wenn er den ganzen Abend zweihändig trank. Dass jemand noch nervöser war als er selbst, versetzte Matt in Hochstimmung. Wenn wir nicht gerade Liam piesackten, der sich am St. Patrick's Day das erste Mal erfolgreich mit einem Groupie gepaart hatte, planten wir unsere nächste Tournee. »Mit den Babys und allem Drum und Dran haben wir die ganz schön früh geplant.« Matt blickte zu Evan. »Ende August, Mann. Schaffst du das, bis dahin alles doppelt zu besorgen? Autositze, Krippen, Wiegen, Schaukeln, Babywippen? All den Krempel?« Evan verzog das Gesicht, dann trank er gleichzeitig aus den zwei Bierflaschen in seinen Händen. Matt kicherte. »Zumindest gibt es eine Sache, die du in zweifacher Ausfertigung gut bewältigst.«

Schnaubend deutete ich einen Busen an. »Ich bin mir sicher, da gibt es noch etwas anderes.« Während die Jungs über meine Bemerkung lachten, fasste ich mir in den Schritt. »All das Gerede über Brüste und Babys macht mich heiß. Ich muss meine Frau suchen und meinen Samen spenden.«

Kellan verzog das Gesicht. »Ich überlasse dir nächstes Jahr meine kompletten Einkünfte, wenn du nie wieder ›meinen Samen spenden‹ sagst.«

Ich schenkte ihm ein strahlendes Lächeln. »Ach Kellan, ich brauche dein Geld nicht. Und ich werde es nicht nur wiederholen, nein, ich werde es auf dem nächsten Album in einem Song unterbringen. Nein, Quatsch, das wird der Titel von unserem nächsten Album.« Ich hob die Brauen, und Kellan warf einen Kronkorken nach mir.

Lachend wich ich dem halbherzigen Wurf aus und ließ die Jungs stehen, um Anna zu suchen. Ich fand sie mit Jenny im Gespräch. Anders als Evan freute sich Jenny, dass sie Zwillinge bekam. Ich glaube, sie unterschätzte, wie viel Arbeit Babys machten. Oder zumindest hatte ich das gehört. Meine Kinder waren ja einfach nur großartig.

Ich trat zu Anna und fasste sie am Ellbogen. Als sie mich ansah und lächelte, sagte ich: »Kumquat.«

Eine Sekunde sah sie mich verständnislos an, dann wandte sie sich an Jenny. »Wir müssen … wir sind gleich wieder da.«

Jenny rollte mit den Augen. »Wenn ihr zwei euch ein Codewort für Sex ausdenkt, solltet ihr euch etwas weniger Auffälliges überlegen.«

Ich lächelte Jenny verschmitzt zu und sagte: »Wo bleibt da der Spaß?«

Anna und ich gingen lachend in die Nacht. »Wohin willst du?«, fragte sie.

Ich blickte auf. Ein Teil unseres Dachs war durch einen hohen Baum vor Blicken geschützt. Von dort oben hätten wir eine wunderbare Aussicht auf die Sterne und vom Dachfirst aus auf unsere Gäste. Das fand ich ziemlich scharf. »Hier entlang«, erklärte ich und zog Anna in Richtung Garage.

Es dauerte etwas, bis wir die Leiter aufgestellt hatten, aber schließlich breiteten wir eine Decke auf den Dachziegeln aus. Wir legten uns hin und zogen uns aus. »Gott sei Dank schlafen die Kinder«, flüsterte Anna, als sie ihr Shirt auszog.

Ihre Brüste riefen nach mir, darum antwortete ich nur mit einem Stöhnen. Ich öffnete ihren BH und nahm ihren Nippel in den Mund. Fuck. Himmlisch. Sie stöhnte lauter als ich, doch unter uns schien das niemand zu bemerken.

Es war eine Herausforderung, sich aller Klamotten zu entledigen, ohne vom Dach herunterzurollen, und ich war froh, dass ich nicht so viel getrunken hatte. Besoffen hätte ich das nicht geschafft. Nachdem wir nackt waren, trieb der zarte Wind eine Gänsehaut über unsere Körper, und ich stützte mich mit den Füßen an den Schindeln ab. Anna klammerte sich an meinen Körper, während ich mich gegen sie presste. Von meinem Aussichtspunkt ganz oben auf dem Dach konnte ich die Partygäste sehen, die sich im Garten unterhielten und tranken. Dass ich sie sehen konnte, sie mich aber nicht, machte mich nur noch härter.

Während Anna mit den Händen über meinen Körper strich, wand sie sich unter mir. »Ich will dich«, flüsterte sie.

Als ich zu ihr hinunterblickte, stockte mir der Atem. Im Mondlicht sah sie aus wie eine Göttin – wunderschön. Und sie gehörte mir. Ganz mir. »Du bist fantastisch«, sagte ich. Ich strich ihr über die Wange. »So fantastisch …«

Als ich mich hinunterbeugte, um sie zu küssen, veränderte ich meine Haltung und glitt in sie hinein. Wir rangen beide um Atem, als wir endlich vereint waren. Egal wie oft ich das mit ihr machte, es überwältigte mich jedes Mal, wie gut es sich anfühlte. Und es wurde noch besser, als wir uns bewegten. »Oh Gott, Griffin«, raunte sie. »Ja …«

Ich war ganz und gar ihrer Meinung, und mit einem leisen Stöhnen lehnte ich den Kopf an ihren Hals. Nichts auf der Welt fühlte sich derart gut an. Als sich unsere Körper im Einklang bewegten, wuchs die Lust. Anna verwandelte sich unter mir in ein wildes gefangenes Tier, keuchte, stöhnte und wand sich. Mit jeder Bewegung elektrisierte sie mich und trieb mich meiner eigenen Erlösung entgegen. »Du bist so verdammt scharf«, stöhnte ich in ihr Ohr.

Sie strich mit den Nägeln über meinen Rücken, dann packte sie meine Hüften und flehte: »Mehr.«

Ich wusste, dass sie einen letzten Stoß brauchte, um zu kommen. Gott, ich auch. Ich hielt mich am Dachfirst fest, benutzte ihn als Stütze und veränderte den Winkel, sodass ich mich genau an der richtigen Stelle an ihr rieb. Anna verdrehte die Augen und schnappte nach Luft. Dann keuchte sie und murmelte: »Ja, genau da … hör nicht auf … ja …«

Ich wollte nicht aufhören, weil ich ebenfalls kurz vor dem Höhepunkt war. Anna kam zuerst und stieß einen Schrei aus, den mit Sicherheit jemand gehört hatte. Ich linste zur Party, und genau in dem Moment kam ich. Während die Entspannung Schockwellen der Lust durch mich trieb, ließ ich den Blick über die ahnungslose Menge gleiten. Wun … der … voll.

Als mein Blick zurück zu meiner Frau wanderte, lächelte sie mich zärtlich an. Sie legte mir eine Hand auf die Wange und sagte: »Es ist immer wieder so großartig mit dir. Du haust mich jedes Mal aufs Neue um.«

Ich legte mich neben sie und genoss die leichte Brise; sie kühlte meine erhitzte Haut. »Jedes verdammte Mal«, stimmte ich ihr zu und schloss die Augen. Genau in dem Moment hörte ich ein merkwürdiges Geräusch.

Ich öffnete die Augen gerade noch rechtzeitig, um zu sehen, wie meine Hose vom Dach rutschte. Ich setzte mich auf, beugte mich über die Kante und versuchte sie zu fangen, verfehlte sie jedoch. Der Gürtel und diverser Kram in den Taschen zogen sie nach unten, sie wirbelte an der Hauswand hinunter und landete im Hof direkt hinter Kellan.

»Hey, Kell«, flüsterte ich.

Verwirrt sah Kellan sich um. »Griff? Wo bist du?«

»Hinter dir, Kumpel. Hier oben.«

Er drehte sich um und sah zu mir herauf, wo ich über den Dachrand spähte. »Was zum Teufel tust du da …? Ach … schon gut. Hallo, Anna.«

Anna rollte sich auf den Bauch, beugte sich über den Rand und winkte ihm mit den Fingern zu. »Hallo, Kellan.«

Ich deutete auf meine Hose, die auf dem Boden lag. »Könntest du mir die hochwerfen?«

Kellan sah mit dreistem Blick zu mir hoch. »Was, wenn ich Nein sage?«

Ich balancierte auf dem schrägen Dach, zuckte die Schultern und stand auf. »Dann springe ich eben runter und hole sie mir selbst.«

Kellan hielt sich mit beiden Händen die Augen zu. Dazu brauchte er auch beide … ich war ein beeindruckender Sexgott. »Herrgott, Griff. Okay, warte.« Er warf mir die Hose zu, und ich beugte mich vor, um sie zu fangen.

Während ich über Kellan lachte, der sich voller Abscheu von mir abwandte, hob ich einen Fuß, um in die Hose zu steigen. Da ich schon damit gerechnet hatte, mich später vielleicht zu amüsieren, hatte ich auf eine Unterhose verzichtet. Doch bevor ich mir die Hose anziehen konnte, schnappte Anna sie mir weg.

»Nicht so schnell. Erst musst du mich küssen und mir sagen, dass du mich für immer lieben wirst.«

Lächelnd kniete ich mich auf die Decke zu ihr. »Mrs Anna Hancock … du bist meine beste Freundin, meine Komplizin, der Sinn meines Lebens und das Einzige, was mir wirklich wichtig ist. Ewig beschreibt nur unzureichend die Zeit, die ich dich lieben werde.«

Gott, wie kitschig sich das anhörte, ich hätte mich selbst würgen können, aber ich meinte jedes Wort ernst, und ich wollte, dass Anna es hörte. Mit tränennassen Augen flüsterte sie: »Ich liebe dich auch. Ich hätte nie gedacht, dass ich jemals jemanden so lieben könnte.«

Ich beugte mich hinunter, und unsere Lippen trafen sich zu einem zärtlichen Kuss. Schnell wurde er leidenschaftlicher, und mein Körper erwachte augenblicklich erneut zum Leben. Ich entwand Anna die Hose und warf sie wieder über den Rand nach unten. Die brauchten wir nicht.

Ich hörte ungefähr drei Leute meinen Namen fluchen, achtete jedoch nicht weiter auf sie. Anna war das Einzige, was zählte. Sie war *immer* das einzig wirklich Wichtige gewesen, und ich würde sie nie wieder gehen lassen.

DANKSAGUNGEN

Neben Kellan Kyle ist Griffin wohl mein liebster D-Bag. Er bringt mich immer zum Lachen. Aber am meisten mag ich an ihm, wie er im Laufe der Reihe gewachsen ist. Es war nicht leicht, einen Weg zu finden, ihn weiter wachsen zu lassen, aber ich glaube in *Untamed* ist das gelungen, und ich bin sehr stolz auf seine Reise.

Ohne die Liebe und die Unterstützung meiner Leser wäre dieses Buch nicht entstanden. Ich danke euch, dass ihr so geduldig mit mir seid! Ich weiß, dass es eine Weile dauert, bis meine Bücher euch erreichen, aber ich hoffe, dass sich das Warten gelohnt hat. In jedem einzelnen stecken unzählige Stunden, zahlreiche Zweifel und Ängste und mehr als nur ein paar Tränen. Schreiben ist kein leichter Beruf, aber das fertige Buch zu sehen und euer Lob und eure Anerkennung zu bekommen sind das Blut, den Schweiß und das Karpaltunnelsyndrom allemal wert.

Ich möchte allen Autoren danken, die mich unterstützt haben. Obwohl diese Branche hart umkämpft ist, habe ich von meinen Kollegen immer nur Unterstützung erfahren. Ich danke K.A. Linde – meiner Freundin, meinem Resonanzboden und meinem Fels in der Brandung –, ich liebe dich über alles! Nicky Charles – du bist der Grund, warum ich überhaupt etwas veröffentlicht habe –, ich kann dir gar nicht genug für deine Einführung danken. Jenn Sterling und Rebecca Donovon – ihr zwei seid meine Lichtblicke. Ich danke euch sehr für eure unendliche Liebenswürdigkeit! Katy Evans – über deine Tweets und Retweets muss ich immer lachen. Danke, dass du deine Fans von mir wissen lässt! K. Bromberg – meiner Veröffentlichungstagsfreundin! Du hast ein großes Herz. Danke, dass du dich so großzügig und liebenswürdig um mich gekümmert hast. Sunniva Dee, Danielle Jamie, Alexa Keith, Alex Rose und anderen danke ich, dass ihr eure Geschichten und eure Freude mit mir teilt und mich unterstützt! Und ein dickes Dankeschön geht an die Autoren, die mich bewegen und anregen – Jillian Dodd, C.J. Roberts, Kristen Proby, Tara Sivec, Nicole Williams, Tarryn Fisher, T. Gephart, Katie Ashley, Karina Halle, Christina Lauren, Colleen Hoover, Abbi Glines, Jamie Mc Guire, A.L. Jackson, Tammara Webber, Emma Chase, Kyra Davis, Kim Karr, Claire Contreras, Cora Carmack und viele andere!

Von ganzem Herzen danke ich den Bloggern, die mich unendlich unterstützt haben – *Totally Booked Blog, Flirty and Dirty Book Blog, Fictional Boyfriends, Schmexy Girl Book Blog, Three Chicks and Their Books, The Rock Stars of Romance, Shh Mom's Reading, Kayla the Bibliophile, Maryse's Book Blog, Brandee's Book Endings, Martini Times Romance, The Autumn Review, SubClub Books, Sammie's Book Club, Lori's Book Blog, The Book Enthusiast, Bookish Temptations, Verna Loves Books, The Book Bar, A Literary Perusal, We Like It Big Book Blog, Bare Naked Words, Fictional Men's Page, Love N. Books, Vilma's Book Blog, Southern Belle Book Blog, Kindle Crack Book Reviews, One Click Bliss, Kricket's Chirps, Perusing Princesses, Talkbooks Blog, BJ's Book Blog. Nancy's Romance Reads, The Literary Gossip* und vielen, vielen mehr !

Vielen Dank den Tweetern und Postern, die das Onlineleben so unterhaltsam machen – Janet, Shelley, Christine, Sue, Simmi, SL, Jamie, Bianca, Jane, Jasmin, Tam, Deb, Keisha, Tiffany, Joanne, Katie, Ellen, Denise, Erin, Natalie, Lisa, Charleen,

Nicky, LJ, Nic, Sharon, AM, Laayna, Christy, Liis, Glorya, Gerb, Chelcie, Sam und viele weitere, die ich nicht alle nennen kann! Eure zahlreichen Nachrichten wärmen mein Herz, bringen mich zum Lachen und muntern mich auf!

Mein Dank gilt allen Unterstützern und Fanclubs von *Thoughtless* – eure Existenz erscheint mir surreal. Ich danke euch für all die Zeit, die Mühe und die Leidenschaft, die ihr in eure Seiten investiert!

Meiner Agentin Kristyn Keene von ICM Partners kann ich gar nicht genug danken – deine Hilfe bei diesem Buch war unschätzbar wertvoll! Ebenso wie deine zahlreichen aufmunternden Worte im letzten Jahr. Es hat Zeiten gegeben, in denen ich diesen Zuspruch dringend gebraucht habe! Vielen Dank meiner wunderbaren Forever/Grand-Central-Publishing-Familie – Beth deGuzman, Marissa Sangiacomo, Julie Paulauski und Jamie Snider. Ihr alle gebt mir das Gefühl, geliebt und willkommen zu sein! Und ein besonderer Dank geht an Megha Parekh für dein großartiges Lektorat!

Und zuletzt danke ich meinen Freunden und meiner Familie für ihre endlose Geduld. Vor allem, wenn ich bei einer Deadline aus der Tür krieche, im letzten Moment Verabredungen absage oder mich die ganze Nacht in meinem Arbeitszimmer verschanze. Es tut mir leid!! Und meinen Kindern – ihr ahnt gar nicht, wie sehr ich euch liebe … aber bitte hört auf, aus vollem Hals zu kreischen oder »Mom, hey Mom … hallo« zu rufen, wenn ich gerade versuche, eine Szene zu beenden. Ich mache nur Spaß. Für euch habe ich immer Zeit.

LESERSTIMMEN zu

Untamed

»Sorgt für Herzklopfen und macht süchtig – man kann es nicht aus der Hand legen, bis man das letzte Wort verschlungen hat.«

– Christina Lauren, *New-York-Times*-Bestsellerautorin

»Eine erotische, herzzerreißende und äußerst amüsante Geschichte. UNTAMED nimmt einen mit auf eine emotionale Achterbahnfahrt. Da ist alles drin! Wenn ihr Kellan Kyle mochtet, passt gut auf – Griffin wird eure Welt auf den Kopf stellen! Er ist eingebildet, sexy, lustig, manchmal frustriert er einen, dann ist er wieder überraschend zärtlich. Mein Herz hat für ihn geschlagen, mit ihm gelitten und ist am Ende vor Freude aufgegangen. UNTAMED hat mir von Anfang bis Ende gefallen! Man will es gleich noch einmal lesen!«

– Emma Chase, *New-York-Times*-Bestsellerautorin

»Niemand schreibt besser über einen sexy Rockstar als S.C. Stephens. Griffin wird eure Welt auf den Kopf stellen!«

– Kristen Proby, *New-York-Times*-Bestsellerautorin

»S.C. Stephens hat es wieder geschafft! Griffin ist die lebendige Verkörperung unseres Ideals von einem besten Freund! Stephens nimmt uns mit auf einen aufregenden Selbstfindungstrip voller Liebe und Lust, Leidenschaft und Romantik. Dieses Buch ist pure Magie!«

– Jennifer Probst, *New-York-Times*-Bestsellerautorin

»S.C. Stephens weiß, wie sie ihre Leser fesselt. Von der ersten bis zur letzten Seite hat der Besserwisser Griffin mein Herz erobert. Darf ich es wagen zu behaupten, dass er Kellan Kyle noch übertroffen hat? Doch! Einfach wunderbar!«

– Gail McHugh, *New-York-Times*-Bestsellerautorin

»Eine erotische, witzige und dennoch ergreifende Geschichte, die euch unter die Haut gehen und euer Herz berühren wird. Dieses Buch bringt euch zum Lachen und zum Weinen und weckt alle Gefühle, die dazwischen liegen.«

– Kim Karr, *New-York-Times*-Bestsellerautorin

BEGEISTERTE STIMMEN zu

Thoughtful

»S.C. Stephens in Bestform! Eine berührende Liebesgeschichte, die man nicht vergisst. *Thoughtful* ist voll emotionaler Spannung, die für Stephens so typisch ist. Ein hervorragender Blick in den Kopf eines unserer beliebtesten Fantasiefreunde. Ich habe es verschlungen, und ich wollte gar nicht, dass es zu Ende geht.«

– Katy Evans, *New-York-Times*-Bestsellerautorin

»Gerade dachte man, man könnte sich nicht noch mehr in Kellan Kyle verlieben, da bringt S.C. Stephens uns dazu, sich noch einmal ganz neu in ihn zu verlieben. Auf ihre typische Weise zieht S.C. uns in die Geschichte hinein und lässt uns bis zur letzten Seite nicht mehr los. Diese hochemotionale Geschichte macht süchtig, man will sie immer wieder lesen. Großartig!«

– K. Bromberg, *New-York-Times*-Bestsellerautorin

»*Thoughtful* ist eine emotionale Achterbahnfahrt, Kellan Kyle bringt uns auf die wundervollste Weise zum Schwärmen und zum Seufzen.«

– Lisa Renee Jones, *New-York-Times*-Bestsellerautorin

S.C. Stephens

S.C. Stephens lebt mit ihren zwei Kindern im wunderschönen Pazifischen Nordwesten in Amerika. Mit ihrem Debüt »Thoughtless« feierte sie in ihrem Heimatland einen sensationellen Bestsellererfolg und eroberte auch mit den Folgebänden der Serie die Leserherzen im Sturm.
Mehr zu S.C. Stephens und der Thoughtless-Reihe finden Sie unter www.thoughtless-buecher.de.

Die Thoughtless-Reihe:

Thoughtless. Erstmals verführt. Roman (Band 1)

Effortless. Einfach verliebt. Roman (Band 2)

Careless. Ewig verbunden. Roman (Band 3)

Thoughtful. Du gehörst zu mir. Roman

(Alle auch als E-Book erhältlich)

GOLDMANN
Lesen erleben